Rosamunde

Pilcher

Wintersonne

Rosamunde Pilcher

geboren 1924 in Lelant/Cornwall, arbeitete zunächst beim Foreign Office und trat während des Zweiten Weltkrieges dem Women's Royal Naval Service bei. 1946 heiratete sie Graham Pilcher und zog nach Dundee/Schottland, wo sie seither wohnt.

Rosamunde Pilcher schreibt seit ihrem fünfzehnten Lebensjahr. Ihre Romane haben sie zu einer der erfolgreichsten Autorinnen der Gegenwart gemacht.

Rosamunde
Pilcher

Wintersonne

Roman

Deutsch von Ursula Grawe

Weltbild

Die Originalausgabe erschien 2000 unter dem Titel
Winter Solstice
bei St. Martin's Press, New York.

Genehmigte Lizenzausgabe
für Verlagsgruppe Weltbild GmbH, Augsburg 2001

Umschlagkonzept: Patricia Büdinger
Umschlaggestaltung: Elisabeth Walter
Umschlagfoto: The Bridgeman Art Library, London
Autorenfoto: Kristina Jentzsch
Gesamtherstellung: Clausen & Bosse, Leck

Gedruckt auf chlor- und säurefreiem Papier

Printed in Germany

ISBN 3-8289-0634-6

Wintersonne

ELFRIDA

BEVOR ELFRIDA Phipps London endgültig verließ und aufs Land zog, machte sie einen Abstecher ins Tierheim nach Battersea und kehrte mit einem vierbeinigen Gefährten nach Hause zurück. Sie brauchte eine gute – und herzzerreißende – halbe Stunde, bis sie ihn schließlich fand, aber kaum hatte sie ihn entdeckt, wie er ganz dicht am Gitter seines Zwingers saß und mit dunklen, flehenden Augen zu ihr aufsah, da wusste sie, der oder keiner. Sie wollte keinen großen Hund, hatte aber auch für kläffende Schoßhündchen nichts übrig. Dieser hatte genau die richtige Größe. Eben Hundegröße.

Das dichte, weiche Fell fiel ihm teilweise über die Augen, er konnte die Ohren spitzen oder hängen lassen und triumphierend mit dem buschigen Schwanz wedeln. Sein Fell war unregelmäßig braun und weiß gescheckt, und das Braun hatte genau die Farbe von Milchschokolade. Als sie nach seinem Stammbaum fragte, meinte die Tierpflegerin, er hätte was vom Schottischen Schäferhund und was vom Deutschen Schäferhund und noch von etlichen anderen, nicht genauer identifizierbaren Rassen. Elfrida war es egal. Ihr gefiel der zutrauliche Ausdruck auf seinem Gesicht.

Sie hinterließ dem Tierheim in Battersea eine Spende und machte sich mit ihrem neuen Gefährten, der aufrecht auf dem Beifahrersitz neben ihr saß und so zufrieden aus dem Fenster ihres alten Autos blickte, als könne er sich mühelos an dieses Leben gewöhnen, auf den Weg.

Am nächsten Tag ging sie mit ihm zum Schneiden, Waschen und Föhnen in den Hundesalon. Frisch gewaschen und lieblich nach Zitrone duftend kam er nach Hause zurück und dankte ihr die zuvorkommende Behandlung durch treue, liebevolle Ergebenheit. Er war ein schüchterner, eher ängstlicher Hund, aber beileibe nicht feige. Wenn es klingelte oder er einen Eindringling im Haus vermutete, bellte er einen Augenblick lang aus vollem Hals, ehe er sich in sein Körbchen oder auf Elfridas Schoß zurückzog.

Es dauerte eine Weile, bis sie einen Namen für ihn gefunden hatte, aber schließlich taufte sie ihn Horaz.

Einen Korb in der Hand und Horaz fest an die Leine genommen, schloss Elfrida die Haustür, ging den schmalen Gartenweg entlang, klappte das Tor hinter sich zu und machte sich auf den Weg zum Postamt und zum Kaufmann.

Es war ein trüber Oktobernachmittag, grau und wenig einladend. Die letzten Herbstblätter flatterten von den Bäumen, ein ungewöhnlich scharfer Wind hatte auch die passioniertesten Gartenliebhaber vertrieben, die Straße lag verlassen da und die Kinder waren noch in der Schule. Tief hängende Wolken trieben zwar zügig am Himmel, doch es wollte nicht aufklaren. Elfrida schritt kräftig aus, und Horaz trottete ergeben hinter ihr her, denn er wusste, dass er um diesen einen täglichen Spaziergang nicht herumkam und gut daran tat, das Beste daraus zu machen.

So spazierten die beiden durch Dibton in Hampshire, wohin Elfrida vor achtzehn Monaten gezogen war, als sie London ein für alle Mal verlassen hatte, um ein neues Leben zu beginnen. Zuerst hatte sie sich ein bisschen einsam gefühlt, aber jetzt konnte sie sich schon gar nicht mehr vorstellen, woanders zu leben. Von Zeit zu Zeit machten sich alte Bekannte aus ihrer Theaterzeit unerschrocken auf die Reise von London, um ihr einen Besuch abzustatten, und schliefen auf dem unbequemen Sofa in dem winzigen Zimmer, das sie ihr Arbeitszimmer nannte und wo ihre Nähmaschine stand, auf der sie kunstvolle, elegante Kissen für ein Einrichtungsgeschäft in der Sloane Street nähte, um sich nebenbei ein bisschen Geld dazuzuverdienen.

In ihrer ganzen Fürsorglichkeit mussten diese Freunde sich dann bei ihrer Abfahrt vergewissern, ob Elfrida sich auch wohl fühlte. «Bereust du auch nichts, Elfrida? Hast keine Sehnsucht nach London und bist wirklich glücklich hier?» Und sie hatte sie jedes Mal beruhigen können: «Natürlich. Dies ist mein friedlicher Alterssitz. Hier will ich meinen Lebensabend verbringen.»

Inzwischen fühlte sie sich wie zu Hause. Sie wusste, wer in dem Haus hier und in dem Haus dort wohnte. Die Leute begrüßten sie mit Namen. «Guten Morgen, Elfrida», oder «Was für ein schöner Tag, Mrs. Phipps.» Manche Bewohner pendelten zwischen Dibton und London hin und her. Sie ließen ihren Wagen morgens am Bahnhof stehen, nahmen den Zug in die Stadt und kehrten erst spätabends zurück. Andere hatten ihr ganzes Leben in den kleinen Backsteinhäusern verbracht, die schon ihren Eltern und Großeltern gehört hatten. Wieder andere waren neu zugezogen, wohnten in den Neubausiedlungen am Dorfrand und arbeiteten in der Elektronikfabrik in der Nachbarstadt. Es war alles sehr anspruchslos und provinziell. Genau das, was Elfrida brauchte.

Sie ging am Pub vorbei, der gerade renoviert worden war und sich nun *Coachhouse* nannte. Über dem Eingang hing ein schmiedeeisernes Schild und hinten gab es einen neuen, geräumigen Parkplatz. Etwas weiter kam die Kirche mit den stattlichen Eiben und dem Friedhofstor mit einem Aushang der neuesten Gemeindenachrichten. Ein Gitarrenkonzert und ein Ausflug für die Gruppe von Müttern mit Kleinkindern. Auf dem Friedhof unterhielt ein Mann ein Feuer und der süßliche Duft verbrannter Blätter lag in der Luft. Auf einem der Friedhofstorpfosten saß eine Katze, aber Horaz übersah sie zum Glück.

Die Straße machte einen Bogen, und an ihrem Ende, neben dem langweiligen Flachbau, in den der Pfarrer gezogen war, lag der Dorfladen, an dessen Fassade bunte Fähnchen Reklame für Eis machten. Vor dem Laden standen ein paar Halbstarke mit Fahrrädern herum, und der Postmann mit seinem roten Auto war gerade dabei, den Briefkasten zu leeren.

Das Schaufenster war vergittert, damit Ungebetene nicht etwa einbrechen und sich an dem Arrangement aus Keksdosen und Gemüsekonserven vergreifen konnten, das Mrs. Jennings für den Inbegriff einer geschmackvollen Schaufensterdekoration hielt. Elfrida stellte ihren Korb ab und befestigte die Hundeleine an einer der Gitterstangen. Resigniert ließ Horaz sich auf dem Pflaster nieder. Er hasste es, draußen bleiben zu müssen und der Willkür erbarmungsloser Halbwüchsiger ausgesetzt zu sein, aber Mrs. Jennings duldete keine Hunde im Laden. Sie hoben überall das Bein und waren ihrer Meinung nach grässliche Biester.

In dem hell erleuchteten Laden mit seiner niedrigen Decke war es angenehm warm. Kühlschränke und Gefriertruhen summten und überall brannte Neonlicht. Mrs. Jennings hatte erst vor wenigen Monaten moderne Verkaufsständer anfertigen lassen, ihrer Meinung nach ein entschiedener Fortschritt. Wegen all dieser Barrikaden konnte man nicht mehr mit einem Blick überschauen, wer sich im Laden befand, und Elfrida musste erst eine Ecke umrunden (Nescafé und Tee), ehe sie den vertrauten Rücken neben der Kasse entdeckte.

Oscar Blundell. Elfrida war eigentlich aus dem Alter heraus, wo ihr Herz vor Freude einen Luftsprung machte, aber sie freute sich trotzdem, wenn sie Oscar sah. Er war einer der ersten Menschen, den sie bei ihrer Ankunft in Dibton kennen gelernt hatte, denn als sie eines Sonntagmorgens zur Kirche gegangen war, hatte der Pfarrer, dem die Haare in der frischen Frühjahrsbrise zu Berge standen und dessen Soutane im Wind wie frisch gewaschene Wäsche auf der Leine flatterte, sie an der Tür angehalten. Er hatte sie in Dibton willkommen geheißen und etwas von Blumenarrangieren und Frauenkreis hinzugefügt, war dann aber zum Glück abgelenkt worden. «Und hier kommt unser Organist. Oscar Blundell. Nicht unser ständiger Organist, aber er springt bereitwillig ein, wann immer Not am Mann ist.»

Elfrida drehte sich um und sah einen Mann aus dem Dunkel der Kirche in den Sonnenschein hinaustreten und auf sie zukommen. Sie sah ein freundliches, amüsiertes Gesicht, schwere Augenlider und dichtes weißes Haar, das vermutlich einmal blond gewesen war. Er war so groß wie Elfrida, was ungewöhnlich war. Mit ihrer gertenschlanken Figur und ihren ein Meter achtzig überragte Elfrida die meisten Männer, aber Oscar war auf ihrer Augenhöhe und ihr gefiel, was sie sah. Da Sonntag war, trug er einen Tweedanzug und eine hübsche Krawatte dazu und sein fester Händedruck fühlte sich gut an.

«Bewundernswert», sagte Elfrida. «Orgel spielen zu können, meine ich. Ist das Ihr Hobby?»

Er erwiderte ganz ernsthaft: «Nein, mein Job. Mein Leben.» Und dabei lächelte er, was seinen Worten alle Großspurigkeit nahm. «Mein Beruf», fügte er hinzu.

Ein oder zwei Tage später bekam Elfrida einen Anruf.

«Hallo, hier ist Gloria Blundell. Sie haben am Sonntag

nach der Kirche meinen Mann getroffen. Den Organisten. Kommen Sie doch am Donnerstag zum Essen zu uns. Sie wissen ja, wo wir wohnen. In der *Grange.* Dem roten Backsteinkasten am Ende des Dorfes, mit den Türmchen.»

«Wie nett von Ihnen. Ich freue mich.»

«Haben Sie sich schon eingelebt?»

«So einigermaßen.»

«Wunderbar. Also bis Donnerstag. Gegen halb acht.»

«Herzlichen Dank.» Aber der Hörer am anderen Ende der Leitung war bereits aufgelegt worden. Mrs. Blundell war offenbar keine Frau, die Zeit zu verschwenden hatte.

Die *Grange* war das größte Haus in Dibton und über eine Auffahrt mit pompösem Eingangstor zu erreichen. Irgendwie passte beides nicht zu Oscar Blundell, sodass Elfrida gespannt war, seine Frau zu treffen und seine häusliche Umgebung in Augenschein zu nehmen. Man lernte Leute eigentlich erst richtig kennen, wenn man sie in ihren eigenen vier Wänden erlebte und mit ihren Möbeln, ihren Büchern und ihrer Lebensweise vertraut war.

Am Donnerstagmorgen ging Elfrida zum Friseur, um sich die Haare waschen und wie allmonatlich farblich auffrischen zu lassen. Offiziell ging sie als erdbeerblond, aber gelegentlich geriet der Ton etwas zu sehr ins Orange. Heute war es wieder einmal passiert, aber Elfrida konnte sich darüber nicht den Kopf zerbrechen. Sie war unschlüssig, was sie anziehen sollte. Schließlich entschied sie sich für einen knöchellangen geblümten Rock und eine dreiviertellange Jacke aus seegrünem Strickstoff. Haarfarbe, Blumen und Jacke zusammen hatten eine ziemlich spektakuläre Wirkung, aber durch ein extravagantes Äußeres stärkte Elfrida ihr Selbstvertrauen.

Sie machte sich zu Fuß auf den Weg, ein Gang von etwa

zehn Minuten die Dorfstraße entlang, durch das pompöse Tor und die Auffahrt zum Haus hinauf. Ausnahmsweise war sie einmal pünktlich. Da sie zum ersten Mal hier war, machte sie nicht einfach die Tür auf und trat, wie es sonst ihre Art war, mit einem «Juhu» ins Haus, sondern drückte auf die Klingel. Dabei konnte sie es drinnen im Haus klingeln hören. Während sie wartete, ließ sie den Blick über den gepflegten Rasen schweifen, der aussah, als sei er zum ersten Mal in diesem Jahr geschnitten worden. Es roch nach frisch gemähtem Gras und feuchtem, kühlem Frühlingsabend.

Schritte näherten sich. Die Tür wurde geöffnet. Eine Frau in blauem Kleid und geblümter Schürze, ganz sicher nicht die Gastgeberin, stand vor ihr.

«Guten Abend. Mrs. Phipps, ja? Treten Sie ein. Mrs. Blundell kommt sofort, sie ist oben und macht sich nur schnell noch das Haar.»

«Bin ich die Erste?»

«Ja, aber keine Sorge. Die anderen werden gleich hier sein. Soll ich Ihnen die Jacke abnehmen?»

«Danke, ich behalte sie an.» Kein Grund, ins Detail zu gehen und zu erklären, dass die kleine Seidenbluse unter der Strickjacke ein Loch unterm Arm hatte.

«Hier entlang bitte, in den Salon ...»

Aber sie wurden unterbrochen. «Sie sind sicher Elfrida Phipps ... Es tut mir Leid, dass ich Sie nicht an der Tür begrüßt habe ...» Elfrida hob den Blick und sah die Gastgeberin die prächtige Treppe herunterkommen. Sie war eine stattliche Frau, groß und gut proportioniert, in schwarzer Seidenhose und einer lockeren gestickten chinesischen Jacke darüber. In der Hand trug sie ein halb volles Glas, das nach Whisky Soda aussah.

«... Ich habe mich ein bisschen verspätet, und dann rief

auch noch jemand an. Guten Abend», sie streckte die Hand aus, «Gloria Blundell. Schön, Sie zu sehen.»

Sie hatte ein frisches, offenes Gesicht mit ganz blauen Augen und Haare, die wie Elfridas vermutlich gefärbt waren, aber in diskreterem, sanftem Blond.

«Wie nett, dass Sie mich eingeladen haben.»

«Kommen Sie und wärmen Sie sich auf. Danke, Mrs. Muswell, die anderen finden den Weg allein ... hier entlang, bitte ...»

Elfrida folgte ihr in einen großen, im Stil der dreißiger Jahre getäfelten Raum mit einem riesigen Backsteinkamin, in dem ein Holzfeuer brannte. Vor dem Kamin stand ein lederbezogener Kaminschirm, und der Raum war mit üppig gepolsterten, groß gemusterten Sofas und Sesseln möbliert. Die pflaumenblauen Samtportieren waren mit goldener Tresse besetzt, und auf dem Teppichboden lagen überall dicke, farbenprächtige Perserteppiche. Nichts war alt, abgenutzt oder verblichen, alles strahlte eine Atmosphäre von Wärme und heiterem, männlichem Wohlbehagen aus.

«Wohnen Sie hier schon lange?» Elfrida gab sich Mühe, nicht zu neugierig zu erscheinen.

«Seit fünf Jahren. Ich habe das Haus von einem alten Onkel geerbt. War mir immer lieb und teuer, schon als Kind war ich gern hier.» Sie stellte ihr Glas hart auf einem kleinen Beistelltischchen ab und warf mit Schwung einen enormen Holzkloben ins Feuer. «Sie haben keine Vorstellung, wie es hier aussah. Alles verschlissen und voller Motten. Es musste von Grund auf überholt werden. Hab auch gleich eine neue Küche und zwei neue Badezimmer einbauen lassen.»

«Und wo haben Sie vorher gewohnt?»

«Oh, in London. Ich hatte ein Haus in Elm Park Gardens.» Gloria ergriff ihr Glas, nahm einen kräftigen Schluck und stellte es wieder ab. Dabei gönnte sie Elfrida ein Lächeln. «Mein Ankleidetrunk. Vor Partys brauche ich immer einen kleinen Muntermacher. Was kann ich Ihnen anbieten? Sherry? Oder Gin Tonic? Ja, wir haben uns dort sehr wohl gefühlt und hatten unendlich viel Platz. Und St. Biddulph, die Kirche, wo Oscar Organist war, lag nur etwa zehn Minuten entfernt. Wir wären wahrscheinlich dort geblieben, aber dann hat mein alter Junggesellenonkel das Zeitliche gesegnet, wie man so sagt, und mir die *Grange* vererbt. Außerdem haben wir eine Tochter, Francesca. Sie ist jetzt elf. Ich war immer dafür, dass Kinder auf dem Land aufwachsen. Wo Oscar nur bleibt? Er sollte sich eigentlich um die Getränke kümmern. Sitzt vermutlich irgendwo mit einem Buch und hat die Welt um sich herum vergessen. Sie werden noch andere Leute kennen lernen. Die McGearys. Er arbeitet in London. Und Joan und Tommy Mills. Tommy arbeitet beratend für unser Krankenhaus in Pedbury. Entschuldigung, haben Sie Sherry oder Gin Tonic gesagt?»

Elfrida sagte Gin Tonic und sah zu, wie Gloria Blundell ihr von dem reich bestückten Tisch am anderen Ende des Raums einen Drink einschenkte. Dann goss sie sich selbst einen tüchtigen Schuss Scotch nach.

«Da. Ich hoffe, er ist stark genug. Möchten Sie Eis? Aber nun setzen Sie sich, machen Sie sich's bequem und erzählen Sie mir von Ihrem kleinen Haus.»

«Na ja ... es ist klein.»

Gloria lachte. «Poulton's Row, ja? Die Häuser wurden damals für die Eisenbahner gebaut. Ist es schrecklich beengt?»

«Eigentlich nicht. Ich habe nicht viele Möbel, und Horaz und ich brauchen nicht viel Platz. Horaz ist mein Hund. Eine Promenadenmischung. Nicht besonders hübsch.»

«Ich habe zwei Pekinesen, die allerdings sehr hübsch sind. Aber sie beißen meine Gäste, und deshalb werden sie zu Mrs. Muswell in die Küche verbannt. Und was hat Sie ausgerechnet nach Dibton verschlagen?»

«Ich habe eine Annonce in der *Sunday Times* gesehen. Mit einem Bild. Es sah sehr attraktiv aus. Und war nicht zu teuer.»

«Ich muss mal vorbeikommen. Bin seit meiner Kindheit nicht mehr in diesen kleinen Häuschen gewesen. Früher hab ich dort die Witwe von einem alten Gepäckträger besucht. Und was machen Sie?»

«Wie bitte?»

«Gartenarbeit? Golf? Wohltätigkeitsvereine?»

Elfrida zögerte. Sie hatte so ihre Erfahrungen mit dominierenden Frauen. «Ich versuche, den Garten in Ordnung zu bringen, aber bisher habe ich vorwiegend ausgemistet.»

«Reiten Sie?»

«Ich habe noch nie auf einem Pferd gesessen.»

«Eine eindeutige Antwort. Ich bin viel geritten, als meine Söhne noch klein waren, aber das ist lange her. Francesca hat ein kleines Pony, aber ich fürchte, sie macht sich nicht viel draus.»

«Sie haben auch Söhne?»

«O ja. Erwachsen und beide verheiratet.»

«Aber ...?»

«Ich bin zum zweiten Mal verheiratet. Oscar ist mein zweiter Mann.»

«Entschuldigen Sie, das wusste ich nicht.»

«Kein Grund zur Entschuldigung. Mein Sohn Giles arbeitet in Bristol, und Crawford hat einen Job in London. Mit Computern oder so, geht über meinen Horizont. Wir kannten Oscar schon seit Jahren, weil wir in St. Biddulph am Raleigh Square zur Kirche gegangen sind. Er hat beim Begräbnis meines Mannes wunderschön Orgel gespielt. Als wir dann heirateten, sind meine Freunde aus allen Wolken gefallen. *Der alte Junggeselle*, haben sie gesagt. *Weißt du auch, worauf du dich einlässt?* »

Elfrida hörte fasziniert zu. «War Oscar sein Leben lang Musiker?», fragte sie.

«Immer. Er hat an der Chorschule von Westminster Abbey studiert und danach am Goodridge College Musik unterrichtet. Dort war er jahrelang Chorleiter und Organist. Als er den Unterricht aufgab, ist er nach London gezogen und Organist in St. Biddulph geworden. Ich glaube, sie hätten ihn mit den Füßen voran hinaustragen müssen, aber dann ist mein Onkel gestorben, und das Schicksal hat es anders gewollt.»

Oscar tat Elfrida ein bisschen Leid. «Ist es ihm sehr schwer gefallen, London zu verlassen?»

«Es ist immer schwer, einen alten Baum zu verpflanzen. Aber um Francescas willen hat er das Opfer bereitwillig auf sich genommen. Und hier hat er sein Musikzimmer und seine Bücher und Partituren, und nebenbei gibt er Privatunterricht, um nicht ganz einzurosten. Musik ist nun mal sein Leben. Er freut sich, wenn in Dibton Not am Mann ist und er sonntagmorgens beim Gottesdienst spielen darf. Und natürlich schleicht er sich dauernd heimlich hinüber, um in aller Ruhe üben zu können.» Während Gloria sprach, war hinter ihr, ohne dass sie es merkte, leise die Tür zum Flur aufgegangen. Als sie sah, dass Elfridas Aufmerksamkeit abgelenkt war, drehte sie sich im Sessel um und blickte über die Schulter.

«Ach, da bist du ja, mein Lieber. Wir sprechen gerade von dir.»

Die übrigen Gäste trafen alle auf einmal ein und füllten die Eingangshalle mit Stimmengewirr. Die Blundells gingen hinaus, um sie zu begrüßen, und Elfrida war einen Augenblick lang allein. Sie war in Versuchung, nach Hause zu gehen, um sich das Gehörte in aller Ruhe durch den Kopf gehen zu lassen, aber das ging natürlich nicht. Noch bevor sie sich den schändlichen Gedanken aus dem Kopf schlagen konnte, waren die Gastgeber wieder da, drängten die Gäste ins Wohnzimmer und die Dinnerparty nahm ihren Lauf.

Es war ein formvollendeter Abend, üppig und traditionell, mit ausgezeichnetem Essen und einer Reihe erlesener Weine. Sie aßen geräucherten Lachs und einen appetitlich angerichteten Lammbraten, es gab drei verschiedene Desserts, Schüsseln mit dicker Schlagsahne und anschließend einen blau geäderten Stilton, der einem auf der Zunge zerging. Als der Port eingeschenkt wurde, stellte Elfrida amüsiert fest, dass die Damen nicht etwa das Zimmer verließen, sondern bei den Männern sitzen blieben, und obwohl sie selbst inzwischen auf Wasser umgeschwenkt war, das sie sich aus einer Kristallkaraffe einschenkte, sah sie, dass die anderen Frauen ihren Port genossen, Gloria allen voran.

Sie fragte sich, ob Gloria, die an der Schmalseite der Tafel den Vorsitz führte, des Guten nicht doch zu viel getan hatte und, wenn es ans Aufstehen ging, nur mit Mühe auf die Beine kommen würde. Aber Gloria war aus anderem Holz geschnitzt, und als Mrs. Muswell den Kopf durch die Tür steckte und verkündete, dass der Kaffee im Salon serviert sei, ging sie mit sicherem Schritt aus dem Esszimmer und durch den Flur voran.

Die Gesellschaft gruppierte sich zwanglos um den Kamin. Als Elfrida ihre Tasse Kaffee vom Tablett nahm, sah sie durch das noch nicht zugezogene Fenster einen saphirblauen

Himmel. Obwohl es ein wechselhafter Frühlingstag mit Regenschauern und gelegentlichem Sonnenschein gewesen war, hatten sich die Wolken während des Essens verzogen und über einer fernen, knospenden Buche war am Himmel der erste Stern zu sehen. Elfrida nahm auf der breiten Fensterbank Platz und sah hinaus.

Nach einer Weile gesellte sich Oscar zu ihr. «Fühlen Sie sich nicht wohl?», fragte er.

Sie drehte sich zu ihm um. Er war während des Essens so mit dem Einschenken von Wein und Herumreichen der delikaten Nachspeisen beschäftigt gewesen, dass sie den ganzen Abend kaum ein Wort mit ihm gewechselt hatte.

«Doch. Aber was für ein herrlicher Abend. Und Ihre Osterblumen sind schon im Kommen.»

«Haben Sie etwas für Gärten übrig?»

«Ich habe leider nicht viel Erfahrung. Aber Ihrer sieht ganz besonders einladend aus.»

«Wollen wir einen kleinen Rundgang zusammen machen? Noch ist es nicht dunkel.»

Sie warf einen Blick auf die anderen, die es sich in lebhaftem Gespräch in den tiefen Sesseln bequem gemacht hatten.

«Ja, sehr gern. Aber ich möchte nicht unhöflich erscheinen.»

«Keine Sorge.» Er nahm ihr die Tasse aus der Hand und stellte sie aufs Tablett. «Elfrida und ich machen einen kleinen Gang durch den Garten.»

«Um diese Zeit?», meinte Gloria erstaunt. «Es ist doch kalt und dunkel draußen.»

«Noch nicht ganz. Wir bleiben nur zehn Minuten.»

«Aber sieh zu, dass das arme Mädchen etwas überzieht. Es ist kühl und feucht draußen ... Und lassen Sie sich nicht zu lange festhalten, meine Liebe ...»

«Ich passe auf ...»

Die anderen wandten sich wieder ihrem Gespräch zu, bei dem es um das enorme Schulgeld für Privatschulen ging. Elfrida und Oscar traten in den Flur und er schloss leise die Tür hinter sich. Dann nahm er einen dicken, mit Schaffell gefütterten Ledermantel von einem Stuhl. «Er gehört Gloria ... Nehmen Sie ihn.» Damit legte er ihn Elfrida fürsorglich um die Schultern. Dann öffnete er die verglaste Eingangstür, und sie traten in die kühle, reine Frühlingsluft hinaus. Büsche und Hecken schimmerten in der Dämmerung und das Gras unter ihren Füßen war feucht vom Tau.

Sie wanderten nebeneinander her. Die Rasenfläche wurde von einer bewachsenen Mauer abgeschlossen, in die ein Torbogen mit einem imposanten schmiedeeisernen Tor eingelassen war. Oscar öffnete das Tor und sie traten in einen weitläufigen Garten, den niedrige Buchsbaumhecken in säuberliche geometrische Flächen unterteilten. Ein Teil war mit beschnittenen, sorgfältig gedüngten Rosensträuchern bestanden, die im Sommer ihre ganze Pracht entfalten würden.

Angesichts solcher Perfektion überkam Elfrida ein Gefühl der Unzulänglichkeit.

«Ist das alles Ihr Werk?»

«Nein. Ich mache die Planung, aber ich habe einen Gärtner.»

«Ich kenne überhaupt keine Blumen, denn ich habe noch nie einen richtigen Garten besessen.»

«Meine Mutter war nie um einen Blumennamen verlegen. Wenn sie nach einer Blume gefragt wurde und den Namen nicht kannte, dann sagte sie einfach im Brustton der Überzeugung *Topfiblumicum* oder *Vergissmeinamia*. Das hat immer Eindruck gemacht.»

«Das muss ich mir merken.»

Einträchtig schlenderten sie den breiten, kiesbestreuten Gartenpfad entlang. «Ich hoffe, Sie haben sich beim Essen nicht ausgeschlossen gefühlt», sagte Oscar. «Ich fürchte, wir sind schreckliche Hinterwäldler.»

«Ganz und gar nicht. Ich habe mich sehr gut unterhalten. Ich höre gern zu.»

«Das Leben in der Provinz. Es wimmelt nur so von Intrigen.»

«Vermissen Sie London?»

«Gelegentlich sehr. Konzerte und Opern. Und St. Biddulph, meine Kirche.»

«Sind Sie ein gläubiger Mensch?», fragte Elfrida unvermutet und bereute es im gleichen Moment. Es war viel zu früh für eine so persönliche Frage.

Aber es schien ihn nicht zu beirren. «Ich weiß es nicht. Mein ganzes Leben war so von Kirchenmusik, liturgischen Gesängen und den Magnifikats der anglikanischen Kirche durchdrungen, dass es mir vermutlich gegen den Strich ginge, in einer Welt zu leben, in der ich niemandem zu danken hätte.»

«Meinen Sie für alle guten Dinge im Leben?»

«Genau.»

«Ich verstehe, obwohl ich überhaupt kein gläubiger Mensch bin. Ich bin am Sonntagmorgen nur zur Kirche gegangen, weil ich mich ein bisschen verlassen fühlte und Leute um mich haben wollte. Mit der herrlichen Musik hatte ich gar nicht gerechnet. Und das Tedeum habe ich so noch nie gehört.»

«Die Orgel ist ganz neu. Finanziert mit zahllosen Wohltätigkeitsbasaren.»

Eine Weile gingen sie schweigend nebeneinander her.

Dann sagte Elfrida: «Gehört das auch zu den guten Dingen? Die neue Orgel zum Beispiel.»

Er lachte. «Sie sind ja wie ein kleiner Hund, der seinen Knochen nicht loslässt. Ja, natürlich gehört die dazu.»

«Was sonst noch?»

Er antwortete nicht gleich. Sie dachte an sein Familienleben, seine Frau, sein ungeheuer gemütliches, großzügiges Haus. Sein Musikzimmer, seine Freunde, seine offensichtliche finanzielle Sicherheit. Sie hätte gern gewusst, wie Oscar dazu gekommen war, Gloria zu heiraten. Hatte er nach jahrelangem Alleinsein unter halbwüchsigen Jungen, mit magerem Gehalt und in muffigen Schulzimmern mit Schrecken das Schicksal eines einsamen, alternden Junggesellen auf sich zukommen sehen? Und sich vorsichtshalber mit der reichen, beherzten Witwe, perfekten Gastgeberin, der guten Freundin und tüchtigen Mutter liiert? Oder war sie es gewesen, die ihm nachgestellt und den Entschluss gefasst hatte? Vielleicht hatten sie sich auch Hals über Kopf ineinander verliebt. Wie dem auch war, es schien zu funktionieren.

Es herrschte Schweigen zwischen ihnen. Dann sagte Elfrida: «Sie brauchen mir nicht zu antworten.»

«Ich musste erst darüber nachdenken, wie ich es erklären soll. Ich habe spät geheiratet und Gloria hatte bereits Kinder aus erster Ehe. Irgendwie bin ich nie auf den Gedanken gekommen, dass ich auch eigene Kinder haben könnte. Als Francesca geboren wurde, war ich einfach fassungslos, nicht nur darüber, dass sie *da* war, ein winziges menschliches Wesen, sondern auch noch so wunderschön. Und so vertraut. Als hätte ich sie mein Leben lang gekannt. Ein echtes Wunder. Jetzt ist sie elf und ich kann mein Glück noch immer nicht fassen.»

«Ist sie zu Hause?»

«Nein, sie ist die Woche über im Internat. Aber morgen Abend hole ich sie zum Wochenende nach Hause.»

«Ich würde sie gern kennen lernen.»

«Natürlich. Ich könnte mir vorstellen, dass Sie von ihr entzückt sind. Als Gloria diesen riesigen Kasten geerbt hat, habe ich mich dagegen gewehrt, London zu verlassen. Aber Francescas wegen habe ich nachgegeben und zugestimmt. Hier hat sie alle Freiheit, sich zu bewegen. Hier gibt es Bäume, den Duft von Gras, Platz, sich zu entfalten. Platz für Kaninchen und Meerschweinchen und für das Pony.»

«Für mich», sagte Elfrida, «ist das Beste das morgendliche Vogelgezwitscher und die weiten Himmel.»

«Sie sind also auch aus London geflohen?»

«Ja. Es wurde Zeit.»

«Tat es weh?»

«Ein bisschen. Ich habe schließlich mein ganzes Leben dort verbracht. Seit ich die Schule beendet habe und von zu Hause fortgegangen bin. Ich habe die Königliche Schauspielschule in London besucht und war beim Theater. Sehr zum Leidwesen meiner Eltern. Aber das hat mich nicht abgehalten. Ich hatte immer meinen eigenen Kopf.»

«Also Schauspielerin. Das hätte ich mir denken können.»

«Und Sängerin. Und Tänzerin. In Revuen und großen amerikanischen Musicals. Ich war immer die Lange in der hintersten Reihe, weil ich so schrecklich groß war. Und dann jahrelang Engagements und Tourneen und kleine Rollen im Fernsehen. Nichts sonderlich Berühmtes.»

«Und treten Sie noch immer auf?»

«Großer Gott, nein. Ich habe den Beruf schon vor Jahren an den Nagel gehängt. Ich war mit einem Schauspieler verheiratet, ein furchtbarer Irrtum aus allen erdenklichen Gründen. Er ging dann nach Amerika und ward nicht mehr gesehen, also habe ich mich mit allen möglichen Jobs über Wasser gehalten, bis ich wieder geheiratet habe. Aber auch das ist nicht gut gegangen. Ich hatte wohl nie eine besonders glückliche Hand.»

«War Ehemann Nummer zwei auch Schauspieler?» Oscars Stimme klang eher belustigt, und genau das hatte Elfrida beabsichtigt. Sie sprach selten von ihren Ehen und fand, dass Katastrophen ohnehin nur erträglich waren, wenn man darüber lachte.

«Nein, nein, er war Geschäftsmann. Handelte mit furchtbar teuren Bodenbelägen. Man hätte meinen sollen, ich wäre in den besten Händen gewesen, aber er lebte in der unangenehmen viktorianischen Vorstellung, dass ein Mann seine ehelichen Verpflichtungen bereits erfüllt hat, wenn er seiner Frau ein Zuhause bietet und ihr von Zeit zu Zeit etwas Haushaltsgeld in die Hand drückt.»

«Tja», sagte Oscar, «und warum auch nicht? Eine alte Tradition, die sich über Jahrhunderte bewährt hat. Nur nannte man es damals Sklaverei.»

«Wie gut, dass Sie Verständnis haben. Mein sechzigster Geburtstag war der schönste Tag meines Lebens. Ich bekam meinen Rentenausweis und wusste, dass ich schnurstracks zum nächsten Postamt gehen und mir auf die Hand Geld auszahlen lassen konnte, ohne einen Finger dafür zu rühren. Mir war mein Leben lang nichts geschenkt worden. Es war wie der Beginn eines neuen Lebens.»

«Haben Sie Kinder?»

«Nein. Keine Kinder.»

«Sie haben mir noch immer nicht erklärt, warum Sie ausgerechnet in dieses Dorf gezogen sind.»

«Das Bedürfnis, Vergangenes hinter mir zu lassen.»

«Ein mutiger Schritt.»

Inzwischen war es fast dunkel geworden. Elfrida drehte sich zum Haus um und sah durch das Gitterwerk des schmiedeeisernen Tores gedämpftes Licht aus den Fenstern dringen. Jemand hatte die Vorhänge zugezogen. «Ich habe noch mit niemandem darüber gesprochen», sagte sie. «Ich habe noch nie jemandem davon erzählt.»

«Sie brauchen es mir nicht zu erzählen.»

«Vielleicht habe ich schon zu viel geredet. Vielleicht habe ich beim Essen zu viel getrunken.»

«Das glaube ich nicht.»

«Es gab noch einen Mann. Einen einzigartigen, liebevollen, liebenswerten, geistreichen, schlicht vollkommenen Mann. Auch Schauspieler, aber diesmal ein erfolgreicher und berühmter, dessen Namen ich nicht nennen möchte. Brillant. Wir haben drei Jahre gemeinsam in seinem kleinen Haus in Barnes gelebt, aber dann bekam er die parkinsonsche Krankheit und es hat noch zwei Jahre gedauert, bis er starb. Es war sein Haus, also musste ich ausziehen. Eine Woche nach seiner Beerdigung sah ich die Anzeige für das Häuschen in der Poulton's Row. In der *Sunday Times*. Und eine Woche später habe ich es gekauft. Ich habe nicht viel Geld, aber es war nicht sehr teuer. Ich habe meinen geliebten Hund Horaz mitgebracht, der mir Gesellschaft leistet, und ich habe meine Rente und nebenbei nähe ich Kissen für ein ziemlich hochgestochenes Einrichtungsgeschäft in London. Es ist nicht sehr anstrengend, gibt mir aber Beschäftigung und hält mich über Wasser. Ich hab immer gern genäht und die Arbeit mit den hübschen, kostspieligen Stoffen macht mir Spaß. Und jeder Auftrag ist anders.» Es klang alles sehr banal. «Ich weiß nicht, warum ich Ihnen das alles erzähle. Es klingt nicht sehr interessant.»

«Ich finde es faszinierend.»

«Ich weiß nicht recht, warum. Aber Sie sind sehr liebenswürdig.» Inzwischen war es ganz dunkel geworden. Zu dunkel, um sein Gesicht zu erkennen oder den Ausdruck in seinen verhangenen Augen. «Ich glaube, es ist Zeit, dass wir zu den anderen zurückkehren.»

«Natürlich.»

«Ihr Garten gefällt mir. Ich danke Ihnen. Irgendwann muss ich ihn einmal bei Tag besichtigen.»

Das war am Donnerstag. Am folgenden Sonntagmorgen regnete es, kein Frühlingsschauer, sondern ein regelrechter Landregen, der gegen die Fenster von Elfridas Cottage trommelte und die winzigen Zimmer verdunkelte, sodass sie überall Licht machen musste. Nachdem sie Horaz zum Pinkeln in den Garten hinausgelassen hatte, machte sie es sich mit einer Tasse Tee wieder im Bett bequem, wo sie den Morgen warm, gemütlich und faul über der gestrigen Zeitung und dem kniffligen Kreuzworträtsel zu verbringen gedachte.

Aber kurz nach elf wurde sie durch das Läuten ihrer Türglocke aufgeschreckt, einer scheppernden Vorrichtung, die durch einen Draht in Bewegung gesetzt wurde. Sie machte einen Lärm wie eine Feuerwehrglocke und Elfrida schoss vor Schreck in die Höhe. Horaz saß in Habtachtstellung am Fußende ihres Bettes und bellte ein paar Mal. Mehr war von ihm zum Schutz seiner Herrin nicht zu erwarten, denn er war ängstlicher Natur, und zu knurren oder Eindringlinge zu beißen lag ihm fern.

Eher überrascht als beunruhigt verließ Elfrida das Bett, zog ihren Morgenmantel über, band ihn zu und stieg die steile, schmale Treppe hinunter. Sie führte direkt ins Wohnzimmer und die Haustür unmittelbar auf den klitzekleinen Vorgarten. Dort fand Elfrida ein kleines Mädchen in Jeans und Turnschuhen und einem klitschnassen Anorak. Sie trug keine Kapuze, sodass sie aussah wie ein kleiner Hund, den man aus dem Wasser gezogen hatte. Das kupferfarbene Haar war zu Zöpfen geflochten und das sommersprossige Gesicht von der frischen, feuchten Frühjahrsluft rosig angehaucht.

«Mrs. Phipps?»

Sie trug eine Zahnspange, einen ganzen Mund voller Eisenwaren.

«Ja?»

«Ich bin Francesca Blundell. Meine Mutter fragt, ob Sie an solch einem schrecklichen Tag nicht zum Lunch kommen wollen. Wir haben einen riesigen Braten und Unmengen von ...»

«Aber ich war doch gerade erst zum Essen bei euch ...»

«Genau das würden Sie sagen, hat sie gesagt.»

«Das ist furchtbar nett von ihr. Aber wie du siehst, bin ich noch nicht einmal angezogen. Ich habe noch nicht mal an Lunch *gedacht.*»

«Sie wollte Sie anrufen. Aber ich hab gesagt, ich nehm mein Fahrrad.»

«Du bist mit dem Rad hier?»

«Es steht draußen auf dem Fußweg. Aber das macht nichts.» Um ein Haar hätte sie aus der überlaufenden Regenrinne eine kalte Dusche abbekommen.

«Komm lieber rein, bevor du ertrinkst», sagte Elfrida.

«Vielen Dank.» Francesca folgte der Einladung ohne Zögern. Beim Klang ihrer Stimmen schien Horaz die Luft für rein zu halten und kam würdevoll die Treppe herunter. Elfrida schloss die Tür. «Dies ist mein Hund, Horaz.»

«Ist der süß! Hallo, du. Mamis Pekinesen müssen immer stundenlang kläffen, wenn Besuch kommt. Darf ich meinen Anorak ausziehen?»

«Ja, eine gute Idee.»

Francesca zog den Reißverschluss auf, entledigte sich ihrer Jacke und hängte sie über den Pfosten am Ende des Treppengeländers, wo sie weiter auf den Fußboden tropfte.

Dann sah sie sich um. «Ich habe diese kleinen Häuser immer so niedlich gefunden, aber ich war noch nie in einem drin.» Ihre Augen waren groß und grau und von dichten, blonden Wimpern umgeben. «Als Mami sagte, dass Sie hier wohnen, konnte ich es gar nicht abwarten. Deshalb bin ich mit dem Rad gekommen. Das macht doch nichts, oder?»

«Überhaupt nichts. Ich fürchte nur, es ist ziemlich eng bei mir.»

«Ich finde es hinreißend.»

Das war stark übertrieben. Der Raum war mit den wenigen persönlichen Habseligkeiten ausgestattet, die Elfrida aus London mitgebracht hatte, und wirkte beengt und schäbig. Das durchgesessene Sofa, der kleine viktorianische Sessel, das Kamingitter aus Messing, der ramponierte Schreibtisch. Lampen, ein paar Bilder und viel zu viele Bücher.

«Ich wollte den Kamin anmachen, weil heute solch ein trüber Tag ist, aber ich bin noch nicht dazu gekommen. Möchtest du eine Tasse Tee oder Kaffee oder sonst etwas?»

«Nein danke, ich habe gerade eine Cola getrunken. Wo geht die Tür hin?»

«In die Küche. Ich zeig sie dir.»

Sie ging voran, hob den Riegel an der hölzernen Tür hoch und stieß sie auf. Ihre Küche war nicht größer als eine Schiffskombüse. Hier bullerte ein kleiner Kohlenofen vor sich hin und hielt das ganze Haus warm. Der Küchenschrank war mit Geschirr gefüllt, unter dem Fenster stand ein altmodischer Spülstein und der restliche freie Raum wurde von einem Holztisch und zwei Stühlen eingenommen.

Neben dem Fenster führte eine Stalltür in den Garten. Die obere Hälfte der Tür hatte kleine Butzenscheiben, sodass man einen gepflasterten Hof und die Rudimente eines Blumenbeets sehen konnte, das Elfrida begonnen hatte anzulegen. Zwischen den Steinplatten spross Farnkraut aus dem Boden und über die Mauer zum Nachbarhaus rankte ein üppiges Geißblatt.

«An einem Tag wie heute sieht es nicht besonders einladend aus, aber es ist gerade Platz genug, um an Sommerabenden im Liegestuhl draußen zu sitzen.»

«Ach, mir gefällt es.» Dann sah Francesca sich mit kritischen Hausfrauenaugen um. «Sie haben ja gar keinen Kühlschrank. Und keine Waschmaschine. Und Sie haben auch keine Kühltruhe.»

«Nein, eine Kühltruhe hab ich nicht. Aber ich habe einen Kühlschrank und auch eine Waschmaschine. Nur stehen sie draußen im Schuppen. Und mein Geschirr wasche ich im Spülbecken, weil für eine Spülmaschine kein Platz da ist.»

«Ich glaube, Mami würde umkommen, wenn sie Geschirr waschen müsste.»

«Es macht keine Arbeit, wenn man allein lebt.»

«Ihr Geschirr gefällt mir. Blau und weiß. Meine Lieblingsfarben.»

«Mir gefällt es auch. Es passt nichts zusammen, denn ich kaufe immer ein Stück dazu, wenn ich zufällig darauf stoße. Inzwischen habe ich so viel, dass kaum noch Platz dafür da ist.»

«Und was ist oben?»

«Das Gleiche. Zwei Zimmer und ein winziges Badezimmer. Die Badewanne ist so klein, dass ich die Beine über den Rand hängen lassen muss. Dann gibt's ein Schlafzimmer und ein Arbeitszimmer, wo ich nähe. Und wenn ich Gäste habe, müssen sie dort schlafen, zusammen mit der Nähmaschine, den Stoffresten und den Katalogen.»

«Papa hat mir erzählt, Sie machen Kissen. Ich finde, es ist alles genau so, wie es sein muss für eine Person. Und einen Hund natürlich. Wie ein Puppenhaus.»

«Hast du ein Puppenhaus?»

«Ja, aber ich spiele nicht mehr damit. Ich habe Tiere. Ein Meerschweinchen, das Happy heißt, aber es geht ihm nicht gut. Ich glaube, ich muss mit ihm zum Tierarzt gehen. Ihm fallen überall die Haare aus. Außerdem habe ich Kaninchen. Und ein Pony.» Sie krauste die Nase. «Es heißt Prince, aber es kann ganz schön dickköpfig sein. Ich glaub, ich muss jetzt gehen. Mami hat gesagt, ich soll vorm Lunch noch den Stall ausmisten, und das dauert ewig, besonders bei Regen. Vielen Dank, dass ich mir Ihr Haus ansehen durfte.»

«Gern geschehen. Und vielen Dank für die freundliche Einladung.»

«Sie kommen doch, oder?»

«Natürlich.»

«Zu Fuß?»

«Nein. Ich nehme mein Auto. Wegen des Regens. Und falls du wissen willst, wo ich mein Auto lasse – es steht auf der Straße.»

«Der alte blaue Ford Fiesta?»

«Genau. Alt ist das richtige Wort. Aber es stört mich nicht, solange die Räder sich drehen und der Motor anspringt.»

Francesca lachte und entblößte ungeniert ihre Zahnspange. «Also bis nachher», sagte sie, während sie sich den immer noch tropfenden Anorak überzog und ihre Zöpfe daraus befreite. Elfrida machte ihr die Tür auf.

«Mami hat gesagt, um Viertel vor eins.»

«Ich bin pünktlich zur Stelle, und vielen Dank für den Besuch.»

«Ich komme wieder», versprach Francesca und Elfrida sah zu, wie sie durch die Pfützen stapfte und durchs Gartentor verschwand. Einen Augenblick später saß sie auf ihrem Fahrrad, winkte und radelte durch die Wasserlachen geschwind die Straße entlang nach Hause.

Oscar, Gloria und Francesca waren Elfridas erste Freunde. Durch sie traf sie andere. Nicht nur die McGeareys und die Mills, sondern auch die Foubisters, alteingesessene Leute, die im Park ihres weitläufigen Landhauses zum alljährlichen Sommerfest für die Kirchengemeinde einluden. Außerdem den pensionierten Fregattenkapitän Burton-Jones, einen enorm geschäftigen Witwer, der seinen makellosen Garten bestellte, Vorsitzender des Vereins zur Pflege der Bürgersteige und erster Sänger im Kirchenchor war. Kapitän Burton-Jones *(sagen Sie einfach Bobby zu mir)* schmiss flotte Cocktailpartys und nannte sein Schlafzimmer seine Kajüte. Dann gab es noch die Dunns, er ein unglaublich reicher Mann, der das alte Pfarrhaus gekauft und in ein Wunder an Geräumigkeit und gemütlicher Atmosphäre verwandelt hatte, komplett mit Spielzimmern und überdachtem, geheiztem Schwimmbad.

Während Elfrida ihren täglichen Beschäftigungen nachging, traten nach und nach weitere, anspruchslosere Leute in ihr Leben. Mrs. Jennings, die Besitzerin des Dorfladens, die auch das Postamt unter sich hatte. Der Schlachter, Mr. Hodgkins, der einmal die Woche mit seinem Lieferwagen die Runde machte, eine verlässliche Quelle für Klatsch und Neuigkeiten und ein Mann mit entschiedenen politischen Ansichten. Albert Meadows, der auf ihre Anzeige nach einer

Gartenhilfe (auf einer Postkarte in Mrs. Jennings' Schaufenster) geantwortet hatte und sich allein darangemacht hatte, Ordnung in das trostlose Durcheinander und die unebenen Steinplatten in Elfridas Garten zu bringen. Der Pfarrer und seine Frau luden sie zum Abendessen ein, in dessen Verlauf man sie zu überreden versuchte, dem Frauenkreis beizutreten. Sie lehnte höflich ab – ihr lag nichts an Busfahrten und sie hatte im Leben noch keine Marmelade gemacht –, erklärte sich allerdings bereit, an der Schule mitzuwirken, und führte schließlich beim jährlichen Krippenspiel Regie.

Alle sehr liebenswürdig und entgegenkommend, aber niemand darunter, den Elfrida so interessant und anregend fand wie die Blundells. Glorias Gastfreundlichkeit war grenzenlos und es verging keine Woche, wo sie nicht zu einer üppigen Mahlzeit, einem gemeinsamen Zusammensein im Freien wie zum Beispiel einer Tennispartie (Elfrida spielte kein Tennis, sah aber gern dabei zu) oder einem Picknick eingeladen wurde. Es gab ausgedehntere Unternehmungen: das jährliche Querfeldeinrennen auf einem nahe gelegenen Gut, der Besuch eines berühmten Parks, ein Theaterabend in Chichester. Sie verbrachte Weihnachten und Silvester bei ihnen, und als sie ihre erste kleine Party für all ihre neuen Freunde gab (Albert Meadows hatte den Garten zu neuem Leben erweckt, die Steinplatten geebnet, das Geißblatt beschnitten und den Schuppen frisch gestrichen), erbot Oscar sich, die Getränke zu servieren, und Gloria steuerte Unmengen zu essen aus ihrer Küche bei.

Allerdings hatte alles seine Grenzen. Es ging nicht anders, wenn Elfrida sich von den Blundells nicht vereinnahmen lassen und ihnen verpflichtet sein wollte. Ihr war von Anfang an nicht entgangen, dass Gloria eine dominierende, wenn nicht gar rücksichtslose Frau war, wenn es darum ging, ihren eigenen Kopf durchzusetzen, und Elfrida war sich der Gefährlichkeit einer solchen Situation durchaus bewusst. Sie hatte London verlassen, um ihr eigenes Leben zu leben, und wusste, dass es nur zu leicht für eine allein stehende und nicht sehr begüterte Frau war, im Kielwasser von Glorias unerschöpflicher gesellschaftlicher Energie mitzuschwimmen (und womöglich zu ertrinken).

Von Zeit zu Zeit hielt sie sich also bewusst zurück, blieb für sich, erfand Ausreden. Zu viel Arbeit oder eine schon getroffene Verabredung mit einer imaginären Bekannten, die Gloria nicht kannte und die Elfrida auf keinen Fall enttäuschen konnte. Hin und wieder entfloh sie der Enge von Dibton, verfrachtete Horaz auf den Rücksitz ihres alten Autos und fuhr mit ihm über Land in eine Gegend, wo niemand sie kannte und wo sie zwischen grasenden Schafen gemeinsam einen Hügel erklommen, dem Verlauf eines friedlich dahinfließenden Baches folgten und schließlich auf ein Gasthaus voll fremder Leute stießen, wo Elfrida eine Kleinigkeit essen, Kaffee trinken und das kostbare Alleinsein genießen konnte.

Bei solchen Gelegenheiten gewann sie Abstand von Dibton. Es gelang ihr, die Dinge in nüchternem Licht zu betrachten, ihre Beziehung zu den Blundells kritisch unter die Lupe zu nehmen und die Einsichten, zu denen sie dabei kam, kühl und objektiv wie einen Einkaufszettel aufzulisten.

Erstens war Oscar ihr enorm sympathisch, vielleicht sogar zu sehr. Elfrida war längst über das Alter romantischer Schwärmereien hinaus, aber Kameradschaft war eine andere Sache. Seit ihrer ersten Begegnung draußen vor der Kirche, als er ihr auf Anhieb gefiel, hatte sie seine Gesellschaft immer mehr schätzen gelernt. Der erste Eindruck hatte nicht getrogen.

Doch das Eis war dünn. Elfrida war durchaus nicht bigott oder legte übertrieben hohe moralische Maßstäbe an. Immerhin war der geliebte Mann, mit dem sie zusammengelebt hatte, der Ehemann einer anderen Frau gewesen. Aber Elfrida hatte diese Frau nie kennen gelernt und die Ehe war bereits gescheitert, als Elfrida und er sich fanden, deshalb hatte sie auch nie ein schlechtes Gewissen gehabt. Allerdings gab es eine weitere, längst nicht so unverfängliche Konstellation, die Elfrida mehr als einmal miterlebt hatte. Dass nämlich eine allein stehende Frau, verwitwet, geschieden oder sonst irgendwie verlassen, von einer treuen Freundin unter die Fittiche genommen wurde, nur um sich dann mit dem Ehemann dieser treuen Freundin einzulassen. Eine scheußliche Situation, die sie nur entschieden missbilligen konnte.

Dazu würde sie es auf keinen Fall kommen lassen. Sie wusste, dass ihr sicherer Instinkt für Gefahren und ihr gesunder Menschenverstand ihre größten Stärken waren.

Zweitens war die elfjährige Francesca genau die Tochter, die Elfrida, hätte sie je Kinder gehabt, sich gewünscht hätte. Unabhängig, offen und ohne jeden Arg, besaß Francesca gleichzeitig einen so ausgeprägten Sinn fürs Absurde, dass Elfrida gelegentlich Tränen lachte, und obendrein eine Einbildungskraft, die durch hemmungsloses Lesen noch beflügelt wurde. Bücher konnten Francesca so gefangen nehmen, dass man ins Zimmer treten, den Fernseher anstellen und laute Diskussionen führen konnte, ohne dass sie den Kopf von der bedruckten Buchseite hob. In den Schulferien tauchte sie oft in der Poulton's Row auf, um mit Horaz zu spielen oder Elfrida an der Nähmaschine zuzusehen, während sie ihr endlose Fragen über ihre Theatervergangenheit stellte, die sie ungemein faszinierte.

Ihr Verhältnis zu ihrem Vater war ungewöhnlich eng und

liebevoll. Er war alt genug, um ihr Großvater sein zu können, doch fühlten sie sich stärker zueinander hingezogen als sonst zwischen Eltern und Kindern üblich. Hinter der geschlossenen Tür des Musikzimmers konnte man die beiden vierhändig auf seinem Klavier spielen hören und etwaige Patzer riefen nicht etwa Vorwürfe, sondern lautes Gelächter hervor. An Winterabenden saßen die beiden, während er ihr vorlas, eng aneinander gekuschelt in seinem riesigen Ohrensessel, und sie bekundete ihm ihre ganze Anhänglichkeit, indem sie sich zärtlich an ihn schmiegte, die dünnen Ärmchen um seinen Hals schlang oder ihm Küsse auf sein dichtes weißes Haupthaar drückte.

Gloria dagegen hatte mehr mit Männern im Sinn und deshalb ein engeres Verhältnis zu ihren erwachsenen, verheirateten Söhnen als zu ihrer spät geborenen Tochter. Elfrida hatte die Söhne Giles und Crawford Bellamy und ihre hübschen, eleganten Frauen kennen gelernt, wenn sie zum Wochenende in der *Grange* erschienen oder am Sonntag von London zum Lunch herkamen. Obwohl keine Zwillinge, waren sie sich in ihrem konventionellen, blasierten Gehabe merkwürdig ähnlich. Elfrida hatte den Eindruck, dass keiner der Brüder sie sonderlich mochte, aber da sie die beiden auch nicht besonders sympathisch fand, spielte es keine Rolle. Ihre Mutter dagegen war geradezu vernarrt in sie, was weit wichtiger war, und wenn sie in ihren kostspieligen Autos, deren Kofferraum von frischem Gemüse und Obst aus Glorias Küchengarten überquoll, nach London oder Bristol oder wohin auch immer aufbrachen, dann stand sie wie eine sentimentale Mutter zu Tränen gerührt am Tor und winkte ihnen nach. Es war offensichtlich, dass die Söhne in ihren Augen über jeden Fehl erhaben waren, und Elfrida war überzeugt, wenn Gloria mit der Wahl ihrer jeweiligen Bräute nicht einverstanden gewesen wäre, dann hätte sie mit Daphne und Arabella kurzen Prozess gemacht.

Aber Francesca war aus anderem Holz geschnitzt. Stark von Oscar beeinflusst, ging sie ihre eigenen Wege, verfolgte eigene Interessen und fand Bücher und Musik wesentlich anziehender als die sportlichen Veranstaltungen des Ponyclubs. Trotzdem war sie nie aufmüpfig oder schlecht gelaunt und kümmerte sich bereitwillig um ihr störrisches kleines Pony, verschaffte ihm regelmäßigen Auslauf, galoppierte mit ihm um die Weide, die Gloria extra für den Pferdesport reserviert hatte, oder machte lange Ausritte mit ihm auf den einsamen Pfaden am Flüsschen entlang. Oft begleitete Oscar sie auf seinem altmodischen Holländerfahrrad, einem Relikt aus Schulzeiten.

Gloria ließ die beiden, wie Elfrida vermutete, gewähren, weil Francesca ihr nicht so am Herzen lag, sie jedenfalls längst nicht so beanspruchte und ausfüllte wie ihre eigene hektische Betriebsamkeit, ihr Haus, ihre Partys, ihr Freundeskreis. Manchmal erinnerte sie Elfrida an einen Jäger, der ins Horn blies und seine Meute zur Hatz antrieb.

Nur ein einziges Mal hatte Elfrida Glorias Gunst eingebüßt. Sie waren zu einem geselligen Abend bei den Foubisters eingeladen, einer förmlichen Dinnerparty in großem Stil, mit brennenden Kerzen, funkelndem Silber und einem betagten Butler, der bei Tisch servierte. Nach dem Essen hatte Oscar sich in dem geräumigen und ziemlich kühlen Salon – der Abend war frisch – an den Flügel gesetzt und Elfrida nach Beendigung einer Chopin-Etüde gebeten, etwas für sie zu singen.

In ihrer Verlegenheit hatte sie heftig protestiert. Sie hätte seit Jahren nicht mehr gesungen, ihre Stimme sei hoffnungslos eingerostet …

Aber der alte Edwin Foubister hatte ihr gut zugeredet. *Bitte, bitte*, hatte er gesagt, *ich hatte schon immer eine Schwäche für flotte Melodien.*

Er sagte es auf so entwaffnende Weise, dass Elfrida zu schwanken begann. Spielte es eine Rolle, dass ihre Stimme ihr jugendliches Timbre verloren hatte, die hohen Töne nicht mehr ganz rein waren und sie sich zum allgemeinen Gespött machen würde? In dem Augenblick sah sie den betretenen, missbilligenden Blick in Glorias Augen, ihr hochrotes Gesicht, bärbeißig wie eine Bulldogge. Gloria wollte nicht, dass sie sang. Sie wollte nicht, dass sie neben Oscar stand, um die kleine Gruppe zu unterhalten. Sie war nicht daran interessiert, dass andere sich hervortaten, die Aufmerksamkeit auf sich zogen und sie womöglich in den Schatten stellten. Es war wie eine Erleuchtung gewesen, blitzartig und schockierend, als hätte Gloria sich vor ihr entblößt.

Unter anderen Umständen hätte Elfrida einen Rückzieher gemacht, höflich abgelehnt und eine Ausrede gefunden. Aber durch das gute Essen und den erlesenen Wein ermutigt, spürte sie eine trotzige Regung in sich aufkommen. Sie hatte sich noch nie einschüchtern lassen und wollte auch jetzt nicht damit anfangen. Deshalb begegnete sie Glorias drohendem Unmut mit einem Lächeln, wandte den Kopf und sah ihren Gastgeber freundlich lächelnd an. «Wenn Sie es wünschen», sagte sie, «mit Vergnügen ...»

«Phantastisch.» Der alte Mann klatschte wie ein Kind in die Hände. «Was für eine Überraschung.»

Und Elfrida stand auf und trat ans Klavier, wo Oscar sie erwartete.

«Was möchten Sie singen?»

Sie schlug einen alten Rodgers-und-Hart-Song vor. «Kennen Sie den?»

«Natürlich.»

Er schlug ein paar Akkorde an. Es war lange her. Sie richtete sich auf, füllte ihre Lungen …

I took one look at you.

Ihre Stimme war mit der Zeit etwas dünn geworden, aber es fiel ihr nicht schwer, die Melodie zu halten.

And then my heart stood still.

Auf einmal überkam sie ein unerklärliches Glücksgefühl, sie fühlte sich wieder jung, wie sie neben Oscar stand und gemeinsam mit ihm den Raum mit der Musik ihrer Jugend füllte.

Gloria sprach für den Rest des Abends kaum noch ein Wort und es machte auch niemand den Versuch, sie aus ihrer schlechten Laune herauszulocken. Während die anderen Elfrida zu ihrem Auftritt beglückwünschten, sprach Gloria ihrem Brandy zu. Als es Zeit war, aufzubrechen, begleitete Sir Edwin seine Gäste nach draußen, wo Glorias schneller Schlitten auf dem säuberlich geharkten Kies geparkt war. Elfrida verabschiedete sich und nahm auf dem Rücksitz Platz, während Oscar sich so schnell hinters Steuer setzte, dass Gloria gezwungen war, in ihrem eigenen Fahrzeug mit dem Nebensitz vorlieb zu nehmen.

Unterwegs erkundigte Oscar sich bei seiner Frau, wie ihr der Abend gefallen hätte. Gloria erwiderte kurz angebunden: «Ich habe Kopfschmerzen», und hüllte sich wieder in Schweigen.

Kein Wunder, dachte Elfrida bei sich, hielt aber wohlweislich den Mund. Und dieser traurige Umstand gab vielleicht am meisten zu denken. Gloria Blundell, dickköpfig und mit einem Magen wie ein Metalleimer, trank zu viel. Sie war zwar nie außer Gefecht und hatte nie einen Kater. Aber sie trank zu viel. Und Oscar wusste es.

Oscar. Da stand er vor ihr in Mrs. Jennings' Laden an einem grauen Oktobernachmittag, holte seine Zeitungen ab und bezahlte eine Tüte Hundefutter. Er trug Kordhosen, einen dicken tweedartigen Pullover und derbe Stiefel, als hätte er die Gartenarbeit unterbrochen und sei nur auf einen Sprung vorbeigekommen, um ein paar notwendige Einkäufe zu erledigen.

Mrs. Jennings blickte hoch. «Tag, Mrs. Phipps.»

Mit dem Wechselgeld in der Hand drehte Oscar sich um und sah sie.

«Elfrida. Guten Tag.»

«Sie müssen zu Fuß gegangen sein. Ich habe Ihren Wagen gar nicht gesehen.»

«Er steht um die Ecke geparkt. Das wär's wohl, Mrs. Jennings.»

Er trat zur Seite, um Elfrida Platz zu machen, hatte aber offenbar keine Eile, den Laden zu verlassen. «Wir haben Sie ja seit Tagen nicht gesehen. Wie geht's?»

«Ach, man lebt. Ich habe dieses Wetter nun satt.»

«Schrecklich, nicht?», fiel Mrs. Jennings ein. «Gleichzeitig kalt und feucht, man hat gar keine Lust, etwas zu tun. Was haben Sie da, Mrs. Phipps?»

Elfrida leerte den Inhalt ihres Korbes auf den Tresen, damit Mrs. Jennings die Preise in ihre Kasse tippen konnte. Ein Brot, ein halbes Dutzend Eier, Schinken und Butter, zwei Dosen Hundefutter und eine Zeitschrift mit dem Titel *Schönes Wohnen*. «Soll ich es anschreiben?»

«Wenn es Ihnen nichts ausmacht. Ich habe mein Portemonnaie zu Hause gelassen.»

Oscar sah die Zeitschrift. «Haben Sie vor, Ihr Haus zu renovieren?»

«Eigentlich nicht. Aber über anderer Leute Renovierungsarbeiten zu lesen hat eine therapeutische Wirkung auf mich. Vermutlich, weil ich weiß, dass ich nicht selbst zum Farbtopf greifen muss. So als hörte man zu, wie andere Leute ihren Rasen mähen.»

Mrs. Jennings fand das sehr erheiternd. «Jennings hat seinen Rasenmäher schon im September in den Schuppen gestellt. Hasst Rasenmähen.»

Oscar sah zu, wie Elfrida ihren Korb wieder voll lud, und sagte: «Wenn Sie wollen, fahre ich Sie nach Hause.»

«Ich geh gern zu Fuß. Ich habe Horaz bei mir.»

«Er kann gern mitfahren. Danke, Mrs. Jennings, und auf Wiedersehen.»

«Tschüs, Mr. Blundell. Grüßen Sie Ihre Frau.»

Gemeinsam traten sie aus dem Laden. Draußen lungerten noch immer die Halbstarken herum. Ein Mädchen von etwas zweifelhaftem Aussehen hatte sich zu ihnen gesellt. Zigarette im Mund, pechschwarzes Haar und Lederrock, der kaum ihre Blöße bedeckte. Die jungen Männer überboten sich gegenseitig mit Anspielungen, zweideutigen Bemerkungen und lauthalsem Gelächter. Eingeschüchtert von solch rowdyhaftem Benehmen, saß Horaz kleinlaut vor der Tür und machte ein unglückliches Gesicht. Als Elfrida ihn losband, wedelte er erleichtert mit dem Schwanz und die drei wanderten um die Ecke und die schmale Gasse entlang, wo Oscar seinen alten Wagen geparkt hatte. Elfrida stieg ein, Horaz hüpfte hinterher, setzte sich zwischen ihre Knie auf den Boden und legte den Kopf auf ihren Schoß. Als Oscar sich hinters Steuer setzte, die Tür zuschlug und den Wagen anließ, sagte sie: «Nachmittags rechne ich nie damit, jemanden im Laden zu treffen. Plauderstündchen ist dort immer morgens. Dann hört man den neuesten Klatsch und Tratsch.»

«Ich weiß. Aber Gloria ist in London, und ich hatte die Zeitungen vergessen.» Er wendete und bog vorsichtig in die Hauptstraße ein. Die Schule war vorbei und eine Prozession von müden, zerzausten Kindern mit Schultaschen über der Schulter war auf dem Heimweg. Der Mann auf dem Friedhof hatte wie immer sein Feuer in Gang. Grauer Rauch stieg in die stille, feuchte Luft empor.

«Wann ist Gloria denn nach London gefahren?»

«Gestern. Zu irgendeinem Kongress. Rettet die Kinder, glaube ich. Sie hat den Zug genommen. Ich muss sie um halb sieben abholen.»

«Möchten Sie hereinkommen und eine Tasse Tee bei mir trinken oder ziehen Sie es vor, an Ihre Gartenarbeit zurückzugehen?»

«Woher wissen Sie, dass ich im Garten gearbeitet habe?»

«Stichhaltiges Beweismaterial. Weibliche Intuition. Lehm an Ihren Stiefeln.»

Er lachte. «Sehr scharfsinnig, Mrs. Holmes. Aber einer Tasse wäre ich nicht abgeneigt. Als Belohnung für die Gartenarbeit.»

Sie fuhren am Pub vorbei. Wenig später hatten sie die Gasse erreicht, die zur Bahnlinie und zu der schmalen Zeile von Reihenhäuschen in der Poulton's Row hinunterführte. Er parkte vor ihrem Haus und sie stiegen aus. Von seiner Leine befreit, sprang Horaz munter voraus und Elfrida mit ihrem Korb folgte ihm. Sie machte die Tür auf.

«Schließen Sie gar nicht ab?», fragte Oscar hinter ihr.

«Nicht für einen Gang ins Dorf. Es gibt auch nichts zu stehlen bei mir. Kommen Sie rein und machen Sie die Tür zu.» Sie ging durch die Küche und stellte den Korb auf den Tisch. «Seien Sie so nett und halten Sie ein Streichholz an den Kamin. An einem Tag wie heute braucht man ein bisschen Wärme.» Sie füllte den Kessel unter dem Wasserhahn und setzte ihn auf. Dann zog sie ihre Jacke aus, hängte sie über eine Stuhllehne und holte ihr zusammengewürfeltes Geschirr aus dem Schrank. «Becher oder Tasse?»

«Becher für Gärtner.»

«Möchten Sie den Tee vorm Kamin oder hier in der Küche?»

«Ich fühle mich mit den Füßen unterm Tisch wohler.»

Ohne große Hoffnungen öffnete Elfrida ihre Keksdosen. Zwei waren leer. Die dritte enthielt das Endstück eines alten Honigkuchens. Sie legte es mit einem Messer auf einen Teller. Dann nahm sie Milch aus dem Kühlschrank, leerte die Tüte in einen kleinen gelben Keramikkrug und stellte die Zuckerdose daneben. Aus dem Wohnzimmer war das Knistern und Knacken von brennenden Zweigen zu hören. Sie trat an die Tür und sah Oscar gegen den Türrahmen gelehnt zu. Er legte vorsichtig ein paar Kohlenstücke auf die Holzscheite. Als er merkte, dass Elfrida ihm zusah, richtete er sich auf und drehte sich lächelnd zu ihr um. «Brennt vorzüglich. Fachmännisch mit viel Kleinholz errichtet. Brauchen Sie Brennholz für den Winter? Ich kann Ihnen eine Ladung zukommen lassen, wenn Sie wollen.»

«Wo soll ich das Holz denn unterbringen?»

«Wir könnten es im Vorgarten an der Hauswand stapeln.»

«Das wäre wunderbar. Aber nur, wenn Sie es entbehren können.»

«Wir haben mehr als genug.»

«In dem Fall, vielen Dank.»

Er klopfte sich die Hände an der Hose ab und sah sich im Zimmer um. «Sie haben wirklich etwas aus diesem Häuschen gemacht.»

«Ach, Oscar, es ist ein einziger Kuddelmuddel. Ich habe im Laufe meines Lebens so viele Kleinigkeiten angesammelt, von denen ich mich nur schwer trennen kann. Es ist wie mit alten Briefen. Oder Erinnerungen.»

«Mir gefallen besonders Ihre Staffordshire-Terrier.»

«Leider kein Pärchen.»

«Und die kleine Uhr. Die ist ganz ungewöhnlich.» Er sah sich die Uhr eingehend an. «Sie hat ja drei Zifferblätter.»

Die Uhr stand mitten auf Elfridas überfülltem Kaminsims und wurde von zwei emaillierten Schnupftabaksdosen flankiert. Das runde Zifferblatt saß in einer Fassung aus abgewetztem Samt und war von einem Kranz goldener Blätter umgeben. Davor befand sich ein mit leuchtend rotem Samt bezogener Uhrendeckel, der offen stand und mit einem winzigen goldenen Verschluss versehen war, und obendrauf war ein goldener Ring zum Aufhängen angebracht. Die ganze Uhr war in weiches, abgetragenes Leder eingefasst.

«Das ist keine Uhr», sagte Elfrida, «sondern ein Chronometer. Man kann ihn schließen und überallhin mitnehmen.»

«Ein Reisechronometer. Phantastisch. Wo haben Sie dieses Juwel denn aufgetrieben?»

«Ich habe ihn von einem älteren Patenonkel geerbt. Einem echten Seebären.» Sie trat neben ihn und erklärte: «Wie Sie sehen, zeigt der eine Zeiger die Stunden, der zweite die Minuten und der dritte die Sekunden an.»

«Und alles funktioniert perfekt. Ein wahres Meisterstück. Aus welchem Jahr?»

«Ich glaube um 1830 oder so. Offenbar französisch. Von einem Uhrmacher namens Houriet. Ich darf nur nicht vergessen, ihn jeden Tag aufzuziehen. Ziemlich lästig. Ich könnte wahrscheinlich eine Batterie einbauen lassen, aber ich glaube, er würde es mir verargen, meinen Sie nicht?»

«Ganz entschieden.»

«Er geht auf die Minute genau und ist ein solch hübsches Stück. Mein Herz hängt daran. Wie auch an meinen Fotografien und all den Nippes und den Bildern, die ich über die Jahre gesammelt habe.»

«Jaja», sagte Oscar, «aber es ist die glückliche Hand, mit der Sie alles zusammengestellt haben, die das Ganze so ansprechend macht. Ich bin sicher, es ist nichts dabei, was in Ihren Augen nicht schön oder nützlich wäre.»

«William Morris.»

«Meiner Meinung nach der Maßstab für guten Geschmack.»

«Oscar, Sie wissen Komplimente zu machen.»

In diesem Augenblick brach der Dampfkessel in der Küche in schrilles Pfeifen aus. Das Wasser kochte. Elfrida stürzte in die Küche und Oscar folgte ihr und sah zu, wie sie in einem runden braunen Teetopf den Tee zubereitete und auf den Tisch stellte.

«Wenn Sie ihn stark mögen, müssen Sie sich noch einen Augenblick gedulden. Und vielleicht nehmen Sie lieber Zitrone statt Milch. Hier ist auch noch ein Stück alter Honigkuchen.»

«Ein Festmahl.» Oscar zog einen Stuhl unterm Tisch hervor und nahm Platz, offenbar erleichtert, seine Beine ausruhen zu können. Sie setzte sich ihm gegenüber an den Tisch. Dann sagte sie: «Oscar. Ich fahre weg.»

Er sah sie mit einem Ausdruck äußerster Bestürzung an.

«Für immer?», fragte er erschrocken.

«Natürlich nicht für immer.»

Seine Erleichterung war nicht zu übersehen. «Gott sei Dank. Sie haben mir vielleicht einen Schreck eingejagt!»

«Ich denke nicht im Traum daran, Dibton zu verlassen.

Das habe ich doch gesagt. Ich will meinen Lebensabend hier verbringen. Aber ich brauche einen Urlaub.»

«Fühlen Sie sich erschöpft?»

«Nein, aber der Herbst deprimiert mich. Diese Zeit zwischen Sommer und Weihnachten ist weder Fisch noch Fleisch. Eine tote Zeit. Und dann habe ich bald wieder Geburtstag. Zweiundsechzig. Noch deprimierender. Ich brauche Tapetenwechsel.»

«Sehr vernünftig. Das wird Ihnen gut tun. Wohin wollen Sie?»

«Ans äußerste Ende von Cornwall. Wenn man niest, läuft man Gefahr, über die steilen Klippen in den Atlantik zu stürzen.»

«Cornwall?» Er war überrascht. «Wieso Cornwall?»

«Weil ich dort einen Vetter habe. Er heißt Jeffrey Sutton und ist drei Jahre jünger als ich. Wir waren immer gute Freunde. Er ist einer von diesen netten Leuten, die man ohne weiteres anrufen und fragen kann: *Ich komme vorbei, kann ich bei dir wohnen?* Man weiß, dass er ja sagt. Und sich auch noch freut. Also werden Horaz und ich ihn besuchen.»

Oscar schüttelte ungläubig den Kopf.

«Ich wusste gar nicht, dass Sie einen Vetter haben. Oder überhaupt Verwandte.»

«Das Produkt unbefleckter Empfängnis, meinten Sie?»

«Nicht gerade das. Aber ich bin doch einigermaßen überrascht.»

«Was soll daran so überraschend sein? Nur weil ich mich nicht ständig über meine Verwandtschaft auslasse?» Dann lenkte sie ein. «Aber Sie haben nicht ganz Unrecht. Ich bin ein bisschen verwaist. Aber an Jeffrey hat mir immer viel gelegen und wir sind immer in Kontakt geblieben.»

«Hat er eine Frau?»

«Er hatte sogar zwei. Die erste war ein wirkliches Brechmittel. Sie hieß Dodie. Ich nehme an, er hat sich von ihrem hübschen Aussehen und ihrer hilflosen Unschuldsmiene bezirzen lassen. Nur um bald dahinterzukommen, dass er sich an eine Frau gebunden hatte, der Ärmste, deren Selbstbezogenheit alle Vorstellungen überstieg. Außerdem war sie so dickfellig und unpraktisch, dass Jeffrey den Großteil seines sauer verdienten Gehalts für Köchinnen, Putzfrauen und Au-pair-Mädchen ausgeben musste, in der schwachen Hoffnung, seinen zwei Töchtern ein einigermaßen geordnetes Zuhause bieten zu können.»

«Und was ist aus der Ehe geworden?» Oscar hörte offensichtlich gespannt zu.

«Jeffrey litt stumm und ergeben, bis die beiden Mädchen erwachsen waren, einen Beruf hatten und er einen Schlussstrich unter das ganze Kapitel ziehen konnte. Er hatte eine Freundin, Serena, erheblich jünger als er, aber ein reizendes Mädchen. Sie war Gärtnerin, hatte einen hübschen kleinen Blumenladen, arrangierte Blumen für Partys und versorgte anderer Leute Blumenkästen. Er kannte sie schon seit Jahren. Mit seiner ersten Ehe gab er gleichzeitig seinen Job auf, streifte sich den Londoner Staub von den Schuhen und zog mit Serena so weit weg von London wie möglich. Als die Scheidung überstanden war, heiratete er Serena und sie gründeten sofort eine neue kleine Familie. Ein Junge und ein Mädchen. Leben von der Hand in den Mund, haben Hühner und beherbergen Sommergäste.»

«Und leben glücklich und in Frieden?»

«Sozusagen.»

«Und die Töchter? Was ist aus denen geworden?»

«Ich habe sie ganz aus den Augen verloren. Die Älteste heißt Nicola. Sie hat geheiratet und hat ein Kind, glaube ich.

Sie war immer unausstehlich und unzufrieden und beklagte sich ständig, benachteiligt zu werden. Ich glaube, sie war schrecklich eifersüchtig auf Carrie.»

«Ist Carrie ihre Schwester?»

«Genau. Und ein Schatz. Das genaue Abbild von Jeffrey. Vor ungefähr zehn Jahren, als ich mich einer Operation unterziehen musste, über die ich mich nicht näher auslassen möchte, hat sie sechs Wochen bei mir gewohnt und mich gepflegt. Ich war damals allein und wohnte in einer trostlosen kleinen Wohnung in Putney, aber es hat ihr nichts ausgemacht und wir haben uns glänzend verstanden.» Elfrida zog die Stirn in Falten und überschlug einige Jahreszahlen im Kopf. «Sie muss jetzt ungefähr dreißig sein. Tatsächlich! Wie die Zeit vergeht.»

«Ist sie verheiratet?»

«Ich glaube nicht. Wie gesagt, ich habe sie aus den Augen verloren. Als ich das letzte Mal von ihr hörte, arbeitete sie für ein großes Reiseunternehmen in Österreich. Wintersport, sorgte dafür, dass alle Touristen im richtigen Hotel untergebracht waren. Sie war immer eine begeisterte Skiläuferin. Aber was immer sie momentan macht, ich bin sicher, dass sie glücklich ist. Und Ihr Tee ist inzwischen bestimmt schwarz genug.» Sie goss den Becher voll – der Tee hatte eine zufriedenstellende Farbe – und schnitt ihm eine Scheibe von dem krümeligen Honigkuchen ab. «Sie sehen also, ich habe Verwandte, wenn auch keine direkten.» Sie sah ihn lächelnd an. «Und Sie? Beichten Sie! Haben Sie irgendwelche verschrobenen Verwandten, mit denen Sie angeben können?»

Oscar hob die Hand und kratzte sich am Kopf. «Ich weiß nicht. Vermutlich ja. Aber ähnlich wie Sie habe ich keine Ahnung, wo sie sind oder was sie treiben.»

«Raus mit der Sprache.»

«Na ja.» Er biss nachdenklich ein Stück von seinem Honigkuchen ab. «Ich hatte eine schottische Großmutter. Kann die sich sehen lassen?»

«Moi moi.»

«Sie hatte ein riesiges Gut in Sutherland, mit Haus und ausgedehntem Landbesitz.»

«Eine begüterte Dame.»

«Ich habe jedes Jahr die Sommerferien bei ihr verbracht. Aber sie starb, als ich sechzehn war, und seitdem bin ich nie wieder dort gewesen.»

«Und wie hieß das Gut?»

«Corrydale.»

«War es sehr vornehm?»

«Nein. Aber sehr gemütlich. Gewaltige Mahlzeiten und überall lagen Gummistiefel und Angelruten im Haus herum. Und es roch nach Blumen und Bienenwachs und den köstlichsten Küchendüften.»

«Hmm, mir läuft das Wasser im Mund zusammen. Sie muss ein Engel gewesen sein.»

«Da bin ich nicht so sicher. Aber sie hatte keinerlei Allüren und war außerordentlich begabt.»

«Inwiefern?»

«Sie verstand zu leben. Und war sehr musikalisch. Sie war eine erstklassige Pianistin. Und ich meine wirklich erstklassig. Ich glaube, ich habe das bisschen Talent, das ich besitze, von ihr geerbt und verdanke es ihr, dass ich eine musikalische Karriere eingeschlagen habe. Es gab immer Musik auf Corrydale. Musik gehörte einfach zu meinem Leben.»

«Was noch?»

«Wie bitte?»

«Was haben Sie sonst noch getrieben?»

«So genau kann ich mich gar nicht erinnern. Ich war nachts unterwegs und hab Kaninchen gejagt. Forellen geangelt. Golf gespielt. Meine Großmutter war eine passionierte Golfspielerin, und sie hat versucht, auch mich dafür zu begeistern, aber ich war nie so gut wie sie. Dann kamen Leute zum Tennisspielen, und wenn es warm genug war, was selten der Fall war, bin ich mit dem Fahrrad an den Strand gefahren und hab mich in die Nordsee gestürzt. Auf Corrydale spielte es keine Rolle, was man trieb. Das Leben war unglaublich entspannt. Der reinste Spaß.»

«Und dann?»

«Meine Großmutter starb. Der Krieg kam. Mein Onkel erbte das Gut und übernahm es.»

«Hat er Sie in den Sommerferien nicht mehr eingeladen?»

«Die Zeiten waren vorbei. Ich war sechzehn. Studierte Musik. Machte Examen. Andere Interessen, andere Freunde. Ein völlig anderes Leben.»

«Lebt er noch dort? Der Onkel, meine ich.»

«Nein, er wohnt jetzt in London, in einer herrschaftlichen Wohnung in der Nähe der Albert Hall.»

«Und wie heißt er?»

«Hector McLennan.»

«Ach, phantastisch. Mit Kilt und rotem Bart?»

«Nicht mehr. Er ist ziemlich alt inzwischen.»

«Und Corrydale?»

«Er hat es seinem Sohn Hughie vermacht. Meinem Vetter. Einem farblosen Typ, der nichts anderes im Kopf hatte, als auf großem Fuß zu leben. Er füllte Corrydale mit all seinen ziemlich degenerierten Freunden, die seinen Whisky tranken und sich total danebenbenahmen. Zum Entsetzen der respektablen, alten Dienerschaft, die seit Jahren auf dem Gut arbeitete. Es war ein ziemlicher Skandal. Dann fand Hughie, dass das Leben in Schottland nicht nach seinem Geschmack war, verkaufte alles und verzog sich nach Barbados. Soweit ich weiß, ist er noch immer dort, hat vier Ehen hinter sich und lebt wie Gott in Frankreich.»

Elfrida war ganz neidisch. «Was für ein faszinierender Typ.»

«Ganz und gar nicht. Eher von nicht zu übertreffender Einfallslosigkeit. Wir haben uns gegenseitig hingenommen, aber Freunde sind wir nie gewesen.»

«Also ist alles verkauft und Sie kehren nie wieder dorthin zurück?»

«Vermutlich nicht.» Er lehnte sich im Stuhl zurück und verschränkte die Arme. «Ich könnte allerdings trotzdem zurückgehen. Als meine Großmutter starb, hat sie Hughie und mir ein Haus vererbt. Gemeinsam. Aber es ist seit Jahren an irgendein altes Ehepaar vermietet. Alle Vierteljahr überweist der Verwalter die Miete, eher ein Tropfen auf einen heißen Stein. Ich vermute, Hughie bekommt dasselbe, obwohl es kaum reicht, um sich gelegentlich einen Rumcocktail zu gönnen.»

«Ist das Haus groß?»

«Ja, ziemlich. Es steht mitten in der kleinen Stadt. Früher war die Gutsverwaltung darin untergebracht, aber dann ist es in ein Wohnhaus umgebaut worden.»

«Wie unglaublich aufregend. Ich wollte, ich hätte ein Haus in Schottland.»

«Ein halbes.»

«Ein halbes ist besser als gar keins. Sie könnten Francesca für einen halben Urlaub mitnehmen.»

«Ehrlich gesagt, ist es mir nie in den Sinn gekommen. Ich denke nie an das Haus. Eines Tages wird Hughie mich wahrscheinlich auszahlen wollen oder vorschlagen, dass ich ihn auszahle. Aber ich lasse mir keine grauen Haare darüber wachsen. Ich will lieber nichts überstürzen. Je weniger ich mit Hughie McLennan zu tun habe, desto besser.»

«Ich finde, Sie sind schrecklich entscheidungsschwach.»

«Ich halte mich nur bedeckt. Also, wann brechen Sie auf?»

«Nächsten Mittwoch.»

«Und für wie lange?»

«Einen Monat.»

«Schreiben Sie uns eine Postkarte?»

«Natürlich.»

«Und sagen uns, wann Sie zurückkommen?»

«Umgehend.»

«Wir werden Sie vermissen», sagte Oscar und es tat ihr wohl.

Das Haus hieß *Emblo Cottage*. Es stand mit seiner Granitfront nach Norden zum Atlantik hin. Die wenigen Fenster an dieser Seite waren klein und tief und die Fensterbänke breit genug für Geranientöpfe, allerlei Strandgut und die Muscheln, die Serena am Strand sammelte. Das Haus hatte früher zu Emblo gehört, einem gut gehenden Meierhof, und der Melker hatte dort gewohnt. Aber als der in Rente ging und starb, waren die Kuhställe modernisiert worden und die landwirtschaftlichen Löhne gestiegen, sodass der Besitzer die Konsequenzen gezogen und das Häuschen verkauft hatte. Seitdem hatte es dreimal den Besitzer gewechselt und stand zum letzten Mal zum Verkauf, als Jeffrey den wichtigen Entschluss gefasst hatte, sich von London, Dodie und seinem Beruf zu trennen. Er sah die Anzeige in der *Times*, setzte sich umgehend ins Auto und fuhr die Nacht durch, um sich das Haus anzusehen, bevor irgendjemand anders zugreifen konnte. Er fand ein feuchtes, kleines, notdürftig als Ferienwohnung möbliertes Häuschen vor, mit einem vernachlässigten Garten, der von verkrüppelten, windschiefen Fliederbüschen umgeben war. Aber man konnte die Klippen und das Meer überblicken, und an der Südseite des Hauses, an der eine Wisteria rankte und ein Kamelienstrauch noch in voller Blüte stand, lag eine geschützte Rasenfläche.

Jeffrey rief seinen Bankmanager an, besorgte sich einen Kredit und kaufte das Haus. Als er mit Serena einzog, saßen die Schornsteine voller Vogelnester, die Tapeten hingen von den Wänden und in jedem Zimmer roch es feucht und verschimmelt. Aber das störte sie nicht. Sie krochen in ihre Schlafsäcke und öffneten eine Flasche Champagner. Sie waren zusammen im eigenen Haus.

Das war zehn Jahre her. Es hatte zwei Jahre gedauert, bis sie das Haus auf Vordermann gebracht hatten, und es hatten harte körperliche Arbeit, viel Schmutz und Bauschutt, Unbequemlichkeit und eine endlose Reihe von Klempnern, Maurern, Fliesenlegern und Steinmetzen dazugehört, die in lehmverschmierten Stiefeln durchs Haus trampelten, unzählige Tassen Tee tranken und sich zu langen Diskussionen über den Sinn des Lebens verstiegen.

Von Zeit zu Zeit hatten Jeffrey und Serena sich über die Langsamkeit und Unzuverlässigkeit dieser Leute die Haare gerauft, aber gleichzeitig war es unmöglich, von diesen Amateurphilosophen, die den lieben Gott einen guten Mann sein ließen und sich mit der Gewissheit zufrieden gaben, dass morgen auch noch ein Tag war, nicht beeindruckt zu sein.

Schließlich war alles unter Dach und Fach. Die Handwerker verschwanden und ließen ein adrettes, massives, kleines

Steinhaus zurück, mit einer Küche und einem Wohnzimmer unten und einer knarrenden Holztreppe, die ins obere Stockwerk führte. Hinten an die Küche schloss sich eine luftige, mit Steinplatten belegte ehemalige Waschküche an, wo Serena ihre Waschmaschine und die Kühltruhe untergebracht hatte und die Regenmäntel und Gummistiefel abgestellt wurden. Dort stand auch ein riesiger Trog, den Jeffrey in einem Graben gefunden und instand gesetzt hatte. Er war ihnen unentbehrlich, um Eier und dreckverschmierte Hunde darin zu waschen und die Riesensträuße von Wiesenblumen unterzubringen, die Serena pflückte und in altmodischen Steinkrügen arrangierte. Oben lagen drei weiß gestrichene Schlafzimmer mit Schrägwänden sowie ein kleines Badezimmer, von dem aus man den besten Ausblick nach Süden über die Felder und auf einen Hügel mit dem weiten Hochmoor dahinter hatte.

Sie führten durchaus kein isoliertes Leben. Das Bauerngehöft mit seinen zahlreichen Ställen und Schuppen lag nur etwa hundert Meter entfernt, sodass vor ihrem Tor ein ständiges Kommen und Gehen herrschte. Trecker, Milchwagen, Autos und kleine Kinder auf dem Nachhauseweg, die der Schulbus am Ende der Straße abgesetzt hatte. Der Bauer besaß vier Kinder, mit denen Ben und Amy bestens befreundet waren. Sie machten gemeinsame Radtouren, pflückten Brombeeren und wanderten mit einem Rucksack über den schmalen Schultern zum Schwimmen und Picknicken von den Klippen zum Strand hinunter.

Elfrida war noch nie zu Besuch gewesen und kannte das Haus noch nicht. Aber jetzt war sie endlich unterwegs und Jeffrey überkam bei dem Gedanken ein vertrautes, fast vergessenes Gefühl, das, wie er sich schließlich eingestand, Aufregung sein musste.

Elfrida. Er selbst war inzwischen achtundfünfzig, und Elfrida musste drei oder vier Jahre älter als er sein. Einundsechzig, zweiundsechzig vielleicht? Es spielte keine Rolle. Als Junge hatte er sie immer bewundert, weil sie vor nichts zurückzuschrecken schien und ihn zum Lachen brachte. Als er später in die tintenreiche Strenge seines Internats eingesperrt war, hatte sie Licht in sein trostloses Dasein gebracht. Unwiderstehlich attraktiv und bewundernswert rebellisch, war sie gegen den Widerstand ihrer Eltern zur Bühne gegangen und Schauspielerin geworden. So viel Entschlossenheit, Mut und Durchsetzungsvermögen hatten Jeffrey damals mit Bewunderung und sklavischer Anhänglichkeit erfüllt. Ein- oder zweimal war sie tatsächlich in seiner todlangweiligen Schule aufgetaucht und hatte ihn an einem freien Samstag oder Sonntag entführt, und er hatte seinen Freunden gegenüber ein bisschen mit ihr angegeben und sie absichtlich vor dem grässlichen pseudogotischen roten Backsteintor warten lassen, damit die anderen sie in ihrem kleinen roten Sportwagen, mit dunkler Sonnenbrille, einen Chiffonschal um ihr ananasfarbenes Haar geschlungen, bewundern konnten.

«Meine Cousine. Sie tritt gerade in London auf», hatte er mit weltmännischer Nonchalance fallen lassen, als sei es das Selbstverständlichste von der Welt. «In irgendeiner aus New York importierten Show.»

Schließlich war er hinuntergegangen, hatte sich für die Verspätung entschuldigt, in dem winzigen Schalensitz neben ihr Platz genommen und mit eindrucksvoll röhrendem Motor und spritzendem Kies waren sie davongebraust. Wenn er abends zurückkehrte, gab er sich betont blasiert. «Ach, wir haben nur eine kleine Spritztour gemacht, haben gebadet und im *Roadhouse* etwas gegessen.»

Er war unheimlich stolz auf Elfrida und bis über beide Ohren in sie verliebt.

Aber die Zeit verging, sie wurden erwachsen, führten ihr eigenes Leben und verloren sich aus den Augen. Elfrida heiratete irgendeinen Schauspieler, und als die Ehe in die Brüche ging, heiratete sie einen ähnlich trübseligen Typ, bis sie schließlich bei ihrem berühmten und erfolgreichen Liebhaber landete. Es sah aus, als sollten sie bis an ihr Lebensende glücklich und zufrieden sein, aber dann hatte das Schicksal zugeschlagen, er erkrankte an der parkinsonschen Krankheit und sein Tod machte allem ein Ende.

Jeffrey hatte Elfrida zum letzten Mal in London gesehen, kurz nachdem sie diesen außergewöhnlichen Mann getroffen hatte, den sie immer nur Jimbo nannte.

«Nicht sein richtiger Name, mein Lieber, sondern mein Spitzname für ihn. Ich hätte es wirklich nie für möglich gehalten. Ich hätte nie gedacht, dass man einem Menschen so nahe kommen und gleichzeitig so verschieden von ihm sein könnte. Er ist das krasse Gegenteil von mir und trotzdem liebe ich ihn mehr als alles auf der Welt.»

«Und deine Karriere?», hatte Jeffrey gefragt.

«Ach, zum Teufel mit meiner Karriere», hatte Elfrida gesagt und sich totgelacht. Er hatte sie nie so glücklich, so schön, so durch und durch zufrieden gesehen.

Seine eigene Ehe ging derweil in die Brüche, aber Elfrida war immer erreichbar, sie rief ihn an und gab ihm alle möglichen Ratschläge, nicht notwendigerweise die besten, aber viel wichtiger war, dass sie unbegrenztes Verständnis für ihn hatte. Einmal hatte er ihr Serena vorgestellt und Elfrida rief ihn am nächsten Abend an und sagte: «Jeffrey, sie ist hinreißend ... raff dich auf, mein Lieber, und kümmer dich um sie.»

«Und meine Töchter?»

«Die sind doch erwachsen und unabhängig. Du musst an dich selbst denken. Fackel nicht lange. Die Zeit läuft dir weg. Man lebt schließlich nur einmal.»

«Und Dodie ...?»

«Die kommt zurecht. Sie wird dich zwar bis auf den letzten Pfennig ausnehmen, denn auf die Annehmlichkeiten des Lebens wird sie nicht verzichten wollen. Aber gönn ihr das Geld und genieße dein Glück.»

Genieße dein Glück. Genau das hatte er getan.

Fünf Uhr an einem trüben Oktoberabend. Der Wind frischte auf. Jeffrey hatte die Hühner versorgt, die Eier eingesammelt und die gackernden Tiere in dem kleinen Hühnerhaus eingesperrt. Es fing bereits an zu dunkeln. Serena hatte im Haus Licht angemacht, und durch die leuchtenden Fenstervierecke fiel gelbes Licht in die schwindende Dämmerung. Es war ein Donnerstag und die Mülltonne musste vorn an die Straße gerollt werden, damit die Müllabfuhr sie am nächsten Morgen ausleeren konnte. Der Wind wehte vom Meer herüber und roch und schmeckte nach Salz. Er schüttelte die Ginsterbüsche und fuhr raschelnd über die Hecken. Über dem Pfeifen des Windes hörte er, wie der kleine Bach gurgelnd den Hügel herunter- und den Weg entlangplätscherte. Da es kalt wurde, ging er noch einmal ins Haus, um seine dicke Jacke überzuziehen. Serena stand am Herd und rührte in einem Topf und die Kinder saßen emsig über ihren Schularbeiten am Küchentisch.

«Die Mülltonne», sagte Jeffrey.

«Oh, wie gut, dass du daran denkst.»

«Bin in fünf Minuten wieder da. Ich halt nochmal nach Elfrida Ausschau.»

Polternd schob er die Mülltonne den tief gefurchten Feldweg entlang und stellte sie an ihrem angestammten Platz am Straßenrand ab. Gegenüber befand sich ein Holzgatter, das auf das Feld eines anderen Bauern führte. Jeffrey lehnte sich wie ein zünftiger Landmann dagegen, tastete nach seinen Zigaretten, nahm eine aus der Schachtel und zündete sie mit seinem alten Sturmfeuerzeug an. Der Tag ging zur Neige. Jeffrey sah zu, wie der Himmel sich verdunkelte und die Wolken sich zuzogen. Das Meer hatte die Farbe von grauem Schiefer und trug weiße Schaumkronen. Es stand eine stürmische Nacht bevor. Brecher donnerten am Fuß der Klippen auf den Strand und Jeffrey spürte den feuchten Seenebel auf den Wangen.

Ihm fiel ein Gedicht ein, das er einmal gelesen und wieder vergessen hatte.

> Mein Haus ist eine helle Glaskajüte,
> Ganz Cornwall donnert an mein Tor,
> Und weiße Winterschiffe liegen
> Auf Wasserwegen in dem Moor.

Er wartete, bis er die Zigarette zu Ende geraucht hatte, dann warf er die Kippe fort und war im Begriff, sich auf den Heimweg zu machen. In dem Augenblick sah er im Osten Scheinwerfer auftauchen und aufblenden, als die Straße eine Kurve machte. Er lehnte sich gegen das Gatter zurück und wartete. Nach einer Weile tauchte ein blauer Fiesta auf und nahm vorsichtig die letzte enge Kurve vor der Abzweigung nach Emblo. Instinktiv wusste Jeffrey, dass es Elfrida war. Er trat winkend auf die Fahrbahn, der Wagen hielt, er öffnete die Wagentür und setzte sich neben sie. Er atmete ihren vertrauten Duft ein, das Parfum, das sie immer benutzt hatte und das zu ihr gehörte.

«Hier kannst du nicht parken», sagte er. «Wir sind auf

der Landstraße. Womöglich fährt ein Traktor oder ein deutscher Reisebus auf dich auf. Bieg lieber in den Feldweg ein.»

Elfrida tat, wie ihr geheißen, und hielt dann den Wagen wieder an.

«Hallo», sagte sie.

«Geschafft.»

«Fünf Stunden.»

«Schwer zu finden?»

«Nicht mit dem vorzüglichen Plan, den du mir aufgezeichnet hattest.»

«Wer ist denn das dahinten?»

«Mein Hund, Horaz. Ich hab doch gesagt, dass er mitkommt.»

«Wie schön, dass du hier bist. Ich hatte mich im Stillen schon auf einen Anruf gefasst gemacht, dass du dich umbesonnen hättest.»

«Das tu ich doch nie», sagte Elfrida. Dann wandte sie sich praktischeren Überlegungen zu.

«Ist das deine Einfahrt?»

«Ja.»

«Ziemlich schmal, mein Lieber.»

«Breit genug.»

«Also los.»

Jeffrey lachte. «Also los.»

Sie legte den Gang ein und sie schaukelten den schmalen Feldweg entlang.

«Wie war die Fahrt?», fragte Jeffrey.

«Es geht. Ich hatte leichte Manschetten, denn ich habe seit Jahren keine so lange Fahrt mehr unternommen. Unbekannte Autobahnen und donnernde Lastwagen machen mich nervös. Und dieser Wagen ist nicht gerade ein Ferrari.»

«Aber er tut's.»

Als sie sich dem Haus näherten, ging draußen das Licht an. Serena hatte offenbar gehört, dass sie den Weg entlangkamen. Das Licht fiel auf einen großen Vorplatz, der von einer Granitmauer begrenzt war. Der Weg führte weiter zum Meierhof, aber Jeffrey sagte: «Hier kannst du parken», und Elfrida hielt an. Mit einem Mal tauchten zwei Schäferhunde aus dem Dunkel auf und stürzten unter lautem Gebell auf sie zu.

«Keine Angst», beruhigte Jeffrey sie, «die gehören mir. Tarboy und Findus. Die beißen nicht.»

«Auch nicht Horaz?»

«Den am allerwenigsten.»

Sie stiegen aus, befreiten auch Horaz aus dem Wagen und es gab das übliche Gerangel, als die drei Hunde sich gegenseitig umkreisten und beschnupperten. Dann verschwand Horaz dankbar ins nächstbeste Gebüsch und hob erleichtert das Bein.

Jeffrey war belustigt. «Was ist das denn für eine Rasse?»

«Herkunft unbekannt. Aber treu wie Gold. Außerdem pflegeleicht und sauber. Er kann bei mir schlafen. Ich habe seinen Korb mitgebracht.» Jeffrey öffnete den Kofferraum und hob einen abgewetzten Lederkoffer und eine riesige, pralle Papiertüte heraus. «Hast du deine eigene Verpflegung mitgebracht?»

«Das ist Hundefutter und der Napf für Horaz.» Sie hievte seinen Korb und eine weitere pralle Tüte vom Rücksitz. Dann schlugen sie die Türen zu und Jeffrey ging auf dem Plattenweg voran und um das Haus herum. Unvermutet sprang sie der Wind vom Meer an. Auf dem Pflaster lagen die gelben Vierecke der Fenster und der halb verglasten Haustür. Jeffrey setzte Elfridas Koffer ab, öffnete die Tür und ließ ihr den Vortritt in die Küche, wo die beiden Kinder vom Tisch aufgestanden waren und Serena in ihrer Schürze ihr mit offenen Armen entgegenkam.

«Hast du sie wirklich gefunden, Jeffrey? Was für ein cleverer Mann. Geht mit der Mülltonne nach draußen und kommt mit Elfrida zurück. Das war wirklich gut abgepasst. War die Fahrt erträglich, Elfrida? Möchtest du vielleicht eine Tasse Tee und etwas zu essen? Ach, du kennst ja die Kinder noch gar nicht. Das ist Ben. Und das hier ist Amy. Das ist Elfrida, ihr Mäuse.»

«Das wissen wir doch», sagte der Junge. «Du redest seit einer Ewigkeit von nichts anderem.» Er war dunkelhaarig und seine jüngere Schwester war blond. Als er Elfrida begrüßt hatte, musterte er mit unverkennbarem Interesse ihr Gepäck, da er insgeheim ein Mitbringsel erwartete, aber ermahnt worden war, ja nichts verlauten zu lassen, falls er enttäuscht werden sollte. Ben hatte die dunklen Augen seines Vaters und einen dichten, dunklen Haarschopf und Elfrida konnte sich ausmalen, dass es in ein paar Jahren eine Anzahl gebrochener Mädchenherzen in der Nachbarschaft geben würde.

Sein Vater trat hinter Elfrida ins Haus und stellte ihren Koffer an der Treppe ab. «Hallo, Papa.»

«Hallo, Ben. Fertig mit den Schularbeiten?»

«Ja.»

«Gut so. Und Amy? Auch fertig?»

«Ich bin schon längst fertig», meinte Amy mit einem leichten Anflug von Selbstgefälligkeit. Sie war sehr schüchtern und lief zu ihrem Vater hinüber, um ihr Gesicht an seinem Hosenbein zu vergraben, sodass nur ihr langes, hellblondes, fast milchweißes Haar und der verwaschene blaue Overall zu sehen waren. Elfrida kannte die Kinder seit ihrer Geburt, aber erst jetzt, da sie zum ersten Mal in Fleisch und

Blut vor ihr standen, wurde ihr klar, dass sie tatsächlich Jeffreys Kinder waren, obwohl er alt genug war, um ihr Großvater sein zu können. Sie fand beide Kinder entzückend. Auch Serena war eine aparte Schönheit. Ihr Haar war weißblond wie Amys, aber hochgesteckt und mit einer Schildpattspange befestigt. Ihre Augen waren strahlend blau und ihr schmales Gesicht mit Sommersprossen übersät. Sie trug enge Jeans, in denen ihre Beine endlos lang wirkten, einen blauen Pullover und hatte einen Seidenschal um den Hals geschlungen. Da sie am Kochen war, hatte sie eine gestreifte Schürze umgebunden und machte keinerlei Anstalten, sie abzunehmen.

«Und nun?», fragte Jeffrey und Serena entwarf einen Schlachtplan. «Wenn Elfrida möchte, mache ich ihr eine Tasse Tee. Sie kann sich aber auch erst aufwärmen oder nach oben auf ihr Zimmer gehen und auspacken oder ein Bad nehmen. Ganz wie sie will.»

«Wann essen wir denn?»

«Um acht, dachte ich. Ben und Amy essen vorher.»

Amy tauchte zwischen den Beinen ihres Vaters auf. «Würstchen», sagte sie.

Elfrida zog fragend die Stirn hoch. «Wie bitte?»

«Wir kriegen Würstchen. Und Kartoffelbrei mit Bohnen.»

«Hmm, köstlich.»

«Aber für dich hat Mami was anderes gemacht.»

«Verrat mir nichts, ich möchte mich überraschen lassen.»

«Du bekommst Hühnchen mit Pilzen.»

«Amy!», fuhr ihr Bruder sie an. «Das solltest du doch nicht verraten!»

Elfrida lachte. «Es macht nichts, ich bin sicher, dass es mir schmecken wird.»

«Also», sagte Serena und versuchte, sich über dem Wortwechsel ihrer Kinder verständlich zu machen. «Möchtest du eine Tasse Tee?»

Andere Vorschläge hatten Elfrida verführerischer im Ohr geklungen. «Am allerliebsten würde ich zuerst nach oben gehen, auspacken und ein Bad nehmen. Würde das schreckliche Umstände machen?»

«Nicht im Geringsten. Wir haben zwar nur ein Badezimmer, aber die Kinder können nach dir an die Reihe kommen. Heißes Wasser ist genug da.»

«Wunderbar. Darauf freue ich mich.»

«Und Horaz?», fragte Jeffrey. «Muss der nicht gefüttert werden?»

«Doch, natürlich. Würdest du mir den Gefallen tun? Zwei Löffel Hundekuchen und eine halbe Dose Fleisch. Und ein bisschen heißes Wasser.»

«Ist Horaz ein Hund?», fragte Ben.

«Jedenfalls ist er nicht mein Mann.»

«Wo ist er denn?»

«Draußen. Er freundet sich – hoffentlich – mit euren Hunden an.»

«Ich geh raus und seh mal nach ...»

«Ich auch ...»

«Warte auf mich ...»

Und schon waren sie in den dunklen Garten verschwunden, ohne Pullover, Gummistiefel oder den leisesten mütterlichen Protest. Die Tür stand weit offen und ließ eisige Zugluft ins Haus. Jeffrey ging wortlos hin, machte sie zu und ergriff dann erneut Elfridas Koffer.

«Komm», sagte er und ging ihr auf der knarrenden Treppe voran.

Er zeigte ihr die Räume, sagte: «Laß dir Zeit. Wir sehen

uns in einer Stunde. Dann mach ich dir einen Drink», und damit schloss er die Tür hinter sich und überließ Elfrida sich selbst. Die Tür hatte einen altmodischen hölzernen Riegel. Elfrida setzte sich aufs Bett (ein Doppelbett) und stellte mit einem Mal fest, dass sie hundemüde war. Sie gähnte aus vollem Hals und sah sich dann in dem hübschen, kleinen Zimmer um, das sparsam und schlicht möbliert und wunderbar ruhig war. Es erinnerte an Serena. Weiße Wände, weiße Vorhänge, Bastmatten auf dem Fußboden. Eine Kommode aus Kiefernholz mit spitzenbesetzter weißer Leinendecke. Ein Holzbord mit einer Reihe bunter Bügel als Garderobe. Der Bettbezug war aus blauem Leinen und auf dem Nachttisch lagen Bücher und neue Zeitschriften und daneben stand ein blauer Keramikkrug mit einer einzigen Hortensienblüte in Löschpapierrosa.

Elfrida gähnte noch einmal. Da war sie nun also, ohne Panne, ohne lebensgefährlichen Unfall und ohne sich verfahren zu haben. Und Jeffrey hatte wie ein rettender Engel am Straßenrand gestanden und war winkend auf die Fahrbahn getreten, um sie anzuhalten. Hätte sie ihn nicht sofort erkannt, wäre sie wahrscheinlich zu Tode erschrocken gewesen, doch seine große, schlaksige Gestalt war nicht zu verwechseln gewesen. Trotz seines fortgeschrittenen Alters war er noch immer schlank und beweglich, was er vermutlich seiner jugendlichen Frau und den kleinen Kindern zu verdanken hatte. Vor allem sah er zufrieden aus. Er hatte es richtig gemacht. Er hatte sein Leben in den Griff bekommen, und genau das hatte sie ihm immer gewünscht.

Nach einer Weile stand sie auf, packte ihren Koffer aus und verteilte ihre Siebensachen im Zimmer, damit der schlichte Raum ihr gehörte. Dann zog sie sich aus, hüllte sich in ihren alten Morgenmantel, ließ Wasser in die Badewanne laufen und entspannte sich eine Weile im wohlig warmen Wasser. Als sie aus der Wanne stieg, war ihre Müdigkeit verflogen und sie fühlte sich frisch und unternehmungslustig und konnte dem Abend entgegensehen. Sie zog eine Samthose und eine Seidenbluse an, nahm die pralle Tüte mit den Geschenken unter den Arm und ging nach unten, wobei sie sich vorkam wie ein Seemann, der die Gangway zum Unterdeck hinabsteigt. In der Küche fand sie die Kinder über ihren Würstchen mit Kartoffelbrei, während ihre Mutter mit einem elektrischen Quirl Eierschnee in einer Schüssel steif schlug. Als Elfrida in der Tür auftauchte, lächelte Serena ihr entgegen und sagte: «Geh zu Jeffrey ins Wohnzimmer hinüber ... Er hat den Kamin angemacht.»

«Kann ich mich irgendwie nützlich machen? Mit meinen Kochkünsten ist es zwar nicht weit her, aber im Töpfeschrubben bin ich groß.»

Serena lachte. «Töpfe gibt's keine zu schrubben.»

«Sehe ich Ben und Amy vorm Zubettgehen noch?»

«Natürlich. Sie sagen uns nach dem Baden gute Nacht.»

«Ich habe ein herrliches Bad genommen. Der reinste Jungbrunnen.»

«Was ist ein Jungbrunnen?», wollte Ben wissen.

«Ein Jungbrunnen macht einen jünger», erklärte Serena.

«Sie sieht aber gar nicht jünger aus.»

«Das liegt daran, dass ich schon so alt bin», meinte Elfrida freundlich zu ihm. «Und vergiss nicht, gute Nacht zu sagen, denn ich hab etwas für dich ...», sie hob viel sagend die pralle Tüte hoch, «... hier drin.»

«Darf ich mal reingucken?»

«Nein, warte bis nachher am Kamin. Dann machen wir Bescherung.»

Sie fand Jeffrey in dem kleinen Wohnzimmer, wo er wie

ein englischer Gentleman am Kamin saß und die *Times* las. Als Elfrida erschien, legte er die Zeitung beiseite und stand vorsichtig auf. Und zwar deswegen, weil die Decke in diesem Zimmer so niedrig war, dass Jeffrey bei seiner Länge befürchten musste, mit dem Kopf an einen der weiß gestrichenen Balken zu stoßen. Er war besonders verwundbar, weil er eine Glatze hatte. Seine Kopfhaut war von der Sonne tief gebräunt und der restliche Haarkranz noch so dunkel wie eh und je. Seine Augen waren ebenfalls dunkel und über seine mageren Wangen breitete sich ein Netz von feinen Lachfältchen aus. Er trug einen marineblauen Pullover und statt einer Krawatte ein rotes Tuch um den Hals. Elfrida hatte immer eine Schwäche für gut aussehende Männer gehabt und es tat ihr wohl, dass ihr Vetter Jeffrey noch genauso attraktiv wie früher aussah.

«Wie flott du aussiehst», sagte er.

«Wenigstens sauber. Ein himmlisches Bad.» Sie stellte die Tüte ab, ließ sich in einen Sessel nieder und sah sich anerkennend im Zimmer um. Ein loderndes Feuer, Krüge mit getrockneten Gräsern, Familienfotos in Silberrahmen, ein paar antike Möbelstücke. Für viel mehr war auch kein Platz. «Du hast dir ein bezauberndes Haus eingerichtet.»

«Nicht mein Verdienst, Elfrida. Alles Serena zu verdanken. Ein Glas Wein?»

«Mit Vergnügen, danke. Eine völlig andere Welt, verglichen mit früher. Wenn ich an das Haus in Camden denke, und dann das tägliche Pendeln in die Stadt, die gesellschaftlichen Verpflichtungen und immer in den richtigen Kreisen verkehren ...»

Jeffrey stand am anderen Ende des Zimmers und schenkte ihr ein Glas Wein ein. Er antwortete nicht gleich, sondern schien über ihre Worte nachzudenken. Als er zurückkam, reichte er ihr das Glas und nahm dann in seinem bequemen Sessel Platz. Ihre Augen trafen sich.

«Entschuldige», sagte sie.

«Wofür?»

«Ich bin taktlos. Es fiel mir schon immer schwer nachzudenken, bevor ich den Mund aufmache.»

«Überhaupt nicht taktlos. Nur ehrlich. Und du hast ja Recht. Eine andere Welt, ohne dass ich der alten eine einzige Träne nachweine. Immer hinter dem Geld herjagen. Die Mädchen auf die richtigen, sündhaft teuren Schulen schicken. Jedes Mal einen Butler engagieren, wenn wir eine Dinnerparty gaben. Die Küche renovieren, bloß weil die Harley-Wrights von gegenüber ihre renoviert hatten und Dodie ihnen nicht nachstehen wollte. Die ständigen Sorgen über ausreichenden Kapitalfluss, den Börsenstand, den Druck von Lloyd's und die Gefahr, von heute auf morgen auf die Straße gesetzt zu werden. Manchmal habe ich ganze Nächte lang nicht geschlafen. Und alles für die Katz. Aber ich musste erst einen Schlussstrich ziehen, um das zu begreifen.»

«Und geht es dir gut?»

«Inwiefern?»

«Finanziell?»

«Wir haben unser Auskommen. Viel ist es nicht, aber es reicht.»

«Wovon lebt ihr denn? Von deinen Hühnern?»

Er lachte kurz auf. «Wohl kaum. Aber sie halten mich in Schwung und sind eine zusätzliche Einnahmequelle. Im Sommer kommt ‹Bed and Breakfast› dazu. Leider haben wir oben nur das eine Zimmer mit dem gemeinsamen Bad, deshalb können wir nicht allzu viel verlangen. Aber zwischen uns und dem Hof liegt noch ein verfallenes Gebäude, und von Zeit zu Zeit spielen wir mit dem Gedanken, es zu kaufen und in ein Gästehaus zu verwandeln. Aber es ist ein solches Unternehmen, dass wir es noch vor uns herschieben. Serena arbeitet noch, sie arrangiert Blumen für Hochzeiten und Partys und Ben und Amy besuchen im Dorf eine ausgezeichnete Schule. Für mich war es eine Offenbarung, wie einfach man leben kann.»

«Glücklich?»

«Glücklicher, als ich je für möglich gehalten hätte.»

«Und Dodie?»

«Sie hat eine Wohnung in der Nähe von Hurlingham, vornehme Gegend, mit Blick auf den Fluss. Nicola wohnt bei ihr. Ihre Ehe ist in die Brüche gegangen, deshalb haben die beiden sich zusammengetan und gehen sich vermutlich auf die Nerven.»

«Und Nicolas Kind?»

«Meine Enkelin Lucy? Sie ist jetzt vierzehn. Das arme Kind wohnt auch bei ihnen. Schön kann es nicht sein, aber ich kann es nicht ändern. Ich habe sie mehrmals eingeladen, uns zu besuchen und eine Weile zu bleiben, aber Nicola hat mich zum Buhmann und Serena zur Hexe erklärt und untersagt jeden Besuch.»

Elfrida seufzte. Sie begriff die Hoffnungslosigkeit der Situation. «Und was macht Carrie?», fragte sie.

«Noch immer irgendwo in Österreich. Sie hat einen sehr guten Job bei einem Tourismusunternehmen, ziemlich verantwortliche Position.»

«Seht ihr euch manchmal?»

«Als ich das letzte Mal in London war, haben wir zusammen geluncht. Aber unsere Wege kreuzen sich selten.»

«Nicht verheiratet?»

«Nein.»

«Kommt sie euch besuchen?»

«Nein, aber aus verständlichen Gründen. Sie möchte sich nicht zwischen uns drängen und Serena, Ben und Amy in Verlegenheit bringen. Schließlich ist sie inzwischen dreißig, also kein Kind mehr. Sie führt ihr eigenes Leben. Und sie weiß, sie braucht bloß zum Hörer zu greifen, wenn sie nach Emblo kommen möchte.» Er schwieg, stellte sein Glas ab und zündete sich eine Zigarette an. Elfrida sagte: «Das Rauchen hast du also nicht aufgegeben.»

«Nein, und ich habe auch nicht die Absicht. Stört es dich?»

«Jeffrey, hat mich im Leben je etwas gestört? Das weißt du doch.»

«Du siehst blendend aus. Wie geht es dir?»

«Blendend, vielleicht.»

«Nicht zu einsam?»

«Es geht bergauf.»

«Es war grausam, was du durchmachen musstest.»

«Du meinst Jimbo? Aber es war grausamer für ihn als für mich. Dieses langsame Hinsiechen eines wunderbaren Menschen. Aber kein Selbstmitleid, Jeffrey. Ich weiß, wir hatten nicht viel Zeit zusammen, aber was wir hatten, war umso einmaliger. Es gibt nicht viele Leute, die so ein Glück erleben, nicht einmal für ein oder zwei Jahre.»

«Erzähl mir von deinem Schlupfloch in Hampshire.»

«Dibton. Das Dorf ist ziemlich öde und provinziell. Aber genau das wollte ich eigentlich. Mein Haus steht in einer Reihe von winzigen Eisenbahnerhäuschen. Mehr brauche ich nicht.»

«Nette Leute?»

«Auch provinziell. Aber nett und freundlich. Ich glaube, ich kann sagen, dass ich mich unter ihnen zu Hause fühle. In London konnte ich nicht bleiben.»

«Richtige Freunde?»

Sie erzählte ihm von den alten Foubisters und von Bobby Burton-Jones, vom Pfarrer und seiner Frau und vom Krippenspiel. Sie erzählte von Mrs. Jennings und Albert Meadows und dem sagenhaft reichen Mr. Dunn mit seinem überdachten Schwimmbad und dem riesigen Wintergarten voll leuchtend roter Geranien und Gummibäumen.

Schließlich erzählte sie ihm von den Blundells. Oscar und Gloria und Francesca. «Sie sind wirklich überwältigend nett zu mir. Man könnte sagen, sie haben mich unter ihre Fittiche genommen. Gloria ist reich und großzügig. Und das muss, wie du weißt, nicht unbedingt Hand in Hand gehen. Ihr gehört das Haus, in dem sie wohnen. Es heißt die *Grange* und ist eigentlich ein scheußliches Gemäuer, aber innen unheimlich warm und gemütlich. Sie hat zwei sture erwachsene, verheiratete Söhne aus erster Ehe, aber die kleine Francesca ist unglaublich originell, witzig und liebenswert. Gloria ist eine besessene Gastgeberin, kaum ein Tag, an dem sie nicht irgendeine Party oder ein Picknick oder eine Sitzung für irgendein Komitee organisiert. Sie ist vernarrt in Pferde und versammelt am liebsten einen großen Kreis von Freunden um sich, mit denen sie, eine gut bestückte Bar im Kofferraum ihres Autos, irgendwo irgendein Rennen besucht, während ihre Pekinesen an der Stoßstange angebunden sind und die Passanten ankläffen.»

Jeffrey war sichtlich amüsiert. «Und hat Oscar dafür was übrig?»

«Ich weiß es nicht. Er ist ein sanfter, liebenswürdiger Mann ... ein wirklicher Charmeur ... Francesca und er setzen sich meist ab, schließen Wetten auf unmögliche Pferde ab und essen Eis.»

«Was macht er? Oder ist er pensioniert?»

«Er ist Musiker. Organist. Pianist. Lehrer.»

«Was für ein Glück, dass du ein solch interessantes Ehepaar kennen gelernt hast. Sie haben dich offenbar in ihr Herz geschlossen. Aber du hast schon immer wie eine frische Brise auf Leute gewirkt.»

Doch Elfrida verheimlichte ihm auch ihre Vorbehalte nicht. «Ich muss aufpassen und sehr streng mit mir sein. Denn ich möchte mich nicht vereinnahmen lassen.»

«Wer würde dich nicht gern vereinnahmen.»

«Du schmeichelst mir.»

«Ich war immer auf deiner Seite.»

Wenn Elfrida in späteren Jahren an diese Wochen zurückdachte, dann erinnerte sie sich besonders an das Geräusch des Windes. Er wehte beständig. Manchmal nur als harmlose, leichte Brise, aber gelegentlich kam er auch mit Sturmstärke vom Meer her, pfiff über die Klippen, heulte in den Schornsteinen und rüttelte an Türen und Fensterscheiben. Nach einer Weile gewöhnte sie sich an seine ständige Gegenwart, aber nachts war das Geräusch störend und Elfrida lag im Dunkeln und hörte zu, wie der Wind vom Atlantik hereinbrach, heulend über das Moor fegte, sodass die Zweige des alten Apfelbaums wie von Geisterhand gegen ihr Fenster schlugen.

Es war – der Wind machte es nur zu deutlich – mit dem Sommer vorbei. Aus dem Oktober wurde November und jeden Abend brach die Nacht früher an. Die Kühe des Bauern, eine Herde von hübschen Guernsey-Milchkühen, trabten morgens und abends zum Melken von der Weide heran und verwandelten den Feldweg zwischen Emblo und dem Hof in ein Schlammbad. Nach dem abendlichen Melken kehrten sie auf die Weide zurück und suchten sich im Windschutz einer

Mauer oder hinter einem Gebüsch oder Ginsterstrauch ein sicheres Plätzchen.

«Warum können sie nachts nicht im Stall bleiben?», wollte Elfrida wissen.

«Das tun sie nie. Wir haben keine Nachtfröste und Gras gibt's genug.»

«Die Ärmsten.» Aber Elfrida musste zugeben, dass sie zufrieden aussahen.

Sie wurde in die tägliche Routine des kleinen Haushalts eingebunden und passte sich seinem Rhythmus an. Es gab immer Wäsche aufzuhängen, Hemden zu bügeln, Kartoffeln auszubuddeln, Hühner zu füttern oder Eier zu waschen. Nach einer Woche stellte sie überrascht fest, dass sie sieben Tage lang keine Zeitung gelesen und nicht ein einziges Mal ferngesehen hatte. Der Rest der Welt hätte in die Luft gejagt werden können, während Elfrida sich lediglich Gedanken darüber machte, ob sie die Wäsche vor dem nächsten Regenschauer trocken von der Leine bekam.

An manchen Abenden übernahm sie in der Küche die Regie und bereitete das Abendessen für Ben und Amy zu, damit Jeffrey und Serena Gelegenheit hatten, im nächsten Ort zum Essen oder ins Kino zu gehen. Sie brachte den Kindern Rommé bei und sie hörten gebannt ihren Geschichten über ihre Zeit am Theater zu.

An einem Wochenende war ein völlig unzeitgemäßer Frühling ausgebrochen, der Wind hatte sich gelegt und die Sonne strahlte an einem wolkenlosen Himmel. Um den milden Tag zu nutzen, packte Serena ein Picknick ein, trommelte die vier Nachbarskinder zusammen und gemeinsam machten sie sich auf den Weg über die Felder zu den Klippen, eine auseinander gezogene Gruppe von sechs Kindern, drei Erwachsenen und drei Hunden. Amy und Elfrida gingen

Hand in Hand und bildeten die Nachhut. Der Weg führte über Zauntritte und schlängelte sich zwischen Ginster- und Brombeersträuchern hindurch.

Plötzlich entdeckte Elfrida Brombeeren. «Die sollten wir pflücken», sagte sie zu Amy. «Wir könnten Brombeergelee machen.»

Aber Amy war weiser. «Das geht nicht. Ab Oktober darf man keine Brombeeren mehr pflücken, weil die kornischen Hexen darauf pinkeln.»

«Was du nicht sagst! Woher weißt du das denn?»

«Von unserer Lehrerin. Aber sie hat nicht pinkeln gesagt, sondern urinieren.»

Sie erreichten den Rand der Klippen und der Ozean breitete sich glitzernd im Sonnenschein in atemberaubendem Blau vor ihnen aus. Der Abstieg erfolgte über einen schmalen, ziemlich gefährlich aussehenden Pfad in eine verschwiegene Bucht hinunter. Es herrschte Ebbe und deshalb war ein kleiner Halbmond aus Sand zu sehen und die Vertiefungen in den Felsen funkelten wie Juwelen.

Mit einigen Schwierigkeiten kraxelten sie alle den steilen Pfad hinab, die Schäferhunde tollkühn voraus. Auf den Felsen ließ Amy Elfrida stehen und gesellte sich zu den Kindern am Strand, wo Jeffrey schon dabei war, mit ihnen zusammen eine gewaltige Sandburg zu bauen, und Serena nach Muscheln und Kieselsteinen suchte, mit denen die Burg dekoriert werden sollte.

Inzwischen war es Mittag geworden und die Sonne strahlte eine so wohlige Wärme aus, dass Elfrida ihre Jacke ausziehen und die Ärmel ihres Pullovers hochkrempeln konnte. Decken, Körbe und Rucksäcke lagen auf einer flachen, glatten Felsplatte verstreut. Elfrida ließ sich darauf nieder und schaute auf das ruhelose Meer, gebannt von seiner ungeheuren Größe und Majestät. Streifen von Blau, Grün, Türkis und Violett waren von weißer Gischt gesäumt. Es ging eine gewaltige Dünung. Die Wellen bildeten sich weit draußen, rollten heran und gewannen stetig an Kraft und Höhe, bis sie sich schließlich an der zerklüfteten Granitküste brachen und riesige Fontänen aus funkelnder Gischt in die Luft schleuderten. Über ihr segelten die Möwen und draußen am Horizont bahnte sich ein kleines Fischerboot seinen Weg durch das turbulente Wasser.

In ihrer Verzauberung hatte Elfrida jedes Zeitgefühl verloren. Doch nach einer Weile tauchte Serena auf, um das Picknick auszupacken. Aus den Rucksäcken kamen Flaschen, Plastikbecher, Papierservietten und eine Tüte mit Äpfeln hervor. Außerdem durchzog der appetitanregende Duft von gefüllten heißen Blätterteigtaschen die Luft.

Elfrida war sprachlos. «Wann hast du die denn gemacht, Serena? Dazu braucht man doch eine Ewigkeit.»

«Ich habe immer welche in der Gefriertruhe. Die Kinder essen sie so gern.»

«Ich auch.»

«Ich hab sie gestern Abend rausgenommen, weil ich ahnte, dass es ein schöner Tag werden würde. Etwas zu trinken, Elfrida? Du kannst Bier oder Wein haben. Oder Limonade, wenn dir nicht nach Alkohol ist.»

«Wein wäre nicht schlecht.»

Die Weinflasche hatte eine Thermostasche kühl gehalten und der erste Schluck aus dem Plastikbecher schmeckte Elfrida besser, als Wein ihr im Leben je geschmeckt hatte. Sie wandte sich wieder dem Meer zu.

«Das reinste Paradies», sagte sie.

«Im Sommer sind wir fast jedes Wochenende hier. Es ist leichter jetzt, wo die Kinder sicherer auf den Beinen sind.»

«Was für eine glückliche Familie ihr seid.»

«Ja», sagte Serena lächelnd. «Du hast Recht. Ein großes Glück. Aber ich weiß es auch zu schätzen, Elfrida. Wirklich. Und bin jeden Tag dankbar dafür.»

Von Zeit zu Zeit machte sich Elfrida in ihrem kleinen Auto allein auf die Socken und ließ Horaz in Gesellschaft von Jeffreys Schäferhunden in Emblo zurück. Sie konnte nicht fassen, dass ein so kleiner, abgelegener Landstrich so wild und gleichzeitig so abwechslungsreich sein konnte. Die Landstraßen waren schmal und gewunden, und da der sommerliche Touristenverkehr fehlte, begegnete ihr außer einem gelegentlichen Bus, einem Schlachterwagen oder Traktor keine Menschenseele. Es kam vor, dass sie über eine kahle Moorlandschaft fuhr und die Straße sich plötzlich in ein winziges Tal voller Rhododendron und Gärten senkte, in denen zu ihrer Überraschung noch immer üppige Hortensien und die zierlichen Ballerinenröckchen der Fuchsien blühten.

Eines Tages machte sie einen Abstecher in die Nachbarstadt, parkte ihren Wagen und tauchte in das Gewirr von Straßen und Gässchen ein, die zum Hafen hinunterführten. An der Hafenpromenade lagen Restaurants, Souvenirläden und kleine Galerien, in denen Kunstgewerbe, Gemälde und Skulpturen ausgestellt waren. Sie stieß auf einen Buchladen und suchte in aller Ruhe zwei Bücher für Ben und Amy aus. Und hatte solchen Spaß dabei, dass sie sich weiter umsah, um auch noch ein Buch für Francesca zu kaufen. Schließlich entdeckte sie unter den antiquarischen Büchern *Die Insel der Schafe* von John Buchan, ein Abenteuerbuch, das sie während ihrer Schulzeit selbst mit Begeisterung gelesen hatte. Sie konnte sich vorstellen, wie Oscar und Francesca in dem riesigen Ohrensessel vor dem flackernden Kaminfeuer sitzen und das Buch gemeinsam lesen würden.

Sie ließ die Bücher einpacken, bezahlte und setzte ihren Weg durch den Ort fort. In einem Kunstgewerbeladen sah sie zwei handgestrickte, bunt gemusterte Pullover und wählte zwei, einen für Jeffrey und einen für Serena. Dann kaufte sie Postkarten und eine Flasche Wein und machte sich, beladen mit ihren Schätzen, auf den Weg zurück durch das Labyrinth von kopfsteingepflasterten Gassen, über die Wäsche gespannt war und Blumenkästen von leuchtender Kapuzinerkresse und rosa Petunien überquollen. Noch eine Galerie. Elfrida konnte nicht widerstehen, und als sie einen Blick ins Schaufenster warf, entdeckte sie ein kleines, abstraktes Gemälde in verwittertem Holzrahmen und genau den Farben, die ihre Eindrücke und Empfindungen über diesen uralten kornischen Landstrich zum Ausdruck brachten.

Sie musste das Bild haben. Nicht für sich, sondern als Geschenk. Wäre Jimbo noch am Leben gewesen, hätte sie es für ihn gekauft, weil es genau die Art von Bild war, für die er etwas übrig gehabt hätte. Sie stellte sich vor, wie sie ihm das Bild in seinem Haus in Barnes, wo sie so unbeschreiblich glücklich gewesen waren, überreicht hätte. Sah, wie er es auspackte, beobachtete sein Gesicht und wusste, dass sich Überraschung und Freude darauf spiegeln würden …

Mit einem Mal verschwamm ihr das Bild vor den Augen. Sie merkte, dass ihr die Tränen gekommen waren. Sie hatte nie um Jimbo geweint, ihn nur in aller Stille beklagt und betrauert und versucht, mit der kalten Einsamkeit einer Existenz ohne ihn fertig zu werden. Sie hatte geglaubt, dass es ihr gelungen sei, aber das war wohl doch ein Irrtum. Sie fragte sich, ob sie vielleicht zu den Frauen gehörte, die nicht ohne einen Mann leben konnten; wenn dem so war, konnte sie nichts daran ändern.

Ihre Tränen versiegten. Lächerlich. Sie war zweiundsechzig Jahre und plärrte wie ein junges Mädchen, dem der Liebhaber abhanden gekommen war. Trotzdem blieb sie vor dem Fenster stehen, starrte das Bild an und wollte es unbedingt haben. Wollte ihre Freude mit jemandem teilen. Wollte es an jemanden verschenken.

Ihr kam der Gedanke, dass sie es für Oscar Blundell kaufen könnte. Aber Oscar war nicht einfach Oscar. Er war nur eine Hälfte von Oscar und Gloria und Gloria würde über ein solches Geschenk aus allen Wolken fallen ... Elfrida konnte ihre Stimme förmlich hören. *Elfrida! Das kann doch nicht dein Ernst sein. So ein Kuddelmuddel von Formen. Jeder Vierjährige kann das besser. Und wie herum muss man es denn hängen? Ehrlich, Elfrida, du bist nicht bei Trost. Was ist in dich gefahren, für so was auch noch gutes Geld zu bezahlen? Du hast dich übers Ohr hauen lassen.*

Nein. Keine gute Idee. Widerstrebend wandte sie sich vom Schaufenster ab und ging weiter, ließ die Straßen hinter sich und kletterte einen schmalen Pfad hoch, der im Zickzack auf die grasbewachsene Landzunge führte, die zwei Strände voneinander trennte. Während des Aufstiegs frischte der Wind auf, und als sie oben stand, sah sie sich ganz von Ozean und Himmel, vom weiten blauen Rund des Horizonts umgeben. Sie kam sich wie auf einem Schiff vor. Sie ging zum Strand hinunter und setzte sich in den Sand, raffte ihre Schaffelljacke enger um sich und entledigte sich all ihrer Päckchen wie eine x-beliebige alte Rentnerin, die das Einkaufen erschöpft hatte.

Aber sie war keine x-beliebige alte Rentnerin. Sie war Elfrida. Sie war hier. Sie hatte überlebt. Hatte die Vergangenheit hinter sich gelassen. Aber wohin jetzt? Eine Möwe auf der Suche nach einer Brotrinde oder sonst irgendetwas Essbarem schoss aus der Luft herab und landete zu ihren Füßen. Ihre Augen waren kalt und neugierig und ihr aggressives Gehabe brachte Elfrida zum Lachen. Und plötzlich sehnte sie sich nach menschlicher Gesellschaft. Besonders nach Oscar. Sie wünschte ihn her, nur für einen Tag, damit sie bei ihrer Rückkehr nach Dibton über den Wind und das Meer und die Möwe reden und sich staunend an den Zauber eines ganz besonderen Augenblicks erinnern konnten.

Vielleicht war das das Schlimmste. Dass man niemanden hatte, mit dem man in Erinnerungen schwelgen konnte.

Als der Tag ihrer Rückkehr nach Dibton anbrach, konnte Elfrida kaum glauben, dass sie tatsächlich einen Monat in Emblo verbracht hatte, so flink waren die Wochen vergangen. Natürlich versuchten Jeffrey und Serena sie zu überreden, länger zu bleiben. «Du bist uns willkommen, solange du willst», sagte Serena und Elfrida wusste, dass sie es ehrlich meinte. «Was fangen wir an ohne dich? Mutter, Schwester und Freundin in einer Person. Wir werden dich schrecklich vermissen.»

«Wie nett von dir. Aber ich muss nach Hause. Ich muss den Faden meines Lebens wieder aufnehmen.»

«Kommst du mal wieder?»

«Eher, als du denkst.»

Sie hatte vor, so früh wie möglich aufzubrechen, um vor Einbruch der Dunkelheit in Dibton zu sein. Um acht Uhr morgens stand sie also vorm Haus und Jeffrey belud ihr Auto. Die kleine Familie umringte sie und Amy war in Tränen.

«Ich möchte nicht, dass du wegfährst. Du sollst hier bleiben.»

«Gäste können nicht ewig bleiben, mein Schatz. Es ist Zeit, aufzubrechen.»

Dem treulosen Horaz war auch nicht nach Aufbruch zumute. Kaum war er ins Auto bugsiert worden, sprang er wieder heraus. Schließlich mussten sie ihn am Halsband auf den Rücksitz schleifen und ihm die Tür vor der Nase zuschlagen. Mit bekümmertem Gesicht erschien er am Fenster und sah mit traurigen Augen nach draußen. «Ich glaube, er muss auch weinen», meinte Ben.

Amy und Ben waren noch nicht angezogen und sahen in ihren gefütterten Anoraks und Gummistiefeln über den Schlafanzügen wie Schießbudenfiguren aus. Als Ben sich darüber lustig machte, traten Amy erneut die Tränen in die Augen, sodass ihre Mutter sich zu ihr hinunterbeugte und sie auf den Arm nahm. «Kopf hoch, Amy. Horaz erholt sich, sobald er unterwegs ist.»

«Ich möchte aber, dass alle hier bleiben.»

Der Abschied hatte sich lange genug hingezogen. Elfrida wandte sich an Jeffrey. «Ich danke dir tausendmal, mein Lieber.» Er war noch nicht rasiert und sie kratzte sich an seinen dunklen Bartstoppeln. «Und Serena ...» Ein flüchtiger Kuss, ein letztes Mal mit der Hand über Amys flachsblondes Haar, dann setzte sie sich entschlossen hinters Steuer, schlug die Tür zu, ließ den Wagen anspringen und fuhr davon. Die vier standen da und winkten ihr nach und sie konnte sich vorstellen, dass sie nicht eher ins Haus gehen würden, bis der kleine Fiesta auf die Hauptstraße eingebogen und Horaz und sie endgültig ihren Blicken entschwunden waren.

Kein Grund, sich einsam und verwaist zu fühlen. Der Abschied war nicht für immer, denn sie konnte jederzeit nach Emblo zurückkehren. In einem Jahr, vielleicht sogar schon eher. Jeffrey und Serena und Ben und Amy würden immer da sein. Doch genau das war der kritische Punkt, denn während Jeffrey und Serena sich kaum veränderten, würden Ben und Amy größer, dünner oder dicker werden, sie würden an Lebensklugheit gewinnen und ihre Schneidezähne verlieren. Nie wieder würde sie die beiden als die kleinen Kinder erleben, die sie in diesem Abschnitt ihres Lebens lieb gewonnen hatte. Genau wie der Urlaub lagen diese Kinder hinter ihr.

Um die trüben Gedanken zu verscheuchen, versuchte Elfrida, erwartungsvoll in die Zukunft zu blicken, eine bewährte Methode, um mit einem Verlust fertig zu werden. Sie war schließlich auf dem Heimweg. In ihr eigenes kleines Nest mit ihren eigenen Siebensachen. Der kleine, bescheidene Schlupfwinkel, den sie mit Horaz teilte. Sie würde Türen und Fenster öffnen, den Garten inspizieren und ein Feuer im Kamin entzünden.

Vielleicht würde sie schon morgen in der *Grange* anrufen und mit Gloria sprechen. Sie konnte sich lebhaft vorstellen, wie Gloria über ihre Rückkehr in Freudenschreie ausbrechen und sie umgehend zu sich einladen würde. Und Elfrida würde Francesca das Buch mitnehmen. *Die Insel der Schafe. Ich habe es extra für dich gekauft, weil ich es selbst so gern gelesen habe, als ich in deinem Alter war, und ich bin sicher, es gefällt dir auch.*

Aber noch bevor sie die Poulton's Row erreichte, musste sie zuallererst ein paar Einkäufe machen. Sie hatte vor ihrer Abfahrt den Kühlschrank sauber gemacht und deshalb nichts zu essen im Haus. Also musste sie zuerst Mrs. Jennings' Minimarkt ansteuern. Sie begann in Gedanken eine Liste zu machen. Brot und Milch. Würstchen, Eier und Butter. Kaffee. Kekse und Hundefutter für Horaz. Vielleicht eine Dosensuppe zum Abendessen. Irgendwas Herzhaftes, wie Birnen mit Bohnen und Speck …

Eine halbe Stunde später erreichte sie die Autobahn Richtung Norden. Sie schaltete das Radio an und richtete sich auf die lange Fahrt ein.

Die Kirchturmuhr in Dibton schlug halb zwei, als sie in die Hauptstraße des Dorfes bog. Vor Mrs. Jennings' Laden lungerte die übliche Gruppe von Halbstarken herum, etwas weiter sah sie Bobby Burton-Jones mit einer großen Gartenschere seine Hecke stutzen. Nichts schien sich verändert zu haben, außer dass die meisten Bäume ihre Blätter verloren hatten und der Winter entschieden in der Luft lag.

Sie parkte den Wagen, nahm ihre Handtasche und betrat das Geschäft. Kein Mensch war zu sehen. Sie ergriff einen Drahtkorb, ging an den Regalen entlang und nahm, was sie brauchte. Schließlich erreichte sie den Tresen, wo Mrs. Jennings auf der Rückseite eines Briefumschlags am Rechnen war, ohne sie gehört zu haben.

Aber jetzt blickte sie hoch, sah Elfrida, legte den Stift aus der Hand und nahm ihre Brille ab.

«Mrs. Phipps. Das ist aber eine Überraschung. Ich hab Sie seit Wochen nicht gesehen. Hatten Sie einen schönen Urlaub?»

«Wunderbar. Gerade erst zurück. Ich war noch nicht mal zu Hause, weil ich erst ein paar Vorräte einkaufen musste.» Sie stellte den Korb auf den Tresen und langte nach dem *Daily Telegraph*. «Sie werden es nicht glauben, aber ich habe seit einem Monat keine Zeitung gelesen. Und ehrlich gesagt, habe ich es nicht mal vermisst.»

Mrs. Jennings blieb stumm. Elfrida blickte hoch und sah, dass Mrs. Jennings sie anstarrte, sich auf die Lippen biss und offenbar etwas auf dem Herzen hatte. Elfrida legte die Zeitung oben auf den Korb. Nach einer Weile sagte sie: «Ist etwas passiert, Mrs. Jennings?»

Mrs. Jennings sagte: «Sie wissen von nichts?»

«Wieso?»

«Sie haben nichts gehört?»

Elfrida hatte plötzlich einen trockenen Mund. «Nein?»

«Mrs. Blundell.»

«Was ist mit ihr?»

«Sie ist tot, Mrs. Phipps. Ein Autounfall am Kreisverkehr in Pudstone. Sie war mit der Kleinen auf dem Rückweg von einer Feuerwerksparty. Am vierten November. Ein riesiger Lastwagen mit Anhänger. Gott weiß, wie es passiert ist. Sie hat ihn wohl nicht rechtzeitig gesehen. Eine schreckliche Nacht. Es hat in Strömen gegossen.» Der Schock hatte Elfrida die Stimme verschlagen. «Es tut mir Leid, Mrs. Phipps. Ich dachte, Sie wüssten Bescheid.»

«Woher soll ich Bescheid wissen? Ich habe keine Zeitung gelesen. Niemand wusste, wo ich war. Niemand hatte meine Adresse.»

«Eine Tragödie, Mrs. Phipps. Wir konnten es alle nicht fassen. Niemand im Dorf konnte es fassen.»

«Und Francesca?» Elfrida zwang sich, die Frage zu stellen, obwohl ihr vor der Antwort graute.

«Auch tot, Mrs. Phipps. Und die beiden kleinen Hunde auf dem Rücksitz auch. Sie hätten das Foto in der Zeitung sehen sollen. Der riesige Wagen, völlig platt gewalzt. Sie hatten keine Chance. Aber Gott sei Dank waren sie, wie die Polizei gesagt hat, auf der Stelle tot. Sie haben wohl gar nichts gemerkt.» Mrs. Jennings' Stimme schwankte. Es fiel ihr offensichtlich schwer, über das Geschehene zu sprechen. «Man hört ständig von diesen Dingen, aber wenn es dann jemanden trifft, den man kennt ...»

«Ja.»

«Sie sind leichenblass geworden, Mrs. Phipps. Soll ich Ihnen eine Tasse Tee machen? Kommen Sie mit nach hinten …»

«Nein, es geht schon.» Was der Wahrheit entsprach, denn Elfrida war wie gelähmt, ruhig und gelassen, wie vom Donner gerührt. «Und die Beerdigung?»

«War vor ein paar Tagen. Hier im Dorf. Eine riesige Menschenmenge. Eine richtige Huldigung.»

Also hatte sie sogar die Gelegenheit verpasst, zu trauern und zu trösten. «Und Oscar? Mr. Blundell?»

«Ich hab ihn kaum gesehen. Beim Begräbnis natürlich, aber seitdem nicht mehr. Kapselt sich ab. Der Ärmste. Man mag gar nicht dran denken, was er durchgemacht hat. Und noch durchmacht.»

Elfrida dachte an Francesca, wie sie lachte und ihren Vater neckte, wie sie am Klavier vierhändig mit ihm spielte und in seinen großen Sessel gekuschelt ein Buch mit ihm las. Aber dann vertrieb sie das Bild aus ihrem Kopf, weil ihr die Erinnerung unerträglich war.

«Ist er in der *Grange*?»

«Soweit ich weiß, ja. Der Junge hat weiter Milch und Zeitungen geliefert und so. Hat sich vermutlich in sich selbst verkrochen. Nur zu verständlich. Der Pfarrer ist vorbeigegangen, aber er wollte nicht mal mit ihm sprechen. Mrs. Muswell geht jeden Tag hin, genau wie sonst, aber er ist die ganze Zeit in seinem Musikzimmer, sagt sie. Sie stellt ihm das Essen auf den Küchentisch, sagt sie, aber er rührt es meist gar nicht an.»

«Meinen Sie, dass er mich sehen will?»

«Keine Ahnung, Mrs. Phipps. Sie waren ja immer gute Freunde.»

«Wäre ich doch hier gewesen.»

«Nicht Ihre Schuld, Mrs. Phipps.» Ein weiterer Kunde hatte den Laden betreten. Mrs. Jennings setzte ihre Brille wieder auf und gab sich alle Mühe, wie eine Geschäftsfrau auszusehen. «Ich tippe diese Sachen schnell ein, ja? Schön, dass Sie wieder da sind. Wir haben Sie vermisst. Ich fürchte, ich habe Ihnen die Heimkehr verdorben. Tut mir Leid.»

«Vielen Dank, dass Sie mich informiert haben. Ich bin froh, dass Sie es waren und nicht jemand anders.»

Sie verließ den Laden, stieg in ihren Wagen und saß einen Augenblick regungslos da. Es kam ihr vor, als sei der Tag, als sei ihr Leben in zwei Teile zerbrochen, die nie wieder repariert, nie wieder heil gemacht werden konnten. Nach dem Glück und der Heiterkeit in Emblo war sie unvermutet an einen Ort versetzt worden, wo Trauer und unvorstellbares Leid herrschten. Und was sie am meisten schmerzte, war die Tatsache, dass sie von der Tragödie nichts gewusst, nicht einmal etwas geahnt hatte. Irgendwie fühlte sie sich schuldig, als hätte sie sich vor ihrer Verantwortung gedrückt und sei in Emblo geblieben, wo sie doch hätte hier sein sollen. In Dibton. Bei Oscar.

Nach einer Weile ließ sie schweren Herzens den Wagen an und fuhr los. Bobby Burton-Jones war zum Glück fertig mit seiner Hecke und im Haus verschwunden, sodass sie nicht anzuhalten und mit jemandem zu reden brauchte. Sie fuhr die Hauptstraße des Dorfes entlang, an ihrer eigenen Abzweigung vorbei. Als die Häuser weniger wurden, kam sie an das große Tor der *Grange*, das Haus, das Gloria gehört hatte. Sie bog in die Auffahrt ein und fuhr um die Kurve, wo die riesige Zeder stand. Vor ihr erhob sich die majestätische Fassade des Hauses und vor der Eingangstür stand eine große schwarze Limousine auf dem Kiesweg.

Elfrida parkte in einiger Entfernung, stieg aus und sah, dass hinter dem Steuer des imposanten Fahrzeugs ein uniformierter Chauffeur mit Schirmmütze saß und die Zeitung las. Als er sie hörte, sah er auf, nahm ihre Gegenwart mit einem Kopfnicken zur Kenntnis und wandte sich wieder seinen Rennergebnissen zu. Er war offenbar an einem Gespräch nicht interessiert. Sie ließ ihn sitzen, stieg die Stufen empor und trat durch die offene Haustür in den vertrauten gefliesten Zwischenflur. Die verglaste Windfangtür war geschlossen, doch sie klingelte nicht, sondern öffnete die Tür und trat ein.

Im Haus herrschte völlige Stille. Nur das Ticken der schmalen Standuhr zeigte an, wie die Zeit verging. Elfrida blieb eine Weile stehen und horchte in der Hoffnung, vertraute, tröstliche Geräusche aus der Küche oder eine Melodie von oben zu hören. Nichts. Die Stille lastete schwer wie Nebel.

Die Salontür zu ihrer Rechten stand offen. Sie ging durch die mit dicken Läufern ausgelegte Diele, die ihre Schritte dämpften, und trat ein. Zuerst dachte sie, der Raum sei leer und sie sei allein. Doch dann sah sie, dass in dem Ohrensessel vor dem leeren Kamin ein Mann saß. Hosenbeine aus Tweedstoff, blank geputzte Halbschuhe. Mehr war nicht zu sehen.

«Oscar», sagte sie leise, während sie näher trat, auf ihn hinabsah und den zweiten Schock an diesem schrecklichen Tag erlebte. Denn hier saß Oscar, um Jahre gealtert, urplötzlich ein verfallener, greisenhafter Mann mit Brille, gebeugt in seinem Polstersessel, eine knochige Hand um den Elfenbeingriff seines Ebenholzstocks gekrallt. Instinktiv hob sie die Hand vor den Mund, um einen Schrei zu unterdrücken oder ihr Entsetzen zu verbergen.

Er hob den Kopf, sah sie und sagte «Nanu», und umgehend durchflutete sie ein solches Gefühl der Erleichterung, dass sie fürchtete, ihre Beine würden nachgeben. Bevor es dazu kommen konnte, ließ sie sich abrupt auf den Polstersitz des Kaminschirms fallen. Sie starrten sich gegenseitig an. Dann sagte er: «Ich habe Sie gar nicht kommen hören. Haben Sie geklingelt? Ich bin ein bisschen schwerhörig, aber die Klingel hätte ich gehört. Ich wäre an die Tür gekommen ...»

Vor ihr saß kein um Jahre gealterter Oscar. Es war jemand anders, der zwar mit Oscar Ähnlichkeit hatte, aber nicht Oscar war. Vielleicht zwanzig Jahre älter als Oscar. Ein alter Herr in den Achtzigern, der sehr korrekt und mit einem starken schottischen Akzent sprach. Seine Stimme erinnerte Elfrida an einen geliebten, alten Doktor, der sie als Kind betreut hatte, und irgendwie erleichterte das den Umgang mit ihm.

«Nein», sagte sie. «Ich habe nicht geklingelt. Ich bin so hereingekommen.»

«Verzeihen Sie, wenn ich nicht aufstehe. Ich bin nicht mehr so gut auf den Beinen. Vielleicht sollten wir uns vorstellen. Ich bin Hector McLennan. Oscar ist mein Neffe.»

Hector McLennan. Der frühere Besitzer von Corrydale, der jetzt in London lebte und dessen Sohn Hughie sich den Staub Großbritanniens von den Schuhsohlen gestreift hatte und nach Barbados verschwunden war.

«Oscar hat mir einmal von Ihnen erzählt», sagte sie.

«Und Sie, meine Liebe?»

«Elfrida Phipps. Ich wohne hier im Dorf. Allein. Gloria und Oscar waren unglaublich nett zu mir. Es tut mir Leid, dass ich eben so unhöflich war. Ich dachte, Sie seien Oscar, aber dann habe ich natürlich gemerkt, dass ich mich geirrt habe.»

«Oscar, vor Gram gealtert?»

«Ja, vielleicht. Ich habe Oscar nämlich noch nicht wieder gesehen. Ich war einen Monat lang bei Verwandten in Cornwall und habe eben erst von Mrs. Jennings im Dorfladen gehört, was passiert ist. Ich wollte Brot kaufen ... und so. Da hat sie es mir erzählt.»

«Ja. Ein grässlicher Unfall.»

«Wie ist es passiert?»

Der alte Mann zuckte die Achseln. «Gloria ist auf den Kreisverkehr gefahren, direkt in den Rachen dieses riesigen Lastwagens.»

«Sie hat ihn also gar nicht gesehen?»

«Es war stockdunkel. Und hatte angefangen zu regnen.»

«Mrs. Jennings sagte, sie sei mit Francesca bei einer Party gewesen. Feuerwerk und so was.»

«So ist es.»

Elfrida biss sich auf die Lippen. Nach einer Weile sagte sie: «Manchmal hat sie am Schluss einer Party noch etwas getrunken.» Am liebsten hätte sie ihre Worte sofort rückgängig gemacht. Aber der alte Herr ließ sich nicht aus der Ruhe bringen. «Ich weiß, meine Liebe. Wir wussten alle Bescheid. Sie hat des Guten gelegentlich zu viel getan. Noch ein Gläschen am Schluss eines geselligen Abends. Nicht ganz leicht, nein zu sagen. Und dann hinters Steuer. Oscar weiß das besser als wir alle. Er macht sich schwere Vorwürfe, dass er Francesca nicht selbst zu der Feuerwerksparty gefahren hat. Ich glaube, er ist nie auf den Gedanken gekommen, dass es mehr als ein Kinderfest sein könnte, und hat damit gerechnet, dass Gloria mit Francesca direkt nach Hause kommt. Aber es waren vermutlich noch andere Eltern dabei und das Fest ging weiter. Es hatte angefangen zu regnen, bevor sie aufbrachen. Dann verliert man einen Moment die

Konzentration, fühlt sich geblendet, ein schweres Fahrzeug, eine nasse Fahrbahn ...» Er breitete die Hände in einer hilflosen Geste aus, die alles besagte. «Aus und vorbei. Zwei Leben ausgelöscht.»

«Ich habe sogar das Begräbnis verpasst.»

«Ich auch. Ich hatte eine leichte Grippe und der Doktor hat es mir untersagt. Dies ist mein erster Besuch, aber ich habe natürlich einen Beileidsbrief geschrieben und Oscar sofort angerufen. Erst am Telefon habe ich von seinen Umständen gehört. Deshalb bin ich, sobald ich konnte, von London hergekommen, um die Dinge mit ihm zu besprechen. Ich bin zwar alt, aber immer noch sein Onkel. Sie haben sicher meinen Wagen vor der Tür gesehen und den Fahrer.»

«Ja.» Elfrida machte ein nachdenkliches Gesicht. «Sie haben ‹seine Umstände› gesagt. Hat das was zu bedeuten?»

«Das kann man wohl sagen.»

«Darf ich fragen, worum es geht?»

«Kein Geheimnis, meine Liebe. Gloria hat alles, auch das Haus, ihren Söhnen vermacht. Gleich am Tag nach dem Begräbnis sind sie hier aufgetaucht, um Oscar mitzuteilen, dass er nicht länger hier wohnen kann, weil sie verkaufen wollen.»

«Und wo stellen sie sich vor, soll Oscar wohnen?»

«Sie haben ein Altenheim vorgeschlagen. Die *Propstei* heißt es wohl. Die Broschüren hatten sie auch gleich mitgebracht.» Und mit leiser Ironie fuhr er fort: «Sie hatten wirklich an alles gedacht.»

«Soll das etwa heißen, dass sie ihn hinauswerfen? In ein Altenheim? Oscar? Die sind wohl verrückt.»

«Nein, verrückt, glaube ich nicht. Nur habgierig und herzlos. Und außerdem haben sie zwei eiskalte Frauen, die wahrscheinlich hinter den Kulissen intrigieren und auf jeden Pfennig erpicht sind, den sie kriegen können.»

«Dann muss Oscar sich ein neues Haus kaufen.»

Hector McLennan senkte den Kopf und sah Elfrida über den Brillenrand hinweg an. «Oscar ist kein begüterter Mann», sagte er.

«Sie meinen, er hat kein Geld?»

«Eine kleine Pension natürlich. Und ein bisschen auf der hohen Kante. Aber nicht genug, um sich bei den heutigen Preisen ein anständiges Haus leisten zu können.»

«Glorias Söhne Giles und Crawford müssen das doch wissen.» Noch etwas ging Elfrida durch den Kopf. «Und Gloria muss es auch gewusst haben. Sie hätte Oscar doch etwas hinterlassen können. Sie war immer so großzügig, so freigebig mit all ihren weltlichen Gütern.»

«Vielleicht hatte sie die Absicht. Sie war schließlich noch eine relativ junge Frau. Vermutlich hat sie nie daran gedacht, dass sie vor Oscar sterben könnte. Oder vielleicht ist sie nie dazu gekommen, ein neues Testament aufzusetzen oder auch nur einen Zusatz zu machen. Wir werden es nie erfahren.»

«Aber er kann doch nicht in einem Altenheim leben.» Der bloße Gedanke war ein Affront. Ausgerechnet Oscar, zusammengeworfen mit einem Haufen inkontinenter Greise, die ihren Haferbrei schlürften und lernten, wie man Körbe flocht. Elfridas Vorstellung von Altenheimen war ein bisschen verschwommen, da sie nie eins von innen gesehen hatte. Deshalb sagte sie bestimmt: «Dazu werde ich es nicht kommen lassen.»

«Was wollen Sie denn machen?»

«Er kann bei mir wohnen.» Aber schon während sie es aussprach, wusste sie, dass dieser Vorschlag nicht zu verwirklichen war. Das Haus in der Poulton's Row war für eine

Person kaum groß genug, geschweige denn für zwei. Und wo wollte sie seinen Flügel unterbringen? Vielleicht auf dem Dach oder im Schuppen? «Nein, das ist idiotisch. Das geht nicht.»

«Meiner Meinung nach sollte er fortziehen», sagte der alte Mann. «An diesem Haus und diesem Dorf hängen zu viele schmerzliche Erinnerungen für ihn. Ich finde, er sollte sich losreißen. Deshalb bin ich hergekommen. Mrs. Muswell hat uns einen Lunch serviert. Und ich habe ihm meine Vorschläge unterbreitet. Aber er scheint unfähig, eine Entscheidung zu treffen. Es ist ihm offenbar egal, was aus ihm wird.»

«Wo ist er denn jetzt?»

«Er wurde in den Garten gerufen. Irgendein Problem mit der Treibhausheizung. Ich habe gesagt, ich würde auf ihn warten, ehe ich nach London zurückkehre. Deshalb haben Sie mich hier im Sessel meines Neffens allein vorgefunden, wie ein altes Gespenst.»

«Sie sehen überhaupt nicht wie ein Gespenst aus. Und was waren Ihre Vorschläge?»

«Dass er für eine Weile nach Sutherland geht. Nach Corrydale, in das *Estate House*. Die Hälfte des Hauses gehört ihm ohnehin, und mein Hughie, der Mitbesitzer, lebt auf Barbados und wird sich so schnell von dort nicht wegrühren.»

«Ich dachte, es sei vermietet.»

«Nein, im Moment steht es leer. Ein älteres Ehepaar, die Cochranes, haben dort gewohnt, aber der alte Mann ist gestorben und die Frau ist zu ihrer Tochter gezogen. Das habe ich von unserem ehemaligen Verwalter, Major Billicliffe, gehört. Er ist inzwischen auch pensioniert, lebt aber noch immer auf Corrydale. Er hat sein Haus damals gekauft, als viele der großen Güter unter den Hammer kamen. Ich habe ihn neulich angerufen und ein langes Gespräch mit ihm geführt. Er meint, Oscars Haus sei in gutem Zustand, brauche vielleicht einen Anstrich, sei aber sonst gut in Schuss.»

«Ist es möbliert?»

«Es wurde immer teilweise möbliert vermietet. Nicht gerade luxuriös, aber das Nötigste für den täglichen Gebrauch ist da.»

Elfrida dachte darüber nach. Sutherland. Es klang, als läge es auf dem Mond. «Bei der Entfernung eine lange Reise für Oscar. So ganz allein», sagte sie.

«Man kennt ihn dort. Er gehört zur Familie. Mein Neffe. Die Leute sind herzensgut. Er gehört dazu, obwohl er seit fünfzig Jahren nicht mehr dort gewesen ist.»

«Aber kann er gerade jetzt mit einer solch abrupten Veränderung fertig werden? Einer solch drastischen persönlichen Umstellung? Warum zieht er nicht wieder nach London in die Nähe der Kirche, in der er jahrelang als Organist gearbeitet hat? Wäre das nicht vernünftiger?»

«Ein Rückschritt. Der obendrein quälende Erinnerungen an sein Kind wachruft.»

«Ja. Sie haben Recht.»

«Das Traurigste ist, dass er seine Musik aufgegeben hat. Als sei der beste Teil von ihm gestorben.»

«Kann ich irgendwie helfen?»

«Das wissen Sie selbst am besten. Vielleicht durch ein wenig gutes Zureden?»

«Ich will's versuchen.» Aber sie fragte sich, woher sie die Kraft nehmen sollte.

Schweigend saßen sie da und sahen sich traurig an. Die Stille wurde vom Geräusch langsam sich nähernder Schritte auf dem Kiesweg vorm Haus unterbrochen. Elfrida hob den Kopf und sah, wie Oscar an dem hohen Fenster vorbeiging.

Mit einem Mal war sie nervös. Sie stand auf. «Er kommt», sagte sie.

Die Haustür wurde geöffnet und wieder geschlossen. Sie warteten. Eine lange Pause. Dann bewegte sich die Türklinke, die Salontür ging auf und er stand in der Tür und blickte sie über die weite Entfernung des mit dicken Perserteppichen belegten Raumes an. Er trug alte Cordhosen und einen dicken Pullover mit tweedartigem Muster. Sein dichtes weißes Haar fiel nach vorn und er schob es mit der Hand aus der Stirn. Sie hatte ihn sich gebeugt vorgestellt, gefällt durch die Tragödie. Aber ein gebrochenes Herz sieht man nicht, und Oscar war ein verschwiegener Mensch.

«Elfrida. Ich wusste, dass Sie hier sind, denn ich habe Ihr kleines Auto gesehen.»

Sie ging ihm entgegen und ergriff seine Hände und dann beugte sie sich vor und küsste ihn auf die Wange. Seine Lippen fühlten sich eisig auf ihrer Haut an. Sie sah ihm in die Augen.

«Lieber Oscar. Ich bin wieder da.»

«Wie lange sind Sie schon zurück?»

«Ungefähr eine Viertelstunde. Ich bin heute Morgen von Cornwall gekommen. Als ich im Laden war, hat Mrs. Jennings mir alles erzählt. Ich hatte keine Ahnung, denn ich habe seit einem Monat keine Zeitung gelesen. Deshalb bin ich direkt hierher gekommen. Und hier auf Ihren Onkel gestoßen.»

«Ach so.» Er ließ ihre Hände los und wandte sich an Hector, der im Sessel saß und das Wiedersehen der beiden beobachtete. «Tut mir Leid, Hector, dass du warten musstest. Es gab Komplikationen. Irgendetwas mit einer Pumpe. Aber Elfrida hat dir ja Gesellschaft geleistet.»

«Und was für angenehme Gesellschaft. Aber jetzt muss

ich wirklich aufbrechen.» Der alte Herr hatte allerdings einige Mühe, sich mit Hilfe seines Spazierstocks allein aus dem Sessel zu erheben. Oscar trat hinzu, um seinem Onkel behilflich zu sein, und mit vereinten Kräften gelang es dem Alten, auf die Beine zu kommen und sich zum Aufbruch zu rüsten.

Gemeinsam durchquerten sie in langsamem Greisentempo den großen Salon und die Diele. Dort half Oscar seinem Onkel in den altmodischen Mantel und reichte ihm seinen weichen, abgetragenen Filzhut. Der alte Herr setzte sich den Hut in kessem Winkel aufs Haupt.

«Vielen Dank für deinen Besuch, Hector. Ich weiß es wirklich zu schätzen. Schön, dich zu sehen.»

«Mein lieber Junge. Vielen Dank für den Lunch. Und wenn du in der Stadt bist, komm vorbei.»

«Natürlich.»

«Und denk über meinen Vorschlag nach. Vielleicht kommt er dir etwas drastisch vor, aber wenigstens würde er dir etwas Spielraum geben. Hier solltest du nicht bleiben.» Dann fiel ihm etwas ein und er begann in der Manteltasche zu kramen. «Beinahe hätt ich's vergessen. Extra für dich aufgeschrieben. Billicliffes Telefonnummer. Du brauchst ihn nur anzurufen. Er hat die Schlüssel zu deinem Haus.» Er zog einen gefalteten Zettel aus der Tasche und reichte ihn Oscar. «Allerdings», fuhr er mit einem ironischen Zwinkern in seinen wässrigen Greisenaugen fort, «ruf nicht zu spät an. Er genehmigt sich gern einen, und dann ist nicht mehr viel mit ihm anzufangen.»

Elfrida gingen praktischere Erwägungen durch den Kopf. «Wie lange steht das Haus denn schon leer?»

«Ein, zwei Monate. Aber eine gewisse Mrs. Snead hat sich darum gekümmert und regelmäßig gelüftet und sauber gemacht. Billicliffe hat sie engagiert, ich bezahle sie. Lohnt sich nicht, seinen Besitz verkommen zu lassen.»

«Sie scheinen an alles gedacht zu haben», sagte Elfrida zu ihm.

«Es gibt heutzutage nicht mehr viel, woran ich zu denken habe. Aber nun muss ich los. Auf Wiedersehen, meine Liebe. Ich habe mich gefreut, Sie kennen zu lernen. Ich hoffe, wir können unsere Bekanntschaft eines Tages erneuern.»

«Das hoffe ich auch. Wir bringen Sie zum Wagen.»

Oscar legte eine Hand unter Hectors Ellbogen und gemeinsam traten sie durch die Haustür und gingen die Stufen hinunter auf den Kiesweg hinaus. Der Nachmittag war frisch geworden, es sah nach Regen aus. Als der Chauffeur sie kommen sah, stieg er aus und ging um das große Auto herum, um den Schlag aufzuhalten. Mit vereinten Kräften wurde Hector ins Auto verfrachtet und sein Sicherheitsgurt befestigt.

«Wiedersehen, Oscar, mein Junge. Meine Gedanken sind bei dir.»

Oscar umarmte den alten Mann. «Nochmals vielen Dank für deinen Besuch, Hector.»

«Ich hoffe nur, ich habe dir ein bisschen Trost gebracht.»

«Das hast du.» Oscar trat zurück und warf den Wagenschlag zu. Das Auto fuhr an. Hector winkte mit zittriger Hand und sie standen da und sahen ihm nach, wie er in angemessenem, würdevollem Tempo nach London transportiert wurde. Sie warteten, bis der Wagen ihren Blicken entschwunden war und sie den Motor nicht mehr hören konnten. Das anschließende Schweigen wurde nur von den krächzenden Schreien der Krähen unterbrochen. Es war kalt und feucht.

«Kommen Sie herein», sagte Oscar.

«Sind Sie sicher, dass ich nicht auch lieber gehen sollte?»

«Nein, ich möchte nicht, dass Sie gehen. Ich möchte, dass Sie bei mir bleiben.»

«Ist Mrs. Muswell da?»

«Sie geht jeden Tag nach dem Lunch.»

«Soll ich uns eine Tasse Tee machen?»

«Das wäre eine ausgezeichnete Idee.»

«Kann ich Horaz mit hereinbringen? Er ist schon den ganzen Tag im Auto eingeschlossen.»

«Natürlich. Er hat ja nichts mehr zu befürchten. Es gibt keine Pekinesen mehr, die auf ihn losgehen könnten.»

O Gott, dachte Elfrida. Sie ging über den Kiesweg zu ihrem kleinen Auto und ließ Horaz heraus. Dankbar sprang er vom Sitz und schoss über den Rasen zum nächsten Busch, wo er sich ausgiebig erleichterte. Als er mit seinem dringenden Geschäft fertig war, kratzte er noch eine Weile auf dem Boden herum und gesellte sich dann wieder zu ihnen. Oscar beugte sich zu ihm herab, um ihn zu tätscheln, und erst dann gingen sie alle ins Haus. Oscar ging in die Küche voran, wo es gemütlich warm war. Glorias praktische, geräumige Küche, aus der solch üppige Mengen köstlicher Gerichte, solch gastliche Mahlzeiten hervorgegangen waren, um den Appetit von zahllosen Verwandten und Freunden zu sättigen.

Jetzt war sie leer und aufgeräumt und Elfrida sah, dass Mrs. Muswell ein Tablett mit einem Becher, einem Krug Milch und einer Keksdose auf den Tisch gestellt hatte. Sie tat offensichtlich ihr Bestes, um ihren vereinsamten Arbeitgeber zu füttern und zu pflegen.

Elfrida nahm den Wasserkessel, füllte ihn und stellte ihn auf den Herd. Dann wandte sie sich, gegen die wohltuende Wärme des Ofens gelehnt, Oscar zu. «Ich wollte, ich wäre beredt und mir fielen die richtigen Worte ein», sagte sie.

«Aber das ist leider nicht der Fall. Ich wünschte nur, ich hätte Bescheid gewusst. Dann wäre ich sofort aus Cornwall zurückgekommen. Ich wäre wenigstens beim Begräbnis zugegen gewesen.»

Oscar hatte sich einen Stuhl genommen und an den Küchentisch gesetzt, und während sie sprach, stützte er die Ellbogen auf den Tisch und vergrub das Gesicht in den Händen. Einen schrecklichen Augenblick lang fürchtete Elfrida, er könne weinen. Sie hörte ihre eigene Stimme weiterplappern: «Ich habe nicht einen Blick in die Zeitung geworfen, einen ganzen Monat lang habe ich keine Zeitung gelesen. Ich hatte keine Ahnung. Bis heute ...»

Langsam nahm er die Hände vom Gesicht und sie sah, dass er nicht weinte, aber in seinen Augen stand eine Verzweiflung, die fast schlimmer war als Tränen.

«Ich hätte Ihnen Bescheid gesagt», sagte er, «aber ich hatte keine Ahnung, wo Sie waren.»

«Ich hatte ja auch keine Ahnung, dass es nötig sein würde.» Sie holte tief Atem. «Oscar, ich weiß, was Tod und Trauer bedeuten. Als Jimbo krank war, habe ich die ganze Zeit gewusst, dass es endgültig war, dass er sich nie wieder erholen würde. Aber als er starb, stellte ich fest, dass ich auf den Schmerz und die entsetzliche Leere völlig unvorbereitet war. Und ich weiß, dass das, was ich damals durchgemacht habe, nur ein Bruchteil dessen ist, was Sie jetzt durchmachen. Und es gibt nichts, womit ich Ihnen helfen und Ihnen den Schmerz erleichtern könnte.»

«Sie sind hier.»

«Ich kann zuhören. Wenn Sie reden möchten, ich kann zuhören.»

«Noch nicht.»

«Ich weiß. Es ist zu früh. Viel zu früh.»

«Der Pfarrer ist gleich nach dem Unfall vorbeigekommen. Kurz nachdem ich erfahren hatte, dass Gloria und Francesca beide tot waren. Er wollte mich trösten und sprach von Gott, und ich habe mich gefragt, ob er von allen guten Geistern verlassen war. Sie haben mich einmal gefragt, ob ich ein gläubiger Mensch sei, und ich glaube nicht, dass ich Ihre Frage damals beantworten konnte. Ich wusste nur, dass meine Musik und meine Arbeit und meine Chöre mir mehr bedeuteten als irgendwelche kirchlichen Dogmen. Das Tedeum. Erinnern Sie sich, als wir uns zum ersten Mal draußen vor der Kirche getroffen haben und Sie sagten, Sie hätten besonders das Tedeum genossen? Die Worte und die Musik haben mich früher mit dem sicheren Glauben an Gottes Güte und vielleicht an die Ewigkeit erfüllt.

Großer Gott, wir loben Dich,
Herr, wir preisen Deine Stärke.
Vor Dir neigt die Erde sich
und bewundert Deine Werke.

Mächtig in die Orgeltasten greifen, alle Register ziehen, während die Knabenstimmen jubelnd bis unters Dach schallen. Damals habe ich wirklich mit einer Überzeugung geglaubt, die angeblich nichts erschüttern konnte.»

Er schwieg. Elfrida wartete geduldig. Nach einer Weile sagte sie: «Und jetzt, Oscar?»

«Es drehte sich alles um Gott. Aber ich kann an keinen Gott glauben, der mir Francesca entreißt. Ich habe den Pfarrer nach Hause geschickt. Ich fürchte, ich habe seinen Unmut erregt.»

Elfrida hatte Mitleid. «Der Ärmste.»

«Er wird's überstehen. Das Wasser kocht.»

Eine willkommene Unterbrechung. Geschäftig machte Elfrida sich auf die Suche nach Teekanne und Teedose, löffelte Tee in die Kanne und goss kochendes Wasser auf. Sie fand einen Becher für sich, stellte alles auf den Tisch und setzte sich Oscar gegenüber, genau wie an dem Tag vor ihrer Abreise nach Cornwall, der eine Ewigkeit her zu sein schien. In ihrem kleinen Häuschen in der Poulton's Row und Oscar mit Gartenlehm an den Stiefeln.

«Sie trinken den Tee gern stark, ja?»

«Stark und schwarz.»

Sie goss sich den Becher voll und ließ den restlichen Tee ziehen. Dann sagte sie: «Hector hat mir von Ihren Stiefsöhnen und dem Haus erzählt. Von dem bevorstehenden Verkauf.»

«Sie meinen, ich sollte mich in der *Propstei* anmelden, einer Villa aus dem letzten Jahrhundert, in der vergreiste Aristokraten ihren Lebensabend fristen.»

«Das tun Sie nicht!»

«Ich gestehe, dass auch mich wenig dort hinzieht.»

«Was haben Sie vor?»

«Am liebsten möchte ich in Ruhe gelassen werden und meine Wunden lecken. Aber hier kann ich nicht bleiben, weil Giles und Crawford mich aus dem Weg haben wollen, um das Haus so schnell wie möglich zu verkaufen.»

«Barbaren.» Sie schenkte ihm Tee ein, schwarz wie Tinte, und schob ihm den Becher hin. Er langte nach dem Krug, goss einen Schuss Milch dazu und trank einen Schluck.

«Hector McLennan hat mir von seinem Vorschlag erzählt.»

«Das habe ich mir im Stillen schon gedacht.»

«Ist es eine solch schlechte Idee?»

«Elfrida. Es ist Wahnsinn.»

«Ich verstehe nicht ganz, warum.»

«Dann will ich es Ihnen sagen. Weil Sutherland am Ende der Welt liegt. Und ich seit fünfzig Jahren nicht dort gewesen bin. Hectors Optimismus in allen Ehren, aber ich kenne dort keine Menschenseele. Das Haus ist halb leer und seit Wochen wohnt niemand darin. Und ich bin von Natur kein häuslicher Mensch. Ich wüsste gar nicht, wie ich das Haus wohnlich machen sollte. Und an wen sollte ich mich wenden?»

«Mrs. Snead?»

«Elfrida!» Es klang vorwurfsvoll, aber Elfrida ließ nicht locker.

«Ist es sehr abgelegen?»

«Nein. Es liegt mitten in Creagan, einer Kleinstadt.»

Elfrida klang das alles sehr viel versprechend. «Ist es scheußlich?», fragte sie.

«Scheußlich», wiederholte er. «Was für Ausdrücke Sie benutzen. Nein. Es ist einfach ein großes, nichtssagendes Gebäude aus dem neunzehnten Jahrhundert. Nicht gerade hässlich, aber auch nicht sonderlich ansprechend. Und es hat einen Garten, aber das ist mitten im Winter auch kein Trost.»

«Es ist ja nicht immer Winter.»

«Ich weiß nur nicht, was um alles in der Welt ich da oben mit mir anfangen soll.»

«Also, eins ist sicher, Oscar. Hier können Sie nicht bleiben. Und in die *Propstei* gehen Sie nur über meine Leiche. Also müssen Sie etwas anderes in Erwägung ziehen. Sie könnten zu mir in die Poulton's Row ziehen, aber wie Sie wissen, ist in dem kleinen Cottage kaum genug Platz für Horaz und mich.» Oscar reagierte nicht auf diesen abwegigen Vorschlag. «Ich dachte, Sie könnten vielleicht nach London zurückgehen, aber Hector war dagegen.»

«Mit Recht.»

«Schottland», sagte sie nachdenklich. «Sutherland. Wenigstens wäre es ein neuer Anfang.»

«Ich bin siebenundsechzig, Elfrida. Und im Augenblick unfähig, überhaupt etwas anzufangen. Und obwohl ich mit niemandem sprechen möchte, graut mir davor, allein zu sein. Einsam. Alleinsein ist das Schlimmste. Leere Zimmer. Auch vor meiner Ehe mit Gloria waren immer Kollegen, Chormitglieder, Schüler um mich, eine anregende Gesellschaft. Mein Leben war erfüllt.»

«Das kann wiederkommen.»

«Nein.»

«Doch, Oscar. Natürlich nicht wie früher. Aber Sie haben den Menschen so viel zu geben. Geistige und seelische Großzügigkeit. Die dürfen wir nicht brachliegen lassen.»

Er hob die Augenbrauen. «Sie haben ‹wir› gesagt.»

«Ein Versprecher. Ich meinte ‹Sie›.»

Oscar hatte seinen Tee ausgetrunken, sein Becher war leer. Er langte nach der Teekanne und schenkte sich selbst nach. Der Tee war schwärzer denn je und sah ausgesprochen unappetitlich aus.

«Und wenn ich nun nach Schottland ginge. Wie soll ich denn dort hinkommen?»

«Es gibt Flugzeuge und Züge.»

«Ich brauche mein Auto.»

«Dann setzen Sie sich ans Steuer. Sie haben ja keine Eile. Sie könnten in Etappen ...»

Elfrida ließ den Satz unbeendet und verstummte. Die Vorstellung, dass Oscar sich ganz allein auf eine solche Reise ins Ungewisse machte, erfüllte sie mit Verzweiflung. Gloria hätte da sein müssen, neben ihm, um ihn beim Fahren abzulösen. Und Francesca auf dem Rücksitz mit ihren Computerspielen und ihrem unschuldigen Geplapper. Und im Kofferraum die beiden kläffenden Pekinesen, zusammen mit den Golfschlägern und den Angelruten und …

Aus und vorbei. Tot. Unwiederbringlich.

Er sah ihre Niedergeschlagenheit, streckte die Hand aus und legte sie auf ihre. «Sie müssen tapfer sein, Elfrida, sonst schaffe ich es nie.»

«Ich versuch's ja. Aber es tut mir so Leid um Ihretwillen.»

«Angenommen … angenommen, ich willigte in Ihren Vorschlag ein und machte die Reise. Angenommen, ich führe nach Schottland, rauf nach Sutherland. Würden Sie mitkommen?»

Sie war sprachlos und wusste nicht, was sie sagen sollte. Sie starrte ihn an und fragte sich, ob sie sich nicht verhört hatte, ob er tatsächlich diesen unerhörten Vorschlag gemacht oder sie seine Worte unter dem Schock und dem Kummer womöglich nur halluziniert hatte.

«Mitkommen?»

«Warum nicht? Ist das eine solch schlechte Idee? Zusammen zu fahren? Irgendwie werden wir schon ankommen. Wir holen den Schlüssel bei Major Billicliffe ab, suchen mein Haus, richten uns häuslich ein und verbringen den Winter dort.»

«Über Weihnachten?»

«Kein Weihnachten. Dieses Jahr nicht. Wäre das so schlimm? Es liegt zwar so weit nördlich, dass die Tage kurz und die Nächte lang und dunkel sein werden, und ich bin vermutlich auch kein sehr unterhaltsamer Gefährte. Aber vielleicht geht es mir bis zum Frühjahr schon wieder besser. Die Zeit heilt viele Wunden. Hier habe ich, wie Sie ganz richtig gesagt haben, keine Zukunft. Giles und Crawford wollen das Haus, also sollen sie es haben. Je eher, desto besser.»

«Und mein Haus, Oscar? Was soll ich mit meinem kleinen Häuschen machen?»

«Vermieten. Zuschließen. Hier passiert nichts. Die Nachbarn werden ein Auge darauf haben, da bin ich sicher.»

Es war sein Ernst. Er bat sie, ihn zu begleiten. Er wollte sie. Brauchte sie. Sie, die exzentrische, konfuse, nicht mehr hübsche Elfrida. Mit einem leichten Einschlag ins Vulgäre. Und zweiundsechzig Jahre alt.

«Oscar, ich weiß nicht, ob ich dafür die ideale Besetzung bin.»

«Sie unterschätzen sich. Bitte, kommen Sie mit, Elfrida. Helfen Sie mir.»

Kann ich irgendwie helfen, hatte sie Hector gefragt, als sie warteten, dass Oscar aus dem Treibhaus zurückkam. Und jetzt war er es, der die Frage beantwortet hatte.

Sie war ihr ganzes Leben impulsiv gewesen, hatte ohne Rücksicht auf die Konsequenzen irrsinnige Entscheidungen getroffen und keine einzige je bereut, so verrückt sie auch sein mochten. Wenn sie zurückblickte, waren es nur die verpassten Gelegenheiten, die sie bereute, entweder weil sie sich zum falschen Zeitpunkt ergeben hatten oder weil sie sich nicht getraut hatte, sie beim Schopf zu packen.

Sie holte tief Atem. «Also gut. Ich komme mit.»

«Sie sind ein Engel.»

«Ich komme Ihretwegen mit, Oscar, aber ich bin es auch Gloria schuldig. Ich werde Glorias Liebenswürdigkeit und Großzügigkeit einer Wildfremden wie mir gegenüber nie vergessen. Sie und Gloria und Francesca waren meine ersten Freunde, als ich nach Dibton kam …»

«… Fahren Sie fort.»

«Ich bin tief beschämt. Wir reden und reden, und dies ist das erste Mal, dass ich ihre Namen erwähne. In Cornwall habe ich so viel von Ihnen erzählt. Ich habe Jeffrey alles haarklein berichtet, wie gut Sie zu mir waren. Ich habe für Francesca ein Buch gekauft und um ein Haar hätte ich ein Bild für Sie und Gloria erstanden, aber dann war ich nicht sicher, ob es Gloria gefallen würde.»

«Hätte es mir gefallen?»

«Ich weiß nicht.» Plötzlich hatte sie einen Kloß im Hals und es fiel ihr schwer, weiterzusprechen. Sie musste weinen und fühlte, wie ihr die Lippen zitterten. Doch die Tränen, die ihr warm und feucht über die Wangen rollten, wirkten merkwürdigerweise befreiend. Alte Leute sehen schrecklich aus, wenn sie weinen, ermahnte sie sich. Sie versuchte, die Tränen mit den Fingern wegzuwischen. «Ich ... ich bin erst einmal in Schottland gewesen. Vor langen Jahren, mit einer Theatertruppe, in Glasgow. Das Publikum war eine Katastrophe und es hat nicht aufgehört zu gießen ...» Sie suchte in ihrem Ärmel nach einem Taschentuch, fand es und putzte sich die Nase. «... Und ich konnte nicht ein einziges Wort von dem verstehen, was die Leute sagten.»

«Kein Wunder, bei dem Akzent.»

«Es war damals gar nicht zum Lachen.»

«Es ist auch jetzt nicht zum Lachen, aber Sie haben mich immer zum Lachen gebracht.»

«Wie ein Clown?»

«Nein. Nicht wie ein Clown. Wie eine liebe, sehr witzige Freundin.»

FREITAG, 1. DEZEMBER

SAM

UM SIEBEN Uhr früh am ersten Dezember, einem dunklen Freitagmorgen, rollte Sam Howard seinen Gepäckkarren in die Ankunftshalle des Flughafens in Heathrow. Hinter der Absperrung herrschte das übliche Gewimmel von Leuten, die auf das Flugzeug warteten. Ältere Ehepaare, Jugendliche in Sportanzügen und übermüdete Mütter, die Kleinkinder huckepack trugen. Außerdem uniformierte Chauffeure für V.I.P.s – zu denen Sam nicht gehörte – und Männer, die geheimnisvolle, mit riesigen Großbuchstaben beschriftete Schilder hochhielten. MR. WILSON stand auf einem; ABDUL AZIZ HANDELSVERTRETUNG auf einem anderen.

Auf Sam wartete niemand. Keine Frau, kein Chauffeur. Nicht das bescheidenste Willkommenszeichen. Er wusste allerdings, dass ihn draußen, vor der geheizten Ankunftshalle, die Londoner Kälte erwartete; denn nicht nur waren die Passagiere bei der Landung des Flugzeugs vor den Temperaturen in London gewarnt worden, die Leute liefen auch alle dick vermummt in wattierten Jacken, Handschuhen, Schals und Wollmützen herum. In New York war es auch kalt gewesen, aber es hatte eine trockene, frostige, belebende Kälte geherrscht, mit einem bitterkalten Wind, der den East River heraufblies, sodass die Flaggen an den Fahnenstangen stramm und eckig in den eisigen Böen knatterten.

Der mit den beiden Koffern, einer riesigen amerikanischen Golfausrüstung und einer Aktentasche beladene Gepäckkarren war schwer zu manövrieren. Sam steuerte ihn auf die automatischen Ausgangstüren zu und in die feuchte, dunkle Kälte eines englischen Wintermorgens hinaus. Dort reihte er sich in die Taxischlange ein. Er brauchte nur ungefähr fünf Minuten zu warten, aber das reichte, damit ihm die Fußsohlen zu Eis erstarrten. Das Taxi war aus unerfindlichen Gründen mit Zeitungslettern beschriftet und der Fahrer ein mürrischer Mann mit einem Walrossbart. Hoffentlich keiner dieser Schwätzer. Sam war nicht nach Reden zumute.

«Wohin?»

«Wandsworth, bitte. SW17. Beauly Road 17.»

«Steigense ein.»

Der Fahrer machte keine Anstalten, ihm mit seinem Gepäck behilflich zu sein, und hielt Sam offenbar für jung und fit genug, um allein damit fertig zu werden. Also hievte er seine Koffer auf den Rücksitz, verstaute die Golfschläger auf dem Boden, schob den leeren Karren aus dem Weg und stieg ein. Das Taxi setzte sich mit laufenden Scheibenwischern in Bewegung.

In der kurzen Wartezeit war Sam völlig durchgefroren. Er schlug den Kragen seines marineblauen Mantels hoch und lehnte sich gegen den schmuddeligen Plastikbezug der Rückbank. Er kam sich müde und ungewaschen vor und gähnte aus vollem Hals. Die mit ihm Business Class fliegenden Geschäftsleute hatten sich kurz vor der Landung diskret in die Toiletten verzogen, um sich ein bisschen aufzufrischen, zu rasieren und einen Schlips umzubinden. Die Ärmsten hatten vermutlich einen frühen Termin. Sam hatte zum Glück so früh am Morgen nichts in seinem Kalender. Sein erster Termin war am Montag um zwölf Uhr dreißig, zu einem Lunch bei *Whites* mit Sir David Swinfield, dem Direktor von Sturrock & Swinfield, Sams zukünftigem Chef. Bis dahin konnte er frei über seine Zeit verfügen.

Er gähnte noch einmal und fuhr sich mit der Hand über die Bartstoppeln. Vielleicht hätte er sich doch rasieren sollen. Er wäre sich nicht so wie ein Penner vorgekommen. Höchstwahrscheinlich sah er auch noch wie einer aus in seinen lässigen, alten Klamotten, dem dicken Pullover und den abgetragenen Jeans und Turnschuhen. Seine Augen waren übermüdet und gerötet vom Schlafmangel, aber das lag daran, dass er die kurze Nacht hindurch gelesen hatte. Außerdem hatte er ein flaues Gefühl im Magen, vermutlich, weil er sich um zwei Uhr morgens mitteleuropäischer Zeit noch eine riesige Mahlzeit genehmigt hatte.

Das Taxi hielt an einer roten Ampel. Unvermutet warf der Fahrer ihm über die Schulter hinweg eine Frage zu.

«Urlaub gemacht?»

«Nein», erwiderte Sam.

«Dachte ... von wegen ... Golfschläger.»

«Nein, ich war nicht auf Urlaub.»

«Geschäftlich unterwegs?»

«Sozusagen. Hab sechs Jahre in New York gearbeitet.»

«Donnerwetter. Könnse das Tempo ab?»

«Kein Problem. Man gewöhnt sich an alles.»

Draußen goss es in Strömen. «Scheißwetter fürs Nachhausekommen.» Die Ampel sprang auf Grün. Sie setzten sich wieder in Bewegung.

«Ja», pflichtete Sam ihm bei. Unterließ es aber *Ich komme gar nicht nach Hause* hinzuzufügen. Denn er hatte momentan gar kein Zuhause. Was dem Penneraufzug entsprach. Zum ersten Mal in seinem achtunddreißigjährigen Leben stand er ohne eigene vier Wände da.

Fest in seinen Mantel gehüllt, drückte er sich missmutig in die Ecke des Taxis und ging in Gedanken die Häuser durch, in denen er in seinem Leben gewohnt hatte. Radley Hill in

Yorkshire, wo er als einziges Kind geboren und aufgewachsen war. Ein massives, geräumiges, gemütliches Familienheim, in dem es nach Kaminfeuer, Frühjahrsblumen und gebackenem Kuchen duftete. Das Haus mit seinen vier Morgen Land hatte einen Tennisplatz und ein kleines Wäldchen, wo er an Herbstabenden mit seiner Schrotflinte stand und wartete, dass die Tauben von den Stoppelfeldern kamen. In den ersten Schuljahren war er täglich nach Hause gekommen, später im Internat nur noch in den Ferien, meist mit einem Freund im Schlepptau. Das Haus war bequem wie ein altes Tweedjackett, das man am liebsten nie ausziehen möchte, aber natürlich war es anders gekommen. Denn in seinem letzten Semester an der Universität Newcastle war seine Mutter gestorben, und danach war nichts mehr so wie früher gewesen.

Die Familie besaß eine kleine Wollspinnerei in einer Kleinstadt in Yorkshire. Nach Abschluss der Universität hatte Sam sich eigentlich den Wind um die Nase wehen lassen und sich einen Job im Ausland suchen wollen, aber nach dem Tod seiner Mutter hatte er es nicht übers Herz gebracht, seinen Vater im Stich zu lassen, und war mit seinem Ingenieursexamen nach Radley Hill und in die Spinnerei zurückgekehrt. Einige Jahre lang hatten Vater und Sohn erfolgreich zusammengearbeitet, sodass das Geschäft florierte. Aber dann war die Rezession gekommen und die Spinnerei, die sich auf feine Kammgarn- und leichte Tweedstoffe spezialisierte, hatte mit einer hoch entwickelten europäischen Konkurrenz, einer Flut von Importen und Kapitalschwierigkeiten zu kämpfen gehabt. Schließlich kam ihnen Sturrock & Swinfield, das riesige, in London ansässige Textilunternehmen, zu Hilfe. Die kleine Spinnerei wurde übernommen. Sam bekam einen Job unter der neuen Führung, aber sein

Vater war zu alt, um sich noch umstellen zu können, und ließ sich frühzeitig pensionieren. Doch Gartenarbeit und gelegentliches Golfspielen konnten nicht verhindern, dass er unter Einsamkeit, Langeweile und erzwungener Untätigkeit litt, und zwölf Monate später war er an einem schweren Herzanfall gestorben.

Sam erbte Radley Hill. Nach einigen schlaflosen Nächten entschloss er sich, das Haus zu verkaufen. Es schien ihm das einzig Vernünftige, denn inzwischen war er in London stationiert, immer noch bei Sturrock & Swinfield, und mit dem Auf und Ab fluktuierender Märkte und den Geheimnissen der Wollbörse auf Du und Du. Mit dem Erlös konnte er sich zum ersten Mal etwas Eigenes kaufen, eine Gartenwohnung in Eel Park Common, die so nah an der U-Bahn lag, dass er nachts das Rattern der Züge hören konnte. Die Wohnung hatte ein kleines Gärtchen, in das die Abendsonne schien, und sobald er die Räume mit einigen kleineren Stücken aus dem alten Haus in Yorkshire möbliert hatte, fühlte er sich wie zu Hause. Er war dort glücklich gewesen, hatte ein sorgloses Junggesellenleben geführt, und wenn er an die Zeiten zurückdachte, war das Haus erfüllt von Sonnenschein und vielen Freunden. Er dachte an die unzähligen Impromptu-Partys, bei denen die Wohnung aus den Nähten geplatzt war und die Gäste auf der winzigen Terrasse sitzen mussten. An die geselligen Wochenenden im Winter, wenn Freunde und Kollegen aus dem Norden zu Rugbyspielen in Twickenham heruntergekommen waren. Und natürlich an seine zahllosen, heftigen Liebesaffären.

Er war gerade über beide Ohren verliebt, als der Direktor, Sir David Swinfield, ihn aus heiterem Himmel zu sich zitierte. In seinem eleganten, seriösen Penthouse-Büro hoch über dem Labyrinth der Londoner Innenstadt teilte er Sam mit, dass er nach New York, in die Vereinigten Staaten versetzt würde. Der Chef des New Yorker Büros, Mike Passano, hatte ausdrücklich auf ihm bestanden. Es bedeutete Beförderung, Verantwortung, Gehaltserhöhung.

«Irgendein Grund, das Angebot auszuschlagen, Sam?»

New York. Sam sagte nein, was der Wahrheit entsprach. Keine familiären Bindungen, keine Frau, keine Kinder. Nichts, was er nicht leichten Herzens aufgeben konnte. Es war die Gelegenheit, nach der er sich im Stillen seit seiner Universitätszeit gesehnt hatte. Ein neuer Job, eine neue Stadt, ein neues Land. Ein neues Leben!

Er lud die damalige Liebesaffäre zum Essen ein und versuchte, ihr die Sachlage zu erklären. Sie weinte ein bisschen und sagte, wenn er wolle, käme sie mit nach New York. Aber er wollte nicht. Er machte kein Hehl daraus und sie weinte noch ein bisschen, und als der Zeitpunkt zum Aufbruch kam, setzte er sie in ein Taxi und sah ihr nach, während sie davonfuhr. Er hatte sie nie wieder gesehen.

Ähnlich rücksichtslos ging er mit seinen irdischen Gütern um. Ein Abschnitt seines Lebens war zu Ende und er hatte keine Ahnung, ob er je wieder nach London zurückkehren würde. Also verkaufte er sein Auto und seine Wohnung und stellte nur ein paar Möbel, Bilder und Bücher, an denen er hing, irgendwo unter. Er räumte seinen Schreibtisch im Büro aus. Jemand organisierte eine Abschiedsparty für ihn, sodass er sich von all seinen Freunden verabschieden konnte.

«Bleib nicht zu lange weg», sagten sie zu ihm. «Komm bald wieder.»

Aber New York wartete, und kaum war er da, schlug die Stadt ihn in ihren Bann. Er fühlte sich wohl wie ein Fisch im Wasser und genoss alles, was diese anregende, kosmopolitische, multikulturelle Stadt ihm zu bieten hatte. Sein Zuhause war ein Einzimmerapartment in Greenwich Village, aber als er Deborah heiratete, überredete sie ihn umzuziehen und sie landeten in einem schicken Doppelhaus in der East 70th Street. Ein neues Haus, eine neue Umgebung hatten Sam immer gereizt. Wände zu streichen, Möbel herumzuschieben und Bilder aufzuhängen machte ihm Spaß. Aber Deborah wollte von dem alten Krempel aus seiner Greenwich-Village-Zeit in ihrer aparten, neuen Wohnung nichts wissen, und überhaupt hatte sie extra einen Innenarchitekten engagiert, der sich umgebracht hätte, wenn das durchgesessene, alte Ledersofa in sein bastfarbenes Design integriert worden wäre. Es gab einigen Stunk, doch er hielt sich in Grenzen, weil Sam nachgab und eigentlich nichts dagegen hatte, dass das Ledersofa in seiner Bude verschwand, wo er seinen Computer und sein Faxgerät hatte. Es war gemütlich dort, und manchmal am Wochenende, wenn Deborah glaubte, er mache Überstunden, lag er auf seinem Ledersofa und sah Fußball im Fernsehen.

Häuser. East 70th Street war das letzte gewesen, und auch das war passé. Genau wie Deborah.

Sie hatte nie falsche Skrupel gehabt. Sie sagte ihm ins Gesicht, dass sie ihn verlassen wollte. Sie hatte es satt, mit einem Arbeitstier verheiratet und neben Sturrock & Swinfield immer nur fünftes Rad am Wagen zu sein. Natürlich war ein anderer Mann im Spiel, und als sie Sam seinen Namen nannte, war er erschrocken und machte sich über ihre Zukunft Gedanken. Er warnte sie, aber sie blieb eisern. Es war zu spät. Sie war fest entschlossen. Es war zwecklos, sie umstimmen zu wollen.

Er war wütend, aber auch verletzt, verwirrt und gedemütigt. Er dachte an das altmodische Wort *gehörnt. Ich bin gehörnt worden. Sie hat mir Hörner aufgesetzt.*

Gleichzeitig hatte er ein gewisses Verständnis für sie.

Als er am Morgen nach Deborahs Verschwinden ins Büro kam, begegnete er verstohlenen Blicken und mitleidigen Gesichtern. Manche Kollegen empfingen ihn übertrieben jovial, schlugen ihm kameradschaftlich auf die Schulter und nannten ihn Kumpel. Jederzeit da, wenn er sie brauchen sollte.

Andere, die dem Tommy Sam nie besonders grün gewesen waren, konnten ihre Schadenfreude nicht verbergen und lachten sich insgeheim ins Fäustchen. Ihm ging auf, dass sie alle ziemlich genau im Bilde gewesen waren und nur er als der Hauptakteur im Drama bis zuletzt im Dunkeln getappt hatte.

Im Laufe des Tages tauchte Mike Passano in Sams Büro auf und ließ sich auf der Schreibtischkante nieder. Eine Weile redeten sie über Geschäftliches und dann sagte Mike: «Ich wollte nur sagen: Tut mir Leid. Die Sache mit Debbie.»

«Vielen Dank.»

«Schwacher Trost, aber wenigstens habt ihr keine Kinder, die den Fall komplizieren.»

«Genau.»

«Wenn du irgendwann abends zum Essen vorbeikommen willst …»

«Ich komm schon klar, Mike.»

«Na gut. Also. Jederzeit, wenn dir danach ist.»

Sechs Wochen lang hielt er durch. Abends fand er Ausreden, am Schreibtisch weiterzuarbeiten, wenn die anderen längst Feierabend gemacht hatten, und kehrte erst spät in ein leeres Apartment und eine leere Küche zurück. Manchmal aß er unterwegs eine Kleinigkeit und trank einen Scotch. Oder auch zwei. Zum ersten Mal in seinem Leben litt er unter Schlaflosigkeit und tagsüber quälte ihn eine unbekannte innere Unruhe, so als sei nicht nur seine Ehe, sondern auch der Rest seines Lebens in die Brüche gegangen.

Mike Passano sagte: «Mach Urlaub», aber das war das Letzte, was Sam wollte. Stattdessen ging ihm auf, dass er genug von New York hatte. Er wollte England. Er wollte nach Hause. Er wollte verhangene Himmel und sanfte grüne Felder und warmes Bier und rote Doppeldeckerbusse.

Eines Abends, auf dem Höhepunkt seiner Verzweiflung, klingelte das Telefon in seiner Wohnung und Sir David Swinfield aus London war am Apparat.

«Haben Sie einen Moment Zeit, Sam?»

«So viel Sie wollen.»

«Wie ich höre, läuft nicht alles so ganz glatt bei Ihnen.»

«Schlechte Nachrichten sprechen sich wie ein Lauffeuer herum.»

«Ich hab mit Mike Passano gesprochen. Heute Morgen. Tut mir wirklich Leid.»

«Danke.»

«Brauchen Sie Tapetenwechsel?»

Sam wartete ab. «Woran denken Sie?»

«Neue Idee. Neues Projekt. Könnte interessant sein.»

«Wo?»

«England.»

«Das heißt also New York verlassen?»

«Sie sind seit sechs Jahren dort. Ich regle die Sache mit Mike.»

«Wer wird mein Nachfolger?»

«Lowell Oldberg?»

«Der hat keinerlei Erfahrung.»

«Hatten Sie auch nicht.»

Er musste seine Karten richtig ausspielen. «Ist dies eine Degradierung?», fragte er unverblümt.

«Im Gegenteil. Eine Beförderung. Aufwärts und vorwärts.» Pause. «Ich möchte Sie hier haben, Sam. Ich brauche Sie. Ich glaube, es wird Zeit.»

Das Haus in der Beauly Road war ein Doppelhaus, eine dreistöckige viktorianische Villa, vom Bürgersteig durch einen Vorgarten getrennt, der in einen gepflasterten Parkplatz verwandelt worden war. Der Rest der ruhigen Wohnstraße war auf beiden Seiten von Autos gesäumt, ein Zeichen für den Wohlstand ihrer Anwohner. Es gab auch eine Menge Bäume, die jetzt zwar kahl waren, im Sommer mit ihrem Laub aber eine Illusion von Ländlichkeit wecken würden, als befände man sich in einem grünenden Vorort weit von der Innenstadt Londons entfernt.

An diesem trostlosen Morgen war es noch immer dunkel. Als Sam, von seinem Gepäck umgeben, das Taxi bezahlte, ging die Haustür auf, ein Lichtstrahl fiel nach draußen und eine untersetzte männliche Gestalt tauchte im Türrahmen auf. «Sam!» Halb angezogen für einen Arbeitstag in der City, in Anzughosen und einem überdimensionalen, dunkelblauen Pullover, kam Neil Philip den Gartenweg entlang und durchs Tor. «Mein Gott, Sam, wie schön, dich wieder zu sehen.»

Sam fühlte sich heftig an eine männliche Brust gedrückt, denn Neil hatte nie zu denen gehört, die mit ihren Emotionen hinterm Berg hielten. Man kam sich vor, als nehme einen ein Bär in die Arme. Der Taxifahrer verzog keine Miene und fuhr davon und Neil bemächtigte sich der zwei enorm schweren Koffer und überließ Sam die Golfschläger und seine Tasche.

«Janey bringt gerade die Kinder auf Trab, aber sie kommt gleich runter. Guten Flug gehabt? Bist vermutlich todmüde.» Er stellte die Koffer am Fuß der Treppe ab. «Das Wasser kocht, möchtest du eine Tasse Kaffee?»

«Und wie!»

«Dann komm.»

Sam zog seinen Mantel aus und hängte ihn übers Treppengeländer. Von oben war die nörgelnde Stimme eines Kindes zu hören. Ein Paar kleine Gummistiefel und ein Spielzeuglaster standen nebeneinander auf den Stufen. Sam folgte Neil den Flur entlang in die geräumige Familienküche, die ein Oberlicht und zwei Fenster über der Spüle hatte. Die Vorhänge waren noch zugezogen, aber über sich konnte er die dunklen, durch die Lichter der Stadt schattierten Wolken sehen. Die Schränke in der Küche waren aus Kiefernholz, der Kühlschrank summte und der Frühstückstisch war gedeckt. Ein kariertes Tischtuch, Pakete mit Cornflakes, ein Milchkrug, Eierbecher.

Neil löffelte Kaffee in die Kanne und goss heißes Wasser auf. Das frische, köstliche Aroma zog durch den Raum.

«Möchtest du was essen?»

«Nein, nur Kaffee.»

Sam zog einen Stuhl hervor und war froh, von den Beinen zu kommen. Warum war er nur so erschöpft, wenn er doch mindestens sieben Stunden gesessen hatte? «Du siehst blendend aus, Neil.»

«Ach, es geht. Das Familienleben zerrt an den Nerven.» Er steckte zwei Scheiben Brot in den Toaster. «Du hast dies Haus ja noch gar nicht gesehen. Wir haben es ein paar Jahre nach deiner Abreise gekauft. Verbesserung der Lebensqualität, wie Janey es genannt hat. Und wir brauchten einen Garten für die Kinder.»

«Hilf mir auf die Sprünge.»

«Wie?»

«Daisy und Leo. Wie alt? Ich bin nicht mehr ganz auf dem Laufenden.»

«Daisy ist zehn und Leo sechs. Sie sind ganz aufgeregt über deinen Besuch. Reden von nichts anderem. Wie lange kannst du bleiben?»

«Ich bin nicht auf Urlaub, Neil. Geschäftsreise. Der Chef hat mich zu sich beordert. Irgendein neues Projekt.»

«New York ade?»

«Vorläufig jedenfalls.»

«Die Sache mit Deborah. Tut mir wirklich Leid, Sam.»

«Wir reden noch darüber, nicht jetzt. Es gibt zu viel zu sagen.»

«Wir gönnen uns heute Abend ein Bier im Pub und dann kannst du dir alles von der Seele reden. Und nur dass du's weißt, du kannst hier bleiben, solange du willst.»

«Wirklich liebenswürdig von dir.»

«Kommt von Herzen, mein Lieber, kommt von Herzen.»

Die Toastscheiben flippten hoch, Neil nahm sie heraus und steckte zwei neue in den Toaster. Sam saß am Tisch und folgte den akkuraten, präzisen Handgriffen seines mächtigen und nur scheinbar unbeholfenen Freundes. Neil hatte noch immer einen Schopf dichter, dunkler Haare, nur hier und da mit Grau vermischt. Wie viele athletische Männer hatte er an Gewicht zugenommen, schien aber sonst unverändert.

Neil Philip gehörte zu Sams Leben. Sie waren Freunde seit ihrem ersten Schultag im Internat, zwei verschüchterte Neuankömmlinge, die sich in einer wildfremden Welt zurechtfinden mussten. Neil war während der Ferien regelmäßiger Gast in Radley Hill gewesen und Sams Mutter hatte ihn schließlich ihren zweiten Sohn genannt. Als Sam in Newcastle studierte, war Neil nach Edinburgh an die Universität gegangen, wo er fanatisch Rugby spielte und sich eine Saison erfolgreich als Stürmer in der schottischen Nationalmannschaft hervortat. Nach dem Studium hatten sie sich in London wieder getroffen, in den Zeiten von Eel Park Common, und es war ihnen vorgekommen, als hätten sie das Gespräch nur unterbrochen. Als Neil und Janey in der St.-Paul's-Kirche in Knightsbridge heirateten, war Sam Trauzeuge gewesen. Und zu Sams und Deborahs Hochzeit im Garten ihrer Großeltern in Easthampton waren Neil und Janey herübergeflogen, damit Neil bei Sam Trauzeuge sein konnte. Sam war darüber ganz gerührt gewesen, denn sonst hätte er als Bräutigam ganz ohne Familie, Freunde und Verwandte dagestanden.

Neil schenkte Kaffee ein und setzte die Eier auf. Das Stimmengewirr oben wurde lauter, dann hörte man Getrappel auf der Treppe und die beiden Kinder kamen in die Küche gestürzt, Daisy in Schuluniform, Leo in Jeans und Pullover. In der Tür blieben sie stehen und starrten den Fremden an.

Sam sagte: «Hallo.»

Plötzlich eingeschüchtert, sahen sie ihn nur stumm an.

«Sagt hallo, ihr beiden», forderte Neil sie auf.

Leo sagte: «Ich denk, du hast 'nen Cowboyhut auf.»

«In New York trägt man doch keine Cowboyhüte», wies ihn seine Schwester zurecht.

«Was trägt man denn sonst?»

«Wer trägt hier was wo?» Janey kam in ähnlichem Aufzug wie ihr Sohn durch die Tür und breitete zum Willkommen die Arme aus. «Ach, Sam, wir haben uns eine Ewigkeit nicht gesehen. Wie schön, dass du da bist.» Er stand auf und sie umarmte und küsste ihn. «Mein Gott, du bist ja nicht mal rasiert, du Untier.»

«Ich war zu faul.»

«Es ist eine Ewigkeit her. Ich hoffe, du haust nicht gleich wieder ab. Daisy, so viele Schoko-Pops kannst du gar nicht essen, gib Leo welche ab.»

Im Haus war es still. Die Besitzer waren fort. Neil zu seiner täglichen Tretmühle, Janey mit den Kindern auf dem Weg zur Schule. Sie hatten Sam sein Zimmer und das Badezimmer gezeigt. Er hatte ein dampfendes Bad genommen, sich rasiert und war dann in dem Bademantel, den er hinter der Tür gefunden hatte, ins Bett gefallen. Inzwischen war es hell draußen. Durchs Fenster konnte er das Filigran der Platanenzweige sehen. Das Geräusch vorbeifahrender Wagen war zu vernehmen. Hoch über ihm überquerte ein Flugzeug den Himmel. Er schlief ein.

Es regnete fast das ganze Wochenende, doch am Montagmorgen war es trocken und zwischen den dahinsegelnden Wolken war hin und wieder sogar ein Fleckchen blauer Himmel zu sehen. Nachdem sie am Samstag einem verregneten Fußballspiel zugesehen, am Sonntag einen langen, feuchten Spaziergang durch Richmond Park gemacht und nach dem Essen einen Monopoly-Marathon absolviert hatten, warf Neil einen Blick auf den klaren Himmel, knurrte mit einem Anflug von Bitterkeit: «Immer auf die kleinen Dicken», und verließ das Haus.

Als Nächstes wurden die Kinder von einer Nachbarin abgeholt und zur Schule gebracht. Dann erschien eine schokoladenbraune Jamaikanerin, um den Staubsauger durchs Haus zu schieben, und Janey ging zum Einkaufen.

«Willst du einen Haustürschlüssel?», fragte sie Sam. «Ich bin erst nach vier Uhr zurück.»

«In dem Fall brauch ich keinen.»

«Wann kommst du zurück?»

«Keine Ahnung.»

«Na gut.» Sie lächelte ihm zu und gab ihm einen flüchtigen Kuss. «Hals- und Beinbruch!»

Wenig später brach auch Sam auf, dem wichtigen Anlass entsprechend seriös gekleidet und einen Schirm von Neil über dem Arm, falls ihn ein Regenschauer überraschen sollte. Er schloss die Haustür zu den Klängen eines Spirituals, das die Jamaikanerin beim Scheuern der Badewanne schmetterte. Um fünfundzwanzig Minuten nach zwölf ging er die St. James Street entlang, stellte sich beim Portier von *Whites* vor und fragte nach Sir David Swinfield. Sir David sei an der Bar, wurde ihm gesagt, und erwarte einen Gast.

Es war halb vier, als sie den Club verließen und die Stufen hinuntergingen, wo Sir Davids Chauffeur im Wagen auf ihn wartete. Sir David bot Sam an, ihn mitzunehmen, aber dieser lehnte höflich dankend ab. Sie verabschiedeten sich und Sam sah dem großen schwarzen Wagen nach, wie er sich in den Verkehr einfädelte und in Richtung Piccadilly verschwand.

Dann wandte er sich in die entgegengesetzte Richtung, um wenigstens einen Teil des Weges nach Wandsworth zu Fuß zu laufen. Er durchquerte Green Park und Belgrave Square und wanderte die Sloane Street und die King's Road entlang. Inzwischen war es dämmerig geworden, die Straßenlaternen brannten und die Schaufenster mit ihren glitzernden Weihnachtsdekorationen und den Verlockungen der modernen Konsumgesellschaft leuchteten verführerisch. Sam fühlte sich irgendwie überrumpelt. Er war die letzte Zeit so mit sich selbst beschäftigt gewesen, dass er Weihnachten ganz vergessen hatte. Die letzten Monate waren förmlich an ihm vorbeigeflogen. Weihnachten. Er hatte keine Ahnung, wo er

Weihnachten sein würde, und ihm fiel niemand ein, der ein Weihnachtsgeschenk von ihm erwarten könnte, eine etwas ernüchternde Tatsache, die nicht unbedingt für ihn sprach. Doch kam ihm bei dem Gedanken an Geschenke ein spontaner Einfall und er trat in ein Blumengeschäft und kaufte einen riesigen Strauß weißer Lilien für Janey und etwas weiter machte er in einem Weingeschäft Halt und kaufte Cognac und eine Flasche Champagner für Neil. Unter der Last der Geschenke dachte er an die Kinder, Daisy und Leo. Ihnen musste er auch etwas mitbringen, aber er wusste beim besten Willen nicht, womit er sie erfreuen konnte. Er würde sie fragen. Da er bereits zwei Tage in ihrer Gesellschaft verbracht hatte, fiel ihnen bestimmt etwas ein.

Als er World's End erreichte, hatte er sich nicht nur völlig verausgabt, sondern obendrein fing es an zu regnen. Es war fast fünf Uhr, der Verkehr hatte zugenommen und kroch im Schneckentempo dahin, doch nach ungefähr fünf Minuten fand er ein Taxi und nannte dem Fahrer die Adresse. Es dauerte endlos lange, ehe sie die Wandsworth Bridge überquert hatten, und als sie schließlich in die Beauly Road einbogen, sah er Licht hinter den Vorhängen von Nr. 17 und hatte das Gefühl, nach Hause zu kommen.

Er klingelte und Janey machte ihm die Tür auf.

«Da bist du ja. Ich dachte schon, du seist verschütt gegangen.»

Sie trug Jeans und einen roten Pullover und hatte das dunkle Haar mit einer Schildpattspange hochgesteckt.

«Ich brauchte etwas Bewegung.»

Janey schloss die Tür. «Man sollte meinen, ein verregneter Sonntag in Richmond Park hätte für eine Woche gelangt. Wie war's? Der Lunch mit dem Direktor, meine ich.»

«Sehr gut. Aber warte einen Moment, ich berichte später

darüber.» Er überreichte ihr die Lilien. «Die sind für dich. Eine kleine Aufmerksamkeit für die liebenswürdige Gastgeberin.»

«Vielen Dank. Das war nicht nötig, aber über Blumen freue ich mich immer. Und dann noch Lilien. Das ganze Haus wird danach duften. Komm in die Küche, ich mach dir eine Tasse Tee.»

Er zog seinen Mantel aus, hängte ihn an einen Haken neben all die kleinen Mäntelchen und Anoraks und folgte ihr mit der schweren Tüte unterm Arm. Er stellte den Cognac in Neils Weinregal und den Champagner in den Kühlschrank.

«Champagner.» Janey füllte den Wasserkessel und setzte ihn auf. «Das sieht nach einem feierlichen Anlass aus.»

«Vielleicht.» Er nahm sich einen Stuhl und saß mit aufgestützten Ellbogen am Tisch. «Wo sind Daisy und Leo?»

«Oben, sehen fern und spielen Computerspiele. Das dürfen sie, wenn sie mit den Schularbeiten fertig sind.»

«Es riecht gut in deiner Küche.»

«Abendessen. Allerdings habe ich trostlose Nachrichten. Ein weiterer Gast.»

«Was ist daran so trostlos?»

«Er ist ein Brechmittel.»

«Warum hast du ihn dann eingeladen?»

«Hab ich ja gar nicht. Er hat sich selbst eingeladen. Er ist ein alter Freund meiner Eltern, allein in London und fühlt sich offenbar einsam. Er rief an und klang ziemlich trübselig, deshalb konnte ich nicht anders. Es tut mir Leid, denn ich hatte mich auf einen Abend zu dritt gefreut. Ich habe Neil schon Bescheid gesagt, er ist ziemlich sauer, aber er will versuchen, etwas früher nach Hause zu kommen, und den Tisch decken und sich um die Getränke und das Kaminfeuer kümmern.»

«Das kann ich doch tun.»

«Du bist unser Gast. Nimm ein Bad, ruh dich erst mal aus und mach dich für den Abend fein.»

«Um deinem ungebetenen Gast zu imponieren?» Janey verzog das Gesicht zu einer verzweifelten Grimasse. «Was ist denn so unerträglich an ihm?»

Sie hatte einen großen, geblümten Krug genommen, mit Wasser gefüllt und war dabei, die Lilien darin zu arrangieren.

«Er ist eigentlich gar nicht so unerträglich. Nur ein bisschen langweilig. Geriert sich gern als alter Lebemann. Man muss immer auf der Hut sein, dass er einem nicht den Hintern tätschelt.»

Sam lachte. «So einer also.»

«Weiß Gott. Er war dreimal verheiratet, aber im Moment ist er solo.»

«Woher kommt er denn?»

«Ich glaube, er ist mit meinem Vater zur Schule gegangen. Aber jetzt lebt er auf den Bahamas oder auf Barbados oder sonst wo. Schon seit ewigen Zeiten.»

«Und was macht er in London?»

«Ich weiß nicht. Ist offenbar auf dem Weg nach Frankreich. Er will Weihnachten in Nizza verbringen.»

«Klingt interessant, der Mann.»

«Mitnichten. Schau nur, sieht das nicht fabelhaft aus? Vielen Dank nochmal. Sie bekommen einen Ehrenplatz im Wohnzimmer.» Das Wasser kochte und sie langte nach der Teekanne. «Ich kann's gar nicht abwarten, dass du erzählst. Aber wenn ich koche, kann ich mich nicht konzentrieren und ich muss noch den Nachtisch machen.»

«Ich kann warten.»

«Alles gut gegangen, Sam?»

«Ich glaube, ja.»

«Wie aufregend. Ich freu mich für dich.»

Er trank seinen Tee, dann verscheuchte Janey ihn aus der Küche und er ging nach oben. Er fand Daisy und Leo im Spielzimmer. Sie hatten den Fernseher ausgeschaltet und saßen an einem zerkratzten Tisch, der mit Bögen von Buntpapier bedeckt war, das sie zerschnippelten. Außer Scheren lagen Klebstofftuben, Filzstifte, eine bunte Rolle Bindfaden und Schnipsel von Schleifenband auf dem Tisch. Offenbar waren sie am Basteln.

Sie blickten hoch. «Hallo, Sam.»

«Hallo. Was treibt ihr denn da?»

«Wir machen Weihnachtskarten», sagte Daisy wichtigtuerisch. «Das haben wir heute in der Schule gelernt und jetzt bring ich es Leo bei. Man streicht den Klebstoff drauf und dann streut man Glitzerstaub drüber und der klebt. Aber erst müssen wir ein Bild malen.»

«Was zum Beispiel?»

«Einen Tannenbaum. Oder einen Nikolausstrumpf. Oder ein Haus mit erleuchteten Fenstern. Bloß werden die Hände so klebrig dabei und das Glitzerzeug bleibt überall dran hängen. Leo sagt Klimperzeug dazu. Also, Leo, jetzt musst du das Papier so falten, ganz säuberlich ... und nicht so krumm und schief ...»

Es war klar, dass sie seiner Hilfe nicht bedurften. Er überließ sie sich selbst, ging in sein Zimmer, zog sich aus und ging unter die Dusche.

Nimm ein Bad, ruh dich erst mal aus und mach dich für den Abend fein. Er hatte die *Times* mit heraufgebracht, zog sich nach der Dusche den Bademantel über und warf sich aufs Bett, um zu lesen. Aber seine Gedanken schweiften ab, er ließ die Zeitung auf den Fußboden gleiten und lag nur da und starrte gegen die Decke. Geräusche drangen durch die geschlossene Tür. Kinderstimmen. Das Telefon klingelte und er hörte, wie Janey den Hörer abnahm. «Hallo», hörte er sie sagen. Verführerische Essensdüfte drangen ins Zimmer und später hörte er, wie das Badewasser für die Kinder eingelassen wurde.

Es war lange her, dass er im Kreis einer richtigen Familie gelebt und sich so verwöhnt und umsorgt gefühlt hatte. Als er diesem Gedanken nachhing, ging ihm auf, dass Deborah sich schon Monate vor ihrem endgültigen Entschluss von ihm zurückgezogen hatte, er aber zu beschäftigt gewesen war, um die allmähliche Entfremdung zwischen ihnen zu bemerken. Wie er selbst genau wusste, gehörten zu jeder Ehe zwei. Die andere Hälfte musste ebenfalls einen Teil der Verantwortung übernehmen.

Ihm fielen die Jahre in Radley Hill ein, denn die Atmosphäre in diesem alltäglichen Londoner Haus, in dem Neil und Janey ihre Kinder aufzogen, weckte Erinnerungen an die Geborgenheit und Gemütlichkeit des Hauses, in dem Sam seine Kindheit verbracht hatte. Immer wurde man von einem wärmenden Kaminfeuer und von köstlichen, herzhaften Essensdüften aus der Küche empfangen. Stiefel auf der Veranda, Tennisschläger in der Diele verstreut, die Stimmen seiner Freunde, geräuschvolles Getrappel im Treppenhaus. Er fragte sich, ob ihm jemals ein solches Familienglück beschert sein würde. Bisher waren seine Versuche in der Hinsicht erfolglos verlaufen. Deborah und er hätten Kinder haben können, aber sie war nie sonderlich an dem Gedanken interessiert gewesen und er hatte das Thema nicht forcieren wollen. Was sich im Rückblick als Segen erwies. Aber das Haus in der East 70th Street, das sie beide ganz allein bewohnt hatten, war eigentlich nie mehr als eine Absteige gewesen. Zwar hatten ihre Freunde sie um das makellose, ganz in Creme und Beige gehaltene Wohnzimmer mit den modernen Skulpturen und den raffiniert beleuchteten, abstrakten Gemälden an den Wänden beneidet. Die Küche war mit allen erdenklichen technischen Raffinessen ausgestattet, doch war nie viel mehr daraus hervorgekommen als eine Scheibe Melone oder eine in der Mikrowelle aufgewärmte Pizza. Deborah hatte es vorgezogen, ihre Gäste im Restaurant zu bewirten.

Radley Hill. Wenn Sam auf das gestresste Leben in der Stadt zurückblickte – die geschäftlichen Verhandlungen, die späten Nächte, die langen Tage, den Gestank von U-Bahnen und Auspuffgasen –, dann ging ihm immer Yorkshire durch den Kopf und er sah das schlichte, massive Steinhaus vor sich, die Terrasse, die Rasenflächen, die Rosenbeete seiner Mutter. Er dachte an die kleine Stadt, wo die Spinnerei seines Vaters stand, wo der Wind die aus den Schornsteinen aufsteigenden Rauchfahnen vertrieb und der kleine Gebirgsbach an den dicht belaubten Alleen entlangplätscherte und unter den Brücken hindurchfloss. Das Geräusch des über die Steine hüpfenden Wassers war so vertraut, so Teil des täglichen Lebens, dass man es schließlich gar nicht mehr hörte. Er dachte an die umliegende Landschaft und die langen Sonntagswanderungen mit seinem Vater, an die Angelausflüge zu den entlegenen, dunklen Seen, die in den Bergen verborgen lagen, wo die Luft kalt und klar war und vom gelegentlichen Schrei der Brachvögel zerrissen wurde.

Unter seinem Fenster auf der Straße fuhr ein Auto vor. Die Haustür wurde geöffnet und zugeschlagen. Er hörte Janeys Stimme. «Neil? Hallo, Schatz.» Und er wusste, sein Freund war zu Hause.

Sam stand auf, zog den Bademantel aus und kleidete sich für den vor ihm liegenden Abend an. Gebügelte Hose, sauberes Hemd, dunkelblauer Kaschmirpullover, kein Schlips. Cremefarbene Socken, geputzte Slipper. Er bürstete sich das Haar, rieb sich leicht mit Aftershave ein und ging nach unten. Die Wohnzimmertür stand offen, und als er eintrat, fand er Neil in Hemdsärmeln dabei, mit einem Geschirrtuch Gläser für den Getränketisch auszuwischen. Das Zimmer sah festlich aus, wie zum Empfang von Gästen. Zeitschriften und Zeitungen waren säuberlich gestapelt, Kissen aufgeschüttelt, im Kamin brannte ein Feuer. Die Lilien, die Sam Janey mitgebracht hatte, standen in ihrem Krug auf einem runden, polierten Tischchen zwischen einer Ansammlung von zierlichen Battersea-Döschen. Der Lilienduft begann sich in der Wärme des Zimmers zu entfalten. Die Uhr auf dem Kaminsims zeigte Viertel nach sieben.

«Hallo», sagte Sam.

Neil drehte sich um. «Da bist du ja. Ausgeschlafen?»

«Ich hätte dir hier unten zur Hand gehen sollen.»

«Ach was. Ich hab mich früher rausgeschlichen, um meinen Gastgeberpflichten nachzukommen.»

«Wie ich höre, sind wir nicht allein.»

Neil zog ein Gesicht. «Blöder, alter Knacker. Janey hätte ihn abwimmeln sollen, aber das bringt sie nicht übers Herz.» Er wischte das letzte Glas aus, setzte es sorgfältig ab und warf das Geschirrtuch beiseite. «So, das wär's. Fertig ist der Lack. Jetzt setzen wir uns einen Moment hin und trinken was. Ich möchte alles hören, bevor unser Gast kommt und uns mit Beschlag belegt. Scotch? Soda oder Wasser? Oder *on the rocks*? Du siehst, ich beherrsche die Terminologie noch, falls du die Sprache vergessen haben solltest.»

«Soda klingt gut. Wo ist Janey?»

«Schlägt Schlagsahne steif.»

«Und die Kinder?»

«Hoffentlich im Bett. Mit ihren Büchern. Sonst gibt's Theater.» Er schenkte ein, füllte mit Soda auf und reichte es Sam. Dann ließ er sich mit einem Seufzer der Erleichterung in einen der bequemen Sessel fallen, die zu beiden Seiten des Kamins standen. «Also schieß los, wie ist dein Lunch verlaufen?»

Sam setzte sich in den Sessel ihm gegenüber. «Gut, denke ich.»

«Keine unangenehmen Überraschungen? Keine freundliche Aufforderung, den Hut zu nehmen?»

Sam lachte. Er genoss die Gesellschaft von jemandem, der auf seiner Wellenlänge lag, den er sein Leben lang kannte und vor dem er nie Geheimnisse gehabt hatte.

«Im Gegenteil.»

«Tatsächlich? Ein neuer Job also?»

«Jawohl.»

«In den Staaten?»

«Nein. In England.»

«Und wo?»

Sam antwortete nicht gleich. Er nahm einen Schluck von seinem Scotch – kalt, herb und rauchig auf der Zunge – und stellte ihn dann auf dem Tischchen neben sich ab. «Schon mal von McTaggarts in Buckly gehört?»

«Was – die Tweedleute in Sutherland?»

«Genau.»

«Ja, natürlich. Jeder schottische Gentleman, der auf sich hält, trägt einen Jagdanzug aus Buckly-Tweed. Mein Vater hatte oder besser *hat* einen. Dauerhaft wie eine Ritterrüstung.» Er lachte vor sich hin bei dem Gedanken. «Die sind doch nicht etwa in Schwierigkeiten?»

«Doch. Aber Sturrock & Swinfield haben sie vor ein paar Monaten aufgekauft. Ich bin überrascht, dass du davon nichts mitgekriegt hast, aber vielleicht liest du die *Financial Times* nicht.»

«Jeden Tag, aber die Nachricht hab ich verpasst. Mit Textilien hab ich wenig zu tun. Unfassbar, dass McTaggarts den Bach runtergeht.» Er verzog den Mund zu einem bedauernden Lächeln. «Das typische Glühbirnensyndrom. Mit einem unverwüstlichen Produkt kann man eben kein Geld machen.»

«Genau das war eins ihrer Probleme. Sie haben ihre Palette nie erweitert. Wahrscheinlich ein altmodischer Familienbetrieb, der dazu keinen Grund sah. Aber selbst für die klassischen Tweedstoffe ist der Markt geschrumpft. Die großen Güter sind unter den Hammer gekommen und die Jagdhütten stehen leer. Kein Bedarf an Tweedanzügen für Förster und Treiber. Aber sie haben noch andere Rückschläge erlitten. Der alte McTaggarts ist vor ein paar Jahren gestorben und die Söhne hatten kein Interesse an dem Geschäft. Einer arbeitet mit Computern, der andere unterhält eine riesige Autowerkstatt außerhalb von Glasgow. Keine Lust nach Norden zurückzukehren. Das Leben da oben hatte seine Anziehungskraft für sie verloren.»

«Nicht zu glauben.» Neil stieß einen Seufzer aus. «Tja, so hat eben jeder seine eigenen Vorstellungen vom Leben. Und was dann?»

«Zuerst haben die Söhne einigen Besitz abgestoßen, die Werkswohnungen verkauft und schließlich den ganzen Betrieb auf den Markt gebracht. Als sie auf kein großes Interesse stießen, hat die Belegschaft sich an die örtliche Industrie- und Handelskammer gewandt und gemeinsam haben sie das Unternehmen aufgekauft. Natürlich ist das Angebot an Arbeitskräften da oben nicht unerschöpflich, wie du dir vorstellen kannst. Aber es sind alles qualifizierte Arbeiter, seit Generationen in dem Gewerbe – Weber, Spinner, Färber und was nicht alles.» Sam leerte sein Glas bis auf den Grund. «Der Laden lief ganz schmuck, sie haben neue Aufträge bekommen, in die Staaten exportiert, lauter solche Sachen – bis, ruck, zuck, das Unglück hereinbrach. Es hat zwei Monate ohne Unterbrechung geregnet, der Deich brach und der Fluss hat die ganze Spinnerei mannshoch überflutet. Sie haben alles verloren – ihr Lager, ihre Computer, den Großteil der Maschinen. Und das war's. Die Banken sperrten die Kredite, die IHK hat sich böse die Finger verbrannt und der Belegschaft drohte Arbeitslosigkeit.»

Neil stand auf und nahm Sam das Glas aus der Hand. «Himmel, was für ein Pech.»

«Weiß Gott. Also haben sie sich in ihrer Verzweiflung an Sturrock & Swinfield gewandt. David Swinfield hat eine eingehende Machbarkeitsstudie erstellt, und die Firma wurde gerettet. Die Spinnerei ist noch immer in chaotischem Zustand. Sie ist seit der Überschwemmung noch nicht wieder in Betrieb und bis auf drei sind alle Arbeiter beurlaubt.»

Neil reichte ihm das frisch gefüllte Glas. «Und welche Rolle sollst du dabei spielen?»

«Ich soll den Betrieb wieder in Gang bringen. Und die Leitung übernehmen.»

«Wie? Einfach so?»

«Nicht ganz. Die Spinnerei war schon vor der Überschwemmung ziemlich veraltet. Die meisten Maschinen stammen wahrscheinlich aus Noahs Zeiten. Es wird wohl ein Jahr dauern, bis der Laden wieder in Schwung ist.»

«Ich bin überrascht, dass Swinfields Machbarkeitsstudie dem Betrieb finanziell überhaupt eine Chance gibt. Glaubst du wirklich, dass irgendeine Industriebranche in einer solch entlegenen Gegend heute auf den grünen Zweig kommen kann? Ehrlich gesagt, frage ich mich, ob es die Mühe überhaupt lohnt.»

«Und ob. Natürlich müssen wir diversifizieren, aber du darfst nicht vergessen, der Name McTaggarts hat einen guten Klang in der Welt. Wir könnten uns eine goldene Nase verdienen, wenn wir uns die Luxusmärkte erschließen würden.»

«Was? Doch nicht etwa das Ende der guten, alten, schwergewichtigen Loden für Freizeitkleidung? Das wäre ja eine Tragödie. Die müsst ihr unbedingt weiterproduzieren.»

«Natürlich – genauso wie Schottenstoffe. Das sind bewährte Markenartikel. Uralte Tradition. Aber das wird nur ein Teil unseres Angebots sein. Wir wollen uns auf leichtere, farbigere Textilien konzentrieren. Jackenstoffe für den italienischen Markt zum Beispiel. Schals, Stolen, Wolldecken, Pullover. Die ganze vielseitige Modepalette.»

«Kaschmir?»

«Natürlich.»

«Also stehen Vorstöße ins entlegenste China bevor?»

«David Swinfield hat bereits Vertretungen in der Mandschurei.»

«Und der Maschinenpark?»

«Kommt aus der Schweiz.»

«Das bedeutet also ein totales Umschulungsprogramm für die Belegschaft.»

«Ja, aber das macht ein Schulungsteam des Herstellers vor Ort. Leider bedeutet es auch eine Einschränkung der Arbeitskräfte.»

Neil war in Gedanken vertieft und schwieg. Dann seufzte er, schüttelte den Kopf und sah Sam mit skeptischem Gesicht an. «Klingt aufregend, aber ich kann mir nicht recht vorstellen, dass dir das Leben im Torfmoor bekommt. Nach London und New York. Genauso gut könnten sie dich als Vizekonsul auf die Andaman-Inseln schicken. Nicht ein Schritt nach oben.»

«Aber genau das, was ich kann und wovon ich etwas verstehe.»

«Gehalt?»

«Aufwärts.»

«Glatte Bestechung.»

Sam lächelte. «Mitnichten. Lediglich ein Bonus.»

«Und was willst du anfangen da oben? In deiner Freizeit? Wenn du nicht gerade in der Spinnerei malochst oder die Bilanzen auf Vordermann bringst. Ich kann mir nicht vorstellen, dass Buckly ein Mekka an Geselligkeit ist. Du wirst dich noch aufs Bingospielen verlegen müssen.»

«Ich gehe angeln. Erinnerst du dich, wie wir mit meinem Vater geangelt haben? Und ich lerne Golf. Es gibt mindestens fünf erstklassige Golfplätze in der Gegend. Und ich werde Mitglied in verschiedenen Clubs und freunde mich mit alten Lords in eigelbbekleckerten Pullovern an.»

«Ich seh dich eher beim Golf, rausgeputzt wie Nick Faldo.»

«Wie auch immer.»

«Also du findest nicht, dass das Ganze ein Schritt zurück ist?»

«Ich kehre zu meinen Ursprüngen zurück, wenn du das einen Schritt zurück nennst. Und ob du's glaubst oder nicht, mich reizt der Gedanke, den Karren aus dem Dreck zu ziehen. Außerdem verstehe ich was von diesen kleinen Spinnereien. Das habe ich von meinem Vater gelernt. Der war in das Geschäft vernarrt. Er liebte seine Maschinen, so wie andere Männer ihre Autos lieben. Und ist immer behutsam mit der Hand über die riesigen Ballen von Tweedstoff gefahren, als wollte er sie liebkosen und das Gefühl der gewebten Wolle unter seinen Fingern genießen. Vielleicht bin ich genauso. Ich weiß nur, dass ich vom Marketing die Nase voll habe. Ich kann's gar nicht abwarten, in die Fabrik zurückzukommen, wo alles seinen Anfang genommen hat. Mir scheint, das ist genau das, was ich im Augenblick brauche.»

Neil sah ihn von der Seite her an. «Nimm's mir nicht übel», sagte er, «aber hast du nicht den Verdacht, dass dein Direktor ein bisschen gönnerhaft tut?»

«Weil mein Privatleben im Eimer ist?»

«Ehrlich gesagt, ja.»

«Keine Sorge. Ich hab ihm natürlich die gleiche Frage gestellt. Aber er hatte mich für den Job in Buckly schon vorgesehen, als er von der Sache mit Deborah noch gar nichts gehört hatte.»

«Klar. Blöde Frage von mir. Sir David Swinfield hat's schließlich nicht zu was gebracht, weil er ein weiches Herz hat. Wann soll's denn losgehen?»

«So schnell wie möglich. Aber vorher müssen wir noch einen ausführlichen Schlachtplan entwerfen. Für morgen früh ist eine Sitzung mit den Finanzberatern anberaumt. Termine für Investitionen und solche Sachen.»

«Wo willst du denn da oben wohnen? Hast du nicht gesagt, die Söhne von McTaggarts hätten die Werkshäuser alle verkauft?»

«Stimmt. Aber das ist eine Kleinigkeit. Ich nehme ein Zimmer im Gasthof oder miete mir ein Haus. Und wer weiß, vielleicht lande ich sogar bei einer schwarzhaarigen Maid in einer Kate im Torfmoor.»

Neil lachte laut auf. Er hob sein Glas und prostete Sam

zu. Dann warf er einen Blick auf die Uhr, verlagerte sein beträchtliches Gewicht im Sessel, gähnte aus vollem Hals und fuhr sich mit den Fingern durchs Haar. «Tja, ich kann nur sagen, viel Glück, mein Lieber. Du wirst es brauchen.»

«Weißt du, ich bin gar nicht so pessimistisch. Die Sache braucht nur einen anständigen Schubs, um wieder in Gang zu kommen.»

Neil grinste. «Dann nimm schon mal Anlauf. Ohne den wird's nicht gehen.»

Er wurde von einem Klingeln an der Haustür unterbrochen.

Mit einem «Ach, verdammt» setzte er sein Glas ab und stand auf. «Das wird der alte Langweiler sein.» Gleichzeitig hörten sie, wie die Küchentür geöffnet wurde und Janey mit schnellen Schritten den Flur entlangging. «Hallo. Wie geht's? Was für eine Überraschung!» Sie klang, als sei sie ehrlich erfreut, und Sam dachte nicht zum ersten Mal, was für eine herzensgute Seele sie war. «Komm herein.» Gemurmel einer männlichen Stimme. «Oh, Schokolade. Wie nett. Die muss ich vor den Kindern verstecken. Bist du von der U-Bahn gelaufen oder hast du ein Taxi erwischt? Gib mir deinen Mantel. Neil ist drinnen ...»

Die Tür wurde geöffnet. Beide Männer waren inzwischen aufgestanden und Neil ging seinem Gast, der von der Hausherrin ins Zimmer geleitet wurde, entgegen.

«Willkommen, Hughie.»

«Neil. Da schau her. Schön, dich zu sehen. Ist ja eine Ewigkeit her. Wirklich enorm nett von euch ...»

«Ist uns ein Vergnügen.»

«Und sieh mal, was er mir mitgebracht hat», sagte Janey. Sie hatte sich zum Essen umgezogen und trug schwarze Samthosen und eine weiße Satinbluse, über der sie aber noch die rotweiß gestreifte Küchenschürze anhatte. In der Hand hielt sie eine bescheidene Schachtel Pfefferminzschokolade. «Köstliche Pralinen.»

«Nur eine kleine Geste. Ich frage mich, wann ich euch beide zum letzten Mal gesehen habe. Wann war das? Bei einem Lunch mit deinen Eltern, Janey? Viel zu lange her ...»

Sam stand mit dem Rücken zum Kamin und musterte den Neuankömmling. Er hatte einen Mann von Mitte sechzig vor sich, aber mit der Haltung und dem Gehabe eines Dandys von vor vierzig Jahren. Er war vermutlich einmal sehr attraktiv gewesen, eine Art David Niven, aber jetzt war sein Gesicht aufgedunsen, die Wangen rot geädert und sein gestutzter Schnurrbart und seine Finger vom ständigen Rauchen verfärbt. Er trug graue Flanellhosen, braune Wildlederschuhe, einen marineblauen Blazer mit Messingknöpfen und ein blauweiß gestreiftes Hemd. Aus dem hohen, steifen Kragen quoll ein auffällig gestreiftes Seidentuch in grellem Rot, Gelb und Pfauengrün hervor. Am Arm trug er eine goldene Armbanduhr und in den Manschetten goldene Knöpfe. Er hatte sich ganz entschieden in Schale geworfen und duftete heftig nach Eau Sauvage.

«... ja, eine Ewigkeit», sagte Janey. «Mindestens sieben Jahre. Wir wohnten damals noch in Wiltshire. Aber darf ich vorstellen. Dies ist Sam Howard, der ein paar Tage bei uns zu Gast ist. Sam, dies ist Hughie McLennan.»

Die beiden gaben sich die Hand.

«Sam und Neil sind alte Freunde ... seit frühester Schulzeit.»

«Ja, es geht nichts über alte Freundschaften. Mein Gott, der Verkehr in London. Die Straßen gerammelt voll. Hat eine Viertelstunde gedauert, bis ich ein Taxi fand.»

«Wo bist du abgestiegen?», fragte Neil.

«Ach, im Club natürlich, ist allerdings auch nicht mehr, was er mal war. Hab dem Portier was zugesteckt, aber den Taler hätt ich mir sparen können. Und die Mühe auch.»

«Kann ich dir etwas zu trinken anbieten, Hughie?»

Hughies Miene hellte sich merklich auf. «Gute Idee.» Er warf einen Blick auf den Tisch mit den Flaschen und Gläsern. «Gin Tonic, bitte.» Dabei klopfte er sich auf die Jackentaschen. «Du hast doch nichts dagegen, wenn ich rauche, Janey?»

«Nein. Natürlich nicht. Irgendwo steht auch ein Aschenbecher.» Sie fand einen auf ihrem Schreibtisch, kippte die Büroklammern aus und stellte ihn auf das Tischchen neben dem Sofa.

«Die Hölle heutzutage, kein Mensch raucht mehr. New York ist ein Albtraum. Kaum zündet man sich eine an, schon kommt einer und schießt einen über den Haufen.» Er hatte ein silbernes Zigarettenetui aus der Jackentasche gefischt und zündete sich eine Zigarette an. Als er den Rauch ausstieß, machte er gleich einen viel entspannteren Eindruck und streckte die Hand nach seinem Glas aus.

«Dank dir, mein Lieber. Euer Wohl.»

«Möchtest du einen Drink, Janey?»

«Ich hab mir schon ein Gläschen in der Küche gegönnt. Apropos, könntest du in die Küche kommen und eine Flasche Wein zum Essen aufmachen?»

«Natürlich. Tut mir Leid. Hätte ich längst machen sollen. Entschuldige einen Moment, Hughie. Nimm Platz und mach's dir bequem. Sam wird dir Gesellschaft leisten ...»

Als die beiden verschwunden waren, tat Hughie, wie ihm geheißen. Mit Glas und Aschenbecher in Reichweite, nahm er in der Sofaecke Platz und ließ den Arm ausgestreckt auf den tiefen Rückenpolstern ruhen.

«Charmantes Haus. Noch nie hier gewesen. Bei meinem letzten Besuch wohnten sie noch in Fulham. Kenne Janey seit ihrer Kindheit. Die Eltern sind alte Freunde.»

«Das hat sie mir erzählt. Wie ich höre, kommen Sie von Barbados?»

«Ja, ich habe ein Haus in Speightstown. Tauche hin und wieder in London auf, um den Finger am Puls zu haben, bei meinem Börsenmakler nach dem Rechten zu sehen, zum Friseur zu gehen und meinem Schneider einen Besuch abzustatten. Das Betrübliche ist, dass die alten Kameraden beginnen, sich rar zu machen. Jedes Mal, wenn ich komme, hat wieder einer meiner Spezis ins Gras gebissen. Wirklich betrüblich. Tja, aber wir werden alle nicht jünger.» Er drückte seine Zigarette aus, nahm einen tiefen Schluck aus dem Glas und musterte sein Gegenüber mit prüfendem Blick.

«Sie sind auf Urlaub?»

«Sozusagen. Nur ein paar Tage.»

«Und was treiben Sie?»

«Wollbörse.» Aber da Sam nicht von sich selbst reden wollte, fuhr er fort: «Wie lange leben Sie schon auf Barbados?»

«Fast dreißig Jahre. Hab fünfzehn Jahre lang den Beach Club gemanagt, bin aber ausgestiegen, bevor ich völlig dem Suff verfallen war. Davor habe ich ein Haus in Schottland besessen. Es wurde mir von einem knauserigen Vater überlassen, der um jeden Preis die Erbschaftssteuern umgehen wollte.»

Sam wurde hellhörig. «Was für ein Haus?», fragte er.

«Oh, ein nicht unerhebliches Gut. Wirtschaftsgebäude, Ländereien und was alles so dazugehört. Ein viktorianischer Klotz von einem Haus. Jagdreviere, Fischgründe.»

«Haben Sie das ganze Jahr dort gewohnt?»

«Hab's versucht, mein Lieber, aber die Winter in den Breiten sind wirklich kein Spaß. Und um das Leben am Ende der Welt genießen zu können, muss man was auf der hohen Kante haben. Unsere Großeltern konnten sich das noch leisten, mit Dienern und Zofen, Köchinnen und Förstern, die alle bereit waren, sich für lächerlich niedrige Löhne krumm zu legen. Als ich an der Reihe war, kostete es schon ein Vermögen, das verdammte Haus bloß zu heizen. Das soll beileibe nicht heißen ...», er zog eine Augenbraue in die Höhe und zwinkerte Sam zu. «Das soll beileibe nicht heißen, dass wir uns nicht amüsiert hätten. Meine erste Frau war eine hemmungslose Gastgeberin und sorgte dafür, dass sich die Gäste auf Corrydale die Türklinke in die Hand gaben. Ich habe immer gesagt, sie hat Gäste im Haus wie andere Leute Mäuse im Keller. Zu essen für eine Armee und zu trinken für eine versoffene Armee. Das waren noch Zeiten.» Während Hughie in seligen Erinnerungen an seine glorreiche Vergangenheit schwelgte, strich er mit der Hand über sein Seidentuch oder ließ es durch die Finger gleiten. «Natürlich konnte das auf Dauer nicht gut gehen. Elaine brannte mit einem Häusermakler durch und danach war der Bart ab. Die Hälfte der Dienerschaft war entlassen und der Bankmanager gab unangenehme Geräusche von sich ...»

Sam hörte dem Bericht mit einer merkwürdigen Mischung aus Irritation und Mitleid zu. Hier saß ein Mann, dem ein Vermögen auf einem Silbertablett gereicht worden war, und er hatte es einfach verprasst. Es fiel schwer, für einen Mann wie Hughie Mitgefühl aufzubringen, doch seine Bravour machte ihn irgendwie auch zu einer bemitleidenswerten Figur.

«... also hab ich den Laden verkauft, und das war's. Ab nach Barbados. Hab's nie bereut.»

«Verkauft? Einfach so? Den ganzen Besitz auf einmal?»

«Natürlich nicht. Das Gut wurde peu à peu abgestoßen. Den bewirtschafteten Hof kaufte der damalige Pächter und ein oder zwei Wohnhäuser gingen an verdiente, alte Diener, die seit Jahren dort gewohnt hatten. Der Rest – Gutshaus, Stallungen, Ländereien – wurde an eine große Hotelkette verkauft. Sie wissen schon. Urlaub auf dem Lande, wo man angeln und immer mal auf einen Fasan oder eine Wachtel anlegen kann.»

Hughie trank den Rest seines Gin Tonic und saß dann da und starrte versonnen in sein leeres Glas.

«Kann ich Ihnen noch etwas einschenken?», fragte Sam.

Hughie strahlte. «Was für eine gute Idee. Nicht zu viel Tonic.» Sam nahm ihm das Glas aus der Hand und Hughie griff nach seinen Zigaretten.

«Wie lange bleiben Sie in London?», fragte Sam.

«So kurz wie möglich. Bin vor vier Tagen angekommen. Fliege am Mittwoch. Nach Nizza. Ich hab dort eine alte Freundin, Maudie Peabody, vielleicht kennen Sie sie. Nein? O danke, mein Lieber. Nett von Ihnen. Maudie ist eine alte Bekannte aus frühen Barbadoszeiten. Amerikanerin. Schwimmt im Geld. Besitzt eine himmlische Villa in den Bergen oberhalb von Cannes. Verbringe Weihnachten und Neujahr bei ihr. Dann retour nach Barbados.»

Sam nahm seinen Platz am Kamin wieder ein. «Sie scheinen gut organisiert zu sein.»

«Ach, es geht. Man tut, was man kann. Bisschen einsam inzwischen, so ganz allein. Nicht viel Glück mit meinen Ehen gehabt. Und *das* geht ins Geld, kann ich Ihnen sagen. Alle meine Exfrauen wollen ein Stück vom Kuchen. Oder was davon übrig geblieben ist.»

«Haben Sie Kinder?»

«Nein. Keine Kinder. Ich hatte Mumps, als ich in Eton war, und das hat der Fortpflanzung ein Ende gesetzt. Wirklich Pech. Hätte gern Kinder gehabt, die sich im Alter um mich kümmern. Ehrlich gesagt, ist es dürftig um meine Verwandtschaft bestellt. Mein Vater lebt noch, aber wir sind nicht gerade auf Du und Du. Er bekam einen Tobsuchtsanfall, als ich das Gut verkauft habe, konnte aber nichts dagegen machen. Dann gibt's noch einen Vetter, eine ziemlich trostlose Type. Lebt in Hampshire. Hab versucht, ihn zu erreichen, aber keine Antwort.»

«Und wo lebt Ihr Vater?»

«Zurückgezogen und in behaglichen Umständen in einer herrschaftlichen Wohnung in der Nähe der Albert Hall. Hab noch nicht angerufen. Aber aufgeschoben ist nicht aufgehoben. Werde auf dem Rückweg von Frankreich bei ihm vorbeischauen. Aus Anstand. Wir haben uns nicht viel zu sagen ...»

Sam empfand eine gewisse Erleichterung, als Janey und Neil sich wieder zu ihnen gesellten. Janey war mit dem Kochen fertig und hatte die Schürze abgebunden. Sie strahlte vor Freude und kam umgehend auf Sam zu, legte ihm die Arme um den Hals und gab ihm einen Kuss.

«Neil hat mir alles erzählt. Von deinem neuen Job. Ich bin begeistert. Du bist doch nicht böse, dass ich Bescheid weiß? Wie aufregend, eine echte Herausforderung. Ich freue mich so für dich. Eine reizvollere Aufgabe kann ich mir gar nicht vorstellen.»

Über Janeys Kopf hinweg trafen sich die Blicke der beiden Freunde. Neil machte ein betretenes Gesicht. «Es macht doch nichts, dass ich sie eingeweiht habe?»

«Natürlich nicht.» Sam drückte Janey an sich. «Erspart mir die Mühe.»

«Worum geht's denn?» Hughie war hellhörig geworden. «Darf ich fragen, um was es sich handelt?»

Janey drehte sich zu ihm um. «Es geht um Sams neuen Job. Er weiß erst seit heute davon. Sie schicken ihn in den hohen Norden Schottlands, damit er eine alte Wollspinnerei wieder in Gang bringt.»

«Tatsächlich?» Zum ersten Mal brachte Hughie Interesse für etwas anderes auf als sich selbst. «So, Schottland? Wo denn?»

Sam erklärte es ihm. «Buckly. Sutherland.»

Hughie riss ungläubig die Augen auf. «Donnerwetter. Buckly. Doch nicht etwa McTaggarts?»

«Kennen Sie die?»

«Wie meine Westentasche, mein Lieber. Buckly liegt nur wenige Meilen von Corrydale entfernt. Hab alle meine Jagdanzüge aus Buckly-Tweed machen lassen. Und mein Kindermädchen hat meine Jagdsocken aus Wolle von McTaggarts gestrickt. Altes Familienunternehmen. Seit mindestens hundertfünfzig Jahren. Was ist denn los mit denen?»

«Der alte McTaggarts ist gestorben. Die Söhne waren nicht interessiert. Dann ging ihnen das Geld aus und schließlich hat eine Überschwemmung ihnen den Rest gegeben.»

«Was für eine Tragödie. Als wenn ein alter Freund das Zeitliche segnet. Und nun sollen Sie den Karren aus dem Dreck ziehen! Wann geht's denn los?»

«Ziemlich bald.»

«Wissen Sie schon, wo Sie bleiben?»

«Nein. Die Wohnhäuser der Spinnerei sind verkauft worden. Ich nehme mir ein Zimmer im Gasthof und sehe mich nach etwas Geeignetem um.»

«Interessant, interessant», meinte Hughie viel sagend. Sie sahen ihn alle fragend an, aber er ließ sich nicht weiter aus, sondern konzentrierte sein ganzes Interesse darauf, umständlich seine Zigarette auszudrücken.

Schließlich fragte Janey: «Wieso interessant?»

«Weil ich dort ein Haus habe.»

«Wo hast du ein Haus?»

«Nicht auf Corrydale, sondern in Creagan. Noch näher an Buckly.»

«Wieso hast du ein Haus in Creagan?»

«Das Haus, in dem früher das Gutsbüro war und wo der Verwalter mit seiner Familie gewohnt hat. Ziemlich groß, massiv, aus dem letzten Jahrhundert. Mit großem Garten dahinter. Aber meine Großmutter fand es für die täglichen Geschäfte zu weit von Corrydale entfernt und brachte den Verwalter und seine Familie deshalb innerhalb der Parkmauern unter. Das alte Bürohaus hat sie mir vermacht. Und meinem Vetter. Wir sind gemeinsame Besitzer.»

Neil runzelte nachdenklich die Stirn. «Und wer lebt jetzt dort?»

«Es steht leer. Ein altes Ehepaar, die Cochranes, haben es die letzten zwanzig Jahre bewohnt, aber einer von beiden ist gestorben und der andere wohnt jetzt bei Verwandten. Um ehrlich zu sein, bin ich unter anderem auch deshalb in London, weil ich das Haus zum Verkauf anbieten will. Bin ein bisschen knapp bei Kasse. Deshalb hab ich Oscar angerufen ... er ist der Mitbesitzer ... um die Sache mit ihm zu besprechen, aber ich konnte ihn nicht erreichen. Vielleicht ist er gestorben. Hat sich wahrscheinlich zu Tode gelangweilt.»

Janey ignorierte den bissigen kleinen Seitenhieb und fragte: «Wäre er denn bereit, seine Hälfte des Hauses zu verkaufen?»

«Wüsste nicht, warum nicht. Was soll er damit? Ich habe übrigens morgen früh einen Termin bei Hurst & Fieldmore, wollte mal vorsichtig vorfühlen, ob sie den Verkauf übernehmen.»

«Aber dein Vetter ...»

«Ach, mit dem rauf ich mich schon zusammen, wenn ich aus Frankreich zurückkomme.»

«Also, was willst du damit sagen, Hughie?»

«Dass euer Freund Sam ein Haus braucht und ich eins zu verkaufen habe. Könnte uns nicht besser gelegen kommen, sollte man meinen. Katzensprung zum Arbeitsplatz, Geschäfte in der Nähe, kapitaler Golfplatz. Was will er mehr?» Er wandte sich an Sam. «Kostet nichts, sich das Haus einmal anzusehen. Wir könnten ins Einvernehmen kommen.»

Sam fragte vorsichtig: «An wie viel denken Sie?»

«Na ja, eine offizielle Schätzung liegt nicht vor. Aus einleuchtenden Gründen. Aber ...» Hughie senkte die Augen und klopfte sich die Zigarettenasche vom Knie. «Hundertfünfzigtausend?»

«Zwischen Ihnen und Ihrem Vetter?»

«Genau. Jeder fünfundsiebzigtausend.»

«Wie schnell könnten Sie ihn erreichen?»

«Keine Ahnung, mein Lieber. Er hat sich verflüchtigt. Kann wer weiß wo sein. Aber das ist kein Grund, warum Sie sich das Haus nicht mal ansehen sollten.»

«Gibt es einen Makler oder sonst jemanden, mit dem ich Kontakt aufnehmen könnte?»

«Nicht nötig.» Hughie lehnte sich mit dem Körper seitlich über die Sofalehne und kramte in seiner Hosentasche. Er zog einen riesigen, altmodischen Schlüssel daraus hervor, an dem ein rotes Schild mit der Aufschrift ESTATE HOUSE hing. Er hielt ihn wie eine Trophäe in die Höhe.

Janey war sprachlos. «Trägst du den die ganze Zeit mit dir herum?»

«Natürlich nicht. Dumme Frage. Hab doch gesagt, dass ich morgen bei Hurst & Fieldmore vorbeigehen und ihnen den Schlüssel aushändigen wollte.»

Sam nahm den Schlüssel entgegen. «Wie kann ich Sie erreichen?»

«Ich geb Ihnen meine Karte, mein Lieber. Sie können nach Barbados faxen oder Maudie in Südfrankreich anrufen, falls Sie schnell von Entschluss sind.»

«Ich seh mir das Haus auf jeden Fall an, vielen Dank. Aber natürlich geht nichts ohne die Zustimmung Ihres Vetters.»

«Natürlich nicht. Keine krummen Touren. Soll alles mit rechten Dingen zugehen. Trotzdem, ein ernst gemeinter Vorschlag.»

Es entstand eine Pause. Dann sagte Janey: «Was für ein unglaublicher Zufall. Das kann nur ein Omen sein. Ein gutes Omen. Dass alles von Erfolg gekrönt sein wird. Wollen wir das nicht feiern? Sam hat uns eine Flasche Champagner mitgebracht. Warum machen wir die nicht auf und trinken auf Sam, McTaggarts und auf glückliche Tage in seinem neuen Haus?»

«Famose Idee», sagte Hughie. «Aber wenn du nichts dagegen hast, hätte ich lieber einen Gin Tonic.»

FREITAG, 8. DEZEMBER

CARRIE

NACHTS TRÄUMTE Carrie von Österreich und Oberbeuren. Im Traum war der Himmel tiefblau und der Schnee so blendend weiß, dass die gefrorenen Eiskristalle wie Diamanten glitzerten. Sie stand auf Skiern. Die Piste war menschenleer. Schwerelos glitt sie über weiße Schneefelder, die sich zu beiden Seiten ins Unendliche erstreckten. Dann mitten durch einen dunklen Tannenwald. Sie war mutterseelenallein. Als sie aus den Tannen auftauchte, stellte sie fest, dass sie nicht mehr allein war, denn weit vor sich sah sie einen zweiten einsamen Skiläufer, eine dunkle Silhouette, die vor ihr den Abhang hinunterjagte und Christianias im Schnee tanzte. Sie wusste, dass es Andreas war, und wollte sich bemerkbar machen, damit er auf sie wartete. Sie rief seinen Namen. *Andreas. Warte auf mich. Lass uns zusammen fahren.* Sie hörte, wie der Wind ihre Stimme davontrug, hörte das harsche Geräusch der Skier auf dem festen Schnee. *Andreas.* Aber er war verschwunden. Als sie über eine Bergkuppe geflogen kam, sah sie, dass er sie doch gehört hatte und auf sie wartete. Auf seine Stöcke gelehnt, stand er da und sah ihr entgegen. Mit erhobenem Kopf, die dunkle Skibrille aufs Haar geschoben.

Er lächelte. Weiße Zähne im tief gebräunten Gesicht. Vielleicht hatte er sie nur necken wollen. Andreas. Sie kam neben ihm zum Halten und sah erst jetzt, dass es gar nicht Andreas war, sondern ein ganz anderer Mann, mit einem wölfischen Grinsen im Gesicht und Augen wie harte graue Kiesel. Und der Himmel war auch nicht mehr blau, sondern drohend und schwarz, und es packte sie die Angst …

Das Angstgefühl weckte sie auf, sodass sie im Dunkeln die Augen aufriss. Sie konnte ihr Herz heftig klopfen hören. Verwirrt starrte sie auf den schmalen Spalt in der Gardine, durch den das Licht der Straßenbeleuchtung fiel. Sie war gar nicht in Oberbeuren in Österreich, sondern in London. Nicht in ihrem von Tannenduft erfüllten Apartment mit dem Balkon hinter den Fenstern, sondern in Putney, im Gästezimmer ihrer Freunde Sara und David Lumley. Kein frostiger, sternenklarer Himmel draußen, sondern grauer Nieselregen. Der Traum hatte sich zu nichts verflüchtigt. Andreas, der ihr nie wirklich gehört hatte, war verschwunden. Es war alles aus.

Sie streckte die Hand aus und tastete nach ihrer Uhr auf dem Nachttisch. Sechs Uhr an einem frühen, dunklen Dezembermorgen.

Das leere Bett erfüllte sie mit Trostlosigkeit. Der Wunsch nach körperlicher Wärme überwältigte sie, ein verzweifeltes Verlangen nach Andreas, nach seiner Nähe, nach seinem geschmeidigen, muskulösen Körper dicht neben ihrem. Sie sehnte sich in das riesige geschnitzte Doppelbett unter den Schrägbalken zurück, wo sie beide hingehörten, Liebende, selig unter dicken Federbetten. Sie drehte sich auf die Seite und schlang in dem Wunsch nach Trost und Wärme eng die Arme um ihren Körper. *Es wird alles wieder gut. Es ist wie eine Krankheit, von der ich mich wieder erholen muss.* Sie schloss die Augen, drückte das Gesicht ins Kissen und schlief wieder ein.

Als sie aufwachte, war es neun Uhr und der trübe Wintermorgen begann sich gerade aufzuhellen. David und Sara waren inzwischen zur Arbeit gegangen, sodass sie das Haus für sich allein hatte. Sie war schon eine ganze Woche bei ihnen und hatte in der Zeit so gut wie nichts erreicht, niemanden getroffen und nichts unternommen, um einen neuen Job zu finden. Sara und David in ihrer unendlichen Geduld hatten sie in Ruhe gelassen und Carries einziger Kontakt mit ihrer Familie war ein Telefongespräch mit ihrem Vater gewesen, ein langes, tröstliches Gespräch, das fast eine Stunde gedauert hatte. «Und vergiss nicht, deine Mutter anzurufen, ja?», hatte er gesagt, und sie hatte es ihm versprochen, das Gespräch bisher aber vor sich hergeschoben. Doch eine Woche war zu viel und Carrie wusste, dass sie es nicht länger hinauszögern konnte. Noch heute Morgen würde sie Dodie anrufen. *Ich bin's,* würde sie mit munterer Stimme sagen. *Ich bin wieder da. Hier. In London.*

Ein Ausruf des Erstaunens würde erfolgen und nach Erklärungen und Entschuldigungen auf beiden Seiten würden sie ein Wiedersehen verabreden. Ihr graute nicht gerade davor, aber sie konnte auch nicht behaupten, sich auf ein Wiedersehen mit ihrer Mutter oder ihrer Schwester zu freuen. Sie wusste im Voraus, dass sie hemmungslos auf sie einreden würden und ihr bestimmt nicht viel Erfreuliches mitzuteilen hatten. Aber Blut war dicker als Wasser, und je schneller sie es hinter sich brachte, desto besser.

Sie stand auf, zog ihren Morgenmantel über und ging nach unten. Die Küche sah blitzblank aus. Sara war trotz ihres Ganztagsjobs eine makellose Hausfrau. Sie hatte sogar Zeit gefunden, Carrie eine Nachricht zu hinterlassen, die mitten auf dem Tisch gegen einen Blumentopf gelehnt stand.

> Amüsier dich gut. Im Kühlschrank sind Schinken und Orangensaft. David hat noch spätabends eine Sitzung, aber ich bin zur gewohnten Zeit wieder zurück. Wenn du zu Safeway gehst, bring Gemüse

mit. Ein Blumenkohl tut's. Und Lapsang-Souchong-Teebeutel. Tschüs, Sara.

Carrie setzte Wasser auf, machte Kaffee und steckte Brot in den Toaster. Sie trank den Kaffee, verzichtete jedoch auf den Toast. Das Telefon stand neben ihr und starrte sie an wie das lebendige schlechte Gewissen. Nach der dritten Tasse Kaffee war es Viertel vor zehn. Selbst Dodie Sutton würde inzwischen aus dem Bett sein. Carrie langte nach dem Hörer und wählte Dodies Nummer. Außen am Fenster liefen Regentropfen entlang. Sie hörte das Läuten und wartete.

«Hallo?»

«Mama.»

«Wer ist denn da?»

«Carrie.»

«*Carrie?* Rufst du aus Österreich an?»

«Nein. Aus London. Ich bin hier. Zu Hause.»

«In der Ranfurly Road?»

«Nein. Die Wohnung ist auf drei Jahre vermietet. Mit einer Kündigungsfrist von drei Monaten. Ich bin obdachlos.»

«Wo bist du also?»

«In Putney. Bei Freunden. Gegenüber von dir, auf der anderen Seite der Themse.»

«Und seit wann bist du zurück?»

«Seit fast einer Woche. Aber ich hatte so viel zu tun, sonst hätte ich dich schon früher angerufen.»

«Eine Woche? Bist du auf Urlaub?» Dodies Stimme klang gereizt, als hätte ihre Tochter Schindluder mit ihr getrieben.

«Nein, nicht auf Urlaub. Ich hab meinen Job geschmissen. Ich hatte die Nase voll.»

«Ich dachte, du wolltest da bleiben. Wir haben seit Jahren nichts von dir gehört. Was ist denn passiert?»

«Nichts. Eine spontane Entscheidung.»

«Suchst du einen neuen Job?»

«Muss ich wohl. Hör mal, Ma, ich dachte, ich schau mal vorbei. Bist du heute zu Hause?»

«Heute Morgen ja. Heute Nachmittag muss ich mit der leidigen, alten Leila Maxwell Bridge spielen. Die Ärmste hat grauen Star und kann kaum noch die Karten erkennen, aber was soll man machen.»

Carrie ließ nicht locker. «Wie wär's zum Lunch?»

«Meinst du bei mir?»

«Ich kann dich auch irgendwohin einladen.»

«Nein. Das schaff ich schon. Suppe und Pastete oder so. Reicht dir das?»

«Vollkommen. Was macht Nicola?»

«Ach, mein liebes Kind, das reinste Theater.»

Carrie seufzte innerlich. «Wieso Theater?»

«Ich glaube, sie ist verrückt geworden. Ich erzähl dir alles, wenn du hier bist.» Dodie machte eine Pause und fuhr dann, als sei ihr gerade ein glänzender Gedanke gekommen, fort: «Das trifft sich übrigens ausgezeichnet. Deine Heimkehr, meine ich. Nicola ist zum Lunch wieder da, vielleicht könntest du also ein bisschen früher kommen, damit wir in Ruhe über alles reden können.»

Carrie bedauerte im Stillen, überhaupt angerufen zu haben. «Und was ist mit Lucy?», fragte sie.

«Lucy ist auch da. Sie hat heute schulfrei, der Heizungskessel musste ausgewechselt werden oder so. Sie ist in ihrem Zimmer und paukt für irgendein Examen. Sie verbringt die meiste Zeit in ihrem Zimmer, damit sie uns nicht stört.»

«Ich freu mich, sie wieder zu sehen.»

«Jaja, natürlich. Wann bist du hier?»

«Gegen halb zwölf? Ich gehe wahrscheinlich zu Fuß.»

«Hast du kein Auto?»

«Doch, aber die Bewegung kann mir nicht schaden.»

«Bei diesem Wetter?»

«Ich werd's überleben. Bis gleich, Ma.»

«Ja, und komm nicht zu spät.» Dodie legte auf. Nach einer Weile legte auch Carrie den Hörer auf, starrte einen Moment lang das Telefon an und fing dann an zu lachen. Kein freudiges, sondern ein trockenes Lachen, denn der frostige, nicht ganz vorbehaltlose Empfang durch ihre Mutter war genau das, was sie gefürchtet und was sie erwartet hatte.

Es war schon immer so gewesen. Ein Mangel an Verständnis, wenn nicht sogar eine gewisse Antipathie, mit der sie sich längst abgefunden und die sie schon als Kind akzeptiert hatte. Der herzliche Umgangston in anderen Familien hatte diesen Eindruck bestätigt, und wenn es ihren Vater nicht gegeben hätte, wäre Carrie wahrscheinlich mit dem Gefühl aufgewachsen, ein ungeliebtes Kind zu sein.

Sie hatte nie recht begriffen, warum Jeffrey Sutton Dodie überhaupt geheiratet hatte. Vielleicht, weil sie hübsch, kokett und anziehend war und es als junge Frau verstanden hatte, sich als genau die Gefährtin zu geben, mit der jeder zukünftige Ehemann sein Leben verbringen möchte. Nur um viel zu spät dahinterzukommen, dass alles nur Berechnung gewesen war. Denn für Dodie war Jeffrey mit seinem viel versprechenden Job als Börsenmakler, seiner steilen Karriere und den Kollegen, die alle genau dem gesellschaftlichen Milieu entstammten, das Dodies innigsten Wünschen entsprach, nicht nur ein attraktiver männlicher Partner gewesen, sondern eine Lebensversicherung.

Nicola wurde als Erste geboren und nach weiteren fünf

Jahren kam Carrie. Die Schwestern waren so verschieden und hatten so wenig gemeinsam, dass es schien, als gehörte jede nur zu jeweils einem Elternteil. Als sei Nicola ganz ohne Jeffreys Mitwirkung allein von Dodie produziert worden und Carrie auf wundersame Weise ausschließlich von Jeffrey.

Er war ihr Vater, ihr Freund, ihr Verbündeter, der Felsen in einer Ehe, die man nur als Mesalliance bezeichnen konnte. Es war Jeffrey, der seine Töchter zur Schule brachte, während ihre Mutter im Bett lag, chinesischen Tee trank und Romane las. Carrie erinnerte sich, wie sie abends zu seinem Empfang die Treppe hinuntergestürzt war, wenn sie seinen Schlüssel in der Tür hörte, weil Dodie noch nicht vom Bridgespiel zurück war und in der Küche nur ein einsames Au-pair-Mädchen mit Tellern und Tassen klapperte. Verschwitzt und erschöpft nach einem anstrengenden Tag in der Bank, hatte er seine Aktentasche in die Ecke gestellt, den Mantel abgeschüttelt und ihr bei den Hausaufgaben geholfen oder ihren Klavierübungen zugehört. Es war Jeffrey, dem das Familienleben am Herzen lag, der Spaß in die Bude brachte und spontan auf die Idee zu einem Picknick, einem Ausflug oder einem Urlaub kam. Er hatte Carrie schon mit zehn Jahren zum ersten Mal zum Skifahren nach Val d'Isère mitgenommen, wo sie sich ein Chalet gemietet und mit zwei anderen Familien eine lustige Hausgemeinschaft gebildet hatten. Es war einer der schönsten Urlaube ihres Lebens gewesen und der Beginn einer Leidenschaft, die sie nie verloren hatte. Nicola dagegen hatte die Einladung abgelehnt, einmal weil sie hoffnungslos unsportlich war, aber auch weil sie gern mit Dodie allein sein wollte, damit die beiden Einkäufe machen und neue Kleider für Nicola kaufen konnten, die sie zu all den Weihnachtspartys tragen würde, zu denen sie eingeladen war und die sie sich auf keinen Fall entgehen lassen wollte.

Kleider, junge Männer und Partys waren das Einzige, was Nicola interessierte, und es überraschte niemanden, dass sie sich früh verlobte und bereits mit einundzwanzig verheiratet war. Der betreffende junge Mann hieß Miles Wesley und war die Erfüllung aller Träume, die Dodie je für ihre Tochter gehegt hatte. Seine Großmutter war eine Lady Burfield, seine Eltern besaßen ein beneidenswertes Anwesen in Hampshire, er hatte seine Erziehung in Harrow genossen und einen einträglichen Posten bei Hurst & Fieldmore inne, einer alteingesessenen Maklerfirma mit Zweigstellen im ganzen Land. Miles arbeitete im Londoner Hauptbüro in der Davies Street und lernte von der Pike auf, riesige Jagdreviere, Moore mit Birkhühnern und fischreiche Flussläufe zu verkaufen. Keine Mutter hätte sich mehr wünschen können und Dodie genoss es, eine Hochzeit zu planen, um die alle ihre Freundinnen sie beneideten und die noch nach Jahren in aller Munde sein würde.

Carrie weigerte sich strikt, bei dieser Hochzeit als Brautjungfer zu fungieren. Sie war inzwischen fünfzehn, groß, schlaksig und eine gewissenhafte Schülerin, weil sie unbedingt einen Studienplatz an der Universität ergattern wollte. Ihre äußere Erscheinung war ihrer Mutter ein Dorn im Auge, denn sie verabscheute die zerschlissenen Jeans, die schweren Stiefel und unkleidsamen T-Shirts, die Carrie bevorzugte, und fiel beinahe in Ohnmacht, als Carrie eine Lederjacke aus einem Trödelladen mitbrachte, die eher wie ein totes Schaf aussah.

Als das Wort Brautjungfer zum ersten Mal fiel, machte Carrie ihren Standpunkt unmissverständlich klar.

Sie sagte: «Nein.»

Es gab schreckliche Szenen.

«Wie kannst du nur so egoistisch sein?», wollte Dodie wissen.

«Überhaupt kein Problem.»

«Du hast nur die eine Schwester, du könntest auch ein bisschen an sie denken.»

«Dazu wäre ich nicht mal für die Queen bereit, Ma. Ich bin einsfünfundsiebzig und nun mal kein Brautjungferntyp. Und ich latsche nicht wie ein riesiger rosa Taftbaiser das Kirchenschiff entlang. Ich bin doch kein Vollidiot.»

«Von rosa Taft kann gar keine Rede sein. Nicola und ich haben uns auf altrosa Chiffon geeinigt.»

«Umso schlimmer.»

«Du denkst immer nur an dich.»

«Dieses Mal hast du Recht. Nicola ist es ohnehin gleichgültig. Sie hat Unmengen von hübschen Freundinnen, die es gar nicht abwarten können, Brautjungfern zu sein. Und im Übrigen», sagte Carrie und gähnte gelangweilt, «kann ich kirchliche Trauungen sowieso nicht ausstehen.» Es machte ihr gelegentlich Spaß, ihre Mutter zu triezen. «Warum gehen sie nicht einfach um die Ecke zum Standesamt? Denk nur, was du an Geld sparen könntest. Andererseits würden sie sich natürlich die Hochzeitsgeschenke und die üppigen Schecks entgehen lassen.»

«Wie kannst du nur so gehässig sein!»

«Bloß praktisch.»

Dodie holte tief Luft und versuchte krampfhaft, sich zu beherrschen. «Wenn die Leute Nicola statt eines Geschenks einen Scheck überreichen wollen, dann wird sie ihn dankbar entgegennehmen. Schließlich müssen sie ihre neue Wohnung einrichten. Kühlschrank, Lampen, Teppiche. Es gibt nichts umsonst, wie du weißt.»

«Oder sie könnten all die schöne Knete auf ein Sonderkonto legen, um die Scheidung bezahlen zu können …»

Dodie rauschte aus dem Zimmer und knallte die Tür hinter sich zu. Über das Thema Brautjungfer wurde kein Wort mehr verloren.

Carrie war die Erste, die Jeffrey ins Vertrauen zog. Sie war neunzehn, studierte Englisch und Philosophie in Oxford und genoss ihr neues Leben in vollen Zügen. Eines Sonntagmorgens rief Jeffrey sie von London aus an.

«Hast du heute was vor?»

«Nichts Besonderes.»

«Ich möchte dich gern zum Lunch einladen.»

«Was für eine schöne Überraschung.»

«Deine Mutter ist bei Nicola. Es kam ein verzweifelter Hilfeschrei, Lucy hat Fieber. Ich bin gegen zwölf bei dir.»

Carrie war begeistert. «Ich erwarte dich.»

Es war ein goldener Oktobertag. Jeffrey holte Carrie in ihrem College ab, fuhr mit ihr aufs Land und lud sie zum Lunch im *Le Manoir de Quatre Saisons* ein. Einem exklusiven, teuren Restaurant. Nach dem Lunch wanderten sie in den Garten und saßen in der milden, spätherbstlichen Sonne. Die Vögel sangen und die Blätter fielen wie leuchtende Kupferpfennige ins Gras.

Und da erzählte Jeffrey ihr zum ersten Mal von Serena und wie er sie getroffen und sich in sie verliebt hatte. «Ich kenne sie jetzt seit fünf Jahren. Sie ist jung genug, um meine Tochter zu sein, aber sie bedeutet mir alles, und ich glaube nicht, dass ich ohne sie leben kann.»

Ihr Vater mit einer Geliebten. Einer anderen Frau. Und Carrie hatte nicht den leisesten Verdacht gehabt. Sie wusste nicht, was sie dazu sagen sollte.

«Bist du schockiert, Carrie?»

«Natürlich nicht. Es kommt nur so plötzlich.»

«Ich werde euch alle verlassen, um mit ihr zusammenzuleben.» Carrie sah ihn an. Der Schmerz in seinen dunklen Augen war nicht zu übersehen. «Ich weiß, was ich dir damit antue.»

«Nein. Du bist nur ehrlich.»

«Ich wäre schon früher gegangen. Aber ich konnte Nicola und dich nicht verlassen, solange ihr nicht selbständig wart. Sozusagen erwachsen. Ich musste da sein, solange ihr mich brauchtet und ich euch unentbehrlich war. Jetzt sieht die Sache anders aus. Du kannst auf eigenen Füßen stehen, das bezweifle ich nicht. Und Nicola ist eine verheiratete Frau mit einem eigenen kleinen Kind. Ich kann nur hoffen, dass sie glücklich ist. Miles war immer ein sehr umgänglicher Typ, wenn auch ein bisschen lasch. Sie wickelt ihn vermutlich um den Finger, aber das ist seine Sache.»

«Der Ärmste.» Carrie dachte an seine eigene Ehe mit Dodie und sagte: «Warst du sehr unglücklich in all den Jahren?»

Jeffrey schüttelte den Kopf. «Nein. Es hat auch glückliche Zeiten gegeben, besonders, wenn ich mit dir zusammen war. Aber ich habe keine Lust mehr, so zu tun als ob und immer nur gute Miene zum bösen Spiel zu machen. Immer nur Geld verdienen, weiterwurschteln, sich die Finger wund arbeiten. Ich bin erschöpft und möchte ein anderes Leben. Ich brauche Liebe, Wärme, Kameradschaft und Lachen um mich, und Dodie ist unfähig, mir diese Dinge zu geben. Wie du vermutlich weißt, haben wir seit Jahren nicht mehr das Bett geteilt. Ich möchte ein Heim, wo Freunde vorbeikommen, am Küchentisch sitzen und Spaghetti und eine Flasche Wein mit uns teilen. Ich will am Ende des Tages die Haustür aufmachen und hören, wie jemand meinen Namen ruft. Morgens beim Rasieren möchte ich, dass es nach Eiern mit Speck und frisch gebrühtem Kaffee riecht. Und das beruht nicht auf einer plötzlichen Midlife-Crisis, sondern auf einem tief sitzenden Bedürfnis, das ich seit Jahren hege.»

«Ich wollte dir auch keine Midlife-Crisis vorwerfen.»

«Ich weiß.»

Eine Familie trat aus dem Hotel in die warme Nachmittagssonne. Eine junge Mutter, ein Vater und ein kleiner Junge. Der Kleine fand einen Krocketschläger und einen Ball und versuchte, den Ball mit dem Schläger zu treffen. Nach drei Fehlschlägen stellte der Vater sich hinter ihn, nahm die kleinen Hände des Jungen in seine großen und zeigte dem Kind, wie man's machte.

«Du hast für uns getan, was du konntest», sagte Carrie. «Kein Vater hätte mehr tun können. Wenn du die Sache so siehst, musst du gehen.»

«Und deine Mutter?»

«Es wird sie natürlich tief treffen und ihr Stolz wird verletzt sein. Aber sie hat nie viel in eure Ehe investiert und vielleicht kommt sie letzten Endes allein viel besser zurecht.» Carrie seufzte. «Du musst realistisch sein, Dad. Sie wird sich vermutlich einen guten Scheidungsanwalt nehmen und dich anständig schröpfen.»

«Ich weiß. Ein Preis, den ich zahlen muss.»

«Was ist mit deinem Job?»

«Den geb ich auf.»

«Wirst du die tägliche Herausforderung nicht vermissen?»

«Nein. Ich habe die oberste Stufe der Karriereleiter erreicht. Und ich habe den täglichen Kampf ums Dasein und den Stress und das ständige Konkurrenzdenken satt. Vielleicht bin ich nie ein ehrgeiziger Mensch gewesen. Und jetzt bin ich einfach egoistisch. Findest du es unfair, in meinem fortgeschrittenen Alter noch glücklich sein zu wollen?»

«Du weißt, was ich denke.»

Eine Weile saßen sie schweigend und in stummem Einverständnis da. Dann ergriff Jeffrey noch einmal das Wort. «Und nun zu dir, Carrie. Ich habe bei deiner Geburt ein Konto für dich angelegt. Für Nicola auch, aber ihr Geld ist fast ganz für diese idiotische Hochzeit draufgegangen. Das Geld liegt auf der Bank, trägt ein paar Zinsen und ich glaube, es wäre sinnvoll, dass du es dir auszahlen lässt und dir ein eigenes Haus damit kaufst. In London oder sonst wo. Grundbesitz ist immer eine gute Investition. Und es wäre mir lieber, wenn du unabhängig wärst ... Es ist kein Vermögen, aber für ein bescheidenes, kleines Haus müsste es reichen. Was meinst du dazu?»

«Ich glaube, der Vorschlag gefällt mir.» Carrie beugte sich vor und küsste ihren Vater auf die Wange. «Lieb von dir. Herzlichen Dank. Aber wir verlieren uns nicht aus den Augen, nicht wahr? Wir schreiben Briefe, faxen oder telefonieren miteinander, wo immer du landen magst, und bleiben miteinander in Verbindung.»

Er lächelte und sie fand, er hatte lange nicht so entspannt ausgesehen. Er hatte sich offenbar eine Menge Sorgen gemacht. «Soll ich am nächsten Sonntag, wenn ich wieder nach Oxford komme, Serena mitbringen, damit du sie kennen lernst?»

«O ja. Aber sie soll nicht denken, dass ich mich zwischen euch drängen will. Sie braucht meinetwegen kein schlechtes Gewissen zu haben oder sich Vorwürfe zu machen. Jetzt sind alle alten Verpflichtungen abgegolten und du fängst ein neues Leben an. Und dieses Mal pass auf, dass es ein glückliches Leben wird.»

«Und wie sieht es bei dir aus, mein Schatz? Gibt es eine große Liebe in deinem Leben?»

«Dutzende», sagte sie lachend. «Sicher ist sicher.»

«Keine Aussicht auf eine weitere pompöse Hochzeit?»

«Nicht die Bohne. Jedenfalls nicht in absehbarer Zeit. Ich habe noch viel zu viel vor im Leben. Und nun muss ich auch noch losziehen und mir ein Haus kaufen. Ich bin froh, dass wir alles besprochen haben. Und was für wunderbare Pläne wir geschmiedet haben!»

«Sei nicht zu optimistisch. Uns stehen traumatische Zeiten bevor.»

Sie nahm seine Hand in ihre. «Verbündete, Dad. Schulter an Schulter.»

Jeffrey hatte prophetische Worte gesprochen. Was auf sie zukam, war tatsächlich traumatisch und die bitteren Vorwürfe und Beschuldigungen sollten noch lange nachhallen. Doch letzten Endes ließ sich nicht leugnen, dass Dodie nicht schlecht dabei weggekommen war und das Beste aus einer hoffnungslosen Situation gemacht hatte. Wie Carrie vorhergesagt hatte, schröpfte sie Jeffrey bis aufs Blut und sicherte sich neben dem Haus in Campden Hill und ihrem Wagen auch noch den Großteil seiner irdischen Güter und einen beträchtlichen Batzen Geld. Er erhob keinerlei Einspruch und hätte sich ihr gegenüber kaum nobler erweisen können.

Sobald Dodie hörte, dass Carrie sich ein kleines Reihenhaus in der Ranfurly Road gekauft hatte, brachte sie das Haus in Campden Hill auf den Markt (unter dramatischen Beschwörungen, dass die traurigen Erinnerungen, die daran geknüpft seien, es ihr unmöglich machten, dort länger zu wohnen), verkaufte es mit Bombenprofit und bezog eine charmante, altmodische Wohnung in Fulham inmitten von Gärten und mit Blick über den Fluss nach Putney hinüber.

Mein einsames, kleines Nest pflegte sie es mit einem Anflug von Wehmut und Bravour ihren Freunden gegenüber zu nennen und alle bewunderten, wie tapfer sie sich hielt, doch in Wirklichkeit fühlte sie sich pudelwohl mit ihrem Bridge, ihren kleinen Cocktailpartys und dem unfehlbaren Trost, beladen mit Designerhandtaschen und Schachteln voll in Seidenpapier gehüllter Herrlichkeiten von ihren Einkäufen zurückzukehren. Sie begann, mit Freunden Urlaub im Ausland zu machen, reiste erster Klasse nach Paris oder unternahm Kreuzfahrten ins Mittelmeer auf perfekt organisierten Luxusdampfern, wo sich ihr endlose Gelegenheiten boten, in neu erstandener Garderobe Eindruck zu machen. Auf einer dieser Kreuzfahrten lernte sie Johnnie Struthers kennen, einen pensionierten Konzernchef und Witwer. Er hatte eine entschiedene Schwäche für Dodie und rief sie gelegentlich an, wenn er in London war, und lud sie zum Essen ein.

Sie war so glücklich wie noch nie in ihrem Leben. Aber dann entdeckte Nicola Wesley sieben Jahre nach Dodies Scheidung, dass der harmlose Miles eine Affäre mit einer anderen hatte, und ergriff die Gelegenheit, einer Ehe zu entkommen, die langweilig und monoton geworden war. Natürlich floh sie zu ihrer Mutter und in deren hübsche, geräumige Wohnung. Was alles sehr unterhaltsam und erträglich hätte sein können, wenn Nicola die neunjährige Lucy nicht mitgebracht hätte. Da war es, wie Dodie wusste, mit der Gemütlichkeit vorbei.

Die Kaffeekanne war leer, der letzte Schluck in ihrer Tasse kalt geworden. Carrie stand auf, warf den ungegessenen Toast in den Müll, spülte die Kanne aus und stellte Tasse und Untertasse in die Geschirrspülmaschine. Sie ging nach oben, duschte, wusch sich die kurzen Haare und zog sich an. Sie hatte sich in letzter Zeit wenig um ihr Aussehen gekümmert und war meist in alten Jeans und ohne Make-up herumgelaufen, doch heute musste sie sich etwas mehr Mühe geben, wenn auch nur, um sich selbst Mut zu machen.

Also entschied sie sich für kamelhaarfarbene lange Hosen, einen Kaschmirpullover mit Schildkrötenkragen und auf Hochglanz polierte Stiefel. Goldene Ohrringe, schmale Goldketten um den Hals. Sie legte Parfum an, warf einen kurzen Blick in ihre Schultertasche, nahm den Mantel aus dem Schrank und ging nach unten.

Der Haustürschlüssel lag neben einem blauen Topf mit weißen Hyazinthen in einer Messingschale auf dem Schränkchen im Flur. Über dem Schränkchen hing ein länglicher Spiegel, und während sie sich davor den Mantel anzog, blickte ihr Spiegelbild ihr entgegen. Sie hielt einen Augenblick inne und betrachtete sich. Vor ihr stand ein großes, schlankes, dunkelhaariges junges Mädchen … oder besser eine große, schlanke, dunkelhaarige junge Frau. Immerhin war sie bald dreißig. Das kastanienbraune Haar glänzte frisch gewaschen, eine Tolle fiel ihr locker wie eine Vogelschwinge in die Stirn. Die großen kaffeebraunen Augen wurden durch Lidschatten und Mascara betont und ihr Gesicht war vom Wintersport noch immer gebräunt. Sie sah gut aus. Selbstbewusst. Nicht wie jemand, mit dem man Mitleid haben musste.

Sie knöpfte den Mantel zu, einen dunkelgrauen, mit tannengrüner Paspel abgesetzten Lodenmantel, den sie vor einem Jahr in Wien gekauft hatte. Andreas war dabei gewesen, hatte ihn mit ausgesucht und darauf bestanden, ihn zu bezahlen.

Den trägst du für den Rest deines Lebens, hatte er gesagt, *und er wird seinen Schick nicht verlieren.*

Es war ein bitterkalter Tag gewesen, mit leichtem Schneefall, und nachdem sie den Mantel gekauft hatten, waren sie Arm in Arm durch die Straßen zum *Café Sacher* geschlendert und hatten sich einen üppigen Lunch gegönnt.

Nicht daran denken.

Dodie hatte sie schon erwartet. Sie war im Nu an der Tür, öffnete das Sicherheitsschloss und riss die Tür weit auf.

«Carrie!»

Sie sah aus wie eh und je, nicht älter, nicht dünner, nicht dicker. Klein und schlank, mit gepflegtem, dunklem Haar, in das kunstvoll eine weiße Strähne eingeblendet war. Geradezu beneidenswert. Sie trug ein kleines Strickkostüm mit modisch kurzem Rock und flache Schuhe mit viereckigen Goldschnallen. Eine noch immer hübsche Frau, der man ihr Alter nicht ansah. Nur der Mund, dem Jahre der Unzufriedenheit einen Zug ins Missmutige gegeben hatten, verriet sie. Carrie hatte immer wieder gehört, dass die Augen der Spiegel der Seele seien, aber sie hatte längst begriffen, dass der eigentliche Charakterspiegel der Mund war.

Sie trat durch die Tür. Es gab keine offenen Arme, keine Küsse, keine überschwänglichen Bekundungen mütterlicher Freude.

«Hallo, Ma. Wie geht's dir?», fragte Carrie, während sie sich den Mantel auszog. «Du siehst phantastisch aus.»

«Danke, mein Schatz. Du auch. Und wie braun du bist. Als kämst du direkt aus der Sommerfrische. Leg deinen Mantel auf den Stuhl. Möchtest du Kaffee oder sonst irgendwas?»

«Nein, ich habe gerade erst gefrühstückt.» Nun küssten sie sich förmlich und nur so, dass ihre Wangen sich leicht berührten. Dodies Wangen waren weich und duftend. «Ich bin erst um neun Uhr aufgestanden.»

«Nichts Schöneres, als ausgiebig auszuschlafen. Komm herein ...»

Dodie wandte sich um und ging ins Wohnzimmer voran. Die Wolken an diesem winterlich trüben Tag waren plötzlich verflogen, und einen Augenblick lang war das ganze Zimmer von einer blendenden Wintersonne erfüllt. Es war ein schöner Raum, mit großen Fenstern nach Süden, die auf einen Balkon gingen und den Blick auf den Fluss dahinter freigaben.

Nebenan lag, durch eine offene Schiebetür getrennt, Dodies Esszimmer. Carrie erkannte den Mahagonitisch und die hübsche Anrichte, die ihr aus ihrer Kindheit in dem Haus in Campden Hill vertraut war. Überall standen Vasen mit Blumen und die Luft war vom schweren Duft weißer Lilien getränkt.

«Wo sind die anderen?», fragte Carrie.

«Ich hab doch gesagt, Lucy ist in ihrem Zimmer und ...»

«Ist sie nicht gern unter Menschen?»

«Nicht unbedingt. Sie fühlt sich in ihrem Zimmer ganz wohl. Da hat sie ihren Schreibtisch, ihren Computer und einen kleinen Fernseher.»

In dem weißen Marmorkamin flackerte ein künstliches elektrisches Kohlenfeuer. Dodie nahm in ihrem eigenen ausladenden Sessel daneben Platz. Sie hatte die Zeitung gelesen, als Carrie klingelte, und griff nun danach, faltete sie zusammen und legte sie auf den Couchtisch.

Eine Wolke schob sich erneut vor die Sonne und verschattete das Zimmer.

«Nett von dir, dass du so prompt gekommen bist. Ich wollte dich schnell über das idiotische Drama informieren, das sich hier abspielt.»

«Und Nicola?»

«Sie ist gleich wieder da.»

Carrie ließ sich auf der anderen Seite des Kaminvorlegers aus weißem Schaffell in einem Sessel nieder.

«Wo ist sie denn?»

«Im Reisebüro.»

«Will sie verreisen?»

«Ich glaube, sie ist völlig verrückt geworden. Das sagte ich wohl schon am Telefon. Sie hat diesen Mann getroffen. Diesen Amerikaner. Sie haben sich vor ein paar Wochen auf einer Party kennen gelernt und sind seitdem unzertrennlich.»

Carrie klang das alles sehr viel versprechend und durchaus nicht so, als sei ihre ältere Schwester verrückt geworden.

«Was ist er denn für einer?», fragte sie vorsichtig.

«Ach, eigentlich ganz präsentabel. Ein Geschäftsmann. Eisenbahnen oder Stahl oder so. Er wohnt in Cleveland, Ohio, wo immer das ist. Und heißt Randall Fisher. Und nun ist er nach Amerika zurückgegangen und hat Nicola eingeladen, Weihnachten bei ihm zu verbringen.»

«In Cleveland, Ohio?»

«Nein, er hat ein Haus in Florida, wo er offenbar jedes Jahr Weihnachten feiert.»

Es klang alles so vernünftig, dass Carrie sich nicht recht vorstellen konnte, worin das Drama bestand. «Ist er verheiratet?»

«Er *sagt*, er sei geschieden.»

«Dann wird's wohl auch stimmen. Hast du ihn kennen gelernt?»

«Natürlich. Sie hat ihn ein-, zweimal auf einen Drink mitgebracht, und einmal hat er uns zum Essen eingeladen. Im *Claridges*. Dort wohnt er.»

«Das klingt nicht gerade nach armen Leuten.» Carrie runzelte die Stirn. «Gefällt er dir nicht, Ma?»

«Doch, ich habe nichts gegen ihn. Er ist ungefähr fünfzig. Nicht besonders attraktiv.»

«Findet Nicola ihn attraktiv?»

«Das nehme ich an.»

«Wo also liegt der Haken?»

«Ich finde, sie ist leichtsinnig. Sie kennt den Mann doch gar nicht.»

«Ma, sie ist fünfunddreißig. Sie wird inzwischen doch wohl auf sich selbst aufpassen und ihre eigenen Fehler machen können, wenn ihr danach ist.»

«Darum geht es nicht.»

«Worum geht es dann? Klär mich auf.»

«Verstehst du nicht, Carrie? Es geht um Lucy.»

«Du meinst, Lucy ist in die Einladung nicht mit eingeschlossen?»

«Doch, natürlich, aber sie weigert sich mitzufahren. Sie sagt, sie will nicht nach Florida, sie kennt dort niemanden, und Randall will sie ohnehin nicht dabeihaben. Er hätte sie nur aufgefordert, weil er sich dazu verpflichtet fühlt.»

Carrie hatte Verständnis dafür. «Das kann ich begreifen. Wie alt ist sie inzwischen? Vierzehn. Sie käme sich wahrscheinlich wie das fünfte Rad am Wagen vor, und wie du zugeben musst, ist es ja auch ein bisschen peinlich, seine eigene Mutter wie einen verliebten Backfisch zu erleben.»

Eine leichte Röte breitete sich auf Dodies Hals aus, ein sicheres Zeichen, dass ihr die Felle wegschwammen. Sie hasste jede Art von Widerspruch und ließ sich ungern in eine Lage bringen, in der sie ihren Standpunkt verteidigen musste.

«Es wäre eine einmalige Gelegenheit für Lucy. Reisen. Sich den Wind um die Nase wehen lassen.»

«Aber nicht, wenn sie dazu keine Lust hat.»

«Was will sie denn sonst machen?»

Aha, dachte Carrie, *jetzt kommen wir der Sache schon näher.*

«Meinst du Weihnachten? Sie kann doch bei dir bleiben. Schließlich ist dies ihr Zuhause. Jedenfalls seit der Scheidung ihrer Eltern. Wohin soll sie denn sonst gehen?»

Dodie antwortete nicht sofort, sondern stand unvermittelt auf, trat ans Fenster und blickte über den Fluss. Carrie wartete. Dann drehte ihre Mutter sich um. «Ich kann allein nicht mit ihr fertig werden. Ich habe schließlich mein eigenes Leben. Ich habe Pläne, Einladungen ... Vielleicht fahre ich mit den Freemans nach Bournemouth. Sie wohnen jedes Jahr im *Palace Hotel* und haben mich eingeladen mitzukommen.» Ihr Ton ließ keinen Zweifel daran, dass für Lucy in ihren hochfliegenden Plänen kein Platz war. «Ich bin schließlich nicht mehr die Jüngste, Carrie. Die Jahre der Kindererziehung liegen hinter mir. Und ich habe nicht die Absicht, meine Pläne von einem dickköpfigen kleinen Mädchen über den Haufen werfen zu lassen.»

Nein, dachte Carrie, *das habe ich auch nicht einen einzigen Augenblick lang erwartet.*

Nach einer Weile sagte sie: «Und ihr Vater? Miles? Kann sie Weihnachten nicht bei ihm und seiner neuen Frau verbringen? Oder sieht sie nichts mehr von ihm?»

«Doch, sie sehen sich.» Dodie kam zu ihrem Sessel zurück, nahm auf der Sesselkante Platz und beugte sich angestrengt vor. «Hin und wieder verbringt sie einen Sonntag bei ihnen, aber ohne sonderliche Begeisterung.»

«Haben die beiden keine eigenen Kinder?»

«Nein. Und wollen wohl auch keine. Sie ist eine reine Karrierefrau.» Dodie sprach das Wort mit einem verächtlichen Unterton aus. «Kinder würden in ihrem Leben nur stören.»

«Sie wollen Lucy also auch nicht zu Weihnachten haben?»

«Um ehrlich zu sein, ich habe Miles in meiner Verzweiflung angerufen und ihm die Lage geschildert. Ich konnte nicht anders, denn Nicola weigert sich, mit ihm zu sprechen oder auch nur seinen Namen zu erwähnen. Aber Miles und seine Frau fahren Weihnachten mit einer Gruppe von Freunden zum Skifahren nach St. Moritz. Lucy ist noch nie Ski gefahren und sie ist Leuten gegenüber, die sie nicht kennt, schrecklich befangen. Miles sagt, es käme gar nicht in Frage, sie würde ihnen den ganzen Urlaub verderben.»

Carrie begann das arme, zwischen zwei zerstrittenen, verständnislosen Eltern gefangene Kind unendlich Leid zu tun. Sie musste sich Mühe geben, jede Schärfe aus ihrer Stimme zu verbannen, als sie sagte: «Dann sitzt ihr wohl in der Zwickmühle.»

«Nicola ist wild entschlossen, nach Florida zu fliegen. Wie du weißt, kann sie sehr egoistisch sein. Und das nach allem, was ich für sie getan habe ...»

«Vielleicht möchte sie sich einfach ein bisschen amüsieren.»

«Amüsieren», wiederholte Dodie mit einer Bitterkeit in der Stimme, als handle es sich um etwas Unanständiges. Carrie sah ihre Mutter aufmerksam an. Es machte den Eindruck, als wiche Dodie dem Blick ihrer Tochter aus. Sie sah auf ihren Schoß, spielte mit der Manschette ihrer knapp sitzenden Jacke und nestelte an einem der Goldknöpfe. Dann sagte sie: «Das hatte ich vorhin am Telefon gemeint. Dass du zu keinem günstigeren Zeitpunkt hättest zurückkommen können.»

«Du meinst, dass *ich* dir Lucy abnehmen soll?»

Dodie sah sie an. «Hast du irgendetwas vor?»

«Ma, ich bin gerade erst aus Österreich zurückgekommen. Ich hatte noch überhaupt keine Zeit, mir etwas vorzunehmen. Ich weiß noch nicht mal, wo ich unterkommen soll, denn das Haus in der Ranfurly Road ist bis Ende Februar vermietet. Ich lebe aus dem Koffer und wüsste wirklich nicht, wo ich jemanden unterbringen sollte.»

«Das meine ich nicht. Ich dachte eigentlich ...», sie zögerte, «... an deinen Vater ...»

«Jeffrey?»

«Nennst du ihn jetzt Jeffrey?»

«Ich nenne ihn seit eurer Scheidung Jeffrey. Er ist zwar mein Vater, aber er ist auch Serenas Mann und mein Freund.»

Bei der Erwähnung dieses Namens zuckte Dodie kaum merklich zusammen, aber Carrie wusste, dass sie grausam war, und übersah es. «Ich glaube nicht, dass das eine machbare Lösung wäre.»

«Aber er ist Lucys Großvater. Er wird doch wohl ...»

«Hör zu, Ma. Ich habe bereits mit Jeffrey gesprochen. Und zwar am Tag nach meiner Rückkehr. Wir haben lange miteinander telefoniert. Und auch über Weihnachten gesprochen. Serenas Bruder mit Frau und Baby verbringen Weihnachten bei ihnen. Emblo ist so schon bis unters Dach voll gepfropft. Für zwei weitere Leute ist dort einfach kein Platz.»

«Aber du könntest versuchen ...»

«Nein. Es wäre Serena gegenüber nicht fair. Sie kann uns nicht unterbringen und würde ein schrecklich schlechtes Gewissen haben, *weil* sie uns nicht unterbringen kann. Ich frage auf gar keinen Fall.»

«Aha.» Dodie stieß einen Seufzer aus, lehnte sich im Sessel zurück, als sei sie mit ihrer Weisheit am Ende, und sah plötzlich aus wie ein Ballon, aus dem die Luft entwichen war, geschrumpft und gealtert. «So kann es wirklich nicht weitergehen. Es regt mich zu sehr auf. Niemand, der einem unter die Arme greift, am allerwenigsten die eigene Familie.»

«Aber, Ma ...»

Der Satz blieb unausgesprochen in der Luft hängen. Sie hörten, wie ein Schlüssel im Schloss gedreht wurde und die Wohnungstür ging.

«Nicola ist wieder da», sagte Dodie überflüssigerweise. Sie riss sich zusammen, schob sich das Haar zurecht und saß aufrecht und erwartungsvoll da, als Nicola ins Zimmer trat. Carrie stand auf und sah ihrer Schwester entgegen.

«Hallo.»

«*Carrie!*» Nicola blieb vor Überraschung der Mund offen stehen. «Was um alles in der Welt machst du denn hier? Ich dachte, du wärst in Österreich.»

«War ich auch», sagte Carrie. «Aber jetzt bin ich hier.»

Die Schwestern musterten sich gegenseitig. Sie hatten sich nie sonderlich nahe gestanden, waren nie Freundinnen gewesen, hatten nie irgendwelche Geheimnisse miteinander geteilt. Carrie fiel auf, dass Nicola ihrer Mutter mit zunehmendem Alter immer ähnlicher wurde. Die gleiche Größe, die gleiche zierliche Figur, das gleiche dichte, dunkle Haar. Der gleiche verdrossene Mund. Nebeneinander hätten sie leicht für ein missvergnügtes kleines Zwillingspaar durchgehen können.

Wenn Carrie an Nicola dachte, sah sie ihre Schwester immer wie aus dem Ei gepellt vor sich. Rock und passendes Twinset. Schuhe farblich auf die Handtasche abgestimmt. Ein Seidenschal im gleichen Ton wie der Lippenstift. Ein bisschen wie die Anziehpuppen mit ihrer Papiergarderobe zum Festmachen, mit denen sie als Kinder gespielt hatten. Ein Strandkleid aus Papier für den Ausflug ans Wasser, ein Wintermantel mit Pelzkragen für den Gang in die Stadt, eine Krinoline mit Schutenhäubchen fürs Kostümfest. Auch jetzt enttäuschte Nicola in ihrem wie angegossen sitzenden Hosenanzug unter der Jacke aus künstlichem Leopardenfell ihre Schwester nicht. Die große Schultertasche aus schokoladenbraunem Wildleder war farblich genau auf die hochhackigen Stiefeletten abgestimmt.

Nicola legte ihre Tasche auf einen Stuhl an der Wand und begann, ihre Jacke aufzuknöpfen.

«Für immer?», fragte sie.

«Ich weiß es nicht. Ich werd's abwarten.» Carrie ging auf ihre Schwester zu und gab ihr einen Kuss, den diese flüchtig erwiderte. «Wann bist du denn zurückgekommen?» Nicola schüttelte ihre Jacke ab und warf sie über die Tasche.

«Vor ungefähr einer Woche. Aber ich war ziemlich beschäftigt, deshalb hab ich Ma erst heute Morgen angerufen.»

«Wer hätte das gedacht.» Nicola warf Dodie einen unterkühlten Blick zu. «Ich vermute, Mutter hat dir bereits alles brühwarm berichtet. Und versucht, dich auf ihre Seite zu ziehen.» Dodie und Nicola standen ganz offensichtlich miteinander auf Kriegsfuß. Carrie konnte sich vorstellen, was Lucy zwischen den beiden auszustehen hatte.

Dodie setzte ein gekränktes Gesicht auf. «Das ist unfair, Nicola», protestierte sie.

«Aber ich wette, es stimmt.» Nicola ließ sich mit Aplomb mitten aufs Sofa fallen. «Es ist sowieso zu spät. Ich habe meinen Flug gebucht und fliege am achtzehnten Dezember. Für zwei Wochen.»

Viel sagendes Schweigen folgte dieser herausfordernden Ankündigung. Dodie wandte den Kopf ab und starrte in die flackernden elektrischen Kohlen. Jede Faser ihres Körpers strahlte Missbilligung aus. Nicola warf Carrie einen Blick zu und zog ein Gesicht, als seien die beiden gegen ihre Mutter im Bunde. Carrie erwiderte ihren Blick nicht, weil sie in dem Augenblick mit keiner von beiden sympathisierte.

Aber sie saß ungern zwischen den Stühlen. Deshalb sagte sie so unvoreingenommen wie möglich: «Offenbar gibt es Probleme mit Lucy.»

«Sie ist auch nach Florida eingeladen worden, aber sie weigert sich mitzukommen.»

«Das kann ich verstehen.»

«So?»

«Ma hat vorgeschlagen, dass ich mich Weihnachten um sie kümmere.»

«Du?», sagte Nicola. Es klang wie eine Beleidigung. Aber dann besann sie sich einen Augenblick und wiederholte die Frage in völlig verändertem Tonfall. Eine glänzende Idee, auf die sie selbst offenbar gar nicht gekommen war. *«Du?»*

«Aber es geht nicht.»

«Warum nicht?»

«Kein Haus. Keine Bleibe.»

«Und Ranfurly Road?»

«Noch vermietet.»

Jetzt ließ sich auch Dodie dazu herab, am Gespräch teilzunehmen. «Ich dachte, Carrie hätte Lucy mit zu eurem Vater nehmen können. Nach Cornwall. Aber anscheinend kommt auch das nicht in Frage.»

«Wieso nicht?», wollte Nicola wissen.

Carrie erklärte es ihr. «Platzmangel.»

«Und der verdammte Miles und seine verdammte Frau wollen sie auch nicht haben, diese dämlichen Egoisten. Ausflüchte, alles nur Ausflüchte.» In ihrer Frustration biss sie auf ihren Daumennagel. «Ich jedenfalls fliege. Ich fliege mit Randall nach Florida und keine zehn Pferde können mich daran hindern. Ich habe seit einer Ewigkeit keinen Urlaub gemacht, und ich fliege.»

Carrie hatte ein gewisses Verständnis für sie, versuchte aber, für Lucy Partei zu ergreifen. «Aber Nicola, du ...»

Weiter kam sie gar nicht. Nicola ging auf sie los. «Ja, du hast gut reden.» Carrie fragte sich, wie viele tausend Mal in ihrem Leben sie sich diesen vertrauten Vorwurf hatte anhören müssen. *Ja, du hast gut reden.* «Du hast nie eine Familie gehabt, du weißt ja gar nicht, wie angebunden man ist, tagein, tagaus, mit so einem Kind. Und mit allem muss man allein fertig werden. Soweit ich sehe, ist dein Leben ein einziger langer Urlaub gewesen, immer nur Skilaufen und sich nicht ein einziges Mal zu Hause blicken lassen. Wir haben dich seit Jahren nicht zu Gesicht bekommen. Als wären wir Luft für dich.»

«Nicola, so kommen wir doch nicht weiter.»

Nicola überhörte diesen beschwichtigenden Einwurf. «Die Verantwortung liegt bei dir, Mutter. Du wirst dir Bournemouth aus dem Kopf schlagen müssen ...»

Wie nicht anders zu erwarten, protestierte Dodie entrüstet. «Das werde ich nicht tun.»

«Du kannst Lucy wohl kaum sich selbst überlassen ...»

«Und warum soll ausgerechnet ich mich aufopfern?»

Carrie hatte es satt, sich dieses unvernünftige Gerangel noch länger mit anzuhören. Die beiden hatten sich auf ihren jeweiligen Standpunkt versteift und würden niemals zu einer sinnvollen Lösung kommen. «Schluss jetzt», sagte sie scharf.

Zu ihrer Überraschung gehorchten sie beide. Nach einer Weile sagte Nicola: «Also, hast du vielleicht einen genialen Vorschlag parat, Carrie?»

«Ich weiß es nicht. Ich weiß nur, dass es hier um deine Tochter geht und nicht um einen Hund, den man in einem Zwinger abstellen kann. Wenn du nichts dagegen hast, würde ich mich gern mit ihr unterhalten, dümmer als ihre Mutter oder ihre Großmutter kann sie sich auch nicht anstellen.»

«Danke vielmals.»

«Wo ist ihr Zimmer?»

«Neben der Küche.» Nicola warf den Kopf zurück. «Dahinten ...»

Carrie erhob sich. Als sie die Tür aufmachte, rief ihre Mutter ihr nach: «Vielleicht kannst du sie ja überreden, ein gehorsames Mädchen zu sein und ... mitzufahren.»

Carrie antwortete nicht. Sie verließ das Zimmer und schloss leise die Tür hinter sich.

LUCY

FARNHAM COURT war zu einer Zeit gebaut worden, als bürgerliche Familien es noch für selbstverständlich hielten, dass das Personal im Haus wohnte. Deshalb war jede Wohnung mit einer kleinen, unscheinbaren Kammer für das Hausmädchen oder die überarbeitete Köchin ausgestattet. Als Lucy Wesley nach der Scheidung ihrer Eltern bei ihrer Großmutter einzog, wurde ihr diese Mädchenkammer zugeteilt und es störte sie nicht im Geringsten, dass sie beengt und düster war, solange sie ihr gehörte.

Vom Fenster aus blickte man in einen düsteren Schacht, auf dessen Grund sich ein gepflasterter Innenhof mit ein paar Sträuchern und Topfpflanzen befand, die der Portier gießen und beschneiden sollte. Es gab keine Aussicht ins Grüne und die Fenster waren mit dichten weißen Voilegardinen verhängt. Doch die Wände waren gelb gestrichen und erweckten die Illusion von Sonnenschein und die Vorhänge waren gelb und weiß gestreift. Auf Lucys Bett lag ein Berg von Teddybären und daneben stand ein großer Schreibtisch mit Schubladen, an dem sie ihre Hausaufgaben machte. Auf dem Schreibtisch stand ihr Computer und es gab Lampen und einen kleinen Fernseher und auf dem blauen Teppich lag ein Schaffell, und wenn Schulfreundinnen zu Besuch kamen, platzten sie fast vor Neid und Bewunderung, weil Lucy ein eigenes Zimmer hatte und es nicht wie sie mit einer lästigen jüngeren Schwester und ihrem ganzen leidigen Krimskrams zu teilen brauchte.

Es war ein sehr ordentliches Zimmer, denn Lucy war ein sehr ordentlicher Mensch. Die Bücher auf den Borden standen in Reih und Glied, ihr Bett war makellos gemacht, ihre Sachen ordentlich zusammengefaltet. Ihr Arbeitspult in der Schule sah genauso aus, die Bleistifte gespitzt, Bücher und Hefte säuberlich gestapelt. Einmal die Woche ging Mrs. Burgess, die Putzfrau ihrer Großmutter, mit Staubsauger und Staubtuch durch Lucys Zimmer und hinterließ einen starken Duft nach Lavendelpolitur, doch von Zeit zu Zeit packte Lucy ein hausfraulicher Drang und sie machte sich noch einmal über das Zimmer her und putzte den Spiegel ihrer Frisierkommode und den Silberrahmen mit der Fotografie ihres Vaters.

Sie vermisste ihn schrecklich, nicht nur ihn persönlich, sondern auch das Gefühl der Familienzusammengehörigkeit, das mit seinem Verschwinden unwiederbringlich verloren gegangen war, wie bei einem Möbelstück, das ein Bein verloren hatte und nun demoliert, wacklig und nutzlos herumstand. Lucy war bei der Scheidung ihrer Eltern neun Jahre alt gewesen. Ein schlechtes Alter (aber gab es dafür überhaupt ein gutes Alter?). Sie war damals noch klein gewesen, aber doch groß genug, um genau zu begreifen, was vor sich ging. Dass nämlich das sichere Gefüge ihres Lebens zusammengebrochen war und sie und ihre Mutter die Scherben nun allein wieder zusammenfügen mussten. Sie waren bei ihrer Großmutter eingezogen, und wenn Lucy eine Zeit lang geglaubt hatte, es handle sich um ein Provisorium, so wusste sie inzwischen, dass es eine Dauerlösung war. Trotz aller Missverständnisse und gelegentlichen Streitereien schienen sich die beiden Frauen sehr wohl dabei zu befinden, und da niemand es für nötig hielt, Lucy um ihre Meinung zu fragen, behielt sie sie für sich.

Von Zeit zu Zeit besuchte sie ihren Vater, aber Marilyn, seine neue Frau, sah diese Besuche nicht gern und war ohnehin nur an ihrem eigenen Job und nicht an Stieftöchtern oder Kindern interessiert, sonst hätte sie inzwischen wahrscheinlich längst eigene gehabt. Die beiden bewohnten auch kein richtiges Haus mit einem Garten, sondern nur ein Apartment und führten ein Leben, in dem man, wenn man keine Lust hatte zu kochen, einfach irgendwo anrief und sich irgendwelche kleinen Appetithappen auf einem Wägelchen an die Tür bringen ließ.

Marilyn war jedenfalls nicht der Typ, dem man sich anvertrauen konnte, aber gleichzeitig hatte Lucy das Gefühl, sich auch ihrem Vater nicht mehr anvertrauen zu können, weil sie beide irgendwie zwischen zwei Stühlen saßen. Manchmal fürchtete sie zu platzen, wenn sie nicht bald einen Erwachsenen fand, mit dem sie reden konnte. Ihre Direktorin, Miss Maxwell-Brown, wäre die Richtige gewesen, und sie hatte Lucy bei privaten Gesprächen auch deutlich zu verstehen gegeben, wenn sie etwas auf dem Herzen habe, dann hätte sie immer ein offenes Ohr für sie. Aber Lucys Zurückhaltung und ihre verzwickte Situation hielten sie davon ab. Und ihr graute davor, dass jemand Mitleid mit ihr haben könnte wie mit einem Waisenkind. Deshalb hatte sie «Nein, nein, es ist alles in Ordnung» gesagt. «Wirklich, alles in Ordnung.» Und zögernd hatte Miss Maxwell-Brown sie ziehen lassen.

Jetzt war es Viertel vor zwölf an einem Freitagmorgen, Lucy hatte ihre Hausaufgaben fertig (sie hatte seit dem Frühstück daran gearbeitet) und schrieb in ihrem Tagebuch. Das Buch war in Leder gebunden und mit einem kleinen Schloss versehen. Es hatte glattes, festes Papier, auf dem es sich angenehm schrieb, und war ein Geschenk aus Cornwall gewesen. *Fröhliche Weihnachten, Lucy,* stand auf der Innenseite, *von Großvater, Serena, Amy und Ben.*

Sie vergaßen kein Weihnachten und keinen Geburtstag, was nett von ihnen war, denn Lucy war noch ein Baby gewesen, als *die* Ehe in die Brüche gegangen war. Sie konnte sich an Jeffrey Sutton gar nicht erinnern und Serena, Amy oder Ben hatte sie noch nie getroffen. Manchmal, wenn sie sich besonders niedergedrückt fühlte, lag sie im Bett und malte sich aus, dass ihr Großvater sie einladen und – was noch unwahrscheinlicher war – dass ihre Mutter und Großmutter ihr die Reise erlauben würden. Sie konnte sich in ihrer Phantasie alles aufs lebhafteste vorstellen. Wie sie im Taxi nach Paddington fuhr und in den Zug stieg und irgendwo unter Palmen am blauen Meer abgeholt und zu einem Haus mit einem wunderbaren Garten gefahren würde, vielleicht nahe am Strand, wo der Seewind durchs offene Fenster in ihr Zimmer wehte. Und Ben und Amy würden sie wie Geschwister behandeln.

Lucy hatte das Tagebuch seit jenem Weihnachtstag liebevoll geführt. Es hatte glatte, unbeschriebene Seiten, auf denen man oben das Datum und dann die Begebenheiten des Tages eintragen konnte. An manchen Tagen gab es wenig zu sagen, aber wenn sie zum Beispiel mit ihrer Klasse im Kino oder in einem Konzert gewesen war, dann hatte sie den Kopf voller Gedanken, sodass sie manchmal zwei, drei Seiten voll schrieb. Sie benutzte ihren besten Füllfederhalter und genoss das Schreiben auf dem festen, cremefarbenen Papier. Sie hatte eine Schwäche für Schreibblocks, Papier, Füller, den Geruch von Tinte und alle Arten von Schreibgeräten. Papierwarengeschäfte waren ihre Lieblingsläden und sie kam selten aus einem heraus, ohne eine kleine Schachtel farbiger Büroklammern, ein Päckchen Postkarten oder einen neuen roten Kugelschreiber erstanden zu haben.

Mami ist heute Morgen zum Reisebüro gegangen, schrieb

sie. *Gleich nach dem Frühstück. Granny und sie sprechen kaum miteinander, wegen Weihnachten, Bournemouth und Florida. Schade, dass sie nicht begreifen, wie unglücklich ich in Florida wäre. Man kann nicht den ganzen Tag im Schwimmbad zubringen, und ich esse nun mal nicht gern Eis oder hocke vorm Fernseher, und für Randall hab ich auch nicht viel übrig.*

Lucy hätte sich gern jemandem anvertraut, aber das Tagebuch war immerhin besser als nichts. Sie legte den Füller aus der Hand und schaute versonnen in den grauen Morgen hinter den luftigen weißen Voilegardinen hinaus. Sie dachte an Carrie, Mamis jüngere Schwester, eine phantastische Tante. Carrie wäre die Richtige gewesen, denn sie behandelte einen wie eine Erwachsene, aber trotzdem hatte sie immer Lust, etwas Neues und Aufregendes zu unternehmen. Bevor sie nach Österreich verschwunden war und sich nie wieder hatte blicken lassen, war Carrie Lucys Rettung gewesen und hatte immer eine Überraschung für sie parat gehabt: einen Besuch von *La Fille Mal Gardée* in der Oper oder Ausflüge nach Kew an den ersten warmen Frühlingstagen. Mit Carrie konnte sogar ein Besuch im Naturkundemuseum lustig und interessant sein und einmal waren sie zusammen auf einem Schiff die Themse entlanggefahren, bis zur Tower Bridge, hatten an Bord geluncht und London mit seinen in Sonnenschein getauchten Türmen und Spitzen hatte vom Wasser aus wie eine fremde, unbekannte Stadt ausgesehen.

Lucy griff wieder nach ihrem Füller. *Ich hätte nichts dagegen gehabt, Weihnachten bei Dad und Marilyn zu verbringen, aber sie gehen Ski fahren. Marilyn sagt, die Verabredung wäre uralt. Daddy hätte sie bestimmt verschoben, aber sie hat ihn nicht gelassen. Ich weiß gar nicht, was an Weihnachten so besonders sein soll und warum alle solch Tamtam dar-*

um machen. Jedenfalls gehe ich heute mit Emma Forbes ins Kino und hinterher bin ich bei ihr zum Essen eingeladen.

Während Lucy in ihrem Zimmer saß, ihre Hausaufgaben machte und in ihrem Tagebuch schrieb, ging ihre Großmutter jenseits der geschlossenen Tür ihrem eigenen geregelten Leben nach. Im Laufe des Morgens hatte Lucy von Zeit zu Zeit das Telefon klingeln und die tiefe Stimme ihrer Großmutter palavern hören. Und vor ungefähr einer Stunde hatte es an der Tür geklingelt und jemand war zu Besuch gekommen. Während Lucy ihr Französisch beendet hatte, war aus dem Wohnzimmer am Ende des Flurs leises Stimmengemurmel zu ihr gedrungen. Sie hatte keine Ahnung, wer es sein mochte, und es war ihr auch egal. Irgendeine langweilige Freundin von Granny. Aber jetzt hörte sie das Quietschen des Fahrstuhls und dann das Geräusch des Schlüssels in der Haustür und wusste, dass ihre Mutter aus dem Reisebüro zurück war.

Das Schlimme war, dass Lucy trotz ihrer Weigerung, mit nach Amerika zu fliegen, nicht sicher war, ob ihre Mutter in ihrer Verzweiflung nicht doch zwei Tickets gebucht hatte und Lucy, ob sie wollte oder nicht, nach Florida mitschleppen würde. Schließlich konnte sie sich mit vierzehn nicht anders dagegen wehren, als zwei Wochen lang zu schmollen, jede Minute ihres Aufenthalts zu hassen und den anderen hoffentlich gründlich den Spaß zu verderben. Dass ihr das nicht schwer fiel, wusste ihre Mutter nur zu gut, aber Lucy war sich trotzdem nicht sicher. Sie hob den Kopf und spitzte wie ein Hündchen die Ohren. Doch die Schritte gingen an ihrer Tür vorbei und den Flur entlang aufs Wohnzimmer zu. Die Tür wurde geöffnet und wieder geschlossen. Erneutes Stimmengemurmel. Lucy schloss die Augen und wünschte, auch ihre Ohren zuklappen zu können.

Ein bescheidener Trost, aber wenigstens würde diese dritte Person einen erneuten heftigen Wortwechsel bis auf weiteres verhindern. Lucy wartete gespannt, wie sich die Dinge weiterentwickeln würden. Während der nächsten fünf Minuten passierte gar nichts. Dann wurde die Wohnzimmertür noch einmal auf- und zugemacht und es näherten sich Schritte. Lucy schloss ihr Tagebuch und ließ, den Arm auf das Buch gelehnt, den Blick wie gebannt auf der Klinke ruhen. Vermutlich ihre Mutter, um sie über den endgültigen Stand ihrer Floridapläne zu informieren. Mit einem Mal wurde Lucy vor Angst ganz schlecht. Aber dann vernahm sie ein leises Klopfen und wusste, dass es nicht ihre Mutter sein konnte, denn die klopfte nie an, sondern stürmte einfach ins Zimmer, ohne Rücksicht auf Lucy zu nehmen.

Miss Maxwell-Brown rief immer «Herein», wenn man klopfte, doch bevor Lucy sich zu dieser Aufforderung durchringen konnte, wurde die Tür vorsichtig geöffnet und ein Kopf erschien im Türspalt.

«Stör ich dich?» Lucy riss ungläubig die Augen auf. Das war weder ihre Mutter noch Granny, noch irgendeine langweilige Bekannte von Granny, sondern …

Carrie. *Carrie?* Sie hatte eben noch an Carrie gedacht und nun stand sie vor ihr in der Tür, war nicht in Österreich, wo Lucy sie in einem ewigen Skiurlaub in Luxushotels vermutete. Carrie. Früher hatte sie lange Haare gehabt, aber jetzt waren sie kurz, und sie war ganz dünn und braun gebrannt und genauso groß, wie Lucy sie in Erinnerung hatte.

Carrie. Lucy verschlug es förmlich die Sprache. Sie war überwältigt vor Staunen und ungläubigem Entzücken über ein solch wunderbares, unvorhergesehenes Ereignis. Carrie. Lucy spürte, wie sie vor lauter Freude hochrot anlief. Solche Überraschungen kamen nicht oft vor und sie wusste einfach nicht, was sie sagen sollte. Am liebsten wäre sie aufgesprungen und hätte sich Carrie in die Arme geworfen, aber vielleicht fände Carrie das schrecklich kindisch. Vielleicht …

«Da staunst du, was?», sagte Carrie. «Aber ich bin's wirklich.»

Lucy stand ganz langsam auf und sagte: «Du liebe Güte.»

Carrie trat ins Zimmer und schloss leise die Tür hinter sich. «Überrascht?»

«Ich hatte ja keine blasse Ahnung. Bist du schon lange hier?»

«Vielleicht eine Stunde. Ich habe mich mit Ma unterhalten.»

«Ich meine in London.»

«Seit einer Woche.»

«Das wusste ich gar nicht.»

«Niemand wusste es. Aber jetzt weißt du's.» Carrie beugte sich vor und gab Lucy einen Kuss auf die Wange. Sie roch phantastisch. «Du bist groß geworden. Blöde Bemerkung. Aber früher musste ich mich bücken, um dir einen Kuss zu geben.» Sie sah sich im Zimmer um. «Was für ein hübsches Zimmer du hast. Es war immer so düster. Und wie ordentlich. Hast du Frühjahrsputz gemacht?»

«Heute nicht. Aber Granny hat das Zimmer streichen lassen und ich durfte die Farben aussuchen.»

«Perfekt. Richtig sonnig.» Carrie ließ sich in den kleinen blauen Sessel neben dem Bett fallen, streckte die langen Beine aus und kreuzte die elegant gestiefelten Füße. «Warst du am Arbeiten?»

«Ja. Hausaufgaben.» Lucy ließ unauffällig ihr Tagebuch in einer Schublade verschwinden und schwang sich dann auf ihrem Bürosessel herum, sodass sie ihrer Tante gegenübersaß.

«Wann bist du zurückgekommen?»

«Wie gesagt, vor einer Woche. Ich hätte euch Bescheid gesagt, dass ich komme, aber es ging alles ein bisschen Hals über Kopf.»

«Und wie lange bleibst du?»

«Auf unabsehbare Zeit. Ich hab den Skijob geschmissen. Im Moment bin ich obdach- und arbeitslos, aber das macht nichts. Wie sieht's bei dir aus?»

Lucy zuckte die Achseln. «Soso.»

«Bei euch scheint ziemlich dicke Luft zu herrschen. Kann allerdings sein, dass sie sich inzwischen verzogen hat. Du Ärmste, du sitzt hier wahrscheinlich und fragst dich, was dir als Nächstes blüht.»

Das klang ganz nach Carrie und Lucy war ihr dankbar. Carrie war nie um den heißen Brei geschlichen, war peinlichen Fragen nie ausgewichen und immer gleich auf den Kern eines Problems zu sprechen gekommen. Mit einem Mal fühlte Lucy sich wie erleichtert und hatte sogar den Mut zu fragen: «Mami hat doch nicht etwa *zwei* Flugkarten nach Florida gekauft?»

«Hättest du protestiert?»

«Und wie.»

Carrie lachte. «Keine Sorge, sie fliegt allein. *Das* Duell hast du also gewonnen. Es muss eine ganz schöne Schlammschlacht gewesen sein.»

«Findest du es auch blöd von mir, dass ich nicht mitfahren will?»

«Nein, ich finde, du hast völlig Recht. Du wärst das fünfte Rad am Wagen, überflüssig wie ein Kropf. Nicola ist allein viel besser aufgehoben. Aber damit sind nicht alle Probleme aus der Welt.»

«Meinst du wegen Weihnachten?»

«Nein, Weihnachten meine ich nicht. Ich meine dich. Was möchtest *du* denn gern machen? Ich wette, du bist nicht einmal gefragt worden.»

«Eigentlich nicht.»

«Ich habe vorgeschlagen, dass du bei deinem Vater bleibst, aber offenbar fahren Marilyn und er mit einer Gruppe von Freunden zum Skifahren.»

«Ich würde sowieso nicht mitfahren wollen. Marilyn kann mich nicht ausstehen und ich war noch nie Ski laufen und stell es mir auch nicht besonders unterhaltsam vor.»

«Und hast du keine fürsorgliche Schulfreundin mit einer fürsorglichen Mutter, bei denen du bleiben könntest?»

Lucy war ein bisschen beschämt, denn sie hatte keine. Natürlich hatte sie Schulfreundinnen, eine ganze Menge sogar, aber keine besonders enge, keine mit einer fürsorglichen Mutter. Emma Forbes war vielleicht ihre engste Freundin, aber ihre Mutter war die Herausgeberin einer Zeitschrift und dauernd unterwegs. Lucy kannte sie kaum und Emma war völlig auf sich allein gestellt und musste ihr Leben mit Hilfe eines Hausschlüssels und eines schwedischen Au-pair-Mädchens allein organisieren. Soviel sie auch klatschten und kicherten und die Köpfe zusammensteckten, Weihnachten hatte Emma bisher mit keinem Wort erwähnt.

Carrie wartete geduldig. Mit ihren verständnisvollen, dunklen Augen sah sie Lucy liebevoll an. «Ich dachte, ich könnte vielleicht nach Cornwall fahren, zu Großvater», sagte Lucy. «Aber ich war noch nie da und kann mich nicht mal an ihn erinnern, und Serena, Ben und Amy kenne ich überhaupt nicht. Granny kann ihn nicht ausstehen und ich darf nicht mal ihre Namen erwähnen, aber ich dachte, wenn sie keine andere Lösung finden, lassen sie mich vielleicht hinfahren.»

«Hättest du Lust dazu?»

«Ich glaube, ja. Aber ich bin noch nie ...» Sie ließ den Satz in der Luft hängen. «Vielleicht wollen sie mich ja sowieso nicht haben.»

«Ich finde es eine tolle Idee», sagte Carrie. «Und irgendwann solltest du sie wirklich besuchen. Aber nicht dieses Weihnachten. Ich habe nämlich mit Jeffrey telefoniert, als ich aus Österreich zurückkam. Sie haben das Haus proppenvoll mit Besuch.»

Lucys Hoffnungen schwanden. «Na ja. Das macht auch nichts ...»

«Aber irgendwann musst du sie besuchen. Im Frühjahr vielleicht. Sie wären begeistert, und du wirst von ihnen begeistert sein. Also müssen wir uns wohl was anderes einfallen lassen.»

Das *Wir* ließ Lucy aufhorchen. «Wir?»

«Ja. Du und ich. Waisen, im Sturm vereint. Was machen wir also?»

«Du meinst Weihnachten?»

«Natürlich meine ich Weihnachten.»

«In London?»

«London stell ich mir ziemlich langweilig vor. Vielleicht sollten wir verreisen.»

«Aber wohin?»

So einfach war die Frage nicht zu beantworten. Sie sahen sich gegenseitig an. Dann stand Carrie auf, trat ans Fenster, hob die Voilegardine hoch und starrte in den trostlosen Innenhof drei Stockwerke unter ihnen. «Ich habe eine Idee», sagte sie plötzlich. «Sie ist mir in diesem Moment gekommen.» Sie ließ die Gardine fallen, drehte sich um und setzte sich auf die Kante von Lucys Schreibtisch. «Hast du schon mal von Elfrida Phipps gehört?», fragte sie.

Lucy schüttelte den Kopf und war gespannt wie ein Flitzbogen.

«Sie ist unwiderstehlich. Eine Cousine von Jeffrey. Granny konnte Elfrida nie leiden, weil sie kein Blatt vor den Mund nimmt und obendrein Schauspielerin war. Und in ihrem Leben eine Menge Liebhaber und Ehemänner hatte. Die beiden haben nie auf einer Wellenlänge gelegen und Granny fand Elfrida immer unmöglich. Aber ich fand sie toll, und als ich in Oxford studierte, habe ich sie wieder getroffen und wir sind unzertrennliche Freundinnen geworden.»

«Wie alt ist sie denn?»

«Ach, uralt. Über sechzig. Aber unterhaltsamer als alle Leute, die du kennst.»

«Und wo wohnt sie?»

«Früher wohnte sie in London, aber dann ist ihr ... na ja, er war eigentlich nicht ihr Mann, aber sie hat ihn vergöttert ... er ist gestorben und sie ist aufs Land gezogen. Irgendwann, vor Jahren, musste sie operiert werden und ich habe sie damals gepflegt. Seitdem sind wir in Kontakt geblieben. Jetzt lebt sie in einem kleinen Dorf in Hampshire, in einem winzigen Haus, wie sie sagt. Aber für mich und dich ist bestimmt Platz, und wenn es keinen Platz gibt, dann wird Elfrida welchen schaffen. Was hältst du von der Idee? Sollen wir's versuchen?»

«Wir beide?»

«Und Elfrida.»

«Für zwei Wochen?»

«Natürlich.»

«Hätte sie denn nichts dagegen?»

«Ich wette mein letztes Hemd, dass sie Feuer und Flamme wäre.»

«Und wie fragen wir sie?»

«Ich ruf sie an. Ich habe ihre Nummer.»

«Jetzt gleich?»

«Nein, nicht gleich. Wenn ich wieder in Putney bin. Die anderen brauchen nichts davon zu erfahren, bis alles unter Dach und Fach ist. Dann stellen wir sie vor vollendete Tatsachen.»

«Und wenn sie uns zu Weihnachten nicht will ...?»

«Nicht so pessimistisch sein, Lucy! Positiv denken ist die Parole. Und vorerst kein Wort. Das Geheimnis bleibt unter uns.» Carrie schob den Ärmel ihres Kaschmirpullovers hoch und sah auf die Uhr. «Himmel, schon beinahe eins. Ich bin am Verhungern, du auch? Granny hat gesagt, sie kann uns Suppe und Pastete vorsetzen, aber ich weiß nicht, ob mir das reicht. Wie wär's, wenn ich euch alle drei zum Lunch einlüde? Gibt es hier ein nettes, preiswertes Restaurant in der Nähe?»

«*Rosetti's*. Nur fünf Minuten zu Fuß.»

«Italienisch?»

«Ja, Spaghetti und so.»

«Mein Lieblingsessen. Was meinst du? Sollen wir unsere Mütter zusammentrommeln und ihnen sagen, dass wir sie verwöhnen?»

Lucy fiel die Verabredung mit Emma ein. «Ich wollte heute Nachmittag mit einer Freundin ins Kino. Wir treffen uns um halb zwei.»

«Wie kommst du dorthin?»

«Mit der U-Bahn.»

«Kein Problem. Wir gehen essen und dann spendier ich dir ein Taxi. Dann kommst du auf jeden Fall rechtzeitig.»

Das wurde ja immer besser. Erst Restaurant und jetzt auch noch Taxi. Lucy fragte sich, ob Carrie vielleicht als reiche Frau aus Österreich zurückgekommen war. Jedenfalls sah sie reich aus in ihrem eleganten Aufzug mit der flotten Haartolle und dem gepflegten Make-up ... beinahe wie die superschlanken Mannequins, die in Leder und Pelzen auf den extravaganten Seiten von *Vogue*, Grannys Lieblingszeitschrift, posierten. Lucy kam es vor, als sei sie unerwartet aus einer kalten, dunklen Ecke in strahlenden, warmen Sonnenschein hinausgetreten. Sie fühlte sich unbeschwert und erleichtert, dass sie Carrie wiederhatte, eine gütige Fee, die nur ihren Zauberstab zu schwingen brauchte. Zu ihrem Entsetzen traten ihr vor Rührung die Tränen in die Augen und ihr Gesicht verzog sich zum Weinen. «Ach, Carrie ...»

«Aber Lucy, wer wird denn weinen? Dazu gibt es doch gar keinen Grund. Was glaubst du, wie wir beide uns amüsieren werden.» Carrie öffnete die Arme und Lucy lehnte sich gegen ihre Tante, drückte ihre Wange in die weiche Wolle ihres Pullovers und atmete ihren Duft ein. Carrie war wirklich da. Zum Glück verschwanden die dummen Tränen, bevor sie ihr über die Backen kullern konnten, und nach einer Weile fand Lucy ein Taschentuch und putzte sich kräftig die Nase. «Entschuldige.»

«Keine Ursache. Und nun wasch dir schnell das Gesicht und zieh dir eine Jacke über, und dann überraschen wir die beiden andern mit der frohen Botschaft.»

«Aber nur wegen des Essens?»

«Nur wegen des Essens. Von unseren Plänen kein Wort, bis alles unter Dach und Fach ist. Ein Geheimnis zwischen uns beiden.»

Sie fand Dodie in der kleinen Küche, wie sie eher lustlos dabei war, den versprochenen Imbiss vorzubereiten. Sie hatte den Tisch gedeckt und war im Begriff, eine Dose zu öffnen.

«Lass das», sagte Carrie.

Verdutzt drehte Dodie sich zu ihrer jüngeren Tochter um. «Wieso?» In ihrer gepflegten Aufmachung und mit der tadellosen Frisur wirkte sie deplatziert in der Küche. Sie hatte sich nicht einmal eine Schürze umgebunden und hielt die Suppe weit von sich ab, als könne der Dosenöffner sie beißen.

«Weil wir alle ins Restaurant gehen. Ich lade euch ein. Lucy und ich haben beschlossen, dass wir uns ein bisschen verwöhnen müssen. Sie hat *Rosetti's* vorgeschlagen. Ist dir das recht?»

«Ja, natürlich.» Trotzdem schien Dodie Einwände zu haben. «Ich dachte, wir hätten uns auf Suppe und Pastete geeinigt. Bei mir.»

«Stimmt. Haben wir. Aber wir haben uns nun anders entschieden.»

«Es ist fast ein Uhr. Bekommen wir denn noch einen Tisch?»

«Warum nicht? Willst du sie anrufen? Hast du die Nummer?»

«Ich glaube ja.»

«Dann tu das. Die Dosensuppe könnt ihr später noch essen. Wo ist Nicola?»

«Im Wohnzimmer.»

«Beleidigt?»

«Nein. Entzückt von sich selbst.»

«Können wir ein Abkommen treffen? Kein Wort beim Essen über Florida? Lucy hat die Nase voll.»

«Und ich erst!»

Nicola saß tief im Sessel versunken und blätterte in der neuen Ausgabe von *Harper's and Queen*, die sie sich auf dem Heimweg vom Reisebüro gekauft hatte. «Suchst du dir deine neue Garderobe für Florida aus?»

Nicola schlug die Zeitschrift zu und ließ sie auf den Boden fallen. «Ich weiß, was du denkst, Carrie, aber es lässt mich eiskalt.»

«Warum auch nicht? Und warum solltest du nicht nach Florida fahren, wenn du Lust dazu hast?»

«Ist das wirklich dein Ernst?»

«Jedenfalls besser, als hier herumzuhängen, schlechte Laune zu verbreiten und zu maulen.»

«Herzlichen Dank.»

«Ach, Nicola ...» Carrie setzte sich auf die Sofalehne. «Lass uns Frieden schließen. Wir gehen gemeinsam essen. Das wird uns alle aufmuntern. Und kein Wort über Florida, Bournemouth oder Weihnachten.»

«Ist das Lucys Idee?»

«Nein, meine. Übrigens muss ich dir ein Kompliment machen. Sie sieht nicht nur reizend aus, sondern ist reizend, was man nicht von vielen Vierzehnjährigen behaupten kann. Sie ist dir prächtig gelungen.»

«Na ja.» Nachdem Carrie ihr so den Wind aus den Segeln genommen hatte, ließ Nicola sich zu einem halbherzigen Lächeln herbei. «Danke.» Und dann fügte sie hastig hinzu: «Aber leicht war es nicht.»

«Das ist nun mal so mit der Kindererziehung. Aber ich versteh nichts davon. Und nun mach dich auf die Socken. Ma ruft im Restaurant an, damit sie uns einen Tisch freihalten. Lucy und ich haben Appetit auf eine Riesenportion Carbonara.»

Über dem Kamin ihrer Mutter hing ein goldgerahmter venezianischer Spiegel, in dem sich das Wohnzimmer in seinem eleganten Charme spiegelte. Nicola stand auf, betrachtete sich prüfend im Spiegel, schob ihr Haar zurecht und fuhr sich mit dem kleinen Finger über die Lippen. Die Blicke der Schwestern trafen sich im Spiegel. «Ein Problem ist noch immer nicht behoben.»

«Ich werde versuchen, eine Lösung zu finden.»

«Carrie, warum bist du aus Österreich zurückgekommen?»

«Ach.» Carrie zuckte die Achseln. «Eine spontane Entscheidung.»

«Na ja, was immer dahinter stecken mag, ich bin dir jedenfalls dankbar.» Nicola langte nach ihrer Jacke. Dann vermasselte sie alles wieder mit den Worten: «Wenigstens kann ich nun endlich auch mal aufatmen.»

Der Lunch stellte sich als glänzende Idee heraus. Dodie und Nicola waren versessen auf Restaurants und ihre Laune hob sich bereits sichtlich, als die kleine Gruppe zu Fuß den kurzen Weg von Farnham Court zu *Rosetti's* zurücklegte. Der kalte graue Dezembertag bot Dodie Gelegenheit, sich in ihren pelzbesetzten, neuen schwarzen Mantel zu hüllen, und als sie durch die Glastür in das warme, köstlich duftende Restaurant vorausschritt, stürzte eine ganze Schar charmant lächelnder Italiener zum Empfang auf sie zu, um ihr aus dem Mantel zu helfen, sodass sie sich begehrt und wichtig genommen vorkam. Das Restaurant war nicht groß, etliche Tische waren bereits besetzt, aber man hatte ihnen einen Ecktisch reserviert, und als alle saßen, ließ Carrie sich nicht lumpen und bestellte eine Runde Drinks, Gin Tonic für Dodie und Nicola, eine Cola für Lucy und einen Tio Pepe für sich selbst. Dann suchte sie eine Flasche Wein zum Essen aus. Angeregt durch den Alkohol und die angenehme Atmosphäre des kleinen Restaurants, entspannten sich die Gemüter, und wenn das Gespräch auch nicht gerade sprühte, so verlief es doch einigermaßen locker.

Schließlich hatten sie sich alle seit Jahren nicht gesehen und mussten eine ganze Menge Klatsch und Tratsch aufholen. Alte Freunde, alte Bekannte, entfernte Verwandte. Dodie schwärmte von ihren Kreuzfahrten im Mittelmeer und besonders von einer griechischen Insel, in die sie sich verliebt hatte. «Mein Traum wäre es, mir dort ein kleines Haus zu bauen.» Und Carrie berichtete auf ihre Fragen von Oberbeuren und dem Zauber der Berge im Sommer, wenn Wanderer in dem großen Hotel übernachteten und aus den verschneiten weißen Hängen grüne Almen wurden, wo das Vieh weidete und Kuhglocken in der glasklaren Luft läuteten.

Dodie und Nicola hielten Wort, und Weihnachten, Florida oder Bournemouth wurden mit keinem Wort erwähnt.

Als sie den Kaffee getrunken hatten und Carrie die Rechnung beglich, musste Lucy aufbrechen. Einer der eilfertigen Ober ging nach draußen auf die Straße und wartete mit im Wind flatternder weißer Schürze auf dem eiskalten Bürgersteig, bis er ein Taxi erspäht hatte und es herbeiwinken konnte. Carrie gab Lucy das Fahrgeld und sie sahen zu, wie sie einstieg. Lucy beugte sich auf dem Sitz vor und kurbelte das Fenster herunter.

«Ich habe mich gar nicht bei dir bedankt, Carrie. Das war eine richtige Überraschung.»

«Keine Ursache. Und viel Spaß im Kino. Ich ruf dich an.»

«Warte nicht zu lange.»

«So schnell es geht. Ich werd mich beeilen.»

Nicola war sehr viel nüchterner. «Lucy, wann bist du wieder zu Hause?»

«Gegen sieben.»

«Sei vorsichtig.»

«Mach ich.»

Das Taxi rollte davon und die drei standen da und schauten ihm nach. Dann schlenderten sie langsam in Richtung Themse zurück. An der Ecke Farnham Road blieben sie stehen, um sich zu verabschieden.

«Du hast uns richtig aufgemöbelt.» Dank des guten Essens und einer gehörigen Menge Alkohol war Dodie in großmütiger Stimmung. «Wie schön, dass du wieder zu Hause bist. Wir hören voneinander. Sag uns Bescheid, was du vorhast.»

«Ja, natürlich. Tschüs, Ma.» Carrie gab ihrer Mutter einen flüchtigen Kuss auf die Wange. «Tschüs, Nicola. Sehen wir uns noch, bevor du abfliegst?»

«Vermutlich ja. Ich bin ja da. Und danke für den Lunch.»

«Falls ich dich nicht mehr sehe, amüsier dich gut.»

«Genau das habe ich vor.»

Sie trennten sich. Carrie sah ihnen nach, zwei grotesk identischen Frauen, jede ausschließlich mit ihren eigenen Angelegenheiten und Sorgen beschäftigt. Die beiden hatten sich nicht verändert. Sie machte sich in entgegengesetzter Richtung auf den Weg, und erst als sie die Putney Bridge halbwegs überquert hatte und der Ostwind ihr kalt und feucht auf den Wangen brannte, fiel ihr Saras Zettel auf dem Küchentisch ein und dass sie Gemüse zum Essen und ein Päckchen Tee mitbringen sollte. Also betrat sie einen pakistanischen Laden in der Putney High Street und lud Blumenkohl, Lauchstangen und winzige neue Kartoffeln in ihren Korb. Sie kaufte Teebeutel, einen Laib frisches Roggenbrot und zwei Flaschen Jacob's Creek. Der attraktive, junge Mann an der Kasse verstaute alles in einer Tüte und nahm ihr das Geld aus der Hand.

«Lieber Gott», sagte er. «Ist das heute ein kalter Tag. Sie werden froh sein, wenn Sie zu Hause sind.»

Carrie pflichtete ihm bei, bedankte sich und trat in den verhangenen Winternachmittag hinaus, der bereits zu dämmern begann. Die Autos hatten die Scheinwerfer eingeschaltet und die Schaufenster warfen große, leuchtende Quadrate auf das feuchte Straßenpflaster. Als Carrie das kleine Reihenhaus der Lumleys schließlich erreichte, waren ihre Hände zu Eis gefroren und sie hatte Mühe, den Handschuh auszuziehen und den Schlüssel im Schloss zu drehen. Drinnen schaltete sie das Flurlicht an, stellte die Alarmanlage aus und war dankbar für die wohlige Wärme. Sie ging in die Küche, stellte die Tüte auf dem Küchentisch ab, füllte noch im Mantel den Wasserkocher und schaltete ihn an. Dann zog sie die blauweiß gewürfelten Vorhänge zu und packte die Lebensmittel aus. Inzwischen kochte das Wasser und sie machte sich einen Becher Tee. Schließlich zog sie den Mantel aus, hängte ihn über die Stuhllehne, zog ihr Adressbuch aus der Handtasche und ließ sich neben dem Telefon nieder.

Elfrida Phipps, Poulton's Row, Dibton. Carrie nahm den Hörer ab und wählte die Nummer. Sie hörte das Rufzeichen am anderen Ende der Leitung und wartete. Sie wartete lange, aber niemand nahm ab. Offenbar hatte Elfrida es nie für nötig gehalten, sich einen Anrufbeantworter zuzulegen. Vielleicht war sie unterwegs. Carrie gab auf, trank ihren Tee und ging nach oben, um ihren Mantel aufzuhängen und die Schuhe zu wechseln. Wieder unten, zog sie die Vorhänge im Wohnzimmer zu und machte das Kaminfeuer an. Dann kehrte sie in die Küche zurück und versuchte es noch einmal bei Elfrida. Wieder kein Glück. Nach dem dritten Versuch – inzwischen hatte sie den Blumenkohl gewaschen und eine Marinade für die Hühnerbrüste gemacht – begann sie sich Sorgen zu machen. Schließlich hatten sie lange nichts voneinander gehört. Elfrida war nie eine große Briefschreiberin gewesen, sie bevorzugte das Telefon, aber sie war immer *da* gewesen. Vielleicht war sie gestorben. Schrecklicher Gedanke. Diese Möglichkeit traf Carrie wie ein Blitz, aber dann siegte ihr gesunder Menschenverstand, denn sie wusste, wenn Elfrida etwas passiert wäre, hätte Jeffrey sie informiert.

Jeffrey. Natürlich. Sie würde ihren Vater anrufen. Der wusste bestimmt, wo seine Cousine sich herumtrieb. Seine Nummer in Emblo kannte Carrie auswendig, also nahm sie den Hörer noch einmal in die Hand und wählte. Dieses Mal hatte sie Glück, Jeffrey nahm beinahe umgehend ab.

«Jeffrey Sutton.»

«Jeffrey, hier ist Carrie.»

«Hallo, mein Schatz. Wie geht's?»

«Gut. Aber kalt hier.»

«Ist das nicht ein höllisches Wetter? Uns fegt es hier förmlich von den Klippen.»

«Was macht Serena? Und Ben und Amy?»

«Denen geht's gut. Serena holt die beiden gerade von der Schule ab. Und ich sitze hier in aller Ruhe und schreibe Schecks und bezahle Rechnungen. Was kann ich für dich tun?»

«Hast du einen Augenblick Zeit?»

«Einen längeren Augenblick?»

«Vielleicht eine Stunde ...»

«Um Himmels willen, ist was passiert?»

«Ich suche Elfrida. Ich rufe dauernd in Dibton an, aber es antwortet niemand.»

«Sie ist nicht da.»

«Nicht *da*?»

«Sie ist in Schottland.»

«Was macht sie denn in Schottland?»

«Sie ist bereits vor einem Monat raufgefahren.»

«Warum hast du mir letzte Woche nichts davon gesagt?»

«Wir mussten über wichtigere Dinge sprechen. Zum Beispiel über dich.»

«Natürlich.» Carrie schämte sich ein bisschen. «Du hast Recht. Entschuldige bitte.»

«Ich hatte keine Ahnung, dass du an Elfridas Verbleib interessiert warst.»

«War ich auch noch nicht. Aber sag mal, was will sie denn in Schottland?»

«Das ist eine lange Geschichte», erwiderte Jeffrey und fing dann an, ihr die Sache in aller Ausführlichkeit zu erzählen. Dass Elfrida in Dibton diese Freunde hatte. Eine Familie namens Blundell. Sie waren unheimlich nett zu Elfrida gewesen und Elfrida hing sehr an ihnen. Aber dann hatte das Schicksal zugeschlagen, eine Tragödie, denn Mrs. Blundell und ihre Tochter waren beide bei einem grässlichen Verkehrsunfall ums Leben gekommen. In seiner Verzweiflung hatte Mr. Blundell Dibton verlassen und war nach Schottland geflohen, wo er offenbar ein kleines Anwesen hatte. Und Elfrida war mitgefahren.

Während Carrie dieser traurigen Geschichte mit einiger Bestürzung zuhörte, schüttelte sie im Stillen den Kopf. Sie kannte Elfrida ziemlich gut. Sie wusste, dass sie herzensgut und impulsiv war und sich um den kommenden Tag wenig Sorgen machte. Trotzdem klang alles nach einer sehr überstürzten Entscheidung.

«Ist sie verliebt in den Mann?», fragte sie, einer spontanen Eingebung folgend.

«Ich weiß es nicht, Carrie. Ich weiß wirklich nicht, was los ist. Sie hat mir am Telefon davon erzählt, aber sie klang eher niedergeschlagen als himmelhoch jauchzend.»

«Dann ist sie wohl nicht verliebt, sondern hat einfach Mitleid.»

«Sie sagte mir, er hätte sie gebeten, zum Trost und zur Gesellschaft mitzufahren, und sie hätte eingewilligt.»

«Ich frage mich, was sie mit Trost meint.»

«Sie wollten am nächsten Tag aufbrechen, mit dem Auto, und die lange Fahrt in Etappen vornehmen.»

«Wo in Schottland sind sie denn?»

«In Sutherland. Ganz hoch oben im Norden. Ich hab die Adresse und die Telefonnummer irgendwo, weil ich nicht wollte, dass Elfrida ins Ungewisse verschwindet, ohne dass jemand weiß, wo sie ist.»

«Hast du seitdem von ihr gehört?»

«Nein. Ich nehme an, sie hat andere Dinge im Kopf.»

«So ein Mist», sagte Carrie in ihrer Frustriertheit.

«Warum das denn?»

«Ich muss unbedingt mit Elfrida sprechen.»

«Ist was nicht in Ordnung?»

«So kann man's nennen.»

«Mit dir?»

«Nein. Nicht mit mir. Mit deiner Enkelin, Lucy Wesley.»

«Schieß los.»

Nun war Carrie an der Reihe. Sie versuchte, ihrem Vater die hoffnungslose Situation in Farnham Court in möglichst knappen Worten zu erklären. Nicola wild entschlossen, Weihnachten mit ihrem neuen Freund in Florida zu verbringen. Lucy nicht zu bewegen mitzufahren. Dodie unwillig, sich um Lucy zu kümmern, und erpicht, die Feiertage im feudalen *Palace Hotel* in Bournemouth zu verbringen. Und sowohl Nicola wie Dodie zu keinen Kompromissen bereit.

«Sie haben sich in eine regelrechte Sackgasse manövriert», schloss sie ihren Bericht.

«Und Lucys Vater?»

«Fährt zum Skilaufen. Nicht an ihr interessiert. Es ist alles entsetzlich unfair, dabei ist sie ein solch nettes Mädchen, sie hat's wirklich besser verdient. Ich habe nichts dagegen, mich Weihnachten ihrer anzunehmen, aber ich habe kein Haus und keinen Job, und deshalb habe ich an Elfrida gedacht.»

«Ihr solltet zu *uns* kommen.» Jeffrey klang wie das lebendige schlechte Gewissen und Carrie beeilte sich, ihn zu beruhigen.

«Das geht nicht, Jeffrey. Ich weiß, dass ihr keinen Platz für uns habt, und es wäre unfair Serena gegenüber.»

«Warum rufst du Elfrida nicht in Schottland an? Sie würde sich bestimmt über deinen Anruf freuen und mehr als nein kann sie schließlich nicht sagen. Du wirst die Geschichte mit Mr. Blundell aus ihrem eigenen Mund hören und bist dann weitaus besser im Bilde als ich.»

Carrie zögerte. «Ist das nicht ein bisschen aufdringlich?»

«Finde ich nicht.»

«Ich habe seit einer Ewigkeit nicht mit Elfrida gesprochen, geschweige sie gesehen.»

«Umso mehr Grund, anzurufen. Bleib am Apparat und ich suche dir die Nummer und die Adresse heraus. Ich hab sie irgendwohin gesteckt ...»

Carrie blieb am Apparat. Durch den Hörer konnte sie hören, wie Schubladen geöffnet und zugeknallt und Papiere durchwühlt wurden. *Eine Schnapsidee*, sagte eine innere Stimme zu ihr. *Kein Mensch fährt so weit, bloß um Weihnachten zu feiern.* Aber eine andere Stimme sagte: *Warum eigentlich nicht?*

«Carrie?» Jeffrey war wieder da. «Hast du was zu schreiben?» Carrie sah sich um und fand Saras Einkaufsliste und einen Kuli in einem blauweißen Becher. «Hier ist die Telefonnummer.» Sie schrieb sie auf. «Und dies ist die Adresse. Verwalterhaus. Creagan. Sutherland.»

«Klingt großartig.»

«Ist es aber wohl nicht.»

«Wie schreibt man Creagan?»

Er buchstabierte es.

«Vielleicht sollte ich doch lieber schreiben.» Carrie kamen zunehmend Bedenken.

«Feigling. Und es dauert viel zu lange. Ruf sie an. Sofort. Sprich mit Elfrida. Und, Carrie …»

«Ja?»

«Grüß sie von mir.»

OSCAR

MITTEN IM Winter war es ein fremdes Land. Monoton, unter einem Himmel, den der Wind weiß gescheuert hatte. Die zur Küste hin abfallenden Hügel waren bereits von einer dünnen Schneedecke überzogen und das Weiß des Schnees ging so unauffällig in die Wolken über, dass die Konturen der Hügelkuppen unscharf waren, als hätte der trostlose Himmel sie bereits verschlungen.

Die Landschaft kam Oscar fremd vor, weil er sie anders in Erinnerung hatte. Als Junge war er immer im Sommer bei seiner Großmutter auf Corrydale gewesen, wenn die Nachmittage in diesen nördlichen Breiten sich bis zehn oder elf Uhr abends hinzogen und die langen Schatten der Bäume noch beim Zubettgehen auf goldene, in Sonnenlicht getauchte Rasenflächen fielen.

Jetzt befand er sich auf einem Spaziergang mit Horaz. In seiner gefütterten Jacke gegen die Kälte gewappnet, war er nach dem Mittag aufgebrochen, einen derben Stock in der Hand, den uralten Tweedhut tief in die Stirn gezogen. Er trug feste Wanderstiefel, und sobald er die Straßen der kleinen Stadt hinter sich gelassen und den Hügel zum Gatter oberhalb des Golfplatzes erklommen hatte, schritt er forscher aus, sodass er die Kälte bald vergaß und unter den diversen wärmenden Wollschichten seinen Körper und seinen beschleunigten Herzschlag spürte.

Horaz sprang munter vor ihm her, während sie einem Pfad oberhalb des Golfplatzes folgten, der sich durch dichtes Ginstergebüsch schlängelte. Nach ungefähr einer Meile führte der Weg über einen Zaunstieg und dann an den Schienen einer stillgelegten Eisenbahnlinie entlang, auf der Oscar einmal, von London kommend, mit einer kleinen Bimmelbahn und zahlreichen Unterbrechungen an von Hand betriebenen Bahnschranken nach Creagan getuckert war.

Stahlgrau und abweisend lag das Meer unter winterlichem Himmel zu seiner Rechten, hinter dem Golfplatz und den Dünen. Es herrschte Ebbe. Wenn Oscar stehen blieb, konnte er die Brandung auf dem Strand und die Schreie der Möwen hören, die der Wind zu ihm herübertrieb. Während er den Möwen nachschaute, sah er zu seinem Erstaunen, dass einige unverdrossene Golfspieler auf den Fairways unterwegs waren, auffällig gekleidete Gestalten, die ihre Golftrolleys hinter sich herzogen. Er erinnerte sich, dass seine Großmutter beim Golfspielen gern einen Caddie engagiert hatte, immer denselben Mann, einen alten Süffel namens Sandy, der den Golfplatz mit all seinen Tricks wie seine Westentasche kannte und seine Großmutter fachmännisch beriet. Sandy hatte immer ein paar Gläschen intus, aber wenn er für Mrs. McLennan den Caddie machte, dann setzte er die Miene eines nüchternen Experten auf und benahm sich entsprechend.

Die alten Bahnschienen verliefen sich im dichten Ginstergesträuch, und als Oscar das Gebüsch umrundet hatte, sah er, dass sie am Ende des Golfplatzes angekommen waren, am neunten Loch, wo der Platz eine Wende machte. Vor ihm breitete sich das nächste Stück Küste aus, eine flache, geschwungene Bucht mit einer alten Pier und einer Gruppe von niedrigen Fischerhütten, die geduckt dem scharfen Seewind trotzten.

In diesem Augenblick hörte er Stimmen. Eine Männerstimme rief etwas, Gesprächsfetzen drangen zu ihm herauf. Er wandte den Kopf und sah unter sich eine Gruppe von vier

Männern auf dem Weg zum neunten Loch. In seiner Befürchtung, Major Billicliffe könnte unter ihnen sein, ihn entdecken, vorstellen und womöglich in ein zwangloses Gespräch hineinziehen, blieb er unwillkürlich stehen und hoffte, sich dadurch unsichtbar zu machen. Zum Glück stellten sich seine Befürchtungen als unbegründet heraus. Der baumlange Major Billicliffe in seinen unverwüstlichen Tweedknickerbockers war nicht dabei. Stattdessen sah Oscar vier untersetzte Gestalten in farbigen Jacken, imprägnierten Hosen, weißen Golfschuhen und amerikanischen Baseballmützen. Billicliffe wäre nie auf einen solch modischen Aufzug verfallen.

Major Billicliffe war der Hauptgrund, warum Oscar sich seit seiner Ankunft in Creagan so rar gemacht hatte. Nur auf Elfridas Drängen war er von Zeit zu Zeit zu bewegen gewesen, im gegenüberliegenden Supermarkt Brot zu kaufen oder ihren Biervorrat aufzufüllen. Auch sein täglicher Spaziergang führte nicht über den Zeitungsladen hinaus, wo er die *Times* und den *Telegraph* holte. Dabei hielt er immer die Augen offen, falls Billicliffe mit lautstarken Begrüßungsworten und Einladungen in sein schreckliches Haus aus dem Hinterhalt auftauchen sollte.

Elfrida fand sein Benehmen geradezu kläglich. «Er ist doch harmlos, Oscar. Ein einfältiger alter Mann. Du musst bestimmt sein, wenn du ihn triffst. Höflich, aber bestimmt.»

«Er ist ein schrecklicher Langweiler.»

«Du kannst doch nicht für den Rest deines Lebens im Haus hocken. Das ist einfach lächerlich.»

«Ich hocke nur im Haus, weil das Wetter, um es gelinde zu sagen, unfreundlich ist.»

«Unsinn. Du hast den ganzen Samstag Blätter im Garten zusammengeharkt. Bei strömendem Regen.»

«Billicliffe kann schließlich nicht in meinen Garten kommen.»

«Aber er könnte über die Mauer gucken.»

«Mal bloß nicht den Teufel an die Wand.»

Der Spaziergang mit Horaz war Oscars erster richtiger Vorstoß in die Landschaft. Er hatte sich aufgerafft, weil er mit einem Mal eine innere Unruhe, eine nervöse Energie verspürt und das körperliche Bedürfnis gehabt hatte, die Beine zu bewegen. Selbst die Aussicht, Major Billicliffe zu begegnen, konnte ihn nicht zurückhalten, und schließlich hatte Elfrida Recht, er konnte nicht den Rest seiner Tage im Haus hocken und sich jedes Mal hinterm Sofa verstecken, wenn es an der Haustür klingelte.

Es war alles sehr vertrackt. Denn ausgerechnet Billicliffe, der ehemalige Verwalter von Corrydale, hatte den Schlüssel für das *Estate House* in Verwahrung, sodass ein Besuch bei ihm unumgänglich war, um an den Schlüssel zu kommen.

Die Begegnung war kein gutes Omen gewesen. Nach der endlosen winterlichen Fahrt von Hampshire herauf, für die sie zwei Tage gebraucht hatten, waren Oscar und Elfrida beide völlig erschöpft. Sie hatten die Autobahn genommen, und Dauerregen, Fernlaster und wahnwitzige Autofahrer auf der Überholspur hatten sie völlig entnervt. Als sie die Grenze nach Schottland überquerten und auf das höher gelegene Soutra zufuhren, war der Regen erst in Schneeregen und dann in richtigen Schnee übergegangen, sodass das Fahren immer anstrengender wurde.

Elfrida hatte vorgeschlagen, noch einmal irgendwo anzuhalten und eine geruhsame Nacht einzulegen, aber Oscar wollte endlich das Ziel erreichen, und so waren sie weiter nach Norden vorgedrungen. Auf der Höhe von Drumochter lag der Schnee bereits zwanzig Zentimeter hoch, sodass sie im Windschatten eines riesigen Lastwagens dahingekrochen waren, in der stillen Hoffnung, dass es im Ernstfall den Laster zuerst treffen würde.

Der Abend brach früh an. Die letzten Meilen mussten sie in völliger Dunkelheit zurücklegen. Außerdem ließ Oscar sein Gedächtnis im Stich. Die neu gebauten Strecken und Umgehungsstraßen versetzten ihn in totale Verwirrung.

«Warum muss sich immer alles verändern?», beklagte er sich verdrossen, während er im Schein einer Taschenlampe die Landkarte zu lesen versuchte.

«Sei doch froh», sagte Elfrida entschieden. «Wenigstens brauchen wir nicht auf einspurigen, gewundenen Landstraßen dahinzuschleichen.»

Die Suche nach Billicliffes Haus gab ihnen den Rest. «Billicliffe wohnt jetzt in Fergussons altem Häuschen», hatte Hector Oscar erzählt, als der ihn um nähere Informationen und Anweisungen bat. «Du erinnerst dich doch an den alten Fergusson, Oscar. Gleich hinter dem großen Parktor links den Weg hoch und dann wieder rechts. Ich ruf ihn an und sag ihm, dass du kommst.»

Aber irgendwie mussten sie die Abzweigung verpasst haben, denn plötzlich sah Oscar ein Schild vor sich: CORRYDALE COUNTRY HOTEL.

Also mussten sie umständlich wenden und den Weg zurück finden. Alles sah merkwürdig verändert aus. Wo waren die Buchen und die Hortensienbüsche geblieben? Die ganze grüne Parklandschaft hatte sich in umgepflügtes Ackerland verwandelt.

Inzwischen war es sechs Uhr abends und sowohl Oscar als auch Elfrida hatten die Nase gründlich voll.

«Ich kann hier weit und breit kein Haus sehen.» Verzweiflung begann sich in Elfridas Stimme bemerkbar zu machen. *Dass sie nur ja nicht die Nerven verliert*, betete Oscar im Stillen. Elfrida hatte die ganze Zeit eine himmlische Ruhe bewahrt und der Gedanke, sie womöglich mit seiner eigenen Mutlosigkeit angesteckt zu haben, war ihm unerträglich. «Bist du sicher, dass wir auf der richtigen Straße sind?»

Oscar war alles andere als sicher. Er war sich über gar nichts mehr sicher. «Vielleicht sind wir für solche Fahrten ins Blaue inzwischen einfach zu alt», meinte er.

«Nun hör aber auf. Es ist doch nicht unsere Schuld, wenn wir das alberne Haus nicht finden können.»

Schließlich stießen sie ganz durch Zufall darauf. Sie bogen in einen holprigen Feldweg ein, der sich im Nichts zu verlaufen schien, dann aber wie durch ein Wunder doch zu einem weiteren Tor, einem schmalen Weg, einem allein stehenden kleinen Steinhaus mit einem einzigen schwach erleuchteten, verhangenen Fenster führte, das sich tief geduckt gegen den Wind lehnte.

«Ist es das?», fragte Elfrida mit einem Anflug von Skepsis in der Stimme.

Eindeutig und unverkennbar. Oscar stieß einen Seufzer der Erleichterung aus. «Das ist es.»

Elfrida fuhr vor und die Räder von Oscars Wagen hielten knirschend auf dem groben Kies. Im Scheinwerferlicht sahen sie eine ländliche Holzveranda, eine geschlossene Tür. Elfrida stellte den Motor ab. Im selben Augenblick wurde die Stille von ohrenbetäubendem Gebell und wildem, unheimlichem Geheul zerrissen, sodass sie beide vor Schreck fast aus der Haut fuhren.

«Um Himmels willen», sagte Elfrida.

«Ein Hund», bemerkte Oscar lakonisch.

«Eine Bulldogge. Ein Rottweiler. Ein Bluthund. Ein Berserker. Ich steige aus diesem Auto nicht aus. Dazu ist mir mein Leben zu lieb.»

Aber dann hörten sie das barsche Kommando einer menschlichen Stimme und das Zuschlagen einer Tür. Das Bellen brach ab. Der arme, geduldige Horaz hatte sich auf dem Rücksitz aufgerichtet und spähte verschreckt aus dem Fenster. Es war klar, dass auch ihm sein Leben lieb war. Sie warteten.

«Wir lassen uns nur schnell den Schlüssel geben und fahren gleich weiter», sagte Oscar. «Bloß kein langes Palaver.»

«Ganz wie du willst.»

Die Tür des Häuschens öffnete sich. Ein spärlich beleuchteter Flur wurde sichtbar. In der Tür stand eine riesige, hagere Gestalt, die mit gebeugten Knien unter dem niedrigen Türrahmen hindurchpeilte und schützend die Hand gegen das blendende Scheinwerferlicht über die Augen hielt. Rücksichtsvoll schaltete Elfrida die Scheinwerfer aus.

«Blundell? Sind Sie's? Schon auf Sie ...»

Der Satz wurde nicht zu Ende gesprochen. Er blieb einfach in der Luft hängen.

Steif und entnervt vor Erschöpfung stiegen Oscar und Elfrida aus. Oscar spürte, wie seine Knie knackten. Die Luft draußen war bitterkalt.

«Tut mir Leid», sagte er entschuldigend, obwohl sie wirklich kaum eher hätten eintreffen können. «Nicht so einfach, im Dunkeln hierher zu finden. Es ist alles so fremd. Wir kommen wegen des Schlüssels, wollen aber ...»

Er hatte «wollen aber gleich weiterfahren» sagen wollen, doch Major Billicliffe kam ihm zuvor.

«Natürlich. Den hab ich. Kommen Sie rein. Wollte mir gerade ein Gläschen gönnen. Leisten Sie mir Gesellschaft.»

«Eigentlich ...»

«Famos, Sie zu sehen. Hab schon gewartet. Kommen Sie rein aus der Kälte.»

Er trat beiseite, hielt einladend die Tür auf und nach kurzem Zögern gab Oscar nach, obwohl er nichts als den Schlüssel wollte, um die grässliche Reise hinter sich zu bringen, Creagan zu erreichen und endlich sein Haus in Besitz nehmen zu können. Aber ein kleiner Willkommenstrunk schien unumgänglich.

«Danke», sagte er halbherzig und schob Elfrida mit einer Hand vor sich her. «Dies ist meine Freundin Elfrida Phipps. Sie war so nett, mich auf der Reise zu begleiten.»

«Famos. Famos. Verdammt langer Weg. Freut mich, Ihre Bekanntschaft zu machen, gnädige Frau.» Er ergriff Elfridas Hand und einen beängstigenden Augenblick lang fürchtete Oscar, er würde sie auf seine altmodisch galante Art küssen.

«Guten Abend», sagte Elfrida.

«Und nun machen wir die Tür zu und schließen die verdammte Kälte aus. Kommen Sie herein ...»

Sie folgten ihm in ein niedriges, kleines Wohnzimmer, das von einem spärlichen Feuer in einem gekachelten Kamin nur notdürftig erwärmt wurde. Es herrschte ein Zustand trostloser Unordnung. Durchgesessene Ledersessel, ein zerschlissener Läufer, ein Teppich voller Hundehaare, Aschenbecher, die von Pfeifenasche überquollen.

An der gegenüberliegenden Seite des Zimmers war eine zweite Tür, hinter der der wütende Hund eingeschlossen war. Winseln und schweres Keuchen drangen durch die Tür. Gelegentlich krachte es und die Tür bebte im Schloss, wenn das gefangene Untier in seiner unendlichen Frustration sich mit seinem ganzen Gewicht dagegenwarf.

Verständlicherweise konnte Elfrida eine leichte Nervosität nicht verbergen. «Was ist denn das für ein Hund?», fragte sie.

«Ein Labrador», erwiderte Major Billicliffe. «Treue, alte Seele. Tut keiner Fliege was zuleide.»

Auf dem Kaminsims über dem Feuer befand sich ein Sammelsurium von Gegenständen: schmutzige Becher, ein Golfball, eine Uhr, die um Viertel nach zwölf stehen geblieben war, ein paar uralte Postkarten und Einladungen mit Eselsohren sowie ein Lederetui, in dem Major Billicliffe sein Hörgerät aufbewahrte. Bevor er irgendetwas anderes tat, holte er das Gerät hervor und steckte es sich in die riesigen roten Ohren. Oscar und Elfrida sahen fasziniert zu, wie er ein paar Mal mit der Fingerspitze nachhalf, bevor er mit dem Empfang zufrieden war. Dann wandte er sich ihnen mit einem Ausdruck großer Befriedigung auf dem Gesicht wieder zu, als hätte er eine komplizierte Aufgabe glänzend gelöst.

«Besser so. Hab sie selten drin. Manchmal vergesse ich, wo ich sie hingelegt habe. Also, was kann ich Ihnen anbieten?»

Er bahnte sich einen Weg zu dem alten, mit einer Unzahl von Flaschen beladenen Teewagen, auf dessen unterstem Bord ein oder zwei schmierige Gläser bereit standen. «Die Bar ist geöffnet.»

Oscar hätte am liebsten eine Tasse Tee getrunken, aber das hätte viel zu viel Zeit gekostet. «Ein Scotch wäre schön. Ein ganz kleiner Schuss. Und viel Wasser ...»

«Und die gnädige Frau?»

Elfrida sah ein bisschen verdutzt aus. Ihr war ebenfalls nach einer heißen Tasse Tee zumute. Aber sie sagte tapfer: «Einen Sherry?»

«Hab ich auch irgendwo. Wo ist die Flasche?» Er hielt sie hoch. Der Boden war mit einem winzigen Rest Flüssigkeit bedeckt. «Reicht gerade für einen.»

Während des Einschenkens hörte Major Billicliffe nicht auf zu reden. Oscar und Elfrida standen stumm vor dem kümmerlichen Feuer. «Fürchte, der Haushalt liegt ein bisschen im Argen. Die Frau ist vor ein paar Jahren gestorben, müssen Sie wissen. Fehlt mir höllisch, aber was kann man machen? Hab 'ne Putzfrau, die eigentlich aufräumen und sauber machen soll.» Oscar sah zu, wie er ungeschickt mit Flaschen und Gläsern hantierte, Wasser auf den Teppich verschüttete und mit zittriger Hand ein Glas hochhob. Major Billicliffe war das reinste Wrack, klapprig wie eine Schindmähre auf dem Weg zum Abdecker, mit dünnen, bestrumpften Beinen, die in einem Paar riesiger, ungeputzter schwarzer Stiefel steckten. Sein kahler Kopf war mit spärlichen grauen Haarsträhnen bedeckt, seine Augen wässrig und gerötet. Der Schnurrbart war vom Tabak verfärbt und die gelben Zähne standen ihm schief und unregelmäßig im Mund. Man konnte ihn sich schwerlich als schneidigen Offizier in einem Regiment der britischen Armee vorstellen.

«Hector hat angerufen und gesagt, dass Sie kämen. Hervorragend. Wird Zeit, dass wir hier oben frisches Blut bekommen. Was macht der alte Knabe? Merkwürdig, dass wir uns nie begegnet sind, wir beide, aber ist ja auch Jahre her ... Ich bin seit den Sechzigern hier, direkt nach meiner Dienstzeit. Na, nicht ganz. Hab erst eine Ausbildung in Cirencester gemacht. Als Verwalter. Kann auch nicht jeder Dummkopf. Prima zum Angeln. Die Frau hat's ein bisschen einsam gefunden. Hat nicht geangelt. Ist mit den Hunden spazieren gegangen. Die olle Glotze hat sie bei Verstand gehalten.» Er hatte die Drinks glücklich eingeschenkt und kam nun, in jeder Hand ein Glas, auf wackligen Beinen zu ihnen herübergewankt. «Der Whisky ist ein bisschen blass um die Nase. Noch einen Schuss?»

«Perfekt», log Oscar.

Major Billicliffe kehrte zu seinem Teewagen zurück, um etwas gegen den eigenen Durst zu tun, der einen ungewöhnlich dunklen Whisky in einem kleinen Glas zu erfordern schien.

«Muss auch noch was zum Knabbern im Haus sein. Chips. Machen Sie sich's doch bequem.»

«Wir wollen nicht lange bleiben.»

«Keine fünf Minuten und Sie sind in Creagan.» Oscar und Elfrida blieb nichts anderes übrig, als nebeneinander auf dem Sofa Platz zu nehmen. Das Sofa stank nach Hund. Major Billicliffe ließ sich in seiner enormen Länge in den einzigen Sessel vor dem Kaminvorleger nieder. Seine knochigen Knie stachen unter dem fadenscheinigen Tweed seiner Knickerbockers hervor.

«Bin jetzt natürlich pensioniert. Nett von Hector, dass ich hier bleiben konnte, aber das Haus stand sowieso leer. Und Hughie schert sich nicht drum. Die Zeiten, wo die Landarbeiter auf dem Gut wohnten, sind längst vorbei. Alles angeheuerte Kräfte. Gewaltiger Maschinenpark. War 'ne gute Zusammenarbeit mit Hector, hat aber nicht lange gedauert. Hector ging, Hughie kam und die Mäuse tanzten auf dem Tisch. Orgien haben die im Gutshaus gefeiert. Regelrechte Orgien. Eine Schande. Immer mit schlechtem Beispiel voran. Ist der Drink gut so? Bin mit dem Kerl nicht fertig geworden. Waren bald geschiedene Leute, denn ich hatte die Nase voll und war sowieso pensionsreif. Alles nicht mehr so wie früher. Hughie hat sich nach Barbados verdrückt und den Laden verkauft. Hotel. Sie haben das Schild wahrscheinlich gesehen. Alles aus Glas und Chrom. Und die Barpreise der reinste Wucher. Ich lass mich da nicht blicken. Von dem ehemaligen Gut ist nur noch der Hof da. Der junge Thomson – sein Vater war Pächter – hat ihn damals gekauft. Scheint gut zu gehen. Aber, wie gesagt, ich lass mich da nicht blicken. Amüsier mich im Golfclub. Spielen Sie Golf? Famose, kleine Gruppe da unten. Sie sollten beitreten. Melden Sie sich an, wenn Sie Lust haben. Katzensprung von Ihrem Haus. Nettes, altes Ehepaar. Haben jahrelang dort gewohnt. Hießen Cochranes. Dann ist er abgetreten und sie lebt bei ihrer Tochter im Süden. Schwein gehabt, Sie. Dann ist da Mrs. Snead … hält das Haus in Schuss. Kommt und geht. Hector bezahlt sie wohl. Hat er was gesagt?»

Oscar nickte.

«Nette Frau. Nette Frau … Hab sie beim Schlachter getroffen. Sie wollte den Boiler in Gang bringen. Ich bin nicht mehr zuständig dafür, sonst hätte ich eine Generalinspektion vorgenommen.»

Oscar begann der Schweiß auszubrechen. «Der Schlüssel?»

Major Billicliffe zog fragend die Augenbrauen in die Höhe. «Wie?»

«Der Schlüssel. Zum Haus. Wenn Sie ihn mir geben, brauchen wir Sie nicht länger zu belästigen.»

«Ach ja. Muss irgendwo stecken.» Er kippte seinen Scotch mit zackiger Armbewegung, stellte das leere Glas ab, stand ächzend auf und wankte tatterig zu einem alten Rollpult mit offenem Deckel, in dem eine chaotische Unordnung herrschte. Vornübergebeugt kramte er eine Weile fahrig in dem Durcheinander, tastete die verschiedenen Fächer ab und machte Schubladen auf und zu. Schließlich rief er «Heureka!» und hielt einen altmodischen, großen Schlüssel in die Höhe, an dem ein zerknittertes Schild hing. «Wusste doch, dass ich ihn irgendwo hingelegt hatte. Mein Gedächtnis ist auch nicht mehr, was es mal war.»

Oscar und Elfrida hatten ihren kümmerlichen Drink ausgetrunken und standen entschlossen auf. Oscar nahm Major Billicliffe den Schlüssel aus der Hand. «Vielen Dank. Tut mir Leid, dass wir Sie gestört haben.»

«Von stören kann keine Rede sein. Famos, so ein bisschen Gesellschaft. Und vergessen Sie nicht, ich bin fast täglich im Club. Spiele zwar nicht mehr so viel wie früher. Aber ein Schwatz mit den alten Kameraden tut gut und die Sandwiches in der Bar sind nicht von schlechten Eltern.» Sie schoben sich schrittweise zur Tür. «Kommen Sie mal wieder vorbei. Sonst komm ich auf einen Sprung in die Stadt. Nachsehen, wie Sie sich eingelebt haben.»

Elfrida lächelte. «Natürlich», sagte sie. «Aber nicht gleich in den nächsten fünf Minuten. Oscar ging es in letzter Zeit nicht so gut und wir müssen uns ein bisschen erholen.»

«Natürlich, natürlich. Es wird sich schon eine Gelegenheit finden.»

In der sicheren Gewissheit, dass der gefürchtete Billicliffe nicht zu den vier Männern gehörte, blieb Oscar stehen und sah den Golfspielern zu. Sie hatten sich bereits aufgestellt, ihre Schläger ausgewählt, und da er sie nicht stören oder ihre Aufmerksamkeit ablenken wollte, blieb er regungslos stehen, bis der letzte Spieler seinen Ball, wie ihm schien, ins Weltall geschmettert hatte. Es begann bereits zu dämmern und sie würden sich beeilen müssen, wenn sie vor Anbruch der Dunkelheit im Clubhaus zurück sein wollten. Einer der Golfspieler bückte sich, um seinen Golfball aus dem Loch zu nehmen, und dabei bemerkte er Oscar.

Über den welligen Fairway, der zwischen ihnen lag, trafen sich für einen Moment ihre Blicke. Der andere Mann hob die Hand zum Gruß oder auch einfach als Anerkennung für Oscars Rücksichtnahme. Oscar erwiderte den Gruß. Dann verstaute der Golfspieler den Schläger in seinem Trolley, packte ihn am Griff und folgte seinen Freunden. Oscar sah ihm nach. Eine untersetzte Gestalt in scharlachroter Jacke und leuchtend blauen Hosen. Oscar fragte sich, ob er in Creagan zu Besuch war – vielleicht aus den Vereinigten Staaten – oder ständig hier wohnte. Augenblicke später war er hinter dem natürlichen Hindernis eines ginsterbewachsenen Hügels verschwunden und Oscar und der Hund setzten ihren Weg fort.

Ein Gefühl der Müdigkeit überkam ihn. Unter ihm, zwischen dem Golfplatz und den Dünen, sah er den steinigen Weg, den die Platzwärter mit ihren Traktoren benutzten und der in die Stadt zurückführte. Dahinter zog sich in einem langen Bogen die Küste hin und vor sich in der Ferne konnte er, scharf umrissen gegen die grauen Wolken, die Dächer und den Kirchturm der Stadt sehen. Das Panorama mit seiner düsteren Stimmung erinnerte an eine alte Radierung. Die Stadt schien weit entfernt und Oscar fragte sich, ob er sich nicht etwas übernommen hatte. Aber dann entdeckte er den kleinen Unterstand, den die Golfspieler bei Regen benutzten. Als er näher kam, sah er, dass der Unterstand in vier Segmente geteilt war, jedes mit einer kleinen Holzbank versehen, und somit Schutz gegen jeden Wind bot. Er beschloss, sich einen Moment zu setzen und Atem zu schöpfen, wählte die Ecke, die den besten Windschutz bot, und machte es sich so bequem, wie es ging.

Er dachte an die Golfspieler, die sich bis in den späten Winternachmittag hinein auf dem Golfplatz amüsierten, und ein gewisses Neidgefühl erfüllte ihn. Sie waren zusammen. Waren unter Freunden. Redeten, lachten, konkurrierten miteinander. Anschließend würden sie im Clubhaus etwas trinken, bevor sie sich trennten und zu ihren Familien zurückkehrten. Normale Menschen.

Er fragte sich, ob er jemals wieder normal sein würde.

Vor langer Zeit hatte er als Junge auch Golf gespielt, wenn auch nie sonderlich gut. Vielleicht sollte er wieder damit anfangen. Sich eine kostspielige Golfausrüstung kaufen, mit einem Mordsschläger, und alle Welt und vor allem sich selbst mit seinem Aufsehen erregenden Geschick auf dem Grün in Erstaunen setzen. Die Vorstellung amüsierte ihn, konnte ihm aber kein Lächeln entlocken. Nichts konnte ihm mehr ein Lächeln entlocken.

Trauer. Er trauerte noch immer. Wie oft hatte er dieses harmlose Wort selbst gebraucht, wenn er an Freunde schrieb, die eine Frau, einen Vater oder eine Mutter oder sogar ein Kind verloren hatten. Es war ein Wort, in dem eine Vielzahl von nie erfahrenen Emotionen steckte. Mitgefühl war ein ähnliches Wort. *Ich sende dir mein tiefstes Mitgefühl und meine Gedanken sind bei dir*, hatte er geschrieben, seinen Namen darunter gesetzt und den Brief in der sicheren Gewissheit zur Post getragen, eine notwendige Pflicht nach bestem Wissen und Gewissen absolviert zu haben.

Er wusste jetzt, dass er keine Vorstellung gehabt hatte, wovon er sprach. Trauer war kein Gemütszustand, sondern eine körperliche Empfindung, eine Leere, eine betäubende Decke von unerträglichem Schmerz, die jeden Trost erstickte. Er konnte sich nur dagegen wehren, indem er einen undurchdringlichen Schutzwall um sich errichtete. Hier in Creagan blieben ihm die Begegnungen, das zufällige Zusammentreffen mit flüchtigen Bekannten erspart. Auch die aufdringlichen kirchlichen Trostversuche, die peinliche Betroffenheit der anderen. Die ungeschickten, wenn auch gut gemeinten Beileidsbezeugungen, Augen, die seinen Blick mieden.

Während seines Spaziergangs hatte er genau wie früher Himmel, Wolken, Hügel und Vögel beobachtet. Er hatte den Wind auf den Wangen gespürt und den Donner der Brandung auf dem Strand gehört. Er hatte den herben, starken Duft von Moos und Strandheide eingeatmet ... aber alles ohne die geringste innere Anteilnahme, ohne dass es ihn aufgemuntert oder in Erstaunen versetzt hätte. Es fehlte die Inspiration. Die innere Freude. So, als betrachtete er ein belangloses Gemälde, ein riesiges Landschaftsbild, makellos ausgeführt, aber seelenlos.

Er hatte Selbstmitleid immer verachtet und auch jetzt, als er in dem kleinen Holzunterstand saß, wehrte er sich mit allen Mitteln dagegen, gab sich Mühe, positiv zu denken und sein gegenwärtiges Glück zu schätzen. Einmal war da das Haus und die Tatsache, dass es zur Hälfte ihm gehörte und leer stand, ein willkommener Unterschlupf, in den er hatte fliehen können. Zweitens gab es Elfrida. Ihr Erscheinen nach ihrem Urlaub in Cornwall war eine unsägliche Erleichterung für ihn gewesen. Ihre Anwesenheit hatte ihn davor bewahrt, den Verstand zu verlieren, und auf ihre typische, unkomplizierte Art hatte sie ihm über die tiefsten Abgründe hinweggeholfen und ihn getröstet, indem sie für seine Schwächen Verständnis aufbrachte. Wenn er schwieg, ließ Elfrida ihn gewähren. Wenn er den Wunsch hatte zu reden, hörte sie zu.

Drittens wusste er, selbst wenn er nicht in dieser abgelegenen nördlichen Gegend bleiben wollte, wo er als Junge einmal sehr glücklich gewesen war, dass es nicht nötig, ja nicht einmal möglich war, in das Haus, das Gloria gehört hatte, zurückzukehren. Ihre beiden Söhne hatten bereits die Initiative ergriffen und die *Grange* zum Verkauf angeboten. In gewisser Weise war Oscar ihnen dankbar, denn ihre überstürzte und etwas zweifelhafte Handlungsweise ersparte es ihm, in einem Haus zu wohnen, wo ihn Erinnerungen an Francesca verfolgten und eine eisige, lähmende Stille herrschte.

Ich muss weitermachen, sagte er sich. Weitermachen, Schritt für Schritt. Aber mit siebenundsechzig, wenn man den größten Teil seines Lebens hinter sich hatte, war es schwer, die nötige Energie aufzubringen. Die erstickende Decke, die nach dem Schock und dem unersetzlichen Verlust auf ihm lastete, machte ihn für alles blind und taub und erfüllte jede Faser seines Körpers mit einer erschreckenden, bleiernen Müdigkeit.

«Ich muss weitermachen.» Dieses Mal sagte er die Worte laut, sodass Horaz, der zu seinen Füßen gelegen hatte, sich aufrichtete, ein erwartungsvolles Gesicht machte und sogar lächelte. Er hatte ein ausgesprochen sonniges Gemüt. Oscar war dankbar für seine Gesellschaft. Er stand auf.

«Komm, alter Freund. Zeit, dass wir uns auf die Socken machen.»

Als sie das Clubhaus schließlich erreichten, war es dunkel und Oscar war mit einem Mal sehr müde. Er trottete den öffentlichen Weg, der zwischen den Fairways hindurchführte, entlang und sah eine Flut von Licht aus den großen Fenstern strömen, hinter denen Leute entspannt wie in einer gemütlichen Eckkneipe an Tischen saßen, Sandwiches aßen und vermutlich ihr Golfspiel diskutierten. Zwischen dem Clubhaus und dem ersten Loch lag ein gepflasterter, von Blumenbeeten umgebener Vorplatz, auf dem im Sommer wahrscheinlich bunte Begonien und Geranien blühten. Neben dem Clubhaus lag der Parkplatz, der von oben durch Flutlicht beleuchtet wurde. Ungefähr ein Dutzend Fahrzeuge standen dort, und als Oscar erschöpft näher kam, sah er einen Kombiwagen, dessen hintere Lade heruntergeklappt war. Darauf saß ein Mann und war dabei, seine mit Stollen besetzten Golfschuhe gegen ein Paar Halbschuhe auszutauschen. Oscar erkannte den roten Anorak und die leuchtend blauen Hosen, aber die amerikanische Baseballmütze war verschwunden und kaltes Licht beschien einen Schopf von dichtem grauem Haar.

Der Mann band seinen letzten Schnürsenkel zu und stand auf. Inzwischen hatte Oscar ihn erreicht. Einen Moment war er unschlüssig, ob er stehen bleiben und ein freundliches Wort sagen sollte. Vielleicht fragen, wie das Spiel verlaufen sei. Aber während er noch zögerte, wurde ihm die Entscheidung schon aus der Hand genommen.

«Hallo. Haben Sie einen schönen Spaziergang gemacht?»

Oscar blieb stehen und sah den Mann an. «Vielleicht ein bisschen zu weit. Ich bin aus der Übung. Wie ging's bei Ihnen?»

«Wir haben bei Loch fünfzehn Schluss gemacht. Kalte Füße bekommen. Zu dunkel und zu kalt.» Er bückte sich, hob seine Golfschuhe auf, warf sie hinten ins Auto und schloss die Klappe. «Kein Wetter für ein entspanntes Spiel.» Er kam näher. Oscar blickte in ein hochrotes, ländliches Gesicht und ein Paar durchdringend blaue Augen. «Entschuldigen Sie, aber sind Sie nicht Oscar Blundell?»

Oscar war leicht irritiert, dass man ihn nicht nur erkannte, sondern auch noch beim Namen nannte. «Ja», sagte er und es klang wie ein Geständnis.

«Ich wusste, dass Sie nach Creagan zurückgekehrt sind.»

(Was wusste er sonst noch?) «Ich bin erst seit zwanzig Jahren hier, also habe ich Ihre Großmutter, Mrs. McLennan, nicht mehr kennen gelernt. Aber ich hatte ein sehr freundschaftliches Verhältnis zu Hector. Bevor er Corrydale Hughie überließ und nach Süden zog. Ich bin übrigens Peter Kennedy.» Er streckte die Hand aus und Oscar ergriff sie mit seiner behandschuhten Rechten. «Willkommen in Creagan.»

«Danke.»

«Sie müssen erschöpft sein. Das ist ein langer Weg gegen den steifen Wind. Ich will mir schnell eine Tasse Tee gönnen. Wollen Sie nicht mitkommen?»

Oscar schwieg, hin und her gerissen von widerstreitenden Gefühlen. Es stimmte. Er war ziemlich erschlagen, und der Gedanke, eine Weile in der Wärme zu sitzen und sich eine heiße, wohltuende Tasse Tee zu gönnen, war verführerisch. Andererseits war er nicht sicher, ob er den Mut hatte, das hell erleuchtete, gesellige Clubhaus zu betreten. Womöglich wurde er anderen Leuten vorgestellt, musste mit Fremden reden und Fragen beantworten.

Aber sein neuer Freund hatte eine so herzliche, offene Art, so entwaffnend und ehrlich, dass er es nicht übers Herz brachte, ihm die Einladung rundweg abzuschlagen. Stattdessen suchte er nach einer Ausrede.

«Ich habe den Hund bei mir.»

«Den setzen wir ins Auto. Da ist er gut aufgehoben.»

«Ich ...» Er musste mit der Sprache heraus. «Es wäre mir lieb, wenn sich eine Begegnung mit Major Billicliffe vermeiden ließe.»

Auf Peter Kennedys heiterem Gesicht erschien ein verständnisvolles Lächeln. «Keine Sorge.» Er legte eine Hand auf Oscars Arm. «Der ist vor fünf Minuten gegangen. Ich habe ihn wegfahren sehen.»

«Sie halten mich wahrscheinlich für herzlos.»

«Nein. Keineswegs. Also kommen Sie mit?»

«Ja. Gut. Sehr gern. Vielen Dank.»

«Das freut mich.»

Sie sperrten Horaz zusammen mit den Schuhen und Golfschlägern hinten in Peter Kennedys Kombi ein. Er schaute sie vorwurfsvoll durchs Rückfenster an, aber Oscar blieb hart.

«Bin gleich wieder da», rief er dem Hund zu.

Gemeinsam gingen sie um das Clubhaus herum und die wenigen Stufen hinauf, die zum Eingang führten. Peter Kennedy öffnete die Tür und hielt sie auf, und Oscar betrat ein Foyer mit einem chaotisch gemusterten Teppich. An den Wänden entlang standen Glaskästen voller Silbertrophäen und Plaketten. Zur Rechten führte eine Glastür in den mit Tischen und bequemen Stühlen eingerichteten Clubraum, in dem es auch eine kleine Bar gab. Als sie eintraten, sahen ein oder zwei Leute auf, aber sonst nahm niemand Notiz von ihnen.

«Dort drüben ist ein freier Tisch, da können wir in Ruhe ...»

Aber bevor es dazu kam, wurde eine Schwingtür neben der Bar aufgestoßen und eine ältere Kellnerin erschien. Sie trug einen schwarzen Rock und eine weiße Bluse und ihr silberweißes Haar war üppig onduliert. Als sie Peter Kennedy entdeckte, strahlte sie übers ganze Gesicht.

«Mr. Kennedy. Ich habe heute Abend gar nicht mit Ihnen gerechnet.»

«Hallo, Jessie. Ist es schon zu spät für eine Tasse Tee?»

«Dafür ist es nie zu spät. Sie müssen ja ganz durchgefroren sein nach einem solchen Tag.» Sie wandte sich an Oscar, der seinen Tweedhut abgenommen hatte und in einen dicken

Pullover und Jacke gehüllt dastand. «Haben Sie auch gespielt?»

«Nein. Ich bin nur spazieren gegangen.»

«Jessie, dies ist Mr. Oscar Blundell. Er wohnt im ehemaligen Verwalterhaus.»

«Ach so, Sie sind das. Ich habe gehört, dass Sie dort eingezogen sind, aber Sie haben sich noch nirgendwo blicken lassen. Spielen Sie auch Golf?»

«Leider nein.»

«Dagegen müssen wir dringend etwas tun. Mr. Kennedy, wo möchten Sie sitzen?»

Bevor er antworten konnte, wurden sie erneut unterbrochen. Durch den langen Raum ertönte ein lauter Ruf, eine tiefe Stimme schmetterte wie eine Trompete, sodass alle zusammenfuhren und eine um den Fernseher versammelte Gruppe von Männern sich unwirsch umsah. «*Peter!* Komm her. Ich muss mit dir reden. Hab dich seit mindestens einer Woche nicht gesehen.»

Peter Kennedy drehte sich um, und als Oscar seinem Blick folgte, sah er in der äußersten Ecke des Raumes einen beleibten älteren Herrn in einem Rollstuhl sitzen, der ein Glas Whisky direkt vor sich auf dem Tisch hatte.

«*Peter!*» Er schwenkte seinen Knotenstock, als hätte man ihn überhören oder übersehen können. «Komm und erzähl mir das Neueste.»

«Kann ich Sie einen Augenblick allein lassen, Oscar? Das ist der alte Charlie Beith, ich muss ihn kurz begrüßen ...»

«Natürlich.»

«Bin gleich wieder da. Jessie wird sich Ihrer annehmen.» Er durchquerte den Raum. «Charlie, was für eine Überraschung», sagte er. «Hast du heute Ausgang?» Und der alte Mann im Rollstuhl begrüßte ihn mit solch herzlicher

Freude, dass Oscar sich aufdringlich vorkam und sich abwandte.

Jessie kümmerte sich um ihn. «Setzen Sie sich und machen Sie sich's bequem. Und ziehen Sie lieber die Jacke aus, sonst bereuen Sie es, wenn Sie nach draußen kommen. Eine Kleinigkeit zu essen? Und möchten Sie indischen oder chinesischen Tee?»

«Entschuldigen Sie», sagte Oscar, «aber wer ist der Mann?»

«Charlie Beith? Ein echtes Original, über neunzig, obwohl man's ihm nicht ansieht. Hatte vor Jahren einen Hof draußen in Toshlands, den inzwischen sein Enkel übernommen hat. Leider hatte er vor ein paar Jahren einen Schlaganfall. Wohnt jetzt im Altenheim und Mr. Kennedy besucht ihn regelmäßig. Eine seiner Töchter hat ihn heute Abend hergebracht, damit er ein bisschen Abwechslung hat.»

«Eigentlich meinte ich nicht den alten Herrn», sagte Oscar zögernd. «Ich meine Peter Kennedy. Ich habe ihn gerade erst kennen gelernt, auf dem Parkplatz. Er kannte meinen Onkel. Aber ich weiß nicht …»

«Sie wissen nicht, was er macht oder wer er ist? Da sind Sie vermutlich der Einzige in Creagan. Er ist unser Pfarrer. Der Pfarrer der hiesigen Kirche.»

Der Pfarrer. Der Pastor. Der Seelsorger oder was auch immer. Der Mann, dessen Beruf es war, nicht nur den körperlich, sondern auch den seelisch Angeschlagenen Trost zu spenden. Peter Kennedys spontane Herzlichkeit hatte aufrichtig gewirkt, aber diese neue Information machte Oscar seine Herzlichkeit zutiefst suspekt. Wusste Kennedy womöglich, warum Oscar nach Creagan zurückgekehrt war? Hatte man ihm erzählt, wie grässlich seine Frau und sein Kind ums Leben gekommen waren? Und wenn ja, wer …?

Ich hatte ein sehr freundschaftliches Verhältnis zu Hector.

Hatte Hector, zweifellos mit den besten Absichten, mit Peter Kennedy Kontakt aufgenommen? Ihm die Situation erklärt? Vielleicht einen seelsorgerischen Besuch vorgeschlagen? Ein tröstliches Gespräch, gut gemeinte Ratschläge, einen sanften Schubs in den Schoß der Kirche zurück, an die Oscar nicht länger glaubte?

Jessie fragte: «Ist Ihnen nicht gut?»

Er sah ihr besorgtes, mütterliches Gesicht vor sich und merkte, dass sein eigenes Gesicht erhitzt, seine Stirn schweißnass war. Eine Hitze, die nicht die Wärme im Saal oder die dicke Wollkleidung verursacht hatte, sondern ein innerer Aufruhr, der gefährlich an Panik grenzte. Er wusste, dass er nicht länger bleiben konnte, wenn er nicht ersticken wollte.

Unter gewaltigen Anstrengungen zwang er sich zum Sprechen. «Entschuldigen Sie. Es ist sehr warm hier drinnen. Und mir ist gerade etwas eingefallen.» Seine Stimme klang künstlich, als käme sie aus einem anderen Raum. «Eine andere Verpflichtung. Ich muss nach Hause. Ein Anruf ...»

«Und Ihr Tee?»

«Ich fürchte, ich kann nicht ...» Während er seinen Rückzug antrat, entschuldigte er sich noch einmal. «Es tut mir Leid. Bitte, entschuldigen Sie mich bei Mr. Kennedy. Ein andermal ...»

Oscar wandte sich ab und ging mit langsamen, vorsichtigen Schritten zur Tür. Die schwere Glastür fiel von selbst hinter ihm zu. Er durchquerte das Foyer, öffnete die Eingangstür und trat in die bittere Kälte hinaus. Der schneidende Wind traf ihn direkt von vorn, sodass er einen Moment lang stehen blieb und die eisige Luft tief in die Lungen einatmete. Er spürte, wie der Schweiß auf seiner Stirn abkühlte, und zog seinen alten Tweedhut tief ins Gesicht. Alles in Ordnung. Noch einmal davongekommen. Er musste nur heil nach Hause gelangen. Sich in Sicherheit bringen. Allein mit Elfrida. Er ging die Stufen hinunter, überquerte den Parkplatz und befreite Horaz aus Peter Kennedys Wagen. Dann machte er sich in raschem Tempo davon und zog den Hund hinter sich her. Auf der Flucht.

ELFRIDA

DER FRAUENKREIS in Dibton hatte etwas für Fahrten ins Blaue übrig. Meist fanden sie am Samstagnachmittag statt und bedeuteten, dass die Damen in einen Bus verfrachtet wurden und sich auf eine Fahrt mit unbekanntem Ziel begaben. Häufig war es ein Herrenhaus mit einem Garten, den sie besichtigen, und ein Souvenirladen, wo sie geblümte Geschirrhandtücher, Lesezeichen und Gläser mit hausgemachter Marmelade kaufen konnten. Nach dem Einkaufen ging es zum Essen in ein Hotel am Ort. Kartoffelsalat mit Würstchen oder Fritten mit Fisch. Dann wurden sie alle wieder in den Bus verfrachtet und fuhren nach Hause.

Diese Ausflüge erfreuten sich größter Beliebtheit.

So unvermittelt und ganz ohne eigenes Zutun in den Norden Schottlands, nach Creagan und ins Verwalterhaus versetzt zu werden kam Elfrida wie der Inbegriff aller Fahrten ins Blaue vor. Von dem Augenblick an, wo sie mit Oscar in Dibton losgefahren war, hatte sie nicht die blasseste Vorstellung gehabt, worauf sie sich einließ, und es hatte sich auch keine Gelegenheit ergeben, zu fragen. Der Aufbruch war so überstürzt, das Packen so hastig, die Zeit zum Abschiednehmen so kurz gewesen, dass umständliches Fragen nach dem Wohin und Woher nicht wichtig schien. Sie wollten nur fortkommen.

Natürlich mussten unerlässliche Vorbereitungen getroffen werden. Oscar musste seinen Wagen überprüfen und voll tanken lassen. Darum kümmerte er sich selbst. Seine Stiefsöhne, Giles und Crawford, mussten von seiner bevorstehenden Abreise informiert, seinem Bankmanager die neue

Adresse mitgeteilt werden. Elfrida hinterließ ihren Hausschlüssel mit so vagen Erklärungen wie möglich bei ihrer Nachbarin und bat sie, ebenfalls ein Auge auf den armen, kleinen Ford Fiesta zu haben, der verlassen auf der Straße vorm Haus stand.

«Wann kommen Sie denn wieder, Mrs. Phipps?»

«Ich habe wirklich keine Ahnung. Aber Sie hören von mir. Hier sind die Autoschlüssel. Benutzen Sie den Wagen, wenn Sie Lust haben, es wird ihm gut tun.» Wie ein Hund, der täglichen Ausgang brauchte. «Das Wasser habe ich abgestellt und die Fenster sind abgeschlossen.»

«Wo fahren Sie denn hin?»

«Nach Schottland wahrscheinlich.»

Dann musste Oscar mit Hector McLennan sprechen und ihm Bescheid sagen, während Elfrida ihren Vetter Jeffrey in Cornwall anrief und ihm zu erklären versuchte, was sie vorhatte. Sie stellte sich nicht besonders geschickt dabei an, und es dauerte eine Weile, bis er begriff, was los war. Als der Groschen schließlich fiel, sagte er nur «Viel Glück», und nachdem sie ihm Adresse und Telefonnummer von Oscars Haus mitgeteilt hatte, verabschiedete er sich und legte auf.

Ohne die geringste Vorstellung, was sie an Garderobe brauchen würde, packte Elfrida einen Koffer mit diversen Kleidungsstücken (warmen) und Schuhen (derben). Hinzu kam eine alte zerdrückte Tasche mit Reißverschluss für ihre kostbarsten Schätze, die Besitztümer, die sie auf allen Reisen begleiten mussten: der Seidenschal, gewickelt um ein kleines Gemälde von Sir David Wilkie, die Staffordshire-Terrier, ihre Uhr. Obenauf legte sie einige Fotografien in Silberrahmen und ein paar Bücher. Oscars Gepäck war kaum umfangreicher. Ein Lederkoffer, den Mrs. Muswell für ihn gepackt hatte, eine dicke Aktentasche und sein Angelgerät.

«Hast du vor zu angeln, Oscar?»

«Keine Ahnung. Aber ich kann doch nicht ohne meine Angelrute nach Schottland fahren. Das wäre ein Sakrileg.»

Auf dem Rücksitz von Oscars Volvo war neben diesen Siebensachen sogar noch Platz für Horaz mit seiner Decke, seinen Hundekuchen und seinem Wassernapf. Genau wie Elfrida hatte Horaz nicht die geringste Ahnung, was ihm bevorstand, doch er hüpfte bereitwillig ins Auto, machte es sich bequem und war offensichtlich erleichtert, dass man ihn nicht zurückließ. Herumstehenden Koffern gegenüber war er misstrauisch.

«Wir reisen mit leichtem Gepäck», bemerkte Elfrida zu Oscar, aber Oscar war zu nervös und zerstreut, um auf ihre Bemerkung einzugehen. Stattdessen wandte er sich an seine getreue Mrs. Muswell, um ihr letzte Anweisungen zu geben. Sie hatte ihm in all den dunklen Tagen treu zur Seite gestanden und stand nun auf der Schwelle und sah aus, als würde sie jeden Moment in Tränen ausbrechen.

«Mrs. Muswell.»

«Schreiben Sie mir eine Postkarte», sagte sie tapfer, wenn auch mit leicht zitternder Stimme.

«Natürlich. Auf Wiedersehen. Und vielen Dank für alles.» Er küsste sie flüchtig auf die Wange, was Mrs. Muswell vollends überwältigte. Als sie die Auffahrt der *Grange* verließen, sah Elfrida durchs Rückfenster, wie die wackere Frau in ihrer Schürze sich mit griffbereitem Taschentuch die Nase putzte und die Augen trocknete.

«Was wohl aus ihr wird?», fragte Elfrida und kam sich wie ein Verräter vor.

«Giles hat versprochen, sich um sie zu kümmern. Sie wird keine Schwierigkeiten haben, einen neuen Job zu finden. Sie ist eine phantastische Frau.»

Danach verstummten sie. Elfrida saß die meiste Zeit hinterm Steuer und ließ Oscar nur fahren, wenn sie völlig erschöpft war. MÜDIGKEIT IST TÖDLICH warnten Autobahnschilder den Strom von Pkws und Lastwagen, die auf der A1 nach Norden rasten. MACH MAL PAUSE. Dann hielt Elfrida am nächsten Rastplatz oder an der nächsten Raststätte an und sie tauschten die Plätze.

Während des ersten Tages sprach Oscar kaum ein Wort. Elfrida ließ ihn gewähren und schlug nicht einmal vor, den klassischen Musiksender im Radio einzuschalten. Von Zeit zu Zeit machten sie eine Pause, ließen Horaz heraus, vertraten sich die Beine, aßen eine Kleinigkeit und tranken eine Tasse Tee. Das Wetter war kalt und trübe, es dämmerte früh und das Fahren wurde immer anstrengender. Deshalb fuhren sie bei einer Kleinstadt in Northumberland, an die Oscar sich erinnerte, von der Autobahn ab. Auf dem Marktplatz fanden sie einen alten Gasthof, an den er sich ebenfalls erinnerte und der nicht einmal modernisiert oder verändert aussah. Der Besitzer drückte sogar ein Auge zu und ließ Horaz mit ins Haus, vorausgesetzt, dass er mit seiner Decke oben blieb.

Am nächsten Morgen ging Elfrida, sobald die Läden geöffnet waren, in die Innenstadt, fand einen kleinen Supermarkt und kaufte Vorräte für ihre Ankunft in Creagan ein. Dosensuppe, Brot, Butter, Eier und Schinken. Ein Paket Kaffee, eine Tüte Milch. Der Mann im Laden packte ihr alles ein. Als sie eine Flasche Whisky entdeckte (therapeutische Wirkung?), nahm sie die ebenfalls mit.

Am zweiten Tag ging es etwas besser. Fürchterliches Wetter, aber wenigstens war Oscar zugänglicher. Er betrachtete die vorbeifliegenden Felder und Bauernhöfe, wies Elfrida auf Sehenswertes hin, studierte skeptisch den Himmel und machte wenig hoffnungsvolle Wettervorhersagen. Aber für zwangloses Geplauder, für die Flut endloser Fragen, die sie auf dem Herzen hatte, war die Zeit noch nicht reif. *Wie sieht es da oben denn aus, Oscar? Wie groß ist das Haus? Hat sich überhaupt jemand um die Heizung gekümmert und gibt es heißes Wasser? Ist das Haus sauber gemacht worden und ist frische Bettwäsche da? Und wie sind die Leute? Kennen sie dich noch und werden sie nett zu uns sein? Oder machen sie einen Bogen um uns?*

Sie hatte keinerlei Vorstellung. Aber wenigstens ein Abenteuer, sagte sie zu sich, während sie im zweiten Gang die vereiste Steigung nach Soutra hinaufkrochen, die Scheibenwischer auf Hochtouren liefen und die Welt um sie herum im weißen Wirbel eines plötzlichen Schneesturms versank.

Als junge Schauspielerin war sie mit Theatertruppen kreuz und quer durch Großbritannien gereist, ohne zu wissen, was sie am Ende der Reise erwartete. Ihre Erinnerungen an jene Zeiten bestanden aus verschwommenen Bildern von Provinzstädtchen, muffigen Theatern und Unterkünften, die nach gedünstetem Kohl rochen. Aber sie war jung gewesen, hatte einen Job, der ihr Spaß machte, und hatte sich glänzend amüsiert. Jede Bummelzugreise war eine Herausforderung, jedes schmuddelige Theater eine Entdeckung. Etwas von der früheren Vorfreude erfüllte sie auch jetzt, und sie musste sich daran erinnern, dass sie nicht mehr das junge, begeisterte Mädchen von damals, sondern eine ältere Dame von zweiundsechzig war. *Wenigstens bin ich nicht einsam und langweile mich zu Tode.*

Die Begegnung mit Major Billicliffe war die letzte Hürde gewesen. Als sie die heil überstanden und Oscar den Schlüssel sicher in der Tasche hatte, lag die Tortur der zweitägigen Reise hinter ihnen und sie legten die letzten Meilen mühelos, ja beinahe unbeschwert zurück. Oscar fuhr. Es war kalt, hatte aber aufgehört zu schneien und die dunkle Straße lief zwischen finsteren Tannenwäldern direkt aufs Meer zu. Elfrida öffnete das Fenster, hörte das Heulen des Windes in den Zweigen und roch Tannenduft und eine kräftige Brise salziger Luft. Dann hörten die Bäume auf, sie waren von sandigen Hügeln und Krüppelkiefern umgeben und sahen vor sich eine gerade, silbrige Linie liegen – das Meer. In der Ferne blinkte ein Leuchtturm auf dem Wasser wie ein Nadelstich in der Dunkelheit. Die ersten Straßenlaternen tauchten auf und Häuser, hinter deren geschlossenen Vorhängen Licht brannte. Dann eine Straße mit Reihenhäusern, von denen jedes seinen eigenen individuellen Stil hatte. Sie fuhren auf die Kirche zu, an deren Turm die erleuchtete Uhr wie eine runde Laterne hing. Die Zeiger standen auf sieben Uhr. Jetzt kamen größere, schönere Häuser, die zurückgesetzt hinter hohen Steinmauern standen. Creagan. Es wirkte verlassen. Keine Menschenseele auf der Straße, keine Autos. Kein Laut, nicht einmal Möwenschreie. Eine Kurve, noch eine Straße. Oscar fuhr vor einem Haus vor. Er stellte den Motor ab. Einen Augenblick war es ganz still. Elfrida wartete. Dann legte er seine Hand auf ihre.

«Liebes Kind. Wir sind da.»

Das Verwalterhaus. So. Elfrida sah es zum ersten Mal im Licht der Straßenlaternen. Ein massives Gebäude, durch einen schmiedeeisernen Zaun und einen mit Strandkieseln bestreuten Vorplatz von der Straße getrennt. Die Fassade sah aus wie eine Kinderzeichnung, eine Tür und fünf Fenster. Aus dem schrägen, schiefergedeckten Dach ragten zwei Gauben. Sie stiegen aus und Elfrida öffnete die hintere Wagentür. Horaz hatte das Knurren und Jaulen von Major Billicliffes Hund noch nicht vergessen und war verständlicherweise skeptisch. Aber schließlich fasste er Mut, sprang auf den Bürgersteig und begann zögernd nach unbekannten Gerüchen zu schnüffeln.

Oscar machte das Tor auf und ging den Pfad entlang auf das Haus zu. Elfrida und Horaz folgten. Mit dem großen Schlüssel öffnete er die Tür, die nach innen aufging. Er tastete nach dem Lichtschalter und knipste das Licht an.

Sie traten ein und Elfrida nahm erleichtert die wohlige Wärme wahr und atmete den sauberen Geruch eines frisch geputzten und gescheuerten Hauses ein. Vor ihnen führte eine Mitteltreppe zu einem Treppenabsatz und einem vorhanglosen Fenster hinauf. Die Türen zu beiden Seiten der Treppe waren geschlossen, aber die dritte Tür am Ende der Diele stand offen und Oscar trat ein und machte das Licht an.

Elfrida folgte Oscar und fand ihn in der Küche, wo ein altmodischer Küchenschrank und ein Holztisch standen. Unter dem Fenster ein Spülstein und daneben ein gewaltiger Gasherd, der sicher vierzig Jahre oder mehr auf dem Buckel hatte.

«Nicht gerade das Gelbe vom Ei.» Es klang wie eine Entschuldigung.

«Nichts dran auszusetzen», versicherte Elfrida ihm und meinte es ehrlich. «Jemand hat uns einen Brief geschrieben.» Mitten auf dem Tisch lag ein liniertes, mit einem Marmeladenglas beschwertes Blatt Papier. Oscar schob das Glas zur Seite, reichte Elfrida den Brief und sie las ihn laut vor.

> Ich habe den Boiler angestellt (Öl). Sie müssen Öl nachbestellen. In zwei Zimmern sind die Betten bezogen. Das Badewasser ist heiß. Kohlen und Holz im Schuppen. Einige Fenster gehen nicht auf. Milch

ist im Kühlschrank (Waschküche). Komme morgen vorbei, um nach dem Rechten zu sehen.
Herzlich, J. Snead (Mrs.)

«Mrs. Snead», sagte Oscar.

«Ja.»

«Elfrida, du willst doch nicht weinen?»

«Vielleicht doch.»

«Warum?»

«Vor Erleichterung.»

Das war vor drei Wochen gewesen. Inzwischen war es Dezember, ein Freitag, fünf Uhr an einem dunklen Winternachmittag. Oscar war gleich nach dem Lunch mit Horaz bei Fuß zu einem Spaziergang aufgebrochen, aber noch immer nicht zurückgekehrt. Elfrida verdrängte den Gedanken, dass er einen Herzschlag gehabt und seine Leiche irgendwo am Fuß einer Düne liegen könne. Er ließ sich vermutlich Zeit und genoss seine erste richtige Expedition in die Landschaft hinaus, freute sich an der körperlichen Bewegung und füllte seine Lungen mit frischer, gesunder Luft. Es war seine eigene Entscheidung gewesen, und sie hatte sich gehütet, ihm gut zuzureden, aus Angst, er könne den Eindruck haben, sie wolle ihn los sein.

Sie stand am Herd in der Küche und wartete, dass das Wasser kochte. Dann machte sie sich eine Tasse Tee mit einem Teebeutel, goss Milch dazu und nahm den Tee mit nach oben ins Wohnzimmer. Sie nannten es Wohnzimmer, aber es war eigentlich ein Saal, konventionell und geräumig, mit einem riesigen Erker zur Straße und mit Blick auf die Kirche. Man konnte stundenlang einfach am Fenster sitzen und zusehen, wie die Welt an einem vorbeizog. Autos kamen und gingen, Lieferwagen und Laster. Leute blieben auf ein Schwätzchen auf dem Bürgersteig stehen, und zwitschernd wie Spatzen zogen Gruppen von Kindern auf dem Schulweg vorbei.

Wie das ganze Haus war der Raum aufs sparsamste möbliert. Elfrida hatte in dem großen Marmorkamin bereits ein Feuer entzündet, das munter und einladend vor sich hin flackerte. Mitten auf den langen Kaminsims hatte sie ihre kleine Uhr gestellt. Allerdings sah sie ein bisschen verloren da oben aus, also hatte sie einen Strauß Astern gekauft, in einen gelben Krug gesteckt, und die leisteten der kleinen Uhr nun Gesellschaft. Sonst gab es nicht viel zu bewundern. Keine Bilder, kein dekorativer Kleinkram, nur ein paar alte Bücher, die in dem Bücherschrank mit der Glastür aneinander lehnten. Irgendwie fand Elfrida diese Nüchternheit auch wieder wohltuend. Minimalistisch nannte man es in den modischen Zeitschriften. Ohne dass das Auge von Gemälden, Nippesfiguren, Silberzeug oder Porzellan abgelenkt wurde, nahm man die gefälligen Proportionen des Zimmers zur Kenntnis, den prächtigen Erker und die Stuckrosette, unter der ein viktorianischer Kronleuchter hing.

Er war ein bisschen verstaubt. Vielleicht konnten sie am Montag, wenn Mrs. Snead zum Saubermachen kam (ihr zweiter Tag war Donnerstag), eine Trittleiter besorgen und die klimpernden Kristallteilchen abstauben. Im Moment konnte sie mit solch kleinen Unvollkommenheiten ganz gut leben.

Sie legte ein Stück Holz aufs Feuer und setzte sich ans Fenster, um auf Oscar zu warten. Aber kaum hatte sie sich mit ihrem Tee dort niedergelassen, als das Telefon klingelte. Etwas beunruhigend, denn es hatte sich seit ihrem Einzug noch nicht ein einziges Mal bemerkbar gemacht. Hoffentlich nicht Major Billicliffe. Elfrida stellte ihre Tasse auf den Fußboden. Das Telefon stand auf einem Tischchen auf dem Treppenabsatz. Sie nahm den Hörer ab.

«Hallo?»

«Elfrida.»

«Ja?»

«Hier ist Carrie. Carrie Sutton.»

«Carrie. Wo bist du?»

«In London. Wie geht's dir?»

«Gut.»

«Jeffrey hat mir erzählt, dass du in Schottland bist. Er hat mir die Nummer gegeben. Elfrida, ich muss dich um einen Gefallen bitten. Einen riesigen Gefallen.»

«Schieß los.»

«Es geht um Weihnachten.»

Wie nicht anders zu erwarten, wurde es ein sehr langes Gespräch. Aber schließlich hatten sie alles besprochen. Elfrida legte den Hörer auf und hörte im gleichen Augenblick, wie unten die Haustür ging. Oscar und Horaz waren wieder zu Hause. Sie lehnte sich über das Geländer und rief: «Seid ihr wohlbehalten zurück?»

«Ja. Wir sind wieder da.»

Sie ging die Treppe hinunter. Oscar stand im Flur, legte Jacke und Schal ab und hängte sie über einen Garderobenständer. Horaz war bereits zu seinem Wassernapf und seinem warmen Körbchen in die Küche verschwunden. «Ihr seid ja eine Ewigkeit unterwegs gewesen.»

«Wir sind meilenweit marschiert. Bis zum Ende des Golfplatzes und zurück. Ich hatte ganz vergessen, dass es so weit ist.» Er fuhr sich mit der Hand durchs Haar. Sie fand, er sah erschöpft aus.

«Tässchen Tee?», fragte sie.

«Ich glaube, ich könnte was Stärkeres gebrauchen.»

«Einen Scotch? Geh nach oben. Der Kamin brennt. Ich bring ihn dir rauf.»

In der Küche schenkte sie ihm einen Scotch ein, stellte noch einmal den Kessel auf und machte auch für sich eine Tasse Tee, weil die erste inzwischen kalt sein musste. Horaz schlief bereits. Sie überließ ihn sich selbst und ging mit der Teetasse in der einen und dem Whiskyglas in der anderen Hand nach oben. Oscar stand mit einer Hand gegen den Kaminsims gelehnt und starrte ins Feuer. Als sie hereinkam, sah er ihr entgegen und lächelte dankbar.

«Wie lieb du bist ...»

Er nahm ihr das Glas aus der Hand, ließ sich vorsichtig in einem der Sessel nieder und streckte die Beine von sich. Elfrida zog die Vorhänge zu und schloss die Dunkelheit aus. «Ich hatte die Vorhänge offen gelassen, weil ich am Fenster saß und auf dich gewartet habe. Eine Art Nachtwache.»

«Hast du gedacht, mir sei was passiert?»

«Was man sich so alles einbilden kann.»

«Ich bin aufgehalten worden. Vor dem Golfclub habe ich einen Mann getroffen und wir sind ins Gespräch gekommen. Er lud mich zu einer Tasse Tee in den Club ein, ich habe angenommen, und als er einen Moment mit einem älteren Mann im Rollstuhl sprach, habe ich die Kellnerin gefragt, wer er sei. Er heißt Peter Kennedy und ist der Pastor.»

Elfrida wartete. Schließlich sagte sie: «Und?»

«Ich war sicher, dass er wusste, was passiert ist. Der Unfall. Gloria und Francesca beide tot. Mir ging auf, dass Hector ihn vermutlich informiert hat. Ich dachte, er sei einfach ein netter Mensch. Aber ich fürchte, er wollte mir einen Gefallen tun. Aus Mitleid. Ich will sein Mitgefühl aber nicht.

Ich will weder sprechen noch zuhören müssen. Ich will meine Ruhe. Deshalb bin ich nicht geblieben. Ich bin einfach nach Hause gegangen.»

«Aber, Oscar.»

«Ich weiß. Rüde und unhöflich.»

«Er wird Verständnis dafür haben.»

«Hoffentlich. Sein Gesicht hat mir gefallen.»

«Alles braucht seine Zeit. Du musst Geduld haben.»

Er atmete tief ein und es klang wie ein herzzerreißender Seufzer. «Ich hasse mich selbst», sagte er.

«Ach, mein Lieber, das darfst du nicht.»

«Machst du mir Vorwürfe?»

«Nein. Ich verstehe dich doch.» Sie nahm einen Schluck Tee, der ihr heiß und wohltuend durch die Kehle rann. Sie saß ihm in einem niedrigen, ausladenden viktorianischen Sessel gegenüber, der mit Schottenstoff bezogen war. «Vielleicht ist dies nicht der geeignete Moment», sagte sie, «aber ich muss dir etwas sagen.»

«Hoffentlich nicht, dass du mich verlassen willst.»

«Nein, das nicht. Aber ich hatte einen Telefonanruf. Von Jeffreys Tochter. Carrie Sutton. Sie ist aus Österreich zurück und möchte raufkommen und Weihnachten bei uns verbringen.»

«Aber wir feiern doch kein Weihnachten.»

«Das hab ich ihr gesagt, Oscar. Ein Lammkotelett zum Lunch und bloß kein Lametta. Sie weiß, dass wir uns darauf geeinigt haben, und hat vollstes Verständnis dafür. Aber es macht ihr nichts. Sie sagt, ihr läge auch nichts an Weihnachten.»

«Dann lass sie kommen.»

Elfrida zögerte. «Die Sache hat einen Haken.»

«Ein Mann?»

«Nein. Jeffreys Enkelin, Lucy. Carries Nichte. Wenn Carrie kommt, muss Lucy auch kommen.»

Es herrschte ein sehr langes Schweigen. Oscar hatte den Kopf abgewandt und starrte ins Feuer. Einen Augenblick lang sah er so alt aus wie sein Onkel an dem schrecklichen Tag, als Elfrida Hector überrascht und einen beängstigenden Moment lang für Oscar gehalten hatte. «Ich habe Carrie gesagt, dass ich dich wegen des Kindes erst fragen müsste.»

«Wie alt ist sie denn?»

«Vierzehn.»

«Und warum muss sie unbedingt mitkommen?»

«Ach, ich weiß nicht.» Elfrida zuckte die Achseln. «Irgendeine Geschichte, dass die Mutter über Weihnachten ihren Freund in Florida besucht, die Tochter aber nicht mitfahren will, und Dodie, die Großmutter, die Enkelin auch nicht gebrauchen kann. Die Art von egoistischem Kuddelmuddel, der in meiner Familie schon immer gang und gäbe war.» Oscar reagierte nicht darauf. Elfrida biss sich auf die Lippe. «Ich kann Carrie anrufen und absagen. Ich kann ihr erklären, dass es zu früh ist. Ein kleines Mädchen im Haus wäre zu schmerzlich für dich. Es wäre unerträglich. Ich habe vollstes Verständnis und nehme es dir überhaupt nicht übel, wenn du nein sagst.»

Er sah sie an und in seinen sanften Zügen lag tiefe Zuneigung.

«Deine Ehrlichkeit gefällt mir, Elfrida.»

«Anders geht es ja nicht.»

«Wenn sie kommen ...»

«Sage ich, kein Weihnachten.»

«Aber das Kind?»

«Sie hat ja Carrie. Die beiden können gemeinsam etwas

unternehmen. Zur Kirche gehen, Weihnachtslieder singen, Bescherung machen.»

«Das klingt ziemlich trostlos für ein kleines Mädchen.»

«Und für *dich*, Oscar?»

«Für mich spielt es keine Rolle. Es ändert nichts. Aber ich glaube, du möchtest gern, dass sie kommen. Dann sag ihnen, sie sollen kommen.»

«Bist du sicher? Ganz sicher?» Er nickte. «Du bist ein lieber, guter, tapferer Mann.»

«Haben wir denn Platz für sie?»

«Die Dachkammer steht leer. Vielleicht könnten wir ein Bett dazukaufen, dann kann Lucy oben schlafen.»

«Wir brauchen wohl mehr als nur ein Bett.»

«Viel nicht.»

«Dir liegt daran. Darauf kommt es an. Sag ihnen, sie seien uns willkommen. Jederzeit. Sie werden dir Gesellschaft leisten.»

Er trank einen Schluck Whisky und schien tief in Gedanken versunken. Dann sagte er: «Ruf Carrie sofort an. Wenn sie mit dem Zug oder mit dem Flugzeug kommen, können wir sie mit dem Taxi von Inverness abholen lassen. Und wenn sie mit dem Auto fahren, sag ihr, sie soll vorsichtig sein wegen des Schnees.»

Elfrida war ihm für so viel Hochherzigkeit unendlich dankbar. Dass er hier saß und sich über solch profane Kleinigkeiten Gedanken machte, erfüllte sie mit Erleichterung. Er fühlte sich als Gastgeber, so als wäre die Einladung von ihm ausgegangen und ihm nicht etwa aufgezwungen worden. Sie trank ihren Tee aus und stand aus dem Sessel auf. «Ich ruf sie an. Jetzt gleich.» Sie ging zur Tür, blieb aber auf halbem Wege noch einmal stehen. «Ich danke dir, Oscar.»

Immer noch
FREITAG, 8. DEZEMBER

LUCY

ICH HABE *all die wunderbaren Ereignisse des heutigen Tages schon aufgeschrieben, dass Carrie zurück ist, dass wir im Restaurant waren und sie gesagt hat, dass wir beide zu Weihnachten vielleicht gemeinsam irgendwohin fahren. Der Film war auch toll. Jetzt ist es halb elf und ich will gerade ins Bett gehen. Ich bin schon im Morgenmantel. Aber ich muss noch schnell schreiben, dass ich nach dem Abendbrot gebadet und mir die Haare gewaschen hab, und während sie trockneten, bin ich in die Küche gegangen, um mir Kakao zu machen. Da hat das Telefon geklingelt und Mami ist gekommen und hat gesagt, Carrie ist am Apparat und will mit mir sprechen. Ich glaube, sie hatten schon miteinander geredet. Ich habe den Hörer in der Küche abgenommen und gewartet, bis es klickte und ich wusste, dass Mami aufgelegt hat, damit sie nicht mithören kann. Das tut sie nämlich manchmal. Und dann hat Carrie mir alles erzählt. Wir fahren Weihnachten nach Schottland! Elfrida, Großvaters Cousine, ist da oben mit einem Freund und sie wollen beide, dass wir kommen. Der Ort heißt Creagan und das Haus ist ziemlich groß, sagt sie. Ich bin vor Aufregung ganz aus dem Häuschen. Carrie sagt, wir nehmen ihr Auto und die Fahrt dauert mindestens zwei Tage. Sie sagt, es gibt ein Motel in einem Ort, der Scotch Corner heißt (klingt wie Kekse oder Bonbons), wo wir übernachten. Wir fahren schon am 15. Dezember los.*

Elfridas Freund heißt Oscar, aber Carrie hat keine Ahnung, wie er ist, weil sie ihn auch noch nie getroffen hat.

Ich hab gefragt, ob Mami und Granny schon Bescheid

wissen, und sie hat nein gesagt. Ich hab ihr gesagt, dass ich es ihnen sage, aber das wollte sie nicht, weil Granny Elfrida nicht ausstehen kann und Carrie es ihr lieber selber erzählen will. Deshalb kommt sie morgen irgendwann vorbei, um Granny die Neuigkeit zu eröffnen und sie zu beruhigen, falls sie Theater macht. Mami wird nichts dagegen haben, weil sie sowieso nur an Randall und Florida denkt.

Ich hab Carrie gefragt, was ich mitnehmen soll, und sie hat gesagt, Pelzmäntel und Schneeschuhe, aber das war natürlich nur ein Witz.

Ich kann kaum glauben, dass ich tatsächlich nach Schottland fahre.

Ich zähle schon die Tage.

Carrie sagt, sehr weihnachtlich würde es wohl nicht werden, weil Oscar und Elfrida schon so alt sind. Aber wenn ich mit Carrie verreisen darf, ist mir Weihnachten ziemlich egal, und den unvermeidlichen Christmas Pudding hab ich sowieso noch nie gemocht. Sie sagt, es gibt einen Strand und die Nordsee. Ich kann's gar nicht abwarten.

SAMSTAG, 9. DEZEMBER

ELFRIDA

SAMSTAGMORGEN, UND Elfrida war als Erste unten. Sie hatte warme Cordhosen und zwei dicke Pullover angezogen und war froh darüber, denn als sie die Hintertür öffnete, um Horaz in den Garten zu lassen, stellte sie fest, dass es über Nacht stark gefroren hatte und alles mit einer glitzernden Schicht Raureif überzogen war. Ihre Schritte hinterließen Spuren auf dem dichten, krachenden Gras. Es war noch dunkel. Sie trat mit dem Hund in den Lichtkreis, den eine Straßenlaterne auf die Stufen im hinteren Teil des Gartens warf. Horaz hasste die Kälte, deshalb blieb Elfrida draußen und wartete, während er hier und da im Garten herumschnüffelte, in eine Ecke schoss, wo er ein Kaninchen witterte, und sich viel Zeit ließ, eine geeignete Stelle für sein kleines Geschäft zu finden. Während sie in der eisigen Kälte dastand und sich zur Geduld zwang, blickte sie zum Himmel hinauf und sah, dass er tiefblau und wolkenlos war. Im Osten, über dem Meer, kündigte sich die Morgendämmerung schon als schmaler Nadelstreifen am Horizont an. Es würde bestimmt ein schöner Tag werden, und Elfrida war dankbar dafür. Graue Himmel, heulenden Sturm und Regen hatte sie nun gründlich satt.

Als Horaz endlich fertig war, huschten sie hastig ins warme Haus zurück. Elfrida setzte in der Küche den Kessel auf, holte die Bratpfanne aus dem Schrank und Eier und Schinkenspeck aus dem Kühlschrank. Dann legte sie ein kariertes Tischtuch auf und stellte Tassen und Teller auf den Tisch. Oscar nahm morgens gern ein warmes Frühstück zu sich, und obwohl Elfrida daran nichts lag, mochte sie den Duft von gebratenem Speck gern.

Mit großer Vorsicht machte sie Toast. Die Zubereitung von Toastscheiben war in dieser altmodischen Küche mit Lebensgefahr verbunden, denn der betagte Toaster hatte seine besten Zeiten hinter sich und benahm sich entsprechend. Manchmal kamen zwei ganz akzeptable, gleichmäßig gebräunte Toastscheiben zum Vorschein. Aber gelegentlich spie er die Brotscheiben auch ungetoastet wieder aus. Wenn er ganz schlecht gelaunt war, stellte er sich nicht automatisch aus, mit dem Erfolg, dass die Küche dunkel verqualmt war und die verkohlten Krusten so ekelhaft aussahen, dass selbst die Möwen sie verschmähten.

Von Zeit zu Zeit nahm Elfrida sich vor, einen neuen Toaster zu kaufen. In der High Street gab es ein kleines Elektrogeschäft, das dem Elektriker Mr. W. G. Croft gehörte. Die Schaufenster dieses Ladens waren mit Mikrowellen, Föhnen, Dampfbügeleisen, Waffeleisen und allen möglichen Geräten gefüllt, auf die Elfrida gut und gern verzichten konnte. Aber ein Toaster war ihr unentbehrlich. Sie war schon einmal bei Mr. W. G. Croft vorbeigegangen, um sich nach den Preisen zu erkundigen, hatte die Ausgabe aber gescheut und war unverrichteter Dinge wieder abgezogen.

Es war alles ein bisschen schwierig, denn ohne die zusätzlichen Einnahmen aus ihrer kleinen Heimindustrie litt sie unter chronischem Geldmangel und es konnte gar nicht schnell genug wieder Montag werden, damit sie zur Post gehen und ihre Rente abholen konnte. Was Oscars finanzielle Lage betraf, so hatte sie keine Ahnung, ob er in demselben Dilemma steckte, und wollte auch auf keinen Fall fragen. Wahrscheinlich hatte er Geld in Aktien oder Anleihen angelegt, doch für die laufenden Kosten hatte bei dem ziemlich üppigen Lebensstil in der *Grange* vermutlich Gloria aufkommen müssen.

Also quälte Elfrida sich weiter mit dem geerbten, alten Toaster und beschloss, etwaige kleine Ersparnisse doch lieber für Bücher und Blumen auszugeben.

Heute war er allerdings guter Laune und der Duft des Schinkens vermischte sich angenehm mit dem Duft nach frischem, heißem Kaffee.

Der Kaffee war Elfrida das Wichtigste. Sie saß am Tisch und trank ihre erste Tasse, als Oscar herunterkam und sich zu ihr setzte. Sein verändertes Aussehen fiel ihr sofort auf. Meist trug er einen warmen Pullover und darunter ein dickes Hemd. Ziemlich salopp. Ohne Schlips. Aber heute Morgen trug er nicht nur eins seiner besseren Hemden, sondern auch einen Schlips, eine Weste und sein gutes Tweedjackett.

Sie musterte ihn erstaunt. «Du siehst ja so elegant aus.»

«Danke. Freut mich, dass es dir auffällt.»

«Warum siehst du denn so elegant aus?»

Er nahm sich den Teller mit Eiern und Speck von der Herdplatte, wo sie ihn für ihn warm gehalten hatte.

«Weil Samstag ist.»

«Das ist kein überzeugender Grund.»

«Weil es nicht so weit kommen darf, dass ich zu einem schäbigen, abgewrackten alten Mann verkomme.»

«Das kann ein Schlips auch nicht verhindern.»

Er nahm Platz und sie schenkte ihm Kaffee ein. «Danke. Nein, du hast ganz Recht. Ich habe mich aufgerafft, weil ich einen Besuch machen will.»

Elfrida war ehrlich überrascht, bemühte sich aber, sich ihre Überraschung nicht anmerken zu lassen. Außerdem war sie neugierig. «Wen willst du denn besuchen?»

«Rose Miller.»

«Und wer ist Rose Miller?»

«Eine uralte Freundin.»

«Du hast sie noch nie erwähnt. Muss ich vor Eifersucht außer mir sein?»

«Ich glaube nicht. Sie ist mindestens fünfundachtzig. Sie war das Zimmermädchen meiner Großmutter und wohnt in einem winzigen, reetgedeckten Häuschen, das früher zum Gut gehörte. Ich will ihr meine Aufwartung machen. Ich glaube nicht, dass sie Telefon hat, sonst würde ich vorher anrufen. Aber ich habe im Telefonbuch nachgesehen und keine Nummer gefunden.»

«Warum der plötzliche Entschluss, ausgerechnet das Zimmermädchen deiner Großmutter zu besuchen? Du hast dich in letzter Zeit so rar gemacht, dass man meinen könnte, du seist ein entflohener Häftling. Was bewegt dich mit einem Mal, unter Menschen zu gehen?»

«Hast du etwas dagegen?»

«Im Gegenteil, lieber Oscar, ich bin begeistert. Nur, was hat diesen Sinneswandel bewirkt?»

Oscar stellte seine Kaffeetasse ab. Als er den Mund wieder aufmachte, war der scherzhafte Ton aus seiner Stimme verschwunden. «Es war die Begegnung gestern. Mit Peter Kennedy. Dem Pfarrer. Dass ich mich so unhöflich und albern benommen habe. Und noch etwas. Während der letzten Wochen habe ich geglaubt, ich sei anonym, aber das stimmt gar nicht. Wenn Peter Kennedy mich kennt, werden viele andere Leute mich auch kennen. Sie sind nur zu höflich, zu rücksichtsvoll und zurückhaltend, um einfach so bei uns hereinzuplatzen. Dies ist eine Kleinstadt und Neuigkeiten sprechen sich in Windeseile herum. Inzwischen hat auch Rose Miller gehört, dass ich wieder da bin. Und würde tief gekränkt sein, wenn ich nichts von mir hören ließe. Deshalb habe ich mich zu diesem Besuch entschlossen. Ich werde ihr bei Arthur Stead einen Blumenstrauß kaufen und das Auto nehmen, und gemeinsam werden wir beide eine Reise in die Vergangenheit antreten. Oder brauchst du das Auto?»

«Nein. Ich finde, das ist das Beste am Leben hier. Ich gehe über den Marktplatz und schon bin ich im Supermarkt, der Schlachter ist am Ende der Straße und auf dem Heimweg kann ich im Buchladen vorbeischauen. Und wenn ich dann noch Lust habe, kann ich in dem kleinen Antiquitätengeschäft herumstöbern und mit einer viktorianischen Teekanne zurückkommen. Oder mir sogar die Haare färben lassen.»

«Gibt es in Creagan etwa einen Damenfriseur?»

«Natürlich. Über dem Herrenfriseur. Wo sonst?»

«Ich dachte, ich müsste dich nach Inverness fahren.»

«Denkst du.» Sie beugte sich über den Tisch, um seinen Teller abzuräumen und sich eine zweite Tasse Kaffee einzuschenken. Die Vorhänge waren noch geschlossen. Sie zog sie auf und sah, dass es draußen hell zu werden begann.

Plötzlich war ihr so leicht zumute wie seit langem nicht mehr. Es ging also langsam bergauf. Heute würde ein schöner Tag werden. Eiskalt, aber schön. Oscar wollte einen Besuch machen und in der nächsten Woche würden Carrie und Lucy Wesley kommen. Während sie darüber nachdachte, ging ihr auf, dass der vorherige Tag ein Wendepunkt gewesen war, ohne dass sie es gemerkt hatte.

«Ich mache einen Spaziergang», hatte Oscar verkündet. «Ein bisschen die Beine vertreten und frische Luft schöpfen. Horaz nehme ich mit.» Von Elfrida wurde offenbar weder erwartet, dass sie mitkam, noch wurde sie dazu aufgefordert. Was ihr recht war, denn sie hatte gar keine Lust, draußen durch Wind und Regen zu traben. Sie verbarg ihre Überraschung und riet ihm nur, sich gegen das bitterkalte Wetter warm anzuziehen.

Aber dann hatte Oscar zufällig diesen Mann getroffen, diesen Peter Kennedy. Den Pfarrer. Und war irgendwie von ihm ins Gespräch gezogen und mit Freundlichkeit und Entgegenkommen behandelt worden. Die Tatsache, dass Oscar in Panik geraten war und dem Pastor den Laufpass gegeben hatte, war wahrscheinlich von geringerer Bedeutung für Peter Kennedy als für Oscar selbst, den sein Verhalten offenbar tief beschämt hatte. Vielleicht hatte ihn nachts das schlechte Gewissen geplagt. Vielleicht war auch der Besuch bei dem alten Zimmermädchen Rose Miller eine Art Wiedergutmachung, ein erster, freiwilliger Schritt zurück in die menschliche Gesellschaft.

«Wann willst du los, Oscar?» Sie brachte ihre Tasse an den Tisch zurück. «Zu deinem Rendezvous mit Rose?»

«Von einem Rendezvous kann keine Rede sein, denn sie weiß gar nicht, dass ich komme.»

«Ja, aber Rendezvous klingt aufregender.»

«Ich dachte, so gegen halb elf. Ist das die richtige Zeit?»

«Perfekt. Bis dahin wird sie auf den Beinen sein und dir eine Tasse Tee und vielleicht einen Keks anbieten.» Elfrida trank ihren Kaffee aus. «Und vielleicht solltest du, wenn du schon auf Corrydale bist, Major Billicliffe auch gleich einen Besuch abstatten.»

«Verlang nicht zu viel von mir.»

«Wir müssen uns gelegentlich um ihn kümmern. Wir können nicht hier wohnen und so tun, als existiere er nicht. Schließlich hat er uns den Schlüssel gegeben und einen, wenn auch ziemlich zweifelhaften, Drink angeboten. Wir müssen uns wohl mal revanchieren.» Oscar verriet wenig Begeisterung. «Wir könnten ihn einladen, wenn Carrie und Lucy hier sind. Zu einer kleinen Party. Und den Pfarrer laden wir dazu und rauchen eine Friedenspfeife.»

«Und für wann hast du diese aufregende kleine Lustbarkeit geplant?»

(Aber er hatte sich nicht dagegen gesträubt und nicht *Die will ich nicht im Haus haben. Ich will meine Ruhe* gesagt.)

«Carry und Lucy kommen voraussichtlich am Freitag.»

«So bald schon? In ein paar Tagen? Ich muss mich umsehen, wo ich Möbel für die Dachkammer finde. Vielleicht gibt es hier irgendwo einen Trödelmarkt. Ich werde mich erkundigen.»

«Wen willst du fragen?»

«Den Schlachter?»

«Oder den Zeitungshändler?»

«Oder den Mann in der Buchhandlung?»

«Mrs. Snead! Mrs. Snead weiß bestimmt Bescheid.»

Diese faszinierende Diskussion wäre womöglich endlos weitergegangen, wenn sie nicht durch ein schrilles Klingeln an der Haustür unterbrochen worden wären, das den armen Horaz in seinem Körbchen aufschreckte und zu lautem Bellen veranlasste.

Elfrida beschwichtigte ihn und ging durch den Flur an die Tür. Es war der Postbote. Auf der Matte lagen zwei Briefe. Was Elfrida als weiteres gutes Omen deutete, denn seit ihrer Ankunft hatten sie noch so gut wie überhaupt keine Post bekommen.

Sie bückte sich, hob die Briefe auf und ging mit ihnen in die Küche zurück.

«Einer ist für dich. Er sieht sehr geschäftsmäßig aus und ist vermutlich von deinem Bankmanager. Der andere ist für mich.»

«Jetzt habe *ich* Grund, eifersüchtig zu sein.»

«Ich glaube nicht.» Sie nahm ihre Brille aus der Tasche ihres Pullovers, setzte sie auf und sah sich den Umschlag genauer an. «Gestochene, steile Altershandschrift.» Mit einem Messer schlitzte sie den Umschlag auf und nahm den Brief heraus. Sie drehte das Blatt um, sah auf die Unterschrift und lächelte.

«Oscar, der Brief ist von Hector. Der gute Alte schreibt uns.» Sie setzte sich an den Tisch und faltete das dicke blaue Briefpapier auseinander. «Und ein Scheck! Ein Scheck über fünfhundert Pfund.»

Oscar blieb vor Staunen der Mund offen stehen. «Fünfhundert Pfund? Bist du sicher?»

«Sieh selbst. Er ist auf deinen Namen ausgestellt.» Sie reichte ihm den Scheck. Er starrte ihn ungläubig an und sagte: «Lies mal lieber, worum es sich handelt.»

Also las Elfrida laut vor.

> Lieber Oscar und liebe Elfrida,
> ich habe euch bisher noch nicht geschrieben, weil ich euch Zeit zum Eingewöhnen geben wollte. Ich hoffe, ihr habt die Reise gut überstanden und das Haus in gutem Zustand vorgefunden.
>
> Ich muss dir etwas beichten, Oscar. Nach eurer Abreise habe ich an Peter Kennedy, den Pastor der Kirchengemeinde in Creagan, geschrieben. Natürlich begreife und respektiere ich deinen Wunsch nach Abgeschiedenheit und Anonymität, um mit der schmerzlichen Tragödie fertig zu werden. Aber gleichzeitig habe ich mir Sorgen um dich gemacht. Peter Kennedy ist ein guter Mensch und ein sehr guter Freund und ich war sicher, dass er die traurigen Umstände für sich behalten würde. Er gehörte damals zu meinem Freundeskreis auf Corrydale und ich habe seine Gesellschaft und seine Intelligenz immer zu

schätzen gewusst. Ich nehme an, er wird sich mit dir in Verbindung setzen, und ich würde mich freuen, wenn du seinen Rat und seine eventuelle Hilfe in Anspruch nehmen würdest.

Ich hoffe, dich mit meinem eigenmächtigen Vorgehen nicht gekränkt zu haben.

Außerdem mache ich mir Sorgen, dass das Haus nicht hinreichend möbliert und ausgestattet ist. Wie ihr wisst, habe ich es seit Jahren nicht gesehen, obwohl ich nach dem Auszug der Cochranes für seine Instandhaltung gesorgt habe. Da ich mich an deinem Entschluss, Hampshire zu verlassen und nach Creagan zu ziehen, nicht ganz unschuldig fühle, möchte ich dazu beitragen, euer Leben dort oben so bequem wie möglich zu machen. Deshalb lege ich einen Scheck über fünfhundert Pfund bei.

Das Wetter in London ist nach wie vor grau und kalt. Ich gehe nicht viel an die Luft, sondern beschränke mich auf einen gelegentlichen Blick aus dem Fenster.

Ansonsten hoffe ich, dass es euch beiden gut geht. Ich würde mich über einen Brief oder einen Anruf freuen, damit ich beruhigt sein kann.

Wie ich in der *Times* gesehen habe, steht die *Grange* bereits zum Verkauf. Die Burschen haben keine Zeit verschwendet.

Mit besten Grüßen an euch beide
euer Hector

Schweigend faltete Elfrida den Brief zusammen und steckte ihn in den Umschlag zurück. «Ich werde gleich heute Morgen an ihn schreiben», sagte sie.

«Wie großzügig von Hector. Aber eigentlich brauchen wir gar nichts.»

«Und ob!», sagte Elfrida mit Nachdruck.

«Was denn zum Beispiel?»

«Zum Beispiel einen neuen Toaster, damit der Toast nicht anbrennt oder mich ein tödlicher Schlag trifft. Dieser ist uralt. Dann müssen wir ein Bett für Lucy besorgen, und ich fände es schön, wenn wir vorm Treppenfenster Vorhänge hätten.»

«Diese Dinge sind mir noch nie aufgefallen», sagte Oscar und sah ein bisschen beschämt aus.

«Typisch Mann.»

«Du könntest eine Geschirrspülmaschine kaufen.»

«Ich will aber keine Geschirrspülmaschine.»

«Oder eine Mikrowelle.»

«Ich will auch keine Mikrowelle.»

«Vielleicht einen Fernsehapparat?»

«Ich sehe nie fern. Du etwa?»

«Nur die Nachrichten. Und den Sonntagsgottesdienst. Und die Prom-Konzerte.»

«Ist es nicht ein Glück, Oscar, dass wir so anspruchslos sind?»

«Ein großes Glück.» Er nahm den Scheck in die Hand und besah ihn. «In jeder Beziehung. Bevor ich Rose besuche, gehe ich bei der Bank of Scotland vorbei und eröffne ein gemeinsames Konto für uns. Und dann kannst du nach Herzenslust einkaufen.»

«Aber das Geld ist nicht für mich.»

«Es ist für uns beide.»

«Und wird sich die Bank so entgegenkommend zeigen?»

«Ich bin seit meiner Kindheit Kunde bei ihnen. Ich wüsste nicht, warum nicht.»

«Dein Tatendrang ist nicht zu bremsen, Oscar. Und vergiss die Blumen für Rose nicht.»

«Nein. Die vergess ich bestimmt nicht.»

Es wurde ein strahlender Tag. Die rötliche Sonne stieg an einem eierschalenfarbenen Himmel empor und nicht ein Windhauch war zu spüren. Um nicht auszurutschen oder hinzufallen, trippelten die Damen von Creagan bei ihren Morgeneinkäufen vorsichtig übers Straßenpflaster und trugen dicke Stiefel, Wollmützen, Schals und Handschuhe. Doch hielt die Kälte sie nicht davon ab, auf ein Schwätzchen stehen zu bleiben, wobei ihnen der Atem wie weißer Dampf vor dem Mund stand.

Hinter dem dunklen Filigran kahler Platanenzweige leuchtete die Kirche vergoldet im Sonnenlicht. Um den Turm flogen Möwen und oben auf der Wetterfahne ließen sich Dohlen nieder. Das Gras des alten Friedhofs war mit Raureif bedeckt und die Wagen, die von den entlegenen Bauernhöfen kamen, trugen dicke Kappen aus Schnee. Bei einem ragte ein Tannenbaum aus der offenen Klappe.

Nachdem Elfrida ihre täglichen kleinen Pflichten erledigt, die Betten gemacht, ein Feuer im Kamin gelegt und einen Korb voller Holzscheite aus dem Schuppen geholt hatte, setzte sie sich in den Erker und sah dem vorweihnachtlichen Treiben auf der Straße zu. Oscar war bereits unterwegs, nachdem es ihn einige Mühe gekostet hatte, die Windschutzscheibe zu enteisen und die Scheibenwischer in Gang zu setzen. Elfrida war sicher, dass Rose Miller sich über seinen Besuch freuen würde.

Dann setzte sie sich an den Tisch und schrieb ihren Brief an Hector, wobei ihr die blasse Wintersonne warm auf den Rücken schien.

Creagan, 9. Dezember
Lieber Hector,
wie nett von Ihnen, an uns zu schreiben, und haben Sie Dank von Oscar und von mir für Ihren großzügigen Scheck. Er kam uns aus verschiedenen Gründen wie gerufen. Zwar hat es uns bisher an nichts gefehlt, aber nun kommt Carrie Sutton, eine Großcousine von mir, über Weihnachten zu uns und bringt ihre vierzehnjährige Nichte Lucy mit. Dank Ihrer Großzügigkeit können wir das Haus also ein bisschen aufmöbeln und gemütlicher machen. Wir brauchen unbedingt einen neuen Toaster und ich möchte ein paar Möbelstücke für Lucys Zimmer kaufen (sie schläft in der Dachkammer!), sodass Ihr Scheck uns hoch willkommen ist. Ich werde mich gleich nach einem Gebrauchtwarenhändler umsehen.

Oscar geht es gut. Er ist zwar sehr in sich gekehrt, seit wir hier sind, und von Zeit zu Zeit habe ich mir ernsthafte Gedanken gemacht, ob er seine Niedergeschlagenheit jemals überwinden und sich dem Leben wieder zuwenden wird. Er hat niemanden sehen und mit niemandem sprechen wollen. Gestern allerdings hat er einen langen Spaziergang mit meinem Hund Horaz gemacht und vor dem Golfclub hat ihn Peter Kennedy angesprochen. Oscar fand ihn auf Anhieb sympathisch. Peter Kennedy hat Oscar zu einer Tasse Tee ins Clubhaus eingeladen, aber als Oscar merkte, dass er der hiesige Pfarrer ist, hat er sich vor Schreck aus dem Staub gemacht.

Die Sache hat ihn schrecklich belastet, aber ich glaube, der Zwischenfall hat ihn gleichzeitig zur Besinnung gebracht und ihm klargemacht, dass er sich auf Dauer nicht abkapseln darf. Deshalb stattet er Rose Miller heute Morgen einen Besuch auf Corrydale ab. Es ist sein erster freiwilliger Schritt auf andere Leute zu, und ich bin voller Hoffnung und Optimismus, dass die Kennedys als Nächste an der Reihe sind. Aber wie Sie wissen, hat es wenig Zweck, Oscar zu drängen. Man muss ihn gewähren lassen.

Uns geht es gut und die Tage vergehen in aller Beschaulichkeit. Dies ist eine sehr friedliche Ecke der Welt. Ich mache mit meinem Hund lange Spaziergänge am Strand entlang, oft bis nach Sonnenuntergang. Wir haben kein Fernsehen, entbehren es aber auch nicht. Oscar hat sein kleines Radio mitgebracht und an den langen Abenden spielen wir Canasta oder hören Musik.

Die Fahrt von Hampshire war endlos und wir …

Elfrida war so in ihren Brief vertieft und achtete so wenig auf das, was draußen auf der Straße vor sich ging, dass sie gar nicht hörte, wie Schritte den Weg entlangkamen. Als es an der Tür klingelte, fuhr sie vor Schreck so zusammen, dass ihr der Füller aus der Hand fiel. Von unten war Horaz' erregtes Bellen zu hören. Elfrida stand auf und lief die Treppe hinunter.

«Ach, sei still, Horaz!» Sie lief durch die Diele, öffnete die schwere Eingangstür und ließ mit der Sonne auch die eisige Kälte herein. Vor ihr stand eine ihr unbekannte weibliche Gestalt.

«Entschuldigen Sie den Hund …»

«Keine Ursache …»

Die Besucherin war eine Frau von vielleicht Ende dreißig, groß und schlank und herrlich unkonventionell gekleidet.

Sie hatte dunkles, fast rabenschwarzes, zu einer Pagenfrisur geschnittenes Haar, das ihr glatt und locker auf die Schultern fiel. Über einem langen roten Wollrock trug sie einen alten, abgetragenen Parka und darunter Schuhe, die nach Doc-Marten-Stiefeln aussahen. Um den Hals hatte sie einen schottischen Schal geschlungen, der ihr ebenmäßiges, von keinerlei Make-up berührtes Gesicht umrahmte. Ihre gebräunten Wangen waren von der morgendlichen Kälte rosig angehaucht und die tief liegenden Augen waren dunkel wie schwarzer Kaffee. In der einen Hand trug sie eine Einkaufstüte aus Plastik und in der anderen ein Bauernkörbchen mit Eiern.

Sie lächelte. «Guten Tag. Sind Sie Elfrida Phipps? Ich hoffe, ich störe Sie nicht. Ich bin Tabitha.» Elfrida war nach diesen Worten auch nicht viel klüger und machte ein verdutztes Gesicht. «Tabitha Kennedy. Peter Kennedys Frau.»

«Ach so.» Elfrida gab sich Mühe, sich ihre Überraschung nicht anmerken zu lassen. Sie konnte sich kaum jemanden vorstellen, der weniger wie eine Pfarrersfrau aussah. «Wie schön, Sie kennen zu lernen.» Sie trat einen Schritt zurück und hielt die Tür auf. «Kommen Sie doch herein.»

Aber Tabitha Kennedy zögerte. «Ich möchte Sie nicht stören. Ich habe Ihnen nur ein paar Eier mitgebracht. Von meinen eigenen Hühnern.»

«Sie stören überhaupt nicht und frische Eier bekommt man nicht alle Tage geschenkt. Kommen Sie herein und trinken Sie eine Tasse Kaffee mit mir.»

Tabitha trat in die Diele und Elfrida schloss die Tür hinter ihr. «Kommen Sie einen Moment mit in die Küche?» Elfrida ging voran. «Ich stelle den Kessel auf, und dann nehmen wir den Kaffee mit nach oben. Oder möchten Sie lieber Tee?»

«Ich lechze nach einer Tasse Kaffee, denn ich bin völlig durchgefroren. Peter hat heute den Wagen, deshalb bin ich zu Fuß heruntergekommen. Es ist draußen so glatt, ich dachte, ich würde jeden Moment lang hinschlagen.» Sie folgte Elfrida in die Küche, stellte den Eierkorb auf den Tisch und hängte ihren Plastikbeutel an einen Stuhl.

«Oscar ist auch mit dem Wagen unterwegs. Er ist nach Corrydale gefahren und besucht eine Frau namens Rose Miller.»

«Du liebe Güte, das wird ein Wiedersehen geben! Rose hat Oscar immer vergöttert. Sie redet ständig von ihm. Wissen Sie, dass ich noch nie in dieser Küche gewesen bin? Wenn ich mal hier war, ging es immer sehr förmlich zu, die Treppe rauf und gleich in den großen Salon. Die Cochranes waren ein merkwürdiges altes Paar, schrecklich reserviert. Von Geselligkeit keine Spur. Aber einmal im Jahr wurden Peter und ich zum Tee geladen und mussten Konversation machen. Es war immer etwas quälend. Und haben Sie sich inzwischen eingelebt?»

Elfrida hatte den Wasserkessel gefüllt und aufgesetzt und war dabei, Tassen und Untertassen auf ein Tablett zu stellen. «Einigermaßen.»

Tabitha schaute sich um. «Diese Küche erinnert mich an die Küchen von früher, die man in Heimatmuseen findet. Meine Großmutter hatte genauso eine. Ich bezweifle stark, dass die Cochranes mit technischem Firlefanz viel im Sinn hatten, aber wenn ja, hat Mrs. Cochrane hier gründlich ausgeräumt. Haben Sie wenigstens eine Geschirrspülmaschine?»

«Nein. Aber die habe ich auch vorher nicht besessen.»

«Und eine Waschmaschine?»

«In der Waschküche steht eine uralte. Sie braucht Stunden, aber sie tut's. Und mein Trockner ist die Wäscheleine hinten im Garten.»

«Eine richtige Waschküche! Kann ich mal sehen?»

«Natürlich.»

«Hier durch? Das wird ja immer besser. Gekachelter Fußboden, Spülsteine und Waschbretter aus Holz. Aber wenigstens haben Sie einen Kühlschrank.»

«Bei diesem Wetter eigentlich auch überflüssig.»

Tabitha schloss die Tür zur Waschküche und kam in die Küche zurück. Dann nahm sie sich einen Stuhl und setzte sich an den Tisch. «Benutzen Sie das große Wohnzimmer oben?»

«Immer. Es ist ein ständiges Rauf und Runter.»

«Und die Zimmer im Erdgeschoss?»

«Das eine ist ein sehr düsteres viktorianisches Esszimmer. Lauter schwere, dunkle Mahagonimöbel, Samtportieren und ein Klavier mit Messingkerzenhaltern. Das andere war das ursprüngliche Gutsbüro. Ich glaube nicht, dass die Cochranes es je benutzt haben. Es steht immer noch das alte Rollpult darin und ein Tisch mit speziellen Schubladen für die Pachtzahlungen. Wir betreten die beiden Räume so gut wie nie und essen entweder hier oder oben vor dem Kamin.»

«Viel einfacher.»

«Und Oscar ist es recht.»

«Ich bin froh, dass Oscar nicht da ist», sagte Tabitha. «Ich bin unter anderem gekommen, um eine Entschuldigung zu überbringen. Das brauche ich ja nun nicht.»

«*Entschuldigung*? Wofür?»

«Peter schickt mich. Er macht sich Vorwürfe, dass er gestern so aufdringlich war, und hofft inständig, dass er Oscar nicht gekränkt hat.»

«Ich glaube, Oscar hat eher das Gefühl, dass *er* sich bei

Peter entschuldigen muss. Es war unhöflich von ihm, einfach so davonzulaufen, aber er ist in Panik geraten und hat die Flucht ergriffen. Er hat ein sehr schlechtes Gewissen und weiß, dass er sich unmöglich benommen hat.»

«Hector hat uns geschrieben und uns erzählt, dass er seine Frau und seine Tochter bei diesem schrecklichen Autounfall verloren hat. Es ist ein langer Prozess, bis man darüber hinwegkommt und sich dem Leben wieder zuwenden kann.»

«Das nennt man Trauern.»

«Ich weiß. Es kann auch für Sie nicht ganz einfach gewesen sein.»

«Um ganz ehrlich zu sein, es war die Hölle.»

Elfrida war selbst überrascht, wie impulsiv diese Worte herausgekommen waren, denn bisher hatte sie derartige Gefühle nicht einmal vor sich selbst eingestanden. «Das Schlimmste ist die eigene Hilflosigkeit, denn es gibt nichts auf der Welt, was man tun kann. Und dann die Ungeduld. Und gleichzeitig das schlechte Gewissen, dass man ungeduldig ist. Wie oft habe ich mir auf die Zunge beißen müssen. Außerdem bin ich von Natur ein geselliger Mensch. Ich meine nicht endlose Partys, aber ich bin gern unter Menschen und es fällt mir leicht, mit anderen Kontakt aufzunehmen, doch Oscars wegen musste ich mich zurückhalten. Ich habe vermutlich einen ziemlich hochnäsigen Eindruck gemacht.»

«Bestimmt nicht.»

«Mrs. Snead war mein Rettungsring. Wir haben lange Gespräche über endlosen Tassen Tee geführt.»

«Ich bin froh, dass sie bei Ihnen sauber macht.»

«Heute ... heute habe ich zum ersten Mal das Gefühl, dass die höllischen Zeiten hinter uns liegen. Ich hoffe es um

Oscars willen. Er ist ein solch liebenswerter Mensch und hat dieses Schicksal nicht verdient. Vielleicht ist der Besuch bei Rose Miller ein Schritt voran.»

«Wir waren immer da, Peter und ich, aber wir fanden, dass wir Ihnen Zeit lassen mussten. Es ist oft schwierig, den richtigen Augenblick abzupassen …»

«Machen Sie sich deswegen bitte keine Gedanken.»

«Wäre es eine gute Idee, wenn Peter Oscar besuchte?»

«Eine ausgezeichnete Idee, aber sagen Sie ihm, er soll vorher anrufen.»

«Mach ich.»

Der Kaffee war fertig. Elfrida nahm das Tablett in die Hand. «Gehen wir nach oben. Dort ist es gemütlicher.»

Sie ging voran und Tabitha folgte ihr. «Ich finde diese herrliche Treppe immer wieder beeindruckend. Sie gibt dem Haus etwas Grandioses. Peter sagt, das Geländer sei aus baltischem Kiefernholz, das man als Ballast auf den Heringsfängern mitgebracht hat.» Sie blieb auf dem Treppenabsatz stehen und blickte in den winterlich kahlen Garten hinaus, der in terrassenförmig angelegten Rasenflächen nach hinten anstieg und durch dessen Mitte eine Steintreppe führte. Oben wurde er durch eine Gruppe von Kiefern begrenzt, in denen die Dohlen nisteten. «Ich hatte ganz vergessen, wie groß der Garten ist. Wegen der hohen Mauer sieht man ihn von der Straße aus nicht. Ich liebe solche abgeschlossenen Gärten. Der alte Cochrane war ein leidenschaftlicher Gärtner. Er hat uns das ganze Jahr mit Salat versorgt.»

«Oscar hat etwas für Gartenarbeit übrig, sich bisher aber darauf beschränkt, ein paar Blätter zusammenzuharken.»

«Im Frühjahr wachsen überall Osterblumen und die Terrassen sind mit leuchtend blauer Aubretie übersät. Es gibt auch Flieder …»

Elfrida mit ihrem Tablett ging weiter die Treppe hinauf, während Tabitha hinter ihr ihren laufenden Kommentar abgab.

«Das Haus kommt einem nicht nur so vor, es *ist* auch grandios. Man erwartet diese Geräumigkeit gar nicht, ein bisschen wie in der Tardis bei Dr. Who ... es wird immer größer und größer.» Die niedrige Sonne strömte durch die offene Wohnzimmertür. «Und für diesen Saal hatte ich schon immer eine Schwäche. Ach, sieh mal an, den Kronleuchter durften Sie also behalten. Der stammt noch von Corrydale. Und sitzen Sie manchmal am Fenster und schauen dem Treiben draußen zu? Bestimmt wissen Sie inzwischen so gut über uns Einheimische Bescheid, dass Sie ein Buch schreiben könnten.»

«Es ist ziemlich spannend», gab Elfrida zu.

Sie setzte das Tablett auf dem Tisch ab und ging zum Kamin, um ein Streichholz an das geschichtete Holz zu legen.

«Brauchen wir ein Feuer? Mir kommt es ganz warm vor.»

«Das Beste an diesem Haus ist die Zentralheizung. Ich hatte schon Angst, wir müssten hier erfrieren, aber es ist mollig warm. Auch das Wasser ist so heiß, dass man Dampfbäder nehmen kann. Außerdem sind diese viktorianischen Häuser so massiv gebaut, dass es nirgendwo zieht.» Das Holz fing Feuer und es knackte und knisterte. Kleine Flämmchen zuckten. Elfrida legte ein Brikett obenauf.

«Wollen wir uns nicht ans Fenster setzen?»

«Doch. Die Sonne ist so herrlich warm.» Tabitha nahm ihren Schal ab, zog ihre Jacke aus und warf sie auf einen Stuhl, bevor sie sich am Fenster niederließ.

«Wie lange wohnen Sie schon in Creagan?», fragte Elfrida und schob den Brief an Hector beiseite.

«Seit ungefähr zwanzig Jahren. Wir haben geheiratet, kurz bevor Peter hier Pfarrer wurde.»

«Und wie alt waren Sie damals?»

«Zwanzig.» Tabitha zog eine Grimasse. «Es gab Leute in der Gemeinde, die starke Vorbehalte dagegen hatten, aber es hat sich alles zurechtgewachsen. Die Kinder sind beide im Pfarrhaus geboren.»

«Und wie alt sind die?»

«Rory ist achtzehn. Er ist gerade mit der Schule fertig. Wir haben beide auf die hiesige staatliche Schule geschickt. Er hat einen Studienplatz an der Uni in Durham, will aber erst nächstes Jahr mit dem Studium beginnen. Er hat also ein ganzes Jahr Leerlauf, und weiß der Himmel, was er mit sich anfangen will. Peter sagt, ihm ist es egal, solange er nicht träge, sondern rege ist. Und Clodagh ist zwölf und ganz verrückt nach Pferden. Wir wissen auch nicht, warum sie sich ausgerechnet ein so teures Hobby aussuchen musste.»

«Seien Sie froh, dass sie nicht auf Fallschirmspringen verfallen ist.»

Sie prusteten beide gleichzeitig los. Elfrida genoss es von Herzen, mit einer Freundin bei einer Tasse Kaffee zu sitzen und über Männer und Kinder zu plaudern, als kennten sie sich schon seit Urzeiten.

Sie sah Tabitha an, wie sie in ihrem schwarzen Rollkragenpullover mit der mädchenhaften Pagenfrisur vor ihr saß, und eine plötzliche Neugier überkam sie. «Wie kommen Sie sich als Pfarrersfrau vor?»

«Peter und ich führen eine phantastische Ehe. Und ich bin eigentlich gar keine richtige Pfarrersfrau, weil ich Kunstunterricht an der Schule gebe. Ich bin Lehrerin, mit Staatsexamen und allem Drum und Dran. Fünf Tage die Woche.»

«Sind Sie Künstlerin?»

«Ja, ich male und zeichne. Aber ich unterrichte auch Kunstgewerbe. Töpfern und Handarbeit. Meine Oberstufe hat die Altardecke in der Kirche gestickt. Ein Riesenprojekt. Und keine Mutter in Creagan, die nicht einen wackligen Keramiktopf für ihre Begonien hat.»

«Ich war Schauspielerin», sagte Elfrida, bereute ihre Worte aber schon im selben Moment, weil es so aussah, als wolle sie Tabithas Talente übertrumpfen.

Aber zu ihrer Erleichterung war Tabitha beeindruckt. «Tatsächlich? Ehrlich gesagt, überrascht es mich nicht. Ich kann Sie mir lebhaft auf der Bühne vorstellen.»

«Ich war keine große Tragödin. Eher leichte Muse. Komödien, Musicals, in der Richtung. Ich hatte jahrelang ein festes Engagement und habe von jugendlicher Naiver bis zur komischen Alten so ziemlich alle Rollen gespielt.»

«Waren Sie berühmt?»

«So kann man's nicht nennen. Aber ich hatte immer Engagements, so bescheiden sie auch sein mochten.»

«Darauf kommt es an. Dass man tut, was einem Spaß macht, und dafür bezahlt wird. So sehe ich das auch. Wichtig fürs Selbstbewusstsein. Peter denkt genauso. Einer der Gründe, warum wir uns so gut verstehen. Sie müssen ihn unbedingt kennen lernen. Ich würde Sie gleich ins Pfarrhaus einladen, aber vielleicht sollten wir lieber warten, bis Oscar und er sich verständigt haben. Dann schicke ich Einladungen aus. Per Telefon.»

«Darauf freue ich mich schon jetzt.»

«Was machen Sie denn Weihnachten?»

«Ich glaube nicht, dass wir irgendetwas machen, denn Oscar ist nicht danach zumute. Und ich habe Verständnis dafür. Es kann eine sehr schmerzliche Zeit sein. Das Problem ist nur, dass am nächsten Samstag eine Großcousine von mir zu Besuch kommt und ihre Nichte mitbringt ... Ich habe sie gewarnt, dass es nicht sehr festlich bei uns zugehen wird, aber sie kommen trotzdem.»

«Wie alt ist sie?»

«Carrie? Sie ist dreißig. Und die Nichte ist vierzehn. Sie heißt Lucy. Ich kenne sie gar nicht und hoffe nur, dass sie nicht so schüchtern ist. Aber auch nicht gerade das Gegenteil. Ich ... ich hoffe, dass sie sich hier nicht langweilt.»

«In Creagan ist so viel los über Weihnachten, sie wird sich glänzend amüsieren. Die Kinder aus der ganzen Stadt treffen sich ...»

«Aber sie kennt die Kinder doch gar nicht.»

«Wir machen sie mit Rory und Clodagh bekannt, und dann wird sie die anderen auch kennen lernen.»

Elfrida war ein bisschen skeptisch. «Einfach so?»

«Wieso denn nicht?»

«Na ja ... ein wildfremdes Kind. Aus London.»

«Umso mehr Grund, sich um sie zu kümmern», sagte Tabitha und Elfrida sah nicht nur die energische Lehrerin vor sich, die es gewöhnt war durchzugreifen, sondern auch die Pfarrersfrau, die ihre Kinder nach wahren christlichen Grundsätzen erzog. Und sie merkte, dass Tabitha Kennedy trotz ihrer jugendlichen Erscheinung und ihres unkonventionellen Auftretens eine Frau war, mit der man rechnen konnte. Was sie ihr noch sympathischer machte.

Plötzlich kam Elfrida eine Idee. «Ich muss Möbel kaufen», sagte sie. «Es fehlt an allen Ecken und Enden, weil das Haus so gut wie unmöbliert vermietet wurde. Das Zimmer für Carrie ist in Ordnung. Aber Lucy wollte ich in einer der Dachkammern unterbringen. Sie ist hell und geräumig, aber» – Elfrida zögerte –, «würden Sie mal mit raufkommen? Und mich beraten, was ich kaufen soll?»

«Natürlich. Nichts täte ich lieber.» Tabitha hatte ihren Kaffee ausgetrunken. Sie schob den Pulloverärmel hoch und sah auf die Uhr. «Aber dann muss ich auch los, denn Peter hat heute Nachmittag eine Sitzung in Buckly und ich muss ihm noch eine Suppe kochen.»

«Wenn Sie in Eile sind ...»

«Nein, Zeit wie Heu. Kommen Sie. Ich verstehe mich auf Inneneinrichtungen.»

«Viel darf's aber nicht kosten.»

«Sie haben eine Pfarrersfrau vor sich. Sonst noch Wünsche?»

Sie stiegen die Treppe ins Obergeschoss hinauf, wo die Dachkammern lagen. Eine war fensterlos und enthielt drei alte Truhen, eine Schneiderpuppe und eine Menge Spinnweben. Die andere hatte ein riesiges Oberlicht, durch das eine blasse winterliche Sonne in den Raum schien.

Tabitha war begeistert. «Was für ein herrliches Zimmer. Genau das, was kleine Mädchen sich wünschen. Wollen Sie einen Teppich hineinlegen? Mir gefällt das blanke Dielenholz eigentlich besser so. Und sogar Heizung, wie gemütlich. Sie brauchen natürlich ein Bett und vielleicht eine Kommode. Oder einen kleinen Frisiertisch. Und dann gehört ein Fernseher hinein.»

«Wir haben kein Fernsehen.»

«Ja, aber für die heutigen Teenager ist die Welt aus den Fugen, wenn sie nicht in die Röhre gucken können. Rory hat einen alten Apparat, den er nicht mehr benutzt. Ich werde mit ihm reden. Und dann ein paar Lampen. Und eine Jalousie für das Oberlicht. Sonst bekommt sie es noch mit der Angst.»

«Ich habe etwas Geld», sagte Elfrida. «Hector hat es uns geschickt. Ich dachte an etwas aus zweiter Hand ...»

«In Buckly gibt es einen phantastischen Trödelmarkt.»

«Ich bin noch nie in Buckly gewesen.»

«Ich nehme Sie mit hin. Es gibt dort Stände für alles.»

«Auch Betten?»

«Phantastische Betten. Und Bettwäsche, Bilder, *objets d'art*, alte Klamotten, Schränke, Teppiche. Nächste Woche, irgendwann nachmittags. Dienstag vielleicht. Passt Ihnen Dienstag?»

Elfrida, deren Terminkalender seit einem Monat beklagenswert leer gewesen war, nickte nur.

«Können wir Ihr Auto nehmen? Peter braucht seins ziemlich häufig.»

Elfrida nickte noch einmal.

«Wunderbar. Ich kann's gar nicht abwarten.» Sie warf einen Blick auf ihre Uhr. «Also gut. Jetzt muss ich aber los, sonst wird Peter wild.»

Als Tabitha fort war, kehrte Elfrida zu ihrem Brief an Hector zurück.

> ... haben zwei Tage für die Reise gebraucht.
>
> Hier wurde ich durch einen Besuch von Tabitha Kennedy unterbrochen. Ich bin sicher, dass Peter und Oscar ihr Missverständnis schnellstens ausräumen werden. Tabitha ist eine reizende Frau. Sie nimmt mich nächste Woche mit auf einen Trödelmarkt in Buckly, um ein paar Sachen fürs Haus zu kaufen.
>
> Nochmals vielen Dank für Ihre Güte und Großzügigkeit. Ich hoffe, dass das Wetter bald freundlicher wird, damit Sie Ihre Spaziergänge wieder aufnehmen können.
>
> Mit den besten Grüßen von uns beiden
> Ihre Elfrida

Sie las den Brief noch einmal durch, steckte ihn in einen Umschlag und adressierte und frankierte ihn. Dann ging sie nach unten in die Küche, warf einen Blick in ihren Kühlschrank und stellte fest, dass sie nichts als ein bisschen Obst und Gemüse brauchten. Horaz schlief in seinem Körbchen und wollte offenbar nicht gestört werden. Also ließ sie ihn gewähren, zog sich warm an und verließ das Haus. Ohne die Haustür abzuschließen. Wie sie gehört hatte, schloss in Creagan niemand seine Haustür ab.

Die Kälte war schneidend, doch die niedrige Sonne hatte den Raureif geschmolzen und das Straßenpflaster glänzte dunkel und nass. Trotzdem ging Elfrida mit genauso vorsichtigen Schritten wie die anderen Damen auf der Straße, denn ein gebrochenes Bein hätte ihr gerade noch gefehlt.

Sie steckte den Brief ein und überquerte die Straße zu Arthur Sneads Obst- und Gemüsegeschäft. Der kleine Laden war ausnahmsweise einmal leer und Arthur Snead lehnte auf dem Tresen und studierte die Rennergebnisse. Als er Elfrida sah, richtete er sich auf und faltete die Zeitung zusammen.

«Tag, Mrs. Phipps. Wie geht's denn so?»

Arthur Snead war die andere Hälfte von Mrs. Snead, die ihn immer nur «Aaathur» nannte. Die Sneads hatten sich bei Elfridas Ankunft in Creagan als wahrer Segen entpuppt, nicht nur weil Mrs. Snead bei ihnen sauber machte und sich als unerschöpfliche Informationsquelle erwies, sondern auch weil beide mit waschechtem Londoner Akzent sprachen und Elfrida, die ihr Leben lang in London gewohnt hatte, sich beim vertrauten Klang ihrer Stimmen beinahe wie zu Hause fühlte. Die Sneads waren vor fünf Jahren aus Hackney nach Creagan gezogen. Elfrida war von Mrs. Snead über etlichen Tassen Tee ausführlich über diesen ungewöhnlichen Schritt informiert worden. *Wie Aaathur in der North End Road mit nichts wie 'ner Schubkarre angefangen und es schließlich bis zum eigenen Laden gebracht hatte. Dann war das Bauamt gekommen und hatte ihm 'ne Grundstückssteuer aufgebrummt. Aaathur hatte sich furchtbar aufgeregt, und dann hatte er diese Annonce in seiner Gartenzeitung gesehen – die hatte er abonniert von wegen dem Schrebergarten ... Kürbisse zog der, kaum zu glauben – und zu Mrs. Snead gesagt: Wie wär's, Alte? Und Mrs. Snead, treu bis in den Tod, hatte gesagt: Is mir recht, Aaathur, und so waren sie raufgezogen. Hatten den Laden und die kleine Wohnung darüber gekauft und den Schritt nie bereut. Alles gebildete Leute, seine Kunden, fand sie, und nun war er Mitglied im Kegelclub und im Angelclub hatten sie ihn auch geangelt. Und Mrs. Snead machte im Frauenkreis mit, ging auf Ausflüge und sang manchmal im Kirchenchor.*

Die Sneads wurden von den Einheimischen respektiert und akzeptiert, aber ohne boshafte Absicht immer noch «Zugereiste» genannt.

«Sindse vorsichtig, meine Beste. Heute Morgen war Ihr Mann hier und hat weiße Chrysanthemen für 'ne andere gekauft.»

«Ich weiß. Für Rose Miller, und ich tue, was ich kann, um nicht eifersüchtig zu sein. Haben Sie Rosenkohl?»

«Schönen Broccoli hab ich. Ganz frisch heute Morgen. Der Laster ist kaum übern Berg gekommen. Zwanzig Zentimeter Schnee da oben, sagt er. Und Kartoffeln aus Zypern.»

Elfrida kaufte Broccoli, Kartoffeln, ein Netz voll Mandarinen und zwei etwas kläglich aussehende Pampelmusen, die Arthur ihr zum halben Preis überließ.

«Gehnse gleich nach Haus?»

«Nein.» Elfrida war entschlossen. «Ich will einen neuen Toaster kaufen. Unser ist lebensgefährlich.»

«Dann lassense die Tüten hier und ich bringse Ihnen vorbei. Stellse hinter die Tür.»

«Das ist sehr nett von Ihnen. Warum müssen Kartoffeln nur so schwer sein. Vielen Dank, Arthur.»

Und so konnte sie sich unbeschwert zu Mr. W. G. Croft, dem Elektriker, auf den Weg machen. Die Türklingel schepperte, als sie eintrat, und Mr. Croft kam in seinem khakifarbenen Kittel aus der kleinen Werkstatt hinter dem Laden hervor, wo er die meiste Zeit mit dem Reparieren von Staubsaugern oder Fernsehapparaten zubrachte. Er erkannte sie sofort von ihrem vorherigen Besuch.

«Guten Morgen, Mrs. Phipps, da sind Sie ja wieder.»

«Ja. Wegen des Toasters. Aber dieses Mal kaufe ich einen.»

«Ist der andere durchgeschlagen?»

«Nein. Aber ich rechne jeden Moment damit.»

«Und welches Modell hatten Sie sich angesehen?»

«Das billigste. Aber ich glaube, ich möchte etwas ... Moderneres.»

«Ich glaube, ich habe genau, was Sie suchen.»

Er nahm einen Karton aus dem Regal und holte einen Toaster heraus, damit Elfrida ihn in Augenschein nehmen konnte. Ein elegantes Modell, formschön und leuchtend blau. Er zeigte ihr, wie man ihn bediente, was nicht sehr kompliziert war, und wie man das Brot durch bloßes Drehen eines Knopfes entweder ganz hell oder ganz dunkel toasten konnte.

«Und Sie haben ein ganzes Jahr Garantie darauf», schloss Mr. Croft seine Ausführungen, als würde ihr das den Kauf erst recht schmackhaft machen. Und das tat es auch. «Ich nehme ihn», sagte Elfrida. «Das Problem ist nur, dass ich nicht genug Geld bei mir habe. Könnten Sie ihn mir bis morgen zurücklegen?»

«Das ist nicht nötig, Mrs. Phipps. Sie können ihn ruhig jetzt mitnehmen und bezahlen, wenn Sie das nächste Mal wieder vorbeikommen.»

«Sind Sie sicher?»

«Ich habe keine Befürchtungen, dass Sie mit dem Apparat durchbrennen.»

Also nahm sie den Toaster mit nach Hause, packte ihn aus, stellte ihn an und machte sich zwei einwandfreie Scheiben Toast, die sie mit Marmite bestrich und auf der Stelle verzehrte. Den alten Toaster warf sie in den Mülleimer und dabei hörte sie, wie die Haustür ging. Oscar war zurück. Ihren Toast kauend, ging sie ihm in die Diele entgegen.

«Da bist du ja wieder. Wie geht es Rose Miller?»

«Glänzend.» Er nahm seinen Hut ab und hängte ihn über den Pfosten am Ende des Treppengeländers. «Wir haben in Erinnerungen geschwelgt und ein Glas Holunderbeerwein zusammen getrunken.»

«Von wegen Tee!»

«Warum isst du denn Toast?»

«Ich habe einen neuen Toaster gekauft. Komm, sieh ihn dir an.» Sie führte ihn in die Küche zurück. «Ist der nicht schick? Du hast ja gesagt, ich soll das Geld mit vollen Händen ausgeben, und das hab ich getan. Allerdings ist er noch nicht bezahlt. Ich hab gesagt, ich käme morgen wieder vorbei.»

«Dann komme ich mit.» Er zog seine dicke Jacke aus, nahm sich einen Stuhl und setzte sich. Elfrida sah ihn besorgt an. Für einen Mann, der gerade mit einer alten Verehrerin ein Gläschen Holunderbeerwein geleert hatte, sah er müde und abgespannt aus. Vielleicht war Holunderbeerwein um elf Uhr morgens doch nicht das Rechte.

«Fehlt dir was, Oscar?»

«Nein, mir fehlt nichts, Elfrida. Ich habe getan, wie du mir befohlen hast, und bin bei Major Billicliffe vorbeigefahren.»

«Oh, gut!»

«Von gut kann keine Rede sein. Ich fühle mich alles andere als gut.»

«Wieso? Was ist denn passiert?»

Er erzählte ihr die Bescherung.

Rose Millers Häuschen auf dem Gutsgelände von Corrydale lag hinter dem Haus des ehemaligen Verwalters, sodass Oscar auf dem Weg zu ihr daran vorbeifahren musste. *Ein andermal*, hatte er zu sich gesagt. *Billicliffe besuche ich ein andermal.* Doch auf dem Rückweg, nach dem Genuss des süßen Holunderbeerweins, hatte er Billicliffes Hund heulen hören. Das Geheul hatte ihn sofort stutzig gemacht, denn es klang eher wie ein verzweifelter Hilferuf. Er hatte es nicht übers Herz gebracht, einfach vorbeizufahren. Also war er kurz entschlossen in den schmalen Feldweg eingebogen, der zu dem Häuschen mit der ländlichen Holzveranda führte. Als er den Motor abstellte, hörte er den Hund jämmerlich winseln.

Elfrida war entsetzt und machte sich auf das Schlimmste gefasst.

«Ja, und dann?»

«Ich bin ausgestiegen und habe bei ihm geklingelt, aber es rührte sich nichts, außer dass der Hund aufhörte zu jaulen und laut zu bellen anfing. Also habe ich die Klinke runtergedrückt, und tatsächlich, die Tür war offen. Ich bin reingegangen und habe gerufen. Aber es kam keine Antwort.»

«Vielleicht hatte er vergessen, sein Hörgerät ins Ohr zu tun.»

«Niemand zu Hause. Und der Hund war in demselben Hinterzimmer eingesperrt wie bei unserem ersten Besuch und warf sich mit Karacho gegen die Tür.»

«Du hast ihn hoffentlich nicht rausgelassen?»

«Ich konnte mich beherrschen.»

«War denn niemand im Haus?»

«Zuerst bin ich unten durch alle Räume gegangen, wo es überall noch chaotischer aussah als im Wohnzimmer. Wäsche über den Stuhllehnen, Stapel von alten Zeitungen und Kartons auf den Tischen, Golfschläger auf dem Fußboden verstreut. Aber dann hab ich die Treppe entdeckt und bin raufgegangen und hab oben den Kopf durch eine der Türen gesteckt. Und da lag der alte Knabe im Bett ...»

«Doch nicht etwa tot?»

«Einen Moment lang war ich mir selbst nicht sicher. Ich hab leise seinen Namen gerufen, und da hat er sich gerührt ...»

«Gott sei Dank!»

Billicliffe war nicht tot. Aber er sah sterbenselend aus und es ging ihm offensichtlich schlecht. Doch als er merkte, dass Besuch da war, versuchte er mühsam, sich in den Kissen aufzurichten und gute Miene zum bösen Spiel zu machen. Als Oscar sich an sein Bett setzte und fragte, was ihm fehle, hatte Major Billicliffe ihm erzählt, dass er sich schon seit ein, zwei Monaten sehr elend gefühlt und unter schrecklichen Magenkrämpfen und Appetitlosigkeit gelitten hätte. Gestern war seine Putzfrau gekommen und so entsetzt über sein Aussehen gewesen, dass sie Dr. Sinclair, den praktischen Arzt in Creagan, angerufen hatte. Der hatte kurzerhand seine Praxis geschlossen, war unverzüglich nach Corrydale gefahren und hatte Billicliffe nach eingehender Untersuchung mitgeteilt, er halte es für das Beste, ihn ins Krankenhaus in Inverness zu überweisen, um dem Übel auf den Grund zu kommen. Er hatte ihm Schmerz- und Beruhigungstabletten dagelassen und die Gemeindeschwester beauftragt, täglich nach ihm zu sehen.

«Und wann geht er nach Inverness?»

«Am Montag. Dr. Sinclair hat ihn dort angemeldet.»

«Und wie kommt er dorthin?»

«Das genau war das Problem. Sie könnten einen Krankenwagen von Inverness schicken und den Alten hier abholen, aber wenn die Straßen wegen des Schnees nicht befahrbar sind, müsste er wahrscheinlich im Hubschrauber transportiert werden.» Bei dem Wort *Hubschrauber* hatte Major Billicliffes ohnehin klägliche Stimme förmlich versagt und Oscar hatte gemerkt, dass der alte Soldat schlichtweg Angst hatte. Nicht nur vor der Aussicht, im Hubschrauber in die Luft zu entschweben, sondern auch bei dem Gedanken an Krankenhaus, Untersuchungen, Ärzte, Krankheit, Schmerzen und eine mögliche Operation.

An diesem Punkt war Oscar sich seiner Verantwortung bewusst geworden. Es gab offenbar niemanden, der sich um den Alten hätte kümmern können. Deshalb schlug er Major Billicliffe vor, dass er, Oscar, ihn in seinem Wagen ins Krankenhaus nach Inverness bringen und an seiner Seite ausharren würde, bis der Alte wohlbehalten untergebracht war.

Bei diesem Angebot war Major Billicliffe von Rührung überwältigt worden. «Aber warum?», hatte er gefragt und nach seinem schmuddeligen Taschentuch gekramt, um sich die hilflosen Altmännertränen aus den Augen zu wischen. «Warum sollten Sie mit einem klapprigen Greis wie mir Ihre Zeit verschwenden?»

«Weil mir daran liegt», hatte Oscar gesagt. «Weil Sie ein Teil von Corrydale sind. Wie meine Großmutter und

Hector.» Major Billicliffe hatte ein skeptisches Gesicht gezogen. «Und weil Sie mein Freund sind», hatte Oscar hinzugefügt.

Elfrida war ganz gerührt. «Wie lieb von dir. Du hast genau das Richtige getan. Er wird längst nicht so viel Angst haben, wenn du dabei bist.»

«Ich bete nur, dass wir nicht in einem Schneesturm stecken bleiben.»

«Ach, abwarten und Tee trinken. Und was ist mit dem Hund?»

«Ich bin nach unten gegangen und hab ihn in den Garten gelassen. Er musste dringend pinkeln. Und ist überhaupt nicht aggressiv, sondern ein gutmütiger alter Labrador, der nur ein bisschen Zuwendung brauchte. Er heißt übrigens Brandy.»

«Interessant, interessant.»

«Als er mit seinem Geschäft fertig war, hab ich ihn ins Auto verfrachtet, bin mit ihm zu Rose Miller zurückgefahren und hab ihr die Geschichte erzählt. Sie macht sich schreckliche Vorwürfe, dass sie nicht wusste, wie es um Billicliffe stand. Dass er schon so lange nicht auf dem Damm war und sie nicht ein einziges Mal bei ihm nach dem Rechten gesehen hat. Als ich schließlich abfuhr, hatte sie schon ihre Siebensachen zusammengepackt, um bei ihm Ordnung zu schaffen und ihm etwas zu essen zu bringen. Trotz ihrer fünfundachtzig Jahre lässt sie sich so schnell durch nichts einschüchtern. Irgendwie hängt sie an dem alten Billicliffe. ‹Kann nicht von der Buddel lassen, aber eine Seele von Mensch und zu stolz, um sich helfen zu lassen.›»

«Und was wird aus dem armen Hund?»

«Rose will dafür sorgen, dass ihr Neffe, Charlie Miller, sich um ihn kümmert, solange Billicliffe im Krankenhaus ist.

Er arbeitet auf dem Gutsgelände für das Hotel. Dort gibt es einen Schuppen, wo der Hund schlafen kann, und Charlie wird ihn füttern und sehen, dass er regelmäßig Auslauf hat.»

«Du scheinst ja für alles gesorgt zu haben.»

«Ich hoffe, es geht alles gut. Noch zwei Tage, dann ist er im Krankenhaus.»

«Ach, Oscar, was für einen aufregenden Morgen du hinter dir hast.»

«Aber ich bin froh, dass ich ihn aufgesucht habe.» Er lächelte Elfrida aufmunternd zu. «Na ja, das wäre das. Und wie war's bei dir? Was hast du außer dem Kauf eines Toasters so getrieben?»

«Ich hatte einen wunderschönen Morgen. Besser als deiner. Erst habe ich an Hector geschrieben und dann hat Tabitha Kennedy mich besucht. Du ahnst nicht, was ich dir alles zu erzählen habe!»

«Das kannst du beim Essen tun. Warum verwöhnen wir uns nicht einmal? Ich kann ein bisschen Abwechslung gebrauchen. Wir feiern unser reines Gewissen und Hectors Großzügigkeit. Essen irgendwo eine Kleinigkeit, und vielleicht lade ich dich zu einem Gin Tonic ein und wir trinken auf ...» Er zögerte. «Auf uns?»

Ausgehen. Zum Lunch. «Ist das dein Ernst?»

«Natürlich.»

«Ach, Oscar.» Einen albernen Augenblick lang war Elfrida ganz rührselig zumute, aber dann besann sie sich, wanderte um den Tisch herum, legte ihm die Arme um den Hals und drückte ihn fest an sich.

Was für ein schöner Tag!

SONNTAG, 10. DEZEMBER

OSCAR

WARM EINGEHÜLLT gegen die Kälte, machte sich Oscar nach einem verhältnismäßig späten Frühstück am Sonntagmorgen auf den Weg zum Zeitungskiosk, um seinen wöchentlichen Schwung Sonntagszeitungen zu holen. Die kleine Stadt lag still und verlassen. Zu dieser frühen Stunde waren noch keine Autos unterwegs. Nur das Kreischen der Möwen und Dohlen war zu hören, die in rastlosen Schwärmen den Kirchturm umkreisten und sich gelegentlich auf dem Dachfirst niederließen. Wieder war es ein strahlender, wolkenloser Tag. Kein Windhauch zu spüren. Alles war vom Frost wie erstarrt und Oscars Schritte hallten laut auf dem verlassenen Pflaster. Er kam sich wie ein einsamer arktischer Forscher vor.

Auf dem Rückweg traf er Elfrida und Horaz, die gerade zu einem langen, erholsamen Strandspaziergang aufbrachen. Elfrida hatte ihre dicke wollene Pudelmütze wie einen Kaffeewärmer über die Ohren gezogen und trug ihren mit einer farbigen Paspel abgesetzten Wintermantel.

«Komm doch mit», forderte sie ihn auf, doch er lehnte die Einladung ab, denn er freute sich auf die Sonntagslektüre des Feuilletons, das ihn über die kulturellen Ereignisse in London – Galerien, Opern, Konzerte – auf dem Laufenden hielt. Auch die Gartenartikel las er mit Leidenschaft. Weltpolitik dagegen ließ ihn im Augenblick kalt.

«Wie lange bleibst du fort?», fragte er sie.

«Keine Ahnung, aber ich bin rechtzeitig zurück, um dir dein Kotelett zu braten. Außerdem habe ich einen Reispudding im Ofen.»

Oscar hatte eine Schwäche für Reispudding. Elfrida hatte schon einmal einen zubereitet, leicht mit Zitronenschale gewürzt und so sahnig, dass er ihm auf der Zunge zergangen war. Ein voller Erfolg.

«Wohin geht ihr denn?»

«An den Dünen entlang. Warum?»

«Wenn ihr bis zum Einbruch der Dunkelheit nicht zurück seid, schicke ich einen Suchtrupp nach euch aus.»

«Ich hab dir doch versprochen, dass ich auf mich aufpassen werde.»

«Ich bitte darum.»

Sie trennten sich. Er trat ins Haus, ging die Treppe hinauf und betrat das stattliche Wohnzimmer. Elfrida hatte bereits das Holz im Kamin geschichtet, sodass er es nur anzuzünden brauchte. Dann ging er noch einmal in den Schuppen hinunter, um einen weiteren Korb mit Holzscheiten zu füllen, denn wenn der Kamin den ganzen Tag brannte, reichte ein Korb bis zum Abend nicht aus. Als das Feuer munter loderte, suchte er sich das Feuilleton heraus und machte es sich mit seiner Lektüre im Sessel bequem.

Doch die Kirchenglocken störten ihn. Die Turmuhr teilte ihm mit, dass es halb elf war. Er ließ die Zeitung sinken, stand auf, trat ans Fenster und ließ sich, mit dem Oberkörper zur Straße gewandt, auf der Erkerbank nieder. Er fand es immer wieder faszinierend, wie sich die leere Stadt am Sonntagmorgen langsam, aber stetig belebte.

Um die Kirche herum begann es lebendig zu werden. Der wöchentliche Aufmarsch begann. Das Hauptportal war geöffnet und Kirchenälteste und Gemeindemitglieder in dunklen Anzügen oder sogar im Kilt schritten den Pfad vom Eingangstor hinauf und verschwanden im Innern des Gebäudes. Oscar erkannte Mr. W. G. Croft, bei dem Elfrida den neuen

Toaster gekauft hatte. Plötzlich drangen wie aus weiter Ferne die Klänge der Orgel zu ihm herauf. *Schafe können sicher weiden.* Obwohl der Ton durch die dicken Steinmauern gedämpft wurde, erkannte Oscars geschultes musikalisches Gehör die Qualität des Instruments und die kompetente Hand des Organisten. Oft genug waren Organisten auf dem Lande mit altersschwachen, asthmatischen Orgeln und jämmerlichen Chören geschlagen und mussten, während sie in die Pedale traten, gleichzeitig mit lauter Stimme den Ton angeben, um die Gemeinde mitziehen und ihr eine Vorstellung von der Melodie geben zu können.

Dass die Kirche in unmittelbarer Nachbarschaft lag, hatte Oscar anfangs ein wenig irritiert. Es rührte an frische Wunden und erinnerte ihn an all das, was er verloren hatte. Während er zusah, wie die Wagen vorfuhren, Menschen von allen Seiten die Straße entlangkamen und sich in Gruppen vor der Kirche einfanden, war ihm bewusst, dass er nur die Straße zu überqueren brauchte, um sich vom Strom der Gläubigen wie ein Schwimmer in der Strömung durch das hohe Portal ins mächtige Kirchenschiff mittreiben zu lassen.

Die farbigen Kirchenfenster hatten hohe gotische Spitzbögen. Von außen waren die Farben und Konturen der Glasmalereien nur schwach zu erkennen. Oscar wusste, dass sie ihre wahre Schönheit erst von innen entfalteten, wenn das hereinströmende Tageslicht die Farben aufleuchten ließ und rubinrote, saphirblaue und smaragdgrüne Muster auf die ausgetretenen Steinplatten warf.

Vielleicht war es symbolisch zu verstehen. Vielleicht versagte er sich, losgelöst von der Kirche, in seiner augenblicklichen Gemütsverfassung auch andere Freuden, Genüsse und Tröstungen.

Ein nicht uninteressanter Gedanke, der ihn aber gleichzeitig beunruhigte, sodass er es vorzog, ihn nicht weiter zu verfolgen. Er verließ den Erker und kehrte zum Kamin und zu seiner Zeitung zurück. Doch als die Gemeinde in der Kirche gegenüber das erste Kirchenlied anstimmte, ließ er die Zeitung erneut sinken, starrte versonnen in die Flammen und lauschte.

Macht hoch die Tür, die Tor macht weit,
Es kommt der Herr der Herrlichkeit.

Ein schönes, klassisches altes Adventslied. Er erinnerte sich, wie er es mit seinem Schulchor geprobt und die Sänger inständig gebeten hatte, es so zu singen, als glaubten sie wahrhaftig an die hoffnungsvolle Botschaft.

Ich muss mich mit Peter Kennedy in Verbindung setzen, dachte er.

Aber am Sonntag hatten Pfarrer alle Hände voll zu tun. Vielleicht morgen. Oder übermorgen.

In der Zwischenzeit … er rückte seine Brille zurecht und versuchte, sich auf die *Sunday Times* und eine intelligente Kritik über Jonathan Millers *Fidelio*-Inszenierung in Covent Garden zu konzentrieren.

MONTAG, 11. DEZEMBER

Montag und Donnerstag waren die Tage, an denen Mrs. Snead zum Putzen erschien. Sie kam pünktlich um neun Uhr, während Elfrida und Oscar noch am Frühstückstisch saßen, und kündigte ihr Erscheinen durch geräuschvolles Zuschlagen der Hintertür an. Dann eine kurze Pause, während deren sie sich in der Waschküche ihres Anoraks, Schals und ihrer Stiefel entledigte und ihre Sachen an einen speziellen Haken hängte. Sie hatte immer eine geblümte Einkaufstasche aus Plastik bei sich, in der ihre Arbeitskleidung, ein Kittel und ein Paar modische Turnschuhe, verstaut waren. Oscar und Elfrida warteten gespannt. Mit einem Mal flog die Tür auf und, bums, da war sie.

«Morgen miteinander.»

Ein Auftritt, dachte Oscar, der jeder Schauspielerin Ehre gemacht hätte.

«Morgen, Mrs. Snead.»

«Herrje, ist es heute frisch.» Während sie sich die Hände rieb, um ihre Blutzirkulation in Gang zu bringen, stieß sie die Tür mit dem Fuß hinter sich zu. «Da herrscht ein Wind, der geht wie ein Messer durch einen durch.»

Elfrida setzte ihre Kaffeetasse ab. «Wie wär's mit einer Tasse Tee?»

«Könnt nicht schaden, bevor es losgeht. Wasser hat gekocht, oder?» Sie entdeckte den neuen Toaster. «Nun sieh mal einer an. Dolle Farbe. Großeinkauf gemacht, was? Wurde auch Zeit. Der alte war ja das reinste Mordinstrument. Was haben Sie damit gemacht? Ab in den Müll, hoffe ich.» Dabei bewegte sie sich geräuschvoll durch die Küche und stellte Becher, Teebeutel und Milchtüte auf den Tisch. Als sie den Tee zubereitet hatte, zog sie den nächstbesten Stuhl heran und setzte sich zu ihnen.

«Was hör ich da von Major Billicliffe?»

Oscar und Elfrida starrten sie an. Dann sagte Oscar: «Neuigkeiten haben Flügel.»

«Charlie Miller war gestern bei Arthur im Laden und hat einen Kohlkopf gekauft. Der hat's ihm erzählt. Soll sich um den Hund kümmern, sagt er. Muss nach Inverness ins Krankenhaus, sagt er. Hoffentlich nichts Ernstes.»

«Das hoffen wir auch, Mrs. Snead. Oscar bringt ihn hin.»

«Das hat Charlie Arthur auch gesagt.» Sie sah Oscar abschätzend an. «Schaffen Sie das, Mr. Blundell? Ziemlich lange Fahrt.»

«Ich glaube, dem bin ich gewachsen, Mrs. Snead.»

«Wenigstens schneit's nicht. Wann müssen Sie los?»

«Sobald ich mit dem Frühstück fertig bin.»

«Haben Sie ein Handy? Sie brauchen ein Handy.»

«Nein, das hab ich nicht. Aber es geht auch ohne.»

«Na, hoffen wir das Beste. Bloß keine Schwarzseherei. Und bevor ich's vergesse, Mrs. Phipps, Arthur fragt, ob Sie einen Tannenbaum wollen, dann legt er Ihnen einen zurück.»

«Einen Tannenbaum?» Elfrida machte ein ratloses Gesicht. «Tja … ich weiß nicht recht.»

«Einen Baum brauchen Sie. Ohne Baum ist doch kein Weihnachten.»

«Ja … vielleicht … aber wir wollten uns die Mühe eigentlich sparen.»

«Ein Baum macht doch keine Mühe. Der macht doch Spaß. Das Schmücken und alles.»

Elfrida wandte sich Hilfe suchend an Oscar. «Was meinst du dazu?»

Oscar beschloss, Elfrida nicht länger auf die Folter zu spannen. «Das ist sehr aufmerksam von Ihnen, Mrs. Snead, aber wir bekommen unseren Weihnachtsbaum von Corrydale.»

Elfrida blieb vor Verblüffung der Mund offen stehen. Und ausnahmsweise machte sie einmal kein Hehl aus ihrer Entrüstung.

«Wir bekommen einen Baum von *Corrydale*? Warum hast du mir nichts davon gesagt? Ich erzähle Mrs. Snead lang und breit, wir wollen keinen Baum, und jetzt kommst du daher und erzählst mir, du hast einen bestellt. Du bist unmöglich.»

«Es tut mir Leid.»

«Wann hast du das alles arrangiert?»

«Am Samstag, als ich Rose Miller besucht habe. Ich sagte doch, dass Charlie dort in der Gärtnerei arbeitet. Sie haben ein ganzes Areal von Weihnachtsbäumen und Rose hat mir versprochen, sie sorgt dafür, dass er uns einen schönen Baum aussucht.»

«Das hättest du mir sagen sollen.»

«Es gab so viel zu erzählen, dass ich es ganz vergessen habe. Ich dachte, Carrie und Lucy würden sich freuen.»

Elfridas Ärger war verflogen. «Das ist sehr nett von dir. Wann kommt er denn?»

«Wir sollen Charlie vorher anrufen und ihn abholen.»

Mrs. Snead hatte schon längst die Ohren gespitzt.

Sie war eine kleine, dürre Frau mit einer drahtigen Dauerwelle im grauen Haar und trug immer glitzernde, baumelnde Ohrringe. Wie sie so mit schief gelegtem Kopf und wachen Knopfaugen dasaß, erinnerte sie Oscar an einen vorwitzigen Spatz.

«Sie kriegen Besuch, oder?»

«Ich bin noch nicht dazu gekommen, es Ihnen zu erzählen, Mrs. Snead. Aber meine Großcousine und ihre Nichte kommen zu Weihnachten. Die Nichte heißt Lucy und ist vierzehn.»

Mrs. Snead war entzückt. «Nein, wie schön für Sie. Junge Leute im Haus, das wird Sie tüchtig aufmöbeln. Wann kommen sie denn? Und wo sollen sie schlafen? Wir müssen klar Schiff machen und die Zimmer auf Vordermann bringen.»

«Ich dachte, Lucy könnte in der Dachkammer schlafen.»

«In der Dachkammer! Wo kein einziges Möbelstück steht!»

«Dafür ist gesorgt, Mrs. Snead. Tabitha Kennedy nimmt mich mit zum Trödelmarkt in Buckly. Sie sagt, man kann dort alles Mögliche kaufen.»

Mrs. Snead rümpfte die Nase. «Aber nichts ist neu», meinte sie geringschätzig. «Alles gebraucht.»

«Das reicht völlig aus, finde ich.»

«Ich dachte, Sie wollten eine schöne Schlafzimmergarnitur.» Mrs. Snead war ganz offensichtlich enttäuscht über Elfridas anspruchslosen Geschmack. «Ich hab eine gesehen, als ich das letzte Mal in Inverness war. Ein Gedicht, sag ich Ihnen. Walnussfurnier mit ziselierten Messingbeschlägen. Und das Kopfstück und der Bettvolant aus Satin, alles in Pfirsich.»

«Das klingt wunderhübsch, Mrs. Snead, aber ein bisschen zu großartig. Außerdem möchte ich nicht bis nach Inverness fahren.»

Mrs. Snead trank ihren Tee und ließ sich die neuen häuslichen Gegebenheiten durch den Kopf gehen. «Wir sind ein bisschen knapp mit Bettwäsche dran», sagte sie. «Die werden Sie doch wohl nicht gebraucht kaufen wollen, oder? Wer schläft schon gern in fremden Laken? In Buckly gibt's ein Textilgeschäft, für Kleidung nicht besonders zu empfehlen, aber ihre Bettwäsche ist ganz brauchbar. Reden Sie mal mit Tabitha Kennedy und gucken Sie vorbei.»

«Das werde ich tun.»

«Ach ja.» Mrs. Snead sprang leichtfüßig vom Tisch auf und kippte den letzten Rest Tee in den Ausguss. «Vom Rumsitzen wird die Arbeit auch nicht getan. Wo soll ich anfangen, Mrs. Phipps?»

«Am besten mit der Dachkammer. Fegen, wischen und das Dachfenster putzen. Wenn dann die Möbel kommen, können sie gleich nach oben transportiert und an Ort und Stelle aufgestellt werden.»

«Interessiert mich bloß noch, wer die transportiert.» Mrs. Snead konnte fürsorglich und rabiat zugleich sein. «Doch wohl nicht Mr. Blundell und Sie, oder?»

«Ich besorge einen Möbelwagen. Mit Packern.»

«Sie können Arthur leihen, wenn Sie wollen.»

«Das ist sehr nett ...»

«Mit einem Schraubenzieher kann er umgehen. Das wenigstens muss man ihm lassen.» Mit diesem Seitenhieb raffte Mrs. Snead Besen, Staubwedel und Bohnerwachs zusammen und stapfte die Treppe hinauf. Wenig später war von oben das Dröhnen des uralten Staubsaugers zu hören, von Mrs. Sneads Stimme begleitet. *I want to be Bobby's girl,* sang sie, *I want to be Bobby's girl.*

Elfrida musste sich das Lachen verbeißen. «Nicht nur schwingt Mrs. Snead das Staubtuch für uns», sagte Oscar, «sie bringt auch Musik ins Haus, die mich in meine Jugend zurückversetzt. Eine wahrhaft bemerkenswerte Frau.»

«Was für Erinnerungen weckt ihr Gesang in dir, Oscar?»

«Klassenzimmer, in denen Popmusik dröhnt und wo es nach schweißigen Turnschuhen riecht.»

«Nicht gerade romantisch.»

«Ich war schließlich Junggeselle. Von Romantik konnte bei mir keine Rede sein.» Er sah auf die Uhr. «Elfrida, ich muss los.»

«Bitte, sei vorsichtig, ja?»

«Ich werde mir alle Mühe geben.»

«Es gehört nicht zur Sache, aber ich finde, du bist ein Heiliger.»

«Ich werde Mrs. Snead bitten, meinen Heiligenschein zu polieren.»

«Oscar ...»

«Was ist?»

«Hals- und Beinbruch.»

In der Nacht schlug der Wind nach Osten um und in den frühen Morgenstunden wurde Oscar vom schrillen, durchdringenden Pfeifen eines heraufziehenden Sturms geweckt, der den Regen gegen die Fensterscheiben prasseln ließ. Er lag lange wach und dachte über Godfrey Billicliffe nach. Endlich wusste er auch, wie Billicliffe mit Vornamen hieß, denn er hatte im Krankenhaus unzählige Formulare für ihn ausfüllen müssen, bevor er den kranken alten Mann der barmherzigen Pflege der Stationsschwester überließ.

Das Unternehmen war nicht so nervenaufreibend gewesen, wie er befürchtet hatte. Die Fahrt nach Inverness war ohne Hindernisse vonstatten gegangen, und durch die liebevolle Bemutterung ermutigt, hatte der alte Billicliffe den ganzen Weg ohne Unterbrechung geredet. Oscar wusste nun ausgiebig über sein Leben Bescheid. Über seine Karriere beim Militär, seinen Aufenthalt in Deutschland mit den Besatzungstruppen. Wie er seine Frau in Osnabrück getroffen hatte. Ihre Hochzeit in Colchester. Dass ihnen Kinder leider versagt geblieben waren. Oscar saß hinterm Steuer seines Wagens und war dankbar, dass er auf diesen Strom von Erinnerungen gar nicht zu reagieren brauchte. Es wurde nichts von ihm erwartet als ein gelegentliches zustimmendes Wort oder ein Kopfnicken, damit Godfrey Billicliffe weiterpalaverte.

Erst als sie über die Höhen der Black Isle fuhren und Inverness am anderen Ufer vor ihnen auftauchte, verstummte Major Billicliffe plötzlich. Einen Moment lang dachte Oscar, sein Mitfahrer sei eingeschlafen, aber als er einen kurzen Blick auf ihn warf, sah er, dass er wach war. Vielleicht nur in Gedanken versunken. Nach einer Weile ergriff Billicliffe wieder das Wort, doch nun ging es nicht mehr um die Vergangenheit, sondern um seine Gegenwart und Zukunft.

«Hab überlegt, Oscar ...»

«Was haben Sie überlegt?»

«Was werden soll ... wenn ich dran glauben muss ...»

«Warum sollten Sie wohl dran glauben müssen?», protestierte Oscar und versuchte, zuversichtlich zu klingen.

«Wer weiß ... Nicht mehr der Jüngste ... Man muss gefasst sein ... Auf alle Eventualitäten gefasst sein. Hab ich beim Militär gelernt. Mit dem Schlimmsten rechnen und das Beste hoffen.» Wieder ein längeres Schweigen. «Dachte bei mir ... hängt natürlich von Ihnen ab ... ob Sie wohl mein Testamentsvollstrecker sein wollen. Wär beruhigend zu wissen ... wenn die Sache ... in guten Händen ...»

«Ich weiß nicht, ob die Sache bei mir in guten Händen wäre.»

«Unsinn. Hector McLennans Neffe. Nicht, dass er mit seinem Sohn Staat machen konnte ... Aber Sie ... ganz anderes Format. Meine Freunde ... alle tot. Dachte, Sie könnten ... Würde mich freuen.»

Oscar trieben Billicliffes unvollendete Sätze zum Wahnsinn. Aber er beherrschte sich und sagte so ruhig wie möglich: «Wenn Sie wollen. Wenn es Sie beruhigt, bin ich gern bereit, Ihr Testamentsvollstrecker zu sein. Aber …»

«Famos. Abgemacht … Werde gleich mit meinem Anwalt … Brauchbarer Bursche. Hat den Papierkram erledigt, als ich das Haus auf Corrydale gekauft hab. Begeisterter Angler. Imponierender Bursche.»

«Hat er einen Namen?»

Major Billicliffe schnaubte kurz, was vielleicht als Lachen über Oscars komische Frage zu verstehen war. «Natürlich hat er einen Namen. Murdo McKenzie. Von der Firma McKenzie & Stout. South Street, Inverness.»

«Murdo McKenzie.»

«Werd ihm sagen, dass Sie mein Testamentsvollstrecker sind. Abgemacht … Ruf ihn an.» Er dachte einen Moment darüber nach. «Ob ich ihn vom Krankenhaus anrufen kann? Die haben Telefon.» Er setzte ein fragendes «Oder?» hinzu.

«Natürlich. Die Schwester stellt Ihnen ein Telefon ans Bett.»

«Alles nicht mehr wie früher», sagte Major Billicliffe, als wäre er einmal in einem Militärhospital irgendwo in der Türkei dahingesiecht. «Militärärzte machten Visite … Bettpfannen. Und Stationsschwestern wie Oberfeldwebel. Kein Telefon weit und breit …» Er hing seinen Erinnerungen nach und sagte kein Wort mehr, bis sie ihr Ziel erreicht hatten.

Oscar fand das Royal-Western-Krankenhaus ohne größere Schwierigkeiten. Kaum waren sie angekommen, wurde er aller Verantwortung enthoben und brauchte Major Billicliffe nur noch auf die Station zu begleiten. Ein Pfleger nahm den Neuankömmling mit einem Rollstuhl in Empfang und Oscar wanderte mit Billicliffes Koffer, einem ungewöhnlich schweren, verbeulten und offenbar aus Elefantenhaut gemachten Möbel, neben ihm her. In einem riesigen Fahrstuhl ging es nach oben, dann eine Reihe langer, blank gebohnerter Korridore entlang, bis sie die Station erreichten. Station fünfzehn. Die Stationsschwester stand mit Clipboard und Formularen bereit, um die Aufnahme vorzunehmen. Alles verlief reibungslos, bis sie zu der Zeile «Angehörige» kam.

«Angehörige, Major Billicliffe?»

Billicliffe machte ein verstörtes Gesicht. «Wie?»

«Angehörige. Sie wissen doch. Frau. Kinder. Brüder oder Schwestern.»

Er schüttelte den Kopf. «Ich habe keine. Ich habe niemanden ...»

«Ach was, irgendjemanden muss es doch geben.»

Oscar machte der peinlichen Situation ein Ende. «Ich», sagte er bestimmt. «Ich bin Major Billicliffes nächster Angehöriger. Oscar Blundell. Sie können meinen Namen aufschreiben. *Estate House*. Creagan.»

Die Schwester tat, wie ihr geheißen. «Haben Sie Telefon?»

Oscar teilte ihr die Nummer mit.

Schließlich war alles korrekt zu Papier gebracht und gegengezeichnet. Es war Zeit für Oscar, aufzubrechen. Er verabschiedete sich.

«Kommen Sie wieder?»

«Natürlich. Vorausgesetzt, dass wir nicht einschneien.»

«Vielen Dank fürs Herbringen. Sehr verbunden ...»

«Gern geschehen.»

Er ließ den alten Mann mit seinem Koffer allein zurück und sagte sich, dass er kein schlechtes Gewissen zu haben brauchte. Es gab keinen Grund, sich wie ein schäbiger Verräter vorzukommen.

Mehr hätte er nicht für ihn tun können. Später, wenn sie Nachricht über sein weiteres Ergehen hatten, würden Elfrida und er sich noch einmal auf die lange Reise machen und den Kranken besuchen. Elfrida würde ihn schon aufmuntern. Und ihm vermutlich Weintrauben mitbringen.

Ein heftiger Windstoß traf das Haus. Oscar drückte das Gesicht in die Kissen, schloss die Augen und musste mit einem Mal an Francesca denken. Das passierte ihm oft in den dunklen Stunden einer schlaflosen Nacht und ihm graute vor dem unvermeidlichen Nachspiel, der immer wiederkehrenden Qual über den unersetzlichen Verlust. Francesca. Stumm formten seine Lippen ihren Namen. Francesca. Mit der Hand tastete er nach dem Taschentuch unter dem Kopfkissen, weil er wusste, dass er gleich weinen musste. Aber statt der Tränen überkam ihn ein Gefühl großer Ruhe, als sei er innerlich ausgeglichener denn je. Francesca. Er sah sie vor sich, wie sie ihm über den sonnenbeschienenen Rasen der *Grange* entgegengelaufen kam. Das Bild blieb ihm vor Augen, in schmerzlicher Klarheit, aber unendlich rührend.

Er hielt es ganz fest und schlief ein.

Der nächste Morgen brachte erbärmliches Wetter. Die glitzernde Pracht der großen Kälte ertrank in Schauern von Schneeregen, die vom Meer herübertrieben, und durch die Straßen bewegte sich ein Strom von hüpfenden, triefenden Regenschirmen. Gegen Mittag rumpelte der riesige Streuwagen mit dicken Schneeklumpen unter den Kotflügeln und auf Hochtouren laufenden Scheibenwischern ins Depot zurück.

Elfrida hatte sich einen Notizblock gekauft und saß über einem Lunch aus Suppe und Roquefort, den sie im Supermarkt entdeckt hatte, und machte Listen.

«Dass ich nur ja nichts vergesse», sagte sie mit gewichtiger Miene zu Oscar. «Dafür ist die Zeit wirklich zu knapp. Sie nehmen nun doch das Flugzeug und kommen schon am Freitag. Meinst du, dass Lucy Wert auf einen Toilettentisch legt?»

Oscar war in das Kreuzworträtsel der *Times* vertieft, legte es aber selbstlos zur Seite und nahm die Brille ab, wie um besser denken zu können.

Aber mehr als «Ich habe nicht die leiseste Ahnung» fiel ihm dazu nicht ein.

«Und natürlich ein Bett ...»

Mit einiger Überwindung wandte er sich ebenfalls dem Problem zu. «Ein Schrank?»

«Ein Schrank passt nie und nimmer unter die Schrägwände. Ein paar Kleiderhaken tun's auch.» Sie schrieb *Kleiderhaken* auf ihren Block. «Und Bügel.» Sie notierte *Bügel.*

Oscar lehnte sich im Stuhl zurück und sah ihr amüsiert zu. Er hatte Elfrida noch nie so konzentriert und bei der Sache gesehen. Einen Moment lang fühlte er sich, wenn auch auf angenehme Weise, an Gloria erinnert. Gloria war auch immer am Machen und Tun, am Listenschreiben und Organisieren gewesen.

«Wann kommt Mrs. Kennedy denn?»

«Sie meinte, so gegen halb drei. Ich hab ihr gesagt, wir führen in deinem Wagen. Du brauchst ihn doch nicht, oder?»

«Nein.»

«Und wenn du gar nicht weißt, wo du mit deiner Energie bleiben sollst, könntest du mit Horaz spazieren gehen.»

Zu mehr als zu einem unverbindlichen «Mal sehen» ließ

Oscar sich nicht herbei und wandte sich wieder seinem Kreuzworträtsel zu.

Als Tabitha Kennedy erschien, war Elfrida draußen im Garten und nahm Wäsche von der Leine, die sie bei dem Wetter gar nicht erst hätte aufzuhängen brauchen. Es klingelte an der Tür und Oscar musste wohl oder übel aufstehen und nach unten gehen, um aufzumachen.

Sie war in Gummistiefeln und Regenmantel, trug aber nichts auf dem Kopf, sodass ihr dunkles Haar im Wind flatterte. Sie hob die Hand und strich sich eine dunkle Haarsträhne aus dem Gesicht. «Guten Tag. Ich bin Tabitha.»

«Ja, natürlich. Kommen Sie doch herein. Elfrida kommt sofort, sie nimmt gerade die nasse Wäsche von der Leine. Ich bin Oscar Blundell.»

«Ich weiß.» Sie hatte ein gewinnendes Lächeln. «Wie geht es Ihnen?» Sie gaben sich die Hand. «Ich hoffe, ich komme nicht zu früh.»

«Ganz und gar nicht. Kommen Sie rauf. Oben ist es gemütlicher als hier unten im Flur.»

Er ging ihr voraus, und während sie ihm folgte, plapperte sie ungeniert weiter, als seien sie uralte Bekannte. «Jammerschade, dieser Regen nach dem herrlichen Frostwetter, finden Sie nicht? Überall sind Rohre gebrochen und der Klempner hat alle Hände voll zu tun.» Im Wohnzimmer brannte ein munteres Kaminfeuer. Auf dem Tisch stand eine Schale mit Arthur Sneads frühen Hyazinthen, die das Zimmer mit ihrem Duft erfüllten. «Ach, wie himmlisch. Das riecht ja förmlich nach Frühling. Ich habe zu Elfrida gesagt, wir müssten in *Ihrem* Auto fahren, aber nun ist Peter heute zu Hause, also durfte ich ausnahmsweise *unsers* nehmen. Immer noch besser, als wenn er mit mir einkaufen muss. Nichts ist ihm so verhasst wie Einkaufen.»

«Da hat er mein vollstes Verständnis ... Sehr liebenswürdig von Ihnen, dass Sie sich Elfridas annehmen.»

«Das reinste Vergnügen. Ich tue nichts lieber, als anderer Leute Geld auszugeben. Wir werden vermutlich so schnell nicht zurück sein. Der Markt macht erst um fünf zu und anschließend sind wir bestimmt reif für einen ausgiebigen Kaffeeklatsch.»

Unten wurde eine Tür zugeschlagen und gleich darauf waren Elfridas eilige Schritte auf der Treppe zu hören. Sie erschien in Mantel und Hut in der Tür. «Tut mir Leid, Tabitha, dass Sie warten mussten. An einem Tag wie heute wünscht man sich einen elektrischen Wäschetrockner. Aber auch nur an Tagen wie heute. Nun brauche ich nur noch meine Handtasche, meine Liste und die Autoschlüssel ...»

«Die brauchen Sie nicht», sagte Tabitha. «Wir fahren in meinem Auto.»

Schließlich machten sie sich in bester Laune auf den Weg und erinnerten Oscar an zwei Schulmädchen, die die Stadt unsicher machen wollten. Er stand am Fenster und sah zu, wie sie in den klapprigen Kombi einstiegen, die Türen zuschlugen, ihre Sicherheitsgurte anlegten und sich schließlich über den Marktplatz entfernten.

Er war allein. Horaz schlief vorm Kamin. Mit schlechtem Gewissen über seine eigene Entschlusslosigkeit nahm er sich noch einmal das Kreuzworträtsel vor, legte es jedoch bald resigniert wieder aus der Hand. Er wusste, er hatte wichtigere Dinge zu tun. Er raffte sich aus dem Sessel auf und trat an den schweren Eichentisch, der an der Wand gegenüber dem Kamin stand und den er als Schreibtisch benutzte. Er schob etliche Unterlagen und seine Aktentasche zur Seite und setzte sich an den Tisch, um zwei längst überfällige Briefe zu schreiben. Einer ging an Hector McLennan. Oscar dankte ihm für seine Großzügigkeit und gab sich Mühe, einen positiven und zuversichtlichen Ton anzuschlagen. Der andere war für Mrs. Muswell, die Oscar während der schlimmsten Zeit zur Seite gestanden und die er so schmählich im Stich gelassen hatte. Die Erinnerung daran, wie sie bei seiner Abfahrt nach Schottland weinend in der Tür der *Grange* stand, hatte ihn seitdem mit Gewissensbissen erfüllt. Er versicherte ihr, dass es ihm gut gehe, dankte ihr für ihre Treue und gab seiner Hoffnung Ausdruck, dass sie inzwischen eine geeignete Stellung gefunden hatte. Er wünschte ihr alles Gute und unterzeichnete mit seinem Namen.

Dann steckte er die Briefe in einen Umschlag, schrieb die Adressen darauf und frankierte sie. Er konnte sie zur Post bringen.

Peter ist heute zu Hause.

Also los.

Oscar trat aus dem Zimmer auf den Treppenabsatz hinaus, wo das Telefon stand. Im Telefonbuch schlug er die Nummer nach und tippte die Zahlen in den Apparat. Er hörte es läuten, aber nur ein einziges Mal, so als stünde der Apparat in unmittelbarer Reichweite des Mannes, der am Schreibtisch saß.

«Pfarrhaus von Creagan.» Die vertraute, warme Stimme. «Peter Kennedy.»

Um halb sechs verließ Oscar warm angezogen das Haus und stieg zu Fuß den terrassierten Weg hinauf, der zum Haus der Kennedys führte. Elfrida und Tabitha Kennedy waren noch nicht zurück, also ließ er für ihre Rückkehr das Licht im Flur brennen. Und hinterließ auf dem Küchentisch eine Nachricht für Elfrida. *Bin unterwegs. Komme aber rechtzeitig zurück*. Er ließ auch Horaz zu Hause, nachdem er seine Pflicht getan, einen Spaziergang mit dem Hund gemacht und ihn mit Hundekuchen und Lammherzen gefüttert hatte. Nach Lammherzen leckte Horaz sich die Schnauze, er hatte die ganze Portion auf einmal verputzt und sich dann zu einem Nickerchen in seinen Korb zurückgezogen.

Oscar kletterte zwischen Bäumen und hohen Mauern den Hügel hinauf. Es war ein dunkler, bewölkter Abend, doch der Wind hatte sich gelegt und es nieselte leicht. Am Ende der Treppenstufen blieb er nach dem steilen Aufstieg einen Augenblick stehen, um Atem zu schöpfen, ehe er seinen Weg am Hang entlang weiter fortsetzte. Die Stadt lag unter ihm und er ließ den Blick über Gärten, Häuserdächer und von Laternen gesäumte Straßen schweifen. Die Uhr am Kirchturm leuchtete wie ein Vollmond.

Etwas weiter oben – inzwischen hatten sich seine Augen an die Dunkelheit gewöhnt – konnte er die lange, geschwungene Linie der fernen Küste ausmachen, die wie ein Arm ins Meer hinauslangte und den in Abständen aufblinkenden Leuchtturm in den Fingern hielt. Am Himmel waren keine Sterne zu sehen.

Durch ein Tor betrat er eine breite Straße, deren rechte Seite mit großen viktorianischen Backsteinhäusern in weitläufigen Gärten gesäumt war. Das erste Haus war die *Manse*. Oscar erinnerte sich an das Haus, in das ihn seine Großmutter vor sechzig Jahren gelegentlich zum Kaffee und zum Spielen mit den Kindern des damaligen Pfarrers mitgenommen hatte. Er erinnerte sich genau an das Haus und an die Familie, die dort gewohnt hatte, aber ihre Namen hatte er vergessen.

Über der Tür brannte Licht. Er trat durch das Gartentor und ging den mit Kieseln bestreuten Pfad entlang, der unter seinen Schritten knirschte. Die Eingangstür war leuchtend blau gestrichen. Er drückte auf die Klingel.

Plötzlich überlief ihn ein Schauder. Das musste an der klammen Kälte liegen.

Er hörte die Windfangtür gehen, und dann wurde die blaue Tür weit aufgerissen, sodass ihm das Licht blendend in die Augen schien. Vor ihm stand Peter Kennedy und strahlte über das ganze Gesicht.

«Oscar! Kommen Sie herein!» Er blickte über Oscars Schulter. «Sind Sie nicht mit dem Wagen gekommen?»

«Nein. Ich bin gelaufen.»

«Bravo.»

Oscar trat in die Diele. Sah den türkischen Teppich, die Garderobe aus Eichenholz, die antike Truhe mit den säuberlich gestapelten Gemeindenachrichten. Über dem Treppenpfosten hing eine Reiterkappe und am Fuß der Treppe standen ein Paar Fußballstiefel und ein Korb mit sorgfältig zusammengelegter Wäsche, die nur darauf wartete, dass der Nächste, der die Treppe hinaufging, sie mit nach oben nahm.

«... Legen Sie ab. Die Kinder sind beide nicht da, sodass wir völlig ungestört sind. In meinem Arbeitszimmer brennt ein Feuer. Ich war schon sehr fleißig heute und habe dringenden Papierkram erledigt und einen längst fälligen Artikel für die *Sutherland Times* geschrieben.» Oscar entledigte sich seiner Handschuhe, Jacke und Mütze und Peter Kennedy nahm sie ihm ab und legte sie auf einen prächtigen geschnitzten Lehnstuhl aus Eichenholz, der aussah, als habe einmal ein Bischof in ihm gethront. «Kommen Sie herein ...»

Er ging ihm in sein Arbeitszimmer voraus, ein geräumiges Erkerzimmer zur Straße, das ursprünglich wohl als Esszimmer gedacht war. Dichte Vorhänge schlossen den kalten Winterabend aus und drei Stehlampen verbreiteten ein angenehmes, sanftes Licht. Eine auf dem riesigen, mit Papieren übersäten Schreibtisch und zwei zu beiden Seiten des Kamins, vor dem zwei alte Ledersessel standen. Die Wände waren bis unter die Decke mit Bücherregalen gesäumt, und verglichen mit der sparsamen Nüchternheit des *Estate House*, strahlte alles wohlige Wärme und Geborgenheit aus. Ein bisschen, als befände man sich wieder im Mutterleib.

Außerdem durchzog ein herrlicher Duft das Zimmer, der, wie Oscar schließlich herausfand, von dem sorgfältig geschichteten Torffeuer herrührte, das im Kamin brannte.

«Ein Torffeuer! Torf hatte ich völlig vergessen. Wenn ich nachts den Hund rauslasse, kann ich manchmal den Torfgeruch riechen, der aus den Schornsteinen steigt. Ich muss doch sehen, ob ich mir nicht welchen besorgen kann, schon allein wegen des Dufts.»

«Ich bin gut dran. Einer aus meiner Gemeinde besitzt ein eigenes Torfmoor und versorgt mich damit. Aber nun setzen Sie sich und machen Sie sich's bequem. Möchten Sie eine Tasse Kaffee?» Oscar antwortete nicht gleich und Peter Kennedy sah auf die Uhr. «Viertel vor sechs. Wir könnten unserer Zeit voraus sein und uns ein Glas Laphroaig gönnen. Den bewahre ich für besondere Gelegenheiten auf.»

Malzwhisky. Laphroaig. Unwiderstehlich. «Da kann ich nicht nein sagen.»

«Das habe ich mir gedacht, deshalb habe ich vorgesorgt.» Oscar sah auf dem Schreibtisch neben einem Computer, aufgeschichteten Büchern, einem unordentlichen Stapel Papiere und einem Telefon ein kleines Tablett, auf dem eine Flasche Laphroaig, zwei kleine Whiskygläser und ein Krug mit Wasser standen. Von wegen Kaffee. Oscar war gerührt.

«Die Damen sind noch nicht zurück?»

«Nein.» Oscar ließ sich in einem der Sessel nieder, der unerwartet weich und bequem war. Über ihm stand eine Uhr auf dem Kaminsims, wie sie pensionierten Pfarrern oder Schulmeistern gemeinhin nach vierzigjähriger treuer Dienstzeit zum Dank überreicht wird. Sie tickte leise und bestimmt vor sich hin, angenehm und stetig wie ein sorgfältig eingestelltes Metronom. «Ich glaube, sie wollten sich nach erledigtem Einkauf mit dem Besuch eines Cafés belohnen.»

«Bestimmt. Ich hoffe, ihr Ausflug ist erfolgreich.» Peter kam mit den beiden Gläsern, reichte Oscar eins und setzte sich dann seinem Besucher gegenüber in den zweiten Sessel. Er hob sein Glas.

«Slàinte.»

«Ihr Wohl.»

Der Laphroaig war wie Nektar und rann ihm rein und köstlich durch die Kehle. Herzerwärmend.

«Buckly ist eine ziemlich trostlose Stadt im Moment», fuhr Peter fort. «Die meisten Bewohner sind arbeitslos. Die Spinnerei hat Pleite gemacht und für die gelernten Spinner und Weber gibt es sonst keine Arbeit.»

Oscar runzelte die Stirn. «Die Wollspinnerei? Doch nicht etwa McTaggarts?»

«Doch. McTaggarts.»

«Bankrott? Das wusste ich gar nicht. Erstaunlich. Als wenn der Felsen von Gibraltar einstürzt. Wie konnte das passieren?»

Peter erzählte ihm die Geschichte. «Der alte McTaggarts ist gestorben und die Söhne waren nicht interessiert. Man hat der Belegschaft mit Krediten unter die Arme gegriffen, sodass sie die Firma übernehmen konnte. Es lief auch nicht schlecht, aber dann hatten wir eine fürchterliche Schlechtwetterperiode, der Fluss trat über die Ufer und die ganze Fabrik wurde überschwemmt. Alles hin, alles kaputt.»

Oscar war entsetzt. «Und ist das das Ende vom Lied?»

«Es war die Rede von einer Übernahme. Einer von diesen riesigen Textilkonzernen. Sturrock & Swinfield. Aus London. Aber bisher scheint nicht viel passiert zu sein, und die Leute in Buckly machen sich auf das Schlimmste gefasst. Dass sich nämlich gar nichts mehr tut.»

«Eine wirkliche Tragödie.» Oscar zog ein nachdenkliches Gesicht. «Ich verstehe gar nicht, dass ich nichts davon gehört habe. Aber ... na ja ... ich lese momentan auch nicht alle Zeitungen. Hier kaufe ich nur die *Times* und den *Telegraph* und verpasse damit die Lokalnachrichten. Und dann habe ich auch nicht viel Kontakt mit den Leuten. Außer mit Mrs. Snead. Deshalb bin ich natürlich hier. Ich wollte mich bei Ihnen entschuldigen. Eigentlich hätte ich viel früher kommen sollen. Tut mir Leid.»

«Ich bitte Sie. Machen Sie sich deswegen keine Gedanken. Mir war klar, dass ich Sie überrumpelt habe. Ich hätte eine geeignetere Gelegenheit abwarten sollen, um mich Ihnen vorzustellen. Ich hoffe, ich habe Sie nicht schockiert.»

«Ich weiß selbst nicht, was über mich gekommen ist. Meine Reaktion war absurd.»

«Lassen wir die Sache auf sich beruhen. Es ist niemand zu Schaden gekommen. Wir müssen uns dort ein andermal treffen, zum Tee oder auf einen Drink. Das Beste wäre, Sie würden dem Club beitreten, dann könnten wir uns mit Beginn des guten Wetters zu einem Spiel verabreden. Spielen Sie Golf?»

«Ich habe als Junge mit meiner Großmutter gespielt, aber ich war damals schon keine Leuchte.»

«Ich würde liebend gern eine Partie mit Ihnen spielen.»

«Ich besitze nicht einmal Schläger.»

«Die können wir leihen. Der Golfplatz ist so einmalig, es

wäre eine Schande, hier zu wohnen und nicht wenigstens mal *eine* Partie zu spielen. Ihre Großmutter war eine gute Golfspielerin. Als ich kam, war noch immer die Rede von ihrem Talent. Sie hat zweimal nacheinander den Damenpokal gewonnen. Ich bedaure sehr, dass ich ihr nie begegnet bin, aber sie starb vor meiner Ankunft. Nach allem, was man hört, muss sie eine ungewöhnliche Frau gewesen sein.»

«Ja, das war sie.»

«Und obendrein sehr musikalisch.»

«Ja. Und eine begnadete Gärtnerin. Sie war eine erstaunlich vielseitige Frau.» Oscar nahm einen Schluck von seinem Laphroaig und stellte das Glas dann auf einen kleinen Tisch, wo es im sanften Lampenlicht wie Bernstein leuchtete. «Godfrey Billicliffe hat mich ebenfalls aufgefordert, dem Club beizutreten. Allerdings zu einem höchst unglückseligen Zeitpunkt. Als wir ihn zum ersten Mal trafen, waren Elfrida und ich beide total erschöpft von der langen Reise. Wir wollten nur den Schlüssel zum Haus und uns schnellstens wieder verdrücken. Ich fürchte, wir haben ihn ziemlich brüsk abfahren lassen.»

«Ich verstehe. Der Alte kann manchmal eine rechte Zumutung sein. Allerdings habe ich gehört, dass Sie ihn gestern ins Krankenhaus gefahren haben.»

«Woher wissen Sie das?»

Peter Kennedy lächelte. «In solch einer kleinen Gemeinde bleibt nichts verborgen. Nein, nein, keine Sorge. Kein Klatsch und Tratsch. Dr. Sinclair hat bei mir angerufen. Es war sehr liebenswürdig von Ihnen, sich um Billicliffe zu kümmern.»

«Wussten Sie, dass er krank war?»

«Nein. Ich glaube, das wusste niemand. Seit dem Tod seiner Frau ist es rapide bergab mit ihm gegangen. Ich fürchte, er war einsam, aber gleichzeitig zu stolz, es zuzugeben, und keiner von uns hatte den Mut, ihm nahe zu legen, sein Haus zu verkaufen und in ein Altenheim zu gehen.»

«Meine Stiefsöhne haben mir auch geraten, in ein Altenheim in Hampshire zu ziehen, aber nur, weil sie das Haus ihrer Mutter geerbt hatten und mich aus dem Weg haben wollten, damit sie es verkaufen konnten. Ich fand die Vorstellung ziemlich erschreckend. Wie der Anfang vom Ende.»

«Woher wussten *Sie* denn, dass ihm was fehlte?»

«Ich habe Rose Miller besucht. Auf dem Heimweg hörte ich Billicliffes Hund heulen. Also habe ich angehalten. Nicht zuletzt, um mein Gewissen zu beruhigen, denn Elfrida und ich kamen uns seinetwegen ziemlich schofel vor. Und da fand ich ihn oben in seinem Bett, in ziemlich kläglichem Zustand. Außerdem hatte er Angst. Angst bei dem Gedanken an Krankenwagen oder Hubschrauber. Er machte einen so schrecklich verlassenen Eindruck. Ihn ins Krankenhaus nach Inverness zu fahren war das wenigste, was ich tun konnte.»

«Ich muss am Freitag beruflich nach Inverness. Dann kann ich im Krankenhaus vorbeifahren und sehen, wie es ihm geht.»

«Ich habe mich bereit erklärt, als sein nächster Angehöriger zu fungieren. Mein Name steht also auf den zahllosen Formularen, die wir ausfüllen mussten, und deshalb werde ich wahrscheinlich über alle Vorkommnisse informiert.»

«Na gut. Halten Sie mich auf dem Laufenden.»

«Keine Frage.»

«Und nun erzählen Sie mir von Ihrem Onkel. Von Hector. Was macht Hector?»

«Er wird älter. Wohnt in London. Hat mich aber nach ... nach dem Begräbnis besucht. Zum Begräbnis selbst konnte er nicht kommen, weil er die Grippe hatte und sein Doktor es ihm wohlweislich untersagt hat. Es war Hectors Vorschlag, dass ich Hampshire verlassen und hierher zurückkommen sollte ...»

«Ich weiß, Oscar. Er hat mir einen langen Brief geschrieben. Es tat mir so Leid. Ich hätte Sie am liebsten sofort aufgesucht, um Ihnen zu versichern, wenn ich irgendetwas tun ... irgendetwas sagen konnte ... Aber mein Instinkt hat mir geraten, dass Sie Zeit brauchten, um mit sich selbst ins Reine zu kommen. Ich hoffe, ich habe nicht den Eindruck von Gleichgültigkeit oder Desinteresse erweckt.»

«Nein. Das wäre mir nie in den Sinn gekommen.»

«Manchmal ist es leichter mit einem Fremden ... mit einem Außenstehenden zu reden.»

«Ja, als wenn man sich einem Mitreisenden im Zug anvertraut. Einem Menschen, von dem man weiß, dass man ihn nie wieder sieht.»

«Nicht ganz», meinte Peter lächelnd. «Ich hoffe doch, dass wir uns heute nicht zum letzten Mal sehen.»

«Es ist schwer zu wissen, wo man anfangen soll. Es geht alles so weit zurück.»

«So ist das im Leben.»

«Sie müssen wissen ... Ich habe nie gedacht, dass ich jemals heiraten würde. Ich habe geglaubt, ich würde mein Leben als Junggeselle verbringen. Ich hatte meine Arbeit als Lehrer, gab Klavierunterricht und leitete den Chor. Die anderen Lehrer und ihre Frauen boten mir genügend Abwechslung. Meine Leidenschaft war die Musik. Und die wurde in Goodridge, eine der weniger bekannten Internatsschulen, ganz besonders gefördert. Es waren sehr glückliche Jahre dort. Dann wurde der Direktor, ein sehr enger Freund von mir, pensioniert und ein jüngerer Mann trat an seine Stelle. Und obwohl er sehr kompetent und umgänglich war und die

Schultraditionen fortsetzte, beschloss ich nach einem Jahr, dass es Zeit für einen Tapetenwechsel war. Man hatte mir den Posten eines Organisten und Chorleiters in St. Biddulph in London angeboten und ich brauchte mich nicht lange zu besinnen. St. Biddulph war berühmt für seine Musik und der Chor wurde durch die außerordentlich großzügige Stiftung eines dankbaren Gemeindemitglieds finanziert. Also habe ich gekündigt und bin nach London gezogen. Dort bezog ich eine bequeme, geräumige Wohnung im ersten Stock eines alten Reihenhauses, nur ungefähr fünf Minuten von der Kirche entfernt, und die Damen der Gemeinde sorgten dafür, dass ich eine tüchtige Haushälterin bekam und wohl versorgt war.

Es waren glückliche Tage. Man könnte sagen, ich war auf der Höhe meiner bescheidenen Karriere. Unter den Chormitgliedern befanden sich zwei ausgebildete Konzertsänger, wir stießen beim Publikum auf begeisterten Widerhall, konnten unser Repertoire erweitern und haben bei besonderen Anlässen einige recht anspruchsvolle Konzerte gegeben. Haydns *Salvete Flores Martyrum,* Schuberts Arrangement des Dreiundzwanzigsten Psalms oder Faurés *Requiem.* Göttliche Musik.

Ich lernte die Bellamys kurz nach meiner Ankunft in St. Biddulph kennen. Sie bewohnten ein ziemlich hochherrschaftliches Haus in Elm Park Gardens und waren von Anfang an unerhört gastfreundlich und liebenswürdig zu mir. Als George Bellamy erkrankte, habe ich ihn oft besucht, ihm Gesellschaft geleistet und Backgammon mit ihm gespielt. Als er starb, habe ich die Musik zu seinem ziemlich pompösen Begräbnis arrangiert.

Nach dem Begräbnis war ich überzeugt, dass Gloria nicht länger an meiner Gesellschaft gelegen war und kein Grund mehr für meine Besuche bestand. Aber sie lud mich weiterhin zu diversen kleinen gesellschaftlichen Anlässen ein. Mal eine Cocktailparty, dann ein Abendessen oder ein Sonntagslunch. Manchmal gingen wir zusammen ins Kino oder verbrachten einen Tag in den Parkanlagen in Kew. Ich dachte mir nicht viel dabei, genoss allerdings ihre Gesellschaft. Und dann teilte sie mir eines Tages auf ihre unumwundene Art mit, dass sie es für eine gute Idee hielte, wenn wir heirateten. Sie erklärte mir, dass ihr das Leben ohne Mann keinen Spaß mache und dass es mir nur recht sein könne, wenn sich in späteren Jahren eine Frau meiner annähme. Ich weiß, das klingt alles ein wenig kaltschnäuzig, aber ich muss zugeben, dass ich sie sehr lieb gewonnen hatte und sie mich auch. Wir waren beide aus dem Alter jugendlicher Verliebtheit heraus und reif genug, um etwas aus einer Beziehung zu machen, in der andere lediglich eine Vernunftehe sahen.

Sie war eine wunderbare Ehefrau. Warm, freigebig und großherzig. Seit meiner Kindheit, seit meinen Besuchen bei meiner Großmutter auf Corrydale hatte ich die Annehmlichkeiten des Lebens nicht mehr so von Herzen genossen. Es gab zwei Söhne aus ihrer Ehe mit George, aber die waren inzwischen erwachsen und hatten sich selbständig gemacht. Und Gloria war immer noch eine verhältnismäßig junge Frau und strotzte vor Lebensfreude und Vitalität. Als sie mir sagte, dass sie schwanger sei, konnte ich es anfangs einfach nicht glauben. Nicht in meinen kühnsten Träumen hätte ich mir ausgemalt, je Vater zu werden. Und als Francesca, dieses winzige Etwas, schließlich geboren wurde, erfüllte mich ein Staunen, das ich vermutlich nie wieder erleben werde. Als sei ein Wunder geschehen. Und sie hat nie aufgehört, ein Wunder zu sein.

Als sie dann anfing, zu laufen und zu sprechen, und das

kleine Mundwerk nicht stillstehen wollte und sie ein Getöse veranstalten konnte, wie es vermutlich alle kleinen Kinder tun, sah ich ihr staunend zu und fand es schier unbegreiflich, dass sie tatsächlich mir gehörte und ich dazu beigetragen hatte, dieses entzückende, wunderhübsche kleine Menschenkind in die Welt zu setzen.

Dann erbte Gloria das Haus auf dem Lande, in Hampshire, und wir verließen London und begannen ein neues Leben in Dibton. Ich muss zugeben, mir fehlte St. Biddulph, aber die Musik gehörte weiterhin zu meinem Leben. Ich habe ein bisschen unterrichtet und gelegentlich bei den Sonntagsgottesdiensten in der Dorfkirche die Orgel gespielt.»

Hier machte Oscar eine Pause, griff nach seinem Glas und nahm einen Schluck von seinem Laphroaig. Ein glühendes Torfscheit rutschte mit leisem Geprassel ins Feuer. Die Uhr auf dem Kaminsims tickte unaufdringlich vor sich hin.

«Und Ihre Freundin Elfrida», ergriff Peter das Wort. «Kennen Sie sie schon lange?»

«Nein. Wir haben uns erst kennen gelernt, als sie zu uns ins Dorf zog. Sie war allein und Gloria hat sich mit ihr angefreundet und sie ein bisschen unter ihre Fittiche genommen. Elfrida war unterhaltsam und lebenslustig und wir alle haben den Umgang mit ihr geschätzt. Francesca war ständig mit dem Fahrrad zu ihrem kleinen Cottage unterwegs. Die beiden hatten so viel zu lachen. Zur Zeit des Unfalls war Elfrida in Cornwall bei einem Vetter. Sie kam erst nach dem Begräbnis zurück, ohne die geringste Ahnung, was passiert war. Als Hector vorschlug, ich sollte Hampshire verlassen und nach Creagan zurückgehen, wusste ich, dass ich es allein niemals schaffen würde. Die Reise erschien mir zu strapaziös und mir graute vor dem Alleinsein. Deshalb bat ich

Elfrida mitzukommen. Es ist ein Beweis für ihre Großherzigkeit, dass sie eingewilligt hat. Sie leistet mir Gesellschaft und es ist ihr auch in meinen schwärzesten Momenten gelungen, mich aufzumuntern. Als ich sie zum ersten Mal traf, hat sie mich gefragt, ob ich ein gläubiger Mensch sei. Ich erinnere mich, wie ich sagte, dass es schwer sei, *nicht* zu glauben, wenn man, wie ich, so eng mit der Liturgie und den Traditionen der anglikanischen Kirche verwachsen sei. Und dass ich das Bedürfnis hätte, jemandem dafür zu danken.

Denn ich war wirklich vom Schicksal begünstigt. Ich war zufrieden. Die Vernunftehe war ein Erfolg und Francescas wegen hatte ich allen Grund, dankbar zu sein. Aber Gloria war eine starke, dominierende Frau. Mit einem nicht unbeträchtlichen Vermögen. Sie musste gelegentlich mit Samthandschuhen angefasst werden. Sie liebte Gesellschaften, Menschen, Partys und manchmal trank sie zu viel. Ich will damit nicht sagen, dass sie Alkoholikerin war ... ganz und gar nicht ... aber in Gesellschaft trank sie häufig ein Glas zu viel. Oft habe *ich* mich nach einem vergnüglichen Abend ans Steuer ihres schnellen Wagens gesetzt, was sie mir noch am nächsten Morgen verübelte. Ich komme mir unloyal vor, wenn ich so über sie spreche. Aber ich kannte ihre Schwächen ebenso wie ihre vielen Stärken.

Als sie Francesca am Guy-Fawkes-Tag mit zur Feuerwerksparty nehmen wollte, war ich drauf und dran mitzufahren. Aber ich hatte einen Handwerker bestellt, der einen neuen Weidenzaun errichten sollte. Die Arbeit hatte längst getan werden sollen, deshalb wollte ich den Mann nicht wieder abbestellen. Außerdem sollte es bloß ein Kinderfest sein. Kaffee und Kuchen und anschließend ein Feuerwerk. Ich erwartete sie spätestens um sieben wieder zu Hause zurück.

Und natürlich *war* es auch ein Kinderfest. Aber es waren

auch Erwachsene dabei, meist Freunde von Gloria. Als das Feuerwerk vorbei war, amüsierten sich die Kinder weiter im dunklen Garten und schwenkten Wunderkerzen und die Erwachsenen gingen auf einen Drink ins Haus.

Ich weiß nicht, wie viel sie getrunken hat. Gott sei Dank hat keine Autopsie stattgefunden. Die Straßenverhältnisse waren katastrophal, plötzliche, schwere Regenfälle und überschwemmte Straßen. Obendrein hatten am Kreisverkehr Reparaturarbeiten stattgefunden und es waren blinkende Warnschilder aufgestellt worden. Vielleicht fühlte sie sich dadurch irritiert. Wir werden es nie erfahren. Der Lastwagenfahrer sagte aus, dass sie mit hoher Geschwindigkeit direkt auf den Kreisel gefahren sei, während er von rechts kam und natürlich Vorfahrt hatte. Er war völlig machtlos. Eine Frage von Sekunden. Glorias Wagen war bis zur Unkenntlichkeit zerstört und Gloria und Francesca beide tot.

Die Nachricht wurde mir von der Polizei überbracht. Ein netter, junger Beamter. Der Ärmste. Ich kann meine Reaktion nicht beschreiben, denn ich empfand nichts. War wie betäubt. Leer. Bar jeder Gefühlsregung. Erst allmählich trat an die Stelle der Leere eine erbitterte Wut, ein bebender Zorn auf wen oder was immer mir dieses Unheil angetan hatte. Ich weiß, dass die Welt voller Grauen ist und man abstumpft dagegen. Dass man entsetzt, aber abgestumpft vor Fernsehbildern von zerstörten Dörfern, verhungernden Kindern, verheerenden Naturkatastrophen sitzt. Aber dieses Unglück betraf *mich*. Es ging um *mein* Leben, *meine* Existenz. Meine Frau. Mein Kind. Wenn es einen Gott gab ... und ich war mir dessen nie ganz sicher gewesen ..., dann wollte ich nichts mehr mit ihm zu tun haben.

Unser Pfarrer in Dibton kam, um mir Trost zu spenden. Er erzählte mir, dass Gott den Menschen nur das zumutet, was sie zu ertragen vermögen. Ich habe ihn barsch angefahren und ihm gesagt, dass ich lieber ein jämmerlicher Schwächling wäre, aber mein Kind wiederhätte. Und dann habe ich ihn hinausgeworfen. Über Schuld haben wir nie gesprochen. Ich kannte Glorias Schwäche. Ich hätte mitfahren sollen. *Ich* hätte hinterm Steuer sitzen müssen. Ach, hätte ich doch! Dieses ‹hätte› ist mein Albtraum.»

«Hätte ich doch, gilt nur im Rückblick. Ein sinnloses Unterfangen. Mir scheint, es hat sich bei diesem Unfall um ein Zusammentreffen tragischer Umstände gehandelt. Wer weiß, Oscar? Vielleicht wären auch Sie dabei umgekommen, und das hätte im Leben all derer, die Sie alle drei gekannt und geliebt haben, eine noch größere Lücke gerissen ... Was Gott anbetrifft, so muss ich offen zugeben, dass ich leichter damit leben kann, die uralten Fragen nach dem Sinn menschlichen Leidens offen zu lassen, als die vielen wohlfeilen oder frommen Erklärungen zu akzeptieren, von denen manche an Blasphemie grenzen. Ich hoffe nicht, dass irgendjemand Sie damit zu trösten versucht hat, dass Gott Francesca nötiger gebraucht haben muss als Sie. Mir wäre es unmöglich, zu einem Gott zu beten, der mir absichtlich mein Kind entreißt. Solch ein Gott wäre für mich ein moralisches Ungeheuer.»

Oscar war verblüfft. «Glauben Sie das wirklich?», fragte er schließlich.

Peter nickte. «Das glaube ich wirklich und wahrhaftig. Dreißig Jahre im Pfarrdienst haben mich gelehrt, dass es einen Satz gibt, den wir beim Tod eines jungen Menschen niemals sagen dürfen: ‹Es war Gottes Wille.› Wir wissen einfach nicht genug, um das behaupten zu können. Ich bin sogar fest davon überzeugt, dass Gott bei Francescas tragischem Tod der Erste war, dem das Herz brach.»

«Ich möchte in die Zukunft blicken, weiterleben, ihren Tod akzeptieren können. Ich möchte geben können und nicht immer nur nehmen müssen. Das ist nicht meine Art.»

«Ach, Oscar, es wird alles ein gutes Ende nehmen. Bei Ihrem Beruf hat die Kirche in Ihrem Leben eine so große Rolle gespielt, dass Sie mit den großen biblischen Versprechungen über Leben und Tod genauso vertraut sind wie ich. Das Problem ist, dass traumatischer Schmerz und Trauer ihnen oft ihre Bedeutung zu rauben scheinen. Was Sie am dringendsten brauchen, sind nicht Leute, die Ihnen die Bibel zitieren, sondern enge Freunde, die Ihre Hand halten und ein offenes Ohr für Sie haben, wenn Sie über Francesca sprechen möchten.»

Oscar dachte an Elfrida. Peter hielt einen Moment inne, als wollte er ihm Gelegenheit geben, sich zu diesem neuen Gedanken zu äußern. Aber Oscar blieb stumm.

«Das Leben ist schön», fuhr Peter fort. «Bei allem Schmerz ist das Leben doch schön. Die Voraussetzungen bleiben bestehen. Schönheit, Lebensgenuss und Freundschaft, alles Quellen der Liebe und der menschlichen Verständigung. Vielleicht noch nicht gleich, aber später werden Sie andere Menschen brauchen, die Sie ermutigen, einen neuen Anfang zu machen. Heißen Sie sie mit offenen Armen willkommen. Sie werden Ihnen helfen, in die Zukunft zu blicken, in Erinnerungen an glückliche Zeiten zu schwelgen und schmerzlichen Erinnerungen mit mehr als nur Zorn und Bitterkeit zu begegnen.»

Oscar dachte an die dunkle Nacht, in der er Francescas Bild heraufbeschworen hatte und wie es zum ersten Mal nicht bittere Tränen über ihren Verlust ausgelöst, sondern sein ganzes Wesen mit einem Gefühl tröstlichen Friedens durchdrungen hatte. Vielleicht war das der erste Schritt zu seiner Gesundung gewesen. Vielleicht war dieses Gespräch die Fortsetzung.

Er wusste es nicht. Er wusste nur, dass er sich besser, stärker, nicht mehr so überflüssig fühlte. Vielleicht hatte er sich doch ganz wacker geschlagen.

Er sagte: «Ich danke Ihnen.»

«Ach, mein Freund, ich wünschte, ich könnte mehr für Sie tun.»

«Nein. Das ist nicht nötig. Sie haben genug für mich getan.»

LUCY

LUCY WAR erst zweimal in ihrem Leben geflogen. Einmal nach Frankreich, wohin die Familie einer Schulfreundin sie in den Ferien eingeladen hatte. Das zweite Mal mit ihrer Mutter und ihrer Großmutter zu den Kanalinseln. Es war über Ostern gewesen und sie hatten in einem Hotel gewohnt, wo man sich zum Abendessen umziehen musste.

Beide Male war sie schrecklich aufgeregt gewesen, aber jetzt bemühte sie sich, möglichst abgeklärt zu wirken, um den Eindruck einer erfahrenen Reisenden zu machen, falls jemand sie zufällig ansehen sollte.

Ihre Kleidung kam ihr dabei zu Hilfe. Denn ihre Mutter war, vielleicht um uneingestandene Schuldgefühle zu besänftigen, mit ihr in die Stadt gegangen und hatte ihrer Tochter dort allerlei schicke Sachen zum Anziehen gekauft. Daher trug Lucy ganz neue, mit rotem Flanell gefütterte Jeans. Dazu Stiefel aus hellem Wildleder und eine leuchtend rote, gesteppte Jacke, die sich anfühlte, als ob man in eine Daunendecke eingemummelt wäre. Außerdem hatte sie ihr zwei dicke Rollkragenpullover gekauft, einen marineblauen und einen weißen, einen schwarzen Minirock und zwei Paar dicke schwarze Strumpfhosen. Zu guter Letzt noch einen dunkelblauen, mit Rot abgesetzten Leinenrucksack, in dem Lucy ihr Tagebuch, ihr Portemonnaie, Kamm und Bürste und einen Riegel Schokolade verstaut hatte. Gestern Abend hatte sie sich die Haare gewaschen und es heute Morgen in einen langen, von einem Gummiband zusammengehaltenen Pferdeschwanz zurückgekämmt. Sie kam sich sehr schick vor. Und fand, dass sie Carrie alle Ehre machte.

Carrie sah in ihren hohen Stiefeln, dem Lodenmantel und der schwarzen Fuchspelzkappe wie immer ungeheuer elegant aus. Lucy merkte wohl, dass die Leute sich nach ihr umdrehten, wenn sie, ihren Gepäcktrolley vor sich herschiebend, an ihnen vorbeiging. Nur hatte die arme Carrie sich eine leichte Erkältung zugezogen. Keine schlimme Erkältung, die sie furchtbar entstellte, aber sie fühlte sich angegriffen. Sie war schon ein paar Tage lang nicht auf dem Damm gewesen – überall grassierte die Grippe –, aber ihrer Meinung nach war es eine bloße Erkältung, sie hatte Medikamente dagegen genommen und würde sich schon besser fühlen, wenn sie erst die reine, kalte schottische Luft atmen durfte.

Sie checkten ein, ließen die Sicherheitskontrollen über sich ergehen, und während sie darauf warteten, dass ihr Flug aufgerufen wurde, begann Lucy sich allmählich zu entspannen. Seit Carrie und sie Weihnachtspläne geschmiedet hatten, hatte sie nicht nur die Tage gezählt, sondern war auch von bösen Vorahnungen geplagt worden. Irgendetwas würde garantiert dazwischenkommen und ihrer Reise mit Carrie einen Strich durch die Rechnung machen. Jemand würde krank werden oder Granny würde plötzlich dagegen sein, dass Lucy bei Elfrida Phipps wohnte, gegen die sie schreckliche Vorurteile hatte und die Lucy unbedingt kennen lernen wollte. Womöglich bekam Randall Fisher in Amerika einen Herzschlag oder verunglückte tödlich und Nicola würde einen Telefonanruf in London erhalten, dass sie gar nicht zu kommen brauchte.

Aber wie durch ein Wunder blieb die Katastrophe aus und schließlich saßen sie wohlbehalten in der Maschine, die sie nach Norden trug, und Lucy wusste, dass nun nichts schief gehen konnte – es sei denn, das Flugzeug fiel vom

Himmel. Sie hatte einen Fensterplatz und blickte, die Stirn gegen das kleine Bullauge gepresst, auf die englische Landschaft hinunter, die wie eine grünlich-graue Flickendecke unter ihr ausgebreitet lag und auf der die langsam treibenden Wolken bizarre Muster bildeten.

Und Wunder über Wunder, es war ein herrlicher, friedlicher Morgen. Kalt, aber ohne Regen und ohne Wind, der einem in die Knochen drang. Über den Wolken strahlte der Himmel mit seinem verhangenen Horizont in reinem, blassem Blau. Lucy dachte an die Leute dort unten, die dem Kondensstreifen ihres Flugzeugs nachblickten und sich vielleicht fragten, wohin die Maschine fliegen mochte. Genauso wie sie von oben auf die scheinbar unbewohnte, weite Landschaft hinunterblickte, in der das einzige Anzeichen von Zivilisation eine winzige Rauchfahne aus einer Gruppe von Kühltürmen war. Was war Phantasie und was Wirklichkeit, fragte sie sich. Wer waren die wirklichen Menschen?

Die Stewardess reichte Tabletts mit einem kleinen Imbiss herum. Es gab Kaffee oder Tee, ein Brötchen, Marmelade, ein Stückchen Schinken und ein paar Weintrauben. Alles war winzig, in Puppenstubengröße, und passte haargenau auf das kleine Plastiktablett. Lucy hatte Hunger und aß alles auf, und als Carrie ihr Brötchen liegen ließ, aß sie das auch noch. Als die Tabletts abgeräumt waren, las Carrie die Zeitung und Lucy wandte sich wieder dem kleinen Bullauge zu, weil sie keinen Zentimeter von Schottland verpassen wollte.

Sie hatte damit gerechnet, dass es bei ihrer Ankunft regnen oder sogar schneien würde, aber der Himmel blieb klar und wolkenlos. Als die Maschine an Höhe zu verlieren begann, nahm die Landschaft unter ihnen Gestalt an und Lucy konnte Schnee auf den Bergspitzen ausmachen und ausgedehnte Tannenwälder, die von oben wie dichter Pelz aussahen. Dann kam das leuchtende Blau des Meeres in Sicht, ein paar Schiffe und eine Brücke über einen breiten Meeresarm. Das Flugzeug zog eine Schleife, bevor es zur Landung ansetzte, und im Westen tauchte eine ganze Bastion schneebedeckter Berge auf, die im blassen Wintersonnenlicht glitzerten. Einen hinreißenderen Anblick konnte Lucy sich gar nicht vorstellen und nahm es für ein gutes Omen.

Carrie faltete ihre Zeitung zusammen und verstaute sie. Sie lächelten sich zu. «Alles o. k.?», fragte Carrie. Lucy nickte.

Sie landeten. Die riesigen Räder rumpelten auf der Piste. Das Flughafengebäude tauchte auf und sah aus wie ein großes Golfclubhaus. Flaggen flatterten in der frischen Brise.

«Wir werden abgeholt», hatte Carrie ihr erzählt.

«Von wem?»

«Von einem Taxi aus Creagan. Der Fahrer heißt Alec Dobbs.»

«Und wie erkennen wir ihn?»

«Er trägt ein Schild mit der Aufschrift *Sutton.*»

Und tatsächlich, als sie ihr Gepäck vom Karussell geholt hatten, erwartete er sie in der Ankunftshalle. Ein untersetzter Mann in gefüttertem Anorak, eine verblichene Tweedmütze tief in die Stirn gezogen. Außer ihm standen noch ein paar weitere komische Käuze herum. Ein schlaksiger, alter Mann mit Gamsbarthut. Eine Dame in Hosen mit wettergegerbten Wangen, der die weißen Haare zu Berge standen, und vor allem ein Mann in einem zerschlissenen, geflickten Kilt. Lucy konnte sich gar nicht losreißen von seinem Anblick, vor allem von seinen blau gefrorenen Knien.

«Herzlich willkommen in Schottland», sagte Alec Dobbs. «Hatten Sie einen guten Flug?» Er klang gar nicht wie ein typischer Taxifahrer, eher wie ein alter Freund. Er schüttelte ihnen beiden die Hand, bevor er sich ihrer Koffer bemächtigte, als wären sie federleicht, und ihnen nach draußen vorausging. Über dem Horizont stand eine blass scheinende Sonne, aber die Luft war erheblich kühler als in London, und am Rand des Parkplatzes waren noch Reste von Schnee zu sehen. Es roch nach Tannen, und als Lucy tief einatmete, wurden ihre Nasenwände so kalt, dass sie niesen musste. Sie war noch nie in der Schweiz gewesen, konnte sich aber vorstellen, dass es dort mit der Sonne und dem Schnee und den Tannen unter einem reinen, wolkenlosen Himmel genauso aussah.

Alec fuhr einen Subaru mit Vierradantrieb. Während er ihr Gepäck im Kofferraum verstaute, erklärte er: «Ich habe noch ein zweites Auto, einen großen Rover, der bequemer gewesen wäre. Aber wir müssen auf der Black Isle durch die Berge und dort liegt überall noch hoher Schnee.»

Carrie nahm auf dem Rücksitz Platz und Lucy setzte sich neben Alec.

«Hat es schon tüchtig geschneit?», fragte sie, weil sie liebend gern einmal weiße Weihnachten erlebt hätte. Weihnachten im Schnee wäre das Tüpfelchen auf dem i.

«Bisher noch nicht, aber der Schnee bleibt liegen, und das bedeutet, dass noch mehr kommt.» Er hatte eine melodische Stimme, artikuliert und angenehm. Es war das erste Mal, dass Lucy den typischen Sutherland-Tonfall hörte.

«Wie lange fährt man denn nach Creagan?»

«Ungefähr eineinviertel Stunden. Mehr nicht.» Lucy sah auf ihre Uhr. Es war Viertel nach elf. Also würden sie gegen halb eins da sein. Rechtzeitig zum Lunch. Sie freute sich auf etwas Heißes, Herzhaftes. Trotz der zwei Brötchen hatte sie schon wieder Hunger. «Bist du zum ersten Mal in Schottland?»

«Ja, ich bin noch nie in Schottland gewesen.»

«Na, da steht dir ja einiges bevor. Und in was für einem schönen Haus du untergebracht bist. Es hat viel zu lange leer gestanden. Gut, dass es endlich wieder bewohnt ist.»

Carrie beugte sich auf ihrem Sitz vor. «Was macht Elfrida?», fragte sie. «Mrs. Phipps?»

«Der geht's gut. Ich sehe sie gelegentlich beim Einkaufen mit ihrem Hund. *Sie* hat das Taxi bei mir bestellt. Hat heute Morgen extra nochmal angerufen, damit ich Sie auch nicht vergesse.»

«Wohnen Sie in Creagan?», fragte Lucy ihn.

«Ich habe mein ganzes Leben in Creagan verbracht. Bin dort geboren, genau wie mein Vater. Als er sich zur Ruhe setzte, hab ich das Geschäft übernommen.»

«Das Taxigeschäft?»

«Ich fahre nicht nur Taxis.»

Lucy krauste die Stirn. «Was denn sonst noch?»

«Leichenwagen», sagte er mit einem Anflug von Lachen in der Stimme. «Ich bin der Bestattungsunternehmer.»

Lucy verschlug es einen Moment lang die Sprache.

Es war eine spektakuläre Fahrt. Die Straße führte durch Felder und über Brücken, und in höher gelegenen Gegenden knirschten die Wagenreifen im Schnee. Sie folgten dem Ufer einer langen, von den Gezeiten abhängigen Bucht und durchquerten kleine Dörfer, deren graue Steinhäuschen unmittelbar an die Straße grenzten, an Pubs, Läden und schlichten, gedrungenen Kirchen inmitten von alten Friedhöfen vorbei, auf denen windschiefe, mit Flechten bewachsene Grabsteine standen. Dann noch eine Brücke und noch ein Meeresarm, der tief in die Hügelkette der westlichen Berge reichte.

«Noch knappe zehn Minuten, und wir sind da», sagte Alec.

Mit einem Mal war Lucys Vorfreude entschieden abgeflaut und es überkam sie sogar eine leichte Nervosität. Es war nicht nur die Ankunft an einem fremden Ort und in einem fremden Haus, sondern auch die Aussicht, ihren Gastgebern Elfrida und Oscar zum ersten Mal zu begegnen. Über Elfrida machte sie sich keine Gedanken, Carrie hatte so viel Gutes von ihr berichtet, sie musste alterslos und enorm unterhaltsam sein. Aber Oscar Blundell, Elfridas Freund, machte Lucy Sorgen. Einmal war er ein Mann, und sie war überhaupt nicht an Männer gewöhnt.

Und das war noch nicht alles. Carrie hatte ihr erzählt, warum Elfrida mit Oscar in diese kleine schottische Stadt gezogen war. Seine Frau und seine zwölfjährige Tochter Francesca waren beide bei einem schrecklichen Autounfall ums Leben gekommen. Carrie hatte sich nicht näher darüber ausgelassen und war auf Lucys entsetzte Fragen nicht eingegangen, sondern hatte nur gesagt, dass es einen Unfall gegeben hatte, an dem niemand schuld war, und es Oscar sehr schwer fiel, damit fertig zu werden.

Francesca war zwölf gewesen. Lucy war vierzehn. «Ob er mich überhaupt haben will?», hatte sie gefragt. «Ist es nicht schrecklich für ihn, jemanden in meinem Alter um sich zu haben? Meinst du, dass er etwas gegen mich hat?»

Carrie hatte mit begütigendem Lächeln den Arm um sie gelegt. «Das habe ich Elfrida am Telefon auch zu bedenken gegeben. Sie hat mit Oscar darüber gesprochen, aber er hat ausdrücklich darauf bestanden, dass wir zu Weihnachten kommen. Schließlich ist es sein Haus, *er* ist der Gastgeber und *er* hat uns eingeladen. Und wie könnte wohl jemand etwas gegen dich haben?»

Trotzdem fand Lucy alles ein bisschen beängstigend und kompliziert. Und auf Komplikationen konnte sie verzichten.

Plötzlich kam es ihr vor, als sei das Meer ganz in der Nähe. Wellige, mit Krüppelkiefern und Heidekraut bewachsene Dünen zogen sich an beiden Seiten der Straße entlang und das Licht sah aus, als würde es vom Meer reflektiert. Sie kurbelte das Wagenfenster herunter und sog die salzige Seeluft ein. Die Straße senkte sich, vor ihnen lag die kleine Stadt, und ehe sie sichs versah, waren sie auf der Hauptstraße. Deren Häuser gar nicht so grau und düster aussahen wie in den anderen Dörfern, durch die sie gekommen waren, sondern aus goldgelbem Sandstein gebaut waren, der im Licht der fahlen Wintersonne aufleuchtete. Zu beiden Seiten der schönen Baumallee lagen von hohen Mauern umgebene Gärten mit stattlichen Häusern dahinter, und alles erweckte den Eindruck von Wohlstand und Weiträumigkeit.

Carrie hatte während der Fahrt nicht viel gesagt, aber jetzt rief sie erstaunt: «Hier sieht's ja aus wie in den Cotswolds. Wie in einem Städtchen in den Cotswolds.»

Alec lächelte. «Ich bin zwar noch nie in den Cotswolds gewesen. Aber das sagen viele Besucher.»

«Goldgelber Sandstein. Die breiten Straßen. Und die Gärten …»

«Die Leute ahnen gar nicht, dass wir wegen des Golfstroms ein sehr mildes Klima haben, ähnlich wie Eastbourne. In den Bergen können düstere Regenwolken hängen, während wir hier Golf spielen oder in der Sonne am Strand spazieren gehen.»

«Eine Art Miniklima», sagte Lucy.

«Genau.»

Die Straße mündete auf einen Marktplatz, in dessen Mitte eine schöne, große Kirche mit einem von einer hohen Mauer umgebenen Friedhof stand. Der Kirchturm war von einem vergoldeten Wetterhahn gekrönt, um den ein Schwarm Möwen und Dohlen kreiste. Die Möwen klangen nach Sommerferien. Die runde Turmuhr zeigte auf fünfundzwanzig Minuten nach zwölf.

«Das haben wir schnell geschafft», bemerkte Alec. Er fuhr in gemessenem Tempo einmal um die Friedhofsmauer herum und hielt dann am Bürgersteig.

«Sind wir da?», fragte Lucy.

Er stellte den Motor ab. «Wir sind da.»

Sie stiegen aus, aber bevor Alec das Gartentor öffnen konnte, war hektisches Bellen zu hören, und im nächsten Moment flog die Haustür auf und Elfrida Phipps und ihr stimmgewaltiger Hund kamen den Gartenweg entlanggelaufen.

«Carrie! Mein liebes Kind, da bist du ja endlich.» Sie schlang die Arme um Carrie. «Ich hab mich so auf dich gefreut ... vor lauter Aufregung ... ich konnte es gar nicht abwarten ...»

Lucy stand daneben und sah ihnen zu. Elfrida war sehr groß und sehr dünn und das orangefarbene Haar stand ihr ziemlich wüst um den Kopf. Sie trug lange Hosen mit auffällig grellem Schottenmuster und einen dicken grauen Pullover. Ihre Augenlider waren leuchtend blau geschminkt und sie hatte den Lippenstift dick aufgetragen. Lucy begriff, warum ihre Großmutter eine Abneigung gegen Elfrida hatte. Ihr Kuss hatte auf Carries linker Wange Spuren des Lippenstifts hinterlassen.

«Elfrida, du siehst blendend aus», sagte Carrie. «Schottland scheint dir gut zu bekommen.»

«Ein Paradies, mein Schatz. Eisig kalt, aber ein Paradies.»

«Und dies hier ist Lucy.»

«Lucy, natürlich.» Elfrida lachte. «Ist es nicht unglaublich, Lucy? Da sind wir miteinander verwandt und haben uns noch nie zu Gesicht bekommen. Aber dein Großvater war immer mein Lieblingsvetter und wir haben herrliche, wilde Zeiten miteinander verbracht.» Sie legte Lucy die Hände auf die Schultern. «Lass dich anschauen. Hab ich mir gedacht. Wie aus dem Bilderbuch. Und dies ist mein Hund Horaz, der zum Glück aufgehört hat zu bellen. Er freut sich schon lange auf deinen Besuch. Er konnte deine Ankunft gar nicht abwarten, weil er hofft, dass du lange Strandspaziergänge mit ihm machst. Ach ja, Alec, da sind ja die Koffer. Ist das alles? Sind Sie so nett und tragen sie für uns hinauf? Und nun kommt alle ins warme Haus, damit ich euch Oscar vorstelle ...»

Im Gänsemarsch wanderten sie den Gartenweg entlang. Zuerst kam Elfrida, dann der Hund, ihm folgten Carrie und Lucy und zu guter Letzt kam Alec mit den Koffern und schlug mit dem Fuß die Haustür hinter sich zu. Sie durchquerten den Flur und stiegen die schöne, breite Treppe hinauf. Lucy gefiel das Haus. Das solide Treppengeländer und der dicke Treppenläufer, der Duft nach gebohnertem, abgetretenem Dielenholz und lieb gewonnenen Möbeln schufen den Eindruck von Geborgenheit. Außerdem drang ein köstlicher, verlockender Duft aus der Küche.

Elfrida redete immer weiter. «Wie war der Flug? Ging es sehr holprig zu? Ein Glück, dass nicht gerade ein Orkan tobt.»

Sie erreichten den Treppenabsatz im ersten Stock, von dem die Treppe weiter ins oberste Stockwerk führte. An der Schmalseite des Treppenabsatzes stand eine Tür offen, durch die Sonnenlicht fiel.

Elfrida hob die Stimme und rief: «Oscar! Sie sind hier!» Zu Carrie und Lucy gewandt, fuhr sie fort: «Er ist im Wohnzimmer. Ihr beide geht hinein und ich zeige Alec schnell, wo die Koffer hinkommen. Carries Koffer hier hinein, Alec, und Lucies nach oben. Wenn ich Ihnen eine weitere Treppe zumuten darf …»

Carrie warf Lucy ein aufmunterndes Lächeln zu, nahm sie aber vorsichtshalber bei der Hand, und gemeinsam betraten sie das imponierende Wohnzimmer, weiß gestrichen, sparsam möbliert und von Sonnenlicht durchflutet. Im Kamin brannte ein kleines Feuer und ein hohes Erkerfenster ging unmittelbar auf die Straße, sodass man das Gefühl hatte, die Kirche gegenüber mit der Hand berühren zu können.

Oscar stand mit dem Rücken zum Kamin und erwartete sie. Er war so groß wie Elfrida, aber nicht so dünn wie sie, hatte einen dichten Schopf von silberweißem Haar auf dem Kopf und ein stilles, freundliches Gesicht, das merkwürdigerweise ganz glatt und frei von Runzeln war. Seine Augen waren verhangen und die Lider fielen an den Augenwinkeln herab. Er trug ein kariertes Hemd mit einem Wollschlips und darüber einen blauen Shetlandpullover.

«Oscar. Guten Tag. Ich bin Carrie Sutton.»

«Meine Liebe …» Er kam ihnen entgegen, um sie zu begrüßen, und Lucy war sicher, dass er mit einem so eleganten Gast wie Carrie bestimmt nicht gerechnet hatte. Aber er war sichtlich erfreut. «Wie schön, dass Sie da sind. Hatten Sie eine angenehme Reise?» Sie gaben sich die Hand.

«Kein Problem», sagte Carrie. «Alles lief wie am Schnürchen.»

«Und Alec hat Sie gleich gefunden? Elfrida konnte schon gar nicht mehr still sitzen und ist immer wieder ans Fenster gelaufen, um zu sehen, ob Sie schon da wären.»

«Wir sind Ihnen sehr dankbar für die Einladung.» Carrie sah sich um. «Und was für ein wunderschönes Haus Sie haben!»

«Mir gehört nur eine Hälfte. Es gehört uns zu zweit.»

«Das macht es nicht weniger attraktiv.» Sie ließ Lucys Hand los und legte ihr den Arm um die Schultern. «Und dies ist meine Nichte, Lucy Wesley.»

Lucy schluckte ihre Nervosität hinunter und sagte: «Guten Tag.» Oscar sah auf sie herab und sie zwang sich, ihm in die Augen zu blicken. Er schwieg und es kam ihr wie eine Ewigkeit vor. Sie ahnte, dass er an seine eigene zwölfjährige Tochter dachte, die nicht mehr lebte. Sie ahnte auch, dass er sie mit Francesca verglich und dass ihn zwiespältige, schmerzliche Gefühle bewegen mussten. Sie hoffte, dem Vergleich mit Francesca standhalten zu können. Viel mehr konnte sie nicht tun. Plötzlich ging ein Lächeln über Oscars Gesicht. Und dann nahm er ihre kleine Hand liebevoll in seine beiden warmen, großen Hände und Lucys Nervosität war verflogen.

«Du bist also Lucy?»

«Ja.»

«Und du musst nun oben unter dem Dach schlafen?»

Carrie lachte. «Wenn Sie es so sagen, Oscar, klingt es nicht sehr verlockend.»

«Dachkammern klingen nie sehr verlockend. Eher nach alten Truhen und ausgestopften Elchköpfen. Aber keine Angst, Lucy. Elfrida hat dafür gesorgt, dass du entzückt sein wirst.»

«Also.» Er ließ Lucys Hand los und sah aus dem Fenster auf die Turmuhr. «Jetzt ist es halb eins. Warum geht ihr beide nicht zuerst in eure Zimmer und richtet euch ein, und dann trinken wir etwas und anschließend gibt es den Lunch. Elfrida hat uns heute Morgen einen superben Kartoffelauflauf gezaubert. Sie dachte, ihr hättet nach der langen Reise etwas Herzhaftes nötig.»

Lucy frohlockte. Das Schlimmste, die erste Begegnung, war überstanden. Elfrida war lustig, Oscar war lieb. Und Elfrida hatte gesagt, sie sähe aus wie aus einem Bilderbuch. Und zum Lunch gab es einen superben Kartoffelauflauf.

Sie aßen in der Küche. «Wir haben auch ein Esszimmer», erklärte Elfrida, «aber es ist so dunkel und ungemütlich, dass wir dort nie essen. Es gibt keine Durchreiche von der Küche, sodass ich immerzu mit den Schüsseln hin- und herlaufen müsste.»

«Viel gemütlicher hier», sagte Carrie und Lucy pflichtete ihr bei. Ein langer Holztisch mit einem karierten Tischtuch, Holzstühle verschiedener Form und Größe … anheimelnd und zwanglos. Es war keine sonderlich moderne Küche. Lucy wusste, dass Dodie Zustände bekommen würde, wenn sie mit einer solch altmodischen Kücheneinrichtung wirtschaften müsste. Es kam wenig Licht in den Raum, weil er direkt an die Mauer des Nachbargartens angrenzte. Und dann waren die Fenster vergittert, vermutlich, um Einbrecher fern zu halten, oder vielleicht auch, um ausgebeuteten Köchinnen und Küchenmädchen die Flucht zu versperren. Trotzdem hatte er wie das ganze übrige Haus etwas Anheimelndes, mit dem riesigen, dunkelgrün gestrichenen Küchenschrank, in dem ein buntes Allerlei von Geschirr stand und Krüge, Becher und Tassen an Haken aufgehängt waren.

Sie verspeisten den wirklich superben Kartoffelauflauf und zum Nachtisch gedünstete Äpfel und Baiser mit Schlagsahne. Carrie und Elfrida tranken anschließend Kaffee, aber Oscar wollte keinen. Stattdessen sah er auf seine Uhr und sagte: «Wenn Horaz und ich uns jetzt nicht auf die Socken machen, dann sind wir vor Einbruch der Dunkelheit nicht zurück.» Er sah Lucy über die Länge des Tisches hinweg an. «Hättest du Lust mitzukommen?»

«Auf einen Spaziergang?»

«Wir könnten zum Strand gehen. Dann lernst du gleich den Weg kennen.»

Sie empfand die Einladung als ausgesprochene Ehre. «Ja, ich komme gern mit.»

«Vielleicht solltest du zuerst eine Runde mit ihr durch die Stadt machen, Oscar, und ihr zeigen, wo die Läden sind», sagte Elfrida. «Das dauert keine fünf Minuten, und anschließend könnt ihr auf die Dünen zusteuern.»

«Wenn sie das gern möchte, natürlich. Hast du etwas Warmes zum Überziehen, Lucy?»

«Ich habe eine ganz neue Jacke.»

«Und eine warme Mütze. Der Seewind kann einem die Ohren abfrieren.»

«Die hab ich auch.»

«Dann lauf und zieh dich an und wir machen uns auf den Weg.»

«Soll ich helfen, den Tisch abzuräumen?», fragte Lucy.

Elfrida lachte. «Was für ein gut erzogenes Mädchen du bist. Aber keine Sorge. Das machen Carrie und ich, wenn wir den Kaffee ausgetrunken haben. Geht ihr beide nur los, bevor es zu kalt wird.»

Fünf Minuten später brachen sie zusammen auf, der alte Mann, das Mädchen und der Hund. Horaz war an der Leine, die Lucy in ihrer behandschuhten Hand hielt. Sie hatte sich ihre dicke Pudelmütze bis über die Ohren gezogen und den Reißverschluss ihrer Jacke bis zum Hals zugemacht. Oscar trug eine dicke Windjacke mit kariertem Futter und eine schicke Tweedmütze auf dem Kopf, in der er, wie Lucy fand, sehr flott und seriös aussah.

«Zuerst machen wir einen Gang durch die Stadt», sagte er, als sie das Gartentor hinter sich ließen. Also gingen sie die Straße entlang, um die Friedhofsmauer herum, am Souvenirladen, an der Drogerie, am Buchladen, am Schlachter und am Zeitungsladen vorbei.

«Hier hole ich jeden Morgen die Zeitung. Wenn ich nun mal zu faul bin und im Bett bleiben möchte, kannst du sie für mich holen.»

Dann kam die Tankstelle, ein Handarbeitsgeschäft mit gestrickten Pullovern im Fenster, ein kleines Hotel, ein Schaufenster voller Strandspielzeug, der Supermarkt. Unter einem kahlen Baum blieb Lucy stehen und blickte durch ein schmiedeeisernes Tor einen mit Steinplatten gepflasterten Weg entlang, wo die Seitentür zur Kirche offen stand.

Sie hätte liebend gern einen Blick hineingeworfen. Von der Straße aus konnte man die Eingangshalle mit der dicken Fußmatte sehen und dahinter eine geschlossene Tür.

«Ist die Kirche geöffnet?», fragte sie.

«Immer. Aber nur die Seitentür. Für Besucher.»

«Wie sieht sie von innen aus?»

«Ich weiß es nicht, Lucy. Ich war noch nie drin ...»

«Können wir mal reingehen? Nur ganz kurz.»

Oscar zögerte. «Ich ...»

«Ach, bitte. Kirchen sind so schön, wenn sie leer sind. Genau wie Straßen. Man sieht dann erst richtig die Architektur.»

Er holte tief Atem, und einen Moment lang dachte sie, er würde nein sagen oder sie auf einen anderen Tag vertrösten. Aber dann stieß er mit einem tiefen Seufzer die Luft aus und sagte: «Na gut.»

Lucy öffnete das Tor, das laut in den Angeln quietschte, und sie gingen den schmalen Pfad entlang. Am Eingang war ein Schild angebracht:

Besucher willkommen,
aber keine Hunde, bitte.

Also banden sie Horaz draußen am Türgriff fest und ließen ihn auf der Matte sitzen.

Die Kirche war leer. Ihre Schritte hallten auf den Steinplatten und das Echo wurde von dem hohen Gewölbe zurückgeworfen. Sonnenlicht fiel durch die bunten Glasfenster. Chor und Seitenschiffe der kreuzförmigen Kirche waren mit Kirchengestühl gesäumt, sodass man sich wie in drei einzelnen kleinen Kirchen vorkam. Die Wände waren aus Steinquadern und hoch über ihnen erhob sich das Rippengewölbe der Decke, das leuchtend blau ausgemalt war.

Lucy sah sich auf eigene Faust um. Sie las die Inschriften auf den Gedenkplatten, die Menschen vergangener Zeiten gewidmet waren, treuen Dienern Gottes und verdienstvollen Gemeindemitgliedern. Es waren viele adlige Namen und gewichtige Titel darunter, aber auch viele einfache Leute. Die Kirche war viel größer, als sie geahnt hatte, und als sie schließlich alles besichtigt hatte, von dem prächtigen Taufbecken bis zu den hübschen handgestickten, gepolsterten Gebetsbänken, war Oscar das Stehen zu viel geworden, sodass er sich auf einer der vorderen Bänke niedergelassen hatte und auf sie wartete.

Mit leicht schuldbewusstem Gesicht setzte sie sich neben ihn. «Entschuldigen Sie», sagte sie.

«Wieso?»

«Dass ich so getrödelt habe.»

«Ich freue mich, dass du an solchen Dingen interessiert bist.»

«Carrie hat mir erzählt, dass Sie Organist sind und Musik unterrichtet haben.»

«Das stimmt. Ich habe auch einen Chor geleitet.» Er sah auf sie hinunter. «Spielst du Klavier?»

«Nein. Ich habe nie Unterricht gehabt. Mami hatte Angst, ich würde Schule, Hausaufgaben und andere Pflichten vernachlässigen. Und wir haben auch gar kein Klavier.»

«Hättest du Lust dazu?»

«Ich glaube ja.»

«Es ist nie zu spät dafür. Hörst du gern Musik?»

Lucy zuckte die Achseln. «Nur Pop und so.» Sie dachte darüber nach. «Aber von der Schule aus gehen wir manchmal ins Konzert. Im letzten Sommer waren wir bei einem Freiluftkonzert im Regent's Park. Mit einer riesigen Bühne und einem richtigen Orchester.»

Oscar musste lachen. «Hat es gegossen?»

«Nein, es war ein schöner Abend. Und am Ende des Konzerts haben sie die *Feuerwerksmusik* gespielt, mit einem richtigen Feuerwerk im Hintergrund. Das war wirklich phantastisch. Die Musik und die Knallerei und die Lichter und die Feuerwerksraketen, alles fand gleichzeitig statt, und das hat es doppelt aufregend gemacht. Immer wenn ich die Musik höre, sehe ich das Feuerwerk wieder vor mir und den Abendhimmel mit seiner ganzen Sternenpracht.»

«Ein richtiges Erlebnis.»

«Ja. Einmalig.» Sie drückte das Kinn in ihre neue, warme Jacke und sah zu den hohen, farbigen Glasfenstern im Chor hinauf. Maria mit dem kleinen Jesuskind. «Ich möchte nicht mitten im Winter Geburtstag haben», sagte sie. «Und schon gar nicht am Heiligabend.»

«Warum nicht?»

«Weil man bestimmt nur einmal was geschenkt bekommt. Und außerdem ist es um die Jahreszeit so dunkel und trübe.»

«Wann hast du denn Geburtstag?»

«Im Juli. Viel besser. Leider sind zu der Zeit keine Ferien.»

«Immerhin, es ist Sommer.»

Oscar besann sich einen Moment lang, dann sagte er: «Ich glaube übrigens nicht, dass Christus im Winter geboren ist. Es war wahrscheinlich Frühling.»

«Wirklich? Wie kommen Sie darauf?»

«Na ja, die Hirten hüteten auf dem Felde ihre Herden, und das bedeutet, dass die Mutterschafe gelammt haben. Und sie waren auf der Hut vor den Wölfen, damit die ihnen nicht die neugeborenen Lämmer auffraßen. Und außerdem haben die Astronomen herausgefunden, dass vor zweitausend Jahren genau zu dem Zeitpunkt in der Gegend ein merkwürdig heller Stern am Himmel zu sehen war.»

«Und warum feiern wir dann nicht im Frühling Weihnachten?»

«Ich glaube, die ersten Christen waren gar nicht so dumm. Die haben gewisse heidnische Riten einfach von den Bewohnern der Länder, die sie christianisiert haben, übernommen. Die Wintersonnenwende, der kürzeste Tag des Jahres, ist nämlich immer und überall gefeiert worden. Und um sich mitten im kalten Winter ein bisschen zu amüsieren, haben diese vorchristlichen Menschen ein großes Fest organisiert, ein Freudenfeuer entfacht, Kuchen gebacken, Kerzen angezündet, Mistelzweige gepflückt und nach Herzenslust gegessen und getrunken.» Oscar schmunzelte. «Und sich anständig bezecht und ihren fleischlichen Begierden hingegeben.»

«Also haben die frühen Christen dieses Fest einfach geklaut?»

«So ungefähr.»

«Und ein paar andere Sachen dazuerfunden?»

«Zum Beispiel den Glauben an den Sohn Gottes.»

«Aha.» Bei genauerem Hinsehen eine sehr praktische Angelegenheit. «Und der Tannenbaum?»

«Kam aus Deutschland. Importiert von Albert, Königin Victorias Prinzgemahl.»

«Und gebratene Puter?»

«Die kamen aus Amerika. Davor gab es die traditionelle Weihnachtsgans.»

«Und Weihnachtslieder?»

«Manche sind alt, manche neu.»

«Und Met? ... Was ist eigentlich Met? Ich habe keine Ahnung, was Met ist.»

«Ein Getränk aus vergorenem Honig.»

«Und Weihnachtsstrümpfe?»

«Ich habe keine Ahnung, woher die kommen.»

Lucy schwieg einen Moment. Dann sagte sie: «Mögen Sie Weihnachten?»

«Manches ja, manches nein», sagte Oscar, ohne sich festzulegen.

«Ich habe nicht viel dafür übrig. Erst wird so viel Wind darum gemacht, und dann ist es immer irgendwie ... enttäuschend.»

«Das beweist nur, dass man seine Erwartungen nie zu hoch stecken darf.» Die Turmuhr über ihnen schlug halb drei. Ein ferner, gedämpfter, melodischer Klang. «Es wird Zeit, dass wir gehen», sagte Oscar.

Lucy schwieg. In der Kirche war es ganz still. Wie aus weiter Ferne drangen die Geräusche der Stadt an ihr Ohr. Ein vorbeifahrendes Auto, eine rufende Männerstimme. Der gedehnte Schrei einer Möwe, die um den Kirchturm flog. Sie blickte nach oben und entdeckte zum ersten Mal ganz hoch oben die unauffälligen, gegen die Decke gerichteten Lampen, die in das verzierte Stuckgesims eingelassen waren. Sie brannten nicht, deshalb waren sie ihr entgangen, aber …

«Es muss schön aussehen hier drin, wenn alle Lichter brennen. Wie Flutlicht, wie Sonnenschein, der die blaue Decke beleuchtet …»

«Ich nehme an, sie werden sonntags beim Gottesdienst angezündet.»

«Das würde ich gern mal sehen.»

«Das kannst du ja, wenn du möchtest», sagte er freundlich. Dann stand er auf. «Aber nun komm. Wir sollen eigentlich einen Spaziergang machen. Wenn wir vor Einbruch der Dunkelheit noch bis zum Strand kommen wollen, müssen wir uns beeilen.»

CARRIE

OSCAR, LUCY und Horaz verließen das Haus und die schwere Eingangstür fiel hinter ihnen ins Schloss. Carrie und Elfrida blieben allein vor ihren Kaffeetassen und den Resten des Lunchs auf dem Tisch zurück. Sie sahen sich lächelnd an. Zwei Frauen aus verschiedenen Generationen, aber alte Freundinnen, die sich seit viel zu langer Zeit nicht mehr unter vier Augen gesehen hatten und nun die ungestörte Intimität genossen.

«Was für ein durch und durch liebenswürdiger Mann», sagte Carrie.

Elfrida sah mit ihren zweiundsechzig Jahren wie das blühende Leben aus, quicklebendig und vital wie ein junges Mädchen, fand Carrie. Die schlanke Figur machte sich gut und das provozierende, wenn auch etwas verdächtige Fackelrot ihrer Haare, die exzentrische Kleidung, der grelle Lippenstift wirkten wie eine gesunde Protesterklärung an das nahende Alter. Ihre bloße Gegenwart hatte etwas Erfrischendes.

«Ja, das ist er», sagte Elfrida nicht ohne einen Anflug von Stolz.

«Ich bin so froh, dass die beiden sich angefreundet haben. Lucy hatte leichte Manschetten. Ich habe ihr natürlich von seiner Frau und seiner Tochter erzählt und sie hatte Angst, dass Oscar es belastend finden würde, sie um sich zu haben, weil sie ihn an Francesca erinnerte. Sie fürchtete, ihre Gegenwart würde ihn bedrücken. Oder er könnte sogar eine Abneigung gegen sie hegen.»

«Das arme Kind», sagte Elfrida mitleidig. «Und so feinfühlig. Aber ich glaube, Oscar hätte Mühe, gegen irgendjemanden eine Abneigung zu hegen. Und wenn ja, würde er es sich nicht anmerken lassen. Bei unserer Ankunft ergab sich ein kleines Problem in Gestalt dieses trostlosen alten Mannes, von dem wir den Schlüssel zum Haus abholen mussten. Ich muss gestehen, er hatte etwas Beängstigendes. Er drängte sich Oscar auf und wollte partout im Golfclub ein gutes Wort für ihn einlegen und sich dort auf einen Drink mit ihm treffen. Oscar war ganz verstört. Er hat sich die erste Zeit nicht aus dem Haus getraut und ist immer nur wie ein Krimineller mit tief ins Gesicht gezogener Mütze zum Supermarkt über die Straße gehuscht, aus lauter Angst, Major Billicliffe zu begegnen und ihn zu einem Glas Gin zu uns einladen zu müssen. Aber dann stellte er fest, dass der arme Kerl schwer krank war. Hatte ihn hilflos und mutterseelenallein zu Hause in seinem Bett gefunden. Ohne sich zu besinnen, hat er sich erboten, den Alten ins Krankenhaus nach Inverness zu fahren, weil er ihm so Leid tat. Major Billicliffe ist nämlich Witwer und hat sonst keine Angehörigen. Du siehst also, so etwas wie Abneigung ist Oscar völlig fremd. Zum verbohrten, eingefleischten Misanthropen hätte er wenig Talent.»

«Was für ein liebenswerter Mann. Ich hoffe nur, dass euch beiden unser Besuch nicht zu viel wird.»

«Im Gegenteil, er ist genau das, was wir brauchen.»

«Und glaubt nicht, dass ihr uns ein Weihnachtsfest mit allem Drum und Dran bieten müsst. Für diesen ganzen Weihnachtsrummel haben Lucy und ich ohnehin nicht viel übrig.»

«Wir auch nicht. Obwohl Oscar, als er von eurem Besuch hörte, heimlich einen Tannenbaum bestellt hat.»

«Lucy wird begeistert sein, wenn sie den Baum schmücken darf. Die Ärmste. Meine Mutter hatte nie viel Talent, Festtagsstimmung zu zaubern, und Nicola ist einfach zu träge. Aber ich bin überzeugt, Mutter ist dir von Herzen dankbar. Jetzt kann sie mit gutem Gewissen losfahren und eine Woche Highlife in Bournemouth machen.»

«Wie geht's ihr denn?»

«Wie soll's ihr schon gehen.» Mehr brauchte nicht gesagt zu werden.

«Und Nicola?»

«Dito. Im Gegensatz zu Wein werden die beiden mit den Jahren nicht besser.»

«Und dein Vater?»

«Den habe ich noch gar nicht getroffen. Aber wir haben miteinander telefoniert.»

«Ich habe im Oktober einen so herrlichen Monat auf Emblo verbracht. Und dann kam ich nach Hause, und da war diese schreckliche Geschichte mit Oscar passiert. Es war, als träte ich von einer Welt in eine andere. Das Leben kann sich mit solch schockierender Schlagartigkeit ändern.»

«Ich weiß.» Carrie dachte an Andreas, verscheuchte den Gedanken aber sofort. «Ich weiß», wiederholte sie und ahnte, was als Nächstes kommen würde. Sie hatte sich nicht getäuscht.

«Und *du*, Carrie?»

«Ich? Mir geht's gut.»

«So siehst du mir aber nicht aus. Du machst einen müden Eindruck und siehst blass aus. Und schrecklich dünn.»

«Wer im Glashaus sitzt ... Du musst zugeben, Elfrida, dass wir beide bei der Wahl von Miss Vollblutweib keine Chance hätten.»

«Warum bist du denn so überstürzt aus Österreich zurückgekommen?»

Carrie zuckte die Achseln. «Ach, diverse Gründe. Eine Spontanentscheidung.»

«Das glaube ich dir nicht.»

«Eines Tages erzähle ich dir, warum. Das verspreche ich dir. Aber nicht jetzt.»

«Du bist doch nicht krank?»

«Nein. Ich schlage mich zwar mit einer Erkältung herum und fühle mich etwas müde, aber krank bin ich nicht.»

«Hast du deinen Job aufgegeben?»

«Ja.»

«Und willst dir einen neuen suchen?»

«Vermutlich ja. Ehrlich gesagt, habe ich die Reisegesellschaft, für die ich in Österreich gearbeitet habe, neulich angerufen und bin am nächsten Tag bei ihnen vorbeigegangen. Sie haben mir einen Job angeboten ... einen guten Job ... in ihrem Londoner Hauptbüro. Ich habe noch nicht akzeptiert, werde das aber wahrscheinlich nach Weihnachten tun.»

«Und dein Haus?»

«Bis Februar vermietet. Bis dahin krieche ich bei Freunden unter oder wohne zur Miete.»

«Du machst keinen glücklichen Eindruck. Ich wünschte, ich könnte dir helfen.»

«Du hilfst mir ja. Damit, dass wir hier sein dürfen.»

«Nicht gerade sehr aufregend.»

«Nach Aufregung ist mir nicht zumute.»

Elfrida verstummte. Sie trank ihren Kaffee aus, seufzte leicht und fuhr sich mit der Hand durch das widerspenstige, flammende Haar. «In dem Fall werde ich schweigen. Also ...» Sie schlug einen völlig anderen Ton an, der optimistisch und entschlossen klang. «Was möchtest du heute Nachmittag machen? Dich vielleicht ein bisschen hinlegen? Ich kann dir eine Wärmflasche machen.»

Ein Bett und eine Wärmflasche. Carrie konnte sich nicht erinnern, wann sie zum letzten Mal von jemandem verwöhnt worden war. Wann jemand gesagt hatte: *Du siehst müde aus. Vielleicht möchtest du dich hinlegen?* Jahrelang hatte sie immer nur die Zähne zeigen und sich um anderer Leute Probleme kümmern müssen. Rückgängig gemachte Reservierungen, nicht funktionierende Skilifte, Zimmer, die den Ansprüchen nicht genügten, Züge und Busse, die Verspätung hatten. Zu wenig oder manchmal auch zu viel Schnee. Eine Band, die in den frühen Morgenstunden zu lauten Krach machte. Abhanden gekommene Pässe, Geldsummen, Haartrockner … Und dann nach London zurückzukommen und mit Familienproblemen konfrontiert zu werden, die auf der Stelle gelöst werden wollten.

Sie hatte es satt, immer nur stark sein zu müssen. Hatte es satt, immer nur den standhaften Pfeiler abgeben zu müssen, an den andere sich anlehnen konnten. Oben war ihr Zimmer. Ihr Koffer bereits hinaufgebracht. Als sie sich vorm Lunch den Mantel ausgezogen und schnell das Haar gekämmt hatte, war ihr das große, bequeme Doppelbett mit dem weißen Überwurf und dem gewaltigen Messinggestell, das wie eine blank geputzte Schiffsreling glänzte, wohltuend ins Auge gefallen. Am liebsten wäre sie an Ort und Stelle unter die Decke gekrochen, um zu schlafen.

Vielleicht ein bisschen hinlegen? Sie hätte Elfrida um den Hals fallen können. «Nichts wäre mir lieber. Aber vielleicht könntest du mir zuerst das Haus zeigen, damit ich mich auskenne. Es scheint so riesig, man hat Angst, sich darin zu verirren. Ich hatte mir euch beide in einem klitzekleinen Häuschen vorgestellt, und nun residiert ihr in einem veritablen Schloss.»

«Mach ich», sagte Elfrida und stand auf.

«Und der Abwasch?»

«Den überlass getrost mir. Wir haben zwar keine Spülmaschine, aber ich hatte noch nie eine, deshalb entbehre ich sie auch nicht. Und plansche übrigens ganz gern auf traditionelle Weise in viel Seifenschaum herum. Also, komm ...»

Sie verließen die Küche und Carrie folgte Elfrida durch den Flur in die beiden Räume im Erdgeschoss. «In diesem Haus war früher das Gutsbüro von Corrydale», erklärte Elfrida und klang ein bisschen wie eine Fremdenführerin. «Außerdem wohnte der Verwalter mit seiner Familie hier, deshalb ist es so groß. Wir haben nur das Notwendigste an Möbeln geerbt und sehen auch nicht ein, warum wir uns das Haus mit Mobiliar voll stellen sollen.» Sie öffnete eine Tür. «Dies war das Gutsbüro. Wie du siehst, ist es unbewohnbar. Die reinste Rumpelkammer. Und dies hier ist unser Esszimmer. Ein finsteres Loch.»

Es wirkte in der Tat bedrückend und weckte die beklemmende Vorstellung von langen, öden Mahlzeiten und gedünstetem Kohl.

«Aber der Tisch gefällt mir», sagte Carrie. «Und die Anrichte ist wie geschaffen für riesige Platten mit Wildbret. Und da steht ja sogar ein Klavier! Wir könnten Konzerte geben.»

«Lieber nicht. Weiß Gott, wann es zum letzten Mal gestimmt worden ist.»

«Aber Oscar spielt doch Klavier.»

«Im Moment nicht. Im Augenblick hört er nur Musik, spielt aber nicht selbst.»

Sie gingen die Treppe hinauf. «Lucys Zimmer ist unter dem Dach. Ich habe es extra für sie hergerichtet, aber ich bin sicher, sie möchte es dir selber vorführen. Das Wohnzimmer und dein Zimmer kennst du. Dann gibt es noch zwei Badezimmer und hier» – sie öffnete eine weitere Tür – «ist noch ein Gästezimmer. Ich hätte Lucy hier unterbringen können, aber es ist sehr klein und ein bisschen trübselig. Da scheint mir die Dachkammer viel reizvoller für sie zu sein und ich hatte das Vergnügen, sie einzurichten.»

Carrie sah um die Ecke und blickte in ein kleines, unauffälliges Zimmer, das fast ganz von einem enormen Bett ausgefüllt war. Es war offenbar unbewohnt, und mit einem Mal überkam Carrie ein Gefühl leisen Unbehagens, denn sie ahnte, was als Nächstes kommen würde. Sie hatte die Räumlichkeiten des Hauses aus purem Interesse sehen wollen. Nicht etwa aus Neugier. Aber jetzt kam es ihr vor, als hätte sie mit ihrem unschuldigen Wunsch Pandoras Büchse geöffnet.

«Elfrida ...»

Aber entweder hörte Elfrida sie nicht oder wollte sie nicht hören. Stattdessen öffnete sie die letzte Tür mit einem Schwung, der beinahe etwas Trotziges hatte.

«Und dies», sagte sie, «sind wir.»

Es war ein ausgesprochen stattliches, geräumiges Zimmer, offenbar das Elternschlafzimmer des ursprünglichen Hauses, mit hohen Fenstern, durch die die späte Nachmittagssonne fiel, und einem Blick auf die Straße und die Kirche. Es enthielt einen mächtigen viktorianischen Kleiderschrank, einen hübschen viktorianischen Toilettentisch und eine Kommode. Und ein ungewöhnlich hohes und breites Bett. Elfrida hatte ihr besticktes, scharlachrotes seidenes Schultertuch darüber ausgebreitet, das zwar etwas verschossen war und an den Rändern auszufransen begann, aber immer noch prächtig wirkte und Carrie an alte Zeiten und Elfridas Haus in Putney erinnerte, wo sie gute sechs Wochen zugebracht und Elfrida nach ihrer Operation gepflegt hatte.

Es gab noch andere Kleinigkeiten. Eine Haarbürste aus Elfenbein auf der Kommode, ein Paar säuberlich nebeneinander stehende Halbschuhe unter einem Stuhl, ein dunkelblauer Pyjama auf dem Kopfkissen. Und ein angenehm männlicher Duft nach blank geputztem Leder und Bay Rum.

Es entstand ein kurzes Schweigen. Carrie warf Elfrida einen verstohlenen Blick zu und entdeckte einen Anflug von Betretenheit auf ihrem Gesicht, der sie belustigte, weil Elfrida nie ein Hehl aus ihren zahlreichen sexuellen Abenteuern gemacht hatte.

«Du bist doch nicht schockiert?»

«Ich, Elfrida? Ich bin doch nicht Dodie.»

«Ich weiß.»

«Schlaft ihr zusammen?»

Elfrida nickte.

Carrie dachte an den feinen, charmanten Mann mit dem dichten weißen Haarschopf und dem gütigen Gesicht. «Das freut mich», sagte sie.

«Es freut mich, dass es dich freut. Lass dir erzählen. Ich werd dir alles erklären.»

«Du brauchst mir nichts zu erklären.»

«Ich weiß, aber ich möchte es.»

«Wir sind gemeinsam im Auto von Dibton nach Schottland gefahren. Meist saß ich hinterm Steuer. Das Wetter war grauenhaft und der Verkehr auf der A1 zum Verrücktwerden. Wir hatten mit dem Abschiednehmen und den überstürzten Reisevorbereitungen ein paar traumatische Tage hinter uns und waren beide erschöpft. Oscar sprach kaum ein Wort. Als es dunkel wurde, hatten wir die Autobahn satt und sind abgebogen und durch Northumberland gefahren.

Oscar meinte sich an eine kleine Stadt zu erinnern mit einem alten Hotel in der Hauptstraße, und wie durch ein Wunder haben wir die Stadt tatsächlich gefunden und das Hotel war auch noch da. Also bin ich mit Horaz im Auto geblieben, während Oscar hineingegangen ist, um sich nach einem Zimmer zu erkundigen und zu fragen, ob ihnen der Hund genehm sei.

Nach einer Weile kam er wieder heraus und sagte, gegen den Hund hätten sie nichts, aber es gäbe nur noch ein Zimmer mit Doppelbett. Inzwischen war ich so müde, dass ich auch in einem Schrank geschlafen hätte. Also habe ich zu Oscar gesagt, er soll das Zimmer nehmen, und wir haben uns als Mr. und Mrs. Oscar Blundell eingetragen und ich kam mir wie ein frühreifes Schulmädchen vor, das sich ein heimliches Wochenende mit seinem Freund gönnt.

Wir haben ein Bad genommen und sind zum Essen ins Restaurant hinuntergegangen, haben uns aber, da wir am nächsten Morgen früh aufbrechen wollten, bald aufs Zimmer zurückgezogen. Und dort fand dann dieser irrsinnige Dialog statt, bei dem Oscar darauf bestand, er würde es sich auf dem Sofa bequem machen, und ich partout mit Horaz auf dem Fußboden schlafen wollte. Aber plötzlich waren wir einfach zu müde, um noch länger zu debattieren, und sind ins Bett gekrochen und auf der Stelle eingeschlafen.

Was ich allerdings nicht wusste, war, dass Oscar unter entsetzlichen Albträumen litt. Er erzählte mir später, dass sie ihm seit dem Unfall zu schaffen machten und er sich nachts scheute, ins Bett zu gehen, weil ihn schwere Ängste heimsuchten. In dieser Nacht wurde ich von seinen Schreien geweckt und war einen Moment lang wie gelähmt, aber dann wusste ich, dass ich ihn wecken musste. Er weinte … es war so furchtbar für ihn … ich gab ihm etwas zu trinken und versuchte, ihn zu beruhigen, indem ich ihn fest in die Arme nahm, und nach einer Weile schlief er auch wieder ein. Danach habe ich ihn nachts nie mehr allein gelassen. Als wir hierher kamen, machte er sich zuerst Gedanken, was die Leute sagen würden. Wir haben diese nette Frau, die bei uns sauber macht, Mrs. Snead … Oscar hatte Angst, sie würde tratschen und es würde Ärger und Missfallen in der Stadt erregen. Aber ich habe ihm versichert, mir sei das völlig egal und ich würde ihn nie im Stich lassen.

Es würde mich nicht wundern, Carrie, wenn dir das alles ein bisschen suspekt vorkäme. Geradezu opportunistisch. Als hätte ich nur Glorias Tod abgewartet, um mich in Oscars Leben zu drängen und mit ihm ins Bett zu hüpfen. Aber nichts könnte weiter von der Wahrheit entfernt sein. Er war mir immer sympathisch, sehr sympathisch sogar, aber er war Glorias Mann und ich mochte sie, wenn auch nicht so gern wie ihn. Es ist alles nicht so leicht zu erklären. Aber alles, was ich getan habe, alle Entscheidungen, die ich getroffen habe, beruhten auf den allerbesten Absichten. Er hat mich gebeten, ihn nach Schottland zu begleiten, und weil er ein Mann war, der am Rande der Verzweiflung stand, habe ich eingewilligt.

Es hätte eine Katastrophe werden können, aber stattdessen haben wir eine Beziehung, aus der wir beide Trost schöpfen. Wir haben zum ersten Mal eine Woche nach unserer Ankunft hier miteinander geschlafen. Es musste so kommen, wie du dir denken kannst. Er ist ein sehr attraktiver Mann und aus unerfindlichen Gründen findet er mich alte Vogelscheuche auch attraktiv. Seitdem haben sich die schrecklichen Albträume gelegt, manchmal gelingt es ihm sogar, bis zum Morgen durchzuschlafen. Er wacht noch immer von seinen Träumen auf, aber längst nicht mehr so häufig. Und wenn du ihn mitten in der Nacht schreien hörst, mach dir keine Sorgen, ich bin bei ihm.

Ich habe nichts geheim gehalten und niemandem etwas vorgemacht. Bei der ersten Gelegenheit habe ich mit Mrs. Snead unter vier Augen gesprochen und ihr die Situation erklärt. Mrs. Snead kommt aus London und ist so leicht durch nichts zu erschüttern. Außerdem ist sie eine gute Freundin und eine Fundgrube für nützliche Informationen. Als ich am Ende meiner Erklärung war, sagte sie nur: ‹Wenn Sie mich fragen, Mrs. Phipps, wäre es reine Grausamkeit, den Mann leiden zu lassen, wenn Sie ihm in der Stunde seiner Not ein bisschen Trost spenden können.› Und das war's. Und nun weißt du Bescheid.»

Einen Moment lang schwiegen sie beide. Dann sagte Carrie seufzend: «Der arme Oscar. Aber wie viel ärmer wäre er ohne dich.»

«Und Lucy? Was machen wir mit Lucy? Sie sieht nicht aus, als könnte sie nicht bis drei zählen. Willst du es ihr sagen?»

«Wir sollten gar nichts forcieren. Wenn sie mich fragt, werde ich ihr die Wahrheit sagen.»

«Wir sind schon so alt. Sie wird erstaunt sein.»

«Das glaube ich nicht. Ihr eigener Großvater hat eine ganz junge Frau und zwei kleine Kinder. Das ist für Lucy nichts Neues. Sie hat Oscar sichtlich ins Herz geschlossen und wird sich genauso freuen wie ich.» Carrie legte Elfrida den Arm um die mageren Schultern und zog sie an sich. «Wie schön für euch, Elfrida. Zwei Menschen, die sich brauchen und die sich gefunden haben.»

«Oscar ist noch längst nicht über den Berg. Er hat noch einen langen Weg vor sich. An manchen Tagen ist er so niedergeschlagen, dass er kaum ein Wort spricht. Aber ich habe gelernt, ihn in Ruhe zu lassen. Er muss auf seine Art mit seinem Schmerz fertig werden.»

«Es kann nicht leicht für dich gewesen sein.»

«Ach, meine liebe Carrie, nichts im Leben ist leicht. Aber nun lass uns nicht länger Zeit verplempern, sonst ist der Tag gleich vorbei. Ich hole dir jetzt eine Wärmflasche und du gehst in die Falle.»

LUCY

Freitag, 15. Dezember

Da sind wir also, es ist jetzt zehn Uhr abends und wir haben einen langen Tag hinter uns. Carrie hat mich heute Morgen um halb neun bei Granny abgeholt und wir sind im Taxi zum Flughafen nach Heathrow gefahren. Mami und Granny waren beide noch zu Hause, denn Mami fliegt erst am Dienstag nach Florida. Sie waren noch im Morgenmantel und haben sich förmlich umgebracht. Ich glaube, sie hatten beide ein schlechtes Gewissen wegen des ganzen Affentheaters. Ich habe hübsch eingepackte Weihnachtsgeschenke bekommen, die ich aber erst mal in den Koffer gesteckt habe. Außerdem hat Mami mir fünfzig und Granny zwanzig Pfund als Taschengeld mitgegeben. Ich bin mir noch nie so reich vorgekommen und habe Angst, mein Portemonnaie zu verlieren. Aber ich habe es sicher in meinem neuen Rucksack verstaut.

Der Flug ging glatt und ohne viel Gerüttel vor sich und unterwegs gab es ein kleines Frühstück. In Inverness hat uns Alec, ein sehr netter Mann, abgeholt und nach Creagan gefahren. Unterwegs lag überall Schnee und die Fahrt hat etwas über eine Stunde gedauert.

Creagan ist ein altes, aber sehr hübsches Städtchen mit vielen ziemlich großen Häusern und einer riesigen Kirche. Das Haus hier ist phantastisch, viel größer, als man ahnt, und hat drei Etagen. Früher war es vermietet, und Oscar sagt, viele Möbel stammen noch aus dem Gutshaus von Corrydale, wo er als Junge die Sommerferien bei seiner Großmutter verbracht hat. «Viele» ist eigentlich ein bisschen übertrieben, denn es gibt nicht viele Möbel und auch keine Bilder und so. Das Wohnzimmer und die Schlafzimmer sind im ersten Stock, aber ich wohne noch eine Etage höher in einer Dachkammer, die Elfrida extra für mich eingerichtet hat. Sie brauchte nicht mal gestrichen zu werden, denn die Wände waren frisch getüncht, aber sie musste Möbel kaufen, was unheimlich nett von ihr war.

So also sieht mein Zimmer aus: Es hat eine Schrägwand und ein Oberlicht mit einer gestreiften Jalousie, die ich aber bestimmt nie herunterlasse, weil man vom Bett aus direkt in den Himmel gucken kann. Als wäre man draußen im Freien.

Das Bett ist aus dunklem Holz mit einer blauweiß gestreiften Daunendecke drüber und einem karierten Plaid, falls mir nachts kalt wird. Dann gibt es ein weiß gestrichenes Toilettentischchen mit einem beweglichen Spiegel und lauter kleinen Schubladen und außerdem eine Kommode. Neben dem Bett steht ein Nachttisch mit einer Lampe drauf und an einer der geraden Wände ein sehr nützlicher Tisch. Ich glaube, es war mal ein Küchentisch, denn er sieht ein bisschen ramponiert aus, aber zum Tagebuch- oder Briefschreiben und so ist er ideal. Dann gibt es noch zwei Stühle und an der Wand ein paar Kleiderhaken für meine Sachen, aber viel habe ich sowieso nicht mitgebracht. Der Fußboden besteht aus nackten Holzdielen und in der Mitte liegt ein ganz toller, dicker Teppich in kunterbunten Farben und vor meinem Bett ein Schaffell, damit man beim Aufstehen keine kalten Füße bekommt. Ich finde es alles sehr aufregend und romantisch.

Elfrida und Oscar sind unheimlich nett. Ich dachte, sie wären alt und grau. Alt sind sie eigentlich auch, aber sie reden nicht so und sehen auch nicht so aus. Elfrida ist ziemlich groß und sehr dünn und hat Haare wie Orangenmarmelade, und Oscar ist auch groß, aber nicht ganz so dünn. Er hat dichtes weißes Haar, eine ganz sanfte Stimme und gütige Augen. Vor unserer Abfahrt hat Carrie mir erzählt, dass seine Frau und seine Tochter Francesca bei einem grässlichen Autounfall ums Leben gekommen sind. Und ihre beiden Hunde auch. Mir graute ein bisschen vor der Begegnung mit ihm, weil man manchmal nicht weiß, was man sagen soll zu Leuten, denen so was Grauenvolles passiert ist. Aber er war so nett zu uns und hatte überhaupt nichts Abweisendes, als er Carrie und mich begrüßt hat. Wir haben Lunch gegessen und dann hat er mich zu einem Spaziergang mit Horaz eingeladen. Horaz ist Elfridas Hund. Zuerst haben wir die Läden in der Stadt angeschaut und ein Weilchen in der Kirche gesessen, und dann sind wir über den Golfplatz zum Strand gegangen. Es war überhaupt nicht kalt. Der Strand ist toll, ganz breit und lang und es liegen überhaupt keine Plastikflaschen oder Abfall herum. Aber viele Muscheln. Ich habe zwei große Herzmuscheln mitgebracht. Das nächste Mal gehe ich allein mit Horaz los.

Ich fühle mich sehr wohl hier. Ich habe noch nie in einem so großen Haus gewohnt, aber es fühlt sich gut an, als wenn wohlhabende, gut gelaunte Leute darin gewohnt haben. Hinter dem Haus gibt es noch einen großen Garten, aber zu dieser Jahreszeit wächst dort nicht viel. Morgen gehe ich auf eine ausführliche Entdeckungstour.

SAMSTAG, 16. DEZEMBER

OSCAR

ZU SEINER eigenen Überraschung war Oscar dabei, ein «Sonnenwendfeuer» zu entfachen.

Nach der Pensionierung in Dibton, als die wenigen Klavierstunden und das gelegentliche Orgelspielen in der Kirche ihn nicht völlig ausgefüllt hatten, hatte er sich plötzlich als begeisterter Gärtner entpuppt. Zu Anfang hatte er nicht viel davon verstanden. Er hatte in seinem Leben noch keinen Blumentopf begossen. Doch merkte er bald, dass längst vergessene Weisheiten in seinem Unterbewusstsein schlummerten, Weisheiten, die er während der Ferien auf Corrydale von seiner Großmutter erworben hatte, einer so begnadeten und erfahrenen Gärtnerin, dass die Leute aus der Umgebung auf das Gut kamen, um die Gartenpracht zu bewundern und ihren Rat zu suchen.

Die Grundkenntnisse hatte er sich durch Experimentieren und durch intensive Lektüre dicker Gartenbücher selbst beigebracht. Außerdem gingen ihm zwei Gehilfen zur Hand, die die Rasenflächen mähten, die Bäume beschnitten und ihm beim Umgraben der Beete halfen. Es dauerte nicht lange, bis sein neues Hobby ihn völlig in Anspruch nahm und er die körperliche Bewegung genoss, Spaß am Planen und Pflanzen hatte und sich freute, draußen an der frischen Luft zu sein.

In Creagan war mitten im Winter mit dem terrassenförmig angelegten Garten, der steil hinter seinem Haus anstieg, natürlich nicht viel anzufangen. Oscar hatte gelegentlich ein paar Blätter zusammengefegt und verstopfte Abflüsse gereinigt, aber das war auch alles. Heute Morgen hatte Elfrida sich beim Frühstück allerdings über einen ungebärdigen Flieder beklagt, der ihr den Weg versperrte, wenn sie im Garten einen Korb nasser Wäsche aufhängen wollte.

Oscar versprach, sich um den widerspenstigen Flieder zu kümmern.

Seine Gartenschere hatte er natürlich zu Hause gelassen. Also nahm er nach dem Frühstück den Schlüssel zum Schuppen von der Kommode, um zu sehen, was sich dort finden ließ. Es war ein merkwürdiger Tag, bewölkt und mit einer kaum spürbaren kühlen Brise. Von Zeit zu Zeit teilten sich die Wolken, sodass ein Fleckchen blauer Himmel sichtbar wurde, aber auf den umliegenden Bergen lag noch immer Schnee, was darauf hindeutete, dass noch mehr kommen würde.

Mit einiger Anstrengung drehte er den rostigen Schlüssel im Schloss, stieß mit einem Ruck die verklemmte Tür auf und warf einen Blick in das dunkle, modrig riechende Innere, das nur notdürftig durch ein kleines, mit Spinnweben verhängtes Fenster erhellt wurde. Es gab einen Arbeitstisch, auf dem Gartenerde verstreut war und Blumentopfscherben, ein Stapel vergilbter Zeitungen und ein paar veraltete Gartengeräte wie Setzhölzer und Pfropfmesser herumlagen. Es gab weder einen elektrischen noch einen Handrasenmäher oder sonst irgendein modernes Gartengerät, aber rundherum an den Wänden hingen an gewaltigen Nägeln schwere alte Forken und Spaten. Außerdem Harken, Hacken, eine rostige Säge und eine imponierende Sichel. Alles bedurfte dringender Pflege und er hätte sich am liebsten gleich ans Reinigen und Ölen gemacht, aber da in dem chaotischen Durcheinander kein Ölkännchen zu finden war, verschob er die Arbeit auf später.

In einem Kasten voller Muttern, Schrauben und rostiger

Schraubenschlüssel fand er eine uralte, aber einigermaßen brauchbare Gartenschere. Als er dem Flieder damit kräftig zu Leibe gerückt war, lag ein Berg von Zweigen zu seinen Füßen, die irgendwo bleiben mussten. Es gab keine Schubkarre, die auf dem ansteigenden Gelände ohnehin nutzlos gewesen wäre, also stopfte er die Zweige in einen ausgefransten Kartoffelsack und schleppte ihn ans obere Ende des Gartens, wo hinter einem alten Pflaumenbaum die verkohlten Reste eines früheren Feuers lagen.

Er beschloss, den Schuppen aufzuräumen und alles Gerümpel zu verbrennen, solange der Tag windstill und trocken und er in der rechten Laune war.

Es kam ein anständiger Haufen zusammen und er musste mehrmals die Anhöhe rauf- und runterklettern, ehe er alles zusammengetragen hatte. Dann drehte er aus Zeitungspapier ein paar Fidibusse, schlug einige verrottete Samenkästen zu Kleinholz und entzündete ein Feuer. Während es munter vor sich hin loderte, harkte er Blätter im Garten zusammen, wobei ihm ganz warm wurde. Er zog seine Jacke aus, hängte sie an den Pflaumenbaum und arbeitete im Pullover weiter. Der Qualm stieg in dicken Wolken auf und verbreitete einen angenehmen Herbstgeruch. Dann machte er sich mit der Schere über einen Efeu her, der die alte Steinmauer überwucherte, und war so in seine Arbeit vertieft, dass er gar nicht merkte, wie die hintere Pforte geöffnet wurde und ein Mann hinter ihm den Gartenweg heraufkam.

«Oscar.»

Erschrocken fuhr Oscar herum und sah Peter Kennedy vor sich stehen. Er war auf dem Weg zum Golfplatz, trug seine knallrote Jacke und hatte die Baseballmütze mit dem langen Schirm tief in die Stirn gedrückt.

«Lieber Himmel, ich hab Sie gar nicht gehört.»

«Ich wollte Sie nicht erschrecken. Aber ich bin um halb elf auf dem Golfplatz verabredet, und als ich den Rauch sah, konnte ich mir denken, dass ich Sie hier finden würde.»

«Was kann ich für Sie tun?»

«Eigentlich nichts. Ich wollte Ihnen nur sagen, dass ich gestern in Inverness war und Godfrey Billicliffe im Krankenhaus besucht habe.»

«Das war nett von Ihnen. Wie geht's ihm denn?»

Peter wiegte bedenklich den Kopf. «Gar nicht gut, fürchte ich. Er ist sehr krank. Er hat Krebs ...»

Krebs. «O Gott», sagte Oscar.

«Ich glaube, das hatte er insgeheim selbst schon befürchtet. Aber nie ein Wort darüber verlauten lassen. Er hat mir erzählt, dass er sich schon sehr lange unwohl gefühlt hat, sich aber scheute, zum Arzt zu gehen. Hat den Schmerz mit Tabletten und Whisky betäubt. Er wollte es nicht wissen ... Hatte Angst vor der Wahrheit.»

«Die Angst stand ihm ins Gesicht geschrieben, als ich ihn in seinem Haus fand.»

«Ich weiß.»

Oscar erinnerte sich, wie dem kranken alten Mann die Tränen in den wässrigen Greisenaugen gestanden hatten. «Weiß er Bescheid?», fragte er.

«Ja. Er hat einen der jungen Assistenzärzte gebeten, ihm reinen Wein einzuschenken.»

«Wie lange hat er noch?»

«Nicht mehr lange. Er liegt im Sterben. Aber er leidet nicht und ist ganz friedlich. Scheint es zu genießen, dass er wichtig genommen wird und die Krankenschwestern ihn alle verwöhnen. Es wird eine Erlösung für ihn sein.»

«Ich muss hinfahren und ihn besuchen.»

«Lieber nicht. Er hat mich ausdrücklich darum gebeten.

Er steht unter Drogen und ist sehr gebrechlich, und man sieht ihm an, dass er bereits auf dem Weg ist, diese Welt zu verlassen. Aber er hat mir aufgetragen, Sie von ihm zu grüßen und Ihnen zu sagen, wie dankbar er Ihnen für Ihre Gefälligkeit ist.»

«Das war nicht der Rede wert.»

«Doch. Sie waren zur Stelle, als er einen Freund am allernötigsten hatte.»

Mit der Stiefelspitze stieß Oscar einen glühenden Zweig in die heiße Glut zurück. Ihm schoss durch den Kopf, wie er Billicliffe gemieden und sich heimlich um Straßenecken gedrückt hatte, aus Angst, der Major könnte ihm über den Weg laufen. Er verabscheute sich dafür.

«Haben Sie im Krankenhaus mit dem Arzt gesprochen?»

«Ja. Ich habe mich von ihm verabschiedet und anschließend die Oberärztin aufgesucht. Sie hat nur bestätigt, was ich schon wusste.»

«Kann ich etwas für ihn tun?»

«Wohl kaum. Schreiben Sie ihm doch ein paar Zeilen. Schicken Sie eine Karte. Darüber wird er sich freuen.»

«Klingt ein bisschen dürftig.»

«Er hat mit dem Leben abgeschlossen. Quält sich nicht mehr und wehrt sich auch nicht gegen den Tod. Schläft meist, aber als er aufwachte, hat er mich sofort erkannt. Wir haben uns unterhalten und er war bei vollem Verstand. Er akzeptiert, dass es zu Ende geht.»

Oscar stieß einen tiefen Seufzer aus. «Tja, dann ist wohl nichts mehr zu machen.» Er dachte an die Formalitäten. «Ich habe mich als sein nächster Angehöriger ausgegeben.»

«Man wird Sie informieren. Oder ich sage Ihnen Bescheid. Wir bleiben in Kontakt.»

«Vielen Dank, dass Sie sich die Mühe gemacht haben.»

«Ich wusste, Sie würden Bescheid haben wollen. Aber jetzt muss ich los und überlasse Sie Ihrem Sonnenwendfeuer.»

Oscar legte die Harke aus der Hand. «Ich begleite Sie bis zum Tor.»

Im Gänsemarsch gingen sie den Gartenweg hinunter. Am Tor blieb Peter Kennedy stehen.

«Noch etwas. Mir fiel neulich ein, dass Ihnen vielleicht Ihre Musik fehlen könnte.» Er griff in die Tasche seiner roten Golfjacke und zog einen kleinen Messingschlüssel hervor. «Die Kirche steht immer offen, aber die Orgel ist abgeschlossen. Ich habe mit unserem Organisten Alistair Heggie gesprochen. Seinetwegen können Sie die Orgel benutzen, wann immer Sie Lust haben. Hier ...» Bevor Oscar protestieren konnte, hatte Peter sein Handgelenk ergriffen, ihm den Schlüssel in die ausgestreckte Handfläche gedrückt und die Finger darum geschlossen.

«Ach, nein ...»

«Es zwingt Sie ja niemand. Vielleicht haben Sie gar keine Lust dazu. Aber ich möchte, dass Sie die Möglichkeit haben, wenn Sie den Wunsch verspüren und Sie den Eindruck haben, dass es Ihnen hilft.»

«Sie sind sehr liebenswürdig.»

«Sie dürfen ihn nur nicht verlieren», sagte Peter mit einem leichten Grinsen. «Das ist unser einziger Ersatzschlüssel.» Er wandte sich zum Gehen, besann sich aber und kehrte noch einmal um. «Auf mein Gedächtnis ist auch kein Verlass mehr. Fast hätte ich das Wichtigste vergessen. Tabitha lässt ausrichten, dass Sie alle am Dienstagabend gegen sechs auf einen Drink und einen kleinen Imbiss in die *Manse* eingeladen sind. Sie möchte Ihre Gäste unbedingt kennen lernen. Alle sind herzlich willkommen. Und keine Umstände, bitte. Keine Festtagskleidung. Unsere Kinder werden vermutlich auch da sein ...»

«Dienstag.» Oscar machte sich einen geistigen Knoten ins Taschentuch. Dass er nur nicht vergaß, Elfrida Bescheid zu sagen. «Dienstag gegen sechs. Wir freuen uns drauf.»

«Hervorragend.» Peter ging durch die Pforte und zog sie hinter sich zu. «Also, bis dann.»

«Viel Spaß beim Golf. Und danke für den Besuch.»

MONTAG, 18. DEZEMBER

LUCY

AM MONTAGMORGEN, als Lucy von ihrem luftigen Ausguck die Treppe herunterkam, sah sie, dass die Tür zu Carries Zimmer geschlossen war. Ihr erster Gedanke war, dass Carrie verschlafen hatte, und sie überlegte, ob sie sie wecken sollte, doch besann sie sich zum Glück eines Besseren.

Unten fand sie nur Oscar und Elfrida am Frühstückstisch vor. Oscar hatte an diesem Morgen einen Teller mit Bratwürstchen vor sich und Lucy hoffte, dass er ihr welche übrig gelassen hatte. Bratwürstchen zum Frühstück waren der Inbegriff ihrer Träume.

«Lucy», rief Oscar, als sie in der Tür erschien, legte Messer und Gabel beiseite und lächelte. «Hast du gut geschlafen?»

«Ich ja, aber wo ist denn Carrie?»

«Carrie fühlt sich nicht wohl.» Elfrida stand vom Tisch auf, um Lucys Würstchen vom Herd zu holen, wo sie sie warm gestellt hatte. «Ich glaube nicht, dass sie Grippe hat, aber sie schlägt sich immer noch mit dieser schrecklichen Erkältung herum. Zwei Würstchen, Lucy, oder drei?»

«Drei bitte, wenn genug da sind. Liegt sie noch im Bett?»

«Ja. Ich habe gerade nach ihr gesehen. Sie sagt, sie hätte die ganze Nacht gehustet, kein Auge zugetan und sei es nun gründlich leid. Ich habe ihr eine Tasse Tee raufgebracht, aber essen möchte sie nichts. Um neun, wenn die Praxis öffnet, rufe ich Dr. Sinclair an und frage, ob er mal vorbeikommen und sie sich ansehen kann.»

«Macht er denn Hausbesuche?»

«Die Praxis liegt doch gleich gegenüber.»

Lucy machte sich über ihren Teller mit Würstchen her. «In London macht kein Arzt Hausbesuche. Man muss hingehen und stundenlang mit all den anderen Kranken im Wartezimmer hocken. Granny hat immer gesagt, man kommt kränker raus, als man reingegangen ist. Meint ihr, Carrie ist ernstlich krank? Bis Weihnachten muss sie sich aber wieder erholt haben!»

«Warten wir ab, was Dr. Sinclair sagt.»

«Kann ich raufgehen und ihr Gesellschaft leisten?»

«Lieber nicht, solange wir nicht wissen, was sie hat. Nachher stellt sich heraus, dass es ansteckend ist, und dann bist du womöglich am ganzen Körper mit Pusteln übersät. Oder mit Schwären. Wie der arme Hiob.»

Lucy verputzte mit großem Appetit ihre Würstchen und Elfrida schenkte ihr eine Tasse Kaffee ein. «Wirklich schade», sagte sie. «Wir hatten heute Morgen einen langen Strandspaziergang mit Horaz vor.»

«Kein Grund, warum du nicht trotzdem gehen solltest.»

«Kommst *du* mit, Oscar?»

«Ich kann heute nicht. Zuerst muss ich etliche Briefe schreiben, und dann muss ich mir die Haare schneiden lassen, dann noch zum Buchladen, um zwei Bücher zu bestellen, und schließlich muss ich beim Schlachter das Fleisch abholen.»

«Ach so.» Man hörte ihrer Stimme die Enttäuschung an.

Oscar lächelte ihr aufmunternd zu. «Du kannst doch allein gehen. Nimm Horaz mit. Er wird dich schon bewachen. Gehst auf einsame Entdeckungsfahrt.»

Lucys Miene hellte sich auf. «Darf ich das?»

«Natürlich.»

Je länger sie über ihre neu gewonnene Freiheit nachdachte, desto verlockender fand sie den Gedanken, sich ganz allein mit dem Hund auf den Weg zu machen. In London war es ihr aus verständlichen Gründen untersagt, allein ausgedehnte Spaziergänge zu unternehmen, und auch wenn sie sich mit Emma verabredete, wollte ihre Mutter immer genau wissen, wohin sie ging und wann sie zurück sein würde. Aber hier in Creagan waren solche Vorsichtsmaßnahmen überflüssig. Elfrida und Oscar schlossen nicht einmal ihre Haustür ab. Autos und Lastwagen im Stadtzentrum fuhren langsam, Fußgänger wanderten mitten auf der Fahrbahn und blieben seelenruhig stehen, um sich mit jemandem zu unterhalten, und auf den Straßen und Bürgersteigen waren immer Kinder auf Skateboards oder in irgendwelchen Cliquen ohne Begleitung Erwachsener unterwegs. Am ersten Tag, als sie mit Oscar zum Strand gewandert war, hatte sie überall Teenager gesehen, die Radtouren machten oder in den Dünen herumkletterten, ohne dass ein Erwachsener in Sicht war. Zwielichtige Männer in Regenmänteln oder Betrunkene und Drogensüchtige schien es in diesen gesunden Breiten gar nicht zu geben. Vielleicht wollten sie bei dieser Kälte nicht gedeihen, wie Bazillen oder Schimmelpilze.

Die Hintertür ging auf und wurde mit lautem Knall zugeschlagen.

«Mrs. Snead», sagte Oscar, und schon kam sie in einem rosa Sportanzug und einem flotten Paar federnder Sportschuhe in die Küche gestürzt.

«Was'n Wetter!», rief sie. «Lauter schwarze Wolken. Sieht ganz nach Schnee aus.» Dann entdeckte sie Lucy. «Nanu, was machst du denn hier? Zu Besuch, was? Wo ist denn die Tante?»

Sie hatte den Kopf voll dichter grauer Locken und trug Ohrringe aus rosa Glasperlen, passend zum Sportanzug.

«Sie ist im Bett, weil sie sich nicht wohl fühlt.»

«Ach, du meine Güte! War sie schon beim Arzt?»

«Elfrida will anrufen und fragen, ob er vorbeikommen kann.»

«Na so was», meinte Mrs. Snead kopfschüttelnd zu Elfrida. «Da haben Sie sich ja was eingebrockt. Nun auch noch 'ne Kranke im Haus. Und grad erst angekommen. Was für 'n Pech. Und du bist also Lucy. Mrs. Phipps hat mir von dir erzählt. Wie gefällt dir denn dein Zimmer? Das Einrichten hat solchen Spaß gemacht. Hättest die olle Dachkammer vorher mal sehen sollen.»

«Trinken Sie eine Tasse Tee mit uns, Mrs. Snead», lud Elfrida sie ein, und Mrs. Snead ließ sich nicht zweimal bitten, machte sich mit einem Teebeutel einen Becher Tee und ließ sich bei ihnen am Tisch nieder.

Lucy konnte sich lebhaft vorstellen, wie ihre Großmutter solche Vertraulichkeiten aufs entschiedenste missbilligt hätte, und mochte Mrs. Snead deshalb umso mehr.

Der Vormittag schritt voran. Mrs. Snead ging mit dem Staubsauger durchs Haus, Lucy und Oscar wuschen das Geschirr und Elfrida telefonierte mit dem Arzt. Um zehn Uhr klingelte es an der Haustür und Lucy lief die Treppe hinunter, um aufzumachen, aber Dr. Sinclair war ihr bereits zuvorgekommen und trat sich auf der Matte die Stiefel ab.

«Hallo, kleines Fräulein», sagte er bei ihrem Anblick. Er sprach mit ausgeprägtem schottischem Tonfall, war noch ziemlich jung und hatte ein windgegerbtes Gesicht und rötliche, buschige Augenbrauen, die wie Raupen aussahen. «Wer bist du denn?»

«Ich bin Lucy Wesley. Ich bin hier zu Besuch.»

«Wie schön. Und wo ist unsere Kranke?»

«Sie ist oben ...»

Elfrida lehnte übers Geländer. «Dr. Sinclair. Sie sind ein Engel.» Er stieg die Treppe hinauf, doch Lucy blieb unten und ging in die Küche, wo Mrs. Snead die Wäsche für die Waschmaschine aussortierte. «War das der Doktor? Hoffentlich nichts Ernstes.»

«Ich dachte, sie hätte sich nur erkältet. Aber sie hat sich schon auf dem Flug hierher ziemlich mies gefühlt. Sie tut mir so Leid.»

«Ach, Kopf hoch, sie wird sich schon berappeln. Und nun könntest du mir wohl einen Gefallen tun und raufgehen und mir die Handtücher aus Mrs. Phipps' Badezimmer runterbringen. Ich geb dir dann frische und die hängst du oben auf.»

Dr. Sinclairs Besuch dauerte nicht lange. Er betrat mit Elfrida das Krankenzimmer, und als sie die Handtücher holte, konnte Lucy ihre Stimmen hinter der geschlossenen Tür hören. Es war beruhigend, dass er gekommen war, und sie hoffte inständig, dass er nicht irgendeine Viruskrankheit feststellen würde, sodass Carrie Antibiotika nehmen und womöglich zwei Wochen im Bett bleiben musste. Als er fertig war, ging er nicht gleich nach unten, sondern trat erst ins Wohnzimmer, um mit Oscar zu sprechen.

Als Lucy ihre Wäschepflichten erledigt hatte, stand sie eine Weile unschlüssig im Flur, bis sie es nicht länger aushielt und kurz entschlossen zu den Erwachsenen ins Wohnzimmer trat. Alle drei saßen auf der Erkerbank und redeten über jemanden, der Major Billicliffe hieß und anscheinend sehr krank war und in Inverness im Krankenhaus lag. Sie machten alle ziemlich lange Gesichter. Als Elfrida Lucy in der Tür stehen sah, lächelte sie ihr zu.

«Mach kein so betrübtes Gesicht, Lucy.»

Der Doktor stand auf. «Geht's Carrie besser?», fragte Lucy ihn.

«Ja, es geht bergauf. Sie braucht nur ein bisschen Ruhe. Viel schlafen, viel trinken, und gegen den Husten habe ich ihr etwas verschrieben. Sie muss sich ein bisschen verpusten, dann ist sie in ein paar Tagen wieder auf den Beinen.»

Lucy war unendlich erleichtert. «Kann ich zu ihr reingehen?»

«Im Moment lieber noch nicht.»

«Warum gehst du nicht mit Horaz auf Entdeckungstour?», schlug Elfrida vor.

«Wo soll's denn hingehen, Lucy?», wollte der Doktor wissen.

«Am Strand entlang, dachte ich.»

«Interessierst du dich für Vögel?»

«Ich kenn die Namen nicht besonders gut.»

«Es gibt herrliche Vögel hier am Strand. Wenn ich morgen vorbeikomme, um nach deiner Tante zu sehen, bringe ich dir ein Vogelbuch mit, damit du sie nachschlagen kannst.»

«Das wäre sehr nett von Ihnen.»

«Keine Ursache. Aber nun muss ich los. Wir hören voneinander, Mr. Blundell. Wiedersehen, Mrs. Phipps.»

Und schon war er aus dem Zimmer, lief im Sturmschritt die Treppe hinunter und schlug die Haustür hinter sich zu. Lucy sah vom Fenster aus, wie er in seinen Wagen stieg und sich zu seinem nächsten Patienten auf den Weg machte. Auf dem Sitz neben ihm saß ein Hund und blickte zum Fenster hinaus. Ein großer Cockerspaniel mit Schlappohren. Landarzt zu sein und einen Hund bei sich im Auto zu haben musste schön sein, dachte sie.

Mrs. Snead hatte Recht. Der Himmel verhieß nichts Gutes. Aber regnen wollte es auch nicht. Merkwürdiges Wetter nach dem milden, windstillen Wochenende, an dem Oscar

sogar ein Feuer im Garten hatte machen können. Trotzdem verließ Lucy mit Horaz an der Leine das Haus, überquerte den Marktplatz und schlug dann den Weg zum Golfplatz ein. Es waren nicht viele Golfspieler zu sehen und auf dem Parkplatz stand nur eine Hand voll Autos. Der Fußweg über den Golfplatz folgte den natürlichen Erhebungen des Geländes, und als Lucy eine kleine Anhöhe erklommen hatte, eröffnete sich, kalt und bleiern wie Metall, der Horizont, über den sich ein grauer, niedrig hängender Himmel wölbte. Die Flut ging zurück und kleine Wellen leckten den nassen, glänzenden Sand. Weit draußen konnte sie den Leuchtturm sehen, und als sie den Parkplatz erreichte, stocherte ein Schwarm Möwen auf der Suche nach Brotrinden und Essensresten in den Abfallbehältern. Als Horaz sie sah, musste er sie natürlich gleich verbellen, sodass sie in gespielter Panik aufflogen und einen Moment in der Luft standen, sich aber bald wieder zum Schmarotzen niederließen.

Lucy ließ Horaz von der Leine und er rannte vor ihr her den Lattenpfad entlang und zum Strand hinunter. Im Schutz der Dünen war der Sand weich und tief und erschwerte das Gehen, sodass Lucy dicht am Wasser auf dem harten, feuchten Sand entlangging. Als sie zurückblickte, sah sie ihre eigenen Fußstapfen mit den kleinen Hundepfoten dazwischen wie eine Zierleiste hinter sich.

An der Spitze lag ein Felsplateau mit lauter kleinen Vertiefungen und dahinter zog sich der lange Strand in weitem Bogen nach Norden. Weit in der Ferne schichteten sich grau und abweisend die Berge ineinander, deren Kuppen mit Schnee bedeckt waren. Der Himmel darüber wirkte in seiner dunkelvioletten Verfärbung bedrohlich und die leichte Brise, die Lucy ins Gesicht blies, fühlte sich so kalt an, als käme sie aus einem Kühlhaus.

Sie war ganz allein. Keine Menschenseele, kein Hund weit und breit. Nur Vögel segelten über die flache Brandung dahin.

In dieser unendlichen, leeren, luftigen Welt kam sie sich winzig wie eine Ameise vor, von der Majestät und Größe der Natur zu völliger Bedeutungslosigkeit geschrumpft. Ein Nichts. Eigentlich war ihr dieses Gefühl der Anonymität ganz lieb. Niemand wusste genau, wo sie war, und falls sie jemandem begegnen sollte, wusste der nicht, wer sie war. Sie gehörte also niemandem als sich selbst. Lucy schritt kräftig aus, um sich warm zu halten, und blieb nur hin und wieder stehen, um eine Muschel, einen besonders hübschen Kiesel oder eine vom Meer glatt geschliffene Glasscherbe aufzuheben. Diese Schätze steckte sie in die Tasche. Dann fand Horaz ein langes Büschel Seetang, das er wie eine Trophäe im Maul herantrug. Lucy versuchte, es ihm zu entreißen, und sie ließen sich auf ein Spiel ein, bei dem Horaz vor ihr herjagte und Lucy hinter ihm herlief. Sie fand einen Stock und schleuderte ihn in die Wellen, und sofort gab Horaz seinen Seetang auf und stürzte sich ins Wasser, kam aber sehr schnell dahinter, dass ihm das Wasser viel zu kalt und zu nass war, sodass er erschrocken den Rückzug antrat.

Der Strand endete an einer weiteren Felsplatte mit tiefen Spalten und runden, wassergefüllten Vertiefungen voller Kiesel. Es roch stark nach Seetang. Lucy versuchte sich zu orientieren. Der Strand war durch eine Dünenkette vom Golfplatz getrennt, und während sie noch überlegte, wo sie entlanggehen sollte, hörte sie Motorengeräusch und sah jenseits der Felsen einen Traktor über eine Anhöhe auf sich zukommen. Der Traktor zog einen Anhänger hinter sich her, kam also nur langsam voran. Auf jeden Fall musste es dort einen Weg geben. Lucy kraxelte mit einiger Mühe eine sandige Klippe hoch und gelangte in die Dünen. Horaz war ihr vorausgelaufen und längst nicht mehr zu sehen. Die Dünen bildeten einen kleinen, dicht mit Seegras bewachsenen Hügel, und als sie oben ankam, sah sie unter sich den Weg verlaufen.

Horaz stand schon unten und wartete auf sie. Allerdings würdigte er sie keines Blickes. Er hatte ganz offensichtlich etwas Interessantes erspäht. Mit gespitzten Ohren, den buschigen Schwanz wie eine Standarte erhoben, stand er da. Mucksmäuschenstill, den Blick unverwandt auf etwas gerichtet. Als Lucy seinem Blick folgte, sah sie von der Stadt her eine zweite Spaziergängerin entschlossenen Schrittes mit einem Hund den Abhang heraufkommen. Sie trug Stiefel, lange Hosen, eine Jacke aus Schaffell und hatte sich eine mit einem Pompon geschmückte Schottenmütze in kessem Winkel aufs kurz geschnittene graue Haar gesetzt. Ihr Hund lief frei vor ihr her, blieb aber, als er Horaz entdeckte, wie angewurzelt stehen. Die beiden Tiere ließen sich nicht aus den Augen und Lucy war plötzlich vor Angst wie erstarrt, denn der andere Hund war ein Rottweiler.

«Horaz!», wollte sie rufen, aber ihr Mund war so trocken, dass sie nichts als ein heiseres Flüstern herausbrachte.

Horaz konnte oder wollte sie nicht hören. Und dann fing das einfältige Tier doch tatsächlich an zu bellen. Der Rottweiler näherte sich ihm mit langsamen Schritten, alle Muskeln gespannt, der glänzende Körper zum Sprung bereit. Ein drohendes Knurren drang aus seiner Kehle, er schob die dunklen Lippen zurück und fletschte die Zähne. Horaz wich nicht von der Stelle, bellte nur noch einmal kläglich, und in dem Moment setzte der Rottweiler zum Sprung an.

Lucy stieß einen Schrei aus. Auch Horaz schrie auf, ein Hundeschrei, der wie ein Hilferuf klang. Er wurde gewaltsam zu Boden geschleudert und gebissen und gebeutelt, und sosehr er sich auch wehrte, es gelang ihm nicht zu entkommen.

Die Besitzerin des Hundes war völlig hilflos. Sie trug eine Hundeleine in der Hand, traute sich jedoch nicht, dazwischenzugehen und ihren wild gewordenen Hund am Halsband zu packen. Stattdessen zog sie eine Hundepfeife aus der Tasche, stieß einen grellen Pfiff aus und kommandierte wie ein Feldwebel auf den Hund ein.

«Brutus! Brutus! Bei Fuß! Brutus, bei Fuß!»

Der Rottweiler nahm nicht die geringste Notiz von ihr.

«Brutus!»

«Halten Sie ihn doch fest», jammerte Lucy, beinahe hysterisch vor Angst. Horaz, Elfridas Liebling, drohte ermordet zu werden. «Tun Sie doch was! Packen Sie ihn!»

Den Traktor hatte sie ganz vergessen. Rechtzeitig wie die rettende Kavallerie in einem alten Wildwestfilm tauchte er in dem Augenblick hinter der Anhöhe auf. Die Tür flog auf, der Fahrer sprang heraus, sprintete auf sie zu und warf sich furchtlos und ohne mit der Wimper zu zucken ins Getümmel. Ein gut gezielter Stiefeltritt traf das muskulöse Hinterteil des Rottweilers. «Lass los, du wild gewordene Bestie!» Der verdutzte Rottweiler ließ Horaz vor Schreck los, um sich auf seinen neuen Feind zu stürzen, aber der junge Mann packte ihn an seinem Würgehalsband und zerrte ihn mit Gewalt von seiner Beute fort.

Lucy hätte es nie für möglich gehalten, dass jemand so geistesgegenwärtig, so stark und so mutig sein konnte.

«Was haben Sie sich verdammt nochmal denn *dabei* gedacht?», fuhr er die Hundebesitzerin barsch an, riss ihr die Hundeleine aus der Hand und befestigte sie mit einiger Mühe am Halsband des knurrenden, widerstrebenden Tieres. Dann schleifte er ihr den Hund vor die Füße und sie ergriff die Lederschlaufe mit beiden Händen.

Es folgte ein hitziger Wortwechsel.

«Wie reden Sie denn mit mir ...»

«Warum ist der Hund nicht an der Leine?»

«Er ist angegriffen worden.» Jetzt, wo die Gefahr vorüber war, wurde sie aggressiv. Ihrem Tonfall nach kam sie nicht aus Sutherland. Es klang eher nach Liverpool.

«Davon ist kein Wort wahr. Ich hab's doch gesehen ...»

«Brutus tut keiner Fliege was, außer wenn ihn jemand angreift ...» Sie konnte den Hund nur mit Mühe bändigen und lief vor Anstrengung hochrot im Gesicht an.

«Eine Bestie ...»

«Dummes Zeug!»

«Wo wohnen Sie denn?»

«Was geht *Sie* das an, junger Mann?»

«Wenn Sie von hier wären, kämen Sie gar nicht auf die Idee, einen so gefährlichen Hund frei in der Öffentlichkeit herumlaufen zu lassen.»

«Auch noch hier wohnen», entgegnete die Frau, als empfände sie die bloße Vorstellung als Zumutung. «Ich bin zu Besuch hier und wohne bei meiner Schwester in ihrem Wohnwagen.»

«Dann kehren Sie mal schnellstens zu Ihrem Wohnwagen zurück und sperren den Hund ein.»

«Was fällt Ihnen ein, in dem Ton mit mir zu reden!»

«Ich rede mit Ihnen, wie's mir passt. Ich arbeite hier auf dem Golfplatz und gehöre zum Personal.»

«Auch noch den großen Max markieren ...»

«Nehmen Sie Ihren Hund und verschwinden Sie. Und zwar ein für alle Mal. Wenn ich ihn noch einmal frei herumlaufen sehe, zeige ich Sie an.»

«Und ich zeige Sie an wegen Beleidigung ...»

Aber in dem Augenblick ging Brutus zum Angriff über. Er hatte zwei harmlose Golfspieler auf dem Fairway erspäht, und von dem blutrünstigen Drang getrieben, seine Zähne in weitere Kehlen zu versenken, setzte er ihnen nach. Seine Besitzerin musste wohl oder übel hinterherlaufen und hatte mit ihren kurzen, behosten Beinen alle Mühe, Schritt zu halten.

«So hat mich noch keiner beleidigt», warf sie über die Schulter zurück. Zweifellos eine Frau, die immer das letzte Wort haben musste. «Das werden Sie noch bereuen ...» Mehr hörten sie nicht. Sie war außer Reichweite und der Wind trug ihre Stimme davon.

Lucy saß im nassen, stachligen Gras, wiegte Horaz in den Armen und drückte seinen Kopf gegen ihre neue rote Jacke. Der junge Mann kniete sich neben sie. Sie sah, dass er noch ganz jung war und ein windgebräuntes Gesicht und blaue Augen hatte. Sein kurzes, flachsfarbenes Haar sah aus, als sei es gefärbt, und im linken Ohr trug er einen goldenen Ohrring.

«Alles o. k.?», fragte er. Zu ihrer unaussprechlichen Schande brach Lucy in Tränen aus.

«Ja ... aber Horaz ...»

«Komm.» Vorsichtig löste er Horaz aus ihrer Umarmung. Behutsam untersuchte er seine geschundenen Gliedmaßen, strich ihm die langen Haare aus dem Gesicht und redete dabei tröstlich und beruhigend auf ihn ein. «Der erholt sich bald wieder. Keine ernst zu nehmenden Verletzungen.»

«Er hat doch nur gebellt», schluchzte Lucy. «Er bellt immer. Er ist ein bisschen dusselig. Ich dachte, der würde ihn umbringen.»

«Schwein gehabt.»

Lucy schniefte. Sie konnte ihr Taschentuch nicht finden

und wischte sich die Nase mit dem Handrücken ab. «Er gehört nicht mal mir. Er gehört Elfrida. Ich habe nur einen Spaziergang mit ihm gemacht.»

«Von woher?»

«Von Creagan.»

«Ich bring dich mit dem Traktor zurück. Ihr könnt bis zum Clubhaus mitfahren. Kannst du von da aus laufen?»

«Ich glaub ja.»

«Also gut. Komm.»

Er half ihr beim Aufstehen, nahm Horaz auf den Arm und trug ihn zum Traktor, den er mit offenen Türen und tuckerndem Motor hatte stehen lassen. Lucy kletterte in die Kabine. Es gab nur *einen* Sitz, sodass sie vorsichtig auf dem Rand Platz nahm. Horaz wurde zu ihren Füßen abgesetzt und lehnte sich mit seinem ganzen Gewicht gegen ihr Knie. Dann sprang der junge Mann ebenfalls auf, schlug die Tür zu und legte den Gang ein. Rumpelnd setzte sich der Traktor mit dem ratternden Anhänger in Bewegung.

Lucys Tränen waren inzwischen getrocknet. «Bist du sicher, dass Horaz nichts passiert ist?», fragte sie voller Besorgnis.

«Bade ihn mit einem Desinfektionsmittel, wenn du nach Hause kommst, dann kannst du die Verletzungen beurteilen. Wenn er ernsthafte Bisswunden hat, müssen sie eventuell genäht werden. Dann musst du mit ihm zum Tierarzt gehen. Blaue Flecken hat er auf jeden Fall. Und wird sich wohl ein paar Tage lang nicht rühren können.»

«Ich habe ein so schlechtes Gewissen. Ich hätte besser auf ihn aufpassen müssen.»

«Was hättest du denn tun sollen? Ich glaub, das Weib war nicht ganz bei Trost. Wenn ich den Köter nochmal hier sehe, knall ich ihn ab.»

«Er hieß auch noch Brutus.»

«Brutus der Brutale.»

Trotz allem musste Lucy lächeln. «Vielen Dank für alles», sagte sie.

«Du bist im *Estate House* zu Besuch, oder? Bei Oscar Blundell?»

«Kennst du ihn?»

«Nein, aber mein Vater kennt ihn. Mein Vater ist der Pfarrer, Peter Kennedy. Ich bin Rory Kennedy.»

«Ich bin Lucy Wesley.»

«Was für ein hübscher Name.»

«Ich finde ihn grässlich.» Dagegen fand Lucy es sehr aufregend, hoch oben in der Traktorkabine mit diesem beherzten, coolen jungen Mann den Sitz zu teilen. Sie spürte seinen athletischen Körper neben sich, atmete den öligen Geruch seiner dicken Jacke ein und genoss den ungewohnten engen Körperkontakt. «Klingt so nach Missionarin.»

«Es gibt Schlimmeres. Meine kleine Schwester heißt Clodagh. Sie kann ihren Namen auch nicht ausstehen und möchte lieber Tracey Charlene heißen.»

Dieses Mal musste Lucy laut auflachen.

«Hab ich dich nicht gestern in der Kirche gesehen?», fragte er.

«Vielleicht ja, ich dich aber nicht. Wahrscheinlich, weil es so voll war. Ich wollte die blaue Decke sehen, wenn das Licht drauf fällt. Phantastisch. Elfrida war mit und Carrie wäre auch gern mitgekommen. Sie ist meine Tante, aber sie hat eine Erkältung und ist deshalb zu Hause geblieben. Der Doktor war heute da und hat gesagt, sie muss im Bett bleiben. Es ist aber nichts Ernstes. Sie braucht nur Ruhe. Sonst wäre sie heute Morgen mit mir spazieren gegangen und der Kampf zwischen den Hunden hätte gar nicht stattgefunden.»

«Nichts schlimmer als so ein rabiater Hundekampf. Aber du hättest wirklich nichts dagegen tun können.»

Das war wenigstens ein Trost. «Arbeitest du auf dem Golfplatz?»

«Ja, vorübergehend. Ich war im Juli mit der Schule fertig und will nächstes Jahr in Durham studieren. Ich mach ein Jahr Pause und hab den ganzen Sommer für amerikanische Golfspieler den Caddie gespielt. Das war ziemlich einträglich, aber jetzt sind alle wieder weg, und deshalb gehe ich dem Platzwart zur Hand.»

«Und was hast du danach vor?»

«Ich geh vielleicht nach Nepal. Dort könnte ich an einer Schule unterrichten.»

Lucy war beeindruckt. «Und was?»

«Lesen und Schreiben, nehm ich an. Bei den Erstklässlern. Und Rechnen. Und natürlich Fußball.»

Lucy dachte darüber nach. «Ich habe keine Ahnung, was ich nach der Schule machen will.»

«Wie alt bist du denn?»

«Vierzehn.»

«Da hast du ja noch genug Zeit, Pläne zu schmieden.»

«Aber ich möchte nicht irgendwo landen, wo man sich graulen muss. So mutterseelenallein.»

«Wieso graulen?»

«Na ja, vor Krokodilen oder Aufständen und so.»

Er grinste. «Du siehst zu viel Fernsehen.»

«Vielleicht bleib ich einfach zu Hause.»

«Wo wohnst du denn?»

«In London.»

«Gehst du da zur Schule?»

«Ja. In eine Tagesschule.»

«Weihnachten zu Besuch hier?»

«Ja, mit Carrie. Ich wohne bei meiner Mutter und meiner Großmutter. Aber meine Mutter ist Weihnachten in Amerika. Sie fliegt übrigens heute ab. Und meine Großmutter ist in Bournemouth. Deshalb sind Carrie und ich hierher gekommen.»

«Und dein Vater?»

«Sie sind geschieden. Ich seh nicht viel von ihm.»

«Das ist bitter.»

Lucy zuckte die Achseln. «Es geht.»

«Meine Mutter hat gesagt, ich soll dir meinen alten Fernseher leihen. Willst du den haben?»

«Hast du denn einen?»

«Klar.»

«Das wäre natürlich toll, aber ich komm auch ganz gut ohne aus.»

«Ich check ihn mal durch.» Eine Weile rumpelten sie stumm den holprigen Weg entlang. Dann sagte er: «Ich hab gehört, ihr seid morgen alle auf einen Drink bei uns eingeladen. In der Schule findet ein Schwof statt, um sieben. Clodagh und ich gehen hin. Willst du mit?»

«Was ist denn ein Schwof?»

«Eine Tanzerei.»

Lucy bekam einen Schreck. Sie hasste Tanzen und wusste nicht, wo links und wo rechts war. Sie war schon zu Partys eingeladen gewesen, aber noch nie zum Tanzen. Und auf Partys war sie meist zu schüchtern, um den Mund aufzumachen.

«Ich weiß nicht», sagte sie unsicher.

«Was weißt du nicht?»

«Ob ich zum Tanzen mitkommen will.»

«Wieso nicht? Es sind alles nur Schüler. Wir üben Volkstänze für die Neujahrspartys. Ein Mordsspaß.»

Volkstänze. «Ich hab noch nie Volkstanz gemacht. Ich kann die Schritte gar nicht.»

«Dann wird's höchste Zeit, dass du's lernst.» Lucy war die Sache trotzdem nicht geheuer. Aber dann wandte er ihr den Kopf zu und lächelte so freundlich und ermutigend auf sie herab, dass sie sich zu ihrer eigenen Überraschung sagen hörte: «Na gut. Warum nicht. Vielen Dank. Muss ich … muss ich mich fein machen?»

«Bloß nicht. Jeans und Sportschuhe.»

Während sie sich unterhielten, hatte sich über ihnen ein richtiges Unwetter zusammengebraut. Jetzt fielen die ersten dicken weißen Schneeflocken von einem bleiernen Himmel. Sie trieben ihnen in Schauern entgegen, legten sich auf die Kühlerhaube des Traktors und sammelten sich auf der Windschutzscheibe. Rory stellte die Scheibenwischer an. «Ich hab mich schon gefragt, wann es endlich losgehen würde. Man konnte sehen, wie die dicken Schneewolken von Norden herantrieben. Ich habe heute Morgen den Wetterbericht gehört, sie haben heftige Schneefälle vorhergesagt.»

«Dann erleben wir vielleicht weiße Weihnachten?»

«Wärst du scharf darauf?»

«Ich habe noch nie weiße Weihnachten erlebt.»

«Gut zum Schlittenfahren. Schlecht für die Straßenwacht und die Schneepflüge.»

Sie hatten das Ende ihrer Reise beinahe erreicht und krochen im Schneckentempo den Abhang hinauf, der zum Clubhaus führte. Rory lenkte den Traktor auf den Parkplatz, stellte den Motor ab, öffnete die Tür und kletterte hinaus.

«Kommst du allein klar?»

Schneeflocken ließen sich auf seinem Haar und auf den

Schultern seiner dicken Jacke nieder. Lucy kletterte hinterher, und dann langte er in die Kabine, hob Horaz heraus und setzte ihn auf den Boden. Horaz schüttelte sich und wedelte sogar mit seinem buschigen Schwanz. Dichte Schneeflocken wirbelten um sie herum und der Boden unter ihren Füßen war bereits mit einer leichten, knirschenden Schneeschicht bedeckt. Eine Schneeflocke landete direkt auf Lucys Nase. Sie wischte sie mit dem Handrücken weg. Dann holte sie die Hundeleine aus der Jackentasche und Rory befestigte sie an Horaz' Halsband.

«Das wär's also.» Er sah gutmütig grinsend auf sie herab. «Komm gut nach Hause.»

«Und vielen Dank für alles.»

«Bis morgen Abend.»

«Ja.»

Sie ließ ihn stehen und wanderte im dichten Schneetreiben den Hügel hinunter. Horaz humpelte tapfer neben ihr her. In Desinfektionsmittel baden, hatte Rory gesagt, und dann vielleicht zum Tierarzt gehen. Hoffentlich war Elfrida nicht böse. Aber Elfrida war eine vernünftige Frau, sie würde Verständnis haben und einsehen, dass Lucy keine Schuld traf. Sie hörte, wie hinter ihr der Traktor ansprang, und drehte sich um, um zu winken, aber das Schneetreiben war zu dicht, als dass Rory sie sehen konnte.

Sie trottete vor sich hin und fühlte sich von den vielen Aufregungen plötzlich ganz erschöpft. Was für ein Abenteuer! Ein langer Spaziergang, ein Kampf zwischen zwei Hunden, eine Traktorfahrt, ein Schneesturm und eine Einladung zum Tanzen. Sie konnte es gar nicht abwarten, nach Hause zu kommen und Oscar und Elfrida alles brühwarm zu erzählen.

MONTAG, 18. DEZEMBER

ELFRIDA

ELFRIDA FIEL ein Stein vom Herzen, als sie die Haustür gehen und Lucy im Flur rufen hörte. Es war noch nicht Mittag, aber draußen herrschte Dämmerstimmung, als wäre bereits Abend, und die ganze Welt war hinter einer weißen Flockenwand verschwunden. Seit es angefangen hatte zu schneien, hatte Elfrida sich ernsthaft um Lucy gesorgt, sich alle möglichen Schreckensvisionen ausgemalt und sich bittere Vorwürfe gemacht, dass sie das Kind ganz allein hatte losgehen lassen. Oscar, der mit seiner Zeitung oben vorm Feuer saß, hatte sie zu beruhigen versucht und Elfrida jedes Mal, wenn sie in ihrer Besorgnis ans Fenster gestürzt war, versichert, dass Lucy ein vernünftiges Mädchen sei, obendrein einen Hund bei sich hätte und schließlich nicht für den Rest ihres Lebens in Watte verpackt werden könne.

Was Elfrida wenigstens so weit beruhigte, dass sie in ihre Küche zurückging, um Kartoffeln für den Lunch zu schälen, aber gleichzeitig auf die Haustür lauschte wie ein Luchs. Als sie hörte, wie Lucy im Flur ihren Namen rief, ließ sie alles stehen und liegen, wischte sich die Hände an der Schürze ab und lief ihr entgegen. Und da standen die beiden wie die Schneemänner auf der Fußmatte und hatten eine schreckliche Geschichte zu erzählen.

Während Lucy sich in der warmen Küche die feuchten Sachen auszog, sprudelte es aus ihr hervor: «… so ein grässlicher Hund, ein riesiger Rottweiler … und nicht an der Leine … er hat sich auf Horaz gestürzt und sich richtig in ihn verbissen … in dem Augenblick kam ein Traktor … Rory Kennedy … der war vielleicht mutig … der hat es der

Frau aber gezeigt ... sie haben sich gegenseitig lauthals angeschrien ... und dann ist sie davongerauscht ... Rory Kennedy hat uns in seinem Traktor zum Golfplatz zurückgebracht, und dann fing es an zu schneien. Ach, Elfrida, es tut mir ja so Leid, aber ich konnte wirklich nichts machen. Und der arme Horaz ist fürchterlich zugerichtet. Rory hat gesagt, wir sollen ihn in Desinfektionsmittel baden und vielleicht sogar mit ihm zum Tierarzt gehen. Haben wir Desinfektionsmittel im Haus? Sonst geh ich zur Drogerie und hole welches ... Ich hatte solche Angst ... Ich dachte, Horaz würde es nicht überleben ...»

Der Zwischenfall hatte sie offensichtlich tief verstört, doch war ihr gleichzeitig eine gewisse Erregung darüber anzumerken, dass sie das Abenteuer heil überstanden und Horaz lebendig wieder mit nach Hause gebracht hatte. Ihre Wangen glühten, ihre Augen leuchteten und Elfrida hatte sie noch nie so munter und lebhaft gesehen. Sie war ein liebes Kind, keine Frage, aber viel zu sittsam und brav, und solche Sittsamkeit passte nun mal nicht zu einer Vierzehnjährigen. Die Verwandlung, die sie durchgemacht hatte, war so viel versprechend, dass Elfrida alle Angst vergaß, denn damit, dass sie Lucy allein losgeschickt hatte, hatte sie unwissentlich genau das Richtige getan.

Was Horaz betraf, so saß er wie ein Häufchen Elend auf dem Fußboden und bemitleidete sich selbst.

«Was ist denn passiert, Horaz?» Elfrida sprach fürsorglich auf ihn ein. «Hat dich ein blutrünstiger Hund überfallen?»

«Er hat gebellt», musste Lucy gestehen «Aber nur ganz kurz.»

«Nur dumme Hunde bellen Rottweiler an.»

Elfrida ging nach oben, um eine Flasche Lysol zu holen,

und Lucy füllte den riesigen Spülstein in der Waschküche mit warmem Wasser und hob Horaz hinein, sodass die Eisklümpchen, die sich an Pfoten und Brusthaar festgesetzt hatten, im Wasser schmolzen. Da es keine Brause gab, holte Elfrida einen alten Krug aus der Küche und goss ihm das Wasser, das nach Krankenhaus roch, über Rücken, Hals und Beine.

Stumm und ergeben wie der sprichwörtliche begossene Pudel ließ er die Prozedur über sich ergehen und Elfrida war erleichtert, dass sie außer ein paar Bissspuren und Kratzern keine ernsthaften Wunden an ihm entdecken konnte, die nicht von selbst heilen würden. Sein Bauch war übel zugerichtet und das eine Ohr eingerissen, aber im Großen und Ganzen schien er die Heimsuchung ohne bleibenden Schaden überstanden zu haben.

Lucy stieß einen Seufzer der Erleichterung aus. «Also brauchen wir nicht mit ihm zum Tierarzt zu gehen?»

«Ich glaube nicht. Umso besser, denn ich wüsste nicht einmal, wo der nächste Tierarzt ist, und bei diesem Schnee wäre auch schwerlich einer zu finden.» Sie ließ das Wasser ablaufen, hob Horaz aus dem Becken, trug ihn in die Küche und wickelte ihn wie einen Beduinen in ein dickes, sauberes Badehandtuch ein. Vorsichtig rieb sie ihn trocken. «Jetzt haben wir zwei Invaliden im Haus. Vielleicht sollten wir draußen ein Schild anbringen: ESTATE HOUSE PFLEGEHEIM.

Lucy zog plötzlich ein schuldbewusstes Gesicht. «O wie schrecklich. Ich habe Carrie ja ganz vergessen. Schläft sie noch?»

«Vermutlich ja. Jedenfalls hat sie keinen Mucks von sich gegeben.»

«Und wo ist Oscar?»

«Im Wohnzimmer.»

«Ich muss ihm unbedingt alles erzählen.»

«Er wird ganz schön staunen. Aber hör mal, deine Jeans sind klitschnass. Vielleicht solltest du dir zuerst trockene Sachen anziehen. Bring die nassen Klamotten wieder mit nach unten und wir hängen sie auf den Ständer.»

Lucy nickte zustimmend und wandte sich zum Gehen, blieb aber in der offenen Tür noch einmal stehen.

«Elfrida?»

«Was ist, mein Schatz?»

«Rory Kennedy ist unheimlich nett. Und hat sich die Haare gefärbt.»

«Die Haare gefärbt?», wiederholte Elfrida in gespieltem Entsetzen. «Was deine Großmutter dazu wohl sagen würde.»

Lucy äffte Dodies Stimme nach und sagte: «Ab-scheulich!» Dann verschwand sie mit einem verschmitzten Lächeln und Elfrida hörte, wie sie, zwei Stufen auf einmal nehmend, die Treppe zu ihrer Dachkammer hinauflief.

Es war mittlerweile drei Uhr, als Elfrida zu Carrie hinaufging. Es hatte aufgehört zu schneien, doch ging der düstere Nachmittag bereits in den Abend über, sodass sie Licht machen und die Vorhänge zuziehen musste.

Leise klopfte sie an Carries Tür und öffnete sie einen Spalt.

«Carrie?»

«Ja, ich bin wach.»

Im Dämmerlicht sah Elfrida, wie sie ihr auf dem weißen Kissen den Kopf zuwandte. Sie trat ans Bett und knipste die Nachttischlampe an. Carrie streckte wohlig die Glieder und sah sie lächelnd an. «Wie spät ist es denn?»

«Drei Uhr.»

«Es kommt mir wie nachts vor.»

«Ich weiß. Es hat auch geschneit. Beinahe zehn Zentimeter. Aber vor einer Weile hat es aufgehört.» Sie trat ans Fenster und zog die schweren Vorhänge zu. Schatten breiteten sich in den Ecken des Zimmers aus, aber die gemütliche kleine Lampe gab ein Gefühl der Geborgenheit. Elfrida ließ sich neben Carrie auf der Bettkante nieder. «Und wie fühlst du dich?»

«Förmlich überwältigt. Wie konnte ich nur so lange schlafen?»

«Du warst völlig übermüdet. Möchtest du etwas zu essen? Oder eine Tasse Tee oder so?»

Carrie dachte einen Augenblick nach. «Eine Tasse Tee wäre himmlisch. Außerdem muss ich aufs Klo.»

In ihrem knielangen Nachthemd, das die langen, dünnen Arme und Beine freigab, kletterte sie aus dem Bett. Sie griff nach ihrem Morgenmantel, hüllte sich darin ein und schlang die Schärpe eng um ihre schmale Taille. Elfrida ging nach unten und setzte den Kessel auf. Sie stellte ein Tablett für zwei bereit und legte ein paar köstliche, sehr teure Kekse dazu, denen Oscar auf einer seiner Einkaufsexpeditionen nicht hatte widerstehen können. Dann trug sie das Tablett nach oben, wo Carrie mit frisch gewaschenem Gesicht, geputzten Zähnen und gekämmtem Haar wieder im Bett lag. Sie hatte sich auch etwas Parfüm angesprüht, ihren ganz speziellen Duft, und man sah ihr an, dass sie sich in ihrer Haut gleich viel wohler fühlte.

«Elfrida, du bist ein Engel. Es tut mir Leid, dass ich dir solche Umstände mache.»

«Wieso Umstände? Ich bin froh, dass du dich ausgeruht fühlst.»

«Es ist so still im Haus. Wo sind denn die anderen?»

«Als es aufgehört hat zu schneien, haben Oscar und Lucy beschlossen, Einkäufe zu machen. Hier in der Stadt. Sie wollen sich nach Weihnachtsschmuck für den Tannenbaum umsehen.»

«Und wo gibt's den?»

«Keine Ahnung. Vermutlich im Haushaltswarengeschäft. Übrigens hat Lucy einen Spaziergang mit Horaz gemacht und dabei ein atemberaubendes Abenteuer bestanden ...» In aller Ausführlichkeit erzählte sie Carrie die aufregende Geschichte von Horaz und dem Rottweiler, und Carrie war, wie zu erwarten, zutiefst schockiert, aber gleichzeitig von Lucys Geistesgegenwart und der Art, wie sie einen kühlen Kopf bewahrt hatte, auch beeindruckt.

«Was für ein Erlebnis! Ziemlich haarsträubend, aber vielleicht genau das, was sie braucht. Sie führt ein solch ödes, langweiliges Leben in London. Dodie und Nicola sind beide schrecklich ichbezogene Weiber, ohne einen Funken Phantasie. Ich möchte gar nicht wissen, wie mein Leben ausgesehen hätte, als ich so alt war wie Lucy, wenn Jeffrey nicht gewesen wäre. Und die Ärmste hat keinen Jeffrey, geschweige denn einen richtigen Vater. Dodie und Nicola haben einen extrem beschränkten Horizont, von ihnen geht keinerlei Anregung aus. Sie reden über nichts als andere Leute – meist auch noch gehässig – oder über Klamotten.»

«Was macht das arme Kind denn den ganzen Tag?»

«Den größten Teil des Tages ist sie in der Schule. Und sie hat ein nettes, eigenes kleines Zimmer und eine Freundin namens Emma ...»

«Männer tauchen in ihrem Leben wohl gar nicht auf?»

«Nein. Sie besucht eine reine Mädchenschule, und wenn sie ihren Vater mal besucht, sitzt ihnen immer diese unausstehliche Marilyn auf der Pelle. Vermutlich eifersüchtig, die dumme Gans.»

«Rory Kennedy hat es ihr offenbar angetan. Nicht nur hat er sich als Held erwiesen und Horaz gerettet, sondern hat auch noch gefärbte Haare. Und trägt einen Ohrring.»

«Wie aufregend.»

«Wir sind morgen Abend auf einen Drink bei den Kennedys im Pfarrhaus eingeladen. Ich möchte unbedingt, dass du mitkommst, damit du Tabitha Kennedy kennen lernst, aber vielleicht fühlst du dich solch ausschweifender Geselligkeit noch nicht gewachsen.»

«Warten wir's ab.»

«Und dann findet offenbar irgendein Ringelpiez in der Schule statt. Die Schüler treffen sich zu einem Volkstanzabend. Rory hat Lucy gefragt, ob sie ihn und seine Schwester begleiten will, und nun ist sie ganz aus dem Häuschen und sagt, dass sie sich heute Abend extra die Haare waschen will.»

Carrie nippte an ihrem dampfenden Tee, der einen leicht rauchigen Geschmack hatte, weil Elfrida ihn ihr zuliebe mit Lapsang-Souchong-Tee zubereitet hatte. «Ich habe das schreckliche Gefühl, dass sie Rotz und Wasser heulen wird, wenn es ans Abschiednehmen geht», sagte sie nicht ohne Wehmut.

«Sei still. Daran mag ich gar nicht denken.»

«Ich habe übrigens über diesen Job bei der Reisegesellschaft in London nachgedacht und beschlossen, ihn anzunehmen. Vielleicht erst einmal für ein Jahr. Dann bin ich in Lucys Nähe und kann etwas Abwechslung in ihr Leben bringen. Vielleicht kann ich Dodie ja weich klopfen, damit sie erlaubt, dass wir Jeffrey und Serena in Cornwall besuchen. Kannst du dir vorstellen, dass das Kind seinen Großvater noch nie gesehen hat? Bei der Scheidung war sie noch ein Baby und Dodie trägt ihm ihren erbitterten Groll bis heute nach.»

«Die arme Frau.»

«Wieso das denn?»

«Weil sie an nichts anderes denkt. Noch Tee?» Carrie hielt ihr die leere Tasse entgegen und Elfrida schenkte nach.

«Hat Nicola heute angerufen?»

«Nicola? Hast du ihren Anruf erwartet?»

«Eigentlich nicht. Aber sie fliegt heute nach Florida und ich dachte, sie hätte sich vielleicht von Lucy verabschiedet. Aber offenbar ist das nicht der Fall.»

«Lucy hat nichts davon erwähnt. Und ehrlich gesagt, glaube ich, dass ihr Hundeabenteuer, Rory Kennedy und die Weihnachtseinkäufe mit Oscar tausendmal wichtiger sind.»

«Umso besser.»

Sie schwiegen und schlürften einträchtig ihren Tee. Im Haus war es ganz still. Außer ihnen war niemand da. So unbefangen wie möglich sagte Elfrida: «Ist dies der Zeitpunkt zum Reden?»

Carrie hob den Kopf und blickte Elfrida mit ihren schönen, dunklen Augen verständnislos an.

«Reden?»

«Du hast doch gesagt, du wolltest mir alles erzählen. Irgendwann einmal. Später. Warum du Österreich verlassen hast. Warum du Hals über Kopf abgereist bist. Warum du einen Job in London suchst. Wir sind ganz ungestört, vielleicht ist dies der richtige Zeitpunkt. Ich will nicht in dich dringen, sondern möchte nur wissen, was los ist. Warum du so traurig und verhärmt aussiehst.»

«Sehe ich so aus?»

«Aber trotzdem so schön wie eh und je.»

«Ach, Elfrida, du bist Gold wert. Leider komme ich mir im Moment gar nicht schön vor. Ich fühle mich alt und verbraucht. Jetzt bin ich dreißig. Das ist wie eine Wasserscheide. Und ich weiß nicht, was mich auf der anderen Seite erwartet. Über kurz oder lang bin ich vierzig und dann fünfzig und vorher muss ich aus meinem Leben unbedingt noch etwas machen. Aber der bloße Gedanke, Entscheidungen fällen, neue Leute treffen und alte Freundschaften auffrischen zu müssen, raubt mir alle Energie.»

«Das ist wahrscheinlich der Grund, warum du dir diese fürchterliche Erkältung zugezogen hast und dir dieser kleine Virus so zusetzt.»

«Psychosomatisch, meinst du?»

«Nein, das meine ich nicht. Ich meine, körperlich anfällig.»

«Anfällig? Ich hätte nie gedacht, dass man das jemals über mich sagen würde.»

«Wir sind alle anfällig und verletzbar.»

«Ich habe mich immer für stark gehalten.» Carrie trank ihren Tee aus und Elfrida nahm ihr die leere Tasse aus der Hand, setzte sie aufs Tablett, stand vom Bett auf und stellte das Tablett auf den Fußboden. Dann machte sie es sich erneut auf Carries Bett bequem und lehnte sich mit dem Rücken gegen das Messinggestell.

«Was ist passiert, Carrie?»

«Ich war seit ungefähr einem Jahr in Oberbeuren und hatte eine Winter- und eine Sommersaison hinter mir. Das Gehalt war üppig, ich hatte ein hübsches Apartment gefunden und einen Job, der mir gar nicht besser hätte gefallen können. Es war eine phantastische Zeit. Und dann traf ich Andreas. Er kam nach den ersten Schneefällen mit einer Gruppe von Freunden … es war ein alljährliches Unternehmen, eine Art Junggesellenparty, die auf ihre Universitätszeit zurückging. Sie wohnten in dem großen Hotel und dort habe ich ihn getroffen. Er war Banker, kam aus Frankfurt und arbeitete in einem angesehenen Familienunternehmen, dessen Direktor sein Vater war. Außerdem war er verheiratet und hatte zwei Kinder. Ich wusste von Anfang an, dass er verheiratet war, aber ich war keine Unschuld vom Lande mehr und deshalb überzeugt, dass ich damit fertig werden könnte. Ich hatte gar nicht vor, mich in ihn zu verlieben, und ich glaube, das Gleiche galt auch für ihn, aber irgendwie ließ es sich nicht vermeiden. Es ist einfach passiert.

Er war der attraktivste Mann, dem ich je begegnet war; außerdem ein ungewöhnlich großzügiger und unterhaltsamer Freund, ein brillanter Skiläufer und einfach ein Gedicht im Bett. Er war überhaupt kein Teutone, weder blond noch blauäugig. Im Gegenteil, er war dunkelhaarig, groß und schlank, mit ausgesprochen intellektuellem Anstrich. Er hätte Schriftsteller oder Professor sein können. War er aber nicht. Er war Banker.

Im ersten Winter kam er ziemlich häufig nach Oberbeuren, flog nach München und fuhr von dort mit dem Auto in die Berge. Damals wohnte er nicht mehr im Hotel, sondern bei mir. Es war wie eine kleine private Welt, zu der sonst niemand Zutritt hatte. Ich hatte erwartet, dass er mit der Schneeschmelze verschwinden würde, aber er liebte die Berge im Sommer genauso wie im Winter und wir sind ganze Tage lang gewandert, in eisigen Seen geschwommen und haben in abgelegenen Gasthöfen geschlafen. Und sind in irgendwelchen Federbetten aufgewacht, wenn die Kuhglocken läuteten und die Herden zum Morgenmelken herunterkamen.

Er musste geschäftlich kreuz und quer durch Europa reisen und manchmal bin ich mitgefahren, nach Wien, nach Luxemburg oder nach München. In Wien war Winter und wir sind über den Christkindlmarkt geschlendert, haben Lebkuchen gekauft und Wunderkerzen und bunten handgeschnitzten Christbaumschmuck. Und abends sind wir in die Oper gegangen und haben den *Rosenkavalier* gesehen und hinterher in den *Drei Husaren* zu Abend gegessen.

Vor ungefähr sechs Monaten tauchte er wieder in Oberbeuren auf. Er sah müde und ein bisschen abwesend aus. Als ich ihn fragte, was los sei, teilte er mir mit, er habe seine Frau um die Scheidung gebeten. Er wollte mich heiraten. Ich war im wahrsten Sinne des Wortes hin und her gerissen. Ich dachte an Jeffrey und Serena und wie glücklich sie miteinander waren. Aber ich erinnerte mich auch, wie viel Groll und wie viel Bitterkeit die Scheidung ausgelöst hatte. Ich kannte seine Frau nicht und wusste nur, dass sie Inga hieß. Ich konnte mir gar nicht vorstellen, dass eine Frau nicht hoffnungslos in einen Mann wie Andreas verliebt war. Also war ich im siebten Himmel und machte mir gleichzeitig Vorwürfe. Beschloss aber, die Sache auf mich zukommen zu lassen. Ich hatte schon so lange von der Hand in den Mund gelebt und konnte mich kaum noch an Zeiten erinnern, als es ihn nicht gegeben hatte und er nicht das Zentrum meines Lebens gewesen war.

Über die Scheidung wurde kein Wort mehr verloren. Er kam in die Berge und wir waren zusammen und manchmal ließ er Sätze fallen wie: ‹Wenn wir verheiratet sind, bauen wir uns hier ein Haus, kommen jedes Wochenende her und ich bringe meine Kinder mit. Du musst unbedingt meine Kinder kennen lernen!›

Ich habe nie etwas dazu gesagt, weil ich abergläubisch war und das Schicksal nicht herausfordern wollte.

Dann erzählte er mir, dass er sich einen Rechtsanwalt genommen, und kurz darauf, dass er mit seinen Eltern gesprochen und ihnen mitgeteilt hätte, dass seine Ehe vorbei sei und er die Scheidung einreichen wolle.

Es muss einen unerhörten Familienkrach gegeben haben. Andreas' Familie ist in Frankfurt sehr angesehen; sie sind vermögend, tonangebend und einflussreich. Und obendrein katholisch. Ich kann mir vorstellen, wie schwer es für ihn gewesen sein muss. Und auch wieder nicht. Ich weiß nur, dass ich nicht die Kraft hatte, freiwillig auf ihn zu verzichten. Mein Schicksal lag also in seiner Hand, die Entscheidung bei ihm.

Drei Monate lang hielt er durch und wirkte dabei so selbstsicher, so überlegen und Vertrauen erweckend, dass ich überzeugt war, er würde bis zum bitteren Ende bei seinem Entschluss bleiben und sich von der Familie losreißen. Aber letzten Endes war der Druck doch wohl zu massiv. Er schätzte seine Frau sehr und vergötterte seine Kinder. Er respektierte seine Eltern und genoss seinen großzügigen Lebensstil. Ich vermute, sie haben ihm angedroht, dass sie ihn kaltstellen würden, wenn er die Familie kaputtmachte. Sozusagen in Acht und Bann tun.

Wenn es nur nicht alles so banal klänge, Elfrida! Dieselbe alte Leier. Wie aus einem Melodrama des neunzehnten Jahrhunderts. Als Andreas mir schließlich mitteilte, dass unsere Liebe ein Ende haben müsse und er nach Frankfurt zu Inga und den Kindern zurückkehren würde, hatte ich mich so weit gefasst, dass ich seine Entscheidung akzeptierte. Aber als es dann endgültig ans Abschiednehmen ging und ich wusste, dass ich ihn niemals wieder sehen würde, hatte ich das Gefühl, mir würde das Mark aus den Knochen gesogen, als müsste ich auf der Stelle verbluten oder etwas ähnlich Grässliches.

Ich dachte, ich könnte in Oberbeuren bleiben und mich in die Arbeit stürzen, aber es ging nicht. Ich konnte mich auf nichts konzentrieren und der Job war zu anstrengend und auch zu anspruchsvoll, um auf die leichte Schulter genommen zu werden. Also habe ich mit meinem Chef gesprochen und ihm mitgeteilt, dass ich kündigen und nach London zurückkehren wollte. Ich bin so lange geblieben, bis sie einen Ersatz für mich hatten ... ein tüchtiges junges Mädchen, das unter mir gearbeitet hatte ... und dann bin ich nach Hause geflogen.

Ich träume immer noch von Andreas. Manchmal sind es schreckliche Albträume, aber manchmal versichert er mir im Traum, dass alles nur ein Irrtum gewesen sei, dass Inga ihn nicht mehr liebe und wir wieder zusammen sein könnten. Wenn ich dann aufwache, bin ich so glücklich ...»

Es herrschte langes Schweigen. Schließlich rührte Carrie sich und sagte mit einem Lächeln: «Und das wär's.»

«Ach, mein armes Kind. Aber dein Vertrauen ehrt mich.»

«Wie gesagt, eine langweilige Geschichte. Äußerst banal.»

«Da irrst du.»

«Ich werde mich schon wieder erholen. Nicht nur von Andreas, sondern auch von meiner kleinen Kopfgrippe. Das Leben geht schließlich weiter. Ich bin hier bei dir. Und ich werde mich zusammenreißen und versuchen, ein fröhliches Gesicht aufzusetzen.»

«Uns brauchst du doch nichts vorzumachen.»

«Willst du es Oscar erzählen?»

«Wenn du willst.»

«Nur in groben Umrissen. Es ist besser, wenn er Bescheid weiß. Es erleichtert den Umgang mit ihm.»

«Na gut.» Elfrida seufzte einmal tief. «Nun bilde dir aber nicht ein, meine liebe Carrie, dass es mit Liebe und Lachen in deinem Leben aus und vorbei ist. Das Leben steckt voller Überraschungen. Wer weiß, was dich hinter der nächsten Ecke erwartet. Aus deiner Sicht mag die Welt momentan ein bisschen düster und trostlos aussehen, aber sieh mich an! Ich dachte, ich müsste den Rest meines Lebens allein verbringen, in meiner kleinen Altersklause in Hampshire. Und eh ich mich's versehe, sitze ich hier mit Oscar Blundell hoch oben im Norden Schottlands.»

«Oscar ist nicht verheiratet.»

«Nein.» Elfrida dachte an Jimbo, seufzte noch einmal und schüttelte über die unvorhersehbaren Wechselfälle des Lebens staunend den Kopf. «Aber die Welt ist voll von verheirateten Männern», sagte sie schließlich.

«Nicht für mich, Elfrida. Nie wieder.»

Von unten drang erst das Knarren der schweren Haustür herauf, dann hörten sie Oscars und Lucys angeregte Stimmen.

Elfrida riss sich zusammen und kletterte von der hohen Matratze herunter. «Ich gehe nach unten und mache Oscar frischen Tee. Soll ich Lucy zu dir heraufschicken?»

«O ja. Ich möchte das aufregende Abenteuer aus ihrem eigenen Mund hören. Und die Geschichte mit ihrem neuen Freund.»

«Aber mach dich nicht über sie lustig.»

«Ach, Elfrida. Als käme ich auf den Gedanken! Ich kann mich noch sehr gut erinnern, wie es mit vierzehn war.»

DIENSTAG, 19. DEZEMBER

SAM

SIE STANDEN an der Theke im *Duke's Arms* in Buckly, einem nüchternen kleinen Pub, der keinerlei Konzessionen an Touristen oder neumodisches Dekor gemacht hatte. Die Wände waren aus dunkel gebeiztem Holz, die Beleuchtung trübe, der Fußboden mit durchgetretenem dunkelbraunem Linoleum belegt. Der Wirt stand hinter der Theke und sah nicht aus, als wenn ihm der Job Spaß machte. Die Wirtsstube war mit kleinen runden Tischen und unbequemen Stühlen voll gestellt und in einem winzigen Kamin kokelte ein qualmendes Torffeuer vor sich hin. Über dem Kaminsims hing in einem Glaskasten ein gewaltiger ausgestopfter Fisch mit kalten, glasigen Augen und es roch nach abgestandenem Bier und Whisky.

«Was darf's sein?», fragte Fergus Skinner.

«Ein kleines Pils, bitte.»

«Trinken Sie keinen Kurzen mit?»

«Ich muss fahren.»

Fergus war nach der Versammlung im Kirchensaal mit Sam über die verschneite Straße in den Pub gegenüber gegangen. Es war seine Stammkneipe, erzählte er ihm, unbehelligt von aufdringlichen Frauen, ein Ort, wo ein Mann in aller Ruhe sein Bier trinken konnte, ohne dass er sich mit jedem Hans und Franz in ein Gespräch einlassen musste.

«Tja», sagte er jetzt in Anspielung auf Sams Zwangslage. «Jammerschade, aber da kann man nichts machen», und bestellte ein großes Helles für sich. «Deshalb geh ich immer zu Fuß.» Es mochte spaßhaft gemeint sein, aber seine Augen verrieten nicht ein Fünkchen Humor.

Er war ein großer Mann, Anfang vierzig, doch mit den dunklen Haaren und der blassen Haut des typischen Hochländers wirkte er älter. Er hatte markante Gesichtszüge – tief liegende Augen, eine kräftige, gebogene Nase, ein langes, kantiges Kinn – und machte einen eher finsteren Eindruck.

Aber dieser Eindruck täuschte. Fergus Skinner hatte in der Spinnerei der McTaggarts als Vorarbeiter gearbeitet, und als das Familienunternehmen Bankrott ging, war er es gewesen, der die Belegschaft zusammengetrommelt, die Industrie- und Handelskammer mobilisiert und die Übernahme organisiert hatte. Beinahe einstimmig war er zum Manager des neuen Unternehmens gewählt worden, sodass der endgültige Ruin der Firma durch die Überschwemmungskatastrophe ihn härter getroffen hatte als alle anderen.

Aber er ließ sich nicht beirren und weigerte sich, die Flinte ins Korn zu werfen, denn das war nicht seine Art. Als Sam ihn von seinem Londoner Büro aus in Buckly anrief und ihn bat, ein Treffen mit der Belegschaft zu organisieren, hatte Fergus Skinner nicht lange gefackelt und die Öffentlichkeit umgehend durch Plakate und durch verschiedene Aufrufe in der Lokalzeitung mobilisiert. Kein Wunder, dass die Versammlung so gut besucht war und Spätankömmlinge sich mit Stehplätzen begnügen mussten.

Die beiden trugen ihre Getränke an eins der wackligen Tischchen neben dem Kamin. Der einzige weitere Gast war ein uralter Mann, der in einer Ecke über seinem Glas brütete, eine Zigarette im Mundwinkel. Er nahm gar keine Notiz von ihnen. Die runde, gleichmäßig vor sich hin tickende Wanduhr zeigte auf halb sechs. Der Wirt starrte, während er Gläser mit einem Tuch auswischte, auf einen kleinen Fernsehapparat, hatte den Ton aber so leise gestellt, dass er kaum zu hören war.

Ein glühendes Torfstück rutschte mit einem Rascheln in die niedrig brennende Glut. Fergus hob sein Glas. «Auf Ihr Wohl.»

«Und auf die Zukunft.» Das Bier schmeckte schal.

«Auf die Zukunft.»

Wegen des desolaten Zustands der Spinnerei hatte die Versammlung im Kirchensaal von Buckly stattgefunden und war ein voller Erfolg gewesen. Sam und Fergus hatten auf einem erhöhten Podium gesessen und im Publikum hatten sich nicht nur Männer, sondern auch Frauen befunden und hier und da Kinder, die noch zu klein waren, um allein zu Hause gelassen zu werden.

Zu Anfang hatte eine reservierte, nicht gerade freundliche Atmosphäre geherrscht. Die Leute waren schon zu lange arbeitslos, um sich mit rosigen Versprechungen abspeisen zu lassen. Sam war aufgestanden und hatte sich als der neue Direktor von McTaggarts vorgestellt, der den Wiederaufbau der zerstörten Spinnerei und die Inbetriebnahme des Unternehmens in die Hand nehmen würde. Seine Worte waren auf eine Wand von Schweigen gestoßen und er ahnte, dass sie lediglich den von Sturrock & Swinfield angeheuerten Finanzexperten in ihm sahen. Deshalb holte er ein bisschen weiter aus und erzählte ihnen von seinem eigenen Hintergrund. Dass er in Yorkshire geboren und in einem Familienunternehmen ähnlich dem der McTaggarts mit der Wollindustrie groß geworden war. Wie sie ebenfalls mit finanziellen Schwierigkeiten zu kämpfen hatten und Sturrock & Swinfield den Karren aus dem Dreck gezogen hatte, weshalb er, Sam, heute vor ihnen stehe.

Danach hatte sich die Atmosphäre ein wenig entspannt. Die Leute hatten sich geräuspert und ihr Gewicht auf den Stühlen verlagert.

Sam konnte erleichtert fortfahren.

Es wurde eine sehr lange Rede. Er rollte den gesamten Prozess auf. Die Machbarkeitsstudie und die Umstrukturierung. Dass der Betrieb zwar auf Tradition und Goodwill basierte, aber notgedrungen mit der Zeit gehen müsse. Also neue Produkte. Neue Märkte. Neue Maschinen.

Gleich zu Beginn der Versammlung hatte er um Fragen gebeten. Jetzt reckten sich Hände in die Höhe. « Gibt es ein Umschulungsprogramm ? »

Er bestätigte es. Danach hagelte es Fragen. Würden Arbeitsplätze verloren gehen ?

Sam erklärte, wenigstens zu Anfang sei eine gewisse Schrumpfung nicht zu vermeiden. Aber wenn die neue Spinnerei erst einmal in Gang sei, würde man allmählich expandieren und neue Arbeitsplätze schaffen.

Eine Frau stand auf und wollte wissen, ob es für sie als Handarbeiterin weiterhin Arbeit gäbe oder ob alles von diesen neuen, raffinierten Maschinen gemacht würde. Sam konnte sie beruhigen, dass sie bei den neuen Luxusartikeln, die sie im Programm haben würden, auf Handarbeiterinnen gar nicht verzichten könnten.

Die Frage, die seinen Zuhörern am meisten auf dem Herzen lag, war natürlich das Wann. Wie schnell konnte die Arbeit wieder aufgenommen werden ?

Frühestens in neun Monaten. Spätestens in einem Jahr.

Warum nicht eher ?

Es läge eine gewaltige Aufgabe vor ihnen. Wer es schwarz auf weiß wissen wolle, könne Pläne und Blaupausen einsehen, die hinten in der Halle am schwarzen Brett ausgehängt waren.

Das Äußere der alten Spinnerei würde unverändert bleiben. Von innen müsste das Gebäude allerdings völlig entkernt und von Grund auf umgestaltet werden. Es war ein Laden geplant, der Touristen anziehen sollte, und der Architekt hatte in seinem Entwurf sogar ein kleines Café und einen Erfrischungsstand vorgesehen, die zusätzliche Arbeitsplätze schaffen würden.

Wer würde diese Arbeiten ausführen?

Sam erklärte, dass Sir David Swinfield daran gelegen sei, ausschließlich Handwerker aus der Gegend zu beschäftigen, und alle hiesigen Maurer, Klempner, Elektriker und Tischler angesprochen werden sollten. Deshalb würden im neuen Jahr Ausschreibungen erfolgen und Kostenvoranschläge eingeholt.

Der Abend endete in einer allgemeinen Diskussion, was genau Sams Wünschen entsprach. Bevor die Versammlung aufgelöst wurde, kam er vom Podium herunter und mischte sich unters Volk, um den Leuten die Pläne zu erklären, sich ihre Probleme anzuhören und Optimismus zu verbreiten. Am Ende hatte er das Gefühl, sich vielleicht nicht unbedingt Freunde gemacht, aber doch Vertrauen und hoffentlich die Bereitschaft zur Mitarbeit gewonnen zu haben.

Ein besserer Anfang, als er erwartet, und auf jeden Fall viel positiver, als er gefürchtet hatte.

Fergus bückte sich und warf ein weiteres Stück Torf auf das verlöschende Feuer. «Und wann ziehen Sie endgültig nach Buckly?», wollte er wissen.

«Ich bin bereits hier, Fergus.»

«Aber Sie fahren doch nach London zurück?»

«Ja, natürlich. Ich werde wahrscheinlich auf und ab zappeln wie ein Jo-Jo, aber mein Arbeitsplatz ist hier.»

«Und wo wohnen Sie?»

«Im Moment noch in einem Hotel in Inverness.»

«Und fahren Sie Weihnachten nach Hause?»

Sam zögerte. Er würde hautnah mit Fergus zusammenarbeiten und hielt es deshalb für das Beste, dem Mann reinen Wein einzuschenken und seine privaten Karten auf den Tisch zu legen. Auf die Art und Weise konnte er Mutmaßungen und Gerüchten zuvorkommen. «Wissen Sie, ich habe im Moment gar kein Zuhause. Mein Zuhause war in New York. Ich habe nicht einmal eine Familie. Meine Frau und ich leben getrennt. Sie lebt weiterhin in den Vereinigten Staaten.»

«Wie schrecklich», sagte Fergus, «kein Zuhause zu haben.»

Sam grinste. «Es gibt Schlimmeres. Ohnehin nimmt die Spinnerei mich im Moment so in Anspruch, dass ich noch nicht mal Zeit gehabt habe, an Weihnachten zu denken. Ich könnte Weihnachten mit Freunden in London verbringen, aber im Augenblick ziehe ich es vor, mich ganz auf die Arbeit zu konzentrieren.»

«Sie können doch nicht täglich zwischen Buckly und Inverness hin- und herfahren. Selbst mit der neuen Brücke ist das eine lange Fahrt.»

«Ich sehe mich um. Miete ein Haus oder ein Zimmer. Es ergibt sich schon was.»

«Sie sind bei mir zu Hause herzlich willkommen. Meine Frau wäre begeistert und Platz haben wir genug.»

«Das ist sehr liebenswürdig von Ihnen, aber ich komme schon zurecht.» Er hatte sein bescheidenes Glas leer getrunken und blickte auf die Uhr. «Ich sollte aufbrechen. Wie Sie sagen, es ist eine lange Fahrt.»

«Mit Ihrem Wagen kein Problem. Ein Landrover Discovery. Sieht nagelneu aus.»

«Ja, ganz neu. Hab ich mir in London gekauft, als ich erfuhr, dass ich hier oben arbeiten würde. Bin vor drei Tagen damit raufgekommen. Phantastischer Wagen.»

«Kann man wohl sagen. Mein Sohn hat auch einen Landrover.»

«Was macht Ihr Sohn denn?»

«Er ist Förster. Hatte kein Interesse am Wollgewerbe, wollte lieber im Freien sein. Und von klein auf in Tiere vernarrt. Schon als Junge brachte er verletzte Vögel und kranke Eichhörnchen mit nach Hause, hielt sie in Käfigen und pflegte sie wieder gesund. In unserer Küche hockte immer irgendeine verängstigte Kreatur in der Ecke. Meine Frau hat immer gemeint, wir könnten von Glück sagen, dass wir nicht in Kenia lebten.»

Er sagte das auf eine so bierernste Art, dass Sam eine Weile brauchte, bis er begriff, dass es ein Witz sein sollte.

Sie verließen die Kneipe. Draußen hatte es wieder zu schneien begonnen. Gegenüber, vor der Kirche, stand Sams dunkelgrüner Landrover unter ein paar Zentimetern Schnee.

«Bevor Sie nach Inverness aufbrechen, sollten Sie den Automobilclub wegen der Straßenbedingungen anrufen», riet Fergus ihm. «In so einer Nacht ist mit der Straße über die Black Isle nicht zu spaßen.»

«Mal sehen. Ich warte erst mal ab.»

«Sehen wir uns noch vorm neuen Jahr?»

«Kaum zu vermeiden. Ich ruf Sie an. Wir hören voneinander.»

«Hat mich sehr gefreut, Sie kennen zu lernen.»

«Das Vergnügen ist ganz meinerseits, Fergus.»

Sie gaben sich die Hand und trennten sich. Fergus wanderte zu Fuß die lange, schmale, von dichten Schneeflocken bedeckte Straße entlang und hinterließ eine Linie frischer Spuren im Schnee. Sam sah ihm nach, dann kletterte er in sein großes Gefährt. Er griff in die Tasche nach dem Zündschlüssel und zog zwei Schlüssel hervor. Den Autoschlüssel und den anderen Schlüssel. Den gewaltigen, altmodischen Schlüssel zu Hughie McLennans Haus, an dem mit einem Bindfaden ein Schild befestigt war.

Einen Moment lang war er unentschlossen. Die Versammlung hatte ihn zwar Energie gekostet und ihn ziemlich geschlaucht, aber sie war so glatt über die Bühne gegangen, dass er sich eher aufgekratzt fühlte als müde. Der Gedanke, im Hotel ein Bad zu nehmen, einen Moment an der Bar zu sitzen und dann im Restaurant zu Abend zu essen, war zwar sehr verlockend. Andererseits lag Creagan gleich nebenan, er konnte anstandslos einen kleinen Umweg machen, sich den Ort ansehen und einen Blick auf Hughies Haus werfen. Er brauchte ja nicht unbedingt reinzugehen. Nur mal die Lage peilen und sehen, ob es überhaupt lohnte, sich das Gebäude im Hinblick auf einen etwaigen Kauf näher anzusehen.

Er saß eine Weile unschlüssig hinterm Steuer. Schließlich beschloss er, eine Münze entscheiden zu lassen. Kopf, und er würde direkt nach Inverness zurückfahren. Wappen, und er würde in Creagan vorbeifahren. Er fand ein Zehncentstück, warf es mit verdeckter Hand auf den Sitz, zog die Hand weg – Wappen. Er verstaute das Geldstück und den Hausschlüssel im Handschuhfach, ließ den Motor anspringen und schaltete die Scheinwerfer ein.

Im grellen, ausgreifenden Scheinwerferlicht wirbelten dichte Schneeflocken.

Er war voller Unternehmungslust.

Auf nach Creagan.

Die Straße war zu seinem Erstaunen ziemlich belebt. Mit auf Hochtouren laufenden Scheibenwischern bewegte sich dichter Verkehr durch das Schneetreiben gen Norden. Schwere, mit Holzstämmen beladene Lastwagen, Öltanker und Viehwagen. Pendler, auf dem Weg von der Arbeit nach Hause, ein Traktor, dessen Warnlicht wie ein Stern leuchtete. Sam musste fast eine Meile hinter ihm herzockeln, bis er endlich in ein Gehöft einbog und Sam aufs Pedal drücken konnte.

Es hörte abrupt auf zu schneien. Der Schneeschauer hatte sich verzogen. Es war sogar ein Fleckchen sternklarer Himmel zu sehen und die schmale Sichel des Mondes. Er überquerte eine lange Brücke, die über einen Meeresarm führte, und ein paar Meilen später leuchtete ein Straßenschild im Scheinwerferlicht auf: TOURISTENROUTE. CREAGAN 2 MEILEN.

An der Abfahrt verließ er die Straße und folgte einer schmalen Landstraße am Ufer einer Bucht entlang. Es war Ebbe. Vor ihm lag ein unwirkliches, traumhaftes Bild. Das schneebedeckte Watt leuchtete weiß, das Wasser dahinter glänzte tiefschwarz und vom jenseitigen Ufer blinkte ein einsames, fernes Licht herüber. Nach einer Weile machte die Straße einen Bogen, er kam über einen mit Krüppelkiefern bewachsenen Hügel, und dann öffnete sich die Landschaft und vor sich in der Ferne sah er die Lichter einer kleinen Stadt liegen.

Der Himmel verdunkelte sich wieder und es begann zu schneien. Eine schöne, hohe Allee führte direkt in die Stadt, und im Licht der Straßenlaternen sah er die Kirche, den Marktplatz und den alten, von einer Mauer umgebenen Friedhof. Ein Bild wie auf Weihnachtskarten. Es fehlte nur noch, dass eine Dame im Reifrock mit Weihnachtspaketen beladen die Straße entlangkam. Im Schritttempo fuhr er einmal um die Kirche, blickte nach links und nach rechts und fragte sich, welches das leere, unbewohnte Haus sein mochte, das Hughie McLennan gehörte. Als er die Runde erfolglos beendet hatte, beschloss er, sich genauer zu erkundigen, und hielt am Straßenrand an. Arm in Arm kam ihm ein mit Tüten und Paketen beladenes Paar entgegen. Er ließ das Fenster herunter.

«Entschuldigen Sie.»

Die beiden blieben stehen. «Ja?», fragte der Mann entgegenkommend.

«Ich suche das *Estate House* ...»

«Sie stehen direkt davor.» Der Mann lachte amüsiert und wies mit einer Kopfbewegung auf das Haus hinter sich.

«Ach so. Vielen Dank.»

«Gern geschehen.» Die beiden setzten ihren Weg fort.

«Schönen Abend», rief Sam ihnen nach.

«Gleichfalls.»

Er blieb einen Moment reglos im Wagen sitzen und starrte das Haus an, das er zwar wahrgenommen, an dem er allerdings vorbeigefahren war, weil es unmöglich Hughies Haus sein konnte. Hughies Haus stand leer. Unbewohnt. Er hatte es ihm selbst versichert. Aber dieses Haus hatte Fenster, aus deren sorgfältig geschlossenen Vorhängen Licht drang.

Es war bewohnt. Vergeben. Er konnte eigentlich gleich weiterfahren. Sense. Pustekuchen. Aber er wäre der Sache gern auf den Grund gegangen und wusste, dass ihn das Rätsel nicht loslassen würde, bis er heraushatte, was dahinter steckte. Also holte er den Schlüssel aus dem Handschuhfach, stellte die Scheinwerfer aus und kletterte aus dem Landrover hinaus in den fallenden Schnee. Nachdem er den Bürgersteig überquert und das schwere, schmiedeeiserne Tor sorgfältig hinter sich geschlossen hatte, trat er an die Haustür. Es gab eine Klingel, er schellte und hörte es im Innern des Hauses widerhallen.

Während er gottergeben vor der Tür wartete, sickerte ihm

der Schnee feucht in den Kragen, sodass er noch einmal schellte. Plötzlich ging über ihm das Licht an und er kam sich vor wie auf frischer Tat ertappt. Dann hörte er Schritte und die Tür wurde geöffnet.

Er wusste selbst nicht, wen oder was er erwartet hatte. Vielleicht eine alte Jungfer in Kittelschürze? Oder einen Mann in zu engem Pullover und Filzpantoffeln, der ihn misstrauisch ansah, weil er ihn beim abendlichen Fernsehen gestört hatte? Auf keinen Fall hatte er ein großes, dunkelhaariges Mädchen in Jeans und dickem Pullover erwartet. Sogar ein bildhübsches Mädchen, nach dem sich auf der Fifth Avenue alle Köpfe umgedreht hätten.

Sie starrten sich gegenseitig an. Dann sagte sie ohne große Begeisterung: «Ja, bitte?»

«Entschuldigen Sie. Ist dies das *Estate House*?»

«Ja?»

«Das Haus von Hughie McLennan?»

«Nein. Das Haus von Oscar Blundell.»

Dem grellen Licht ausgesetzt, nass und verfroren im Schneegestöber, hielt Sam kleinlaut den großen, beschilderten Schlüssel in die Höhe. «Vielleicht habe ich mich geirrt», sagte er.

Sie stutzte, als sie den Schlüssel sah. Dann trat sie einen Schritt zurück und hielt ihm die Tür auf. «Ich weiß nicht», sagte sie, «aber vielleicht sollten Sie lieber reinkommen.»

DIENSTAG, 19. DEZEMBER

CARRIE

MORGENS WAR Dr. Sinclair wie versprochen auf einen Sprung im *Estate House* vorbeigekommen. Sein Gesicht war von der Kälte gerötet und sein vom Schnee völlig durchnässter Mantel aus dickem Harris-Tweed roch nach Torf. Er überreichte Lucy das versprochene Vogelbuch und sprang dann, zwei Stufen auf einmal nehmend – er war ein Mann, dem seine Zeit kostbar war –, die Treppe hinauf, um nach der Kranken zu sehen. Carrie versicherte ihm, dass es ihr viel besser gehe und sie sich ausgeschlafen und wie neugeboren fühle. Trotzdem riet er ihr, vorsorglich noch einen Tag das Bett zu hüten, und Carrie wusste, wenn sie sich weigerte, würde sie es mit Elfrida zu tun bekommen, und fügte sich ergeben in ihr Schicksal.

Der Doktor verschwand so rasch, wie er gekommen war, und einen Moment später steckte Elfrida den Kopf durch die Tür.

«Was hat er gesagt?»

«Alles in Ordnung, aber ich soll noch einen weiteren Tag im Bett bleiben. Tut mir Leid.»

«Wieso?»

«Wegen der Umstände, die ich dir mache.»

«Sei doch nicht albern. Du machst mir doch keine Umstände. Möchtest du vielleicht eine Wärmflasche?»

«Nein, mir ist mollig warm.»

«Nur schade, dass du unsere kleine Party bei den Kennedys heute Abend verpasst. Aber du kannst sie ja immer noch kennen lernen. Ich bin richtig aufgeregt. Vielleicht albern, aber es ist das erste Mal, dass Oscar und ich zusammen ausgehen. Einmal haben wir auswärts gegessen, aber das war auch alles.»

«Ich bleibe hier und kümmere mich um das Abendessen.»

«Da ist nicht viel zu kümmern. Ich habe ein indisches Currygericht vorbereitet, das nur im Ofen aufgewärmt zu werden braucht. Und wenn uns heute Abend nicht danach ist, dann essen wir's morgen zum Lunch. Currygerichte sind sehr anpassungsfähig.»

«Elfrida, du hast zu viele Kochbücher gelesen.»

«Gott behüte.»

Der Tag nahm seinen Lauf. Durchs Fenster konnte Carrie das Wetter beobachten und war eigentlich ganz froh, nicht das Haus verlassen zu müssen. Ein Schneeschauer jagte den anderen und der Himmel war ein einziges eintöniges Grau. Von Zeit zu Zeit hörte sie den Wind um das alte Haus pfeifen. Sie fühlte sich warm und geborgen und ihr fielen Zeiten ein, da sie als Kind krank im Bett gelegen und das Gefühl genossen hatte, dass andere ihren täglichen Pflichten nachgehen mussten, während sie selbst nichts damit zu tun hatte. Das Telefon klingelte und jemand beeilte sich, den Hörer abzunehmen. Schritte kamen und gingen. Hinter der geschlossenen Tür waren gedämpfte Stimmen zu vernehmen. Sie hörte Oscar die Treppe herauf- und wieder hinunterstapfen und wusste, dass er dabei war, den Korb mit Holzscheiten aufzufüllen. Gegen Mittag drangen Essensdüfte zu ihr herauf. Gebratene Zwiebeln oder vielleicht eine Suppe, die leise vor sich hin brodelte. Sich verwöhnen zu lassen, dem Nichtstun zu frönen, alle Verantwortung abzustreifen war ein Luxus, den Carrie sich lange nicht mehr gegönnt hatte.

Lucy saß oft an ihrem Bett.

«Guck mal, Carrie, Dr. Sinclair hat mir sein Vogelbuch

geliehen. Jetzt kann ich alle Seevögel nachschlagen, die ich am Strand sehe. Ist das nicht nett von ihm?»

«Enorm nett.»

«Wenn wir solch einen Doktor in London hätten! Unserer ist ein furchtbarer Muffel und es dauert eine Ewigkeit, bis man drankommt.» Sie legte das Buch aus der Hand. «Carrie, ich weiß wirklich nicht, was ich anziehen soll. Zu dieser Tanzerei heute Abend.» Die Kleiderfrage brannte ihr entschieden mehr auf den Nägeln als die Namen der Seevögel.

«Was steht denn zur Auswahl?»

«Na ja, ich hab das neue Paar Jeans, aber die sind zum Tanzen vielleicht ein bisschen zu warm. Dann hab ich die alten, die Elfrida mir frisch gewaschen und gebügelt hat. Oder sollte ich lieber meinen neuen Minirock mit der schwarzen Strumpfhose anziehen?»

«Hat Rory gesagt, was man anzieht?»

«Jeans und Sportschuhe.»

«Dann trag Jeans und Sportschuhe. Die frisch gewaschenen alten mit dem rotweiß gestreiften Baumwollpullover. In dem sehe ich dich so gern. Der sieht so französisch aus. Und wenn's um Garderobe geht, ist zu wenig immer besser als zu viel. Ich würde mir den Minirock für Weihnachten aufsparen.»

«Weihnachten. Komisch. Ich habe noch gar nicht richtig an Weihnachten gedacht und dabei sind es nur noch sechs Tage bis dahin. Aber es scheint sich keiner Gedanken darüber zu machen oder Vorbereitungen zu treffen. Um diese Zeit hat Granny meist schon ihre Migräne, weil ihr angeblich alles über den Kopf wächst.»

«Immerhin hat Oscar einen Tannenbaum bestellt und ihr habt zusammen den Christbaumschmuck gekauft.»

«Ich weiß, aber ich muss noch Geschenke einkaufen. Für Elfrida und für ihn. Wenn ich nur wüsste, was. Und was wird mit dem Essen? Meinst du, dass es überhaupt ein richtiges Weihnachtsessen gibt?»

«Da bin ich genauso schlau wie du. Aber ich glaube ja. Bestimmt. Nur lässt Elfrida alles sinnig auf sich zukommen. Bei ihr passiert immer alles in der letzten Minute.»

«Und der traditionelle Weihnachtsstrumpf?»

«Ich glaube, auf den können wir dieses Jahr verzichten. Meinst du nicht? Es ist ja nicht, dass du noch an den Weihnachtsmann glaubst und dass er durch den Kamin kommt und all den Zirkus.»

«Natürlich nicht. Und ich finde die Sitte mit dem Weihnachtsstrumpf sowieso ziemlich albern. Außer den Mandarinen und dem Säckchen mit den goldenen Schokoladenmünzen.»

«Die hänge ich extra für dich an den Tannenbaum.»

«Wirklich, Carrie? Irgendwie kommt es mir doch komisch vor, Weihnachten so ganz anders. Wenn man gar nicht weiß, was auf einen zukommt.»

«Ich hoffe nur, du langweilst dich nicht ... mit uns drei erwachsenen Greisen.»

«Ich bin schließlich auch erwachsen. Das macht es ja so aufregend.»

Um Viertel vor sechs brachen Oscar, Elfrida und Lucy zu dem kleinen Empfang im Pfarrhaus auf. Es hatte den ganzen Tag nicht aufgehört zu schneien, sodass der Schnee zentimeterhoch auf den Straßen lag und das Autofahren erschwerte.

Da weder Oscar noch Elfrida riskieren wollten, über die Straßen zu schliddern oder in einer Schneewehe stecken zu bleiben, beschlossen sie, zu Fuß zum Pfarrhaus zu gehen. Dick in Pudelmützen und Stiefeln verpackt, tauchten sie einer nach dem andern im Krankenzimmer auf, wo Carrie ihnen viel Vergnügen wünschte und sich auf ihre anschließende ausführliche Berichterstattung freute.

«Wir werden dir alles haarklein berichten», versprach Elfrida. «Vielleicht sind ja noch andere Leute eingeladen und jemand benimmt sich total daneben.»

«Hoffen wir das Beste.»

Lucy kam als Letzte. Mit ihren leuchtenden Augen und dem erwartungsvollen Lächeln sah sie, wie Carrie fand, entzückend aus. Sie trug ihre neue wattierte rote Jacke, die neuen Stiefel und ihre dicke wollene Pudelmütze und hatte einen kleinen Rucksack über die Schulter geschlungen.

«Was hast du denn in dem Rucksack?»

«Meine Sportschuhe und einen Kamm. Und einen Riegel Schokolade.»

«Ich wünsch dir viel Spaß.»

«Ich weiß aber nicht, wann ich zurück bin.»

«Das ist doch nicht wichtig. Überhaupt nicht wichtig. Bestimmt bringt Rory dich nach Hause. Bring ihn mit rein, wenn du Lust hast. Auf ein Bier oder so. Irgendjemand ist auf jeden Fall noch auf.»

«Wirklich? … Na ja …» Lucy war sich nicht sicher. «Mal sehen.»

«Tu das. Und nun ab mit dir.»

«Tschüs, Carrie.»

«Tschüs, mein Schatz.» Sie umarmten und küssten sich. «Amüsier dich gut.»

Schließlich verließen sie alle das Haus und Carrie hörte, wie sie die Hintertür hinter sich zuschlugen. Sie wartete noch fünf Minuten, falls sie etwas vergessen haben sollten und wieder angetrottet kamen, aber als sich nichts rührte, stand sie auf, ließ ein Bad einlaufen und aalte sich ausgiebig im heißen Wasser. Dann zog sie Jeans und ihren wärmsten Pullover an, machte sich das Haar, besprühte sich mit Parfüm und fühlte sich gleich wie ein anderer Mensch. Ich bin wieder gesund, versicherte sie ihrem eigenen Spiegelbild.

Dann ging sie nach unten, um nach dem Currygericht und nach Horaz zu sehen. Beide schienen in bester Verfassung, obwohl Horaz nach dem erlittenen Missgeschick etwas kleinlaut war. Zur Entschädigung wurde er wie ein Prinz mit Lämmerherzen und Bratensoße verwöhnt und brauchte sich nicht weiter als bis vor die Hintertür in die Kälte zu wagen.

Carrie beugte sich zu ihm hinunter und tätschelte ihm den Kopf. «Willst du mit nach oben ans Feuer kommen?», fragte sie ihn, aber Horaz wollte nicht. Warm in seinen Korb und sein schottisches Plaid gekuschelt, schloss er die Augen und ergab sich wieder dem Schlaf.

Carrie schenkte sich ein Glas Wein ein und ging ins Wohnzimmer hinauf. Die Vorhänge waren zugezogen, das Kaminfeuer brannte und neben einem der Sessel war eine Lampe angezündet. Sie legte ein frisches Holzscheit aufs Feuer und machte es sich mit Oscars Morgenzeitung im Sessel bequem.

Draußen auf der Straße fuhr hin und wieder langsam ein Auto vorbei, doch der Schnee dämpfte alle Geräusche und die meisten Leute saßen inzwischen warm und trocken zu Hause. Carrie war mitten in einem Artikel über eine bekannte, nicht mehr ganz junge Schauspielerin, die in einer Londoner Fernsehserie aufgetreten war. Die Serie hatte Furore gemacht, sodass die Dame zu internationalem Ruhm gekommen war. Carrie war gerade beim neuesten Hollywoodklatsch angelangt, als die Haustürglocke durchs leere Haus schrillte, sodass sie vor Schreck fast aus dem Sessel gefahren wäre.

Unter normalen Umständen wäre Horaz in hektisches Bellen ausgebrochen. Aber er hatte sich die heilsame Lehre mit dem Rottweiler zu Herzen genommen und blieb stumm.

Mit einem nachdrücklichen «Mist!» ließ Carrie die Zeitung sinken und lauschte. Vielleicht hatte jemand eine Autopanne und wollte telefonieren. Oder einer der Geschäftsleute wollte eine Rechnung oder eine Weihnachtskarte überbringen. Oder ein Chor von kleinen Kindern stand im Schnee und sang Weihnachtslieder.

Und vielleicht verschwanden sie ja wieder, wenn sie sich nicht rührte.

Aber da klingelte es noch einmal. Sie musste wohl oder übel hinuntergehen. Unwirsch warf sie die Zeitung hin, lief die Treppe hinunter und knipste im Vorbeigehen alle Lichter an, sodass der Flur hell erleuchtet war. Die große Eingangstür war nicht abgeschlossen. Sie machte die Tür auf und sah im Schein der Außenbeleuchtung einen einsamen, verschneiten, verfrorenen jungen Mann vor sich stehen. Er hatte dunkles, kurz geschorenes Haar und trug einen dicken marineblauen Mantel, dessen hochgeschlagener Kragen bis über die Ohren reichte. Dichte Schneeflocken bedeckten sein Haar, seinen Mantel, seine Ohren, sodass er aussah, als hätte ihn jemand mit Puderzucker bestäubt.

Über seine Schulter hinweg sah sie den großen, imposanten Wagen am Straßenrand stehen. Dieser Mann sah nicht aus, als sei er im Schnee gestrandet, wolle etwas an der Tür abliefern oder ihr gar Weihnachtslieder vorsingen.

Sie sagte: «Ja, bitte?»

«Entschuldigen Sie. Ist dies das *Estate House*?»

Er hatte eine angenehme Stimme und sein Akzent ... eher

ein Tonfall als ein Akzent … klang vertraut. Vielleicht Amerikaner?

«Ja?»

«Das Haus von Hughie McLennan?»

Carrie runzelte die Stirn. Sie hatte den Namen Hughie McLennan noch nie gehört. «Nein. Das Haus von Oscar Blundell.»

Jetzt zog er ein nachdenkliches Gesicht. Und dann hielt er einen großen Schlüssel hoch, an dem mit Bindfaden ein kleines Schild befestigt war. Auf dem Schild stand mit wasserfestem Stift in riesigen schwarzen Großbuchstaben geschrieben: ESTATE HOUSE. Er sagte: «Vielleicht habe ich mich geirrt.» Plump wie ein Clou in einem altmodischen Kriminalfilm. Aber wie war er an …?

Natürlich würde er eine Erklärung dafür haben, aber die brauchte er bei der Kälte ja nicht zwischen Tür und Angel abzugeben. Carrie trat einen Schritt zurück und hielt ihm die Tür auf. «Ich weiß nicht, aber vielleicht sollten Sie lieber hereinkommen», sagte sie.

Er zögerte. «Ich möchte Sie nicht stören.»

«Sie stören nicht. Kommen Sie herein.»

Er trat an ihr vorbei ins Haus und sie schloss die Tür und drehte sich zu ihm um.

Er machte einen etwas betretenen Eindruck. «Es tut mir wirklich Leid. Ich hoffe, ich komme nicht ungelegen.»

«Nein, nein, keineswegs. Wollen Sie Ihren Mantel nicht ablegen? Wir hängen ihn hier neben die Heizung, dann trocknet er.»

Er hatte den Schlüssel wieder in die Tasche gesteckt. Jetzt zog er seine Lederhandschuhe aus, knöpfte den Mantel auf und ließ ihn von den Schultern gleiten. Sie sah, dass er sehr korrekt, ja geradezu förmlich gekleidet war, in dunkelgrauem Flanellanzug mit Schlips. Sie nahm ihm den schweren Mantel ab und hängte ihn über den geschwungenen Garderobenständer.

«Vielleicht sollte ich mich erst einmal vorstellen», sagte er. «Sam Howard.»

«Carrie Sutton.» Sie gaben sich nicht die Hand. «Kommen Sie nach oben. Ins Wohnzimmer. Das Kaminfeuer brennt und es ist wärmer als hier unten im Flur.»

Sie ging voran und er folgte ihr die Treppe hinauf. Als er hinter ihr ins Wohnzimmer trat, rief er wie alle Neuankömmlinge überrascht: «Was für ein erstaunlicher Raum!»

«Es kommt unerwartet, nicht wahr?» Sie bückte sich, um die Blätter der Zeitung aufzuheben. «Auch tagsüber ein herrliches Zimmer, weil es so hell ist.» Sie legte die Zeitung auf ein Tischchen neben ihrem Sessel. «Kann ich ... kann ich Ihnen einen Drink oder sonst etwas anbieten?»

«Zu liebenswürdig von Ihnen. Aber ich muss fahren.»

«Wohin müssen Sie denn?»

«Nach Inverness.»

«*Inverness? So spät?* Bei diesem Wetter?»

«Kein Problem.»

Carrie hatte insgeheim ihre Zweifel, aber es ging sie nichts an. Stattdessen sagte sie: «Warum setzen wir uns nicht und Sie erzählen mir, wieso Sie einen Schlüssel zu Oscars Haustür besitzen.»

Sein Gesicht nahm einen etwas ratlosen Ausdruck an. «Um ehrlich zu sein, begreife ich es selbst nicht.» Er nahm in Oscars Sessel vor dem Kamin Platz und sah gleich sehr viel gelassener und entspannter aus und gar nicht so, als sei er unerwartet und ungebeten von draußen hereingeschneit. Sie fand, er hatte ein interessantes Gesicht, nicht gut aussehend, aber charaktervoll. Interessant. Die tief liegenden

Augen waren ungewöhnlich. Er lehnte sich im Sessel zurück, streckte die langen Beine aus und legte die Füße übereinander. «Aber ich bin sicher, wir werden des Rätsels Lösung finden. Wissen Sie, ob Mr. Blundell früher in Hampshire gewohnt hat?»

«Das hat er.»

«Und einen ziemlich betagten Onkel hat, der in London lebt?»

«Keine Ahnung.»

«Und einen Vetter namens Hughie McLennan?»

«Ich fürchte, Sie sind an die falsche Adresse gekommen. Ich bin nur zu Gast hier. Und weiß so gut wie nichts über Oscars Familie. Dies ist das erste Mal, dass ich ihm begegnet bin, und da ich die Grippe hatte und im Bett liegen musste, hatte ich noch keine Gelegenheit, ihn genauer kennen zu lernen.»

«Aha.»

«Und Oscar und Elfrida ... sie ist eine entfernte Cousine von mir und Oscars Freundin ... sind heute Abend eingeladen. Vor acht Uhr werden sie kaum zurück sein.» Sie warf einen Blick auf die kleine Uhr auf dem Kaminsims. «Es ist schon fast sieben. Wenn Sie warten möchten ...»

«Nein, das geht nicht. Ich muss los.»

«Ich weiß noch immer nicht, woher Sie den Schlüssel zu diesem Haus haben.»

«Hughie hat ihn mir gegeben. Er will das Gebäude loswerden. Verkaufen.»

Carrie starrte ihn an. «*Verkaufen?*» Sie merkte, wie ihr vor Überraschung der Mund offen blieb. «Aber das Haus gehört doch Oscar.»

«Ich glaube, sie sind gemeinsame Besitzer. Wenn ich es richtig verstanden habe.»

«Gemeinsame Besitzer? Sie meinen, das Haus gehört Oscar gar nicht?»

«Es gehört ihm zur Hälfte.»

«Aber Hughie McLennan hat kein Recht, ein Haus zum Verkauf anzubieten, das ihm nicht mal gehört.»

«Ja», stimmte er ihr zu. «Es klingt ein bisschen suspekt.»

«Und warum sind Sie hier und wollen es angucken? Wollen Sie es kaufen?»

Vorsichtig sagte er: «Ich hatte so etwas in Erwägung gezogen.»

«Wozu?»

«Um darin zu wohnen. Ich habe einen neuen Job übernommen. In Buckly. Ich soll die alte Wollspinnerei der McTaggarts wieder in Gang bringen. Ich arbeite hier und brauche eine Bleibe.»

«Wo ist denn Buckly?»

«Ungefähr zwölf Meilen nördlich von hier. Ich komme gerade von dort. Wir hatten heute Nachmittag eine Betriebsversammlung.»

«Wäre es dann nicht sinnvoller, in Buckly zu wohnen?»

«Die Werksunterkünfte sind alle verkauft worden. Es wäre wahrscheinlich praktischer, aber ich habe von diesem Haus gehört und mir den Schlüssel geben lassen, und ich dachte, ich fahre schnell mal vorbei und sehe mir die Stadt an. Ehrlich gesagt, hatte ich erwartet, das Haus würde leer stehen. Aber dann habe ich Licht gesehen und beschlossen, zu klingeln und das Geheimnis zu lüften.»

«Von Lüften kann keine Rede sein.»

«Nein. Eigentlich nicht. Dazu muss ich wohl erst mit Mr. Blundell sprechen. Und leider habe ich dazu jetzt keine Zeit. Vielleicht ein andermal … Jetzt muss ich mich auf die Socken machen.»

«Ich halte es für unumgänglich, dass Sie mit Oscar sprechen. Es ist doch nur fair, dass er Bescheid weiß, was passiert ist ... was vorgeht.»

«Trotzdem, ich muss los ...» Er erhob sich. Carrie stand ebenfalls auf, trat an das große Erkerfenster und zog die schweren Vorhänge zurück. Vor ihnen lag eine weiße Winterlandschaft. Die Schneeflocken fielen dicht und gleichmäßig und der am Straßenrand geparkte Landrover war bereits völlig zugeschneit. Nichts rührte sich, weit und breit war kein Auto, keine Menschenseele zu sehen. Carrie dachte an die Straße nach Inverness, an die lange Fahrt und die Steigung, die von der Brücke über den Cromarty Firth zur Black Isle hinaufführte.

Im Gegensatz zu Elfrida und Oscar war sie im Winter eine ziemlich unerschrockene Autofahrerin. Sie hatte drei Winter in den österreichischen Alpen verbracht und war danach so leicht durch nichts mehr aus der Fassung zu bringen. Aber dies gab selbst ihr zu denken. Es schneite mit einer Beharrlichkeit, die sie bestürzte. Dies waren keine Schneefälle, die so schnell wieder aufhören würden. Es würde die Nacht hindurch weiterschneien.

Sie drehte sich um. Er war am Kamin stehen geblieben. «Ich glaube nicht, dass Sie bei diesem Wetter fahren sollten.»

«Im Ernst?»

«Sehen Sie sich das an.»

Er trat zu ihr, und gemeinsam sahen sie aus dem Fenster auf die Bescherung. Es schien ihm die Sprache zu verschlagen und er tat Carrie geradezu Leid.

«Ganz schön happig.»

«Tja. Fergus Skinner, der Manager der Spinnerei, hatte mir geraten, den Automobilclub anzurufen und mich nach dem Straßenzustand zu erkundigen. Ich dachte, das sei nicht nötig, aber da habe ich mich wohl geirrt.»

«Das scheint mir eine gute Idee.»

«Ich habe mein Handy bei mir, aber nicht die Nummer.»

«Die kann ich Ihnen raussuchen.»

Sie holte das Telefonbuch vom Telefontischchen vor der Tür und suchte die Nummer heraus. «Hier. Haben Sie etwas zu schreiben?»

Er hatte einen Stift parat, notierte die Nummer, die sie ihm vorlas, auf den Rand des Telefonbuchs und zog sein Handy aus der Tasche.

Sie ließ ihn auf der Erkerbank mit der Theaterkulisse im Hintergrund sitzen, legte inzwischen ein weiteres Holzscheit aufs Kaminfeuer und sah zu, wie die Funken in die Luft schossen.

Er hatte fast sofort Anschluss und erkundigte sich nach dem Straßenzustand auf der A 9 nach Inverness. Langes Schweigen, während er zuhörte. Dann sagte er: «Und morgen?» Eine weitere Pause. «Alles klar. Ich verstehe. Vielen Dank. Wiederhören.»

Sie sahen sich über die Entfernung hinweg an. Sie sagte nichts, ahnte aber, dass die Lage ziemlich hoffnungslos war. Er bestätigte es. «Sie hatten Recht. Die Straße ist unpassierbar. Ich hatte, ehrlich gesagt, keine Ahnung, dass es so schlimm werden könnte.»

«Tut mir Leid.»

«Ich ...» Er verstaute sein Handy in der Tasche. «Ich mach mich besser auf den Weg. Ich will Sie nicht länger belästigen.»

«Auf den Weg wohin?»

«Pardon?»

«Wohin wollen Sie sich auf den Weg machen?»

«Es wird ja irgendwo ein Hotel oder eine Pension geben ... Dort bleibe ich über Nacht.»

«Um diese Jahreszeit ist in Creagan nicht ein einziges Hotel oder eine einzige Pension geöffnet. Im Winter macht alles dicht. Hier finden Sie nichts.»

«Aber es muss doch ...»

«Sie werden hier bleiben müssen. Bei uns.»

«*Hier?* Aber das geht doch nicht!»

«Wieso nicht?»

«Sie kennen mich doch gar nicht. Ein Wildfremder. Ich kann doch nicht einfach hier hereinschneien und ...»

«Natürlich können Sie das. Und im Übrigen bleibt Ihnen gar keine Wahl. Es gibt ein unbenutztes Gästezimmer im Haus. Mit einem leeren Bett. Es wäre verrückt, es nicht zu benutzen.»

«Aber ...»

Carrie lächelte. Jetzt, wo die Sache geklärt war und sie ihn schachmatt gesetzt hatte, weidete sie sich ein bisschen an seiner Verlegenheit. «Wie sagt man so schön? Bei Sturm ist einem jeder Hafen recht ...»

«Aber ... Mr. Blundell ...»

«Ich vermute, er wird sich über einen weiteren Gast freuen. Und mit Interesse zur Kenntnis nehmen, was Sie ihm zu berichten haben. Und Elfrida wird ganz aus dem Häuschen sein. Nichts findet sie schöner als überraschende Gäste und Impromptu-Partys. Sie brauchen sich nicht mal wegen des Abendessens den Kopf zu zerbrechen. Es steht ein indisches Reisgericht im Ofen. Und heißes Badewasser ist auch genug da. Unterkunft mit allem Komfort. Was will ein Mann mehr?»

Er schüttelte den Kopf und gab sich geschlagen. «Nichts, vermute ich.»

«Zahnbürste?»

«Ich habe eine im Wagen. Meinen elektrischen Rasierapparat auch. Aber wenn es Ihnen recht ist, würde ich gern einen Anruf machen.»

«Bitte sehr.» Er hatte offenbar den Wunsch, zu Hause anzurufen, wo immer das sein mochte, und seiner Frau zu erklären, was passiert war. «Nicht, dass sich jemand unnötig Sorgen macht.»

Er zog sein Handy noch einmal aus der Tasche und tippte die Telefonnummer ein. Carrie überlegte, ob sie sich mit einer Entschuldigung aus dem Zimmer entfernen sollte, um ihn bei einem privaten oder persönlichen Gespräch – liebevolle Worte für die Gattin, Grüße und Küsse für die Kinder – nicht zu belauschen. Aber bevor sie dazu kam, sprach er schon mit der Rezeption irgendeines Hotels in Inverness. «Ich wollte Ihnen nur sagen, dass ich heute Abend nicht zurückkomme. Ich sitze in Creagan fest, in einem Schneesturm. Ja, alles in Ordnung. Ich übernachte bei Freunden. Vielleicht morgen. Reservieren Sie mir das Zimmer. Danke.»

Anruf erledigt.

«War das alles?», fragte Carrie.

«Das war's.»

«Sonst keine Anrufe?»

Er schob das Handy in die Tasche zurück und schüttelte den Kopf. «Njet.»

«Na gut. In dem Fall können Sie ja mit gutem Gewissen etwas trinken.»

«Das wäre durchaus in meinem Sinne.»

«Dazu muss ich allerdings erst nach unten gehen. Hier oben stehen keine Getränke, weil es hier keine Anrichte für Flaschen und Gläser gibt. Oscars Alkoholvorrat lagert auf einem Bord in der Waschküche.»

«Ich kann mitkommen und Ihnen helfen.»

«Nein, Sie bleiben hier und machen es sich bequem. Was möchten Sie? Es ist alles vorhanden.»

«Scotch?»

«Mit Soda, Wasser oder Eis?»

«On the rocks?»

«Schön. Bin gleich wieder da.»

Carrie lief nach unten in die Waschküche, belud ein Tablett mit der Whiskyflasche und dem gefüllten Eisbehälter und stellte ein Glas und die Weinflasche dazu. Als sie mit dem Tablett wieder ins Wohnzimmer trat, fand sie ihren Besucher nicht am Kamin, sondern an der entfernten Seite des Raums, wo er aufmerksam Elfridas kleines Bild betrachtete. Dazu hatte er eine dunkle Hornbrille aufgesetzt, die ihm etwas ausgesprochen Intellektuelles gab.

Als Carrie erschien, nahm er die Brille ab. «Was für ein bezauberndes kleines Gemälde.»

«Ja. Es gehört Elfrida. Sie hat es von Hampshire mitgebracht. Ein David Wilkie. Sie besitzt ihn schon seit Jahren. Und nennt ihn ihre Versicherungspolice, die sie davor bewahren soll, in der Gosse zu landen, falls ihr jemals das Geld ausgeht. Aber mit den nackten Wänden ringsum sieht es ein bisschen verloren aus.»

«Eine echte kleine Kostbarkeit ... Geben Sie her, ich nehme es Ihnen ab.» Er nahm Carrie das Tablett ab und hielt es in der Hand, während sie Platz auf Oscars Tisch machte und ein paar Akten und Papiere beiseite schob. «Sie schenken sich lieber selbst ein», sagte sie zu ihm.

«Was ist mit Ihnen?»

«Ich bin schon bei Wein.»

«Darf ich Ihnen nachschenken?»

«Das wäre nett von Ihnen.»

Sie ging zu ihrem Sessel am Kamin zurück und folgte den ansprechenden Bewegungen seiner Hände. Auf eine gewisse unbeteiligte Weise faszinierte sie die Situation, denn sein plötzliches Auftauchen in diesem Haus, der Grund für seinen Besuch, die Tatsache, dass er (aufgrund des Wetters) über Nacht bleiben musste, kamen ihr merkwürdig konstruiert vor … wie der Plot eines Theaterstücks. Oder der Beginn eines Films, der eine unerwartete, verhängnisvolle Wendung nehmen konnte.

Mit ihrem Wein und seinem Whisky in der Hand durchquerte er den Raum, reichte ihr das Glas und nahm im gleichen Sessel Platz wie vorher.

«Auf Ihre Gesundheit», sagte er.

«Und auf Ihre.»

«Sie sagten, Sie hätten gerade die Grippe gehabt?»

«Aber nicht schlimm. Ich habe mich wieder gesund geschlafen.»

«Und Sie sind zu Besuch hier?»

«Ich wohne in London. Aber ich habe eine kleine Nichte bei mir und wir bleiben über Weihnachten und Neujahr.»

«Sie ist wohl mit zu der Party gegangen?»

«Ja, und anschließend geht sie zu irgendeiner Volkstanzveranstaltung. Die Jugend der Stadt trifft sich dort. Gott weiß, wann sie nach Hause kommt. Kennen Sie sich in diesen Breiten aus?»

«Nein, überhaupt nicht. Ich komme aus Yorkshire. Danach war ich eine Weile in London und habe anschließend sechs Jahre in New York gearbeitet.»

Carrie musste innerlich lächeln. Sie hatte sich also mit dem Akzent doch nicht getäuscht.

«Daher der Scotch on the rocks.»

«So ist es.»

«Und was machen Sie?»

«Ich bin eigentlich Wollmakler ... ich arbeite für Sturrock & Swinfield.»

Sie war beeindruckt. «Du liebe Güte.»

«Sie haben vor Jahren die Wollspinnerei meines Vaters in Yorkshire aufgekauft und seitdem arbeite ich bei ihnen.»

«New York inklusive?»

«New York inklusive.»

«Da steht Ihnen hier oben wohl ein Kulturschock bevor.»

«Ja», pflichtete er ihr bei. «Das fürchte ich auch.»

«Was haben Sie gesagt, wie die Spinnerei heißt?»

«McTaggarts, in Buckly.»

«Floriert der Betrieb?»

Er antwortete mit einem lakonischen «Nein», ging dann aber näher ins Detail und erklärte ihr, wie die Firma durch eine Kettenreaktion an den Rand des Ruins gebracht worden war und höhere Gewalt in Form einer Überschwemmung ihr trotz der heroischen Anstrengungen der Belegschaft den Rest gegeben hatte.

«Und Sie sollen den Karren nun aus dem Dreck ziehen?»

«Nicht allein.»

«Das heißt, Sie haben Sturrock & Swinfield hinter sich?»

«Natürlich. Und Kapital und Fachwissen. Renommierte Architekten und Designer.»

«Und wenn alles wieder in Schwung ist, was wollen Sie dann produzieren?»

«Alles. Eine sehr breite Skala. Traditionelle Tweed- und Schottenstoffe. Aber wir wollen auch neue Märkte erschließen. Die ganze Modebranche. Exquisite Wollstoffe.»

«Und wann soll es mit der Produktion losgehen?»

«Die Spinnerei muss erst völlig renoviert werden. Also vielleicht in neun Monaten. Oder einem Jahr.»

«Warum walzen Sie nicht einfach alles platt und fangen von vorn an?»

«Weil es ein besonders schönes altes Gebäude ist. Backstein, mit spitzen Giebeln und hohen Bogenfenstern. Die Spinnerei ist über hundertfünfzig Jahre alt. Sie ist Teil des Stadtbilds. Es wäre Vandalismus, sie abzureißen.»

«Und nun sind Sie auf der Suche nach einer Bleibe?»

«Ja.» Er lächelte. «Aber dazu muss ich erst mit Ihrem Gastgeber gesprochen haben.»

«Hat Hughie McLennan, wer immer das sein mag ... Hat er einen Preis genannt?»

«Ja.»

«Darf ich fragen, wie viel?»

«Hundertfünfzigtausend Pfund. Zwischen den beiden Vettern. Den beiden Besitzern.»

«Wenn Oscar Hughie also fünfundsiebzigtausend gäbe, hätte er ihn ausgezahlt.»

«Hätte er.»

«Sehr viel Geld ist das nicht, oder?»

«Nach heutigen Maßstäben, nein.»

«Aber vielleicht hat Oscar keine fünfundsiebzigtausend. Ich bin sogar ziemlich sicher, dass er sie nicht hat. Und er ist so weltfremd, er wüsste vermutlich nicht mal, wie er an eine solche Summe rankommen sollte. Wie auch immer», sagte sie achselzuckend. «Die ganze Sache geht mich nichts an. Ich fände es nur schön, wenn er hier wohnen bleiben könnte.»

«Ich verspreche Ihnen, dass ich ihn nicht hinauswerfen werde.»

«Das können Sie auch gar nicht. Das Haus gehört ihm.»

«Das halbe Haus.»

«Bewohnerrecht. Sicherheit in den eigenen vier Wänden.»

Er entschärfte die leichte Spannung, die zwischen ihnen aufgekommen war, mit einem Lachen. «Ich gebe Ihnen ja völlig Recht. Ich habe mir mein erstes eigenes Apartment gekauft, als ich anfing, in London zu arbeiten. Es war ein erhebendes Gefühl. Aber das ist inzwischen etliche Jahre her.»

«Wo lag die Wohnung?»

«In Eel Park Common.»

«Komisch.»

«Wieso komisch?»

«Weil ich ein kleines Haus in der Ranfurly Road habe. Das ist nicht mehr als eine halbe Meile entfernt.»

«Und wohnen Sie dort?»

«Erst ab Februar, wenn ich die momentanen Mieter los bin.» Sam machte ein leicht verdutztes Gesicht und Carrie bereute ein bisschen, sich die ganze Zeit so zugeknöpft verhalten zu haben. Aber sie hatte nicht die mindeste Lust, von sich selbst zu sprechen. «Ich war drei Jahre lang in Österreich, in Oberbeuren, und habe dort für eine internationale Reisegesellschaft gearbeitet. Deshalb ist mein Haus vermietet. Aber jetzt bin ich wieder in London. Noch immer bei derselben Firma. Sie haben mir einen Job in ihrem Hauptbüro in der Bruton Street angeboten.»

«Und wollen Sie den tatsächlich annehmen?»

«Ja. Warum nicht?»

«Weil Sie Österreich und die Berge vermissen werden.»

Carrie sagte nur: «Ja.» Einen Augenblick herrschte Schweigen zwischen ihnen, in dem Ungesagtes mitschwang. Dann richtete sie sich auf und sah zu ihm hinüber. «Ihr Glas ist leer. Möchten Sie noch einen Scotch?»

DIENSTAG, 19. DEZEMBER

ELFRIDA

ARM IN Arm und mit äußerster Vorsicht bahnten Oscar und Elfrida sich durch das dichte Schneetreiben einen Weg nach Hause. Es war kurz vor acht und stockfinster, aber zum Glück war der Weg mit Straßenlaternen gesäumt, sodass Oscar die Taschenlampe, die er vorsorglich eingesteckt hatte, gar nicht benötigte. Während sie den Fußweg am Abhang oberhalb ihres Hauses entlanggingen, lag die Stadt ausgebreitet zu ihren Füßen und das runde Zifferblatt der Turmuhr ragte über die kahlen Baumwipfel der Gärten hinaus. Alles sah so verändert und verzaubert aus, dass Elfrida unwillkürlich stehen blieb, um das Schauspiel zu bewundern.

«Schade, Oscar, dass ich nicht malen kann.»

Da sie sich fest bei ihm eingehakt hatte, war er gezwungen, ebenfalls stehen zu bleiben, jedoch nicht ohne zu protestieren: «Ist dies wirklich der geeignete Augenblick, um verpassten Gelegenheiten nachzutrauern?»

«Warum nicht?»

«Weil mir Schnee in den Mantelkragen sickert.»

«Aber wäre es nicht schön, wenn man eine solche Szenerie auf Papier bannen und für alle Ewigkeit festhalten könnte? Zum Beispiel die Schneeflocken im Licht der Straßenlaternen und der erleuchteten Fenster? Und die Uhr, wie ein ewiger Mond? Das Einzige, was man nicht malen könnte, wäre der herbe Geruch von Torffeuer.»

«Ein lohnendes Unterfangen, wie ich zugeben muss. Aber jetzt lass uns bitte nach Hause gehen.»

Der Weg führte steil an Oscars Gartenmauer entlang,

doch gab es ein Geländer, an dem sie sich fest halten konnten. Behutsam setzten sie einen Fuß vor den anderen und kamen wie Passagiere, die einem Flugzeug entstiegen, im Gänsemarsch die steilen Stufen herab. Das Gartentor am Fuß der Treppe war vom Licht der Lampe über ihrer eigenen Hintertür beschienen.

Heil und gesund wieder zu Hause!

Nach Mrs. Sneads Vorbild entledigten sie sich in der Waschküche ihrer feuchten Mäntel, schneeverkrusteten Stiefel und klitschnassen Mützen und hängten sie zum Trocknen auf. Elfrida erwähnte etwas von Abendessen, aber Oscar brauchte eine kleine Verschnaufpause. Er war von all den Lachshappen und Weihnachtstörtchen noch ganz satt. Außerdem hatte er angesichts des Heimwegs in weiser Voraussicht auf den Alkohol verzichtet und brauchte erst einen doppelten Whisky, ehe er wieder an Essen denken konnte.

Elfrida ging ihm in die Küche voraus, ließ ihrem Hund ein paar freundliche Worte zukommen und öffnete die Ofentür, um nach dem wohl temperierten Currygericht zu sehen, als sie Oscar sagen hörte: «Mein Whisky ist weg. Meine Whiskyflasche ist nicht mehr da.»

«Bist du sicher?»

Er trat zu ihr in die Küche, einen Ausdruck tiefer Betroffenheit auf dem Gesicht, was bei ihm allerdings nicht viel besagen wollte. «Sie hat sich davongemacht.»

«Vielleicht hat Carrie sich einen Schluck Whisky gegönnt.»

«Ich dachte, die sollte das Bett hüten.»

«Man kann doch im Bett liegen und sich trotzdem einen Schluck Whisky genehmigen. Hast du keine Flasche mehr?»

«Doch, aber die andere war angebrochen.»

«Gehen wir der Sache auf den Grund.»

Sie verließen die Küche und gingen die Treppe hinauf, aber auf dem Treppenabsatz blieb Elfrida plötzlich stehen. Durch die geschlossene Wohnzimmertür vernahm sie schwaches Stimmengemurmel. Jetzt hörte Oscar es auch. Einigermaßen ratlos sahen sie sich gegenseitig an. «Ich glaube, ich weiß, wo meine Flasche ist», sagte Oscar.

«Schhh.» Auf Zehenspitzen schlich Elfrida zu Carries halb offener Zimmertür, warf einen Blick hinein und kam auf Zehenspitzen zurück.

«Niemand da», sagte sie in theatralischem Flüsterton. «Das Bett ist leer.»

Ihr zuliebe senkte Oscar ebenfalls die Stimme. «Und sie hat Besuch.»

«Wer mag das sein?»

«Ein Rätsel. Warum gehen wir nicht hinein und sehen nach?»

Und das taten sie.

Als sie die Wohnzimmertür öffneten, bot sich ihnen ein Bild friedlicher Geselligkeit. Der schöne große Raum mit den geschlossenen Vorhängen lag in sanftem Lampenlicht. Vor das wohlige Wärme ausstrahlende Kaminfeuer waren zwei der bequemsten Sessel gerückt worden. Und darin saßen Carrie und ein wildfremder Mann und sahen aus, als seien sie uralte Bekannte. Elfrida ließ ihrer Phantasie sofort freien Lauf. Vielleicht ein alter Bekannter von Carrie, der sich auf die Suche nach ihr gemacht hatte. Ein ehemaliger Verehrer, der sich nicht abwimmeln ließ …

Carrie wandte den Kopf, sah sie und erhob sich sofort. «Elfrida. Ihr seid schon zurück. Wir haben euch gar nicht gehört. Habt ihr einen schönen Abend verbracht?»

«Ja, wunderschön. Aber du solltest doch im Bett sein.»

«Ich hab mich gelangweilt.»

Inzwischen war der Unbekannte ebenfalls aufgestanden, stand vor dem Kamin und wartete darauf, vorgestellt zu werden. Elfridas erster Eindruck von diesem Fremden in seinem elegant geschnittenen dunkelgrauen Anzug, dem akkurat gebundenen Schlips und der knappen, kurz geschnittenen Frisur war der formvollendeter Korrektheit. Er war groß, hatte lange Beine und ein gebräuntes Gesicht, in dem seine hellen, haselnussbraunen Augen gut zur Geltung kamen. Trotz ihrer zweiundsechzig Jahre konnte Elfrida sich seiner körperlichen Ausstrahlung nicht entziehen, was ihrer Zuneigung zu Oscar jedoch keinerlei Abbruch tat. Es war so etwas wie eine plötzliche Erleuchtung, eine jähe Erinnerung an frühere Zeiten ...

«Elfrida, dies ist Sam Howard. Meine Cousine, Elfrida Phipps. Und der Hausherr, Oscar Blundell.»

«Guten Abend.» Sie gaben sich gegenseitig die Hand.

«Es tut mir ehrlich Leid, Sie so überrumpelt zu haben», sagte Sam Howard.

«Wieso überrumpelt?»

«Weil ich ungebeten in Ihr Haus ...»

In diesem Moment entdeckte Oscar seine Whiskyflasche. «Da ist sie ja! Ich hab mich schon gefragt, wo sie abgeblieben ist.»

Carrie lachte. «Hast du gedacht, ich hätte mich heimlich dem Trunk ergeben? Ich bitte um Entschuldigung. Ich habe Sam einen Drink angeboten. Möchtest du auch einen?»

«Unbedingt. Ich war den ganzen Abend abstinent, damit ich Elfrida heil durchs Schneegestöber nach Hause geleiten konnte.»

«Dann sollst du nicht länger dürsten», sagte Carrie. «Aber ich muss erst ein paar Gläser von unten holen. Was kann ich für dich tun, Elfrida. Ich trinke ein Glas Wein ...»

«Ich schließe mich an.» Elfrida fühlte sich plötzlich unendlich müde. Mit einem Seufzer der Erleichterung ließ sie sich mitten aufs Sofa fallen und streckte die langen Beine aus. «Ich habe zwei Stunden gestanden und Lachsschnittchen und Weihnachtsgebäck gegessen.»

«Waren noch mehr Gäste da?»

«O ja, eine richtiggehende Party. Noch drei andere Paare, alle sehr gesprächig und zugänglich.»

«Und Lucy?»

«Sie hat sich mit den Kennedy-Kindern verzogen und ward seitdem nicht mehr gesehen. Als wir gingen, waren sie bereits zum Volkstanz aufgebrochen. Wie es sich gehört.»

«Ach, das freut mich. Ich hole schnell Gläser und noch eine Flasche Wein. Und Soda für Oscar ...»

Sie ließ die drei allein und Elfrida hörte, wie sie die Treppe hinunterlief. Oscar hatte inzwischen in seinem eigenen Sessel am Kamin Platz genommen. Da Elfrida ahnte, dass es ihm schwer fallen würde, ein Gespräch mit dem Fremden anzufangen, kam sie ihm zu Hilfe. Sie setzte ihr gewinnendstes Lächeln auf und sagte: «Und nun erzählen Sie uns, wer Sie sind und was Sie hierher bringt. Sie sind sicher ein alter Freund von Carrie.»

«Eigentlich nicht.»

Er rückte einen Stuhl in Elfridas Nähe, faltete die Hände zwischen den Knien und neigte sich ihr beim Sprechen zu. «Ich sehe sie heute Abend zum ersten Mal.»

«Du liebe Güte.» Elfrida war einigermaßen verblüfft.

Er erklärte ihnen die näheren Umstände und die beiden hörten aufmerksam zu. Er hieß Sam Howard und arbeitete für Sturrock & Swinfield, das internationale Textilkonglomerat, das die bankrotte Wollspinnerei der McTaggarts in Buckly übernommen hatte. Er war der zukünftige Direktor.

Elfrida war danach auch nicht viel klüger, aber bei Oscar fiel der Groschen.

«Peter Kennedy hat mir erzählt, dass McTaggarts aufgekauft worden ist, aber ich wusste nicht, dass die Dinge schon ins Rollen gekommen sind.»

«Von Rollen kann wirklich noch nicht die Rede sein, aber wir sind auf dem Weg.»

«Eine erfreuliche Nachricht.»

«Hoffentlich.»

«Wann rechnen Sie mit der Wiederinbetriebnahme?»

«Die Fabrik muss erst noch umgebaut werden.»

«Was ist denn passiert?», unterbrach Elfrida die beiden.

«Die Firma hatte eine ausgemachte Pechsträhne», erklärte Oscar ihr. «Zu guter Letzt hat eine Überschwemmung alles zerstört.» Er wandte sich wieder an Sam. «Sind Sie schon lange in dem Geschäft?»

«Eigentlich mein Leben lang. Mein Vater besaß eine kleine Wollspinnerei in Yorkshire.»

«Was Sie nicht sagen! Und wo ist Ihr Standort? London?»

«Bisher ja. Allerdings habe ich die letzten sechs Jahre in New York gearbeitet. Ich bin erst im November nach London zurückgerufen worden, um dies Projekt zu übernehmen.»

«Heißt das, dass Sie sich hier oben niederlassen wollen?»

In dem Augenblick erschien Carrie mit einem zweiten Tablett voller Flaschen und Gläser. Sam sprang eilfertig auf, um es ihr aus der Hand zu nehmen, und es dauerte eine Weile, bis sie auf Oscars Schreibtisch Platz geschaffen, den Eisbehälter aus dem Weg geräumt und die Gläser aufgestellt hatten. Die Weinflasche war vom Kühlschrank noch ganz beschlagen. Sam entkorkte sie fachmännisch, schenkte Elfrida ein Glas voll und trug es zu ihr hinüber.

«Und was möchten Sie, Sir?»

«Oh ...» Oscar war angenehm überrascht. Er hatte gar nichts dagegen, es sich vorm Feuer bequem zu machen und jemandem anders die Gastgeberpflichten zu überlassen. «Whisky mit Soda wäre schön. Aber ohne Eis.»

Sam schenkte ihm den Drink ein. «Ist es so recht?»

«Perfekt.»

Sam vergaß auch nicht, Carrie nachzuschenken. «Und Sie selbst?», fragte Elfrida ihn, doch er hatte sein erstes Glas noch nicht leer getrunken. Er holte es von dem kleinen Tisch am Feuer und nahm mit dem Glas in der Hand wieder auf dem Stuhl neben Elfrida Platz.

«Wie weit sind Sie denn gekommen?», fragte Carrie.

«Pardon?»

«Mit Ihren Erklärungen.»

«Wir haben die ganze traurige Geschichte mit der Wollspinnerei gehört», sagte Elfrida. «Stehen uns noch andere Aufregungen bevor?»

«Mach dich auf einiges gefasst, Elfrida.» Carrie kuschelte sich mit angezogenen Beinen in ihre Sesselecke.

«Ich bin gespannt wie ein Flitzbogen», sagte Elfrida erwartungsvoll.

Sam Howard ergriff erneut das Wort. «Die ganze Geschichte ist etwas heikel und ziemlich kompliziert. Ich mache es kurz und sage nur, dass ich nach meiner Rückkehr aus New York bei alten Freunden in London gewohnt habe, Janey und Neil Philip. Sie haben ein Haus in Wandsworth. An einem der Abende war ein alter Bekannter von Janeys Eltern zum Essen eingeladen. Sein Name war Hughie McLennan.»

Er legte eine kunstvolle Pause ein, damit die Bombe ihre Wirkung auch nicht verfehlte. Was bei Elfrida eine Ewigkeit zu dauern schien. Oscar fand als Erster die Sprache wieder. «*Hughie!* Sie meinen doch nicht etwa meinen Vetter Hughie?»

«Doch, genau den meine ich.»

«Aber Hughie ist auf Barbados.»

«Nein. Er war vorübergehend in London. Um Freunde zu besuchen und verschiedene geschäftliche Angelegenheiten zu erledigen. Anschließend wollte er nach Südfrankreich, um dort Weihnachten und Neujahr mit einer Dame namens Maudie Peabody zu verbringen.»

«Was für ein außerordentlicher Zufall.»

«Wir haben uns eine Weile unterhalten und dann erfuhr er – ich glaube, Janey hat es ihm erzählt –, dass ich auf dem Weg nach Buckly war, um McTaggarts zu übernehmen. Und da fragte er mich, ob ich schon eine Unterkunft hätte, und als ich verneinte und meinte, dass ich mich nach etwas Geeignetem umsehen müsse, da zog er den Schlüssel zu diesem Haus aus der Tasche. Und erzählte mir, dass *ihm* die eine Hälfte des Hauses und seinem Vetter die *andere* Hälfte gehöre, er aber die Absicht hätte, seinen Teil zu verkaufen.»

«Der kann mich mal am Arsch lecken», sagte Oscar mit Nachdruck und Elfrida fand, unter den gegebenen Umständen sei das geradezu milde ausgedrückt. «Der Mann ist doch ein richtiger Gauner. Immer gewesen. Warum setzt er sich verdammt nochmal nicht mit mir in Verbindung?»

«Ich muss ihn in Schutz nehmen, denn er hat es versucht. Soviel ich weiß, haben Sie in Hampshire gewohnt. Er hat versucht, Sie in Hampshire zu erreichen, aber keine Antwort bekommen.»

«Und sein Vater ... Hector? Der wusste doch, dass ich nicht mehr in Hampshire war, sondern hier oben in Creagan. Warum hat *er* Hughie nicht informiert?»

«Soweit ich weiß, hat er mit seinem Vater gar keinen Kontakt aufgenommen. Und auch nicht die Absicht gehabt, dies vor seiner Rückkehr aus Frankreich zu tun.»

«Das ist doch wirklich die Höhe!» Erschüttert über die Hinterhältigkeit seines Vetters, nahm Oscar einen gehörigen Schluck aus seinem Whiskyglas und schüttelte den Kopf über die Ungeheuerlichkeit der Situation. «Wieso verfällt der plötzlich darauf, das Haus verkaufen zu wollen? Wir teilen uns nun schon so lange die jämmerliche Miete, ich wäre nie auf den Gedanken gekommen, er würde das Haus je veräußern wollen. Und schon gar nicht, ohne mich vorher zu fragen.»

«Ich vermute, dass er etwas knapp bei Kasse ist.»

«Wundert mich nicht. Der Unterhalt für seine drei Exfrauen muss ihn ein Vermögen kosten. Außerdem hat er das Geld immer mit vollen Händen zum Fenster rausgeschmissen.» Oscar fiel noch etwas ein. «Ist diese Abmachung durch die Vermittlung eines Maklers zustande gekommen?»

«Nein. Er hatte vor, am Tag nachdem ich ihn getroffen hatte, bei Hurst & Fieldmore vorzusprechen. Beschloss dann aber, dass allen Parteien mit einem Privatverkauf besser gedient sei.»

«Wussten Sie, dass ich Miteigentümer bin?»

«Ja, das hat er mir erzählt.»

«Und was haben Sie dazu gesagt?»

«Ich habe ihm gesagt, dass nichts endgültig beschlossen werden könne, ehe Sie, sein Vetter, nicht konsultiert worden seien.»

«Also, was wollen Sie hier?»

«Er hatte den Hausschlüssel bei sich. Wenn ich sowieso nach Norden führe, meinte er, könnte ich mir das Haus doch mal ansehen. Er stünde momentan leer. Jahrelang hätte ein altes Ehepaar hier zur Miete gewohnt, aber der Mann sei gestorben und die Frau woanders hingezogen. Und mit diesen Worten zog er kurzerhand den Schlüssel aus der Tasche und überreichte ihn mir.»

«War das nicht ziemlich vertrauensselig?»

«Und wie. Aber in der Situation war ihm der Spatz in der Hand wahrscheinlich lieber als die Taube auf dem Dach.»

«Und ein Direktverkauf hätte ihm die Maklergebühren erspart.»

«Genau.»

«War von einem Preis die Rede?»

Während des ganzen Gesprächs hatte Sam sich auf seinem unbequemen Stuhl mit der geraden Rückenlehne nicht gerührt. Er strahlte eine bemerkenswerte Ruhe aus und blickte Oscar über die Entfernung, die zwischen ihnen lag, fest in die Augen. Auch jetzt, als sie auf den Kern der Sache zu sprechen kamen, zuckte er nicht mit der Wimper und sagte ohne die leiseste Spur von Verlegenheit: «Hundertfünfzigtausend.»

«Wären Sie bereit, diesen Preis zu bezahlen?»

«Ich habe mir das Haus noch nicht angesehen.»

«Gesetzt den Fall, es sagte Ihnen zu ...»

«Natürlich.»

«Durch zwei geteilt, fünfundsiebzigtausend?»

«Stimmt.»

«Und wenn ich mehr haben wollte?»

«Darüber könnte man reden. Ich zitiere nur Ihren Vetter.»

«Aha.» Oscar leerte sein Glas bis auf den Grund und Sam Howard stand wortlos auf, nahm das leere Glas und trat damit an den Schreibtisch, um es nachzufüllen. Er kam zurück und reichte es Oscar. «Jetzt, wo Sie wissen, wie alles zustande gekommen ist», sagte er, «muss ich mich wirklich bei Ihnen beiden entschuldigen. Das Beste ist, ich händige Ihnen Hughies Schlüssel aus und wir vergessen die ganze Angelegenheit ein für alle Mal. Aber ich musste Ihnen wenigstens erklären, auf welch abenteuerliche Weise ich in Ihr Haus geraten bin. Damit Sie Bescheid wissen.»

«Natürlich.» Oscar warf einen verdutzten Blick auf das frisch gefüllte Glas in seiner Hand. «Vielen Dank», sagte er und stellte es auf dem Tischchen neben sich ab.

Es hatte Elfrida einige Überwindung gekostet, den Mund zu halten und nicht unaufgefordert dazwischenzuplatzen, aber jetzt glaubte sie, auch einmal zu Wort kommen zu dürfen.

«Sie haben alles klipp und klar erklärt, Mr. Howard ...»

«Sam.»

«Gut. Sie haben alles klipp und klar erklärt, Sam, aber ich habe noch immer nicht begriffen, wie Sie hierher gekommen sind?»

«Ich bin vor ein paar Tagen mit dem Wagen raufgekommen.»

«Ist dies das erste Mal, dass Sie die Spinnerei besuchen?»

«Ja.»

«Sie sagten, man hätte Sie im November aus New York zurückgeholt. Aber jetzt haben wir beinahe Weihnachten. Das klingt nicht, als hätten Sturrock & Swinfield es sonderlich eilig.»

Ein leichtes Grinsen verriet seine Zustimmung. «Sie haben völlig Recht. Aber ich war mit dem Direktor in der Schweiz, um den Preis der neuen Maschinen, die wir kaufen wollen, auszuhandeln. Wir waren eine gute Woche unterwegs.»

«Und wohnen Sie in Buckly?»

«Nein. In einem Hotel in Inverness. Heute Nachmittag fand das erste Treffen mit der Belegschaft statt. Es gab eine ganze Menge zu klären. Anschließend habe ich mit Fergus Skinner, dem Werksvertreter, der das Ganze organisiert hat, ein Bier getrunken und auf dem Rückweg nach Inverness kam mir die Idee, einen Abstecher nach Creagan zu machen und mir die Behausung mal anzusehen. Von einem Passanten erfuhr ich, dass dies das besagte Haus sei, aber es war so eindeutig bewohnt, dass ich neugierig wurde. Also bin ich ausgestiegen und habe geklingelt. Es fiel mir schon immer schwer, ungelöste Rätsel auf sich beruhen zu lassen.»

«Ich verstehe.» Elfrida fand das Ganze unglaublich aufregend. Sie konnte sich die Szene lebhaft vorstellen. Der attraktive Fremde, das Klingeln an der Haustür und ... Carrie, wie sie nach unten ging und ihm die Haustür öffnete ...

Sie warf Carrie, die mit untergeschlagenen Beinen in dem zweiten Sessel saß, einen Blick zu. Carrie hatte die ganze Zeit nicht ein einziges Wort von sich gegeben. Manchmal wusste man wirklich nicht, was in ihrem Kopf vorging. Wie jetzt zum Beispiel.

«Carrie, ich hoffe, du hast Sam zum Essen eingeladen.»

Carrie fing an zu lachen. Sie wandte den Kopf und tauschte einen Blick mit Sam, der, wie Elfrida fand, etwas geradezu Verschwörerisches hatte. Als teilten die beiden bereits ein Geheimnis, das sie belustigte. Und dann lächelte er ebenfalls und sah mit einem Mal viel jünger und längst nicht mehr so seriös aus. Viel weniger ernst und verantwortungsbewusst.

«Es gibt noch einiges mehr zu beichten», sagte er.

Was hatten die beiden bloß ausgeheckt? «Aber bitte keine weiteren Komplikationen», protestierte Elfrida so entschieden, dass Carrie sich ihrer erbarmte. «Elfrida, Sam übernachtet heute bei uns. Es geht nicht anders. Die Straßen nach Inverness sind zugeschneit und blockiert. Wir haben den Automobilclub angerufen und sie haben es bestätigt. Und da um diese Jahreszeit kein Hotel und keine Pension geöffnet ist, werden wir heute Nacht einen weiteren Gast im Haus haben. Bist du mir böse? Es tut mir Leid. Ich hoffe, du bist nicht böse auf mich?»

«Etwas Schöneres kann ich mir gar nicht vorstellen», entgegnete Elfrida und gab sich gar keine Mühe, ihre Begeisterung zu verbergen.

Es war beinahe Mitternacht. Elfrida lag im Bett und neben ihr lag Oscar und las in seinem Buch. *Die Liebe in den Zeiten der Cholera.* Die Lampe auf seinem Nachttisch war die einzige Lichtquelle im Raum, der Rest des Zimmers lag in sanftem Dämmer. Die dichten Vorhänge standen einen schmalen Spalt offen, sodass ein Lichtstrahl von der Straße hereinfiel und ein eisiger Luftzug durch das leicht geöffnete Fenster drang. Zum Glück waren Oscar und Elfrida sich in solchen Kleinigkeiten einig. Keiner von beiden konnte in stickiger Dunkelheit schlafen.

Das Licht fiel auf die Messingstangen des Betts, sodass sie wie Gold schimmerten. Der schwere Mahagonischrank, den Mrs. Snead allwöchentlich polierte, reichte fast bis zur Decke und auf dem altmodischen Toilettentisch standen Elfridas Fotografien in Silberrahmen, ihr Handspiegel aus Elfenbein, ihr Parfumflakon. Es war ihr Zimmer. Ihr gemeinsames Zimmer. Oscars Haus.

Sie ließ sich die vielen unerwarteten Begebenheiten des Abends noch einmal durch den Kopf gehen. Als sie sich gegen neun Uhr schließlich alle vier zum Abendessen an den Küchentisch gesetzt hatten, war das Currygericht zwar ein bisschen eingekocht, aber es schien niemanden zu stören, jedenfalls hatte sich keiner beklagt. Es hatte Erbsen (aus dem Kühlfach des altersschwachen Kühlschranks) dazu gegeben und anschließend eingelegte Pfirsiche mit Schlagsahne, und Oscar hatte erst eine Flasche Weißwein spendiert und dann noch eine. Sie waren gerade beim Kaffee angelangt, als Lucy und Rory Kennedy von ihrem Volkstanzabend zurückkamen. Beide hatten sich bei der Hüpferei oder vielleicht auch auf dem Heimweg durch die eisige Kälte hochrote Backen geholt.

Lucy war ein bisschen verblüfft, einen Fremden am Tisch vorzufinden, aber als Sam ihr vorgestellt und ihr die Gründe für seine Anwesenheit erklärt worden waren, war sie tief beeindruckt.

«Sind Sie tatsächlich eingeschneit?», fragte sie ungläubig.

«Es sieht ganz danach aus», erwiderte Sam.

«Wie aufregend. Das ist ja wie in einem Kriminalroman von Agatha Christie. Wartet's mal ab, morgen früh ist einer von uns ermordet.»

«Aber nicht von mir.»

«Dann von Oscar. Ja, du musst der Bösewicht sein, Oscar. Du schleichst dich nachts mit einem Messer durchs Haus oder erwürgst jemanden mit einer Schnur. Und am nächsten Morgen weiß niemand, dass du es gewesen bist, und dann kommt die Polizei und ein ganz gewiegter Detektiv.»

«Warum muss ausgerechnet ich der Bösewicht sein?», protestierte Oscar.

«Weil du der Netteste von uns bist, und der Mörder ist immer der, an den man am wenigsten denkt. Das bist du.»

Oscar lenkte das Gespräch auf den Volkstanzabend in der Aula der Schule. Lucy hatte sich offenbar glänzend amüsiert und alle Tänze außer einem mitgetanzt, einem entsetzlich komplizierten, der sich *Der Herzog und die Herzogin von Edinburgh* nannte und zu dem man die Schritte kennen musste. Es hatte eine richtige Band gespielt und gegen die Hitze und den Durst gab es Limonade zu trinken.

Carrie war beeindruckt. «Wer hat diesen Abend organisiert, Rory?», wollte sie wissen.

«Der Direktor mit ein paar Schülern aus den oberen Klassen. Es war wirklich toll. Alle waren da. Sogar die ganz Kleinen.»

Oscar bot Rory ein Bier an, aber der wollte lieber heißen Kakao und Lucy erbot sich bereitwillig, für sie beide Kakao zu kochen. Man machte ihnen am Tisch Platz und sie zogen sich Stühle heran und setzten sich dazu, tranken Kakao und aßen Kekse aus Elfridas Keksdose.

Schließlich meinte Rory, er müsse nach Hause, und stand auf. «Was macht denn das Wetter draußen?», fragte ihn Sam.

«Es hat aufgehört zu schneien, aber sonst ist auch nicht viel Gutes darüber zu sagen. Ich sag meinem Vater, dass ich Sie kennen gelernt habe. Und dass McTaggarts wieder auf den grünen Zweig kommt. Das wird ihn freuen.»

«Er soll sich nicht zu früh freuen. Es wird noch ein bisschen dauern.»

«Na ja», meinte Rory lakonisch, «irgendwo muss man ja anfangen. Lucy, ich will sehen, ob ich dir morgen den Fernseher vorbeibringen kann. Hängt davon ab, was auf dem Golfplatz los ist. Vermutlich nicht viel. Vielleicht gehen wir rodeln, wenn ja, sag ich Bescheid. Häng mich an die Strippe.»

Weil es näher für ihn war, verließ er das Haus durch die Hintertür und Lucy begleitete ihn hinaus. Sie kam lächelnd in die Küche zurück, doch wurde das Lächeln gleich darauf von einem enormen Gähnen verschluckt.

Carrie streckte den Arm nach ihr aus und zog sie an sich. «Du bist ja todmüde. Geh zu Bett.»

«Kann ich vorher ein heißes Bad nehmen?»

«Natürlich. Hast du dich gut amüsiert?»

Lucy gab ihr einen Kuss. «Es war einfach Klasse.»

Während Oscar und Sam noch über ihrem Kaffee und einem Cognac saßen, den Oscar aus seinem provisorischen Weinkeller hervorgezaubert hatte, wuschen Elfrida und Carrie das Geschirr und gingen dann nach oben, um Bettwäsche aus Mrs. Sneads Wäschekammer zu holen und das letzte Gästebett zu beziehen. Sie fanden Laken und Kopfkissen, Handtücher und eine zusätzliche Wolldecke, falls ihm kalt werden sollte. Carrie inspizierte den Schrank in seinem Zimmer, der aber bis auf zwei Bügel leer war und stark nach Mottenkugeln roch. Elfrida holte ein Staubtuch und ein spitzenbesetztes Leinendeckchen aus der Wäschekammer, fuhr einmal mit dem Staubtuch über die Möbel und platzierte das Deckchen mitten auf der Kommode. Carrie stellte den Wecker und zog ihn auf.

«Was mehr kann eines Mannes Herz begehren?», fragte Elfrida.

«Frische Blumen? Papiertaschentücher? Eine Minibar?»

«Wenn Oscar mit ihm fertig ist, wird eine Minibar das Allerletzte sein, wonach ihm ist. Ich habe nicht mal eine Extrazahnbürste im Haus.»

«Die hat er, wie er mir erzählt hat. Einen Rasierapparat auch. Sonst braucht er nichts.»

«Schlafanzug?»

«Er schläft vermutlich ohne.»

«Und woher weißt du das?»

«Instinkt, Elfrida. Weiblicher Instinkt.»

Sie prusteten beide gleichzeitig los. «Elfrida, du bist ein Engel. Was sollte ich anderes tun als ihn einladen, bei uns zu übernachten? Aber das Beste war, dass ich wusste, du würdest nichts dagegen haben.»

«Ich finde es wunderbar. Ich habe immer etwas für volle Häuser übrig gehabt. Und dies Haus ist wie gemacht für Partys und viele Leute. Oscar und ich tattern schon viel zu lange allein darin herum. Jetzt ist es voll.» Sie sagte das im Ton höchster Befriedigung. «Und platzt förmlich aus den Nähten. Ein Familienheim. Wie es sich gehört.»

Ein Familienheim. Elfrida lag im Bett und spürte, wie das Haus sie umgab, wie ein Schild, ein Panzer, eine sichere Zuflucht. Sie hatte sich von Anfang an wohl darin gefühlt und es gefiel ihr von Tag zu Tag besser. Bis unters Dach mit Freunden angefüllt, war ein Heim daraus geworden. Oscars Heim. Und nun wollte Hughie es verkaufen und der Gedanke, dass Oscar sich Hughies Wünschen beugen und das einzige Haus verlassen musste, das ihm jemals gehört hatte, war mehr, als Elfrida ertragen konnte.

Oscar hatte das Ende seines Kapitels erreicht. Er legte sein Lesezeichen ins Buch, klappte es zu und legte es auf den Nachttisch.

«Bist du noch wach?»

«Ja.»

Er knipste das Licht aus. Mit dem offenen Spalt zwischen den Vorhängen war es nicht ganz dunkel im Zimmer.

«Oscar?»

«Was ist?»

«Wenn Hughie seine Hälfte des Hauses unbedingt verkaufen will, könntest du ihn dann nicht auszahlen, damit dir das ganze Haus gehört? Für immer?»

«Fünfundsiebzigtausend.»

«Du meinst ... du hast keine fünfundsiebzigtausend?»

«Wenn ich alle meine Habseligkeiten verkaufe, könnte ich vielleicht zwanzigtausend zusammenkratzen.»

«Du könntest eine Hypothek aufnehmen.»

«Nicht für die Summe. Nicht in meinem Alter. Und ich habe immer einen Horror vor Hypotheken gehabt. Nimm doch eine Hypothek auf, sagen die Leute, aber was sie meinen ist, leih dir Geld. Davor habe ich Angst. Ich habe nie viel besessen, aber ich habe auch nie Schulden gehabt. Jetzt bin ich dafür zu alt.»

«Und wenn ich die fünfundsiebzigtausend hätte?»

«Wenn du sie hättest, würden sie dir gehören. Und wären nicht dazu da, mir aus der Klemme zu helfen.»

«Ich liebe dieses Haus.»

«Wirklich, meine Liebe?»

«Es ist so charaktervoll, so schlicht ... so anpassungsfähig. Du musst doch selbst spüren, dass es uns wie ein Herzschlag in Gang hält und beschützt. Und uns Geborgenheit gibt.»

«Mir fehlt deine blühende Phantasie.»

«Du darfst es nicht verlieren, Oscar.»

«Ohne meine Zustimmung kann Hughie es ohnehin nicht verkaufen.»

«Aber er braucht das Geld.» Sie schwieg und legte sich sorgfältig zurecht, was sie sagen wollte. «Oscar. Hör mir mal zu. Wenn ich mein kleines Gemälde verkaufte, meinen David Wilkie, was glaubst du, wie viel ich dafür bekäme?»

«Der kleine Schatz gehört dir allein.»

«Nein, er ist nur meine Altersversorgung. Und vielleicht ist der Zeitpunkt gekommen, sie mir auszahlen zu lassen.»

«Es ist deine Altersversicherung und nicht meine.»

«Oscar, wir leben zusammen. Wir sind zu alt, um mit solchen Kinkerlitzchen Zeit zu verschwenden.»

«Fünfundsiebzigtausend sind keine Kinkerlitzchen. Das ist ein Menge Geld.»

«Wenn ich mich mit meiner Schätzung nicht täusche, sollten wir das Bild verkaufen. Auch wenn wir keine fünfundsiebzigtausend dafür bekommen, könnten wir für den Rest eine Hypothek aufnehmen. Das wäre nur sinnvoll. Warum ein kleines Bild behalten, wenn man sich dafür Geborgenheit kaufen kann? Du könntest dieses Haus dafür kaufen. Du könntest für den Rest deiner Tage hier wohnen. Ich weiß, dass dich der Gedanke reizt. Ich weiß, dass du bis an dein Lebensende hier bleiben möchtest. Und ich kann den Gedanken nicht ertragen, dass dieses herrliche Haus fremden Leuten gehört. Ich will, dass es dir gehört und dass du darin wohnst.»

Oscar sagte lange Zeit nichts. Dann tastete er nach ihrer Hand und nahm sie in seine. Seine Hand war ganz warm und Elfrida fühlte sich ihm nah.

«Du bist unersetzlich», sagte er.

«Schlaf jetzt.»

«Du bist die Großzügigkeit in Person.»

«Darüber reden wir noch», sagte sie. «Morgen früh.»

MITTWOCH, 20. DEZEMBER

LUCY

Es ist erst halb neun Uhr morgens und ich schreibe mein Tagebuch. Ich hätte es gestern tun sollen, aber ich war so müde, dass ich nur noch ein Bad nehmen und ins Bett fallen konnte. Deshalb bin ich heute Morgen extra früh aufgestanden, bevor ich alles wieder vergesse.

Es war toll.

Wir sind zu Fuß zu den Kennedys gegangen, weil Oscar bei dem tiefen Schnee nicht fahren wollte. Ich habe außer auf Fotos noch nie so viel Schnee gesehen. Es war nicht weit, weil wir eine Abkürzung genommen haben. Peter Kennedy ist Pfarrer und das Pfarrhaus heißt Manse. *Es ist ein großes, altes Haus, ein bisschen wie unsers, aber mit viel mehr Möbeln und lauter schönen Sachen.*

Carrie ist wegen ihrer Erkältung zu Hause geblieben.

Als wir ankamen, waren schon andere Leute da und wir wurden vorgestellt. Mrs. Kennedy heißt Tabitha und sieht sehr hübsch und jung und ziemlich apart aus. Rory hat mir erzählt, sie gibt Kunstunterricht an der Schule. Wir haben die Erwachsenen im Wohnzimmer gelassen und sind in die Küche gegangen, wo schon drei andere Jungen, Schulfreunde von Rory, und seine Schwester Clodagh saßen. Sie ist zwölf und ganz dünn, aber mit wachen, leuchtend blauen Augen und blonden Zöpfen. Wir haben in der Küche gesessen und Cola getrunken und Clodagh hat wie verrückt mit den Jungs geflirtet. Der Tisch war schon zum Abendessen gedeckt und es gab einen enormen Makkaroniauflauf mit Salat und anschließend einen üppigen Schokoladenkuchen mit Eis. Dann haben wir uns alle fertig gemacht und sind den Berg runter zu Fuß zur Schule gelaufen. Sie liegt ungefähr eine halbe Meile entfernt. Die Schule ist ziemlich alt, aber von lauter neuen Gebäuden umgeben, und eins davon ist die Turnhalle, die sie hier Aula nennen, aber sie wird auch als Turnhalle benutzt.

Die Aula war voller Schüler, alle Altersgruppen, von den Siebenjährigen bis zu den Großen. Der Direktor heißt Mr. Mackintosh, aber hinter seinem Rücken nennen sie ihn alle Mackie und ich wette, er weiß das. Er ist noch ganz jung und sehr nett. Am einen Ende der Aula stand ein Podium und es gab eine richtige Band. Akkordeon, Schlagzeug und Fiedel. Es herrschte ein unheimlicher Krach und alle haben herumgealbert, bis Mr. Mackintosh gesagt hat, wir sollten still sein, und zwar mit ganz leiser Stimme, und es hat gewirkt. Dann ging's richtig los, und zuerst haben wir einen Volkstanz getanzt, der Strip the Willow *hieß, weil er nicht so schwer war, besonders für die Kleinen und für Anfänger (wie mich).*

Rory und seine Freunde haben dafür gesorgt, dass sich alle in einer Reihe aufstellten und einen Partner hatten. Wer das war, spielte keine Rolle. Wenn sie wollten, konnten Jungen mit Jungen tanzen und Mädchen mit Mädchen, und das fand ich sehr vernünftig. Gleich zwei Jungs wollten mit Clodagh tanzen, aber Rory hat zum Glück gesagt, er tanzt mit mir.

Wir standen ungefähr in der Mitte der Reihe, sodass ich ganz gut sehen konnte, was los war. Die Musik war enorm flott und schmissig und ging einem richtig in die Beine. Es war kein besonders schwerer Tanz, man musste nur mit seinem Partner durch die Reihe tanzen, zwischendurch den Partner wechseln und dann wieder zurück. Manchmal geriet man an einen Riesen, der einen beinahe in die Luft hob, und dann kam so ein Zwerg und man musste aufpassen, dass man ihn *nicht in die Luft hob.*

Am Schluss waren wir alle ganz verschwitzt und außer Atem und es gab Limonade, aber dann ging's gleich wieder los.

Dann haben wir eine Quadrille getanzt, aber mit acht Paaren, das war ziemlich kompliziert. Der nächste Tanz hieß Hamilton House *und hat Spaß gemacht, weil man mit einem Jungen beginnt und sich mit dem nächsten im Kreis dreht. Dann kam* The Dashing White Sergeant, *wobei drei Kreise immer in entgegengesetzter Richtung um den Saal herum marschieren, sodass man wirklich niemanden auslässt. Der nächste Tanz hieß* Gay Gordons, *aber den fand Rory doof, sodass wir ausgesetzt und Limonade getrunken haben. Ich habe nicht immer nur mit Rory getanzt, sondern alle möglichen Leute haben mich aufgefordert und alle waren unheimlich nett, obwohl ich ihre Namen nicht kannte. Die meisten waren in Jeans und Alltagssachen, aber manche trugen auch ihren Kilt mit einem Rugbyhemd drüber oder einer altmodischen Weste aus Tweed.*

Die Zeit verging wie im Flug, und es war wirklich komisch, denn egal, wie erschöpft oder erhitzt man war, kaum fing die Musik wieder an, zog es einen gleich auf die Tanzfläche.

Gegen zehn Uhr war Schluss und natürlich hatte niemand Lust, nach Hause zu gehen, aber als die Band aufhörte, war nicht mehr viel los. Also haben wir unsere Sachen aus der Garderobe geholt und uns angezogen. Clodagh und die anderen sind zu ihr nach Hause gegangen. Einer der Jungen hatte einen Schlitten und sie haben sich abwechselnd die Straße entlang und den Berg raufgezogen. Aber Rory hat mich nach Hause gebracht. Die Nacht war phantastisch, es hat noch ganz leicht geschneit und alles war schneebedeckt.

Carrie hatte gesagt, ich sollte ihn auf ein Bier mit reinbrin-

gen, und das hab ich auch getan. Und dann standen uns noch mehr Überraschungen bevor. Sie saßen alle in der Küche und waren gerade mit Essen fertig. Carrie war irgendwie beschäftigt und am Tisch saß ein fremder Mann. Er heißt Sam Howard und ist hier oben, um irgendeine alte Wollspinnerei in Buckly zu leiten. Sieht sehr gut aus, genau das richtige Alter für Carrie. Ich dachte, er wäre ein alter Freund von ihr, aber anscheinend war er nur eingeschneit und konnte nicht nach Inverness zurück, deshalb musste er bei uns übernachten. Wir hatten den schicken Landrover wohl vorm Haus stehen sehen, uns aber nichts dabei gedacht.

Jedenfalls haben wir Kakao getrunken und Kekse gegessen und dann ist Rory nach Hause gegangen. Aber er kommt heute wieder vorbei, um einen Fernseher für mein Zimmer zu bringen. Nicht, dass ich einen brauche, denn hier ist immer so viel los, dass ich zum Fernsehen gar keine Zeit habe.

Das Beste ist, dass man weiß, dass auch in Zukunft immer was los sein wird. Das habe ich noch nie erlebt. In London gibt's mal eine Überraschung und dann passiert lange Zeit gar nichts, aber hier erlebt man täglich Überraschungen.

Aber jetzt will ich mich lieber anziehen und zum Frühstück runtergehen. Denn es zieht ein sehr appetitanregender Duft nach Eiern mit Schinken zu mir herauf.

MITTWOCH, 20. DEZEMBER

ELFRIDA

ELFRIDA WAR am nächsten Morgen wie gewöhnlich als Erste auf. Beim Hinuntergehen zog sie auf der Treppe die Vorhänge zur Seite (Vorhänge aus schwerem, erlesenem, wenn auch etwas verblichenem Material, die sie auf dem Markt in Buckly erstanden hatte) und blickte in den Tag hinaus. Oder besser in die Nacht, denn draußen war es noch dunkel. Allerdings hatte es aufgehört zu schneien und im Licht der Straßenlaterne konnte sie den Garten sehen, in dem alle Konturen verwischt waren. Büsche und Bäume lagen unter einer schweren Schneelast begraben und hatten ihre Identität verloren. Nichts rührte oder regte sich.

Sie ging die Treppe hinunter und betrat die Küche. Horaz befand sich offensichtlich auf dem Wege der Besserung, denn als sie die Tür aufmachte, kletterte er aus seinem Korb und kam ihr schwanzwedelnd entgegen. Während sie ihn liebevoll kraulte und tätschelte, hielten sie ihr kleines Morgengespräch, und dann machte sie ihm die Hintertür auf und ließ ihn hinaus. Mit einer gewissen Zurückhaltung trat er in die feindliche weiße Welt hinaus. Als er wieder ins Haus zurückkam, verriet sein Gesicht äußerste Indignation. Er empfand diese Behandlung als ausgesprochene Zumutung, besonders bei seiner angegriffenen Gesundheit.

Beleidigt zog er sich in seinen Korb zurück.

Elfrida begann, das Frühstück zu machen, deckte den Tisch, kochte Kaffee und holte Schinken aus dem Kühlschrank. Der Schinken ging zur Neige, sie durfte nicht vergessen, neuen zu kaufen. Überhaupt musste sie sich nun ernsthaft Gedanken darüber machen, was sie Weihnachten auf den Tisch bringen wollte, was sie so lange vor sich hergeschoben hatte, dass die Vorräte in den Läden inzwischen vermutlich erschöpft waren und sie von Glück sagen konnte, wenn sie irgendwo noch einen Weihnachtskringel auftrieb. Also nahm sie einen alten Briefumschlag und einen Bleistift zur Hand, und während sie den Schinken anbriet, brachte sie vorsichtshalber schon mal ein paar Dinge zu Papier. Sie schrieb *Schinken* auf den Zettel. Und *Mandarinen*. Beschloss dann aber, sich erst einmal eine Tasse Kaffee zu gönnen.

Die trank sie gerade mit Genuss, als die Küchentür aufging und Sam Howard erschien. Elfrida trug ihre übliche legere Schottenhose und einen dunkelblauen Pullover darüber, über den kreuz und quer grasende Schafe wanderten, während Sam noch in dem hoch eleganten, förmlichen Aufzug vom Abend vorher steckte, weil er nichts anderes bei sich hatte. Er sah ein bisschen deplatziert aus und Elfrida dachte als Erstes daran, wie sie's ihm bequemer machen konnte.

«Ich werde Ihnen einen Pullover holen.»

«Ja, ich komme mir genauso unmöglich vor, wie ich aussehe. Richtig ausstaffiert.»

«Im Gegenteil. Sie sehen sehr schick aus. Nur ein bisschen wie ein Direktor, der im Begriff ist, eine Rede zu halten. Wie haben Sie geschlafen?»

«Wie in Abrahams Schoß. Das Bett hat mich an zu Hause erinnert.»

«Ich habe Ihnen Schinken zum Frühstück gebraten.»

«Der Duft ist schon durchs Treppenhaus bis in mein Zimmer gedrungen.»

«Soll ich Ihnen ein Spiegelei dazu machen?»

«Das kann ich auch selbst. Ich bin darin sehr geschickt.»

«Aber nicht in *der* Jacke. Die riecht nachher. Ich hole Ihnen erst mal was Bequemeres zum Anziehen.»

Sie ging nach oben, und da Oscar bereits beim Rasieren im Badezimmer war, kramte sie in der Kommode in seinen Sachen und zog einen hübschen blauen Shetlandpullover mit Rollkragen hervor. Unten in der Küche stand Sam in Hemdsärmeln am Herd und briet sich ein Spiegelei. «Viel zu kalt für Hemdsärmel», rief sie und warf ihm den Pullover zu. Er fing ihn auf, zog ihn über und tauchte wie ein Schwimmer aus der Tiefe mit dem Kopf aus dem eng anliegenden Kragen auf.

«So», sagte Elfrida, «jetzt können Sie sich wenigstens bewegen.»

Als sein Spiegelei fertig war, ließ er es auf einen Teller gleiten und legte ein paar Schinkenstreifen dazu. Elfrida steckte mehr Toast in den Toaster und schenkte ihm Kaffee ein. In schöner Zweisamkeit saßen sie am Tisch.

«Es hat aufgehört zu schneien ...»

«Es ist mir so peinlich wegen gestern Abend ...»

Sie hatten beide gleichzeitig den Mund aufgemacht und brachen gleichzeitig ab, um dem andern den Vortritt zu lassen.

«Wieso peinlich?», sagte Elfrida schließlich. «Es hat uns keine Mühe gekostet. Wir haben nichts getan, als Ihnen ein reichlich verkochtes Reisgericht vorzusetzen und ein Bett zu beziehen.»

«Das meinte ich eigentlich nicht. Obwohl ich Ihre Liebenswürdigkeit sehr zu schätzen weiß. Ich meinte, wie ich hier hereingeplatzt bin, Ihnen den Hausschlüssel unter die Nase gehalten und verkündet habe, dass ich das Haus kaufen will. Ich habe noch lange wach gelegen und bei dem Gedanken an die peinliche Situation ist mir ganz kalt geworden. Ich hoffe nur, dass ich Oscar nicht gekränkt oder ihm eine schlaflose Nacht bereitet habe.»

«Da kennen Sie Oscar schlecht. Er hat sich zwar ein bisschen geärgert, aber eigentlich nur über Hughie und nicht über Sie. Und ich muss ihm Recht geben. Hughies Handlungsweise ist ausgesprochen schäbig. Aber wie Oscar sagt, hat er sich nie anders benommen. Ich kann mir allerdings kein Urteil erlauben, denn ich kenne ihn nicht. War er *Ihnen* sympathisch?»

«Nicht besonders. Ziemlich aalglatt. Und ein bisschen passé. Strich sich ständig das Halstuch glatt.»

Elfrida kannte diese irritierende Angewohnheit. «Oh, ich hasse Männer, die das tun. Ich kann ihn mir lebhaft vorstellen.»

«Ich habe den Schlüssel noch in der Tasche, aber den gebe ich Oscar.»

«Das eilt nicht.»

«Hat er ...» Sam legte Messer und Gabel aus der Hand und griff nach seiner Kaffeetasse. «Hat Oscar jemals daran gedacht, Hughie auszuzahlen?»

«Wir haben gestern Abend darüber gesprochen. Sie müssen die Situation verstehen. Oscar und ich kennen uns noch nicht so sehr lange. Aber Anfang November sind seine Frau und seine Tochter bei einem schrecklichen Autounfall ums Leben gekommen, sodass er Hampshire verlassen musste und mich gebeten hat, mitzukommen. Wir teilen zwar Tisch und Bett, aber unsere gemeinsame Zukunft steht in den Sternen. Ich bin kein fester Bestandteil seines Lebens, sondern nur so eine Art Ersatzrad, das den Wagen in Gang hält, bis er mit sich selbst ins Reine gekommen ist. Deshalb ist es schwierig für mich, ihn zu irgendwelchen Entscheidungen zu drängen oder auch nur Vorschläge zu machen.»

«Will er denn nach Hampshire zurück?»

«Nein. Das Haus, in dem er mit Gloria gewohnt hat, steht bereits zum Verkauf.»

«Ist dies sein einziger Besitz?»

«Ja. Aber nur die Hälfte.»

«Wäre es in dem Fall denn nicht sinnvoll, Hughie auszuzahlen?»

«Sinnvoll ja, aber finanziell unmöglich. Das habe ich auch gerade erst erfahren.»

«Sie meinen, ihm fehlt das nötige Kleingeld?»

«Genau.»

«Und eine Hypothek?»

«Lehnt er ab.»

«Aha.» Sam wandte sich wieder seinem Schinkenfrühstück zu, doch machte er auf Elfrida einen so verständnisvollen und Vertrauen erweckenden Eindruck, dass sie keine Skrupel hatte, ihn weiter ins Vertrauen zu ziehen.

«Wie gesagt, haben wir gestern Abend darüber gesprochen. Er meint, wenn er alle seine Habseligkeiten verkauft, kämen vielleicht zwanzigtausend zusammen. Und da habe ich gesagt: ‹Oscar, ich hab doch mein kleines Bild.›»

Sam hob den Kopf und wie in gegenseitigem Einverständnis trafen sich ihre Blicke über den Frühstückstisch hinweg. Elfrida ahnte, dass Sam diese Möglichkeit auch bereits durch den Kopf gegangen war.

«Sie meinen Ihren David Wilkie?»

«So ist es. Ein echter Wilkie, ich habe ihn vor Jahren geschenkt bekommen. Da er nicht versichert ist, habe ich ihn auch nie schätzen lassen. Aber wie jede alte Frau, die allein lebt, habe ich mich immer in der Illusion gewiegt, dass er sehr, sehr wertvoll ist. Meine Rückversicherung, wenn alle Stricke reißen.»

«Würden Sie ihn denn verkaufen?»

«Für Oscar würde ich alles tun, außer mich von einer Klippe stürzen oder zum Revolver greifen. Und was bedeutet schon ein kleines Bild? Ich habe mich jahrelang daran erfreut, aber man muss auch die Realität im Auge behalten. Ein so schönes Haus wie dies zu besitzen ist ungleich wertvoller.»

«Ich bin ganz Ihrer Meinung», sagte Sam. «Und Sie haben keinerlei Vorstellung, was das Bild wert ist?»

«Eigentlich nicht. Und dies ist auch nicht der rechte Zeitpunkt und der rechte Ort, um es schätzen zu lassen. Ich bin in dieser Gegend völlig fremd, habe keinerlei Beziehungen und wüsste gar nicht, an wen ich mich wenden sollte. Gegenüber ist ein Antiquitätengeschäft, aber das ist auch alles.»

Sam blickte eine Weile stumm vor sich hin. Dann sagte er: «Janey Philip ... die Frau von meinem ältesten Freund. Ich war bei ihnen in London, als ich Hughie kennen gelernt habe ... Janey hat früher in der Kunsthandlung bei Boothby's gearbeitet. Ich könnte sie anrufen ... Janey wüsste bestimmt Rat.»

«So kurz vor Weihnachten sollte man vielleicht kein Bild verkaufen.»

«Es muss ja nicht sofort sein.»

«Und dann der Schnee. Der macht allem einen Strich durch die Rechnung. Sind Sie noch immer eingeschneit, Sam? Hoffentlich ja.» Er setzte die Kaffeetasse ab und fing herzlich an zu lachen. Sie runzelte die Stirn. «Worüber lachen Sie?»

«Über Sie. Die meisten Leute wären froh, einen Wildfremden wie mich so schnell wie möglich wieder loszuwerden.»

«Sie kommen mir gar nicht wie ein Fremder vor. Aber das war wirklich eine blöde Bemerkung von mir. Sie müssen ja froh sein, wenn Sie sich endlich auf den Weg machen können ... und nach Hause kommen», setzte sie hinzu.

«Elfrida, ich fahre nicht weiter als bis nach Inverness.»

«Und ... Ihr Zuhause ...?»

«Ich habe im Moment gar kein Zuhause. Außer einem Apartment in New York, wo ich die letzten sechs Jahre verbracht habe. Aber meine Frau und ich haben uns getrennt, und anschließend bin ich nach England zurückgekommen, um diesen Job in Buckly zu übernehmen.»

«Oh, Sam, das tut mir Leid!»

«Wieso?»

«Ich meine, Ihre Frau ... das wusste ich nicht.»

«Wie das Leben so spielt.»

Getrennt. «Sie sind also noch verheiratet?»

«Ja.»

«Kinder?»

«Keine.»

«Und Ihre Eltern?» Elfrida war sich selbst nicht ganz sicher, ob sie nicht zu weit ging.

«Meine Eltern sind beide tot. Und das alte Haus in Yorkshire ist verkauft.»

«Und was machen Sie über Weihnachten?»

«Über Weihnachten habe ich mir noch keine Gedanken gemacht. Weihnachten findet bei mir nicht statt. Ich bleibe wahrscheinlich in Inverness, bis die Neujahrsorgien vorbei sind, und dann fahre ich nach Buckly und sehe zu, dass der Laden auf die Beine kommt. Das ist ehrlich gesagt das Einzige, was mir im Moment ernsthaft am Herzen liegt. Auf Familie und Feiern muss ich dieses Jahr verzichten.»

«Dann müssen Sie Weihnachten bei uns verbringen.»

«Elfrida …»

«Nein. Das ist mein Ernst. Ich könnte den Gedanken nicht ertragen, dass Sie, ein Papierhütchen auf dem Kopf, in einem Hotelzimmer in Inverness hocken und Trübsal blasen. Das wäre absurd. Oscar und ich hatten auch nicht vor, Weihnachten zu feiern. Wie die alten Germanen wollten wir die Wintersonnenwende mit einem Lammkotelett feiern. Aber dann haben Carrie und Lucy sich angemeldet und Oscar hat einen Tannenbaum bestellt und Lucy und er haben den Christbaumschmuck dazugekauft. Und nun sitze ich hier und denke krampfhaft über das Weihnachtsessen nach. Ich bin hoffnungslos in solchen Dingen und bisher über Schinken und Mandarinen noch nicht hinausgekommen. Aber meinetwegen können wir auch irgendwo einen Mistelzweig pflücken und losgehen und uns einen Truthahn schießen oder was man sonst noch so macht. Schließlich geht es ja um die Menschen. Die Freunde, mit denen man Weihnachten verbringt, finden Sie nicht? Bleiben Sie hier, Sam. Stellen Sie sich vor, was wir für Spaß haben könnten, wenn wir alle zusammen feiern.»

Sie schwieg und er blieb stumm, und wie immer fragte sie sich, ob sie es nicht wieder mal zu weit getrieben und sich hoffnungslos blamiert hatte. «Ach, Sam, machen Sie, was Sie wollen. Das ist das Einzige, worauf es ankommt.»

«Elfrida, Sie sind der großzügigste Mensch, der mir je begegnet ist», erwiderte er. «Aber ich will Ihnen sagen, was ich mache. Ich rufe den Automobilclub an und frage nach, wie es heute auf den Straßen aussieht. Ist die Luft rein, fahre ich nach Inverness zurück und falle Ihnen nicht länger zur Last. Ich stecke wirklich bis über beide Ohren in Arbeit. Aber wenn die Straßen weiterhin unpassierbar sind, nehme ich Ihre Einladung mit dem größten Vergnügen an.»

«Ach, phantastisch. Ich bete, dass uns ein Schneesturm heimsucht, und veranstalte gleich meinen Schneetanz.»

«Und was sagt Oscar dazu?»

«Der sagt ‹Famos!› und zieht sich mit seiner Zeitung in seinen Sessel zurück.»

Sam schob den Ärmel von Oscars Pullover hoch und sah auf seine teure Rolex. «Jetzt ist es gleich neun», sagte er. «Wenn Sie nichts dagegen haben, vergrabe ich mich eine Weile mit meinem Handy oben im Zimmer und erledige einige Telefonanrufe.»

«Tun Sie das. Aber zuerst sollten Sie noch eine Tasse Kaffee trinken.»

Als Nächste erschien Carrie. «Wo sind denn die andern? Ich dachte, ich hätte Stimmen gehört.»

«Stimmt. Das war Sam. Aber er ist wieder nach oben gegangen und telefoniert.»

«Der Schnee draußen liegt immer noch meterhoch.» Carrie schenkte sich Kaffee ein und steckte eine Scheibe Brot in den Toaster. Dann nahm sie ein Scheibchen Schinken aus der Pfanne und steckte es in den Mund. Als sie sich an den Tisch setzte, sah sie den alten Briefumschlag mit Elfridas unvollendeter Einkaufsliste. «Was soll das denn heißen? Schinken und Mandarinen? Wir feiern wohl eine Orgie?»

«Ich wollte mit den Weihnachtsvorbereitungen anfangen. Ich muss mich nun wirklich zusammenreißen und ein paar Listen machen. Das schiebe ich von Tag zu Tag vor mir her, und nun sind es nur noch vier Tage bis Weihnachten.»

«Überlass das doch mir. Organisieren ist mein Beruf und ich finde nichts schöner, als Listen aufzustellen. Kann man hier irgendwo einen Großeinkauf tätigen?»

«Auf der anderen Seite der Brücke, in Kingsferry, gibt es einen riesigen Supermarkt. Ihr seid auf dem Weg vom Flughafen daran vorbeigekommen. Er heißt PriceRite. Ich bin nur nicht sicher, ob man bei diesem Schnee hinkommt. Hängt davon ab, ob die Straße freigeschaufelt ist. Aber wenn Sam mit dem Automobilclub gesprochen hat, wissen wir mehr.»

«PriceRite. Klingt ja viel versprechend.»

«Man bekommt dort alles, von Hundefutter bis zu Rosendünger. Ich bin erst einmal da gewesen, weil man für zwei Personen keine riesigen Vorräte anzulegen braucht. Aber jetzt ist das etwas anderes.»

«Fährt Sam nach Inverness zurück?»

«Kommt drauf an. Ich habe ihm vorsichtshalber angeboten zu bleiben. Über die Feiertage, wie man so schön sagt.»

Carrie verzog keine Miene. Sie sagte nur: «In dem Fall wären wir zu fünft im Haus ...», zog den Umschlag zu sich heran und machte sich mit dem Bleistift ans Werk. «Also. Gibt es ein richtiges Weihnachtsessen?»

«Ja. Ich denke schon. Mittag- oder Abendessen?»

«Lieber abends, das ist festlicher.»

«In den kleinen Ofen kriegen wir aber keinen Puter rein.»

«Dann gibt's eben Huhn. Zwei gebratene Hühner.»

Carrie schrieb wie wild. Hühner. Rosenkohl. Kartoffeln. Nelken für die Brotsoße. Gefrorene Erbsen. Karotten. Berge von Obst. Butter. Stangenbrot. Preiselbeerkompott. Zimtstangen ...

«Und Wein?»

«Um den Wein muss Oscar sich kümmern.»

«Räucherlachs?»

«Möchte ich nicht drauf verzichten.»

«Und natürlich Nüsse und so was. Kleingebäck?»

«Kannst du das kaufen? Wenn es um Gebäck geht, bin ich hoffnungslos. Und wir brauchen natürlich einen traditionellen Weihnachtskuchen mit einem anständigen Schuss Cognac drüber. Den back ich.»

«Sollten wir vielleicht einen ganzen gekochten Schinken kaufen? Sehr praktisch fürs kalte Buffet am zweiten Feiertag.»

«Genial. Und einen riesigen Topf Suppe. Die mache ich auch.» Ausnahmsweise fühlte Elfrida sich mal berufen. Suppe war ihre Spezialität, Hühnerbrühe mit einer bunten Gemüsemischung. Sie nannte es Elfridas Allerlei. «Und vielleicht Cracker und verschiedene Dips, wenn wir eine Party geben wollen.»

«Eine Party?»

«Meinst du nicht?»

«Wen willst du denn einladen?»

«Na ja ...» Elfrida ging das beschränkte Angebot durch. «Die Kennedys zum Beispiel. Und den Doktor und seine Frau. Und dann das nette Buchhändlerehepaar. Sie waren gestern Abend auch bei den Kennedys und Oscar und er haben sich glänzend unterhalten ...»

In diesem Augenblick trat Oscar wie auf ein Stichwort in die Tür.

«Mit wem hab ich mich glänzend unterhalten?»

«Mit dem Buchhändler.»

«Er heißt Stephen Rutley. Und seine Frau heißt Anne.»

«Ich bewundere dein Gedächtnis. Wir veranstalten eine kleine Party, Oscar. Die beiden laden wir auch dazu.»

«Wann veranstalten wir eine kleine Party?»

Carrie und Elfrida sahen sich fragend an. Dann sagte Carrie: «Am Samstag. Samstagabend wird gefeiert.»

«Am Tag vor Heiligabend.»

«Dann muss ich mich dringend um die Getränke kümmern», sagte Oscar.

«Wenn die Brücke befahrbar ist, will Carrie Großeinkauf bei PriceRite machen. Vielleicht solltest du mitfahren.»

«Könnte ich machen. Elfrida, jemand hat den ganzen gebratenen Schinken aufgegessen.»

«Ach, Oscar, entschuldige bitte. Das war ich», gestand Carrie. «Ich habe das letzte Stück verputzt. Ich brate dir neuen.»

«Es ist keiner mehr da», erklärte Elfrida.

Aber es spielte keine Rolle, denn im Kühlschrank lagen noch Würstchen, die Carrie ihm braten konnte, und als Lucy auftauchte, überließ Elfrida sie alle sich selbst und ging nach oben, erleichtert, dass sie endlich Nägel mit Köpfen gemacht hatten und es ihr erspart blieb, eine Stunde oder länger auf der verzweifelten Suche nach Filterkaffee einen Einkaufswagen durch die überfüllten Gänge im Supermarkt schieben zu müssen.

Oben im Schlafzimmer schaffte sie notdürftig Ordnung, machte die Betten und breitete ihr großes rotes Umschlagtuch darüber aus. Dann faltete sie die herumliegenden Sachen zusammen, legte sie in den Schrank und sortierte anschließend den Wäschekorb aus, in der Hoffnung, die Waschmaschine anwerfen und die Wäsche draußen zum Trocknen aufhängen zu können. Eine durchaus berechtigte Hoffnung, denn draußen stand die Sonne am klaren Winterhimmel, Schneekristalle funkelten, wenn das Sonnenlicht darauf fiel, und tiefe Schatten schimmerten in herrlich rauchigem Blau. Unten auf der Straße wurde es lebendig. Die ersten Frauen auf dem Weg zum Einkaufen, langsam fahrende Autos, ein Mann am Steuer seines geparkten Lieferwagens, der in ein appetitliches Schinkenbrötchen biss. Aus der Bäckerei trat ein Mädchen mit einem Reisigbesen heraus und begann den Bürgersteig zu fegen. Sie trug einen Kittel und ein Paar derbe Gummistiefel. Und darüber kreisten die Möwen, ließen sich zwischendurch auf der vergoldeten Wetterfahne des Kirchturms nieder und putzten in der hellen Wintersonne ihr Gefieder.

Elfrida riss sich von dem friedlichen Bild los, raffte die Wäsche zusammen und warf sie im Badezimmer auf den Fußboden. Sie würde sie später mit nach unten nehmen. Dann ging sie ins Wohnzimmer hinüber, in dem noch nächtliches Dunkel herrschte, zog die Vorhänge zurück und ließ die winterliche Sonne ins Zimmer fluten. Überall standen noch die Zeugen des vergangenen Abends herum. Leere Gläser, Oscars Whiskyflasche, zerdrückte Kissen und unordentlich herumstehende Stühle. Sie sammelte die Gläser ein, räumte ein bisschen auf und wandte sich dann dem erloschenen Kaminfeuer zu. Eine höchst ungeliebte Arbeit, die aber täglich aufs neue getan werden musste. Oscar hatte sie oft genug gebeten, *ihm* diese Arbeit zu überlassen, aber er schleppte schon täglich die schweren Holzscheite die Treppe herauf und es erschien ihr unfair, ihm auch noch die Eimer mit Asche zuzumuten.

Sie war dabei, den Kamin auszufegen, als sie Sams Stimme hinter sich hörte: «Elfrida, lassen Sie mich das machen.»

«Ach», sagte sie und drehte sich nach ihm um. Er trat ins Zimmer und schloss die Tür hinter sich, sodass sie den Handfeger aus der Hand legte, aufstand und sich die Hände an ihrer Schottenhose abklopfte. «Nicht nötig. Meine tägliche Morgenfron. Ich mache später weiter ... Was gibt es Neues?»

Er zog ein bedauerndes Gesicht. «Ich fürchte, Sie müssen Weihnachten mit mir vorlieb nehmen.»

«Phantastisch.» Sie gab sich gar keine Mühe, ihre Freude

zu verbergen. Besann sich dann aber geschwind und beschloss, ihn wenigstens aus Taktgefühl ein wenig zu bemitleiden. «Armer Sam. Eingeschneit sind Sie also. Aber es bleibt Ihnen keine Wahl. Kommen Sie und schütten Sie mir Ihr Herz aus.»

Sie nahm auf der Erkerbank Platz und er setzte sich neben sie. Durch das Fensterglas schien ihnen die blässliche Sonne warm auf den Rücken.

«Bis zur Cromarty-Brücke sind die Straßen passierbar, aber auf der Black Isle ist kein Durchkommen und Inverness ist total eingeschneit. Kein Verkehr rein, kein Verkehr raus.»

«Es muss dort viel stärker geschneit haben als bei uns.»

«Ja. So sieht's aus.»

«Carrie und Oscar haben eine große Einkaufsexpedition zum Einkaufszentrum vor. Das liegt jenseits der Brücke. Meinen Sie, sie kommen durch?»

«Bis dorthin ist es kein Problem. Die Schneepflüge waren schon unterwegs. Aber südlich davon wird's brenzlig.»

«Haben Sie mit Ihrem Hotel telefoniert?»

«Ja, hab ich. Und mit meinem Chef, David Swinfield in London, habe ich auch gesprochen. Außerdem habe ich Janey angerufen ...»

«Janey ...?» Elfrida zog die Stirn kraus. Sie hatte bereits vergessen, wer Janey war.

«Janey Philip. Ich hab Ihnen doch von ihr erzählt. Neils Frau.»

«Ach ja, natürlich. Entschuldigung. Die Frau, die bei Boothby's gearbeitet hat.»

«Genau. Sie war enorm hilfsbereit, hat sofort den diesjährigen Boothby-Katalog herausgeholt und ist der Sache auf den Grund gegangen. Es gibt tatsächlich einen Repräsentanten von Boothby in diesen Breiten. Er wohnt im *Kingsferry House* und heißt Sir James Erskine-Earle.»

«Du lieber Gott.» Elfrida war beeindruckt. «Das klingt ja pompös.»

«Sie hat mir auch die Telefonnummer gegeben, aber ich habe ihn noch nicht angerufen. Ich hielt es für besser, erst einmal mit Ihnen zu reden. Damit Sie auch sicher sind, dass Sie das Bild wirklich verkaufen ... oder es zumindest schätzen lassen wollen.»

«Gern.»

«Wollen Sie es erst mit Oscar besprechen?»

Elfrida dachte einen Augenblick nach. Dann sagte sie: «Nein. Er wird versuchen, es mir auszureden.»

«Eine Schätzung bedeutet ja nicht, dass Sie verkaufen müssen. Aber auf jeden Fall sollten Sie das Bild versichern lassen.»

«Ich fürchte, dass ich die Versicherungsprämien nicht bezahlen kann.»

«Also, was meinen Sie? Soll ich ihn anrufen?»

«Ja. Tun Sie das. Warten wir ab, was er sagt.»

«Mein Telefon ist oben im Zimmer. Ich mache den Anruf lieber von dort.»

Elfrida blieb allein auf ihrer Erkerbank sitzen und blickte quer durchs Zimmer auf die gegenüberliegende Wand, wo ihr kleines Juwel ganz einsam mitten auf der großen, leeren Fläche hing. Es hatte so lange zu ihrem Leben gehört ... das alte Ehepaar mit der Familienbibel vor sich auf dem Tisch, er in feierlichem Sonntagsstaat, sie stolz in ihrem roten Kleid und dem butterblumengelben seidenen Schultertuch. Ihre Gesichter waren aufmerksam, weise und gütig. Ihre Haltung strahlte Würde und Gelassenheit aus. Jahrelang waren sie ihr tröstliche Gefährten gewesen und hatten ihr über unglückliche, verzweifelte Tage hinweggeholfen. Ihr Herz hing an ihnen.

Aber nicht so sehr wie an Oscar.

Fünf Minuten später tauchte Sam wieder auf und schien sehr zufrieden mit sich. «Alles klar.» Er nahm neben ihr am Erkerfenster Platz.

«Haben Sie mit ihm gesprochen?»

«Ja. Kein Problem. Er war selbst am Apparat. Und ist heute Nachmittag ohnehin in Creagan, wegen irgendeines Kriegerdenkmals. Er ist Mitglied in einem Komitee. Jedenfalls kommt er gegen vier Uhr vorbei und will sich das Gemälde mal ansehen. Er klang durchaus interessiert.»

«Ach, Sam.» Elfrida überfiel mit einem Mal eine gewisse Nervosität. «Ich weiß nicht, ob ich es so lange aushalten kann.»

«Das müssen Sie wohl.»

«Wir bieten ihm eine Tasse Tee an. Und ich besorge etwas Teegebäck. Klang er nett?»

«Durch und durch liebenswürdig.»

«Ich finde es alles ... so aufregend. Sie nicht?»

«Es lässt sich alles gut an.»

«Soll ich Oscar einweihen?»

«Ich an Ihrer Stelle täte es. Sonst sieht es aus, als hätten Sie Heimlichkeiten vor ihm.»

«Sie haben Recht. Vielen Dank für all Ihre Mühe, Sam.»

«Gern geschehen. Das ist das wenigste, was ich tun kann. Und apropos. Sie haben gesagt, dass Carrie und Oscar einen Großeinkauf in Kingsferry machen wollen. Wenn ich nun statt seiner mitführe, dann könnte ich gleich beim Ein- und Ausladen helfen.»

Das erschien Elfrida aus mehr als einem Grund eine blendende Idee.

«Großartig. Wie hilfsbereit von Ihnen! Oscar wird erleichtert sein. Er hasst Einkaufen.»

«Ich bin dabei nicht ganz ohne Hintergedanken.» (Das wurde ja immer besser.) «Denn ich brauche unbedingt etwas zum Anziehen. Schließlich kann ich die nächsten fünf Tage nicht wie eine Schaufensterpuppe herumlaufen. Meinen Sie, dass es in Kingsferry ein Herrengeschäft gibt? Und eine Drogerie? Ich habe nämlich keine Zahnpasta.»

«Natürlich», erwiderte Elfrida strahlend, wenn auch nicht ohne ein leises Gefühl der Enttäuschung, da sie gehofft hatte, seine Hintergedanken bezögen sich auf das Alleinsein mit Carrie.

«Und dann würde ich Oscar gern ein paar Flaschen Wein kaufen ... vielleicht sollte ich ein Wörtchen mit ihm reden, bevor wir losfahren.»

«Das wäre eine gute Idee. Wenn es um Wein geht, hat Oscar sehr ausgeprägte Vorstellungen.»

«Und das zu Recht.»

Draußen in der hellen Morgenluft krakeelten die Möwen auf dem hohen Dachfirst, segelten um den Turm und genossen das klare Winterwetter. Elfrida blickte aus dem Fenster und sah ihnen zu. Dann sagte sie: «Merkwürdig, aber irgendwie gönne ich Ihnen dieses Haus auch. Es besitzt eine solche Würde, eine solche Gediegenheit, genau das Richtige für den Direktor einer großen Firma.» Sie sah ihn an, wie er da in Oscars blauem Pullover saß, und es kam ihr vor, als kennten sie sich schon seit ewigen Zeiten. «Seltsam, wie das Leben so spielt, finden Sie nicht? Erst Sie mit dem Schlüssel und dann dieses Schneegestöber. Und nun sitzen wir alle hier. Und ich muss sagen, ich finde es äußerst beruhigend, so viele kompetente junge Leute um mich zu haben. Carrie organisiert alles aus dem Effeff und Sie treffen Entscheidungen, zu denen ich gar nicht in der Lage wäre. Wenn es um Entscheidungen ging, war ich noch nie zu gebrauchen. Meine kamen immer aus dem Bauch und manche waren verheerend. Oscar und ich, wir beiden Greise, sind viel zu lange aufeinander angewiesen gewesen. Mrs. Snead hat gemeint, Besuch würde uns aufmuntern, aber es ist noch etwas anderes. Ohne dass wir je darüber gesprochen hätten, hat uns beiden vor Weihnachten gegraut. Unter den gegebenen Umständen konnte es nur eine bittere, traurige Angelegenheit werden. Aber jetzt, wo wir Sie und Lucy und Carrie bei uns haben, kann es gar nicht so schmerzlich werden, wie wir beide gefürchtet haben.»

Sie sann ihren Worten eine Weile nach und fuhr dann fort: «Verhindern können wir es sowieso nicht. Deshalb sollten wir versuchen, das Beste daraus zu machen. Vielleicht wird es ja wie eine von diesen Partys, die man sich am liebsten ersparen möchte. Und hinterher muss man zugeben, dass man sich noch nie so gut amüsiert hat. Verstehen Sie, was ich meine?»

«Ich weiß genau, was Sie meinen», versicherte ihr Sam.

MITTWOCH, 20. DEZEMBER

LUCY

HALB ZEHN Uhr morgens und alle waren beschäftigt.

Sam und Carrie waren in Sams stattlichem Landrover nach Kingsferry zum Einkaufszentrum unterwegs. Allerdings hatte einiges dazugehört, bis sie aufbrechen konnten, und Sam hatte erst eine Schaufel aus Oscars Schuppen holen und den Gartenweg von der Haustür zum Tor freischippen müssen. Anschließend hatte er seinen Wagen mit einem Besen von den Schneemassen befreit und Antifrostmittel auf die Windschutzscheibe gesprüht. Schließlich gesellte Carrie sich dazu und gemeinsam machten sie sich, mit einer ellenlangen Liste bewaffnet, deren Aufstellung eine Menge Zeit und gemeinsames Kopfzerbrechen gekostet hatte, auf den Weg. Carrie in ihrem schicken Lodenmantel und der schwarzen Pelzmütze und Sam in einem eleganten marineblauen Mantel, in dem er wie ein erfolgreicher Geschäftsmann aussah, der er vermutlich auch war. Sie hinterließen einen noblen Eindruck.

Elfrida hatte ihre Wäsche in der stillen, kalten Luft aufgehängt und mit Horaz einen Spaziergang gemacht. Nur den Berg hinauf bis zu dem verbarrikadierten Hotel und am Bahnhof vorbei zurück. Sie hatte Angst, seine Muskeln würden verkümmern und er würde sich nie wieder aus seinem Korb rühren. Oscar saß im Wohnzimmer vorm Feuer und las seine Zeitung. Er hatte erleichtert aufgeatmet, als er hörte, dass ihm das Einkaufen erspart blieb.

Also saß Lucy allein in ihrer Dachkammer am Tisch und machte ihre eigenen Listen. Sie wollte heute Morgen auch ihre Weihnachtseinkäufe erledigen. Ihrer Mutter und Großmutter hatte sie ihre Geschenke bereits in London überreicht, aber damit war sie die Sorgen noch nicht los. Wenigstens brauchte sie bei dem großzügigen Weihnachtsgeld nun nicht so zu knausern.

Elfrida, Oscar, Carrie. Sie schrieb Sam dazu. Und Mrs. Snead. Und Rory. Vielleicht sogar Clodagh, sonst sähe es ein bisschen seltsam aus.

Sonst fiel ihr niemand mehr ein.

Sie steckte die Liste in ihren Rucksack und tastete vorsichtshalber nach ihrem Portemonnaie, das sich angenehm wölbte. Dann zog sie ihren gefütterten Anorak und ihre Stiefel an und ging nach unten. Auf dem Weg warf sie einen Blick ins Wohnzimmer.

«Oscar?»

«Ja, mein Schatz.»

«Oscar, ich gehe los, um Weihnachtseinkäufe zu machen.»

«Das ist gut.»

«Sagst du Elfrida Bescheid, wenn sie reinkommt?»

«Das will ich gerne tun.»

Sie überließ ihn sich selbst und ging nach unten. Mit einem Mal nahm Weihnachten Gestalt an. Beim Frühstück waren Pläne geschmiedet worden und Lucy hatte erfahren, dass es ein Weihnachtsessen geben würde, und zwar abends, ein richtiges Festessen für Erwachsene. In London, wo Weihnachten meist eine ziemlich lahme Angelegenheit war, fand das Festessen am ersten Weihnachtstag mittags statt und danach wurde einem der Tag immer entsetzlich lang. Aber auf ein Abendessen konnte man sich den ganzen Tag freuen und Lucy würde ihren neuen schwarzen Minirock mit dem weißen Pullover anziehen. Während sie so in Gedanken den langen Flur entlangging, blieb sie spontan stehen und öffnete die Tür zu dem unbenutzten, verlassenen Esszimmer. Es sah düster und wenig einladend aus und musste dringend einem Großputz unterzogen werden, aber in ihrer Phantasie sah Lucy eine von Kerzenschimmer erhellte Tafel mit den köstlichsten Speisen vor sich. Kandierte Früchte, ein flambierter Weihnachtskuchen, kristallene Weingläser, funkelnde Wunderkerzen und Silberschalen voller Nüsse und Pralinen.

Ihr kam eine Idee, aber sie hatte jetzt keine Zeit, ihr weiter nachzugehen, also schloss sie die Tür hinter sich und trat in den glasklaren Morgen und den blendenden Schnee hinaus. Auf der gegenüberliegenden Straßenseite stand ein großer Kranwagen mit ausgestrecktem Arm und oben im Korb waren zwei kräftige Männer dabei, Lichterketten um die nackten Zweige der Bäume zu winden, die den Friedhof umgaben.

Lucy marschierte los, um eine Runde durch die bescheidenen Läden der Stadt zu machen. Inzwischen herrschte überall Weihnachtsstimmung, die Schaufensterscheiben waren mit künstlichem Schnee besprüht und die Auslagen mit roten Satinschleifen und Mistelzweigen aus Plastik geschmückt. Im Fenster der Eisenwarenhandlung lag eine mit einer bunten Schleife verzierte Kettensäge und auf einer Karte stand: DAS IDEALE WEIHNACHTSGESCHENK.

Lucy fragte sich, wer auf so was wohl reinfallen würde.

Als Erstes betrat sie das Wollgeschäft, wo es Pullover, Strickjacken, Pudelmützen, Socken und Handschuhe in jeder Form und Farbe zu kaufen gab. Da lagen Pullover mit Disteln und Ilexzweigen oder mit ethnischen Motiven, die aussahen, als hätte sie ein phantasievoller Indio entworfen. Schließlich entdeckte sie einen langen, aus sehr feiner Wolle gestrickten Kaschmirschal, den sie sich gut an Carries elegantem Hals vorstellen konnte. Obendrein würde er sie warm halten.

Als Nächstes kam der Buchladen. Und da war auch schon Mr. Rutley, der Besitzer, den sie bei den Kennedys kennen gelernt hatte. Er begrüßte Lucy wie eine alte Bekannte und stand ihr mit Rat und Tat zur Seite. Nachdem sie sich ein Weilchen umgesehen, Verschiedenes ausgewählt und wieder verworfen hatte, entschied sie sich für einen dicken Bildband für Oscar, ein Buch mit ganzseitigen Fotografien von alten schottischen Landhäusern, Schlössern und Gärten. Sie war sicher, dass er sich darüber freuen würde. Mr. Rutley versicherte ihr außerdem, dass Oscar es jederzeit umtauschen könne, aber Lucy wusste, dass er nicht im Traum daran denken würde, selbst wenn ihm das Buch nicht gefiele, denn er gehörte zu den Leuten, die lieber tot umfielen, als jemanden zu verletzen.

Für Sam wählte sie auf Mr. Rutleys Vorschlag eine Generalstabskarte von Creagan und Umgebung, wozu auch Buckly gehörte. Ein etwas langweiliges Geschenk, aber angesichts der Tatsache, dass er in der Gegend wohnen und arbeiten würde, auch sehr nützlich. Und obendrein ziemlich teuer. Lucy entschied sich für die Karte, kaufte noch ein paar bunte Weihnachtskarten, eine Rolle mit Weihnachtspapier und farbiges Seidenband dazu und bezahlte. Mr. Rutley steckte alles zusammen in eine Tragetasche.

«Ich hoffe, wir sehen uns über die Weihnachtstage, Lucy.»

«Ich auch. Vielen Dank.»

«Frohe Weihnachten.»

Als Nächstes kam der Drogist dran. Hier ging es wesentlich schneller. Lavendelseife für Mrs. Snead und für Clodagh kleine, glitzernde Haarclips, die sie an ihren Zöpfen befestigen konnte. Rory machte ihr schon mehr Kopfzerbrechen, denn sie hatte keine Ahnung, worüber er sich freuen würde. Es wäre einfacher gewesen, wenn sie einen Bruder oder auch nur einen Freund gehabt hätte. Dann entdeckte sie eine große Flasche Badedas. Ihr Vater hatte immer Badedas benutzt, damals, in den goldenen Zeiten vor der Scheidung, als sie noch klein war. Er hatte in der heißen, dampfenden Badewanne gelegen und ein würziger Duft nach Rosskastanienöl hatte das ganze Haus durchzogen. Vielleicht erholte sich Rory nach einem langen, anstrengenden Tag auf dem Golfplatz auch gern in Badedas. Sie schwankte einen Moment lang, aber da ihr nichts Besseres einfiel, kaufte sie die Flasche schließlich.

Elfrida war der bei weitem schwierigste Fall. Was konnte man Elfrida schenken, um sich auch nur annähernd für all das Lachen und die spontane Zuwendung, die sie Lucy gezeigt hatte, zu bedanken? Die Drogerie bot keinerlei Inspiration, also schlenderte sie weiter die Straße entlang, vorbei an Arthur Sneads Obst- und Gemüseladen.

Plötzlich schoss ihr eine Idee durch den Kopf. Sie drehte um und trat durch die Tür, die PING machte, als sie sie hinter sich schloss.

«Mr. Snead?»

«Tach, mein Fräulein.»

«Ich bin Lucy Wesley. Ich bin bei Elfrida Phipps zu Besuch. Mrs. Snead ist eine Freundin von mir.»

«Ach ja. Sie hat mir von dir erzählt.»

«Wenn ich bei Ihnen für Elfrida Blumen bestelle, könnten Sie die am Heiligabend bei uns vorbeibringen?»

Er schob die Lippen vor und zog ein bedenkliches Gesicht. «Heiligabend ist ein Sonntag, mein Kind.»

«Dann eben am Samstag. Samstag wäre sogar besser, weil wir eine kleine Party geben wollen.»

«Ehrlich gesagt, kann ich wegen dem Schnee momentan für nichts garantieren. Inverness ist dicht und von daher kommt meine Ware. Was soll's denn sein? Nelken? Chrysanthemen?»

Lucy zog die Nase kraus. «Eigentlich nicht.»

«Ich hab Weihnachtslilien hinten ... Gestern frisch geliefert, als die Straßen noch offen waren. Aber nicht ganz billig.»

«Weihnachtslilien?»

«Noch ganz in Knospe, stehn draußen im Kühlen. Ein, zwei Tage und sie sind gerade richtig.»

«Kann ich mal eine sehen?»

«Natürlich.»

Er verschwand durch die Hintertür seines Ladens und tauchte mit einem langen Stiel voll cremefarbener, länglicher, dicht geschlossener Knospen in der Hand wieder auf. Sie sahen genau so aus wie die Lilien, die Granny immer in Fulham beim Blumenstand an der Ecke kaufte, und hielten manchmal länger als zwei Wochen.

«Wie viele haben Sie davon?»

«Ein ganzes Dutzend, aber wie gesagt, nicht ganz billig. Drei Pfund pro Stängel.»

Drei mal sechs war achtzehn. Achtzehn Pfund. Aber sie wären in Elfridas Wohnzimmer eine einzige Pracht. Sie würden sich ganz langsam öffnen und ihre zartrosa Blütenblätter entfalten und das ganze Haus mit ihrem betörenden Duft füllen. «Ich nehme sechs Stiele und bezahle gleich, aber könnten Sie sie bis Samstag hier behalten und dann bei uns vorbeibringen?»

«Kein Problem. Ich wickle sie dir schön ein und binde eine große rosa Schleife drum.»

«Ich schreibe gleich eine Karte dazu, die ich im Buchladen gekauft habe. Die könnten Sie dazulegen.»

«Wird gemacht.»

Er lieh ihr einen Stift und sie schrieb auf die Karte

Elfrida –
Fröhliche Weihnachten
und alles, alles Liebe von Lucy.

Dann steckte sie die Karte in den Umschlag, schrieb ELFRIDA PHIPPS darauf, klebte ihn zu und reichte ihn Mr. Snead zusammen mit den achtzehn Pfund. Ein Vermögen für ein paar Blumen, aber das war ihr die Sache wert.

Mr. Snead tat das Geld in seine Kasse. «Wenn ihr Mistelzweige wollt, sagt Bescheid. Ich hab ein paar Zweige auf Lager, aber sie gehn weg wie warme Semmeln.»

Bei Mistelzweigen dachten alle an Küssen.

«Mal sehen», sagte Lucy, ohne sich festzulegen.

Sie verabschiedete sich und machte sich, mit ihren Einkäufen beladen, auf den Heimweg. Ein Gefühl weihnachtlicher Vorfreude erfüllte sie. Zu Hause angekommen, würde sie sofort auf ihr Zimmer gehen, die Tür schließen, alle ihre Geschenke in Weihnachtspapier einwickeln, mit Schleifen versehen und in der untersten Kommodenschublade verstecken. Als sie über den Marktplatz ging, sah sie den Wagen vor Oscars Haus, einen alten Kombiwagen mit offener Lade, dachte sich aber nichts dabei, weil alle Leute in Creagan immer dort parkten, wo sie gerade Platz fanden. Doch als sie die Haustür aufstieß, hörte sie Stimmen und fand Elfrida, die in einem Topf auf dem Herd rührte, mit Rory Kennedy in der Küche. Auf dem Küchentisch standen der Fernsehapparat und ein kleiner Plastiktrolley.

Als sie mit ihren Tragetaschen bepackt in der Tür erschien, unterbrachen die beiden ihr Gespräch und sahen ihr lächelnd entgegen. Rory sagte «Hallo». Er trug eine graue Vliesjacke und Gummistiefel und sah richtig männlich aus. Da Lucy nicht damit gerechnet hatte, ihn in der Küche zu finden, wusste sie so schnell nichts zu sagen, aber ein freudiges Gefühl durchschoss sie.

«Hallo. Ich ... ich dachte, du kämst später. Gegen Abend. Ich dachte, du arbeitest heute.»

«Nichts los auf dem Golfplatz bei diesem Wetter. Der Platzwart hat uns alle nach Hause geschickt. Deshalb hab ich mir Dads Auto geliehen und dir den Fernseher gebracht.»

Lucy besah sich den Apparat näher. Er sah viel raffinierter aus als der, den sie in London besaß. «Ich dachte, er wäre alt. Aber er sieht ja wie neu aus.»

«Er ist in Farbe. Ich hab mir einen größeren gekauft. Den Ständer hab ich mitgebracht, falls du nichts zum Draufstellen hast.»

Elfrida hob den Kochtopf vom Feuer und stellte ihn auf einen Metallrost. «Phantastisch, Lucy», sagte sie. «Jetzt können wir alle zu dir unters Dach kommen und in die Glotze gucken. Vielleicht solltest du Rory zeigen, wo du ihn in deinem Zimmer hinstellen möchtest.»

«Es ist vier Treppen hoch», warnte Lucy ihn.

Er grinste überlegen. «Ich schätze, das schaff ich noch.»

Sie ging voran, während ihr die Einkaufstüten gegen die Beine schlugen. «Warst du einkaufen?», fragte Rory hinter ihr. Kein Mensch sonst konnte einen so schweren Gegenstand die Treppe raufschleppen und dabei noch genug Puste haben, um sich zu unterhalten, dachte Lucy.

«Ja. Weihnachtsgeschenke. Ich hatte in London keine Zeit.»

Oben angekommen, stieß sie die Tür zu ihrem Zimmer

auf und warf die Tragetaschen aufs Bett. Er folgte ihr und setzte den Fernseher behutsam auf dem Fußboden ab. Dann richtete er sich auf und sah sich anerkennend um. «Cool. Und so viel Platz. Sieht es bei dir immer so ordentlich aus?»

«Manchmal», sagte Lucy achselzuckend, weil sie nicht pingelig erscheinen wollte.

«Clodaghs Zimmer ist die reinste Müllkippe. Ma ist ständig hinter ihr her, dass sie aufräumen soll. Ich lauf schnell mal runter und hol den Tisch, damit wir den Apparat anschließen können.»

Während er polternd die Treppe hinunterlief, verstaute sie ihre Einkaufstüten schnell in einer leeren Kommodenschublade und schob sie zu. Schade, wenn er das Badedas entdecken würde.

Im Nu war er mit dem Trolley wieder zurück. Sie fanden eine geeignete Steckdose und Rory setzte den Apparat auf den Tisch und schloss ihn an. Es gab keinen Antennenanschluss, aber der Apparat hatte eine eigene Antenne und Rory schaltete ihn ein und fummelte ein bisschen mit der Antenne herum, bis der Empfang ganz klar war.

«Tolles Bild», sagte Lucy anerkennend.

«Es geht noch besser.» Er setzte sich im Schneidersitz vor den Apparat auf den Teppich, drehte an den Knöpfen und zappte durch die Kanäle. Superman im Kinderprogramm, dann ein uralter Schwarzweißfilm. Danach machte eine Frau vor, wie man aus alten Gärtnereikatalogen Weihnachtskarten basteln konnte. Rory stellte den Ton ein und spielte noch ein bisschen mit der Antenne herum. Lucy ließ sich neben ihm auf dem Fußboden nieder.

«... und zum Schluss binden wir eine hübsche Schleife darum. So. Wer würde sich nicht freuen, eine so persönliche Weihnachtskarte zu empfangen ...»

«Ich», sagte Rory und drückte auf einen weiteren Knopf. Ein Ansager ließ sich in breitem Schottisch übers Wetter aus und riet bis auf weiteres vom Wandern und Klettern im Gebirge ab.

«Soll ich ihn anlassen?», fragte Rory.

«Nein. Ich weiß jetzt ja, wie er funktioniert.»

Er stellte den Apparat aus. «Nur nicht die Antenne anfassen. Ich glaube, besser lässt sie sich nicht einstellen ...»

«Nett von dir, dass du mir den Apparat leihst und ihn auch noch hergebracht hast.»

«Kein Problem. Gibt der Sache den letzten Schliff.» Er sah sich noch einmal mit anerkennendem Blick im Zimmer um. «Sind das all die Sachen, die meine Mutter mit eingekauft hat? Klasse. Sie hat eine Schwäche für den Markt in Buckly und kommt immer mit irgendeinem Gelegenheitskauf zurück. Ein olles Kissen oder eine Nippesfigur ... oder sonst was völlig Sinnloses. Unser Haus steht voller Krimskrams, aber es findet sich immer noch Platz für mehr. Hast du zu Hause in London auch so ein Zimmer?»

«Nein. Es ist längst nicht so groß. Und hat auch keinen solchen Blick in den Himmel. Aber es ist ganz hübsch. Jedenfalls brauche ich es mit niemandem zu teilen. Ich hab meine Bücher und meinen Computer. Alle meine Siebensachen.»

«Wie lebt es sich so in der Stadt?»

«Es ist o. k.»

«Stell ich mir toll vor, bei all den Museen und Ausstellungen und Konzerten und Theatern. Ich bin nur ein einziges Mal da gewesen. Mein Vater hatte eine Tagung in London und wir haben im Hotel gewohnt und sind jeden Abend ins Theater gegangen. Es war ziemlich heiß und wir konnten beim Essen draußen auf der Straße sitzen und zuschauen, wie all die Irren vorbeigingen. War toll. Aufregender als Creagan.»

«Es ist anders, wenn man immer dort wohnt.»

«Wahrscheinlich.»

«Es kann ganz schön sein, wenn man ein richtiges Haus und einen Garten hat. Als ich klein war, hatten wir in Kensington ein Haus mit einem richtigen Garten, wo man sich nicht wie in der Stadt vorkam, weil es Rasen und Bäume und Blumen und so was gab. Aber dann haben meine Eltern sich getrennt, und jetzt bewohnen wir ein Apartment, meine Mutter, meine Großmutter und ich. Es liegt am Fluss und hat auch einen Balkon und eine schöne Aussicht, aber man kann nirgendwo hin. Man kann sich nicht einfach ins Gras legen und ein Buch lesen. Meine Freundin Emma – wir gehen zusammen zur Schule – wohnt in einem richtigen Haus und manchmal grillen wir bei ihr im Garten.»

Ihr fiel weiter nichts ein und sie war sich bewusst, dass alles ziemlich öde und langweilig klang.

Nach einer Weile fragte er: «Hast du Heimweh?»

Lucy sah ihn ungläubig an. *«Heimweh?»*

«Na ja, ich meine … vermisst du deine Mutter? Oder deine Sachen und alles. Clodagh ist hoffnungslos. Sie kann nicht mal über Nacht wegbleiben, ohne wie ein Baby zu heulen.»

«Nein.» Zu ihrer eigenen Überraschung merkte Lucy, wie ihre Stimme mit einem Mal ganz fest und entschieden klang. «Nein, Heimweh hab ich bestimmt nicht. Ich denke nicht einmal daran, dass ich nach London zurückmuss. Ich verscheuche es einfach aus meinen Gedanken.»

«Aber …»

«Das verstehst du nicht. Bei uns geht es anders zu. Nicht so wie hier. Oder wie bei euch, wo das Haus voller Leute ist und deine Freunde kommen und gehen. Die Wohnung gehört meiner Großmutter und sie sieht meine Freunde nicht gern bei sich. Sie bekommt Kopfschmerzen, sagt sie. Manchmal kommt Emma zu Besuch, aber die kann Granny auch nicht leiden, und deshalb ist die Atmosphäre immer ein bisschen gespannt. Wir ziehen uns meist in mein Zimmer zurück. Einmal war sie da, als Mami und Granny beide nicht zu Hause waren, und wir haben den ganzen Nachmittag im Badezimmer verbracht, uns die Haare gewaschen, Parfüm versprüht und uns die Zehennägel silbern lackiert. Wenn ich bei Emma bin, ist es ganz egal, was wir machen. Ihre Mutter arbeitet und ist selten zu Hause. Sie ist Herausgeberin einer Zeitschrift. Und das Au-pair-Mädchen ist keine Spielverderberin, die lässt uns sogar kochen und ekelhaften Kuchen backen.»

Sie hielt inne, um Rory Gelegenheit zu geben, auf diese Flut von vertraulichen Mitteilungen zu reagieren, aber er schwieg. Und nach einer Weile fuhr Lucy fort.

«Es ist alles so anders hier. Man kann machen, was man will, und wenn es nichts zu tun gibt, geht man in die Stadt und macht einen Schaufensterbummel oder man wandert an den Strand und geht auf Entdeckungstour, und nachts kann man draußen herumlaufen, ohne dass einer was sagt. Hier nennen sie mich zwar alle Schatz oder Spätzchen, aber gleichzeitig behandeln sie mich wie eine Erwachsene. Als wäre ich ein richtiger Mensch und kein Kind mehr. Granny und Mami nennen mich Lucy. Sonst nichts. Aber ich komme mir nie wie ein richtiger Mensch vor. Ich bin jetzt vierzehn Jahre alt, aber manchmal hab ich das Gefühl, ich hätte mein ganzes Leben nichts anderes getan, als zur Schule zu gehen. Es wäre alles halb so schlimm, wenn ich eine Schwester oder einen Bruder hätte. Vor allem einen Bruder. Denn immer nur mit Frauen zusammen zu sein, kann einen schrecklich deprimieren. Sie reden über solch triviales Zeug. Immer nur Kleider oder Restaurants oder andere Leute ...»

«Wo gehst du denn zur Schule?»

«Die Schule heißt Stanbrook. Sie ist ganz in der Nähe von uns. Ich fahre mit der U-Bahn. Es sind nur zwei Stationen. Ich gehe ganz gern hin, die Lehrerinnen und auch die Direktorin sind nett. Dort habe ich auch Emma kennen gelernt. Wir gehen in Konzerte und zu Kunstausstellungen, haben Schwimmunterricht oder spielen im Park. Aber es sind alles Mädchen und manchmal denke ich, es müsste Spaß machen, auf eine gemischte Schule zu gehen. Man würde mal andere Leute treffen.»

«Und dein Vater?», fragte Rory.

«Von dem sehe ich nicht viel, weil Mami dagegen ist, und er hat auch eine neue Frau, der nicht besonders an mir gelegen ist. Ich habe auch einen Großvater. Er heißt Jeffrey Sutton und ist Carries Vater. Aber er wohnt in Cornwall mit einer neuen jungen Frau und zwei kleinen Kindern.»

«Kannst du die denn nicht besuchen?»

«Doch, könnte ich, aber Granny nimmt ihm die Scheidung noch immer übel, deshalb wird sein Name so gut wie nie erwähnt. Aber eines Tages werde ich meinen ganzen Mut zusammennehmen und hinfahren. Ich fürchte allerdings, ich muss damit warten, bis ich älter bin.»

«Im Gegenteil. Du musst es *jetzt* tun.»

«Ich fürchte, dass ich nicht die Kraft dazu habe», sagte Lucy traurig. «Ich hasse es, mich mit jemandem anzulegen und meinen Willen durchzusetzen. Ich habe mich einmal schrecklich mit ihnen gezankt, als ich Löcher in den Ohren haben wollte. Eine Lappalie, aber der Streit dauerte tagelang, und schließlich habe ich vor lauter Verzweiflung nachgegeben. Ich bin ein schrecklicher Schlappschwanz, wenn es um solche Dinge geht.»

«Ich glaube, Löcher in den Ohren ständen dir gut. Du könntest goldene Ohrringe tragen.» Er grinste. «Wie ich.»

«Ich würde aber nicht einen, sondern zwei Ohrringe tragen.»

«Lass es doch hier machen. In Kingsferry ist ein Juwelier.»

«Meine Mutter bringt mich um.»

«Ich denk, die ist in Amerika?»

«Woher weißt du das denn?»

«Von meiner Mutter. Elfrida hat es ihr erzählt.»

«Sie hat einen Freund. Er heißt Randall Fisher. Sie verbringen Weihnachten zusammen in Florida. Deshalb bin ich mit Carrie hier. Ich war auch eingeladen, aber ich wollte nicht. Ich wäre ihnen nur im Weg gewesen. Außerdem», fügte sie hinzu, «kann ich ihn eigentlich nicht ausstehen.»

Er sagte nichts dazu. Lucy ging auf, was für ein guter Zuhörer er war. Sie fragte sich, ob das eine natürliche Gabe war oder ob sein Vater ihm beigebracht hatte, im richtigen Augenblick zu schweigen. Und gleichzeitig fiel ihr der Tag in London ein, als Carrie unvermutet und genau in dem Augenblick aufgetaucht war, als Lucy sich nach einem offenen Ohr gesehnt hatte. Sie hatte gehofft, mit Carrie reden und ihr ihr Herz ausschütten zu können, aber Carrie war nach ihrer Rückkehr aus Österreich merkwürdig verändert gewesen und ganz entschieden nicht in der Stimmung für Herzensergüsse. In sich gekehrt war vielleicht der richtige Ausdruck, als hätte sie einen Teil von sich selbst irgendwo zurückgelassen. Aber Rory Kennedy war anders. Rory hatte Zeit zuzuhören und hatte vollstes Verständnis. Lucy empfand eine dankbare Zuneigung zu ihm.

«Entschuldige», sagte sie schließlich. «Ich wollte dich damit gar nicht beläppern. Es macht nur alles so viel Spaß hier. Das Leben bei Oscar und Elfrida und der Volkstanzabend und all die Jugendlichen in meinem Alter. Und wenn ich denke, dass es dieses Jahr ein richtiges Weihnachtsfest gibt und ich nicht nur gebratenen Fasan mit Mami und Granny essen oder womöglich in irgendein blödes Restaurant gehen muss, weil sie keine Lust haben zu kochen. Und dann der Schneesturm und alles. Und die Kirche. Und die Lichtergirlanden in den Bäumen ...»

Sie verstummte. Es gab nichts mehr zu sagen. Sie dachte an die Wohnung in London, verdrängte den Gedanken aber in die hinterste Ecke und schlug die Tür zu. Wozu daran denken? Wozu sich Gedanken über die Heimkehr machen? Sie wollte sich diesen Moment, diese Stunde, diesen Tag nicht verderben lassen. Nur das Jetzt zählte.

Er saß da und sah sie an. Sie begegnete seinem Blick und lächelte. «Kommst du heute Nachmittag mit zum Rodeln?», fragte er.

«Gehst du?»

«Warum nicht. Ich rufe die andern an. Wir könnten zum Golfplatz gehen ... da gibt's ein paar richtig gute Rodelbahnen.» Er sah auf die Uhr. «Es ist fast zwölf jetzt. Wir müssen los, bevor es dunkel wird. Warum kommst du nicht mit zu uns, meine Mutter gibt uns was zu essen und wir trommeln die andern zusammen?»

«Ich hab aber keinen Schlitten.»

«In unserer Garage stehen drei oder vier. Du kannst einen leihen.» Er stand vom Fußboden auf. «Komm.»

«Aber hat deine Mutter ...»

«*Nein*, die hat nichts dagegen. Die würde eine ganze Armee durchfüttern, wenn's sein muss. Zu essen ist immer genug da.» Er packte sie am Arm und zog sie auf die Füße. «Hör auf, dir immer über alles Sorgen zu machen», sagte er. «Hör auf, dir Knüppel in den Weg zu legen.»

«Tu ich das?»

«Jetzt nicht mehr.»

MITTWOCH, 20. DEZEMBER

ELFRIDA

DER GROSSEINKAUF in Kingsferry war ein Riesenerfolg gewesen. Nicht nur hatten Sam und Carrie ganze Berge von Lebensmitteln, Gemüse, Obst und Weihnachtssüßigkeiten mitgebracht, sondern auch kartonweise Wein, Kisten von Bier, Limonade, Cola und sogar sechs Flaschen Grouse Whisky. Außerdem hatten sie ein Herrengeschäft gefunden, wo Sam sich mit bequemer Freizeitkleidung eingedeckt hatte. Cordhosen, warme Flanellhemden, ein dicker, gerippter Pullover, ein Paar Timberland-Stiefel und ein wasserdichter Pelerinenmantel.

Sam führte seine neue Garderobe beim Lunch vor und alle bewunderten seine flotte, lässige Erscheinung. Anschließend warf er sich in den neuen Mantel und machte sich mit Oscar zu Fuß zum Golfclub auf den Weg, wo er sich beim Manager angemeldet hatte, um eine mögliche Mitgliedschaft im Club mit ihm zu besprechen. Elfrida sah den beiden nach, wie sie nebeneinander den verschneiten Bürgersteig entlanggingen, und fand, dass sie gut zusammenpassten. Ein bisschen männliche Gesellschaft würde Oscar gut tun.

Es blieb also Carrie und ihr überlassen, zu vier Uhr den Empfang von Sir James Erskine-Earle vorzubereiten. Zuallererst mussten sie entscheiden, wo sie den Tee nehmen wollten. Elfrida dachte an die Küche … wozu große Umstände machen? Doch Carrie fand, das könne man vielleicht mit einem Bekannten machen, während Sir James es als leichte Zumutung empfinden würde, wenn er die Beine unterm Küchentisch ausstrecken und seinen Tee aus einem Becher trinken müsste.

Elfrida leuchtete der Einwand ein. «Dann servieren wir den Tee eben im Wohnzimmer.»

«Wie, einfach so, aus der freien *la main*?»

«Warum nicht?»

«Männer hassen es, Tassen in der Hand jonglieren zu müssen. Es sei denn, sie sind Pfarrer und sind es nicht anders gewöhnt. Sie können nicht mit Tassen, Untertassen und Kuchentellern gleichzeitig fertig werden. Warum decken wir nicht den Teetisch im Erker, wie es sich gehört und wie wir's von zu Hause gewohnt sind?»

«Ich muss erst mal nachsehen, ob ich überhaupt eine Tischdecke habe.»

«In Mrs. Sneads Wäschekammer liegt eine. Soll ich *Scones* backen?»

Elfrida war beeindruckt. «Kannst du das etwa?»

«Natürlich. Und du gehst zum Bäcker und kaufst Blätterteiggebäck.»

Elfrida zog gehorsam ihren Mantel an und ging los. Der Bäcker hatte kein Blätterteiggebäck, sondern nur Lebkuchen, also entschied Elfrida sich dafür und nahm dazu ein Glas hausgemachte Brombeermarmelade mit.

«Sie geben wohl eine Party, Mrs. Phipps?», wollte die Verkäuferin wissen, als sie ihr das Wechselgeld herausgab. Elfrida verneinte und teilte ihr mit, sie hätten nur einen Gast zum Tee.

Als sie nach Hause kam, hatte Carrie die *Scones* bereits im Ofen und es duftete köstlich durchs ganze Haus. Elfrida packte Lebkuchen und Marmelade aus, holte ein Tablett und stellte ihre allerbesten, wenn auch zusammengewürfelten Teller, Tassen und Untertassen darauf. Dazu Zuckerdose, Butterschale und sogar ein Buttermesser.

«Ganz *comme il faut*», sagte sie, während sie Teelöffel

dazulegte und sich daranmachte, das Innere der Teekanne gründlich auszuspülen.

Es fand sich tatsächlich ein gestärktes und gebügeltes Tischtuch in Mrs. Sneads Wäschekammer, das dem alten Tisch gleich ein sehr festliches Aussehen gab. Sie legte fünf Gedecke auf, stellte Butter und Marmelade dazu und legte jedem ein kleines Messer neben den Teller. Blumen hatte sie keine, aber vielleicht war Sir James Erskine-Earle bereit, ihr dieses Manko nachzusehen.

Mit dem leeren Tablett in der Hand wandte sie sich vom Tisch ab und warf einen Blick auf ihr kleines Bild, das sie heute vielleicht zum allerletzten Mal sah. Es hing ein bisschen schief, deshalb trat sie näher heran, gab ihm einen kleinen Schubs und strich liebevoll mit der Hand darüber, wie bei einem Kind, dem man gut zureden muss, sich nur ja nicht vorbeizubenehmen.

«Wenn wir später keine Zeit mehr haben sollten, Abschied zu nehmen, dann tu ich's jetzt», sagte sie. «Danke für die schöne gemeinsame Zeit.»

Oscar und Sam kehrten rechtzeitig und wohlgemut vom Golfclub zurück. Das Gespräch mit dem Clubmanager war sehr erfolgreich verlaufen. Zwar gab es eine Warteliste für neue Anwärter, aber da Sam sich in Buckly niederlassen wollte, bestand Aussicht, dass er die Warteschlange überspringen konnte. Sie waren auch dem Vorsitzenden und einigen weiteren Mitgliedern vorgestellt worden und hatten die Trophäen bewundert, ehe sie wieder nach Hause marschiert waren.

Oscar hatte der kleine Ausflug sichtlich gut getan. Beim Gedanken an seinen ersten Besuch im Golfclub, der mit seiner panischen Flucht ein so verheerendes Ende genommen hatte, schlug Elfrida innerlich drei Kreuze und hätte ihn am liebsten in den Arm genommen. Aber sie ging lieber nach oben, um sich das flammende Haar zu kämmen und eine weitere Schicht Lippenstift aufzutragen.

Als Sir James Erskine-Earle um Punkt vier an der Tür klingelte, rief er eine kleine Sensation hervor; denn als Elfrida hinunterlief, um ihn hereinzulassen, war sie ehrlich verblüfft, einen so jungen Mann vor sich zu finden. Obwohl er direkt von einer Sitzung wegen des Kriegerdenkmals kam, sah er in seinen verbeulten Knickerbockers und einer Jacke, an der sämtliche Knöpfe zu fehlen schienen, aus, als käme er direkt von der Gartenarbeit. Sein Hemdkragen war ausgefranst und der Pullover mit dem V-Ausschnitt hatte ein kleines Loch. Als sie die Tür öffnete und er seine Tweedmütze abnahm, sah sie, dass er schütteres Haar und eine richtige Pennälerfrisur hatte.

«Mrs. Phipps?»

«Ja. Sir James ...» Sie gaben sich die Hand. «Kommen Sie doch herein.» Sie führte ihn die Treppe hinauf. «Sehr liebenswürdig von Ihnen, kurz vor Weihnachten so prompt zu kommen.»

«Gern geschehen.» Er hatte eine sonore Stimme und ein sehr gewinnendes Lächeln. «Ich freue mich immer, wenn ich gebeten werde, mir etwas Besonderes anzusehen.»

Sie führte ihn ins Wohnzimmer und stellte ihn den anderen vor, die alle etwas unbeholfen dastanden, als seien sie es, auf die Sir James ein kritisches Auge werfen sollte. «Oscar Blundell. Und Carrie, meine Nichte. Und dies ist Sam Howard, der zukünftige Direktor der alten Kammgarnspinnerei in Buckly.»

«Wir haben wohl miteinander telefoniert. Freut mich, Sie kennen zu lernen. Sie arbeiten also für Sturrock & Swinfield? Ich war mit einem der Swinfields in Eton, aber ich glaube, das war nicht Ihr Direktor.» Er sah sich im Zimmer um. «Was für ein überaus erstaunliches Haus. Man ahnt ja von außen gar nicht, welche Pracht sich darin verbirgt. Gehörte es früher nicht zu Corrydale?»

«Ja, aber das ist lange her», teilte Oscar ihm mit. «Vielleicht haben Sie meinen Onkel, Hector McLennan, gekannt?»

«Nein, eigentlich nicht. Ich habe jahrelang in London gearbeitet und bin erst in den Norden gekommen, als mein Vater starb und wir alle nach Gut Kingsferry gezogen sind. Ein kleiner Kulturschock für die Familie, aber sie scheinen es alle mit Bravour überstanden zu haben.» Wie alle Neuankömmlinge fühlte er sich von dem großen Erkerfenster angezogen. Es dunkelte bereits, aber Elfrida hatte die Vorhänge noch nicht zugezogen, und vor der alten Steinfassade der Kirche funkelten die Lichterketten in den Bäumen gegenüber wie Juwelen. «Was für ein Blick. Und die Kirche zum Greifen nah. Sie müssen ja die Orgel von hier aus hören können. Ein herrliches Instrument. Wir können uns wirklich glücklich schätzen ...» Er wandte sich ihnen wieder zu. «Aber ich will hier keine Stielaugen machen und Ihre Zeit verschwenden. Wo ist denn das Bild, das ich mir ansehen soll?»

«Es ...» Elfrida musste sich räuspern. «Es hängt hier.»

«Ach, da. In einsamer Pracht.»

«Wir besitzen sonst leider keine Bilder.»

«Darf ich es abnehmen?»

«Ja, natürlich.»

Er durchquerte das Zimmer, nahm den Rahmen vorsichtig in beide Hände und hob das Bild behutsam wie ein Stück zerbrechliches Porzellan von der Wand. «Was für ein reizendes Bild.» Er hielt es schräg geneigt unter die Lampe, die auf Oscars Tisch stand. «Sir David Wilkie.»

«Soweit ich weiß, ja.»

«Ein Portrait seiner Eltern. Wussten Sie das? Vermutlich um 1835 gemalt.»

«Ich wusste nicht, dass es seine Eltern sind. Ich dachte, es sei irgendein rührendes älteres Ehepaar.»

Schweigen herrschte im Raum. Mit nervöser Spannung warteten alle auf das endgültige Urteil. Sir James Erskine-Earle ließ sich allerdings Zeit. Umständlich langte er in seine unansehnliche Jacke und holte eine randlose Brille hervor, mit der er plötzlich wie ein junger, mittelloser Student aussah. Vielleicht ein Medizinstudent, denn er hatte feingliedrige Chirurgenhände. Er studierte das Gemälde in aller Ausführlichkeit, fuhr mit den Fingerspitzen über die Leinwand und drehte es um, um die Rückseite zu inspizieren.

Schließlich legte er es behutsam auf Oscars Tisch. «Wie sind Sie an das Bild gekommen, Mrs. Phipps?»

«Ich habe es geschenkt bekommen. Vor langer Zeit. Vielleicht vor dreißig Jahren. Von einem Freund.»

«Und wissen Sie, wo er es gekauft hat?»

«In einem Trödelladen, glaube ich. In Chichester.»

«Ja.» Er nickte. «Das hab ich mir gedacht.»

«Ich ... ich habe immer in dem Glauben gelebt ... und man hat mich darin bestärkt ... dass es ein Original sei. Aber ich habe es nie schätzen oder versichern lassen.»

Hinter funkelnden Brillengläsern, in denen sich das Licht der Stehlampe spiegelte, sah er sie lächelnd an. Das gleiche gewinnende, jungenhafte Lächeln. Dann drehte er sich um, lehnte sich gegen den Tisch und nahm die Brille ab. «Es tut mir Leid», sagte er, «aber dies ist nicht das Original. Es ist eine Kopie.»

Alle waren von seinen Worten so überrascht, dass es ihnen die Sprache verschlug.

«Es ist eine reizvolle und äußerst kunstvoll ausgeführte Arbeit, aber es ist nicht das Original.»

Oscar fand zuerst die Sprache wieder. «Woher wissen Sie das?»

«Einmal ist es nicht signiert. Zwar gebe ich zu, dass der Stil, das Sujet unverwechselbar David Wilkie sind, aber die Signatur fehlt. Zum andern kann es nur eine Kopie sein, weil das Original, wie der Zufall es will, erst vor ungefähr einem Jahr in London durch unsere Hände gegangen ist. Es wurde an einen Händler aus den Vereinigten Staaten verkauft, der es für irgendein Museum erstanden hat. Es war größer als Ihr kleines Gemälde, Mrs. Phipps, was mich zu der Vermutung veranlasst, dass diese Kopie niemals als Fälschung, sondern eher als eine Art Huldigung beabsichtigt war. Vielleicht ein Student, der den Stil des Meisters nachahmen wollte. Es ist zweifellos eine außerordentlich getreue Kopie ... der Pinselstrich, die Farben, das Licht. Ein hervorragendes Kunstwerk. Wenn Imitieren die aufrichtigste Form der Schmeichelei ist, dann möchte man gar zu gern wissen, wer der Maler war, der sich einer solch penibeln Arbeit unterzogen hat.»

Wieder herrschte tiefste Stille im Raum. Schließlich überwand sich Elfrida, die Gretchenfrage zu stellen.

«Was ist es wert, Sir James?»

«Jamie, bitte.»

«Gut ... Jamie ... was ist es Ihrer Meinung nach wert?»

«Wenn es das Original wäre, würde ich sagen, so um die fünfundachtzigtausend Pfund. Ich kann mich nicht mehr an die *exakte* Verkaufssumme erinnern, aber weit davon entfernt kann es nicht gewesen sein.»

«Und wenn es nicht das Original, sondern nur eine Kopie ist?»

«Eintausend? Vielleicht mehr, vielleicht weniger. Das

hängt vom Markt ab. Nichts ist irgendetwas wert, solange es niemand anders haben will.»

Eintausend. Eine Kopie und nur eintausend Pfund wert. Elfridas kleiner Spargroschen, ihre Vorsorge gegen ein Alter in Armut und Einsamkeit. Eintausend Pfund. Es tat ihr nicht einmal so sehr um ihrer selbst willen Leid. Es gab keinen Grund mehr, das Bild zu verkaufen, also konnte sie sich für den Rest ihres Lebens weiter daran erfreuen. Aber um Oscars willen war sie grenzenlos enttäuscht. All ihre Pläne, Hughie auszuzahlen und Oscar eine sichere Zukunft zu garantieren, waren damit zunichte. All ihre Träume verflogen, zerstoben. Wie Herbstlaub, in das der Sturm fährt, in alle Winde verweht.

Einen beängstigenden Augenblick lang fürchtete sie, in Tränen auszubrechen. In ihrer Verzweiflung wandte sie sich an Carrie und sah, dass Carries schöne, dunkle Augen voller Verständnis und Mitgefühl auf ihr ruhten. Elfrida machte den Mund auf, um etwas zu sagen, aber ihr versagte die Stimme. Carrie kam ihr zu Hilfe.

«Ich glaube, ich gehe jetzt mal nach unten und setze den Kessel auf. Und dann nehmen wir alle eine schöne, heiße Tasse Tee zu uns.»

Zum ersten Mal, seit er Jamie Erskine-Earle vorgestellt worden war, machte auch Sam den Mund auf. «Ich komme mit, Carrie, und gehe Ihnen zur Hand.»

Elfrida wusste genau, dass nicht zwei Menschen dazu nötig waren, einen Kessel zum Kochen zu bringen, und war Sam dankbar für die taktvolle Art, mit der er in dieser prekären Situation von der Bildfläche verschwand. Sie wünschte, Sir James Erskine-Earle würde ebenfalls von der Bildfläche verschwinden. Sie hatte ihn gebeten, ihr kleines Gemälde zu beurteilen, und natürlich war es nicht seine

Schuld, wenn es sich als Kopie entpuppt hatte, aber es war seinem Wissen und Sachverstand zuzuschreiben, wenn all ihre Illusionen zerstört waren und Oscar nichts anderes übrig blieb, als seine Hälfte des Hauses zu verkaufen. Nicht, dass sie es Sam nicht gönnte. Aber es kränkte sie, dass Oscar es verlieren sollte.

Als Carrie und Sam das Zimmer verlassen und die Tür hinter sich geschlossen hatten, trat ein etwas betretenes Schweigen ein. Vielleicht spürte Jamie Erskine-Earle, dass Elfrida verstimmt war, denn er sagte noch einmal: «Es tut mir aufrichtig Leid.»

Sie wurde leicht ungeduldig, mit sich selbst und mit anderen. «Ach, zum Donnerwetter», sagte sie schroff. «Es ist doch nicht Ihre Schuld.»

Behutsam hängte er das kleine Bild wieder an seinen Platz. Die alte Dame in ihrem gelben Schal lächelte mit einer Güte auf ihn herab, zu der Elfrida sich nicht durchringen konnte. «Wenigstens ... können Sie sich nun weiter daran erfreuen», sagte er.

«Aber nie wieder so wie früher.»

Oscar versuchte die Situation zu entspannen und griff in das Gespräch ein. «Elfrida hängt nach wie vor an dem Bild. Ich bin erleichtert, dass sie nun keinen Grund mehr hat, sich davon zu trennen.»

«Ach, Oscar, und ob ich Grund dazu habe! Schließlich ist es nur ein Bild. Aber es lohnt sich nicht für tausend Pfund. Die Summe ist einfach lachhaft.»

«Mach dir keine Sorgen, Elfrida.»

Sie drehte den beiden den Rücken zu und ging, um ihre Enttäuschung mit einer gewissen Geschäftigkeit zu verdecken, zum Kamin hinüber, nahm ein Holzscheit aus dem Korb und warf es nicht eben behutsam auf den brennenden

Holzstoß. Dann blieb sie davor stehen und sah zu, wie die Funken sprühten.

Ohne dass sie es gemerkt hatte, war Jamie hinter ihr an den Kamin getreten. «Entschuldigen Sie, ich möchte nicht neugierig erscheinen, aber wem gehört diese interessante kleine Uhr?»

Einen Moment lang glaubte Elfrida, nicht richtig gehört zu haben. Mit unwirschem Stirnrunzeln wandte sie sich zu ihm um. «Die Uhr?»

«Sie fiel mir in die Augen. Was für ein ungewöhnliches Stück.»

«Sie gehört Elfrida», sagte Oscar an ihrer Stelle.

«Darf ich ... darf ich mal sehen?»

Elfrida nickte. Sie trat zur Seite und Jamie Erskine-Earle setzte noch einmal die Brille auf, trat neben sie und nahm die kleine Uhr von ihrem Platz mitten auf dem Kaminsims. Zum zweiten Mal standen Oscar und sie stumm dabei und ließen den kleinen Gegenstand eingehend betrachten. Elfrida beschloss, ihn mit der Kohlenschaufel zu erschlagen, wenn er sich erdreisten sollte, ihr mitzuteilen, dass es sich um nichts als wertlosen Schund handle.

«Ein Reisechronometer», sagte er anerkennend. «Erstaunlich. Wie sind Sie an dieses Kleinod gekommen?»

«Meinen Sie Kleinod im ideellen oder im materiellen Sinne?»

«Ich bin nicht sicher», entgegnete er höflich.

«Ich habe sie von einem alten Patenonkel geerbt», erwiderte sie in ziemlich brüskem Ton. «Ein alter Seefahrer.» Aber schon im selben Moment bereute sie, sich ihre Verstimmung so deutlich anmerken zu lassen, und sagte einlenkend: «Wie Sie sehen, gibt es jeweils ein Zifferblatt für die Stunden, für die Minuten und für die Sekunden. Ich muss sie allerdings täglich aufziehen. Wahrscheinlich könnte ich eine Batterie einbauen lassen, aber das kommt mir ...»

«Um Himmels willen. Ein so seltenes Stück.»

«Selten? Meinen Sie? Schließlich ist es nur eine altmodische kleine Seemannsuhr.»

«Sehr praktisch, ja. Und obendrein hübsch.»

Sie betrachtete die Uhr in seiner Hand und sah sie plötzlich mit völlig neuen Augen an, wie es manchmal vorkommen kann, wenn vertraute, alltägliche Gegenstände von anderen bewundert werden. Das Leder außen war ziemlich abgewetzt, aber innen war es noch tiefdunkel und weich, und der Deckel, der sich wie ein antiker Buchdeckel zuschließen ließ, war mit korallenrotem, etwas zerknautschtem Samt ausgeschlagen. Rund um das kreisrunde Zifferblatt mit den unterschiedlichen Zeigern war das Leder mit einem Kranz aus winzigen vergoldeten Blättern verziert, ein Muster, das sich am Rand wiederholte. Der kleine Schlüssel, die Angeln und das winzige Schloss waren aus Messing.

«Ich weiß nicht einmal genau, wie alt sie ist», sagte Elfrida. «Vielleicht wissen Sie es.»

«Leider bin ich kein Uhrenspezialist. Aber ich habe einen Kollegen, der sich darauf versteht», fuhr er fort. «Wenn Sie wollen ... Wenn Sie mir erlauben ... könnte ich sie ihm zeigen.»

«Wozu?»

«Weil ich sie für etwas ganz Besonderes halte.»

«Wie besonders?»

«Es ist das Wort Kleinod gefallen.»

«Meinen Sie, die Uhr hat einigen Wert?»

«Ich möchte mich lieber nicht festlegen. Ich bin kein Experte.»

«Doch wohl keine fünfundsiebzigtausend Pfund?», fragte

sie ziemlich direkt und erwartete ein bedauerndes Kopfschütteln oder sogar ein verächtliches Lachen.

Aber Jamie Erskine-Earle lachte sie keineswegs aus. «Ich weiß es wirklich nicht, Mrs. Phipps», sagte er. «Aber dürfte ich ... dürfte ich die Uhr einmal mitnehmen? Wenn ich meinen Kollegen nicht zu fassen bekomme, kann ich ihn anrufen oder ihm ein Fotografie der Uhr schicken. Ich stelle Ihnen natürlich eine Quittung aus und werde sie wie meinen Augapfel hüten.»

Elfrida kam das Ganze wie eine Farce vor. «In Hampshire, in meinem kleinen Haus in Dibton, hat die Uhr auf dem Kaminsims im Wohnzimmer gestanden und ich habe nicht mal die Tür abgeschlossen.»

«Dann kann ich Ihnen nur zu Ihrem Glück gratulieren. Die Uhr ist nicht versichert», fuhr er fort und es klang wie eine Bestätigung, nicht wie eine Frage.

«Nein, natürlich nicht. Es ist nur eine kleine Reiseuhr, die ich schon seit Jahren besitze und überallhin mitnehme.»

«Ich kann nur wiederholen: eine seltene kleine Kostbarkeit. Kann ich sie mitnehmen?»

«Natürlich.»

«Hätten Sie vielleicht ... eine Schachtel ... oder irgendetwas, worin ich sie einwickeln könnte? Mein Taschentuch ist nicht gerade dafür geeignet.»

Oscar ging an seinen Tisch, zog eine der Schubladen auf und entnahm ihr ein mit Luftblasen gefülltes Stück Plastik, in dem ihm Bücher zugeschickt worden waren.

«Reicht das?»

«Perfekt. Und ein Blatt Papier für die Quittung? Meist habe ich einen offiziellen Firmenblock bei mir, aber den habe ich heute natürlich zu Hause gelassen.»

Er reichte Oscar die Uhr und dieser machte ein unförmiges Paket daraus. Dann setzte Jamie Erskine-Earle sich an den Schreibtisch und stellte Elfrida eine Quittung aus. «Die geben Sie besser mir», sagte Oscar zu ihm. «Bei Elfrida verlieren sich solche Dinge leichter.» Und er verstaute die Quittung in seiner Brusttasche.

«Noch etwas», sagte Elfrida.

«Ja, Mrs. Phipps?»

«Könnten wir über die Sache mit der Uhr Stillschweigen bewahren, wenn Sam und Carrie zurückkommen? Wir hatten unsere Erwartungen alle etwas zu hoch geschraubt und ich möchte nicht, dass sie sich noch einmal unnötig zerschlagen. Könnten wir einfach sagen, dass Sie es für sinnvoll halten, die Uhr für mich schätzen und versichern zu lassen?»

«Natürlich. Eine einleuchtende Erklärung. Die im Übrigen auch noch der Wahrheit entspricht.»

Abends, als Elfrida das Abendessen zubereitete, hatte sie das Gefühl, den Nachmittag auf einer Berg- und Talbahn verbracht zu haben. Und über all den Aufregungen, Enttäuschungen und neuerlich geweckten Erwartungen hatte sie Lucy völlig vergessen. Etwas unkonzentriert und abwesend rührte sie eine Sauce bolognese auf dem Herd, als Lucy durch die Hintertür kam und in der Küche erschien.

Elfrida warf einen Blick auf die alte Küchenuhr. Es war beinahe sieben. Sie starrte Lucy an und versuchte sich krampfhaft zu erinnern, was das arme Kind den ganzen Tag getrieben hatte.

«Ja, ich bin's wirklich», versicherte Lucy ihr.

«Ach, mein Schatz, entschuldige.»

«Du machst ein Gesicht, als wäre ich die Letzte, mit der du gerechnet hättest.»

«Ich spiele nur die Geistesabwesende. Hier war so viel

los, dass du mir völlig entfallen warst. Aber nun bist du mir wieder eingefallen und das beruhigt mich.»

«Was war denn los?», fragte Lucy, während sie ihre Pudelmütze vom Kopf nahm und sich die Jacke aufknöpfte. «Hab ich was verpasst?»

«Eigentlich nicht. Nur einen reizenden Mann zum Tee. Carrie hat *Scones* gebacken. Und er hat sie fast alle allein verputzt.»

«Und wer war dieser reizende Mann?»

«Er heißt Sir James Erskine-Earle und wohnt auf Gut Kingsferry.»

«Ich war gerade in Kingsferry. Mit Rory.»

«Ich dachte, ihr wart beim Rodeln.»

«Waren wir auch, aber als es dunkel wurde, sind wir erst zu ihm nach Haus gegangen und haben was gegessen, und dann sind wir beide nach Kingsferry gefahren.»

«Hast du noch mehr Einkäufe gemacht?»

«Ja und nein.»

Elfridas Neugier war geweckt. Lucy machte ein spitzbübisches Gesicht, als lache sie sich innerlich ins Fäustchen.

«Du strahlst ja wie ein Honigkuchenpferd. Sag mir, was du ausgeheckt hast.»

Lucy schob mit der Hand ihre langen Haare zurück, sodass Elfrida es golden aufblitzen sah.

«Ich habe mir Löcher in die Ohren machen lassen. Bei einem Juwelier in Kingsferry. Rory hat mich hingefahren. Und er hat mir die Ohrringe zu Weihnachten geschenkt. Richtiger Schmuck.»

«Ach, Spätzchen …»

«Ich hab sie mir schon eine Ewigkeit gewünscht …»

«Lass mal sehen.»

«Aber Mami hat's nicht erlaubt …»

«Wie hübsch die sind! Und wie gut sie dir stehen! Du siehst damit richtig erwachsen aus. Was für ein großzügiges Geschenk.»

«Ich glaube, ich habe noch nie etwas geschenkt bekommen, was ich mir so gewünscht habe.»

MITTWOCH, 20. DEZEMBER

LUCY

Ich glaube, dies war der schönste Tag meines Lebens. Alles ist dick voll Schnee und es sieht wunderschön aus. Heute Morgen habe ich Weihnachtseinkäufe gemacht, und als ich zurückkam, saß Rory bei Elfrida in der Küche und hatte den Fernseher mitgebracht, den er mir leihen wollte. Er hat ihn in mein Zimmer raufgetragen und gleich angeschlossen, und dann haben wir auf dem Fußboden gehockt und uns unterhalten, und irgendwie fällt es mir so leicht, mit ihm zu reden, dass ich ihm mein Herz ausgeschüttet habe. Über das langweilige Leben in London und die schreckliche Wohnung, und über Mami und Gran und Randall Fisher. Auch über Dad und Marilyn und die Familie in Cornwall. Es war schön, jemanden zu haben, der zuhörte und mich nicht ständig unterbrach und mich aufmuntern oder begütigen wollte oder fand, dass ich lauter dummes Zeug rede. Oder von Tuten und Blasen keine Ahnung hatte.

Er hat einfach zugehört.

Als ich mir alles von der Seele geredet hatte, sind wir zu ihm gefahren und Mrs. Kennedy hat uns Frikadellen gemacht und Rory hat ein paar Freunde angerufen und anschließend sind wir alle zum Rodeln auf den Golfplatz gegangen, was enorm viel Spaß gemacht hat, und hinterher waren wir total erschöpft. Wir sind gerodelt, bis es dunkel wurde, und dann hat Rory seinen Vater gefragt, ob er das Auto kriegen könnte, und als der nichts dagegen hatte, ist Rory mit mir nach Kingsferry gefahren. Kingsferry ist eine ganz alte, ziemlich interessante Stadt mit ganz vielen Läden, und als wir das Auto geparkt hatten, sind wir zu einem Ju-

welier gegangen, und der hat mir so schnell Löcher in die Ohren gestochen, dass ich kaum was gemerkt habe. Und dann hat er mir kleine goldene Ringe in den Ohren befestigt.

Ich hatte Rory erzählt, dass ich zu Hause keine Ohrringe tragen darf, aber er meinte, ich wäre ja nicht zu Hause, und er hat sogar das Löcherstechen und die Ohrringe bezahlt und gesagt, das wäre sein Weihnachtsgeschenk für mich.

Auf dem Rückweg im Auto haben wir uns weiter unterhalten, und jetzt habe ich das Gefühl, dass ich einen Wendepunkt, so was wie eine Wasserscheide erreicht habe. Rory sagt, es gäbe eine Menge Punkte, die ich nie vergessen dürfte. Hier sind sie:

Ich bekomme gute Noten in der Schule, also bin ich nicht dumm.

Ich muss mich selbst durchsetzen, denn sonst tut es niemand für mich.

Wenn ich meinen Großvater und Serena, Amy und Ben in Cornwall besuchen will, dann muss ich es tun. Kein Mensch kann mich daran hindern. Ich kann mich selbst drum kümmern, dass mein Großvater mich einlädt, und mir eine Fahrkarte kaufen und losfahren.

Ich muss unternehmungslustiger werden. Ich kann ja auf mich selbst aufpassen. Ich weiß über Ecstasy-Pillen auf Partys Bescheid und über Betrunkene, Drogensüchtige, Flasher, Sexualtäter und nette alte Männer, die einen an der Bushaltestelle anquatschen.

Vielleicht sollte ich während der letzten beiden Schuljahre auf eine gemischte Internatsschule gehen. Für die Oberstufe. Ich bin nie auf den Gedanken gekommen. Ich werde Mami den Floh ins Ohr setzen, damit sie sich an den Gedanken gewöhnt. Und versuchen, Miss Maxwell-Brown auf meine Seite zu bekommen. Es wären nur noch zwei Jahre bis dahin.

Wenn ich hier sitze und Pläne schmiede und mich auf etwas freuen kann, habe ich schon gleich viel mehr Entschlusskraft.

Ich wünschte, ich hätte einen Bruder wie Rory.

Doch lieber nicht. Denn wenn er mein Bruder wäre, wäre es nicht dasselbe.

Meine Ohrringe tun gar nicht weh. Wenn Gran und Mami die sehen, wissen sie gleich, dass ich mich verändert habe und meinen eigenen Willen durchsetze. Und dass ich meine eigenen Entscheidungen treffen kann. Ich bin schließlich kein kleines Kind mehr.

Heute Nachmittag war ein Mann namens Sir James Erskine-Earle hier. Er hat Elfridas Uhr mitgenommen, um sie schätzen und versichern zu lassen. Carrie sagt, er hätte sechs Scones *mit Butter und Brombeermarmelade gegessen.*

Morgen ist der erste Tag vom Rest meines Lebens.

DONNERSTAG, 21. DEZEMBER

SAM

ZITTERND VOR Kälte wachte Sam in völliger Dunkelheit auf. Es war die Kälte, die ihn geweckt hatte, und er merkte, dass ihm die Daunendecke vom Bett gerutscht war und er nur notdürftig mit einer Wolldecke und einem eisigen, monogrammbestickten Leinenlaken zugedeckt war. Die Vorhänge seines Zimmers waren wie immer zurückgezogen und das Fenster stand einen schmalen Spalt offen, sodass ihn ein eiskalter Windzug wie aus einem Gefrierschrank traf. Offenbar waren die Temperaturen über Nacht um etliche Grade gesunken.

Er lehnte sich aus dem Bett, langte nach der Decke und breitete sie über sich aus. Ihm war zwar noch immer kalt, aber die leichten, molligen Daunen waren eine Wohltat. Während er darauf wartete, dass ihm wieder warm wurde, streckte er die Hand nach dem Lichtschalter aus, knipste die Nachttischlampe an und sah auf seine Uhr. Halb acht morgens.

Er sah sich in dem dämmrigen, inzwischen vertrauten Zimmer um. Viele Möbel gab es nicht. Ein riesiger Schrank, in dem alle seine momentanen Habseligkeiten verstaut waren, und ein altmodischer viktorianischer Waschtisch, der als Toilettentisch fungierte. Er war mit einer rötlichen Marmorplatte bedeckt, auf der eine große, geblümte Waschschüssel und ein Wasserkrug standen. Der einzige Spiegel befand sich an der Innenseite der Schranktür. Außerdem gab es einen kleinen, zierlichen Stuhl. Kein Zimmer zum Wohnen oder Arbeiten, aber zum Schlafen völlig ausreichend.

Auch zum Telefonieren mit seinem Handy.

Er fragte sich, warum er den Raum so ansprechend fand. Es musste an den ausgewogenen Proportionen liegen, den anspruchslosen, schmucklosen Wänden, den fadenscheinigen Vorhängen aus verblichenem Cretonne, lang genug, dass sie Wellen auf dem durchgetretenen Teppich warfen und ihn an die Vorhänge seiner Mutter in dem alten Haus in Radley Hill erinnerten. Sie waren mit Messingringen an einer Messingstange mit ananasförmigen Köpfen aufgehängt und machten beim Zuziehen ein angenehmes, klapperndes Geräusch.

Dieses Geräusch rief ihm die Stimme seiner Mutter in Erinnerung. «Wach auf, mein Schatz. Das Frühstück ist fertig.»

Heimweh vielleicht, aber von der erfreulichen Sorte.

Das Haus hatte die gleiche Wirkung auf ihn. Die Weiträumigkeit, die schönen, sparsam möblierten Zimmer mit den üppigen Kranzgesimsen und den hohen, getäfelten Türen. Das Treppenhaus mit den flachen, ausgetretenen Stufen, das Geländer aus gebeiztem baltischem Kiefernholz und die altmodische, aber fast unverändert gebliebene Küche. Auch die Badezimmer mit der weiß gestrichenen Profiltapete, den ursprünglichen viktorianischen Lampen und Wasserhähnen und den Wasserbehältern mit Kette und Griff, auf dem ZIEHEN stand.

Gleich von diesem ersten, eher peinlichen Abend an hatte er das Gefühl gehabt, nach Hause zu kommen.

Das Haus hatte ihm auf Anhieb gefallen. Es hatte ihn angesprochen und ihn willkommen geheißen. Er dachte über die merkwürdige Kette von außerordentlichen Zufällen nach, die ihn ausgerechnet in dieses Haus geführt und hier hatten stranden lassen, sodass ihm nichts anderes übrig blieb, als zu bleiben. Im Rückblick konnte man glauben, das

Schicksal habe seine Hand im Spiel gehabt. Irgendein – hoffentlich gütiges – Wesen. Vielleicht der Einfluss seines Sternzeichens oder die unbegreifliche magnetische Kraft magischer Linien.

Die Begegnung mit Hughie McLennan in London war das erste Glied in dieser Kette gewesen. Dann die Übergabe des Schlüssels zu Hughies Haus in Creagan. Die Zufallsentscheidung mit der Münze, als er in seinem Auto vor der Kirche in Buckly gesessen hatte. Wenn Kopf dabei herausgekommen wäre, hätte er seinen Weg nach Inverness fortgesetzt und die Straße über die Black Isle vor Einsetzen der Schneefälle ungehindert passieren können. Aber stattdessen lag das Wappen oben und er hatte den Umweg über Creagan gemacht.

Wäre das Haus wie erwartet unbewohnt und verbarrikadiert gewesen, hätte er gar nicht erst angehalten. Er hatte nur wissen wollen, wo das Haus war; seine Lage, Größe und Vertrauen erweckende viktorianische Stattlichkeit hätten ihn ohne weiteres überzeugt, dass ein späterer, ausführlicherer Besuch sich lohnen würde. Aber es hatte eben nicht leer gestanden. Aus den Fenstern im ersten Stock war Licht gedrungen, und neugierig geworden, hatte er seinen Wagen am Straßenrand geparkt, war ausgestiegen und hatte geklingelt.

Und danach hatte es kein Zurück mehr gegeben.

Inzwischen hatte er zwei Tage in Gesellschaft von vier entfernt miteinander verwandten Menschen verbracht und würde sogar Weihnachten mit ihnen feiern. Er hatte vorgehabt, mit Laptop und Taschenrechner seine eigene Prioritätenliste für die Spinnerei aufzustellen. Aber nun war er zur Untätigkeit verdammt, denn Laptop, Taschenrechner, Akten, wichtigste Telefonnummern und Unterlagen waren alle in seinem Hotelzimmer in Inverness zurückgeblieben. Zu dem Treffen in Buckly hatte er nichts als sein Handy, eine schmale Aktentasche und den Schlüssel zu Hughies Haus mitgebracht.

Vom üblichen Arbeitsdruck befreit, war es ihm gar nicht schwer gefallen, abzuschalten und sich einer Stimmung zu überlassen, die er seit Jahren nicht mehr gekannt hatte. Horizonte schrumpften. Prioritäten änderten sich. Er kam sich ein bisschen vor wie auf einem Schiff, isoliert vom Rest der Welt, aber intensiv mit den anderen Passagieren beschäftigt. Fremde, die ihm allmählich so vertraut wurden wie die Familie, die er nicht mehr besaß. Wie ein Schiff barg das Haus sie alle in seinen Wänden, und zwar mit einer Selbstverständlichkeit, als freute es sich, dass die geräumigen Zimmer endlich voller Leben waren, Türen offen standen, Kaminfeuer brannten, Stimmen und Schritte auf der Treppe zu hören waren.

Ein gutes Haus und Sam wollte es haben. Das war das Problem. Er wollte es Hughie und Oscar abkaufen und selbst besitzen. Die Lage war perfekt ... es würde ihn auf den leeren Straßen knapp zwanzig Minuten kosten, um morgens die Spinnerei zu erreichen und abends zurückzukommen. Er konnte aus der Haustür treten und zu Fuß zum Golfplatz gehen. Und wenn ihm Bier, Brot oder Milch ausgehen sollten, war es ein Katzensprung über den Marktplatz bis zu dem kleinen Supermarkt.

Außerdem war es ein Haus mit Zukunft. Seiner Zukunft. Wenn es ihm gehörte, brauchte er es nie wieder zu verlassen. Im Gegensatz zu einem winzigen Reihenhaus oder einem pittoresken, mit Rosen bewachsenen Landhäuschen, konnte er in diesem Haus alles unterbringen, wonach ihm der Sinn stand. Es war dieser Gedanke der Beständigkeit, der ihn am meisten reizte. Er war bald vierzig. Er wollte nicht mehr umziehen, kaufen und verkaufen und von neuem anfangen müssen. Dies sollte sein letzter Neubeginn sein. Er wollte sesshaft werden. Und zwar hier.

Aber die Hälfte des Hauses gehörte Oscar Blundell, und Elfrida und er wohnten darin. Und mehr als das Haus und sich selbst schienen die beiden nicht zu besitzen. Ein stumpfsinniger Bursche, hatte Hughie zu Sam gesagt. Mein Vetter ist ein stumpfsinniger Bursche. Aber Sam fand Oscar nicht im mindesten stumpfsinnig. Er fand ihn enorm sympathisch, und das machte die Sache nicht gerade einfacher.

Hughie McLennan wäre niemals auf den Gedanken gekommen, wegen Elfridas Bild etwas zu unternehmen. Er hätte sich auch nicht die Mühe gemacht, Janey in London anzurufen und Sir James Erskine-Earle, den Vertreter für Boothby's in dieser Gegend, aufzustöbern. Elfrida war zwar selbst auf den Gedanken gekommen, das Bild zu verkaufen, aber sie war in diesen praktischen Dingen so weltfremd, dass sie von allein niemals die Initiative ergriffen hätte. Letzten Endes hatte der Besuch von James Erskine-Earle zu nichts geführt, weil das Gemälde eine Kopie war. Also waren sie alle genauso schlau wie zuvor. Im Grunde bedauerte Sam, dass der David Wilkie sich nicht als wertvolles, seltenes Original entpuppt hatte, denn dann hätte er aufhören können, Luftschlösser zu bauen, und sich in Ruhe nach etwas anderem umsehen können.

Und doch ... irgendwie wurde er den Gedanken nicht los, dass es ihm bestimmt war, sich in diesem soliden, schmucklosen, kompakten viktorianischen Stadthaus niederzulassen und den Rest seines Lebens darin zu verbringen.

Sinnlose Hirngespinste. Er schlug sie sich aus dem Kopf, stieg aus dem Bett und machte das Fenster zu. Sein Zimmer ging auf den Garten und im Licht der Straßenlaterne, die neben der hölzernen Gartenpforte stand, lag der am Hang angelegte Garten wie versteinert unter glitzerndem Frost. Nicht ein Windhauch rührte sich. Kein Laut war zu hören.

Als Junge in Yorkshire war er gelegentlich ganz früh aufgestanden und hatte lange Wanderungen ins Hochmoor gemacht, auf einen Berg oder eine Felsspitze, von wo er den Sonnenaufgang beobachten konnte. Keine Morgendämmerung hatte der anderen geglichen, und es war ihm immer wie ein Wunder erschienen, wie sich der Himmel allmählich mit Licht füllte. Er erinnerte sich, wie er nach diesen frühmorgendlichen Expeditionen berstend vor Lebensfreude und Energie die grasbewachsenen Pfade hinuntergelaufen und über muntere Gebirgsbäche gesprungen war, in der schönen Gewissheit, dass ihn bei seiner Rückkehr zu Hause ein riesiges Frühstück erwartete.

Es war lange her, seit er einen Sonnenaufgang erlebt hatte. Heute war der kürzeste Tag des Jahres und vielleicht bot er sich an, das Erlebnis zu wiederholen. Er zog sich also an, schnürte seine dicken Stiefel zu, zog seinen Mantel über und tastete die Taschen nach seinen dicken Lederhandschuhen ab. Ganz leise verließ er sein Zimmer, zog behutsam die Tür hinter sich ins Schloss und ging nach unten. In der leeren Küche schlummerte Horaz noch friedlich in seinem Korb.

«Kommst du mit?»

Horaz hatte sich inzwischen von seiner Begegnung mit dem Rottweiler erholt und wollte mit. Sam hinterließ Elfrida eine Nachricht auf ihrer Einkaufsliste, nahm vom Ständer im Flur seine Tweedmütze und einen Schal, der ihm zwar nicht gehörte, aber angenehm warm am Hals lag. Er schloss die Haustür auf und trat in den stillen, dunklen, betäubend kalten Morgen hinaus. Verharschter Schnee knirschte unter seinen Stiefeln. Als er das Gartentor öffnete, hörte er Motorengeräusch und sah, wie der große Streuwagen sich mit aufgeblendeten Scheinwerfern und hochgestelltem Schneepflug über den Marktplatz auf die Hauptstraße zubewegte.

Sam und der Hund machten sich in entgegengesetzter Richtung auf den Weg.

Sie ließen die Straßenlaternen der Stadt hinter sich und gingen am Golfclub vorbei zum Strand hinunter. Der Himmel über ihnen war klar, in der Dunkelheit funkelte ein einsamer Stern, aber am fernen Horizont lag ein diesiger Nebelstreifen überm Meer. Es herrschte tiefste Ebbe, der Sand war gefroren und die flachen Felsvertiefungen bis auf den Grund vereist. Der Wind kam von Norden und war schneidend kalt, sodass Sam die warmen Falten des Schals bis übers Kinn hochzog. Er dachte an Gegenden, die auf gleicher Höhe wie Creagan, knapp unterhalb des sechzigsten Breitengrads, lagen. Im Westen, jenseits des Atlantiks, Labrador, die Hudson-Bucht, Alaska. Im Osten Skandinavien und die endlose sibirische Steppe. Dort würde ein Mann, der mitten im Winter für fünf Minuten aus seiner Tür trat, vermutlich auf der Stelle erfrieren. Aber hier konnte er wie ein Urlauber mit einem Hund bei Fuß am Strand entlangwandern, ohne dass die Kälte ihm sonderlich zusetzte.

Der Golfstrom war wirklich eine fabelhafte Erfindung.

In raschem Tempo legte er die ganze Länge des Strandes zurück und wandte sich dann landeinwärts. Kletterte über die Dünen, überquerte den Weg und die beiden Fairways des Golfplatzes und kletterte dann über einen schmalen Pfad, der sich zwischen dichtem Ginstergebüsch hindurchschlängelte, eine dahinter liegende steile Anhöhe hinauf. Als er oben ankam, war ihm von der Anstrengung ganz warm geworden und auch Horaz keuchte wie wild. Ein Zaun mit einem Zauntritt versperrte ihm den Weg. Inzwischen war die Dunkelheit zu einem fahlen Grau verblasst und der Stern verschwunden. Durch das dichte Ginstergebüsch gegen den Nordwind geschützt, lehnte er sich gegen den Zauntritt und blickte übers Meer. Vor ihm lag das unendliche Rund des Horizonts und die Bucht, die sich bis zur Landzunge hinzog, wo der Leuchtturm noch blinkte. Dahinter im Südosten begann der Himmel sich rötlich zu verfärben und das kommende Licht war in Dunst getaucht. Er hätte keinen besseren Aussichtspunkt finden können. Nach einem Blick auf seine Uhr sah er, dass es genau acht Uhr vierzig war. Er setzte sich auf den Zauntritt und wartete.

Horaz saß zu seinen Knien. Sam zog den Handschuh aus, legte dem Hund die Hand auf den Kopf und tätschelte sein weiches, seidiges Fell und seine samtenen Ohren. Die Welt, das leere Universum gehörte in dem Augenblick ausschließlich ihnen beiden. Von dieser kleinen Anhöhe schien sie grenzenlos, neugeboren, jungfräulich, als habe die Schöpfung gerade erst stattgefunden.

Aus irgendeinem Grund fiel ihm plötzlich der Nachmittag in London ein, als er in der feuchten Abenddämmerung durch die dichte, weihnachtliche Menschenmenge die King's Road entlanggegangen war und festgestellt hatte, dass es nicht einen einzigen Menschen auf der Welt gab, der ein Weihnachtsgeschenk von ihm erwartete. Nun war er völlig unvorbereitet in Creagan aufgetaucht. Er musste sich langsam etwas einfallen lassen, wenn er am Weihnachtsmorgen mit Geschenken aufwarten wollte. Vier. Geschenke für vier Personen. Vielleicht sogar fünf, obwohl er die geheimnisvolle Mrs. Snead noch nicht einmal zu Gesicht bekommen hatte. Oscar, Elfrida, Lucy. Carrie.

Carrie.

Nach dem Fiasko mit Deborah, der Wohnungsauflösung, dem Abschied von New York und der Rückkehr nach London zu einem neuen Job hatte er nicht im entferntesten an die Möglichkeit gedacht, dass eine andere Frau in sein Leben treten könne. Eine Liebesaffäre hatte ihm gerade noch gefehlt. Aber Carrie hatte ihn erwartet, das letzte Glied in dieser außergewöhnlichen Kette von Zufällen, was seinen Eindruck noch verstärkte, dass er nichts als eine hilflose Schachfigur war, die von fremder Hand bewegt wurde. Im Schneetreiben war er durch das Tor des *Estate House* getreten, den Gartenweg entlanggegangen und hatte geklingelt. Und es war Carrie gewesen, die ihm schließlich die Tür aufgemacht hatte.

Carrie mit der glatten Kappe aus kastanienbraunem Haar, den dunklen, ausdrucksvollen Augen, der schlanken Figur, dem langen Hals. Den feinen, geschwungenen Augenbrauen und dem faszinierenden Leberfleck am Mundwinkel. In ihrer tiefen, wohltönenden Stimme lag immer ein Anflug von Spott, sodass er nie sicher war, wann er sie ernst nehmen konnte und wann nicht. Ihre Handgelenke waren schmal, die Finger mit den unlackierten Nägeln lang und kräftig, und an der rechten Hand trug sie einen mit Saphiren besetzten Diamantring, der aussah, als habe ihn ihr ein hoffnungslos in sie verschossener Mann, der sie unbedingt heiraten wollte, an den Finger gesteckt. Oder er war ihr von einer nahe stehenden Verwandten vererbt worden.

Sie ruhte völlig in sich selbst. Wenn sie nichts zu sagen hatte, sagte sie nichts. Wenn sie sprach oder eine Meinung äußerte, geschah es auf kühle, überlegene, intelligente Art. Für Small Talk schien sie nicht das Geringste übrig zu haben, und wenn die andern am Esstisch oder über einem Drink vorm Kamin miteinander plauderten, hörte sie zwar aufmerksam zu, blieb aber meist schweigsam. Mit Elfrida und Lucy verband sie trotzdem ein herzliches und liebevolles Verhältnis. Um Lucy war sie sogar sehr besorgt, aber ohne sie irgendwie zu bevormunden. Lucy kam und ging, wie es ihr passte, und immer hatte Carrie ein freundliches Wort, eine Umarmung, ein offenes Ohr für sie. Und wie sie lachten!

Was ihn selbst betraf, hatte er nicht die leiseste Vorstellung, was Carrie von ihm hielt. Sie gab sich völlig ungezwungen, war jeder Situation gewachsen, aber gleichzeitig zurückhaltend bis zur Verschlossenheit. Das einzige Mal, an dem er sie länger als fünf Minuten für sich gehabt hatte – als sie nach Kingsferry in das große Einkaufszentrum gefahren waren –, hatte er geglaubt, die Schranke durchbrechen zu können, aber jedes Mal, wenn er das Gespräch auf sie selbst und ihr Privatleben gebracht hatte, war sie verstummt und hatte das Gespräch anschließend in eine völlig andere Richtung gelenkt. Als Sam nicht ohne Schwierigkeiten endlich den Herrenausstatter in Kingsferry aufgetan hatte, wo er sich aufgrund der Umstände völlig neu einkleiden musste, hatte er eigentlich erwartet, sie würde ihn in den Laden begleiten, Vorschläge machen, Entscheidungen treffen, sich vielleicht sogar über seinen Geschmack bei der Wahl von Boxer Shorts (die der Verkäufer Intimwäsche nannte) lustig machen oder wenigstens darauf bestehen, einen Schlips für ihn auszusuchen. Aber sie hatte nichts dergleichen getan. Sie war über die Straße gegangen und hatte ein Haushaltswarengeschäft betreten, wo sie für Elfrida eine neue Backform und eine Puddingschüssel kaufen sollte. Also hatte Sam seine Intimkäufe allein getätigt, und als er zum Wagen zurückkam, wartete sie bereits auf ihn, las die *Times* und verriet kein sonderliches Interesse an seinen Einkäufen.

Er hätte gern gewusst, ob sie schon einmal verheiratet gewesen war, wusste aber auch, dass er niemals den Mut aufbringen würde, sie danach zu fragen. Schließlich ging es ihn ja auch nichts an. Am ersten Abend, als sie im Wohnzimmer saßen und warteten, dass Oscar und Elfrida von ihrer Party zurückkamen, hatte sie ein paar harmlose Informationen über sich selbst preisgegeben.

Das war alles. Weiter war nichts aus ihr herauszubekommen, sie verweigerte alle überflüssigen Informationen und er hatte das Gefühl, dass zwischen ihnen eine fest verschlossene Tür lag, die zu öffnen Carrie nicht die mindeste Absicht hatte.

Wenn es um Lucy ging, war sie offener. Auch von ihrem eigenen Vater hatte sie ihm erzählt, und dabei hatte sich ihre Stimme belebt und ihre Augen hatten angefangen zu leuchten und sie war ganz aufgeschlossen und gesprächig geworden. Ihr Vater hieß Jeffrey und wohnte mit seiner zweiten, viel jüngeren Frau in Cornwall. «Er ist ein erstaunlicher Mensch», hatte Carrie gesagt. «Der großzügigste Vater, den man sich vorstellen kann. Er ist wohl oder übel mit meiner Mutter zusammengeblieben, bis Nicola und ich erwachsen und unabhängig waren, und erst dann hat er sich abgesetzt und hat mit Serena ein neues Leben begonnen. Wenn Lucy einen Vater wie Jeffrey gehabt hätte, wäre ihr Leben anders verlaufen. Er war nicht nur mein Vater, sondern mein bester Freund. Er hat mir alle Türen geöffnet und nie aufgehört, mich zu loben und zu ermutigen. Mit einem Mann wie Jeffrey hinter mir habe ich immer geglaubt, ich könnte die Welt erobern.»

Die Welt. Aber irgendwann, irgendwo war etwas schief gegangen. Doch Sam war der Letzte, dem Carrie sich anvertrauen wollte.

Je weniger sie sagte, je weniger sie verriet, desto mehr brannte er darauf, ihr Geheimnis zu erfahren. Sollte diese

Besessenheit heißen, dass er im Begriff war, sich in sie zu verlieben? Warum sonst war es ihm so wichtig? Und wozu sollte er sich in eine Frau verlieben, die vollauf mit ihrer Karriere und ihrer problematischen Familie beschäftigt war und nicht im Traum daran dachte, beidem den Rücken zu kehren und mit ihm, Sam Howard, im hohen Norden Schottlands zu leben?

Ganz abgesehen von der Tatsache, dass er noch immer mit Deborah verheiratet war.

Der Hund wurde unruhig und jaulte. Er fror. Sam fröstelte auch, rührte sich aber nicht. Denn als er wieder hinsah, stellte er fest, dass das schwache, muschelfarbene Rosa zu einer Aureole aus Rot und Gelb explodiert war, aus der leuchtende Flammengarben emporschossen. Und über den sanften Hügeln der entfernten Landzunge tauchte ganz langsam die oberste Kuppe einer orangefarbenen Sonne auf. Der gewölbte Rand warf blendendes Licht auf das bewegte Meer, verwischte die Schatten auf dem geriffelten Sand und vertrieb die Dunkelheit vom Himmel, sodass er von Saphirblau allmählich in ein blasses Aquamarin überging.

Ohne jedes Gefühl für Ort und Zeit sah Sam zu, wie der orangefarbene Ball von der anderen Seite der Welt aus dem Meer aufstieg. Es war dasselbe unerklärliche Wunder wie immer und er vergaß dabei ganz, dass ihm kalt war. Mit einem Mal verlosch der nadelfeine Lichtstrahl des Leuchtturms. Der neue Tag hatte begonnen, von nun an würden die Tage länger werden, bald würde ein neues Jahr anbrechen und Sam hatte nicht die geringste Vorstellung, was dieses Jahr für ihn bringen würde.

In flottem Tempo wanderte er über den schmalen Pfad oberhalb des schneebedeckten Golfplatzes nach Creagan zurück.

Der Nebel löste sich auf und der Himmel wölbte sich in blassem, reinem Blau über ihm, ohne eine einzige Wolke. Als er die ersten Häuser erreichte, sah er, dass es in der Stadt bereits lebendig geworden war. Autos kamen und gingen, die Geschäfte waren geöffnet und die ersten Hausfrauen mit Körben und Plastiktüten waren unterwegs. Der Schlachter fegte Schnee von seiner Türschwelle und eine junge Mutter zog ein warm eingemummeltes Kind auf einem kleinen Holzschlitten hinter sich her.

Er hatte einen Bärenhunger.

Als er das Haus betrat, stellte er fest, dass auch hier inzwischen reges Treiben herrschte. Von oben war das Dröhnen eines Staubsaugers zu hören und eine weibliche Stimme, die einen alten Beatles-Song sang.

I love you, yeah yeah yeah,
I love you, yeah yeah yeah.

Offenbar war die gefürchtete Mrs. Snead dabei, kräftig herumzuwirbeln.

Aus der offenen Küchentür drang Licht und der appetitanregende Duft nach Kaffee und Schinken. Er ließ Horaz von der Leine, zog seine Sachen aus und trat in die Küche, wo er Carrie ganz allein vor den Resten eines abgegessenen Frühstückstischs fand. Sie trank Kaffee und las die *Times*, blickte jedoch von der Zeitung hoch und begrüßte ihn mit einem «Guten Morgen».

Am ersten Abend vor gerade zwei Tagen, als er so rücksichtslos mit Hughie McLennans Schlüssel in der Hand aus Dunkelheit und Schneetreiben ins Haus geplatzt war, hatte ihn der unerwartete Zauber der jungen Frau, die ihm die Tür öffnete, förmlich überwältigt. Sie hatte sich, wie er später erfuhr, kaum von einer heftigen Grippe oder irgendeinem Virus erholt und deshalb blass, zerbrechlich und ungeheuer verletzlich ausgesehen. Trotzdem hatte er sie hinreißend gefunden. Aber inzwischen hatte ihre jugendliche Widerstandskraft die Grippe überwunden. An diesem Morgen trug sie einen roten Kaschmirpullover und die leuchtende Farbe ließ sie lebendiger, strahlender und attraktiver erscheinen denn je. So beschwingt, wie er sich fühlte, hatte er ein geradezu körperliches Bedürfnis, sie zu berühren, sie mit Schwung in die Arme zu nehmen, an sich zu drücken, die Schranken einzureißen und mit ihr zu reden.

«Haben Sie einen schönen Spaziergang gemacht?»

Er legte seinen hemmungslosen Wünschen schnellstens die Zügel an.

«Vielleicht etwas zu weit. Horaz ist ganz erschöpft.» Horaz schlabberte geräuschvoll aus seinem Napf, sodass das Wasser über den Rand auf den Fußboden schwappte.

«Sie müssen ja ganz durchgefroren sein.»

«Nein. Ich habe mich warm gelaufen. Bin aber kurz vorm Verhungern.»

«Da ist Schinken.» Sie legte die Zeitung aus der Hand und erhob sich.

«Dachte ich mir.»

«Ich mache frischen Kaffee.»

«Carrie, das kann ich selbst.»

«Nein.» Auf der Wärmeplatte stand ein zugedeckter Teller. Mit einem Topflappen nahm sie den Teller hoch, stellte ihn auf den Tisch und nahm mit Schwung den Deckel ab. Es lag nicht nur Schinken auf dem Teller, sondern Eier, ein Würstchen und eine gedünstete Tomate. Alles brutzelte noch. «Das mache ich. Sie fangen an zu essen.»

Ungläubig betrachtete er den Festschmaus. «Wer hat denn das alles zubereitet?»

«Ich. Ich hab mir gedacht, dass Sie Hunger hätten.»

Er war ganz gerührt. «Wie lieb von Ihnen.»

«Keine Ursache.»

Er setzte sich an den Tisch und bestrich eine Toastscheibe mit Butter. «Wo sind denn die andern?»

Carrie füllte den Kessel.

«Ach, überall und nirgends. Mit dem Frühstück sind alle fertig. Mrs. Snead ist da und Elfrida macht, glaube ich, die Betten. Oscar telefoniert. Wir müssen nämlich heute Morgen den Tannenbaum abholen. Er hat gefragt, ob Sie das vielleicht mit Ihrem Wagen übernehmen könnten. In Ihren passt der Baum hinein und Oscar hat leichte Manschetten, bei diesem Schnee Auto zu fahren.»

«Wo soll ich den Baum denn abholen?»

«Von Corrydale. Mit denen telefoniert er gerade. Irgendein Mann namens Charlie Miller. Der Baum ist bestellt, aber Oscar wollte sicher sein, dass Charlie auch da ist, wenn wir kommen.»

«Wir? Fahren Sie mit?»

«Oscar hat einen genauen Plan aufgezeichnet. Ich komme mit und spiele den Navigator. Außerdem möchte ich mir Corrydale ansehen, nach allem, was Oscar mir davon erzählt hat. Wie seine Großmutter dort gelebt hat und dann sein Onkel und zuletzt Hughie. Oscar hat als kleiner Junge dort seine Ferien verbracht. Er schwärmt noch heute von dem ausgedehnten Park und dem Garten, aber wie er sagt, hat sich alles verändert, weil sie ein Hotel daraus gemacht haben. Trotzdem, ich möchte es gern sehen. Das Hotel steht momentan leer. Wenn Charlie Miller nichts dagegen hat, könnten wir vielleicht ein bisschen herumstromern.»

Von stummer Genugtuung erfüllt, fuhr Sam in aller Ruhe fort, sein Schinkenfrühstück zu essen. Er konnte sich an diesem Morgen nichts Schöneres vorstellen, als mit Carrie nach Corrydale zu fahren, den Tannenbaum aufzuladen und mit ihr auf dem Gut herumzustromern. Es interessierte ihn, was Hughie McLennan einmal besessen und leichtsinnig wieder verschleudert hatte. Aber er beschränkte sich wohlweislich auf ein knappes «O. k.» und aß weiter, weil er nicht wollte, dass Carrie ihm die Vorfreude anmerkte und womöglich einen Rückzieher machte.

Sie löffelte Kaffee in die Kanne und goss heißes Wasser auf. «Soll ich noch mehr Toast machen?»

«Das wäre nett.»

Sie machte Toast, schenkte ihm Kaffee ein, füllte ihre eigene Tasse nach und kehrte zu ihrem Stuhl zurück. Sam machte sich im Stillen schon Hoffnung auf ein paar ungestörte Augenblicke mit ihr, als Lucy die Treppe heruntergerannt und in die Küche geplatzt kam.

«Carrie, Mrs. Snead sagt, sie will Weißwäsche in die Maschine stecken und ob du was zu waschen hast. Hallo, Sam. Habt ihr beide einen schönen Morgenspaziergang gemacht?»

«Und wie.»

«Wann seid ihr losgegangen?»

«Gegen acht. Es war noch stockfinster. Wir haben die Sonne aufgehen sehen.»

«O wie schön. Du hättest mich mitnehmen sollen. Ich habe noch nie einen richtigen Sonnenaufgang gesehen. Bei all dem Schnee auf dem Golfplatz muss es toll ausgesehen haben. Wie in der Schweiz oder so.»

«Sam und ich fahren nach Corrydale, um den Tannenbaum abzuholen», sagte Carrie. «Willst du mitkommen?»

«Ach, Mensch» – Lucy zog ein gequältes Gesicht –, «ich würde liebend gern mitfahren, aber ... ich habe Mrs. Snead versprochen, dass ich ihr helfen will. Beim Saubermachen.

Es geht also nicht. Dabei möchte ich Corrydale *so* gern kennen lernen.»

In seiner Erleichterung beeilte Sam sich, ihr zu versichern, dass er sie ein andermal mitnehmen würde.

«Wirklich? Versprichst du mir das? Oscar sagt, was Schöneres gibt's gar nicht auf der Welt und dass seine Großmutter die herrlichsten Azaleen hatte, in allen Regenbogenfarben. Und der Park geht bis ans Wasser runter und sie hatte sogar ein Boot.»

Von oben war Mrs. Sneads ungeduldige Stimme zu hören: «*Lucy!* Wo bleibst du denn? Ich will die Wäsche einsammeln ...»

Carrie verzog in gespieltem Entsetzen das Gesicht. «Komm, Lucy. Wir tun lieber, wie uns befohlen ist, sonst gibt's noch Krach.»

Sam blieb allein zurück, trank seinen frischen, heißen Kaffee und freute sich wie ein satter Pennäler, dem eine Überraschung bevorstand.

Oscars kleiner Lageplan von Corrydale erwies sich als minutiöser Wegweiser zu allem, was innerhalb der Parkmauern lag – ein wahrer kleiner Irrgarten von Straßen, Wegen, Gehölzen und einem langen Uferstreifen. Die jeweiligen Unterkünfte aller ehemals auf dem Gut Beschäftigten waren sorgfältig eingezeichnet und beschriftet. Billicliffes Haus, Rose Millers Haus, das Haus des Wildhegers, die Wirtschaftsgebäude. Zuletzt kam Charlie Millers Gärtnerhaus, das an den von einer Mauer umgebenen Garten und den Traktorschuppen angrenzte. In einiger Entfernung und durch eine weitere geschwungene Auffahrt erreichbar, die sich am Wasser entlangzog, hatte er das in einsamer Stattlichkeit dastehende Herrenhaus von Corrydale eingezeichnet, mit dem umliegenden gepflegten Garten und den Terrassen, deren Stufen zu den Wiesen am Ufer des Meeresarms hinunterführten.

Sam erinnerte die Zeichnung an den Lageplan am Schluss von *Pooh der Bär*, aber Carrie fand, Oscar hätte ein richtiges Kunstwerk vollbracht, das gerahmt werden müsste.

Die Straße nach Corrydale führte durch Gegenden, die beiden völlig unbekannt waren. Statt die Brücke nach Kingsferry zu überqueren, bogen sie vorher rechts ab und folgten der alten Landstraße nach Westen, die durch welliges Ackerland und durch stattliche, wenn auch winterlich kahle Buchenalleen führte. Die Landschaft war dicht verschneit, aber der Morgen hielt, was er versprochen hatte; der Himmel war wolkenlos und die Luft kristallklar. Es war kaum Verkehr auf der Straße, und nur wenige Menschen waren unterwegs. Ein Traktor tuckerte mit einer Ladung Heu, die für eine Schafherde bestimmt war, über ein Feld. Eine Frau hängte in der stillen, frostigen Luft Wäsche auf. Ein rotes Postauto holperte einen schmalen, ausgefahrenen Feldweg entlang.

Zu ihrer Linken lag die ausgedehnte Bucht, die sich weiter als fünfzehn Meilen ins Inland erstreckte. Das Wasser lief gerade auf und schimmerte blau wie im Sommer. Am gegenüberliegenden Ufer hob sich eine blendend weiße, massive Gebirgskette gegen den Himmel ab, nur gelegentlich unterbrochen von nacktem Felsgestein oder von Schutthalden, die wie steinerne Wasserfälle herabstürzten.

«Es kommt mir alles so riesig vor», sagte Carrie. «Sogar der Himmel scheint mir doppelt so groß wie anderswo.» Sie trug einen schwarzen, gesteppten Parka und ihre Pelzmütze und hatte eine dunkle Sonnenbrille gegen das gleißende Licht aufgesetzt.

«Kein Nebel und keine Luftverschmutzung. Glasklare

Luft. Wussten Sie, dass fünf der besten Lachsflüsse Schottlands in diese Bucht fließen?»

«Woher wissen Sie das?»

«Von Oscar.»

«Er hat hier wahrscheinlich als Junge geangelt.»

«Der Glückspilz.»

Carrie warf einen eingehenden Blick auf Oscars Plan. «Ich glaube, wir sind gleich da. Zuerst kommt die Mauer und ungefähr eine Viertelmeile später das Haupteingangstor ...»

Und schon tauchte auf der linken Straßenseite die Parkmauer auf. Die prächtigen, wirkungsvoll gruppierten Bäume, die sich dahinter erhoben, ließen auf eine gepflegte Parklandschaft schließen. Das Haupttor wurde von zwei riesigen Koniferen flankiert. Aus dem Schornstein des kleinen Parkwächterhäuschens stieg Rauch in die Luft, in dem Gärtchen daneben hing Wäsche zum Trocknen und auf der Türschwelle stand einsam ein kleiner Plastiktraktor.

Dann sahen sie das Schild.

CORRYDALE COUNTRY HOTEL

«Da wären wir also», sagte Carrie.

Sam bog in das Tor ein. Der Hauptweg führte bergab durch eine gewaltige Eichenallee, auf der kürzlich vorbeigekommene Fahrzeuge zwei tiefe Fahrspuren hinterlassen hatten. Die Baumstämme warfen ein Gitter aus blauen Schatten auf den Schnee. Nach ungefähr einer Viertelmeile gabelte sich die Straße und ein hölzerner Wegweiser erwartete sie. HOTELBESUCHER nach rechts. Dieser Weg lag unberührt unter jungfräulich weißem Schnee. WIRTSCHAFTSGEBÄUDE UND SÄGEMÜHLE geradeaus, sodass sie ihren Weg fortsetzen konnten. Carrie immer mit Oscars Plan auf dem Schoß.

«Bei der nächsten Gabelung halten wir uns wieder links, und dann kommen wir zu Billicliffes Haus.»

«Und wer ist Billicliffe?»

«Er ist der frühere Gutsverwalter. Elfrida und Oscar mussten bei ihm vorbeifahren, um *ihren* Schlüssel abzuholen. Wie Elfrida mir erzählt hat, ist er ihnen entsetzlich auf die Nerven gegangen, das Haus war ein einziger Schweinestall, sodass sie beide nicht besonders gut auf ihn zu sprechen waren. Aber dann waren alle zutiefst bestürzt, als er schwer erkrankte, sodass Oscar ihn ins Krankenhaus fahren musste. Wo er momentan ist ... hier kommt die Abzweigung. Wir müssen nach links ...»

Die Wagenspuren setzten sich im Schnee fort. Offenbar eine häufig benutzte Zufahrtsstraße. Und schon stand, etwas zurückgesetzt von der Straßenböschung, das erste Gutshäuschen vor ihnen.

«Hier also wohnt Major Billicliffe», sagte Carrie.

Sam war neugierig und verlangsamte die Fahrt, um es sich ausführlich ansehen zu können. Ein kleines, solide gebautes Steinhaus mit einem ländlichen Holzvorbau und zwei Fenstern im schiefergedeckten Dach. Eine kurze Auffahrt führte vom Tor zur Eingangstür, wo unter einer dicken Schneehaube traurig und verlassen ein verrosteter alter Vauxhall stand. Die Fenster waren fest verschlossen, nirgendwo brannte Licht und aus dem Schornstein drang nicht ein einziges Rauchwölkchen.

«Was für eine trostlose kleine Bude», meinte Carrie.

«Kein Wunder, wenn sie von Gott und der Welt verlassen ist.»

Langsam setzten sie ihre Entdeckungsfahrt fort. Die Reifen knirschten in den vereisten Wagenspuren und der Weg zog sich in gefälligen Schleifen und Windungen durch das reizvolle Parkgelände. Eine weitere Biegung und Rose Millers Häuschen tauchte vor ihnen auf, das jedoch einen völlig anderen Anblick bot. Adrett und gepflegt, mit weißen Spitzengardinen vor den Fenstern, lag es in einem kleinen Garten, in dem ein paar muntere Hennen gluckten. Sie hatte ein Kaminfeuer brennen und ein herber Duft nach verbranntem Torf lag in der Luft.

Sie kutschierten weiter. Am Gehöft vorbei, in dessen Nähe es kräftig nach frischem Mist roch. Vorbei an einer Weide mit Schafen. Dann kam das Haus des Wildhegers mit den Hundezwingern und einem Auslauf hinterm Haus, aus dem zwei Spaniels stürzten und sich die Lunge aus dem Hals bellten.

«Ein Glück, dass wir Horaz nicht mitgebracht haben», sagte Carrie. «Der würde einen Herzschlag kriegen.»

Inzwischen hatten sie die Bucht, an deren Ufer die Felder angrenzten, wieder im Blick. Noch mehr Bäume, ein weiteres Häuschen und dann die Nordwand des Gartens, ein schönes, hohes Steingemäuer mit einem doppelseitigen schmiedeeisernen Tor in der Mitte. Unmittelbar daneben stand der Holzschuppen für die Traktoren und davor war ein ehrwürdiger, über und über mit Lehm bespritzter Landrover geparkt. Sam parkte dahinter, und als sie aus dem Wagen stiegen, trat ein junger Mann aus dem Schuppen, dem ein alter goldener Labrador auf dem Fuß folgte. Der junge Mann trug einen ganzteiligen Overall, Gummistiefel und ein Jägerhütchen auf dem Kopf, das er sich tief ins Gesicht gedrückt hatte.

«Charlie Miller?»

«Ja, das bin ich. Bei Fuß, Brandy, und dass du mir nicht das Fräulein anspringst. Du dummer, alter Hund. Keine Manieren.»

«Das macht doch nichts», sagte Carrie lächelnd.

«Warten Sie ab, bis er Sie von oben bis unten mit seinen dreckigen Pfoten besudelt.» Er wandte sich an Sam. «Sie sind sicher Sam Howard.»

«Jawohl. Und dies ist Carrie Sutton.»

Charlie Miller sagte «Guten Tag», und Carrie und er gaben sich die Hand. «Oscar hat angerufen. Sie kommen wegen des Baums ... er steht im Schuppen, wenn Sie hier entlang kommen wollen.»

Er ging voraus und sie folgten ihm in das dämmrige Innere des Schuppens, der offenbar vielseitigen Zwecken diente. In einer Ecke stapelten sich Kartoffelkisten, ein Berg Sägeholz lag herum, an den Wänden lehnten alte Obstkisten und Zuckerrüben in Netzsäcken. Es roch angenehm nach Erde und Sägemehl und Maschinenöl. Der Tannenbaum stand gegen einen uralten Traktor gelehnt.

«... Oscar meinte, eins achtzig wäre groß genug, deshalb hab ich diesen gewählt. Eine gut gewachsene Tanne und keine abgeknickten Zweige.»

«Nichts dran auszusetzen.»

«Zwei Pfund pro Fuß. Also zwölf Pfund. Haben Sie einen Ständer dafür?»

«Keine Ahnung. Oscar hat nichts davon erwähnt.»

«Hier.» Charlie holte aus einer Ecke ein primitiv mit Nägeln zusammengehauenes Holzgestell hervor. «Die hat der Sohn vom Bauern gemacht, zwei fünfzig das Stück.»

Sam machte ein skeptisches Gesicht. «Hält das Ding auch?»

«O ja, das hält jeden Baum. Also, gut.» Charlie setzte das Gestell neben den Baum. «Macht zusammen vierzehn fünfzig.» Offensichtlich ein Mann, der nicht lange fackelte.

Sam holte sein Portemonnaie hervor und reichte ihm fünfzehn Pfund. «Sagen Sie dem Jungen, der Rest sei für ihn. Er hat's verdient, schon allein für seinen Unternehmergeist.»

«Mach ich», sagte Charlie und stopfte die Banknoten in die Brusttasche seines Overalls. «Soll ich Ihnen helfen, den Baum einzuladen?»

«Das wäre sehr nett von Ihnen. Ich habe den Rücksitz umgeklappt, Platz sollte genug sein ...»

«Kein Problem.»

«Charlie, dürften wir uns hier wohl ein bisschen umgucken?», wandte Carrie sich an ihn. «Wir sind noch nie auf Corrydale gewesen und würden uns gern mal das Haus und die Gartenanlagen ansehen. Aber wenn es privat oder nicht zugänglich ist ...»

«Doch, doch, alles ist zugänglich. Sie können gehen, wohin Sie wollen. Das Hotel ist sowieso geschlossen. Und viel ist im Garten momentan auch nicht zu sehen.»

«Das macht nichts. Wo gehen wir am besten entlang?»

«Sie gehen die Straße zurück, die Sie gekommen sind, biegen bei Major Billicliffes Haus links ab, dann kommen Sie direkt zum Herrenhaus und zu den Gartenanlagen. Es führt ein Weg durch die Bäume zum Wasser hinunter und dann können Sie am Wasser entlang wieder hierher zurückkommen. Während Sie Ihren Spaziergang machen, stecke ich den Baum in ein Netz und lade ihn ein, und wenn ich bei Ihrer Rückkehr nicht hier bin, dann bin ich beim Essen.»

«Vielen Dank.»

«Keine Ursache. Genießen Sie Ihren Spaziergang.»

Sie machten sich auf den Weg, die gefrorenen Fahrspuren krachten unter ihren Schritten, die Luft war berauschend wie eisgekühlter Wein und die Sonne schien ihnen warm auf den Rücken und löste ein Geflirre von feinstem Schneestaub von den Wipfeln der Bäume. Die nackten Zweige hoben sich wie schwarze Spitze gegen den strahlend blauen Himmel ab. Sie wanderten am Gehöft und an der Wildhegerei vorbei und bewunderten Rose Millers einladendes Häuschen.

«Genau die Art von Haus, in dem man sich's gemütlich machen und für den Rest seines Lebens zurückziehen möchte», sagte Carrie.

Als sie Major Billicliffes verlassene Behausung passiert hatten, bogen sie ab und schlugen den Weg zum Herrenhaus ein. Das Gehen war ziemlich beschwerlich, denn hier war der Schnee noch frisch und unberührt und ziemlich tief.

«Hier muss doch mal eine Menge Geld gesteckt haben», sagte Carrie. «Solch ein weitläufiges Gut, mit all diesen vielen Gutshäuschen, dem großen Gehöft, dem riesigen Garten hinter der hohen Mauer und allem. Wo ist das alles hergekommen? Der Reichtum, meine ich.»

«Industrie, nehme ich an. Schiffsbau, Stahl und was sonst noch dazugehört. Oder fernöstliche Handelsbeziehungen. Schiffe, Tee, Teak. Ich weiß es nicht. Wir müssen Oscar fragen.»

«Oscar scheint gar nichts zu besitzen.»

«Nein. Viel kann es nicht sein.»

«Wo ist es denn geblieben? Das ganze Geld, meine ich?»

«Überall das gleiche Lied. Die alten Leute sind gestorben und die Erbschaftssteuern haben einen gewaltigen Teil des Vermögens aufgefressen. Die Lebenshaltungskosten sind gestiegen. Der Krieg kam dazwischen. Und nach dem Krieg ging es stetig bergab. Dann kamen solche Typen wie Hughie McLennan ans Ruder, verprassten das letzte bisschen Kapital, und dann kam der große Ausverkauf. Im Süden Englands wäre dieses ganze Land vermutlich mit schnuckeligen Bungalows und Eigentumswohnungen übersät. Aber hier hat die

Abgelegenheit und die Tatsache, dass die Hotelkette das Haus übernommen hat, dafür gesorgt, dass noch alles intakt ist und wenigstens so aussieht, wie es immer ausgesehen hat.»

«Warum hat Oscar denn nichts geerbt? Er hätte einen wunderbaren *Laird* abgegeben.»

«Ich nehme an, er hatte keinen Anspruch darauf. Hughie war der Sohn des ältesten Sohns. Der Erstgeborene. Pech für die andern, dass er sich als solcher Scheißkerl entpuppt hat.»

«Es kommt einem unfair vor, finden Sie nicht?»

«Carrie. Das Leben *ist* unfair.»

«Es tut mir um Oscar Leid. Er hat es besser verdient. Beide, er und Elfrida. Sie haben beide ein Plätzchen verdient, das ihnen gehört und wo sie sich zur Ruhe setzen können. Schade, dass ich nicht reich bin und mich ihrer annehmen kann ... ich würde ihnen eine ansprechende Bleibe kaufen, wo sie ihren Lebensabend verbringen könnten. Ich habe bedauert, dass wir mit ansehen mussten, wie sie erfuhren, dass der David Wilkie eine Kopie und kaum etwas wert ist. Elfrida hatte sich solche Hoffnungen gemacht. Und war so sicher, ein kleines Juwel zu besitzen, das sie über Wasser halten und ihnen lebenslange Sicherheit garantieren würde. Es tat weh, sie so niedergeschlagen und am Boden zerstört zu sehen. Peinlich. Mir jedenfalls war es peinlich.»

«Mir auch», erinnerte Sam sie.

«Aber für Sie ist es was anderes.»

«Wieso?»

«Weil Sie, wenn die beiden das Geld nicht haben und Oscar gezwungen ist, seine Hälfte des Hauses zu verkaufen, kriegen, worauf Sie scharf sind.»

«Halten Sie mich für ein solches Ungeheuer?»

«Ich weiß es nicht. Dazu kenne ich Sie nicht gut genug. Ich weiß nicht, wie Sie denken.»

Er ging darauf lieber nicht ein. Er hielt es nicht für ratsam, gleich zu Beginn ihres kleinen Ausflugs einen Streit vom Zaun zu brechen. Stattdessen fragte er: «Meinen Sie, dass die beiden zusammenbleiben?»

«Da bin ich genauso schlau wie Sie. Aber ich könnte es mir vorstellen. Sie haben doch niemanden anders. Nur, wo wollen sie wohnen?»

«Wo sie sind. Wenn Oscar nicht bereit ist, zu verkaufen, sind Hughie die Hände gebunden.»

«Und was machen Sie dann?»

«Ich sehe mich nach einer anderen Behausung um.»

«In Buckly?»

«Weiß ich nicht. Bisher habe ich die Umgebung noch nicht mal bei Tageslicht gesehen, geschweige denn mich über den Häusermarkt informiert.»

Eine Weile blieb Carrie stumm. Sie wanderten in raschem Tempo nebeneinander her und Carrie mit ihren langen Beinen hatte keine Mühe, im tiefen Schnee mit ihm Schritt zu halten. Zu ihrer Linken fielen die Schneefelder zum Ufer der Bucht hin ab, zu ihrer Rechten lag ein kleines Gehölz mit uralten, dickstämmigen Buchen, durch die sich Pfade und Vertiefungen zogen und wo der Schnee mit Kaninchen- und Vogelspuren übersät war. Über ihnen krächzten die Krähen und vom entlegenen Ufer drang der lang gezogene, kollernde Ruf eines Brachvogels zu ihnen.

«Ich würde mir gern Ihre Spinnerei ansehen», sagte Carrie unvermittelt.

Sam wäre nie auf den Gedanken gekommen, dass sie auch nur im entferntesten daran interessiert sein könnte, und stutzte einen Moment. «Wirklich?»

«Sie klingen überrascht?»

«Nein, nein. Es ist nur nicht viel zu sehen. Riesige, leere, feuchte Räume, ein paar Färberküpen und hier und da eine Maschine, die überlebt hat.»

«Aber Sie haben gesagt, das Gebäude stehe unter Denkmalschutz. Das allein wäre schon interessant. Haben Sie Zutritt dazu? Haben Sie einen Schlüssel?» Sie meinte es offenbar ernst.

«Natürlich.»

«Warum fahren wir nicht mal hin?»

«Wenn Sie wollen.»

«Ich habe etwas für leer stehende Gebäude und Häuser übrig. Kahle Räume, nackte Wände. Man kann sich ausmalen, wie sie einmal ausgesehen haben, und versuchen, sich vorzustellen, was daraus zu machen ist. Ich könnte mir denken, dass die Aufgabe sie ungemein reizt und Sie es gar nicht abwarten können, sich in die Arbeit zu stürzen. Alles neu aufzubauen und wieder in Gang zu bringen.»

«Ja.» Er dachte einen Augenblick darüber nach und ihm fielen die scheinbar unüberwindlichen Hürden ein, die noch in Angriff genommen werden mussten. «Das stimmt. Aber gleichzeitig ist es eine ziemlich beängstigende Aussicht, vor der mir gelegentlich graut. Ich fürchte, mir steht noch einiges an Frustration, Ungeduld und selbst an heftigem Ärger bevor. Aber Probleme können auch beflügelnd wirken, besonders wenn jemand anders glaubt, dass man sie lösen kann. Und mir steht in Buckly eine guter Mann zur Seite, Fergus Skinner, zu dem ich großes Vertrauen habe.»

«Trotzdem – mit New York ist es wohl nicht zu vergleichen.»

«Wenn ich jünger gewesen wäre, hätte ich den Job auch nicht angenommen. Aber ich bin jetzt achtunddreißig. Hab mich in der Welt umgesehen. Für mich ist der Zeitpunkt gekommen, den Kurs zu wechseln. Bei allem Nervenkitzel, den die Hochfinanz bietet, ist nichts so befriedigend, wie an seinen Ursprung zurückzukehren.»

«Zurückstecken also.»

«In gewissem Sinne, ja. Aber, sehen Sie, ich bin mit dem Wollgewerbe groß geworden und im Stillen davon überzeugt, dass nichts so kleidsam, so bequem, so jederzeit angebracht ist wie ein lieb gewonnenes, gut sitzendes Tweedjackett. Man kann sich damit jedem Wind und Wetter aussetzen und macht abends an der Dinnertafel immer noch eine gute Figur. Für mich geht nichts über den Geruch oder das Gefühl von Tweed. Ich liebe den Klang gut geölter Zahnräder, das Klappern der Webstühle, das Stampfen der gewaltigen Krempelmaschinen. Und mir gefallen die Menschen, die Männer und Frauen, die seit Generationen daran arbeiten und denen das Spinnen und Weben und Färben ins Blut übergegangen ist. Ich befinde mich also in meiner eigenen Welt.»

«Sie können sich glücklich schätzen.»

«Wegen meines Jobs?»

«Nicht nur.» Carrie blieb mit zurückgelegtem Kopf stehen und beobachtete einen Bussard, der hoch über ihnen in den Lüften stand. «Auch, weil Sie hier oben wohnen dürfen. Auf diesem weiten, sauberen, unverfälschten Fleckchen Erde.» Sie ging weiter. «Sie können Golf spielen, Moorhühner und Fasane schießen und Lachse in einem dieser Flüsse angeln, von denen Sie mir erzählt haben.» Sie dachte einen Moment nach. «Angeln Sie?»

«Ja. Ich habe als Junge mit meinem Vater in Yorkshire geangelt. Aber Forellen, keine Lachse. Am Schießen liegt mir allerdings nicht viel.»

«Mir auch nicht. All die netten, kleinen Wildvögel, die vom Himmel purzeln. Und dann bekommt man sie im *Savoy* auf dem Teller serviert und sie sind auf Kanarienvogelgröße geschrumpft.»

Vor ihnen tauchte die Mauer der Gartenanlagen auf, auf der sich ein prächtiger, schmiedeeiserner Zaun erhob. Der Weg führte an ein ebenfalls schmiedeeisernes Tor, das von zwei Pfosten mit prächtigen Löwenwappen flankiert wurde, an denen sich stachelige, vom Winter geschwärzte Kletterrosen emporrankten.

Vor dem Tor blieben sie stehen und warfen einen Blick durch das üppig verschnörkelte Gitter in den dahinter liegenden Garten. Terrassenförmig ansteigende und von Steinstufen unterbrochene Rasenflächen lenkten den Blick zum ersten Mal hinauf zum *Corrydale House*. Ein mit Giebeln und Türmchen bestücktes viktorianisches Herrenhaus aus rotem, zum Teil von wildem Wein überwuchertem Backstein. Es war riesig, vielleicht sogar ein bisschen pompös, aber auf ansprechende Art, die Wohlstand und Gediegenheit ausstrahlte. Die Fensterläden waren alle von innen geschlossen, doch an der Südseite brach sich das Sonnenlicht funkelnd und gleißend in großen Fensterscheiben. Seitlich auf der obersten Terrasse stand ein hoher weißer Flaggenmast, an dem allerdings keine Fahne wehte.

«Schön, schön», sagte Carrie nach einer Weile. «Was für herrliche Zeiten Oscar hier verbracht haben muss.»

«Würden Sie gern hier leben?»

«Meinen Sie in diesem Haus? An diesem Ort?»

«Nein. Ich meine nur *hier*. In Creagan. In Sutherland.»

«Ich habe einen Job in London. Es bleibt mir nichts anderes übrig, als zurückzukehren. Schließlich muss ich meinen Lebensunterhalt verdienen.»

«Und wenn Sie das nicht müssten? Könnten Sie hier glücklich sein?»

«Ich weiß es nicht. Ich müsste in Ruhe darüber nachdenken. Das Pro und Kontra gegeneinander abwägen. Und um London verlassen zu können, müsste ich frei sein. Ohne Verpflichtungen. Ohne Verantwortung.»

«Sind Sie nicht frei?»

«Es gibt Lucy.»

«Lucy?»

«Ja, Lucy.» Sie klinkte das Tor auf und öffnete es. Dahinter lag ein breiter, wie mit dem Lineal gezogener Kiesweg, der zu einer entfernten Gruppe von Buchen im Hintergrund führte. Auf halbem Weg, in gleicher Linie mit den Stufen, die über den terrassierten Rasen zum Haus hinaufführten, stand eine steinerne, von einer Holzbank umgebene Sonnenuhr. Von dort aus führte eine weitere Treppe in einen tiefer gelegenen Garten, der von Rhododendron- und Azaleenbüschen umgeben war. Sein geometrisches Muster, das von der Statue einer antiken Göttin in der Mitte ausging, bestand aus schneebedeckten Kurven, Kreisen und Ellipsen, die von Buchsbaumhecken eingefasst waren und aussahen, als seien sie von Künstlerhand mit Kohlestift auf festen weißen Karton gezeichnet worden.

«... Lucy ist der eigentliche Grund, warum ich den Job in London annehme. Irgendjemand muss für sie da sein. Irgendjemand muss sie aus diesem öden, beschränkten, ausschließlich von Frauen bestimmten Leben herauslocken, das man ihr aufzwingt. Sie ist völlig machtlos dagegen. Ihre Chancen sind null. Ich muss ihr eine Zukunft bieten.»

Sam dachte einen Moment darüber nach. Dann sagte er vorsichtig: «Sie kommt mir eigentlich wie ein ziemlich gut angepasstes kleines Mädchen vor. Sogar glücklich, würde ich sagen.»

«Sie ist ja auch glücklich. Hier jedenfalls. Mit Elfrida und

Oscar und all dem Kommen und Gehen. Rory Kennedy nicht zu vergessen. Aber das bittere Erwachen wird kommen, wenn sie nach London zurückmuss.»

Sam irritierte diese Beschützerhaltung der unverheirateten Tante. Carrie war viel zu jung und zu hübsch, um ihr Leben ausschließlich den Bedürfnissen einer einzigen kleinen Nichte anzupassen.

«Sie wird sich schon zu wehren wissen», sagte er. «In dem Alter ist man enorm widerstandsfähig. Mit der Zeit wird sie ihren eigenen Weg finden.»

«Nein.» Carrie war eisern. «Sie können das nicht beurteilen. Sie kennen ihre unglaublich egoistische Mutter nicht.»

«Was wollen Sie denn mit Lucy machen?»

«Ach, ich weiß es noch nicht. Verfügbar sein. Am Telefon. Einfach *da*. Vielleicht verreisen wir über Ostern gemeinsam. Fahren nach Cornwall zu Jeffrey. Schließlich ist er ihr Großvater. Oder wir gehen Ski fahren. Seine Kinder sind alt genug. Jeffrey hat mich das erste Mal mit zum Skifahren genommen, als ich neun war, und es hat mir solchen Spaß gemacht, dass es mich für den Rest meines Lebens gepackt hat.»

«Wollen Sie nach Oberbeuren zurück ...?»

«Nein.» Das Wort war heraus, kaum dass er die Frage beendet hatte. «Nicht nach Oberbeuren. Irgendwo anders hin. Arosa oder Grindelwald oder auch Val d'Isère.»

«Sie könnten nach Amerika fahren. Nach Colorado oder Vermont. Klingt etwas weit, aber es wäre auf jeden Fall billiger.»

«Vermont.» Die Hände in den Taschen ihres Parkas vergraben, schlenderte Carrie neben ihm her. «Sind Sie schon mal in Vermont Ski gefahren?»

«Ja. Etliche Male. Wir sind häufiger übers Wochenende von New York aus dorthin gefahren.»

«Wir», wiederholte Carrie. «Sie meinen, Ihre Frau und Sie?»

Nun war's also heraus. Der Punkt, um den sie beide wie um den heißen Brei herumgeschlichen waren. Der Augenblick der Wahrheit, von dem es kein Zurück mehr gab. «Ja», sagte er. «Mit meiner Frau. Deborah. Ich arbeitete damals in New York, und an einem Wochenende bin ich mit einem Freund nach Easthampton runtergefahren. Wir wurden zu einer Party eingeladen und da habe ich sie kennen gelernt. Ihr Großvater hatte ein riesiges Haus dort unten, ausgedehnte Ländereien, Strand, Pferde, Weiden, Schwimmbad. Mit allen Schikanen. Als wir heirateten, fand die Hochzeit auf dem Rasen vor dem Haus ihres Großvaters in Easthampton statt, mit siebenhundert geladenen Gästen und zehn Brautjungfern und ihren zehn Partnern, die alle wie Pinguine gekleidet waren. Deborah sah hinreißend aus und ich hatte nichts dagegen, mich im Strom mitreißen zu lassen, den ich nicht aufhalten und dem ich mich nicht entziehen konnte. Und dann haben wir dieses elegante Apartment in den Upper Seventies gekauft, das aber trotzdem von Grund auf renoviert werden musste, was sie eine Weile bei Laune hielt, aber als alles fertig war und der Innenarchitekt sich schließlich verabschiedete, da fing sie an, sich zu langweilen und unruhig zu werden. Ich war viel auf Reisen, durch die ganzen Vereinigten Staaten, und manchmal fuhr sie während meiner Abwesenheit nach Easthampton zurück und manchmal hat sie die Zeit damit totgeschlagen, sich zu amüsieren.»

«Kinder?»

«Nein. Sie wollte keine. Jedenfalls nicht gleich. Eines Tages, hat sie mir immer versprochen, aber nicht jetzt. Wie auch immer, im letzten Sommer hat sie diesen Mann wieder getroffen, mit dem sie im College befreundet war. Er war seitdem zweimal verheiratet gewesen, machte aber wieder die Gegend unsicher. In New York. Reich, aalglatt, ziemlich beschränkt. Geil wie ein alter Kater. Es entspann sich, was man heute dezent eine Beziehung nennt. Ich war völlig ahnungslos. Bis zu dem Tag, als sie mir offenbarte, dass sie mich verlassen und mit dem andern zusammenleben wollte. Ich war am Boden zerstört. Nicht nur, weil ich sie verlieren sollte, sondern weil ich wusste, dass sie auf einen Scheißkerl hereingefallen war. Und ich wusste auch, dass er der Typ war, der damit, dass er seine Geliebte heiratete, nur eine freie Stelle schuf, die nun wieder neu besetzt werden konnte.»

«Aber Sie sind nicht geschieden?»

«Nein. Dazu hatte ich noch gar keine Zeit. Sechs Wochen nachdem sie ausgezogen war, holte mich ein Anruf von David Swinfield nach London zurück. Und seitdem … na ja, ich hab es einfach vor mir hergeschoben. Laufen lassen. Hatte den Kopf auch voll anderer Sorgen. Aber über kurz oder lang wird mich wohl ein Brief ihres Anwalts erreichen, und dann wird der Ball ins Rollen kommen.»

«Ist sie hinter dem Geld her und wird auf deftigen Unterhalt pochen?»

«Weiß ich nicht. Das kommt auf den Anwalt an. Glaube ich aber nicht. So war sie eigentlich nie. Außerdem ist der Scheißkerl stinkreich und Deborah hat selbst genug Geld. Vielleicht mehr als genug. Vielleicht war das eins ihrer Probleme. Meiner Probleme.»

«Lieben Sie sie noch?»

«Ach, Carrie …»

«Ich verstehe. Aber Sie fühlen sich verantwortlich. Sie machen sich Gedanken über ihre Zukunft. Sie haben Angst, dass jemand sie verletzt und sie sitzen lässt. Sie fühlen sich immer noch als ihr Beschützer.»

Es dauerte eine Weile, bis er sagte: «Tja. Wahrscheinlich.»

«Wenn sie … Ihnen winkte und Annäherungsversuche machte … würden Sie zu ihr zurückgehen?»

Er dachte eine Weile darüber nach. Dann sagte er: «Nein.»

«Warum nicht?»

«Weil mein Leben eine andere Richtung eingeschlagen hat. Weil Deborah zur Vergangenheit gehört, und die habe ich hinter mir gelassen. Ich bin jetzt hier. Und hier bleibe ich, weil eine Aufgabe auf mich wartet.»

«Aber sie ist noch immer Ihre Frau.»

«Und was wollen Sie damit sagen?»

«Dass sie untrennbar mit Ihnen verbunden ist, weil Sie mit ihr verheiratet sind. Sie werden sich nie von ihr lösen können. Sie gehört zu Ihnen.»

Sie stieß diese Worte mit solcher Bitterkeit aus, dass Sam sofort wusste, wenn er jetzt nur ein bisschen nachstieß, würde sich die geschlossene Tür, die bisher wie eine Wand zwischen ihnen gestanden hatte, endlich einen winzigen Spalt öffnen.

Er wandte ihr das Gesicht zu. «Carrie …»

Aber sie marschierte schnurstracks geradeaus und er musste hinter ihr herlaufen, sie am Arm packen und sie zu sich herumschwenken. Die schwarzen Kreise ihrer Sonnenbrille starrten ihn blicklos an und er streckte die Hand danach aus und nahm sie ab. Zu seinem Entsetzen sah er, dass ihre dunklen Augen voller Tränen standen. «Carrie. Schütten Sie mir Ihr Herz aus.»

«Wieso?» Sie war wütend und kniff die Augen zusammen, um die Tränen zu verscheuchen. «Wieso sollte ich Ihnen mein Herz ausschütten? Wie komme ich dazu?»

«Weil ich mit Ihnen auch offen war.»

«Ich habe doch kein Abkommen mit Ihnen getroffen. Es geht Sie nichts an und ich möchte nicht darüber sprechen. Es lohnt sich auch gar nicht. Sie würden es sowieso nicht begreifen.»

«Ich könnte es versuchen. Und bin sicher, dass ich es begreifen würde. Ich habe selber böse Zeiten durchgemacht. Das Schlimmste war, dass alle außer mir Einfaltspinsel genau Bescheid wussten … Von einem Tag auf den andern leben. Versuchen, heil durch den Tag zu kommen. Jeder Tag wie eine Tretmühle, die zu nichts führt. Und damit fertig werden, dass man auf völlige Ablehnung gestoßen ist.»

«Ich bin nicht auf Ablehnung gestoßen», schrie Carrie ihn an, und plötzlich verzog sie das Gesicht wie ein Kind und brach in Tränen aus. Wütend über sich selbst, stieß sie ihn zurück und versuchte, sich seinem Griff zu entziehen, aber er hielt sie mit beiden Händen an den Schultern fest und hätte sie um keinen Preis losgelassen, aus Angst, sie würde einen Zusammenbruch erleiden, wenn er als der Stärkere sie nicht aufrecht hielt. «Ich bin nicht auf Ablehnung gestoßen. Ich wurde geliebt. Wir haben uns beide geliebt und wollten nichts als zusammen sein. Aber das Schicksal war gegen uns. Gegen uns verschworen. Zu viele Ansprüche, Verpflichtungen, Traditionen. Sein Job, seine Familie, seine Frau, seine Kinder, seine Religion, sein Geld. Ich war nur seine Geliebte. Und lebte im Hinterhof seines Lebens. Ich hatte keine Chance. Von Anfang an nicht. Und das Schlimmste ist, dass ich es immer gewusst habe. Ich hasse mich, weil ich die Augen verschlossen und den Kopf in den Sand gesteckt habe wie ein dummer Vogel Strauß. Unter dem Vorwand, es würde sich schon alles zurechtwachsen. Großer Gott, ich bin dreißig. Ich dachte, ich könnte damit fertig werden. Aber als Andreas mich schließlich im Stich ließ, ist mein Leben in die Brüche gegangen. Jetzt wissen Sie Bescheid, Sam, und können aufhören, mich auszuhorchen. Und vielleicht geht ja auch die Tatsache in Ihren Schädel, dass ich an verheirateten Männern nicht im mindesten interessiert bin. Und wenn Sie jetzt glauben, Sie müssen mich bedauern oder Mitleid mit mir haben, dann schreie ich laut.»

Er machte den Mund auf, um zu protestieren, aber in dem Augenblick riss sie sich mit einem Ruck von ihm los, rannte davon, fiel stolpernd in den Schnee, rappelte sich aber wieder auf und lief weiter. Er lief ihr nach, holte sie ein und hielt sie fest. «Ach, Carrie ...», und dieses Mal setzte sie sich nicht mehr zur Wehr. Vielleicht war sie zu erschöpft, vom Schluchzen außer Atem. Er nahm sie in seine Arme, und mit bebenden Schultern lehnte sie sich gegen ihn und weinte bitterlich in den Ausschnitt seines Mantels.

Den ganzen Tag hatte er den Wunsch gehabt, sie in die Arme zu nehmen und an sich zu drücken. Sie fühlte sich federleicht und zerbrechlich an und er bildete sich ein, durch die dicken Schichten ihrer Winterkleidung ihren Herzschlag zu spüren. Die Pelzmütze kitzelte ihn an der Wange und ihre Haut duftete lieblich und kühl.

«Ach, Carrie.» Er schämte sich seiner eigenen Seligkeit, während sie so unglücklich und verzweifelt war. «Meine liebste Carrie. Es wird alles wieder gut.»

«Nichts wird wieder gut. Und ich bin auch nicht Ihre liebste Carrie.» Er hätte ihr am liebsten die Tränen von den Wangen geküsst, ihre Augen, ihren wunderschönen Mund geküsst, aber mit dem letzten bisschen Verstand, das ihm verblieben war, sagte er sich, dass dies vielleicht doch nicht der richtige Ort oder der richtige Zeitpunkt war. Das hemmungslose Weinen hatte sich gelegt. Er schob sie ganz sanft von sich weg und sie wischte sich mit den gefütterten Handschuhen über das verweinte Gesicht.

«Zu dumm», sagte sie. «Entschuldigen Sie. Es ist nur, dass ich zu niemandem gehöre.»

Er lächelte. «Wenn Sie sich da mal nicht täuschen.»

DONNERSTAG, 21. DEZEMBER

LUCY

Heute Morgen haben Carrie und Sam den Tannenbaum abgeholt. Und Mrs. Snead und ich haben im Esszimmer anständigen Großputz gemacht. Es war total verstaubt und vernachlässigt. Wir haben ein Schild an die Tür gehängt: BITTE NICHT STÖREN, damit niemand reinkam. Mrs. Snead hat ein bisschen Papier im Kamin angezündet, um sicher zu sein, dass der Abzug nicht mit Dohlennestern verstopft war, aber der Rauch zog anstandslos ab, also ist der Schornstein sauber und wir können Weihnachten ein riesiges Kaminfeuer anzünden, worauf ich mich schon freue.

Im Zimmer standen lauter alte Kartons herum, in denen anscheinend nur zerknülltes Zeitungspapier war, aber als wir dann genauer nachguckten, lagen silberne Kerzenleuchter darin, vier Stück, alle ein bisschen schwarz angelaufen, aber trotzdem sehr hübsch. Wir haben das ganze Gerümpel ausgemistet und zu dem Krempel im Gutsbüro nebenan gestellt. Die Vorhänge vorm Fenster sind aus ganz dickem, teppichähnlichem Stoff und waren völlig verstaubt, also haben wir eine Trittleiter aus der Waschküche geholt und sie abgenommen, im Garten ausgeschüttelt und wieder aufgehängt. Ich habe das Fenster geputzt und Mrs. Snead hat die Kacheln am Kamin geschrubbt, und dann haben wir den Tisch abgerückt und Mrs. Snead hat anständig Staub gesaugt. Wir haben auch die ganzen Möbel auf Hochglanz poliert und dann Zeitungen auf dem Tisch ausgebreitet und die Kerzenhalter geputzt. Das hat eine Ewigkeit gedauert, weil sie lauter vertrackte Verzierungen und Muster haben. Während ich Ker-

zen besorgt habe (cremefarbene, ein bisschen wie in der Kirche), ist Mrs. Snead nach oben in ihre Wäschekammer gegangen, um ein Tischtuch zu suchen, aber weil keins da war, hat sie ein riesiges altes Laken mit runtergebracht, das genau wie ein Tischtuch aussieht, und wir haben eine Wolldecke drunter gelegt, um die Tischplatte zu schonen. Weiter sind wir nicht gekommen, weil sie nach Hause musste, um Arthur Snead was zu kochen, aber mit den Kerzenleuchtern, dem sauberen Kamin und allem sieht es schon alles sehr festlich aus.

Ich wollte ja nichts verraten, weil es eine Überraschung sein sollte, aber kurz vorm Lunch kamen Carrie und Sam mit dem Tannenbaum zurück und es gab eine lange Diskussion, wo wir ihn aufstellen sollten. Erst haben wir ans Wohnzimmer gedacht, aber wenn Elfrida am Samstag ihre Party gibt, steht er bei den vielen Leuten vielleicht doch im Weg. Oscar hat den Treppenabsatz vorgeschlagen, aber da soll der Tisch für die Getränke hin, sodass die Leute beim Rauf- und Runtergehen an den Baum stoßen würden. Also blieb mir nichts anderes übrig, als mein Geheimnis zu verraten, und wir sind alle ins Esszimmer runtermarschiert, wo es ganz frisch nach Politur roch, und alle waren hellauf begeistert und Elfrida hat sogar gesagt, sie hätte sich nie träumen lassen, dass das Esszimmer so festlich aussehen könnte. Und da wussten wir natürlich alle, wo der Baum hingehörte. Also ist Sam nach draußen gegangen und hat ihn reingeholt und er hatte auch gleich so eine Art Ständer mitgebracht, was die Sache einfacher machte. Elfrida hat ihr rotes Seidentuch vom Bett geholt und um den Ständer drapiert, damit man das rohe Holz und die dicken Nägel nicht sieht, und es ist auch ein sehr schöner, hoher, gut gewachsener Baum. Ich hab den Duft von Tannennadeln im

Zimmer so gern, es riecht wie Tannennadelöl für die Badewanne.

Nachmittags haben Oscar und ich den Tannenbaumschmuck rausgeholt und den Baum geputzt und Sam hat die Lichterketten aufgehängt und den Stern oben an der Spitze befestigt. Und Elfrida hat eine ganze Rolle kariertes Seidenband spendiert, mit dem sie ihre Geschenke einpacken wollte, aber sie meinte, Tesafilm täte es auch. Also haben wir das Band zerschnitten und lauter hübsche Schleifen daraus gemacht und über den ganzen Baum verteilt. Und mit den Kugeln und den brennenden Lichtern ist es der schönste Baum, den ich je gesehen habe.

Carrie hat erzählt, wie schön Corrydale ist und dass ich es mir unbedingt ansehen muss. Es lag überall Schnee, sagt sie, und bläuliche Schatten und Sonne und dass der Park vom Haus bis ans Wasser runtergeht, und lauter alte Bäume. Schade, dass ich nicht mitfahren konnte, um den Baum abzuholen, aber ich musste mit Mrs. Snead das Esszimmer sauber machen, weil ich es ihr versprochen hatte.

Morgen müssen wir anfangen, die Party vorzubereiten. Elfrida hat mit Tabitha Kennedy telefoniert und will Gläser von ihr leihen, weil wir nicht genug haben. Carrie ist für das kalte Buffet zuständig. Heute Nachmittag, als wir den Baum geschmückt hatten, sind wir zusammen zum Bäcker gegangen und haben kleine Würstchen im Schlafrock und kleine Quiche- und Pizzatörtchen bestellt. Und auch geräucherten Lachs für die Schnittchen. Die Party soll um sechs anfangen und Mrs. Snead und Arthur wollen aushelfen. Ich wusste gar nicht, dass eine Party so viel Arbeit machen kann. Vielleicht kommen Mami und Granny deshalb gar nicht erst auf den Gedanken.

Rory ist natürlich auch eingeladen und Clodagh auch. Ich

werde meinen neuen Minirock mit der schwarzen Strumpfhose und dazu den neuen weißen Pullover anziehen. Am liebsten würde ich mir die Haare irgendwie hochstecken, damit man meine Ohrringe sieht.

FREITAG, 22. DEZEMBER

ELFRIDA

WENN ELFRIDA in diesen kalten nördlichen Breiten morgens aufwachte und die Augen öffnete, hatte sie meist keine Ahnung, wie spät es war. Nach einer Weile tastete sie nach ihrer Uhr, warf einen verschlafenen Blick auf das Zifferblatt, und wenn es zwei Uhr morgens war, kletterte sie aus dem Bett, zog ihren Morgenmantel über und wankte verschlafen ins Bad. Manchmal war es fünf. Manchmal auch acht, also Zeit zum Aufstehen. Aber immer war es draußen noch stockfinster und nicht der leiseste Schimmer von Morgendämmerung zu sehen.

Als sie heute Morgen aufwachte und die Hand nach ihrer Uhr ausstreckte, war es halb acht. Oscar neben ihr schlief noch. Sie schlich sich leise aus dem Bett, um ihn nicht zu wecken, griff ihren warmen Morgenmantel, fuhr mit den Füßen in ihre Hausschuhe und ging ans Fenster, um es zu schließen. Sie sah, dass es draußen wieder angefangen hatte zu schneien, nicht sehr heftig, eher ein leichtes Flockentreiben, das der Wind vom Meer herübertrieb. Die Flocken wirbelten locker und luftig um den Kirchturm und durch die schwarzen Zweige der Friedhofsbäume, und das Licht der Straßenlaternen verwandelte sie zu Gold. Elfrida war so verzaubert, dass sie diesen Anblick unbedingt mit jemandem teilen musste. Oscar wäre nicht begeistert gewesen, wenn sie ihn geweckt hätte, also ließ sie ihn schlafen, verließ das Zimmer, machte überall Licht und ging in die Küche hinunter, wo sie Wasser aufsetzte und zwei Tassen Tee machte. Die nahm sie mit ins Wohnzimmer hinauf, zog die Vorhänge vom Erker zurück und stellte die beiden Teebecher auf den

Tisch am Fenster. Dann ging sie auf den Dachboden, um Lucy zu wecken.

Lucy schlief unschuldig wie ein Kind, das Haar fiel ihr locker über Gesicht und Hals, eine Hand hatte sie unter ihre kindlich gerundete Wange geschoben. Ihr Bett stand direkt unter der schrägen Dachluke. Die Jalousie war offen, das Glas mit einer leichten Schneeschicht bedeckt. Elfrida knipste die Nachttischlampe an.

«Lucy.»

Lucy rührte sich, drehte sich um, gähnte und öffnete blinzelnd die Augen.

«Lucy.»

«Hmmm?»

«Bist du wach?»

«Jetzt ja.»

«Lucy, steh auf. Ich muss dir etwas zeigen. Ich hab dir eine Tasse Tee gemacht.»

«Wie spät ist es denn?»

«Beinahe Viertel vor acht.»

Verschlafen richtete Lucy sich auf und rieb sich die Augen. «Ich dachte, es wäre noch mitten in der Nacht.»

«Nein. Es ist schon Morgen. Und was für einer. Alle schlafen noch, aber ich muss dir unbedingt etwas zeigen.»

Noch ganz benommen vom Schlaf, kletterte Lucy aus dem Bett und zog ihren kamelhaarfarbenen Morgenmantel über.

«Kalt», sagte sie.

«Das ist der Wind. Es schneit schon wieder.»

Sie gingen durch das stille Haus die Treppe hinunter. Das Wohnzimmer wurde durch das Licht von draußen erhellt. «Guck mal», sagte Elfrida, während sie Lucy durch den Raum führte und sich mit ihr auf die Erkerbank setzte. «Ist das nicht phantastisch? Ich musste dich wecken, um dir das Schauspiel zu zeigen. Ich hatte Angst, es würde aufhören zu schneien, ohne dass du es gesehen hättest. Aber es ist noch genauso zauberhaft wie vorher.»

Lucy starrte wortlos aus dem Fenster. Nach einer Weile sagte sie: «Genau wie diese Glaskugel, die ich mal als Kind hatte. Sie war mit Wasser gefüllt und innen drin war eine kleine Kirche, und wenn man sie schüttelte, gab es einen Schneesturm.»

«Genau das habe ich auch gedacht. Aber diese Schneeflocken sind vom Licht der Straßenlaternen ganz vergoldet. Wie lauter Goldkörnchen.»

«So was sieht man manchmal auf Weihnachtskarten und denkt, so was gibt es doch gar nicht», sagte Lucy.

«Und die Straßen sind wie unberührt. Kein Fußtritt, keine Reifenspuren. Als wären wir die einzigen Menschen auf der Welt.» Elfrida schwieg, aber dann musste sie an etwas anderes denken. «Auf den Straßen draußen herrscht wahrscheinlich das Chaos, mit Schneestürmen und Schneeverwehungen. Ich bin froh, dass wir bei diesem Wetter nirgendwo hinmüssen.» Lucy fröstelte. «Hier, trink einen Schluck.»

Lucy nahm den Becher entgegen, umfasste ihn mit ihren zarten Fingern und ließ sich das heiße Getränk wohlig durch die Kehle rinnen. Stumm starrten sie beide auf das Schauspiel vor ihren Augen. Plötzlich tauchte ein einsames Auto auf, umkreiste langsam die Kirche und fuhr dann in Richtung Hauptstraße davon. Es schlich schneckenartig im zweiten Gang dahin und hinterließ zwei dunkle Fahrrillen im Schnee.

Als der Wagen verschwunden war, fragte Lucy: «Wie spät ist es jetzt in Florida?»

Elfrida war bestürzt. Lucy hatte Florida, ihre Mutter oder

den neuen Freund ihrer Mutter bisher nicht mit einem einzigen Wort erwähnt. So beiläufig wie möglich sagte sie: «Weiß ich nicht. Sie hinken fünf Stunden hinter uns her, glaube ich. Also muss es ungefähr drei Uhr morgens sein. Warm und feucht, nehme ich an. Ziemlich schwer vorstellbar. Ich bin nie in Florida gewesen. Ich war überhaupt noch nie in Amerika.» Sie wartete, dass Lucy den Faden aufnehmen würde, aber Lucy schwieg. «Hättest du nicht Lust, dort zu sein?», fragte Elfrida sie zärtlich. «Blauer Himmel und Palmen und Schwimmbad?»

«Nein. Ich wäre todunglücklich. Deshalb bin ich ja nicht mitgefahren.»

«Aber ich gönne es deiner Mutter. So ein herrlicher Urlaub!»

«Ich kann Randall Fisher nicht ausstehen.»

«Warum nicht?»

«Er hat was Scheinheiliges. Irgendwie katzenfreundlich.»

«Er ist bestimmt ein sehr netter und völlig harmloser Mann.»

«Jedenfalls findet Mami das.»

«Na ja, das ist doch sehr schön für sie.»

«Ich bin lieber hier, tausendmal lieber als in Florida. Dies ist wirklich Weihnachten, findest du nicht? Ein richtiges Weihnachtsfest.»

«Wir wollen's hoffen, Lucy. Ich bin nicht so sicher. Wir müssen es auf uns zukommen lassen.»

«Oscar?»

Oscar hatte es sich mit seiner Zeitung vor dem Kamin gemütlich gemacht und blickte hoch.

«Ja, meine Liebe?»

«Ich muss dich verlassen.»

«Für immer?»

«Nein. Vielleicht für eine halbe Stunde. Ich habe mit Tabitha Kennedy telefoniert und will ein paar Extragläser für die Party von ihr leihen. Sie hat ganze Kartons voll, die sie bei Gemeindefesten benutzt, und sagt, wir können sie haben.»

«Das ist nett von ihr.»

«Ich werde das Auto nehmen müssen. Aber im Schneckentempo fahren und mich gewaltig in Acht nehmen.»

«Möchtest du, dass ich mitkomme?»

«Wenn du willst.»

«Ehrlich gesagt, bliebe ich lieber zu Hause, doch dein Wunsch ist mir Befehl.»

«Aber du könntest nachher helfen, die Kartons auszuladen und ins Haus zu tragen?»

«Natürlich, pfeif mich raus.» Er lauschte einen Moment. «Es ist so still im Haus. Wo sind denn die anderen?»

«Sam und Carrie sind nach Buckly gefahren. Und Lucy hat sich in ihrer Dachkammer eingeschlossen und packt Weihnachtsgeschenke ein. Wenn du Lust hast, könntest du einen kleinen Spaziergang mit Horaz machen. Es hat aufgehört zu schneien.»

Oscar schien nicht sonderlich begeistert über diesen Vorschlag. Er sagte zwar ja, aber auf ziemlich unverbindliche Weise.

Elfrida beugte sich lächelnd zu ihm hinunter und gab ihm einen Kuss. «Mach's gut», sagte sie, aber er hatte sich bereits wieder seiner Lektüre zugewandt.

Draußen wehte ein bitterkalter Wind und das Pflaster war vereist. Warm in Mantel und Wollmütze gehüllt, trat Elfrida in dicken Stiefeln aus der wohligen Wärme des Hauses und blieb einen Moment stehen, um nach dem Wetter zu schauen. Wolken trieben hastig über einen launischen Himmel und die Möwen waren in der eiskalten Luft hilflos dem Wind ausgesetzt. Oscars Auto trug eine dicke weiße Haube. Mit dem Handschuh versuchte Elfrida, den frisch gefallenen Schnee von der Windschutzscheibe zu wischen, aber die Scheibe war völlig vereist, sodass sie einstieg, den Motor anspringen ließ und die Heizung anstellte. Nach einer Weile schmolz die Eisschicht, rutschte stückweise an der Scheibe herunter und die Scheibenwischer legten zwei halb runde Gucklöcher frei. Mit äußerster Vorsicht fuhr Elfrida an, zuckelte im Schritt die Straße entlang und den Hang zum Haus der Kennedys hinauf. Der Streuwagen war bereits vorbeigekommen und zu ihrer Erleichterung erreichte sie ihr Ziel ohne alles Schliddern und Schleudern.

Sie parkte den Wagen vorm Pfarrhaus, stapfte den Pfad durch den Vorgarten entlang, trat sich auf der Matte den Schnee von den Stiefeln und klingelte. Ohne zu warten, betrat sie den kleinen Vorflur und öffnete die Windfangtür.

«Tabitha?»

«Ich bin hier. In der Küche.»

Das Pfarrhaus war bereits weihnachtlich geschmückt. Ein nicht sehr großer, mit Kugeln und Sternen behängter Tannenbaum stand am Fuß der Treppe und darüber hingen bunte, wenn auch nicht mehr ganz jugendfrische Papiergirlanden von der Decke. Das dunkle Haar in einen Pferdeschwanz zusammengerafft, erschien Tabitha mit einer Schürze bekleidet in der Küchentür am Ende des Flurs. «Was für ein Tag! Aber schön, Sie zu sehen. Ich habe gerade Kaffee gekocht. Schnell, kommen Sie herein und machen Sie die Tür hinter sich zu. Sie sind doch nicht etwa gelaufen?»

Elfrida entledigte sich ihres Mantels und hängte ihn über

den Treppenpfosten. «Nein, ich war tollkühn und bin mit dem Auto gekommen. Geht ja nicht anders. Wie hätte ich zwei Kartons Gläser nach Hause tragen sollen, ohne auszurutschen, eine Bruchlandung zu machen und mir womöglich noch die Beine zu brechen!» Sie folgte Tabitha in die Küche. «Riecht gut hier.»

«Ich bin beim Backen. Fruchttörtchen, Würstchen im Schlafrock, zwei Kuchen und feines Sandgebäck. Wissen Sie, ich koche ja gern, aber dieser Weihnachtstrubel geht mir nun wirklich langsam zu weit. Ich bin schon den ganzen Morgen dabei, hab aber noch keine Füllung und keine Brandybutter gemacht. Der Weihnachtskuchen hat noch keine Glasur und der Schinken ist auch noch nicht im Ofen. Um diese Jahreszeit kommen so viele Gemeindemitglieder mit Weihnachtskarten und Geschenken für Peter bei uns vorbei und aus purer Höflichkeit muss ich sie alle zu uns hereinbitten und mit Speis und Trank bewirten.»

«Und jetzt falle ich Ihnen auch noch zur Last. Das tut mir Leid.»

Tabitha schenkte Kaffee in einen Becher. «Ganz und gar nicht, ich bin ja froh, wenn ich mich mal fünf Minuten hinsetzen kann. Nehmen Sie sich einen Stuhl und machen Sie sich's bequem.» Sie stellte den Kaffeebecher mit Nachdruck auf dem Tisch ab. «Am liebsten wäre ich natürlich an der frischen Luft. Wir sollten lieber am Strand spazieren gehen oder auf dem Golfplatz rodeln und uns Weihnachten an den Hut stecken, statt uns von weihnachtlichen Zwängen versklaven zu lassen. Ich bin sicher, dass es nicht als Fronarbeit gedacht war. Jedes Jahr schwöre ich mir, die Sache zu vereinfachen, aber stattdessen halse ich mir immer mehr Arbeit auf.»

Elfrida konnte dem verführerischen Kaffeeduft nicht widerstehen und ließ sich nicht zweimal bitten. Die Küche im Pfarrhaus war nicht viel moderner als die im *Estate House*, doch mit Clodaghs künstlerischen Versuchen, die überall an die Türen gepinnt waren, und einem alten, mit Papieren übersäten Schreibtisch, auf dem zahlreiche Familienfotos standen, machte sie einen ungemein heiteren Eindruck. Dies war eindeutig Tabithas Reich, wo sie nicht nur kochte und ihre Familie versorgte, sondern ihr betriebsames Leben organisierte, Telefonanrufe machte und Briefe schrieb. Jetzt schenkte sie sich selbst einen Becher voll Kaffee ein und setzte sich Elfrida gegenüber an den Tisch.

«Was gibt's Neues? Erzählen Sie. Was ist bei Ihnen los?»

«Nicht viel. Oscar sitzt zu Hause und liest die Zeitung und Sam und Carrie sind nach Buckly unterwegs, um sich die Wollspinnerei anzugucken.»

«Ist Sam der geheimnisvolle Fremde, der aus der Kälte kam? Ist er noch immer da?»

«Er bleibt über Weihnachten. Das Wetter ist so schrecklich und offenbar hat er sonst keine Bleibe.»

«Du liebe Güte, wie traurig. Und hat er sich mit Carrie angefreundet?»

«Es scheint so», sagte Elfrida vorsichtig.

«Wie romantisch.»

«Tabitha, er ist verheiratet.»

«Und wo ist seine Frau?»

«Sie ist in New York.»

«Sendepause zwischen den beiden?»

«Getrennt, hat er behauptet. Aber Näheres weiß ich auch nicht.»

«Tja», war alles, was Tabitha dazu zu sagen hatte, «jeder ist seines Glückes Schmied.»

«Irgendwie merkwürdig, dass Sie ihn noch nicht zu Gesicht bekommen haben. Mir kommt es vor, als wären wir schon seit Monaten zusammen, dabei sind es erst ein paar Tage. Aber Sie werden Carrie und ihn ja morgen Abend kennen lernen. Drinks im *Estate House* zwischen sechs und acht.»

«Ich stelle die Kartons auf den Flur. Sechs Weingläser, sechs Whiskygläser und ein paar Glaskaraffen. Brauchen Sie auch Teller?»

«Ich glaube nicht. Die Leute sollen sich ja nicht satt essen. Es gibt nur ein paar Kleinigkeiten. Carrie kümmert sich darum.»

«Wie viele Gäste erwarten Sie denn?»

«Ungefähr siebzehn, wenn alle kommen. Sie und Peter und Rory und Clodagh ...»

«Clodagh kommt wahrscheinlich nicht. Sie ist bei einer Freundin zu einer Party eingeladen und die ganze Bande bleibt über Nacht. Macht das was?»

«I wo. Ist doch viel amüsanter für sie.»

«Aber Rory kommt auf jeden Fall. Wer noch?»

«Jamie Erskine-Earle und seine Frau.»

«Jamie und Emma? Ich wusste gar nicht, dass Sie die kennen?»

«Er war bei uns, um sich meinen David Wilkie anzusehen. Aber es ist leider kein echter Wilkie, sondern nur eine Kopie. Damit löst sich also ein weiteres Luftschloss in Wohlgefallen auf.»

«Wollten Sie es denn verkaufen?»

«Ich hatte es in Erwägung gezogen.»

«Ist der Mann nicht ein Phänomen? Jamie, meine ich. Sieht aus wie fünfzehn, ist aber nicht nur ein Experte auf seinem Gebiet, sondern obendrein Vater von drei strammen Bengels. Haben Sie Emma kennen gelernt?»

«Nur am Telefon mit ihr gesprochen, als ich sie eingeladen habe.»

«Sie ist sehr nett, aber die bodenständigste Frau, die Sie je gesehen haben, und nimmt kein Blatt vor den Mund. Sie züchtet Shetlandponys, richtet Hunde ab und hat auf Kingsferry das Heft in der Hand. Jamie beschränkt sich darauf, Antiquitäten aufzustöbern, antike Kerzenhalter zu identifizieren und längst vergessene Portraits auszugraben. Aber Emma leitet das Gut, hilft beim Lammen und sorgt dafür, dass das Dach repariert wird. Wen haben Sie noch eingeladen?»

«Die Rutleys von der Buchhandlung.»

«Gut.»

«Und Dr. Sinclair und seine Frau.»

«Auch gut.»

«Ich weiß gar nicht, wie sie heißen.»

«Geordie und Janet.»

«Und die Sneads.»

«Mrs. Snead und Arthur?»

«Na ja, als sie erfuhr, dass ich ein paar Leute zu Gast hätte, erbot sie sich, rüberzukommen, Getränke herumzureichen und Gläser abzuwaschen. Aber ich kann sie doch nicht einfach in die Küche verbannen, deshalb habe ich sie ebenfalls eingeladen und Arthur dazu. Sie meint, wir könnten Arthur ein Tablett in die Hand drücken und er würde servieren.»

Tabitha trank ihren Kaffee aus. Dann stellte sie den Becher ab und ihre Blicke trafen Elfridas über den Tisch hinweg. «Wie geht's Oscar?», fragte Tabitha.

«Es geht. Er ist immer noch ein bisschen in sich gekehrt und möchte mit seiner Zeitung und seinem Kreuzworträtsel in Ruhe gelassen werden.»

«Peter hat ihm den zweiten Schlüssel zur Orgel gegeben. Wussten Sie das?»

«Nein. Davon hat Oscar mir gar nichts gesagt.»

«Peter dachte, die Musik würde ihm helfen. Eine Art Therapie.»

«Er hat den Schlüssel noch nicht benutzt. Er ist nur einmal in der Kirche gewesen, und zwar mit Lucy, als sie sich dort umsehen wollte. Soweit ich weiß, war es das einzige Mal.»

«Ich kann mir nicht vorstellen, dass es ihm viel Trost bieten würde.»

«Trost ist nicht das, was Oscar braucht. Er möchte nur in Ruhe gelassen werden und in seinem eigenen Rhythmus durch den Tag kommen. Und was all die geladenen und ungeladenen Hausgäste betrifft ... ich glaube, auf seine Art genießt er das ständige Kommen und Gehen. Er hängt sehr an Lucy. Aber er ist noch nicht übern Berg, Tabitha. Oscar und ich sind uns sehr nahe und trotzdem weiß ich, dass ein Teil von ihm abwesend und auch für mich nicht erreichbar ist. Als ob er sich an einem anderen Ort befände. In einem anderen Land. Auf Reisen, irgendwo. Oder im Exil. Jenseits des Meeres. Und ich kann ihn nicht erreichen, weil ich nicht den richtigen Pass besitze.»

«Peter sagt, es ist alles eine Frage der Geduld.»

«Geduld war nie eine meiner Tugenden. Nicht dass ich je viele besessen hätte.»

Tabitha lachte. «Unsinn. Sie haben Tugenden, die anderen Leuten abgehen. Noch Kaffee?»

«Nein. Das hat mir gut getan.» Elfrida erhob sich. «Jetzt mache ich mich davon und überlasse Sie Ihrer Füllung. Vielen Dank für die Gläser und das aufmerksame Ohr.»

«Ich komme mit raus und helfe Ihnen, die Kartons im

Kofferraum unterzubringen. Sie sind nicht sehr schwer, bloß unhandlich. Und wir stehen also morgen Punkt sechs in unserem besten Sonntagsstaat vor der Tür. Aufregend. Ich kann's gar nicht abwarten.»

FREITAG, 22. DEZEMBER

OSCAR

ELFRIDA WAR noch keine zehn Minuten aus dem Haus, als Oscar, der emsig dabei war, das Kreuzworträtsel in der *Times* zu knacken, von Lucy unterbrochen wurde. Sie trug ihre daunengefütterte rote Jacke und dicke Stiefel und war offenbar im Begriff, das Haus zu verlassen.

«Oscar?»

«Hallo, mein Spätzchen.» Er legte die Zeitung aus der Hand. «Ich dachte, du wärst dabei, Weihnachtsgeschenke einzupacken.»

«Bin ich auch, aber mir ist das Band ausgegangen. Wo ist denn Elfrida?»

«Sie ist zu Tabitha Kennedy gefahren, um ein paar Sachen auszuleihen. Kommt aber gleich wieder.»

«Ich dachte nur, ob sie irgendwas aus der Stadt mitgebracht haben will.»

«Das Einzige, was sie will, ist, dass jemand einen Spaziergang mit Horaz macht.»

«Dann gehe ich zuerst zum Buchladen und anschließend nehme ich Horaz mit zum Strand.»

«Bei dem Schnee?»

«Macht nichts. Ich hab ja meine dicken Stiefel an.»

«Aber nimm dich vor bösen Rottweilern in Acht.»

Lucy verzog das Gesicht zu einer Grimasse. «Erinnere mich bloß nicht daran.»

«Ich sage Elfrida, dass ihr zum Lunch wieder zurück seid.»

Lucy verschwand. Einen Moment später hörte Oscar Horaz' freudiges, erwartungsvolles Gebell von unten, dann wurde die Haustür zugeschlagen und er war wieder allein. Er wandte sich erneut seinem Kreuzworträtsel zu. Sechs waagerecht. *Firmamental gesehen: wer gewissermaßen kontrastiert, indem er opponiert.* Er saß da und grübelte darüber nach. Plötzlich klingelte das Telefon.

Seine unmittelbare Reaktion war, den lästigen Apparat seelenruhig weiterklingeln zu lassen und zu warten, bis jemand anders den Hörer abnahm. Aber dann fiel ihm ein, dass er ganz allein im Haus war, und so legte er etwas unwillig die Zeitung aus der Hand, steckte seinen Kuli in die Brusttasche und rappelte sich aus dem Sessel auf.

«*Estate House.*»

«Könnte ich bitte Mr. Blundell sprechen?», sagte eine sehr schottische weibliche Stimme am anderen Ende der Leitung.

«Am Apparat.»

«Ach, Mr. Blundell, ich bin Schwester Thomson vom Royal Western Hospital in Inverness. Ich fürchte, ich habe eine betrübliche Nachricht für Sie. Major Billicliffe ist heute in den frühen Morgenstunden gestorben. Unseren Unterlagen zufolge sind Sie der nächste Angehörige.»

Der alte Billicliffe. Tot. Oscar suchte verzweifelt nach Worten. Ihm fiel nichts anderes ein als: «Verstehe.»

«Er hat einen friedlichen Tod gehabt.»

«Das freut mich. Vielen Dank, dass Sie mir Bescheid sagen.»

«Es gibt einige persönliche Habseligkeiten, die Sie abholen müssten. Wenn Sie ...»

«Natürlich», sagte Oscar.

«Und alle weiteren Formalitäten ...» Die Schwester ließ den Satz taktvoll in der Schwebe. Aber Oscar wusste genau, worauf sie hinauswollte.

«Ja, natürlich», wiederholte er. «Und vielen Dank, dass

Sie sich so rührend um ihn gekümmert haben. Ich komme vorbei.»

«Danke, Mr. Blundell. Mein herzlichstes Beileid. Auf Wiederhören.»

«Auf Wiederhören, Schwester.»

Er legte den Hörer auf, und weil er ganz plötzlich das Bedürfnis hatte, sich zu setzen, hockte er sich auf die unterste Stufe der Treppe zu Lucys Dachkammer. Billicliffe war tot und Oscar war nicht nur sein «nächster Angehöriger», sondern auch sein Testamentsvollstrecker. Lauter völlig ungehörige, kleinliche Gedanken schwirrten ihm durch den Kopf und er war froh, dass Elfrida nicht da war, sonst hätte er sie womöglich laut von sich gegeben.

Sah ihm ähnlich, dem alten Trottel, dass er ausgerechnet jetzt sterben musste. Das Haus voller Gäste, Weihnachten unmittelbar vor der Tür und die Straßen nach Inverness wegen des Schnees unpassierbar. Billicliffe hätte weiß Gott keinen ungeeigneteren Zeitpunkt finden können, um ins Gras zu beißen.

Aber dann fiel Oscar ein, wie er den alten Knaben im Krankenhaus zurückgelassen hatte, sein Unmut verflog und ein Gefühl der Trauer überkam ihn, dass der Alte ganz allein hatte sterben müssen und Oscar und Elfrida ihn trotz bester Absichten nicht im Krankenhaus hatten besuchen können, um ihre distanzierte Haltung wieder gutzumachen und sich von ihm zu verabschieden.

Eine Weile saß er in Gedanken versunken da und überlegte, was er als Erstes tun musste. Der schwarze Peter war nun bei ihm gelandet. Er, Oscar, musste die Initiative ergreifen, ohne aber so recht zu wissen, wie und wo er eigentlich anfangen sollte. Und wie er da so wie ein gestrandeter Wal am Fuß der Treppe saß, ging ihm mit einem Mal auf, dass der entsetzliche Abend, an dem er die Nachricht von Glorias und Francescas Tod erhalten hatte, noch keine zwei Monate her war, er jedoch keinerlei Erinnerung an den betäubten Zustand der nachfolgenden Tage hatte. Natürlich hatte es ein Begräbnis gegeben, die Kirche in Dibton war bis auf den letzten Platz besetzt gewesen, der Pfarrer, der sich mit dem Predigen immer etwas schwer tat, hatte mit den Worten gerungen und er selbst hatte in seinem besten schwarzen Anzug in der vordersten Bank gestanden. Aber wie er dorthin gekommen war, hätte er nicht zu sagen gewusst und hatte auch keinerlei Erinnerung an die aufwendigen Vorbereitungen, die der Trauerfeier vorausgegangen waren. Er wusste nur, dass Giles, Glorias ältester Sohn, irgendwann aufgetaucht war und die Sache in die Hand genommen hatte, während er, Oscar, durch den Schock wie gelähmt, mechanisch getan hatte, was ihm gesagt wurde. Und obwohl Oscar von Giles nie sonderlich viel gehalten hatte, erwies der sich als außerordentlich tüchtiger Organisator. Alles lief wie am Schnürchen und die ganze albtraumartige Prozedur rauschte an Oscar vorbei und versank im Dunkel der Vergangenheit.

Als alles vorüber war, hatte er das Gefühl, dass in seinem Leben nun nichts mehr passieren könne, was irgendwie von Bedeutung war, und er bewegte sich apathisch und abgestumpft durch die leblosen Tage. Dann tauchte Giles noch einmal in der *Grange* auf, um ihm mitzuteilen, dass er ausziehen müsse, weil sie Glorias Haus verkaufen wollten. Oscar hatte kein Bedürfnis, sich dagegen zu wehren. Giles hatte noch einmal das Steuer in die Hand genommen und Oscar ging den Weg des geringsten Widerstandes und war bereit, sich lautlos in sein Schicksal zu ergeben. Erst als von dem Altenheim die Rede war, begann sich ein gewisser Widerstand in ihm zu regen.

Aber nun war die Reihe an ihm und er musste das Heft in die Hand nehmen. Wie war er bloß in diese Situation hineingeraten? Er dachte an den kalten Morgen zurück, als er den alten Billicliffe über die Black Isle nach Inverness ins Krankenhaus gefahren hatte. Und wie der alte Knabe geredet und geredet und einen kaum verständlichen Strom von Erinnerungen von sich gegeben hatte. Bis er plötzlich *Das Beste hoffen und mit dem Schlimmsten rechnen* gesagt und Oscar gebeten hatte, sein Testamentsvollstrecker zu sein.

Der Anwalt. Oscar hatte sich den Namen des Anwalts in seinem Kalender notiert. Er erhob sich von den Stufen, ging ins Wohnzimmer, wo der Kalender auf seinem provisorischen Schreibtisch lag, und blätterte die Seiten durch. Murdo McKenzie. Kein Mensch außer Billicliffe wäre auf einen Anwalt mit einem derart exotischen Namen verfallen. Murdo McKenzie, McKenzie & Stout, South Street, Inverness.

Es stand keine Telefonnummer dabei, also schlug er die Nummer im Telefonbuch nach und notierte sie in seinem Kalender. Dann nahm er noch einmal auf der Treppe Platz, hob den Hörer ab, stellte den Apparat in Reichweite neben sich auf die Stufen und tippte die Nummer.

Ich muss mich um das Begräbnis kümmern, dachte er. Eine Kirche finden. Einen Leichenschmaus organisieren. Die Leute müssen benachrichtigt werden. Ich muss mit Peter Kennedy sprechen. Und eine Todesanzeige in die Zeitung setzen. Nur ein paar Zeilen. Aber in welcher Zeitung? Nur in der Lokalzeitung oder auch …?

«McKenzie & Stout.»

«Oh, guten Morgen. Könnte ich bitte mit Mr. Murdo McKenzie sprechen?»

«Wer ist am Apparat, bitte?»

«Oscar Blundell. Aus Creagan.»

«Einen Augenblick, bitte.»

Oscar stieß innerlich einen Seufzer aus. Diese Worte hörte er nicht zum ersten Mal. Öfter, als ihm lieb war, hatte er länger als einen Augenblick an der Strippe hängen und sich eine geklimperte Version von Beethovens *An Elise* oder sonst eine kitschige Melodie anhören müssen. Aber seine Befürchtungen erwiesen sich diesmal als unbegründet. Murdo McKenzie kam sofort an den Apparat.

«Mr. Blundell. Guten Morgen. Murdo McKenzie hier. Was kann ich für Sie tun?»

Eine Vertrauen erweckende schottische Stimme, bestimmt und verlässlich. Erleichtert atmete Oscar auf.

«Guten Morgen. Tut mir Leid, dass ich Sie störe, aber ich bin gerade vom Krankenhaus benachrichtigt worden, dass Major Billicliffe gestorben ist. Major Godfrey Billicliffe», fügte er hinzu, als könne es womöglich zwei von ihnen geben.

«Oh, das ist eine traurige Nachricht. Es tut mir Leid.» (Es klang, als täte es ihm wirklich Leid.) «Aber vielleicht kommt es nicht ganz unerwartet.»

«Ich bin als Erster benachrichtigt worden, weil ich mich als sein nächster Angehöriger ausgegeben hatte. Außerdem hat Major Billicliffe mich gebeten, als sein Testamentsvollstrecker zu fungieren. Es gab offenbar sonst niemanden.»

«Nein. Er hatte keine unmittelbaren Angehörigen. Aber er hat mich über die Vereinbarung informiert und mir mitgeteilt, dass Sie sich dazu bereit erklärt hätten.»

«Ja, deshalb rufe ich an. Es wird ja ein Begräbnis stattfinden müssen, aber wo und wann und wie ist die Frage. Er hat Freunde in Creagan, die bei der Beerdigung bestimmt anwesend sein wollen, aber soweit ich weiß, sind die Straßen noch immer blockiert und es scheint wenig Aussicht zu bestehen, dass man in den nächsten Tagen nach Inverness durchkommen kann. Ganz zu schweigen von der Tatsache, dass Weihnachten vor der Tür steht. Und natürlich muss ein Beerdigungsunternehmen ausfindig gemacht, seine Bank benachrichtigt werden und das Krankenhaus …»

Hier schaltete Murdo McKenzie sich auf diskrete Weise ein. «Mr. Blundell, warum überlassen Sie das nicht alles mir? Erstens hat Major Billicliffe Anordnungen in meiner Kanzlei hinterlassen, dass er eingeäschert werden möchte; damit bleibt uns schon mal eine Menge Kopfzerbrechen erspart. Und was das Beerdigungsunternehmen betrifft, so werde ich auch das übernehmen. Es gibt ein ausgezeichnetes Institut mit einem verlässlichen Ruf in Inverness, dessen Besitzer mir persönlich bekannt ist. Wie, wenn ich mich mit Mr. Lugg in Verbindung setzen und die nötigen Schritte einleiten würde?»

«Das wäre außerordentlich liebenswürdig von Ihnen … aber … wann?»

«Ich schlage vor, Ende nächster Woche. Vorm neuen Jahr. Bis dahin wird sich das Wetter sicher gebessert haben, sodass Sie und Ihre Freunde ohne Schwierigkeiten über die Black Isle kommen und der Trauerfeier beiwohnen können.»

«Aber sollten wir nicht einen kleinen Leichenschmaus veranstalten … wenigstens eine Tasse Tee oder so etwas? Ich bin gern bereit, die Kosten zu übernehmen.»

«Mr. Lugg … der Beerdigungsunternehmer … wird auch das arrangieren. Vielleicht im Foyer eines Hotels … oder in einem der Gesellschaftsräume. Es hängt davon ab, wie viele Leute erscheinen.»

«Und dann all die anderen Formalitäten, Testamentsbeglaubigung, Bankauszüge und dergleichen. Das Konto muss storniert werden …»

«Auch diese Formalitäten können Sie getrost uns überlassen.»

«Und seine persönlichen Habseligkeiten ...» Oscar dachte an Billicliffes verwaschenen Flanellschlafanzug, sein Hörgerät und den verbeulten Lederkoffer. Eine trostlose Hinterlassenschaft, und zu seinem Entsetzen spürte er, wie ihm plötzlich ein lächerlicher Kloß im Hals saß. «... seine Habseligkeiten. Jemand muss sie im Krankenhaus abholen.»

«Ich rufe dort an und setze mich mit der Stationsschwester in Verbindung. Erinnern Sie sich an die Nummer der Station?»

Zu seinem eigenen Erstaunen hatte Oscar die Nummer parat. «Fünfzehn.»

«Fünfzehn.» Eine Pause, während Murdo McKenzie sich ein paar Notizen machte. «Ich werde meine Sekretärin veranlassen, sich darum zu kümmern.»

«Ich weiß gar nicht, wie ich Ihnen danken soll. Sie haben mir eine große Bürde von den Schultern genommen.»

«Ich weiß, wie besorgt Major Billicliffe war, dass Ihnen keinerlei Ungelegenheiten entstünden. Ich werde mich also mit Mr. Lugg in Verbindung setzen und Sie anrufen, sobald ich Näheres über die Vorkehrungen weiß. Habe ich Ihre Telefonnummer?»

Oscar teilte sie ihm mit.

«Und Sie sind im *Estate House* in Creagan zu erreichen?»

«Jawohl.»

«Alles klar. Sollten irgendwelche Probleme auftauchen, lasse ich von mir hören.»

«Ich bin Ihnen zu allergrößtem Dank verpflichtet. Halten Sie mich auf dem Laufenden. Und nochmals vielen Dank. Und nun will ich Ihre Zeit auch nicht länger ...»

«Mr. Blundell!»

«Ja?»

«Legen Sie bitte noch nicht auf. Ich habe Ihnen noch etwas mitzuteilen. Natürlich werden Sie schriftlich darüber von uns informiert, aber die Post ist zu dieser Jahreszeit mehr als unzuverlässig, und da wir schon mal am Telefon sind, würde ich Sie gern ins Bild setzen.»

Oscar stutzte. «Wie bitte? Ich verstehe nicht ganz.»

«Nach seiner Einlieferung ins Krankenhaus hat Major Billicliffe mich angerufen und mir gesagt, dass er mich zu sprechen wünschte. Ich wohne draußen in der Nairn Road und fahre täglich am Krankenhaus vorbei, also habe ich ihm am letzten Montagmorgen einen Besuch abgestattet. Er lag natürlich im Bett und war sehr hinfällig, aber geistig völlig klar. Er machte sich Sorgen wegen des Testaments. Nach dem Tod seiner Frau war er nie dazu gekommen, ein neues Testament aufzusetzen, und wollte es nun dringend nachholen. Er hat mir genaue Anweisungen gegeben und das Testament wurde noch am gleichen Tag in meinem Büro aufgesetzt, sodass er es unterzeichnen konnte. Sie sind sein einziger Erbe, Mr. Blundell. Der Major war kein vermögender Mann, wollte aber, dass sie sein Haus auf Corrydale, sein Auto und seinen Hund erben sollten. Ich fürchte, dass Sie weder auf das Auto noch auf den Hund gesteigerten Wert legen, aber das war sein ausdrücklicher Wunsch. Was sein Geld betrifft, so hat er äußerst anspruchslos von seiner bescheidenen Pension gelebt, die natürlich mit seinem Tod erlischt. Aber er hatte einige Ersparnisse, die sich nach Abzug der Beerdigungskosten und einiger ausstehender Rechnungen auf ungefähr zweitausendfünfhundert Pfund belaufen dürften ...»

Oscar saß mit dem Telefon am Ohr auf den Stufen und ihm fiel einfach nichts ein, was er darauf antworten sollte.

«Mr. Blundell?»

«Ja, ich bin noch da.»

«Ich dachte, wir seien unterbrochen worden.»

«Nein. Ich bin hier.»

«Es ist keine große Erbschaft, fürchte ich, aber es lag Major Billicliffe am Herzen, Sie wissen zu lassen, wie sehr er Ihre Güte zu schätzen wusste.»

«Ich war nicht gütig», sagte Oscar. Aber wenn der Anwalt seine Worte gehört hatte, so ignorierte er sie.

«Ich weiß nicht, ob Sie das Haus kennen?»

«Ich bin einmal dort gewesen. Einmal nur. Um den Schlüssel abzuholen. Aber natürlich kenne ich es von früher, als der Förster dort wohnte und meine Großmutter noch auf Corrydale lebte.»

«Ich habe die Eigentumsübertragungen vorgenommen, als Major Billicliffe das Haus gekauft hat. Es ist zwar ein bescheidenes Gebäude, aber es ließe sich durchaus etwas daraus machen.»

«Ja. Ja, natürlich. Es tut mir Leid, dass ich so einsilbig bin, aber es hat mir wahrhaftig die Sprache verschlagen.»

«Ich verstehe.»

«Ich hätte nie gedacht ... erwartet ...»

«Ich werde dafür sorgen, dass Sie alles schriftlich bekommen, und dann können Sie selbst über die weiteren Schritte entscheiden. Und machen Sie sich keine Sorgen, Mr. Blundell, von unserer Seite wird alles getan werden. Ich spreche mit Mr. Lugg und lege die Angelegenheit in seine vertrauenswürdigen Hände.»

«Ich danke Ihnen.» Oscar hatte das Gefühl, noch etwas hinzufügen zu müssen. «Ich danke Ihnen von ganzem Herzen.»

«Gern geschehen, Mr. Blundell. Auf Wiederhören. Und fröhliche Weihnachten.»

Er legte auf. Ganz langsam legte auch Oscar den Hörer auf die Gabel zurück. Zu guter Letzt hatte Major Billicliffe eine Trumpfkarte ausgespielt. Fassungslos fuhr Oscar sich mit der Hand über seinen verwirrten Kopf. Dann sagte er laut ins leere Haus: «Ich denk, mich laust der Affe.»

Er blieb eine Weile auf der untersten Treppenstufe sitzen und dachte an das kleine Haus auf Gut Corrydale zurück. Nicht an die Zeit von Major Billicliffe, sondern viel früher, als der Oberförster und seine mollige Frau dort gewohnt hatten. Damals war es dort hoch hergegangen, mit vier Kindern, drei Hunden, einem Käfig mit Frettchen an der Hintertür und flatternder Wäsche auf der Wäscheleine. Aber immer ein einladendes Torffeuer im Kamin, ein überschwängliches Willkommen für einen kleinen Jungen und einen Teller mit heißen, von Butter triefenden *Scones*. Oscar versuchte, sich an die Verteilung der Zimmer im Haus zu erinnern, aber er war damals nie über das Wohnzimmer hinausgekommen, in dem es immer nach Petroleumlampen und frisch gebackenem Brot roch.

Und nun gehörte es ihm.

Er sah auf die Uhr. Es war fünf Minuten nach zwölf, und mit einem Mal lechzte er geradezu nach einem anständigen Drink. Er trank selten tagsüber, und wenn, dann nur gelegentlich ein Glas Bier. Aber jetzt brauchte er unbedingt einen Drink, einen gepflegten, belebenden Gin Tonic, damit er sich beruhigen und sich den notwendigen Mut antrinken konnte, um mit dieser neuen, völlig unerwarteten Wendung der Dinge fertig zu werden.

Ächzend raffte er sich auf, ging die Treppe hinunter und durch die Küche in seinen provisorischen Weinkeller. Dort nahm er eine halbe Flasche Gordon's Gin und eine Flasche Tonic vom Bord, trug sie in die Küche zurück, holte ein Glas aus dem Schrank und schenkte sich einen tüchtigen Schluck ein.

Die Haustür ging auf. «Oscar!» Elfrida war wieder da.

«Ich bin hier.»

«Kannst du rauskommen und mit anfassen?»

Er ging ihr mit dem Glas in der Hand entgegen. «Ich habe heimlich angefangen zu trinken. Ich bin ein heimlicher Säufer.»

Elfrida sah nicht aus, als wollte sie darüber schlaflose Nächte verlieren. «So? Ausgerechnet jetzt. Ich habe zwei riesige Kartons im Kofferraum ...»

Die Haustür hinter ihnen stand weit offen. Er legte ihr den Arm um die Schultern und stieß die Tür zu. «Das hat Zeit», sagte er.

«Aber ...»

«Die holen wir später herein. Komm. Ich muss mit dir reden. Ich muss dir etwas erzählen.»

Ihre Augen weiteten sich. «Doch keine Hiobsbotschaft?»

«Im Gegenteil. Zieh deinen Mantel aus und komm in die Küche, damit wir uns in Ruhe hinsetzen können.»

«Wo ist Lucy?»

«Sie ist mit Horaz zum Einkaufen gegangen. Erst wollen sie Weihnachtsband kaufen und anschließend einen Spaziergang machen. Und Sam und Carrie sind noch nicht wieder da. Wir sind also ausnahmsweise einmal allein im Haus. Lass uns den seltenen Frieden genießen. Möchtest du vielleicht einen Gin Tonic?»

«Wenn wir uns denn schon mittags dem Alkohol ergeben, wäre mir ein Glas Sherry lieber.» Elfrida knöpfte ihren Mantel auf und hängte ihn über das Ende des Treppengeländers. Dann folgte sie Oscar in die Küche. «Oscar, du siehst ja ganz rot und aufgelöst aus. Was ist denn passiert?»

«Fasse dich in Geduld.»

Sie setzte sich an den Tisch und er brachte ihr ein Glas Sherry und nahm ebenfalls Platz. «Zum Wohl, meine Liebe.»

«Auf dein Wohl, Oscar.»

Der Gin Tonic war ziemlich stark, aber wohltuend und genau das, was sein Magen brauchte. Er setzte das Glas auf dem Tisch ab und sagte: «Ich werde dir erzählen, was los ist, aber ganz langsam, weil es ziemlich kompliziert ist. Also unterbrich mich nicht und stell keine Fragen, bis ich fertig bin, sonst bringst du mich womöglich ganz durcheinander.»

«Ich werde mir Mühe geben.»

«Gut. Also, zuallererst ist Major Billicliffe heute Morgen gestorben. Ich habe einen Anruf vom Krankenhaus bekommen.»

Elfrida legte die Hand über den Mund. «Ach, Oscar!»

«Ich weiß. Wir haben ihn kein Mal besucht. Wir haben kein einziges Mal an seinem Bett gesessen und ihn mit Weintrauben gefüttert. Aber sei ehrlich, bei den augenblicklichen Zuständen auf den Straßen wären wir gar nicht nach Inverness gekommen.»

«Es ist nicht einmal das. Aber es ist so traurig. Mutterseelenallein auf der Welt und dann sterben ...»

«Er war nicht mutterseelenallein. Er war auf der Station die ganze Zeit von liebevollen Schwestern und Pflegepersonal umgeben. Und vermutlich viel weniger einsam als nach dem Tod seiner Frau in seinem eigenen Haus.»

«Vielleicht hast du Recht», sagte Elfrida nachdenklich und dann seufzte sie tief. «Ausgerechnet jetzt. Und du sein nächster Angehöriger ... heißt das etwa ...?»

«Nun hör mir mal gut zu», sagte er.

Und er erzählte ihr die ganze Geschichte. Dass er Billicliffes Anwalt, Murdo McKenzie, angerufen hatte, offenbar ein Mann mit Erfahrung in solchen Dingen, der ihm die ganze Verantwortung von den Schultern genommen hatte. Er erzählte ihr von Mr. Lugg, dem Beerdigungsunternehmer in Inverness, in den Murdo McKenzie großes Vertrauen setzte, und dass Mr. Lugg sich um alles kümmern würde, vom Krematorium bis zu den Gesellschaftsräumen.

«Aber wann soll die Beerdigung sein?», wollte Elfrida wissen.

«Ende nächster Woche, dachten wir. Mit ein bisschen Glück sollten alle Leute aus Creagan bis dahin in der Lage sein hinzukommen. Dieser Schnee kann ja nicht ewig dauern. Über kurz oder lang muss doch Tauwetter einsetzen.»

«Wir sollten eine Todesanzeige in die Zeitung setzen …»

«Mr. McKenzie hat auch das übernommen.»

«… und allen Bekannten Bescheid sagen.»

«Ich rufe Peter Kennedy an.»

«Ach, du liebe Güte. Was für ein unglückseliger Zeitpunkt, um zu sterben.»

«Das habe ich auch gedacht, aber dann habe ich mich zusammengerissen und mir diese unchristlichen Gedanken untersagt.»

«Na ja. Nun hat die liebe Seele also Ruh.»

«Nein, Elfrida. Das hat sie mitnichten.»

«Wieso? Noch mehr Hiobsbotschaften?»

«Billicliffe hat mich zu seinem einzigen Erben ernannt. Nein, unterbrich mich nicht, bis ich dir alles erzählt habe. Das bedeutet, dass er mir sein Haus, sein Auto, seinen Hund und sein Vermögen vermacht hat. Sein Vermögen beläuft sich nach Abzug aller anfallenden Kosten und Rechnungen auf ungefähr zweitausendfünfhundert Pfund. Alles Ersparnisse. Er hat ausschließlich von seiner Pension gelebt.»

«Sein Haus? Billicliffe hat dir sein Haus vermacht? Wie lieb von ihm. Wie rührend. Wie großzügig, Oscar. Hat er sonst wirklich keine Angehörigen gehabt? Keine Verwandten?»

«Niemanden.»

«Armer, einsamer Mann. Ach, Oscar, und wir haben uns so lieblos benommen.»

«Aber nur insgeheim.»

«Wenn du dich hinterm Sofa versteckt hast, aus Angst, er könnte vor der Tür stehen?»

«Erinnere mich bitte nicht daran.»

«Was willst du denn mit dem Haus anfangen?»

«Das weiß ich nicht. Ich hatte noch keine Zeit, darüber nachzudenken. Verkaufen, wahrscheinlich. Aber zuerst muss Billicliffes ganzer Krempel rausgeschafft und die Bude vermutlich ausgeräuchert werden.»

«Wie sieht das Haus denn aus?»

«Das weißt du doch. Du hast es ja gesehen. Der reinste Schweinestall.»

«Nein, ich meine, wie viele Zimmer? Gibt es eine Küche? Ein Badezimmer?»

«Im Maklerjargon würde man wahrscheinlich zwei oben, zwei unten sagen und Küche und Bad nach dem Krieg hinten drangeklebt.»

«Zu welcher Seite geht es?»

Oscar musste sich erst besinnen. «Die Haustür geht nach Norden, die hintere Seite nach Süden.»

«Ein Garten?»

«Ja, vermutlich ein Stückchen Land. Ich erinnere mich nicht genau. Mrs. Ferguson, die Förstersfrau, hat immer Kartoffeln und Lauch angepflanzt. Und dann gab es einen Apfelbaum ...»

Elfrida schwieg einen Moment und ließ sich diese Informationen durch den Kopf gehen. Dann sagte sie zu Oscars Überraschung: «Warum ziehst *du* nicht dort ein?»

Oscar starrte sie fassungslos an. «Ich dort einziehen? Allein?»

«Nein, du Dussel, ich komme natürlich mit.»

«Aber du hast doch gesagt, du fändest das Haus abscheulich.»

«Kein Haus ist abscheulich. Sie lassen sich immer verbessern, vergrößern oder verschönern. Ich bin überzeugt, dass es ein nettes, gemütliches Häuschen war, als der Förster dort gewohnt hat. Hörgerät, Hundehaare, überquellende Aschenbecher und schmierige Gläser waren es, die es so abstoßend gemacht haben. Mit den vier Wänden hat das gar nichts zu tun.»

«Aber ich *habe* ein Haus. Ich besitze dieses Haus.»

«Du besitzt nur die Hälfte. Nicht gerade eine Pfründe. Aber du könntest deine Hälfte verkaufen, dann hättest du fünfundsiebzigtausend Pfund, und die könntest du in Major Billicliffes Haus stecken und bis an dein Lebensende glücklich und in Frieden dort leben.»

«Du meinst ... das hier verkaufen? Creagan verlassen ...?»

«Ach, Oscar, mach doch nicht ein solch entsetztes Gesicht. Die Idee ist gar nicht so schlecht. Sam Howard will das Haus haben und Hughie McLennan kann's offenbar gar nicht abwarten, seine Hälfte abzustoßen. Ich weiß, dein Herz hängt daran, und meins ja auch, aber bei Licht besehen, ist es doch ein riesiges, spärlich möbliertes Gemäuer, und wenn Sam und Carrie und Lucy fort sind, dann sitzen wir hier wieder allein und kommen uns ganz verloren darin vor. Außerdem ist es für mich ein typisches Familienhaus. Es ist nicht für zwei rührende, alte Tattergreise wie uns beide gemacht. In diesem Haus sollten junge Leute wohnen und eine Kinderschar aufwachsen ...»

«Sam hat aber keine Kinder.»

«Nein, aber er wird bestimmt wieder heiraten ...» Elfrida sprach den Satz nicht zu Ende. In dem anschließenden Schweigen sah sie Oscar nach einigem Zögern in die Augen.

«Aber nicht Carrie», sagte er.

«Wieso nicht Carrie?»

«Misch dich da nicht ein, Elfrida.»

«Wie könnte ich mich nicht einmischen? Die beiden sind wie füreinander bestimmt.»

«Sie sind überhaupt nicht füreinander bestimmt. Er hört nicht auf, zuvorkommend zu sein, und Carrie ist zugeknöpft und abweisend wie ein stacheliger Ginsterbusch.»

«Sie ist eben im Moment sehr empfindlich. Die beiden waren gestern eine Ewigkeit unterwegs, als sie den Tannenbaum geholt haben. Carrie hat gesagt, sie hätten sich auf Corrydale umgesehen, aber ich kann mir nicht vorstellen, dass sie zwei Stunden durch den Schnee gestapft sind, ohne ein Wort miteinander gewechselt zu haben.»

«Die Umstände haben sie zufällig hier zusammengeführt, das ist alles.»

«Vielleicht.» Elfrida seufzte. «Wahrscheinlich hast du Recht. Aber mal ganz abgesehen von Carrie, ist dies genau die richtige Behausung für einen Mann wie Sam Howard. Geschäftsmann, Direktor der wieder erstandenen Wollspinnerei, einflussreiches Mitglied der Gemeinde. Ich kann mir lebhaft vorstellen, wie er hier Geschäftsleute aus Japan und Deutschland empfängt. Oder seinen Londoner Direktor am Wochenende zu einer Partie Golf einlädt. Außerdem – und dies ist der springende Punkt – will Sam das Haus unbedingt haben. Er fühlt sich wohl hier, er fühlt sich zu Hause. Und würdest du es nicht auch lieber an ihn als an irgendeinen Wildfremden verkaufen? Und nebenbei fünfundsiebzigtausend Pfund in die Tasche stecken?»

«Ich bin kein vermögender Mann, Elfrida. Wenn ich das *Estate House* verkaufe, müsste das Geld sorgfältig für Zeiten angelegt werden, wenn ich alt und senil bin. Ich müsste ja verrückt sein, das ganze Geld an Major Billicliffes Häuschen zu verschwenden und nachher mit leeren Händen dazustehen.»

«Wir wissen ja gar nicht, wie viel wir ausgeben müssten ... für die Renovierung, meine ich.»

«Eine Menge.»

Aber Elfrida ließ sich ihre Pläne so schnell nicht ausreden. «Wenn ich nun mein Haus in Hampshire verkaufte, dann könnten wir *das* Geld für ...»

Aber Oscar schnitt ihr mit einem für seine Verhältnisse außerordentlich bestimmten «Nein!» das Wort ab.

«Warum nicht?»

«Weil es *dein* Haus ist. Es ist alles, was du besitzt, und du darfst es unter gar keinen Umständen verkaufen. Vermiete es meinetwegen, wenn du jemanden findest, der dort wohnen möchte, aber verkaufen – nein.»

«Na gut.» Ihre Stimme klang enttäuscht und Oscar kam sich ein bisschen schäbig vor. «Ich dachte, es sei ein glänzender Einfall, aber vermutlich hast du Recht», sagte sie resigniert. Doch dann hellte sich ihr Gesicht gleich wieder auf. «Wie auch immer, ich finde das alles unglaublich aufregend. Kein Wunder, dass du ganz aufgelöst bist. Jedenfalls müssen wir hinfahren und die trostlose, kleine Bude vom Boden bis zum Keller eingehend unter die Lupe nehmen. Und vor allem das Auto retten, bevor es im Schnee krepiert. Und den

Hund. Mein Gott, was machen wir bloß mit dem Hund?» Plötzlich lachte sie lauthals auf. «Was machen wir bloß mit diesem Ungeheuer, das nachts den Mond anbellt und sich mit seinem ganzen Gewicht gegen verschlossene und verriegelte Türen wirft?»

«Ehrlich gesagt, ist mir Horaz lieber. Vielleicht können wir Charlie Miller ja bewegen, den Hund zu behalten. Ich rede am besten mal mit Rose Miller ...»

Oben auf dem Treppenabsatz klingelte das Telefon. «Verdammt», sagte Elfrida. «Muss das Telefon immer zur falschen Zeit klingeln?»

«Lass es doch klingeln. Wir tun einfach, als seien wir nicht da.»

«Ich wollte, ich hätte deine Willenskraft. Hab ich aber nicht.» Sie stemmte sich vom Tisch hoch und verließ die Küche. Oscar hörte, wie sie die Treppe hinauflief, und gleich darauf verstummte das Klingeln. Aus dem ersten Stock war ganz leise ihre entfernte Stimme zu hören. «Hallo?»

Während Oscar am Tisch saß und geduldig auf Elfridas Rückkehr wartete, ließ er sich ihre abwegigen Vorschläge noch einmal durch den Kopf gehen und wünschte, er könnte sich darauf einlassen. Aber wenn er Sam tatsächlich das *Estate House* verkaufte, wäre der Erlös sein einziges Kapital, sein kleiner Puffer gegen ein Alter in Elend und Armut. Natürlich würden sie hinfahren und sich Billicliffes Haus ansehen müssen, das war gar keine Frage. Vielleicht sah es nach gründlicher Reinigung und mit einem frischen Pinselstrich versehen ja sogar ganz passabel aus. Aber trotzdem würde es ihm wie ein finsteres, dumpfes Loch vorkommen nach der Größe und Weitläufigkeit des *Estate House*. Er würde die luftigen, sonnigen Räume vermissen, in denen man atmen konnte und die ein gutes, Vertrauen erweckendes Gefühl der Geborgenheit gaben. Es würde ihm schwer fallen, das Haus zu verkaufen … selbst an einen Freund wie Sam Howard … und es für immer verlassen zu müssen.

Elfrida war noch immer am Telefon. Er hörte das Gemurmel ihrer Stimme, konnte allerdings kein Wort verstehen. Hin und wieder verstummte sie eine Weile, ergriff dann aber wieder das Wort. Er konnte sich gar nicht vorstellen, wer am anderen Ende der Leitung sein mochte. Hoffentlich keine niederschmetternden Neuigkeiten.

Er war mit seinem Gin Tonic fertig und stand auf. Während er am Spülbecken stand und das Glas auswusch, fielen ihm die beiden Kartons mit den geliehenen Gläsern ein, die noch immer im Kofferraum auf ihn warteten. Er verließ also die Küche, durchquerte den Flur und trat durch die Haustür in die eisige Kälte hinaus. Auf dem Gartenpfad lag frischer Schnee. Er passierte das Tor und öffnete den Kofferraum seines alten Wagens, der direkt vor dem Haus geparkt stand. Die Kartons waren unhandlich und ziemlich schwer, sodass er sie einzeln ins Haus trug und den Weg zweimal machen musste. Als er den zweiten Karton auf dem Küchentisch abstellte und zurückging, um die Haustür zu schließen, hörte er den Pington, den das Telefon von sich gab, wenn man den Hörer auf die Gabel legte. Mit erhobenem Kopf blieb er am Treppenpfosten stehen und wartete auf Elfrida. Als sie nicht erschien, rief er ihren Namen.

« Elfrida ? »

Wortlos kam sie von oben die Treppe herabgeschritten, und zwar mit einem Ausdruck auf dem Gesicht, auf den er sich keinen Reim machen konnte. Er wusste nur, dass er ihre Augen noch nie so leuchtend, sie selbst noch nie so jugendlich und so strahlend gesehen hatte und dass dieses Strahlen nichts mit dem Gegenlicht zu tun hatte, das ihren flammenden Haarschopf aufleuchten ließ.

«Meine Liebe …»

«Oscar.» Sie blieb eine Stufe über ihm stehen, legte die Arme um seinen Hals und ihre Wange an seine. «Etwas schier unvorstellbar Wunderbares ist passiert.»

«Willst du mir nicht sagen, was?»

«Doch, aber ich glaube, dazu müssen wir uns erst setzen.»

Also nahm er sie bei der Hand und führte sie in die Küche zurück und sie setzten sich noch einmal einander gegenüber an den Tisch.

«Das war Jamie Erskine-Earle. Wegen meiner kleinen Uhr. Du weißt, dass er sie einem Kollegen bei Boothby zeigen wollte. Der Kollege sitzt natürlich in London, und da bei diesem Wetter keinerlei Aussicht besteht, die Uhr Richtung Süden zu transportieren, hat er ihm einfach ein Fax geschickt. Mit einer ausführlichen Beschreibung der Uhr und einigen Fotos. Und der Kollege … wer immer er sein mag … hat ihn heute Morgen aus London angerufen und gesagt, die Uhr sei ein ganz besonderes Stück. Ein sehr seltener Chronometer. Französisch und von einem gewissen J.F. Houriet um ungefähr 1830 gemacht. Stell dir vor, Oscar, all die Jahre habe ich diesen Chronometer besessen, ohne die leiseste Ahnung von seinem Wert zu haben. Und dann wollte er wissen, wie ich daran gekommen bin, und Jamie hat gesagt, ich hätte die Uhr von meinem Paten, einem alten Seemann, geerbt, aber natürlich habe ich keine Ahnung, wie sie in seinen Besitz gekommen ist. Jedenfalls sagt Jamie, dass sie ein wirkliches Kleinod ist und ich sollte sie unbedingt hoch versichern lassen. Also habe ich meinen ganzen Mut zusammengenommen und gefragt: ‹Ist sie wertvoll?› Er hat es bejaht. Und als ich fragte, wie viel, da hat er gesagt ... auf einer Auktion ... möglicherweise ... rat mal, Oscar!»

«Unmöglich. Spann mich nicht auf die Folter. Wie viel?»

«Zwischen siebzig- und achtzigtausend Pfund», kreischte Elfrida vergnügt.

«Ich muss mich wohl verhört haben. Das kann doch nicht wahr sein!»

«Du hast dich nicht verhört. Es ist die reine Wahrheit. Jamie sagt, sein Kollege hat gesagt, dass es ein ernst zu nehmendes Sammlerstück ist. Klingt das nicht entzückend? *Ernst zu nehmend*. Wenn Boothby die Uhr in seinen Auktionskatalog für seltene Stand-, Armbanduhren und Schiffschronometer aufnimmt, steigt der Preis womöglich noch höher.»

«Mir fehlen die Worte.»

«Und die ganze Zeit habe ich geglaubt, es sei mein kleines Gemälde, das mich vor dem Armenhaus bewahren würde. Stattdessen war der wirkliche Schatz meine Uhr. Hab ich Schwein gehabt, dass sie mir in der Poulton's Row niemand vom Kaminsims stibitzt hat.»

«Da kannst du wahrlich von Glück sagen. Besonders, wo du nie deine Haustür abgeschlossen hast. Die Uhr hat mich schon damals bezaubert. Du denkst doch nicht etwa daran, sie zu verkaufen? Das darfst du auf gar keinen Fall.»

«Ach, Oscar, nun hör aber auf, natürlich verkaufe ich sie. Begreifst du denn nicht, dass wir Billicliffes Villa mit dem Geld in einen Palast verwandeln können? Einen Wintergarten anbauen. Uns einen riesigen Ballsaal zulegen ...»

«Elfrida.»

«... und eine Mikrowelle.»

«Elfrida, nun hör mir mal gut zu. Wenn du die Uhr verkaufst, gehört das Geld dir.»

«Oscar, nun hör du mir mal gut zu. Es gehört uns. Und wir werden unsere Tage in einem entzückenden kleinen Haus beenden, voller Sonnenschein, genau wie hier. Und wir pflanzen Kartoffeln und Lauch an, wenn du willst, und haben Rose Miller als Nachbarin und ein Viersterne-Countryhotel im Garten. Was will man mehr? Wie aufregend! Wie unglaublich und unvorstellbar aufregend!»

«Natürlich. Aber wir müssen auch praktisch denken, mein liebes Kind. Wir müssen vernünftig sein.»

«Ich will aber nicht vernünftig sein. Ich will nach draußen gehen und auf der Straße tanzen. Und unser großes Glück in alle Welt hinausschreien.»

Oscar machte ein Gesicht, als traue er ihr zu, dass sie diese Drohung umgehend in die Tat umsetzen würde, und sagte: «Nein.»

«Nein?»

«Jedenfalls vorläufig nicht. Mir wäre es lieber, wir ließen gar nichts darüber verlauten, bis wir Sam allein erwischen und ihm die Situation erklären können. Er muss wissen, dass wir erwägen, dieses Haus zu verkaufen, weil er ganz sicher das Vorkaufsrecht haben möchte. Er wird ungemein erleichtert sein, wenn er sich nicht nach einer anderen Bleibe umsehen muss. Er hat im Moment schon genug um die Ohren, ohne sich den Kopf zerbrechen zu müssen, wo er ein Unterkommen findet. Außerdem wird er nicht ewig bei uns bleiben, also sollten wir ihn ins Bild setzen, bevor er uns verlässt. Vielleicht braucht er Zeit, um alles in Ruhe zu durchdenken; oder um Geld aufzunehmen. Das wissen wir nicht. Aber deshalb müssen wir an ihn zuallererst denken.»

«Ja. Du hast völlig Recht. Wann soll er es erfahren?»

«Ich nehme ihn heute Abend auf einen Drink mit in den Pub.»

«Und die andern? Carrie und Lucy?»

«Erst wenn ich mit Sam gesprochen habe.»

«Was, wenn Billicliffes Haus sich als Katastrophe herausstellt?»

«Dann müssen wir eben von vorne anfangen.»

«Ich kann es gar nicht abwarten, einen Blick in das Haus zu werfen. Du und ich. Aber heute Nachmittag geht es nicht wegen des Schnees. Die Straßen sind höllisch glatt. Und morgen geht es nicht wegen der Vorbereitungen für die Party.»

«Sonntag?»

«Heiligabend?»

«Sonntagmorgen. Nichts dagegen einzuwenden.»

«Gut. Fahren wir also am Sonntagmorgen. Vielleicht sollten wir Sam bitten, uns in seinem Wagen hinzufahren. Dann landen wir wenigstens nicht im Straßengraben.» Plötzlich kam ihr eine blendende Idee. «Ich weiß. Warum fahren wir nicht alle zusammen? Carrie und Lucy auch.»

Oscar hatte seine Zweifel. «Das wären fünf verschiedene Leute mit fünf unterschiedlichen Meinungen und Ideen.»

«Umso besser. Sam wird mit handfesten Vorschlägen aufwarten können. Er versteht was von Türstürzen, Stützbalken und Feuchtigkeit in den Wänden. Und mir ist noch eine brillante Idee gekommen. Wenn wir morgens nach Corrydale fahren und es nicht regnet oder schneit, könnten wir dort ein Picknick machen. Ein Winterpicknick. Ich koche einen Topf meiner berühmten Suppe, Elfridas Allerlei. Apropos, Oscar, haben wir eigentlich den Schlüssel zu Major Billicliffes Haus?»

An den Schlüssel hatte Oscar nicht gedacht. «Nein.»

«Wo sollen wir den herkriegen?»

«Rose Miller wird einen Schlüssel haben. Oder jemanden

kennen, der einen hat. Ich muss sie sowieso anrufen und ihr sagen, dass der Alte gestorben ist, obwohl sie es inzwischen vermutlich schon weiß. Und Peter Kennedy muss ich auch anrufen.»

FREITAG, 22. DEZEMBER

CARRIE

SIE FUHREN über die schmale Uferstraße, die sich in Windungen an der Bucht entlangzog, nach Buckly. Die umliegende Landschaft hätte nicht winterlicher aussehen können; weiße Hügel, grauer Himmel, über den die Wolken jagten, getrieben von einem scharfen Wind, der direkt aus dem nördlichen Eismeer über weite, schneebedeckte Moore fegte. Der Wagen überquerte eine kleine Anhöhe, und plötzlich sah Carrie unter sich die Bucht mit auflaufendem Wasser, die dunklen Tannenwälder auf dem jenseitigen Ufer und eine kleine Gruppe geduckter weißer Fischerhütten oberhalb einer unbenutzten, verfallenen Pier.

Dies war neues, unbekanntes Terrain. «Wie heißt diese Bucht?», fragte sie Sam.

«*Loch Fhada*. Ein Vogelschutzgebiet», antwortete er.

Schließlich bogen sie auf die Küstenstraße. Der Strand war felsig und wenig einladend. Die Flut kam mit Macht und das auflaufende Wasser war grau wie der darüber hängende Himmel und trug weiße Schaumkronen. Weit draußen auf einer Sandbank lagerte eine Gruppe von Seehunden, und während sie ihnen zusah, zog ein Schwarm Enten von Osten vorbei und landete in einem verlassenen Priel, den die auflaufende Flut noch nicht überschwemmt hatte.

Am entfernten Ende der Bucht spannte sich eine Brücke über das Wasser und dahinter erhob sich die wilde, unzugängliche Berglandschaft, in die eine mit Unterholz und Farnkraut dicht überwucherte Schlucht hineinragte. An der Hauptstraße wandten sie sich nach Norden, wo die Schneepflüge bereits an der Arbeit gewesen waren und der Schnee sich unter den Rädern von Lastwagen und Traktoren in schmutzig grauen Schneematsch verwandelt hatte. Zwischen Straße und Meer lagen Felder und Wiesen; Schafherden duckten sich im Windschatten schützender Steinwälle, Schornsteine kleiner Gehöfte pafften tapfer und verbreiteten Torfgeruch. Ein Traktor überquerte ein Feld und zog einen mit Heu beladenen Anhänger hinter sich her und aus einer Tür trat eine Frau und warf einer schnatternden Gänseschar Brotrinden hin. Wenig später sahen sie einen Mann vor sich, der am Straßenrand entlangmarschierte, eine einsame Gestalt, den Kopf tief gegen das harsche Wetter gesenkt. Er hielt einen langen Krummstab in der Hand und sein Hund folgte ihm auf dem Fuß. Als sie näher kamen, blieb er stehen, um sie vorbeifahren zu lassen, und hob die behandschuhte Hand zum Gruß.

«Er sieht aus wie aus einem Gemälde von Breughel», sagte Carrie.

Sie musste an die Bauernhöfe im Süden Englands denken, umgeben von lieblicher, grüner, bewaldeter Natur. Und den kleinen Besitz ihres Vaters in Cornwall, wo die Milchkühe den ganzen Winter draußen grasen konnten. «Wenn ich mir vorstelle, bei solchem Wetter auf einem Bauernhof arbeiten zu müssen», sagte sie. «Hier muss das bloße Überleben schon schwer genug sein.»

«Diese Leute sind immer auf schlechtes Wetter eingestellt. Die Winter hier sind seit eh und je hart. Ein zähes Volk.»

«Was bleibt ihnen anderes übrig.»

Sie waren auf dem Weg zu der Wollspinnerei, in der Sam Howards Zukunft lag. Inzwischen hätte Carrie den eher beiläufig gemachten Vorschlag allerdings am liebsten wieder rückgängig gemacht. *Ich würde Ihre Spinnerei gern mal sehen*, hatte sie gesagt, ohne zu ahnen, dass er den Gedanken, ihr alles ausführlich zeigen zu können, gleich so begeistert aufgreifen würde. Außerdem hatte sie den Vorschlag vor dem späteren peinlichen Zwischenfall gemacht, und heute Morgen war es natürlich zu spät gewesen, einen Rückzieher zu machen, irgendeine Ausrede zu erfinden und so zu tun, als sei ihr doch nicht so sehr an dem Besuch gelegen.

Zu spät. Zu spät, um den Ausbruch leidenschaftlicher Aufrichtigkeit ungeschehen zu machen, die Wahrheit, die sie so sorgfältig gehütet und, wie sie hoffte, vor anderen erfolgreich verschwiegen hatte, zu widerrufen. Sie schüttelte innerlich den Kopf darüber, dass sie sich so hatte gehen lassen, und wusste doch selbst ganz genau, wie es dazu gekommen war, dass der sorgsam bewachte Schutzwall nachgegeben und sie ihm ihr unglückliches Herz ausgeschüttet hatte.

Es war Corrydale. Seine Umgebung. Der sonnenbeschienene Schnee, der würzige Tannenduft, der dunkelblaue Himmel, die Berge auf der anderen Seite des glitzernden Meeresarms. Die niedrig stehende Sonne hatte ihr durch die Jacke warm auf den Rücken geschienen, der frische, glitzernde Schnee unter den Füßen geknirscht, die reine, kalte Luft ihr die Lungen geweitet. Österreich. Oberbeuren. Und Andreas. Die Umgebung und der Mann; untrennbar miteinander verbunden. Andreas, hier. Jetzt. Neben ihr wandernd, in ununterbrochenem Gespräch, seine Stimme immer mit einem leichten Anflug von Lachen. Andreas. Pläne schmiedend, verliebt. So stark war die Illusion gewesen, dass sie glaubte, das kühle, frische Zitronenaroma seines Aftershave wahrzunehmen. Aber während sie glaubte, seine Gegenwart mit Händen greifen zu können, wusste sie gleichzeitig, dass er nur eine Fiktion ihrer überspannten Einbildung war. Denn Andreas war fort. Er war zu Inga und den Kindern zurückgekehrt und hatte Carrie mit einem solch schmerzhaften Gefühl der Leere zurückgelassen, dass sie mit einem Mal außerstande war, kühl und überlegen zu bleiben.

Als Sam dann auch noch angefangen hatte, von seiner Frau, seiner gescheiterten Ehe und dem Abschied von New York zu erzählen, war Carrie ihr Elend erst recht zum Bewusstsein gekommen, und als er den schrecklichen Ausdruck «auf Ablehnung stoßen» gebraucht hatte, war sie in eine Wut geraten, zu der sie sich nie fähig geglaubt hatte, und die zornigen Worte, die aus ihr hervorgebrochen waren, konnten nur durch eine Tränenflut eingedämmt werden. Eine Tränenflut, die sie beschämt und gedemütigt hatte, und als sie versuchte, vor ihrer eigenen Erniedrigung davonzulaufen, hatte Sam sie fest gehalten und in seine Arme genommen und sie an sich gezogen wie ein untröstliches Kind.

In einem Buch oder einem Film wäre dies der Moment für das große Finale gewesen, dachte sie jetzt. Die abschließende Umarmung nach endlosen Zerwürfnissen und Missverständnissen. Die Kamera rollt zurück zur Totale, vielleicht mit einem Blick auf den Himmel, auf einen Schwarm heimwärts ziehender Gänse oder sonst irgendein tiefsinniges Symbol. Herzergreifende Musik, während der Abspann rollt und man mit dem schönen Gefühl, einem Happy End beigewohnt zu haben, das Kino verlässt.

Aber das Leben endete nicht mit dem Finale. Es ging einfach weiter. Sams Umarmung, seine Arme um ihren Körper, seine körperliche Nähe, hatten sie getröstet, ihr kaltes Herz aber nicht schmelzen lassen. Sie war nicht verwandelt. Sie war immer noch Carrie, dreißig Jahre alt, für die die große Liebe ihres Lebens ein für alle Mal verloren war. Vielleicht wollte sie es so, vielleicht wollte sie ein Herz so erstarrt wie die Winterlandschaft, die sie umgab. Vielleicht wollte sie für immer so bleiben.

Die Welt ist voll von verheirateten Männern, hatte Elfrida mit so trauriger Stimme gesagt. Es war besser, niemandem mehr zu nahe zu kommen. Je näher man kam, desto größer die Gefahr, dass man verletzt wurde.

McTaggarts in Buckly.

Die Spinnerei stand am Rand der kleinen Stadt und war von der Straße hinter einer Steinmauer mit einem imposanten, doppelten schmiedeeisernen Tor zurückgesetzt. Das Tor war breit genug, dass Pferd und Wagen hindurchfahren konnten, und darüber wölbte sich ein schön verzierter Torbogen, der von einer Art kunstvollem Wappen gekrönt war.

An diesem Morgen stand das Tor weit offen. Dahinter lag ein weitläufiger, kopfsteingepflasterter Vorplatz, der mit runden, erhöhten Blumenbeeten besetzt war. Alles war tief verschneit, die Rabatten waren leer, aber Carrie konnte sich vorstellen, wie Geranien, Tagetes, Petunien und anderer städtisch verordneter Blumenschmuck dort ihre Pracht entfalteten.

Der Schnee war von Fußspuren oder Reifenabdrücken unberührt. Sie waren die ersten und einzigen Besucher des Tages. Als sie unter dem hohen Torbogen durchfuhren, konnte Carrie durch die Windschutzscheibe einen ersten Blick auf das Spinnereigebäude werfen und begriff sofort, warum die Baubehörden es für würdig befunden hatten, unter Denkmalschutz gestellt zu werden. Hinter den schrägen Dächern ragte natürlich ein Fabrikschlot empor und zahlreiche andere zweckmäßige Schuppen und Lagergebäude waren auf dem Gelände zu sehen, aber das Hauptgebäude war eindrucksvoll und attraktiv.

Die breite, ausgewogene, symmetrische Fassade bestand aus Quadern, die aus einem örtlichen Steinbruch stammten.

Über einem zentralen Giebel erhob sich ein Uhrturm. Darunter befand sich ein einzelnes Fenster im ersten Stock und darunter eine gewaltige Doppeltür, über der sich eine elegante Lünette wölbte.

Zu beiden Seiten des Giebels schlossen sich die Seitenflügel mit einer doppelten Reihe von Fenstern an, alle wie nach Maß gemacht. Das schräge, von Luken unterbrochene Dach war mit Schieferplatten gedeckt und der dunkle Stein der Fassade wurde hier und da durch das glänzende Grün von rankendem Efeu belebt.

Sam hielt vor der großen Eingangstür und sie stiegen in den Schnee aus. Carrie blieb einen Moment stehen, um sich umzusehen. Sam trat zu ihr, die Hände tief in seinen wasserfesten Pelerinenmantel vergraben.

Nach einer Weile fragte er: «Und?»

«Was für ein wunderschönes Gebäude.»

«Sehen Sie. Platt walzen und neu aufbauen wäre völlig ausgeschlossen.»

«Ich hatte eine düstere, mittelalterliche Spinnerei erwartet. Oder eine alte Fabrik. Das hier sieht eher nach einer gediegenen, traditionsbewussten Internatsschule aus. Es fehlen nur noch die Sportanlagen mit Fußballtoren.»

«Die ursprünglichen Spinnereigebäude liegen weiter hinten, näher am Fluss. Dieser Block wurde erst 1865 erbaut, ist also noch ziemlich neu. Er war als eine Art Aushängeschild gedacht. Büros, Verkaufsräume, ein Konferenzsaal, so die Art. Es gab sogar einen Lesesaal extra für die Angestellten, ein gutes Beispiel für paternalistisches Unternehmertum im neunzehnten Jahrhundert. Im ersten Stock lagerten die Fertigprodukte und unterm Dach befand sich das Wolllager. Sie dürfen nicht vergessen, dass der Betrieb seit Mitte des achtzehnten Jahrhunderts existiert. Der Fluss war natürlich der

Grund, warum die Spinnerei überhaupt hier errichtet wurde.»

«Es ist alles in so einwandfreiem Zustand», sagte Carrie. «Schwer zu glauben, dass hier eine Überschwemmung durchgegangen sein soll.»

«Na, warten Sie's ab. Ihnen steht noch ein Schock bevor.»

Er zog einen gewaltigen Schlüssel aus der Tasche, steckte ihn in das Messingschloss, drehte ihn herum und stieß die Tür auf. Dann trat er zur Seite und ließ Carrie in eine viereckige Empfangshalle mit hoher Decke eintreten.

Ein Trauerspiel.

Der Raum war leer. Die Überschwemmungsmarkierungen an den Wänden reichten fast einen Meter fünfzig hoch. Die hübsche Samttapete darüber war unbeschädigt geblieben, aber unterhalb der Linie waren die Farben verwaschen und die Tapete hing in Fetzen von der Wand. Die blanken Dielen auf dem Fußboden waren ebenfalls schwer in Mitleidenschaft gezogen; ältere Planken waren verrottet und beschädigt; gähnende Löcher legten die ursprünglichen Träger und die dunklen Höhlen tief liegender Grundmauern bloß. Über allem hing der durchdringende, deprimierende Geruch nach Feuchtigkeit und Fäulnis.

«... Dies war die Empfangshalle. Für Besucher oder neue Kunden. Der berühmte erste Eindruck. Soviel ich weiß, war alles sehr stil- und geschmackvoll möbliert und mit Teppichen ausgelegt und eine Reihe von McTaggarts'schen Gründungsvätern blickte mit finsterem Antlitz von den Wänden herab. Sie sehen, das Stuckgesims hat überlebt, aber alles andere wurde durch die Überschwemmung unrettbar zerstört und musste beseitigt werden.»

«Wie lange hat es denn gedauert, bis das Wasser zurückging?»

«Ungefähr eine Woche. Es wurden natürlich sofort riesige Gebläseanlagen installiert, um alles möglichst schnell trockenzulegen, aber in diesem Raum kam alle Rettung zu spät.»

«War der Fluss vorher schon mal über seine Ufer getreten?»

«Einmal. Vor ungefähr fünfzig Jahren. Danach wurden ein Deich und eine Schleuse errichtet, um den Wasserstand zu kontrollieren. Aber dieses Mal hat es ohne Unterbrechung geregnet und zu allem Übel herrschte Hochflut, sodass der Fluss einfach den Deich gesprengt hat.»

«Es übersteigt beinahe alle Vorstellungskraft.»

«Ich weiß. Kommen Sie, wir gehen hier entlang. Passen Sie auf, wo Sie hintreten. Ich möchte nicht, dass Sie in den Keller fallen.»

Sam öffnete eine Tür an der Rückwand der Empfangshalle und Carrie folgte ihm. Man kam sich vor, als träte man durch die grüne, filzbezogene Tür eines großen Herrenhauses in den Dienerschaftstrakt. Denn die Tür führte in einen mit Steinplatten ausgelegten Raum von der Größe einer Lagerhalle, der durch ein hohes Glasdach erhellt wurde. Der Raum war völlig leer, eiskalt und jeder Schritt hallte laut von den Wänden wider. Hier und da standen Zeugen früherer Betriebsamkeit wie die Halterungen in den Steinplatten, wo früher einmal die Webstühle gestanden hatten. Am anderen Ende führte eine offene Wendeltreppe zu einer erhöhten Galerie empor.

Es herrschte eine trostlose, tödliche Stille.

«Was ging hier vor sich?», fragte Carrie und ihre Stimme wurde von dem hohen Glasdach und den nackten, fleckigen Wänden zurückgeworfen.

«Hier standen die Webstühle. Fergus Skinner – er war

der Manager der Spinnerei, als das Unglück passierte – hat mir erzählt, was an dem betreffenden Abend hier los war. Die Belegschaft hat den ganzen Tag bis elf Uhr nachts durchgearbeitet, denn während das Wasser schon hereinsickerte, haben sie immer noch gehofft, dass die Flut zurückgehen würde. Aber das war eine Illusion, deshalb haben sie die ganze Nacht geschuftet und versucht, alles, was nicht niet- und nagelfest war, ins Trockene zu schaffen. Ein verzweifeltes, aber hoffnungsloses Unternehmen. Was gerettet werden konnte, wurde gerettet. Die Spinnmaschinen zum Beispiel, obwohl sie schwer beschädigt waren. Die alten hölzernen Wollwaschmaschinen haben auch überlebt und die Karde. Das eigentliche finanzielle Disaster beruhte darauf, dass sämtliche Fertigprodukte ruiniert waren. Aufträge im Wert von Tausenden von Pfund, alles lieferfertig verpackt. Dieser Verlust hat McTaggarts endgültig den Rest gegeben.»

«Lag das Büro zu ebener Erde?»

«Leider ja. Fergus Skinner hat mir erzählt, dass er durch die Räume gewatet ist, um zu sehen, ob noch was zu retten war, aber das Wasser ging ihm bereits bis zur Taille, die Computer waren abgesoffen und die Rechnungen trieben ihm auf dem Flur entgegen …»

«Und was war am nächsten Tag los? Was war mit der Belegschaft …?»

«Alle entlassen. Es gab keine Alternative. Aber sobald das Wasser zurückgegangen war, sind rund hundert Arbeiter erschienen, um bei der Rettung mit Hand anzulegen. Die Hälfte der Maschinen war schrottreif. Darunter zwei deutsche elektronische Webstühle, die erst kürzlich angeschafft worden waren. Das hat man von moderner, extrem teurer Technologie. Überlebt haben einige der älteren, robusten

Maschinen. Webstühle, die aus zweiter Hand gekauft worden waren und vielleicht ihre vierzig, fünfzig Jahre auf dem Buckel hatten. Die Ingenieure haben die Krempelmaschine auseinander genommen und gereinigt, bevor der Rost einsetzen konnte; die kann also wieder benutzt werden. Und dann gab es einige aus Italien importierte Spezialmaschinen, aber die sind ausgelagert und gehen vermutlich zum Überholen nach Mailand zurück.»

Carrie war fasziniert und hörte gebannt zu, aber mit einem Mal merkte sie, dass ihr entsetzlich kalt wurde. Sie spürte, wie ihr die eisige Feuchtigkeit durch die dicken Schuhsohlen kroch, und plötzlich durchlief sie, ohne dass sie es wollte, ein Schauder. Sam bemerkte es und machte ein schuldbewusstes Gesicht.

«Carrie, entschuldigen Sie. Wenn ich erst einmal loslege, vergesse ich alles um mich herum. Wollen Sie lieber gehen? Haben Sie die Nase voll?»

«Nein, nein. Ich möchte alles sehen. Ich möchte, dass Sie mir *alles* zeigen und mir sagen, was Sie vorhaben und Neues planen und wo alles hinkommt. Ich wüsste überhaupt nicht, wo ich hier anfangen sollte. Es übersteigt alle Vorstellung. Eine Herkulesarbeit. Als stände man einer völlig unlösbaren Aufgabe gegenüber.»

«Nichts ist unlösbar.»

«Trotzdem ... ganz allein die Verantwortung für alles zu tragen.»

«Ja, aber mit der Unterstützung eines riesigen Konzerns im Rücken. Da sieht die Sache schon anders aus.»

«Ganz egal. Man wird Ihnen den Job ja nicht ohne Grund anvertraut haben.»

Sam strahlte über das ganze Gesicht und hatte mit einem Mal nicht nur etwas sehr Jungenhaftes, sondern platzte förmlich vor Selbstvertrauen. Er wusste, wovon er redete. Er befand sich auf vertrautem Boden.

«Hauptsächlich deswegen, weil ich ein waschechter Yorkshirer bin. Die dümmsten Bauern haben bekanntlich die dicksten Kartoffeln. Und nun kommen Sie, damit ich Ihnen den Rest zeige, bevor Sie erfrieren ...»

Als sie ihren Rundgang beendet hatten und wieder ins Freie traten, war Carrie bis auf die Knochen durchgefroren. Sie stand wartend im Schnee, während Sam die Tür hinter sich abschloss. Als er sich umdrehte, sah er, dass sie sich ganz in ihren dicken grauen Lodenmantel verkrochen und die Hände tief in den Taschen vergraben hatte.

«Sie sehen ja ganz verfroren aus, Carrie.»

«Bin ich auch.»

«Tut mir Leid. Ich hätte Sie nicht so lange festhalten sollen.»

«Ich fand es interessant. Es ist nur, dass meine Füße eiskalt sind.»

«Habe ich Sie auch nicht gelangweilt?»

«Im Gegenteil. Fasziniert.»

Er sah auf die Uhr. «Jetzt ist es halb zwölf. Sollen wir nach Creagan zurückfahren oder hätten Sie Lust auf einen herzerwärmenden Drink? Sie sehen aus, als könnten Sie einen Whisky Mac gebrauchen.»

«Heißer Kaffee wird mich wieder zu mir bringen.»

«Also gut. Steigen Sie ein und wir sehen zu, dass wir Sie wieder auftauen.»

Also wandten sie der verlassenen Spinnerei den Rücken, fuhren über das Kopfsteinpflaster unter dem hübschen Torbogen durch und bogen rechts ab auf die Straße, die nach Buckly hineinführte. Sie fuhren durch schmale, gewundene

Gassen und über einen kleinen viereckigen Marktplatz, in dessen Mitte ein Kriegerdenkmal stand. Viele Leute waren auf der Straße nicht zu sehen, aber ein paar kleine Läden waren erleuchtet und die Schaufenster mit biederen Weihnachtsdekorationen geschmückt. Dann erreichten sie eine Steinbrücke, die über einen reißenden Fluss führte, und gleich dahinter hielt Sam den Wagen vor einem wenig einladenden Pub an, über dessen Tür in verschnörkelten, vergoldeten Großbuchstaben *THE DUKE'S ARMS* stand. Carrie musterte das Gebäude mit einer gewissen Skepsis.

«Ich bin überzeugt, dass es in Buckly attraktivere Kneipen gibt, aber dies ist die einzige, die ich kenne. Und auf ihre Art einzigartig, muss ich sagen.»

«Sieht nicht aus, als ob die Gäste auf dem Tisch tanzen.»

«Wir werden dafür sorgen.»

Sie stiegen aus, Sam ging voran und machte die Tür auf und ein Schwall von warmer, abgestandener Bierluft schlug ihnen entgegen. Carrie folgte mit langen Zähnen. Drinnen sah es dunkel und schäbig aus, allerdings herrschte eine bullige Hitze. In dem altmodischen Kamin glühte und züngelte ein Kohlenfeuer und über dem Kamin hing ein enormer Fisch in einem Glaskasten. Auf kleinen, wackeligen Tischen lagen Bierdeckel und Aschenbecher und außer ihnen schienen nur noch zwei Kunden da zu sein, beide stumm, männlich und uralt. Der Wirt hinter der Theke starrte auf einen kleinen Schwarzweißfernseher, dessen Ton er ganz leise gestellt hatte. Eine Uhr tickte und ein Kohlenstückchen fiel mit leisem Rascheln in die Glut. Die Stimmung war so trostlos, dass Carrie sich fragte, ob sie nicht auf dem Absatz kehrtmachen und sich auf Zehenspitzen hinausschleichen sollten.

Aber Sam hatte nichts dergleichen im Sinn. «Kommen Sie», sagte er und seine Stimme hallte so laut, dass es ihr peinlich war. «Setzen Sie sich hier hin, ganz dicht ans Feuer.» Er zog einen Stuhl von einem der Tische heran. «Sie bekommen sicher eine Tasse Kaffee, wenn Sie unbedingt darauf bestehen, aber ich würde Ihnen einen Whisky Mac empfehlen. Nichts auf der Welt möbelt einen mehr auf.»

Es klang verführerischer als Kaffee. «Also gut.»

Sie setzte sich, zog ihre Handschuhe aus, knöpfte den Mantel auf und hielt die Hände ausgestreckt vor die wärmende Glut. Sam trat an die Theke und der Wirt riss sich von seinem Fernseher los, um seine Bestellung entgegenzunehmen. Danach ließen sie sich nach Art aller Landbewohner in Dorfkneipen in ein leises Gespräch ein und es klang, als hätten sie Geheimnisse auszutauschen.

Carrie nahm ihre Pelzkappe ab und legte sie auf den Stuhl neben sich. Sie fuhr sich mit den Fingern durchs Haar, und dabei hob sie den Kopf und ihr Blick kreuzte sich mit dem des alten Mannes, der am Fenster saß. Er hatte wässrige Augen, in denen seine ganze Missbilligung zum Ausdruck kam, sodass Carrie ahnte, dass *The Duke's Arms* kein Etablissement war, in dem Frauen gern gesehen waren. Sie versuchte ihm zuzulächeln, aber er kaute nur schmatzend auf seinem Gebiss und wandte seine Aufmerksamkeit wieder seinem Bierglas zu.

Die Unterhaltung an der Theke nahm ihren Fortgang. Sam stand mit dem Rücken zu ihr, in der klassischen Haltung eines Mannes, der in jeder Kneipe zu Hause ist, einen Fuß auf der Messingreling, den Ellbogen auf die blank polierte Theke gestützt. Der Wirt führte beim Sprechen in aller Seelenruhe Sams Bestellung aus und hielt gelegentlich inne, um zu sehen, was der Fernseher zu sagen hatte.

Carrie lehnte sich mit dem Rücken gegen die harte Stuhllehne, streckte die Beine aus und sah den beiden zu. An diesem Morgen hatte sie zum ersten Mal die andere Seite des Mannes erlebt, der vor erst drei oder vier Tagen im wahrsten Sinne des Wortes aus der Kälte gekommen, aufgrund des misslichen Wetters bei ihnen gestrandet war und sich ohne sichtbare Anstrengung oder krampfhafte Bonhomie ihrem kleinen, zusammengewürfelten Haushalt angepasst und wie ein versierter, erfahrener Hausgast mitgespielt hatte.

Sie dachte daran, wie er, ohne sich lange bitten zu lassen, eine ganze Reihe von wenig interessanten, alltäglichen Pflichten übernommen hatte. Riesige Körbe mit Holzscheiten geschleppt, den Kohleneimer nachgefüllt, mit dem Hund spazieren gegangen, einen gebratenen Fasan zerlegt und sogar einen Lachs ausgenommen hatte, den Elfrida sich in einem Anfall von Schwachsinn von dem Mann, der frischen Fisch von seinem Lieferwagen verkaufte, hatte aufschwatzen lassen. Ohne aufzumucken, hatte Sam Schnee geschippt, Einkaufswagen durch den Supermarkt geschoben, Oscars Weinkeller aufgestockt und den Weihnachtsbaum abgeholt. Es war ihm sogar gelungen, ihn in dem ziemlich wackeligen Tannenbaumständer zu befestigen und die elektrische Lichterkette für den Baum zu entwirren und in Betrieb zu setzen, ein alljährlicher Albtraum.

Für diese edle Tat war Oscar ihm besonders dankbar.

Auch in anderer Hinsicht hatte er sich als unentbehrlich erwiesen. Als Elfrida ihr Bild verkaufen wollte, war er es gewesen, der Sir James Erskine-Earle herbeigezaubert hatte, sozusagen wie ein Kaninchen aus dem Hut. Der Umstand, dass aus der Sache nichts geworden war und das Bild sich als Kopie herausgestellt hatte, war Sam so nahe gegangen, als sei er verantwortlich dafür, dass das Gemälde nicht viel wert war.

Es fiel schwer, ihn nicht zu mögen. Zwischen Oscar (dem

man so leicht nichts vormachen konnte) und ihm hatte sich trotz des Altersunterschieds ein entspanntes, kameradschaftliches Verhältnis entwickelt. Um Gesprächsthemen waren die beiden nie verlegen, wenn sie allein waren, denn Oscar machte es Spaß, in Erinnerungen an seine Kindheit und an die Sommerferien bei seiner Großmutter auf Corrydale zu schwelgen. Und dank seiner Vertrautheit mit den Menschen, aber auch mit der Landschaft erfuhr Sam viel über lokale Gegebenheiten und hörte Anekdoten über die Gegend, in der er leben und arbeiten würde.

Was Oscar betraf, so genoss er ganz offensichtlich die Gesellschaft eines anderen Mannes, eines Fremden zwar, der ihm aber auf Anhieb sympathisch gewesen war. Ihn faszinierte Sams interessante, steile Karriere, seine Kindheit in Yorkshire, die Lehrjahre in London und New York und nun die anspruchsvolle Aufgabe, ein brachliegendes Unternehmen wieder auf die Beine zu bringen. Wenn er an die alten McTaggarts dachte und die derben, bodenständigen Tweedstoffe, die ihre Webstühle produziert hatten, dann setzten ihn die aufregenden Pläne, die Sturrock & Swinfield hatten, der kostspielige Maschinenpark, die Wunderwerke moderner Technologie in basses Erstaunen. Ebenso wie die Strategien für das Marketing neuer Luxusprodukte und das Programm, die gesamte Belegschaft, McTaggarts' größtes Plus, in Brot und Arbeit zu halten.

Von Zeit zu Zeit, wenn sie die Weltprobleme gelöst hatten, machten sie sich gemeinsam auf den Weg, besuchten den Golfclub oder genehmigten sich im Pub in Creagan einen friedlichen Schluck unter Männern.

Elfrida war nicht weniger angetan von ihrem Besucher. Aber sie hatte dem Charme eines attraktiven Mannes noch nie widerstehen können, besonders wenn er über ihre skurrilen Bemerkungen lachte und in der Lage war, einen perfekten Dry Martini zuzubereiten. Und was Lucy anging, so hatte sie Carrie, als diese eines Abends in ihre Dachkammer gekommen war, um ihr einen Gutenachtkuss zu geben, anvertraut, sie fände, Sam sehe beinahe so gut aus wie Mel Gibson.

Amüsiert hatte Carrie sie gefragt: «Er gefällt dir also?»

«Ja. Er ist richtig super. Und so locker. Eigentlich schüchtern Männer mich ein. Die Väter von anderen Mädchen zum Beispiel. Aber Sam ist wie ein Onkel, den man schon ewig kennt. Oder ein uralter Freund von jemandem.»

Und so war es auch gewesen. Und so hätte es, wenn es nach Carrie gegangen wäre, auch bleiben können, wenn die traumatischen Ereignisse des gestrigen Tages nicht dazwischengekommen wären.

Und heute Morgen.

Eigentlich war nichts Besonderes passiert. Es war nur, dass Carrie, als sie hinter Sam hertrottete und ihm durch die kalten, gigantischen Räume der Spinnerei folgte – die hallenden Korridore, die verlassenen Lagerräume und Färbereischuppen – zum ersten Mal sein Alter Ego zur Kenntnis nahm. Er schien sich vor ihren Augen zu verwandeln. Er gewann an Haltung, sprach mit Selbstvertrauen und Sachverstand. Beschrieb ihr die verheerenden Folgen der Überschwemmung; die Zerstörung von Maschinen, Computern, elektronischen Webstühlen. Erklärte ihr die Pläne für die Zukunft, nannte Zahlen – Preise, Profitmargen, Preiserhöhungen –, bis ihr schließlich der Kopf zu schwirren begann. Ein- oder zweimal hatte er versucht, ihr die technischen Feinheiten irgendeines Spinn- oder Webvorgangs zu erklären, aber sie hatte Mühe gehabt, ihm zu folgen, weil es ihr vorkam, als spräche er eine Fremdsprache. Irritiert von ihrer eigenen Begriffsstutzigkeit, war sie sich ganz klein vorgekommen, aber auch ein bisschen verwirrt, weil Sam sich in seiner eigenen Welt als ein ganz anderer entpuppte. Gar nicht mehr der liebenswürdige, zuvorkommende Hausgast der letzten Tage, sondern ein Mann mit Verantwortung, auf den man rechnen konnte und mit dem man letzten Endes nicht unbedingt aneinander geraten wollte.

Schließlich kehrte er zu ihr zurück, in beiden Händen ein Glas und zwei Päckchen Erdnüsse. «Tut mir Leid.» Er setzte die Gläser ab und zog sich einen zweiten Stuhl heran. «Kneipengespräche.»

«Worum ging's denn?»

«Fußball. Fischen. Das Wetter. Was sonst?» Er hatte sich ein Bier bestellt und hob das hohe, schlanke Glas. Über den Tisch trafen sich ihre Augen. «Slàinte.»

«Ich kann die Sprache nicht.»

«Das ist gälisch für ‹Hoch die Tassen›.»

Carrie nahm einen Schluck von ihrem Getränk und setzte hastig das Glas wieder ab. «Himmel, ist das stark.»

«Der klassische Aufwärmer an kalten Wintertagen in den Bergen. Der oder Cherrybrandy.»

«Was sagt denn die Wettervorhersage?»

«Es ist Tauwetter angesagt. Deshalb klebt unser Freund an der Glotze. Der Wind dreht nach Südwest und milde Meeresströmungen sind im Anzug.»

«Also keine weiße Weihnachten?»

«Eher nass-weiß als frostig-weiß. Und die Straße nach Inverness ist wieder offen.»

«Heißt das, dass Sie sich sofort aus dem Staub machen?»

«Nein.» Er schüttelte den Kopf. «Ich bin zu Weihnachten eingeladen worden, also bleibe ich. Ich wüsste sowieso nicht, wo ich sonst bleiben sollte. Aber am zweiten Feiertag muss ich der rauen Wirklichkeit wieder ins Auge blicken, meine Koffer packen und mich davonmachen.» Er verzog bedauernd das Gesicht. «Ein Gefühl, als wenn die Ferien zu Ende sind und die Schule wieder anfängt.»

«Keine Sorge. Uns stehen noch etliche Lustbarkeiten bevor. Zuallererst einmal Elfridas Party.»

«Bei der ich auf keinen Fall fehlen darf. Ich habe versprochen, die Dry Martinis zu machen.»

«Aber nicht zu stark, bitte. Nicht dass es zu unziemlichem Benehmen kommt. Und Lady Erskine-Earle womöglich mit Arthur Snead einen Schottischen aufs Parkett legt.»

«Eine Katastrophe.»

«Wenn ... Sie nach Inverness zurückfahren, bleiben Sie dann dort?»

«Nein. Ich muss nächste Woche in London sein. Das Büro arbeitet zwischen Weihnachten und Neujahr und David Swinfield hat eine Sitzung anberaumt. Und dann muss ich nochmal in die Schweiz. Und werde vor dem zwölften Januar nicht wieder heraufkommen.»

«Lucy und ich fliegen am Dritten. Wir haben einen frühen Flug gebucht.» Sie biss sich auf die Lippen, als sie daran dachte. «Ich sehe dem Abschied mit gemischten Gefühlen entgegen. Lucy wird schrecklich deprimiert sein und ich werde alle Mühe haben, sie aufzumuntern. Ich würde auch nicht gern in ihrer Haut stecken und nach all der Abwechslung und Ungebundenheit in das öde Apartment und zu einer Mutter zurückkehren müssen, der an ihrer Rückkehr wenig gelegen ist.»

«So schlimm wird's doch wohl nicht sein.»

«Doch, Sam.»

«Das tut mir Leid.»

«Ich glaube nicht, dass Sie viel dagegen machen können.»

«Ich kaufe ihr ein schönes Weihnachtsgeschenk. Worüber würde sie sich freuen?»

Carrie war belustigt. «Haben Sie Ihre Weihnachtseinkäufe noch immer nicht gemacht?»

«Sie müssen zugeben, dass ich bisher nicht viel Zeit gehabt habe. Aber morgen fahre ich nach Kingsferry und erledige alles auf einmal.»

«Morgen? Das wird ein Albtraum. Ein fürchterliches Gedränge auf den Bürgersteigen und lange Menschenschlangen in den Läden.»

«In Kingsferry? Das glaube ich nicht. Außerdem bin ich es gewöhnt, am Heiligabend Geschenke in der Regent Street in London oder auf der Fifth Avenue in New York einzukaufen. Ich habe nichts gegen den Weihnachtstrubel, wenn *I Saw Mommy Kissing Santa Claus* aus sämtlichen Lautsprechern dröhnt. Außerdem bleibt mir nichts anderes übrig.»

Carrie lachte. «Mir graut bei der bloßen Vorstellung, aber Sie haben Recht, was sollen Sie machen? Und nach Ihren jahrelangen Erfahrungen wird Sie die High Street in Kingsferry kaum erschüttern. Sie werden sich mannhaft einen Weg durchs dichte Menschengewühl bahnen.»

«Sie haben mir noch immer nicht gesagt, was ich für Lucy kaufen soll.»

Carrie dachte einen Moment darüber nach. «Wie wär's mit kleinen Goldclips für ihre Ohren? Etwas Hübsches, aber nicht zu überkandidelt. Wenn sie die Ohrringe mal auswechseln möchte.»

«Aber die Ohrringe sind von Rory. Ich glaube nicht, dass sie die jemals rausnehmen möchte.»

«Trotzdem. Immer schön, zu wissen, dass man noch ein zweites Paar besitzt.»

«Na, mal sehen.»

Er verstummte. Aber das Schweigen zwischen ihnen hatte gar nichts Belastendes. Draußen auf der Straße fuhr ein Auto vorbei und irgendwo kreischte eine Möwe aus Leibeskräften von einem windigen Schornstein. Sam langte nach einem der Päckchen mit Erdnüssen, öffnete es mit großem Geschick und bot sie Carrie an.

«Ich mache mir nicht viel aus Erdnüssen», sagte sie.

Er aß ein paar und warf das Päckchen auf den Tisch zurück. «Ich kann es Lucy nachempfinden», sagte er. «Mir ist neulich morgens aufgegangen, dass das Leben im *Estate House* eine gewisse Ähnlichkeit mit einer Kreuzfahrt mit nur einer Hand voll von Passagieren hat. Auf wundersame Weise ist man allem Druck und allen Anstrengungen des täglichen Lebens enthoben. Ich habe das dunkle Gefühl, ich könnte seelenruhig wochenlang in dieser gemütlichen Gangart weitermachen.»

«Bei genauerem Hinsehen muss es Ihnen doch ein bisschen wie Zeitverschwendung vorkommen.»

Er krauste die Stirn. «Zeitverschwendung?»

«Na ja, der ganze Sinn der Übung war doch, dass Sie Hughie McLennans Haus in Creagan besichtigen wollten. Um es eventuell zu kaufen. Daraus ist nichts geworden. Ein Schlag ins Kontor, sozusagen. Und nun müssen Sie sich aufraffen und sich nach etwas anderem umsehen.»

«Das ist das geringste meiner Probleme.»

«Ich möchte für niemanden Partei ergreifen. Einerseits behagt mir der Gedanke, dass Mr. Howard, der Direktor der Spinnerei, im *Estate House* wohnt, eine angemessene und würdige Umgebung für einen gewichtigen Mann. Andererseits scheint es momentan Oscars und Elfridas einzige Behausung zu sein. Wo sie den Sonnenuntergang ihres Lebens glücklich und zufrieden verbringen könnten.»

«Elfrida sieht mir gar nicht nach Sonnenuntergang aus. Eher nach ‹Zwölf Uhr mittags›. Und letzten Endes läuft es – wie fast immer – doch nur auf das leidige Geld hinaus. Ein Schlag ins Kontor, sagen Sie, vielleicht. Aber beileibe keine Zeitverschwendung. Das dürfen Sie nicht glauben.»

Carrie langte nach ihrem Glas und nahm einen weiteren Schluck von dem feurigen, wärmenden Getränk. Dann setzte sie das Glas auf der verschrammten hölzernen Tischplatte ab, hob den Kopf und sah Sam ins Gesicht. *Beileibe keine Zeitverschwendung.* Und plötzlich geschah ein kleines Wunder, denn mit einem Mal kam es ihr vor, als hätte sie ihn bisher noch nie richtig gesehen; und gleichzeitig war ihr bewusst, dass diese Einsicht zu spät kam, dass er abreisen würde, es würde alles vorbei sein und sie würde ihn vermutlich nie wieder sehen.

Vielleicht war es die Wärme des Feuers oder die Wirkung des Whisky Mac, denn ihr wurde ganz anders ums Herz, ihr schwammen die Felle weg und sie fühlte sich geradezu verunsichert. Ihr fielen die Opfer von Unfällen ein, die mit schweren Verletzungen und angeschlossen an diverse Schläuche und Maschinen im Koma auf einem Krankenhausbett liegen, während ihre Lieben daneben sitzen und ihre Hand halten, ihnen gut zureden und die Hoffnung auf eine Regung, auf irgendein Zeichen des Erkennens nicht aufgeben. Und plötzlich das Wunder. Das zuckende Lid, ein leichtes Kopfnicken. Der Anfang der Genesung.

Gestern auf Corrydale nach ihrem überspannten Zornesausbruch und dem frustrierten Weinen hatte Sam sie in die Arme genommen und gehalten, bis ihre Tränen versiegt waren. Aber sie hatte auf seine körperliche Nähe nicht reagiert. Nur unwillige Dankbarkeit für seinen Trost und Scham über sich selbst empfunden.

Aber jetzt ... vielleicht war dies der Anfang der Genesung. Das Schmelzen des Eispanzers, der ihr einziger Schutz gewesen war. Lieben. Und wieder geliebt werden ...

«Carrie, können wir reden?»

«Worüber?»

«Über Sie und mich. Uns.» Carrie antwortete nicht. Vielleicht durch ihr Schweigen ermutigt, fuhr er nach einer Weile fort. «Ich habe das Gefühl, dass der Zeitpunkt, an dem wir uns begegnet sind ... uns kennen gelernt haben ... unglücklich war. Wir befinden uns beide sozusagen in einer Art Zwischenhölle. Vielleicht brauchen wir beide ein bisschen Spielraum, um unsere jeweiligen Häuser in Ordnung zu bringen. Außerdem sind wir beide nicht frei. Sie haben die moralische Verantwortung für Lucy übernommen und ich bin noch immer mit Deborah verheiratet.»

Mit einem Gesichtsausdruck, aus dem sowohl Befürchtung wie große Ernsthaftigkeit sprach, beobachtete er, wie sie auf seine Worte reagierte.

«Was wollen Sie damit sagen, Sam?»

«Nur, dass wir uns ein bisschen Zeit lassen sollten. Sie fliegen nach London zurück, beziehen Ihr Haus, finden sich in Ihrem neuen Job zurecht. Und ich setze mich mit New York und mit Deborahs Rechtsanwalt in Verbindung. Ich bin ziemlich sicher, dass sie inzwischen eine Scheidung in die Wege geleitet hat. Ich weiß nicht, wie lange es dauern wird, aber da wir keine Kinder haben, dürfte es ohne ernsthafte Komplikationen abgehen. Es geht ausschließlich um materielle Dinge.»

«Und wollen Sie das wirklich? Eine Scheidung?»

«Nein.» Er machte kein Hehl daraus. «Ich will es nicht. Genauso wenig, wie ich einen chirurgischen Eingriff möchte. Aber ich muss meine Vergangenheit aussortieren, bevor ich mich auf eine neue Zukunft einlassen kann. Und mich von dem ganzen emotionalen Ballast befreien.»

«Wird Deborah es heil überstehen?»

«Ich hoffe es. Sie hat eine eher glückliche Natur und großen Rückhalt in einer liebenden, hingebungsvollen Familie.»

«Wird es sehr schmerzlich?»

«Einer Sache ein Ende zu machen, die einem einmal lieb war, ist immer schmerzlich. Aber wenn es überstanden ist, hört auch der Schmerz auf.»

«Ich weiß, wovon Sie reden», sagte Carrie.

«Ich werde hier in Buckly wohnen und arbeiten», fuhr er fort. «Und Sie in London. Hunderte von Meilen entfernt. Aber ich muss ohnehin zu Sitzungen, Konferenzen und dergleichen wie ein Jo-Jo zwischen hier und London hin- und herfliegen. Ich dachte ... vielleicht könnten wir uns in London wieder sehen. Ins Konzert gehen, gemeinsam essen. Nochmal anfangen. Ganz von vorn. Und tun, als hätte es die Zeit hier gar nicht gegeben.»

Nochmal anfangen. Ganz von vorn. Sie beide zusammen. «Ich möchte aber nicht, dass es die Zeit hier gar nicht gegeben hätte.»

«Das freut mich. Es war etwas Einmaliges und Besonderes, finden Sie nicht? Geradezu magisch. Wie Tage aus einem anderen Leben, einer anderen Welt. Wenn es vorbei ist und ich fort bin, werde ich in nostalgischen Erinnerungen schwelgen.» Carries Hand lag auf dem Tisch zwischen ihnen, das Kaminfeuer spiegelte sich in ihrem Ring und die Saphire und Diamanten funkelten in allen Farben. Ohne Neugier fragte Sam: «Wer hat Ihnen diesen Ring geschenkt?»

«Andreas.»

«Ich hatte gehofft, er sei Ihnen von einer alten, liebenden Tante vererbt worden.»

«Nein. Andreas war es. Wir waren zusammen in München. Er sah den Ring auf einem Samttablett im Fenster eines Antiquitätengeschäfts und ist hineingegangen und hat ihn mir gekauft.»

«Sie müssen ihn immer tragen», sagte Sam. «Er sieht wunderschön aus an Ihrer Hand. Wie finde ich Sie in London, Carrie?»

«Bei *Oversees*. In der Bruton Street. Die Firma steht im Telefonbuch. Und im Februar bin ich wieder in der Ranfurly Road.»

«Ich war nicht mehr in Fulham, seit ich das Haus dort verkauft habe und nach New York gegangen bin. Vielleicht komme ich vorbei. Eine Reise in die Vergangenheit. Und Sie zeigen mir, wo Sie wohnen.»

«Tun Sie das. Ich mache Ihnen was Schönes zu essen.»

«Keine Versprechungen. Keine Verpflichtungen.»

«Keine Versprechungen.»

«Belassen wir es also dabei?»

«Belassen wir es dabei.»

Sam sagte: «Gut.» Und als wollte er ihr Abkommen besiegeln, legte er seine Hand auf ihre und sie drehte die Hand um und umschloss sein Handgelenk mit den Fingern. Ihre Gläser waren leer und es war eigentlich Zeit zu gehen, aber beide zögerten den Aufbruch hinaus. Also blieben sie sitzen, während der Wirt langsam Gläser mit einem Geschirrtuch auswischte und einem Fernseh-Quiz zuschaute. Die beiden alten Männer hatten den Kragen ihrer abgetragenen Mäntel hochgeschlagen und saßen ehrwürdig und schweigsam wie ein Paar überwinternder Schildkröten da. Während sie so den Rest des Vormittags vor sich hin dösten, schienen sie gar nicht gemerkt zu haben, dass die ganze Welt sich verändert hatte.

FREITAG, 22. DEZEMBER

SAM

AM SELBEN Abend um halb sieben saß Sam schon wieder im Pub, aber dieses Mal in Creagan und mit Oscar.

«Gehen wir auf einen Drink in die Kneipe», hatte Oscar vorgeschlagen. Sie saßen allein im Wohnzimmer des *Estate House*, während die anderen alle irgendwo beschäftigt waren. Carrie und Elfrida werkelten einträchtig in der Küche, brutzelten das Abendessen, trafen Vorbereitungen für die Party am nächsten Tag und waren gleichzeitig mit der Planung des bevorstehenden Weihnachtsessens beschäftigt. Im Laufe des Nachmittags war Rory Kennedy mit einem riesigen Strauß Stechpalmen erschienen, die über und über voll roter Beeren saßen, und nun waren Lucy und er dabei, das Haus damit zu schmücken. Von der Mauer hinten im Garten hatten sie lange Strähnen von dunkelgrünem Efeu abgerissen, die sie mit viel Mühe und Aufwand vom Dachboden bis hinunter zum Flur um das Treppengeländer gewunden hatten. Rory war zum Essen eingeladen worden und hatte die Einladung erfreut angenommen, denn die Arbeit war noch längst nicht getan.

Der Pub in Creagan machte einen sehr viel einladenderen Eindruck als *The Duke's Arms* in Buckly. (Obwohl Sam überzeugt war, dass er immer mit Liebe an das unfreundliche Loch zurückdenken würde.) Hier schien die vorweihnachtliche Feierei bereits in vollem Schwung und an der Theke waren lauter unbekannte Gesichter zu sehen. In einer Ecke war bereits eine geräuschvolle Party im Gang; junge Männer in demonstrativ abgewetzten Tweedjacken und ihre schicken Freundinnen mit typischem Londoner Tonfall.

Sie waren offenbar aus einer der in den Bergen gelegenen Jagdhütten heruntergekommen, in denen wohlhabende Familien und ihre zahlreichen Hausgäste die Feiertage verbrachten. Und verursachten Sams Meinung nach – der bequemerweise vergessen hatte, dass er früher genauso laut und ausgelassen gewesen war – unnötigen und ungebührlichen Krach.

Aber es herrschte eine sehr muntere Stimmung. Offene Kaminfeuer brannten, die Wirtsstube war weihnachtlich geschmückt und höchst geschmackvoll mit Stechpalmen aus Plastik und Bambis und Weihnachtsmännern aus Papier dekoriert, alles mit glitzerndem Weihnachtsflitter besprüht.

Es dauerte ein Weilchen, bis sie sich einen Weg zur Theke gebahnt und das Augenmerk des Wirts erregt hatten, der alle Hände voll zu tun hatte. Aber schließlich war es Oscar gelungen und er bestellte zwei Famous Grouses, einen für Sam ‹on the rocks› und einen für sich mit Leitungswasser. Dann sahen sie sich nach einem freien Plätzchen um und landeten an einem kleinen, unbesetzten Tisch in einer dunklen Ecke, weit vom Feuer entfernt. Aber es spielte keine Rolle. Der Raum war gut geheizt.

Oscar sagte: «Zum Wohl», nahm einen Schluck, setzte sein Glas ab und kam unmittelbar zur Sache.

«... Ich dachte, es ließe sich hier leichter reden als zu Hause. Da klingelt das Telefon oder irgendjemand stürzt ins Zimmer und will einen was fragen. Mir lag daran, dass wir ungestört sind.»

«Das klingt alles sehr ominös, Oscar.»

«Ganz und gar nicht ominös, mein Junge. Nur ein bisschen kompliziert. Deshalb wollte ich unter vier Augen mit Ihnen sprechen.»

«Was ist denn passiert?»

«Major Billicliffe ist gestorben. Sie haben vielleicht gehört … wissen Sie Bescheid über Major Billicliffe?»

«Der frühere Verwalter, der im Krankenhaus lag?»

«Genau der.»

«Tut mir Leid.»

«Ja, es tut uns allen sehr Leid, aus verschiedenen Gründen. Aber nun ist er tot. Ich glaube, er war schon sehr lange krank, viel länger, als irgendeiner von uns geahnt hat. Aber um es kurz zu machen, Sam, er hat mir sein Haus auf Corrydale hinterlassen.»

«Aber das ist ja eine wunderbare Nachricht!»

«Ich bin nicht so sicher. Es befindet sich in ziemlich vernachlässigtem Zustand …»

«Carrie und ich sind vorbeigefahren, als wir den Tannenbaum abgeholt haben. Ein bisschen trostlos vielleicht und total eingeschneit, aber meiner Meinung nach ein ordentliches kleines Haus. Und dann der herrliche Blick über die Felder und die Bäume zum Wasser hinunter.»

«Außerdem», fuhr Oscar fort und klang wie ein Mann, der aus seinem Herzen keine Mördergrube machen wollte, «hat er mir sein Auto, seinen Labrador und eine kleine Summe Geld hinterlassen.»

Sam zog die Mundwinkel herunter. «Was den Wagen angeht, wäre ich skeptisch. Er sah mir nicht aus, als ob er je wieder anspringen würde. Und der Hund ist wohl der Labrador, den Charlie Miller bei sich hatte. Vielleicht kann man ihn überreden, ihn zu behalten.»

«Hoffentlich.»

«Oscar, was für gute Nachrichten. Was wollen Sie mit dem Haus anfangen? Es verkaufen? Sie könnten natürlich ein Ferienhäuschen daraus machen, eine nette kleine Nebeneinnahme, wie man so sagt.»

«Ja», sagte Oscar. «Das könnte ich. Aber Elfrida und ich denken daran, selber dort einzuziehen. Ich weiß, es klingt ein bisschen extrem und hängt auch davon ab, was Elfrida sagt, wenn sie das Haus genauer unter die Lupe genommen hat. Sie ist noch gar nicht auf Corrydale gewesen, müssen Sie wissen. Vor Ihrer Ankunft haben wir uns nicht viel aus dem Haus bewegt, fürchte ich. Uns eher bedeckt gehalten. Eigentlich ganz unter uns gewesen. Und sie ahnte natürlich, dass ich mich irgendwie davor scheute, an einen Ort zurückzukehren, wo ich vor langer Zeit einmal sehr glücklich gewesen bin.»

«Ich verstehe.»

«Allerdings sind wir an unserem ersten Abend dort vorbeigefahren, weil wir den Schlüssel zum *Estate House* abholen mussten. Aber es war dunkel und kalt, wir waren schrecklich müde, und da der alte Billicliffe, was Saubermachen betraf, nicht gerade pingelig war, haben wir gemacht, dass wir wieder fortkamen. Als er krank war und ich ihn oben in seinem Bett gefunden habe, sah es sogar noch katastrophaler bei ihm aus, sodass wir beide sein Haus in so trostloser Erinnerung haben, dass wir erst einmal in Ruhe nachdenken müssen, ehe wir uns zu einem endgültigen Entschluss durchringen können.»

«Würden Sie denn gern dort wohnen?», fragte Sam. «Ist es nicht ein bisschen abgelegen?»

«Eigentlich nicht. Ein bisschen von der Hauptstraße ab, aber rundherum Nachbarn in der Umgebung. Der Hof mit den Millers und Rose, das ehemalige Zimmermädchen meiner Großmutter. Eine kleine Gemeinde. In das Haus muss vermutlich erst etwas Geld investiert werden, und auch das will in Ruhe durchdacht und überlegt sein, aber generell scheint mir die Sache doch Hand und Fuß zu haben.»

«Mir kam das Haus ein bisschen vernachlässigt vor», sagte Sam, «aber das Dach ist intakt, Fensterscheiben sind nicht zerbrochen. Wie groß mag es sein?»

«Alle Häuser auf dem Gut sind nach dem gleichen Schema gebaut. Zwei Zimmer oben, zwei unten. Ursprünglich jedenfalls. Küchen und Badezimmer sind nach dem Krieg angebaut worden.»

«Wäre das groß genug für Sie beide?»

«Ich denke schon. Wir beide besitzen nur ein paar Habseligkeiten.»

«Und das *Estate House*?»

«Darüber möchte ich ja mit Ihnen sprechen. Wenn Elfrida und ich nach Corrydale ziehen, möchten wir, dass Sie meinen Anteil des Hauses übernehmen. Das heißt, Sie können sich mit Hughie in Verbindung setzen und ihm sagen, dass Sie uns beide auskaufen möchten.»

«*Wenn* Sie nach Corrydale ziehen?»

«Ja.»

«Und was, wenn Elfrida sich nun dagegen entscheidet? Was, wenn Sie sich anders besinnen, nachdem Sie das Haus eingehend in Augenschein genommen haben?»

«Dann müssen wir noch einmal von vorn anfangen. Aber ich glaube nicht, dass das passieren wird. Wir werden fraglos eine beträchtliche Summe in das Haus stecken müssen, um es bewohnbar und warm und gemütlich zu machen. Ein neuer Anstrich, vielleicht neue Schiebefenster. Und was so dazugehört. Aber das könnten wir gemeinsam finanzieren. Und wenn ich fünfundsiebzigtausend für meinen Anteil des *Estate House* bekomme, dann sollten wir finanziell aus dem Schneider sein.»

«Fünfundsiebzigtausend, Oscar?»

«Das war die Summe, die Sie genannt haben.»

«Nein. Das war die Summe, die Hughie genannt hat. Was Sie mir gerade erzählt haben, verändert die Sachlage grundlegend.»

«Ich verstehe nicht.»

«Ihr Vetter Hughie ist meiner Meinung nach pleite. Er braucht Geld. Und zwar schnell. Deshalb war er so scharf darauf, mir den Schlüssel in die Hand zu drücken, und so erpicht, die Maklergebühren zu umgehen. Ich persönlich bin überzeugt, dass das *Estate House* einen wesentlich höheren Wert hat als hundertfünfzigtausend. Deshalb müssen Sie den nüchternen Geschäftsmann herauskehren, Oscar. Bevor wir weiterverhandeln, müssen Sie einen Fachmann hinzuziehen und das Haus offiziell schätzen lassen. Danach konsultieren Sie einen Anwalt, der Grundstücksübertragungen vornimmt. Der Kauf hängt vom Verkäufer ab. Ich müsste mich gewaltig täuschen, wenn sich dabei nicht herausstellte, dass das Haus einen beträchtlich höheren Wert als hundertfünfzigtausend hat. Ich persönlich würde ohne weiteres noch fünfzigtausend dazulegen. Vielleicht sogar mehr.»

Oscar riss ungläubig die Augen auf. «Zweihunderttausend?»

«Wenigstens. Und noch eins, Oscar. Sie könnten es auch auf den offenen Markt bringen ...»

«Nein. Ich möchte es an Sie verkaufen.»

«Ein privates Geschäft?»

«Ja.»

«In dem Fall müsste ich laut Gesetz ein Angebot machen, das den Schätzungspreis weit übersteigt.» Sam lächelte. «Es sieht also ganz so aus, Oscar, als könnten Sie dabei ein gutes Geschäft machen.»

«Ich bin konsterniert. Auf wessen Seite stehen Sie denn?»

«Auf Ihrer. Und Elfridas. Sie besitzen ein herrliches Haus

und ich möchte es Ihnen liebend gern abkaufen. Aber ich könnte mir selbst nicht mehr in die Augen sehen, wenn nicht alles mit rechten Dingen und auf völlig legale Weise zuginge.»

«Haben Sie denn so viel Geld?»

«Ja. Und wenn nicht, würde Sturrock & Swinfield in die Bresche springen. Gelegentlich zahlt es sich aus, für einen riesigen Konzern zu arbeiten.»

Völlig verdattert über die Entwicklung der Dinge, schüttelte Oscar den Kopf. «Da laust mich doch der Affe», sagte er.

Sam lachte. «Freuen Sie sich nicht zu früh. Nicht, bevor Sie die andere Immobilie gründlich inspiziert haben.»

«Sie meinen Billicliffes Haus. Elfrida hat vorgeschlagen, dass wir am Sonntagmorgen alle gemeinsam hinüberfahren und es uns ansehen. Einen kleinen Ausflug machen. Ein Picknick mitnehmen. Wenn es schüttet oder schneit, machen wir das Picknick im Haus. Ich muss herausfinden, wer den Schlüssel hat. Rose anrufen. Sie weiß sicher Bescheid.»

«Sind Sie sicher, dass Sie uns alle dabeihaben wollen? Sie dürfen sich nicht beeinflussen lassen. Es muss ganz allein Elfridas und Ihre Entscheidung sein. Das sind Sie sich schuldig.»

«Natürlich müssen alle mitkommen. Elfrida braucht Sie. Sie sollen die Wände nach Klopfkäfern absuchen.»

«Führen Sie mich nicht in Versuchung. Ich könnte so tun, als fände ich keine.»

«Das traue ich Ihnen gar nicht zu.» Oscar nickte bekräftigend. «Sie sind ein anständiger Mensch, Sam.»

«Ein Heiliger. Und um es Ihnen zu beweisen und den Handel zu begießen, besorge ich Ihnen auch noch die andere Hälfte.»

LUCY

Freitag, 22. Dezember

Mir gefällt es hier so gut, weil alles, was man sich wünscht, pünktlich eintrifft. Der heutige Tag war wirklich randvoll mit überraschenden Ereignissen. Es ist noch immer schrecklich kalt und auch windig, was es noch kälter macht, aber irgendwie gehört das alles dazu. Es hat nicht mehr geschneit, aber der Schnee liegt noch überall, und die Straßen sind teils voll Schneematsch und teils vereist. Wenn man einkaufen will, muss man mitten auf der Fahrbahn gehen.

Jedenfalls hab ich heute Morgen alle meine Weihnachtsgeschenke eingepackt, und als mir das Band ausgegangen ist, hab ich neues gekauft und gleich mit Horaz einen Spaziergang gemacht. Wir sind zum Strand runtergegangen, waren aber beide heilfroh, wieder nach Hause ins Warme zu kommen. Nachmittags ist Rory mit einem riesigen Strauß Stechpalmen aufgetaucht, die er aus dem Hotelgarten geklaut hat (das Hotel ist aber geschlossen), und den ganzen Nachmittag haben wir das Haus geschmückt und Zweige verteilt und den Rest in einen großen Krug auf halber Höhe der Treppe gesteckt. Dann haben wir Efeu aus dem Garten geholt und mit grünem Bindfaden um das ganze Geländer gewunden, vom Dachboden bis runter in den Flur. Der Efeu saß voll kleiner Käfer, aber nach einer Weile waren sie alle verschwunden und bauen sich wahrscheinlich lauter kleine Nester im Haus. Der Efeu riecht ziemlich stark, aber es ist ein schöner weihnachtlicher Geruch. Wir haben ziemlich lange gebraucht, so lange, dass Elfrida Rory zum Tee eingeladen hat, damit wir alles fertig machen konnten. In der Zwischenzeit haben

Elfrida und Carrie in der Küche gekocht und Vorbereitungen für Weihnachten getroffen. Zum Tee gab es heiße Scones, *die Carrie gebacken hat, mit Butter und Marmelade.*

Gegen sechs sind Oscar und Sam gemeinsam in den Pub gegangen, und als sie wiederkamen, waren Rory und ich gerade mit den Stechpalmen und dem Efeu fertig und Oscar hat gesagt, dass alles wunderschön aussieht. Sam fand, es müsste noch eine lange Lichterkette am Geländer entlanglaufen, aber die hatten wir natürlich nicht, und er hat uns versprochen, wenn er morgen nach Kingsferry fährt, bringt er uns eine mit.

Ich finde, er ist ein sehr nachdenklicher, großzügiger Mensch.

Zum Abendessen gab's Spaghetti bolognese mit Parmesankäse und zum Nachtisch Fruchttörtchen mit Schlagsahne. Und beim Essen, als wir alle geredet haben, hat Oscar gesagt, wir sollten mal still sein, er wollte uns jetzt was erzählen.

Dann hat er uns erzählt, dass er noch ein Haus geerbt hat. Major Billicliffe, der alte Verwalter auf Corrydale, ist im Krankenhaus in Inverness gestorben und hat ein Testament gemacht und alles, was er besitzt, Oscar hinterlassen, wozu auch sein kleines Haus auf Corrydale gehört.

Ich bin noch nie da gewesen, aber Sam und Carrie haben es natürlich gesehen, als sie den Baum abgeholt haben. Elfrida war erst einmal da, und das auch noch im Dunkeln.

Jedenfalls will Oscar seinen Anteil am Estate House *an Sam verkaufen, der das Haus haben will, und Elfrida und er ziehen in das andere kleinere Haus. Ein schrecklicher Gedanke, dass sie hier nicht mehr wohnen, aber Elfrida sagt, es ist ein bisschen zu groß für sie, und das kann ich verstehen, denn wenn wir wieder abreisen, sind sie hier in dem großen*

Haus ganz allein. Sie sagt, dass sie zusammen genug Geld haben, um Major Billicliffes Haus herauszuputzen, und Nachbarn sind auch in der Umgebung, wenn mal Not am Mann ist.

Aber nichts kann endgültig über die Bühne gehen, ehe wir nicht alle auf Corrydale gewesen sind und das Haus angeguckt haben. Also fahren wir am Sonntagmorgen, Sam fährt uns mit dem Landrover hin und wir machen ein großes Picknick. Ich habe gefragt, ob Rory auch mitkommen kann, und Elfrida hat gesagt, aber natürlich. Wir fahren schon morgens los, damit wir vorm Dunkelwerden wieder zurück sind, und mit ein bisschen Glück scheint die Sonne und es wird ein richtiges Picknick.

Jetzt ist es zehn Uhr abends und ich bin hundemüde.

Hoffentlich gefällt uns Major Billicliffes Haus. Irgendwie wäre es schön, wenn Oscar und Elfrida auf dem Land wohnen könnten. Denn das würde bedeuten, dass Oscar nach Corrydale zurückkehrt, wo seine Großmutter gewohnt hat, als er noch klein war. Wie ein Rad, das eine volle Umdrehung macht. Er ist so lieb, und ich hoffe, das kleine Haus wird schön, damit ich sie mir beide zusammen dort vorstellen kann, wenn ich wieder in London bin.

Meine Geschenke sehen richtig festlich aus in dem schönen Papier. Als ich fertig war, habe ich sie unter den Baum im Esszimmer gelegt. Es lagen schon ein paar Pakete da, und als ich genauer hingeguckt habe, hab ich gesehen, sie waren alle für uns von Carrie. Wenn ich Glück habe, werden es noch mehr.

SONNABEND, 23. DEZEMBER

ELFRIDAS PARTY

AN DIESEM Morgen war Sam als Erster unten. Es war acht Uhr und die anderen Hausbewohner schliefen noch. Er stellte in der Küche den Kessel auf und öffnete die Hintertür, um Horaz in den Garten zu lassen. Das Wetter war umgeschlagen. Der Wirt in *The Duke's Arms* – oder jedenfalls sein Fernseher – hatte Recht gehabt und die dunkle Morgenluft hatte ihre Frostigkeit verloren. Über Nacht hatte sich der Wind gelegt und war von Nord nach Westen umgeschwenkt. Die Tannen am oberen Rand des Gartens raschelten in der milderen Brise. Im Licht der Straßenlaternen sah Sam, dass der Schnee an manchen Stellen schon weggetaut war und Inseln von struppigen Grasbüscheln freigelegt hatte. Ein frischer Duft nach Moos und feuchter Erde hing in der Luft.

Als Horaz endlich wieder angetrottet kam, ging Sam ins Haus zurück und fand dort Lucy vor, völlig angekleidet und im Begriff, sich Toast zu machen.

«Nanu. Was willst du denn schon hier?»

«Ich bin schon seit sieben Uhr wach. Ich habe gelesen, aber als ich hörte, dass jemand die Treppe runterging, bin ich aufgestanden. Fährst du heute Morgen nach Kingsferry?»

«Ja. Willst du mitkommen? Ich möchte meine Weihnachtseinkäufe erledigen, bevor die Menschenmassen anrücken. Du kannst mir helfen, Pakete zu tragen.»

Die Straßen waren nass, das feste Eis war geschmolzen und der bewölkte Himmel begann sich langsam aufzuhellen. Als sie die Brücke über den Meeresarm überquerten, sahen sie, dass die Flut hereinkam und das schiefergraue Wasser westwärts auf die Berge zutrieb, auf denen noch Schnee lag, der sicher vor Ende des Winters nicht tauen würde. Der Wind kam vom Land und raute das Meer im Osten zu kabbeligen, kleinen Wellen auf. Ein Brachvogelpärchen flog niedrig über die mit Buschwerk bewachsenen Weiden, auf denen das Hochlandvieh graste.

«Es sieht ein bisschen wie ein altes Bild aus», bemerkte Lucy. «So eins, weißt du, wie sie bei Leuten mit riesigen Häusern im Esszimmer hängen.»

«Ich weiß genau, was du meinst. Nicht besonders aufheiternd, aber eindrucksvoll.»

«Freust du dich drauf, hier oben in Schottland zu wohnen?»

«Ich glaube, ja. Ich glaube, es wird mir gut gefallen.»

«Ich möchte die Landschaft gern mal im Sommer sehen. Rory Kennedy sagt, dass es toll hier ist. Sie gehen immer surfen im Sommer. Und Tabitha hat mir erzählt, dass dann unglaubliche Blumen in den Dünen blühen und alle Gärten in Creagan voller Rosen stehen.»

«Kann man sich zu dieser Jahreszeit gar nicht vorstellen.»

«Willst du wirklich ins *Estate House* einziehen?»

«Wenn Oscar es mir verkauft.»

«Ziemlich groß für eine Person, oder?»

«Ich kann ja immer von einem Zimmer ins nächste ziehen.»

«Und hast du vor, es zu renovieren und alles schrecklich neu und modern zu machen?»

«Weiß ich nicht, Lucy.» Er erinnerte sich an das Apartment in New York, das nicht wieder zu erkennen war, als Deborah und ihr Innenarchitekt schließlich damit fertig waren. «Eigentlich gefällt es mir so am besten.»

«Meiner Großmutter macht es Spaß, Zimmern ein Facelifting zu geben, wie sie es nennt. Ihr Wohnzimmer ist ganz in Rosa und Blau und voll von lauter kleinen Nippes.»

«Ist die Wohnung groß?»

«Ja. Ziemlich. Und sie hat eine schöne Aussicht über den Fluss. Aber mein Zimmer geht nach hinten raus und blickt auf einen Schacht, deshalb habe ich keine Aussicht.» Und dann fügte sie aus Angst, undankbar zu klingen, ganz schnell hinzu: «Aber es gefällt mir gut und gehört mir ganz allein.»

«Sein eigenes Reich zu haben hat seine Vorteile.»

«Ja.» Sie schwieg einen Augenblick und dann sagte sie: «Eigentlich denke ich im Moment überhaupt nicht an London. Meistens freue ich mich nach den Ferien auf die Schule und auf meine Freundinnen. Aber diesmal kann ich darauf verzichten.»

«Mir geht's genauso. Kaum ist der zweite Feiertag vorbei, schon muss ich zurück nach Inverness und die Malocherei geht wieder los.»

«Aber du kommst wieder. Und kannst für immer hier bleiben.»

«Du kannst ja auch wiederkommen», erinnerte er sie, «und bei Elfrida und Oscar wohnen.»

«Aber nicht im *Estate House*. Und wenn sie in das neue Häuschen einziehen, haben sie vielleicht gar keinen Platz mehr für mich.»

«Ich glaube nicht, dass Elfrida sich von solchen Kleinigkeiten aus der Fassung bringen lässt. Sie steckt dich in die Badewanne oder bringt dich auf dem Sofa oder in einem Zelt im Garten unter.»

«Im Sommer stelle ich mir das toll vor.»

Nun tauchten die Lichter von Kingsferry und der Kirchturm und der Rathausturm vor ihnen auf.

«Weißt du schon, was du allen schenken willst?», fragte Lucy.

«Keinen blassen Schimmer», gab Sam zu. «Ich lasse mich inspirieren.»

Als die Rathausuhr Punkt neun schlug, bogen sie in die High Street ein und sahen, dass in der Stadt bereits munteres Treiben herrschte. Die Läden waren geöffnet, Autos fuhren spritzend durch den Schneematsch, die Leute kauften Frühstücksbrötchen und Zeitungen und von geparkten Lieferwagen wurden Kisten mit Obst und Gemüse, riesige Sträuße von Stechpalmen und winzige Weihnachtsbäume abgeladen. Der Parkplatz hinter der Kirche war schon zur Hälfte besetzt, aber Sam fand noch einen Platz, bezahlte die Parkgebühr und dann machten sie sich zu Fuß auf den Weg.

Lucy hatte für Einkaufsbummel eigentlich nicht besonders viel übrig. In London ging sie gelegentlich mit ihrer Mutter einkaufen, verriet zu Anfang auch eine gewisse Begeisterung, aber nach zwei Stunden in den überheizten Geschäften verlor sie meist die Lust, darauf zu warten, für welches Paar Schuhe oder für welche Lippenstiftfarbe Nicola sich endlich entscheiden würde, fing an, sich zu langweilen und über die Hitze zu klagen, und bat schließlich um die Erlaubnis, nach Hause gehen zu dürfen.

Aber mit Sam einzukaufen war etwas ganz anderes. Ja, geradezu eine Offenbarung. Es ging wie aus der Pistole geschossen (wie Mrs. Snead sagen würde); rein in die Geschäfte, raus aus den Geschäften. Blitzschnell fällten sie ihre Entscheidungen, ohne je nach dem Preis zu fragen. Sam bezahlte alles mit seiner Kreditkarte und Lucy kam der Verdacht, dass er schrecklich reich sein musste.

Die Geschenke stapelten sich in den Plastiktüten. Eine Strickjacke aus meergrüner Kaschmirwolle für Elfrida, pelzgefütterte Fausthandschuhe für Mrs. Snead. Im Schreibwarengeschäft erstand er einen Montblanc-Füllfederhalter für Oscar und einen Schreibtischkalender aus feinstem italienischem Leder.

Lucy entdeckte eine Rolle Goldpapier. «Hast du schon was, um all deine Geschenke einzupacken?», fragte sie.

«Nein.»

«Sollen wir was kaufen? Und Geschenkband und Weihnachtskarten dazu?»

«Die suchst du aus. Weißt du, wenn man in New York etwas einkauft, fragen die Verkäuferinnen immer: ‹Darf ich es Ihnen als Geschenk einpacken?› Ich habe seit Jahren keine Geschenke mehr eingepackt und weiß gar nicht, wie man das macht.»

«Das übernehme ich für dich», verkündete Lucy. «Aber die Karten musst du selbst schreiben.» Sie ging los und kehrte mit sechs Rollen Geschenkpapier, einigen Päckchen von roten Aufklebern mit Weihnachtsmotiven und einer Rolle mit rotem und goldenem Band zurück.

Unterdessen hatten sie allerlei zu tragen, aber Sam war noch keineswegs fertig. In einem altmodischen Lebensmittelgeschäft, in dem es ein bisschen wie in der Lebensmittelabteilung von Fortnum & Mason in der Oxford Street roch und über dessen Eingang in Goldbuchstaben ITALIENISCHE IMPORTE stand, verbrachten sie etliche Zeit mit dem Auswählen von allen möglichen Leckereien. Geräucherter Lachs, Wachteleier und ein Glas Kaviar, riesige Schachteln mit erlesenen Pralinen und Stiltonkäse in einem Terrakottatopf.

Inzwischen war der Mann hinterm Tresen, der seine Kundschaft mit sicherem Blick einzuschätzen wusste, Sams bester Freund. Nach längerer Diskussion entschieden sie sich für ein Dutzend Flaschen exquisiten Rotwein, vier Flaschen Champagner und eine Flasche französischen Cognac.

All das ergab eine eindrucksvolle Kollektion auf dem Ladentisch. «Wie sollen wir das bloß alles nach Hause bekommen?», fragte Lucy und der Besitzer versprach, ihnen die Ware ins Haus zu liefern. Deshalb gab Sam ihm seinen Namen und die Anschrift des *Estate House* und präsentierte noch einmal seine Kreditkarte. Als alles erledigt war, kam der Ladenbesitzer hinter seinem Tresen hervor und öffnete ihnen mit elegantem Schwung die Tür, wobei er ihnen fröhliche Weihnachten wünschte.

«Das hat viel mehr Spaß gemacht, als durch den Supermarkt zu trotten», sagte Lucy. «Wer fehlt jetzt noch? Du musst doch langsam für alle ein Geschenk haben.»

«Carrie?»

«Ich dachte, die Pralinen wären für sie.»

«Ich weiß nicht recht, ob Pralinen ein aufregendes Geschenk sind. Was meinst du?»

«Wie wär's mit einem kostbaren Schmuckstück? Ein Stückchen weiter ist ein Juwelierladen. Ich weiß es, weil ich mit Rory da war, um mir die Ohrläppchen durchstechen zu lassen und meine Ohrringe zu kaufen.»

«Zeig mir, wo es ist.»

Aber bevor sie den Juwelier erreicht hatten, erspähte Sam auf der anderen Straßenseite eine kleine Kunstgalerie. «Komm, lass uns mal gucken», sagte er. Also überquerten sie die Straße und blieben auf dem Bürgersteig vor dem Schaufenster stehen. Lucy fand die Auslage nicht besonders aufregend. Ein blauweißer Krug mit Zweigen und ein kleines goldgerahmtes Bild, darauf Rosen in einer silbernen Vase. Drei rosa und eine weiße. Und über den Tisch waren ein Schal und ein Stück Vorhang drapiert.

Eine ganze Weile sagte Sam nichts. Lucy sah ihn von der Seite an und merkte, dass er aus irgendeinem Grund ganz in das kleine Stillleben versunken war. « Gefällt es dir ? », fragte sie.

« Wie ? Was ? Ja, sehr. Es ist ein Peploe. »

« Ein was ? »

« Samuel Peploe. Ein schottischer Maler. Komm, wir gehen mal rein. »

Er öffnete die Tür und Lucy folgte ihm. Der Laden erwies sich als unerwartet geräumig, die Wände waren über und über mit Bildern bedeckt, aber es standen auch andere Gegenstände herum: ziemlich merkwürdige Skulpturen und handgetöpferte Vasen, die aussahen, als würden sie lecken, wenn man Wasser hineinfüllte. In einer Ecke des Verkaufsraums stand ein Schreibtisch, hinter dem ein unglaublich dünner junger Mann saß, der einen riesigen, ausgebeulten, handgestrickten Pullover trug. Das lange Haar stand ihm wüst zu Berge, sein Kinn war mit Bartstoppeln bedeckt, und als sie auf ihn zutraten, raffte er sich unendlich müde hinter seinem Schreibtisch auf.

« Hallo. »

Sam sagte: « Guten Morgen. Das Bild in Ihrem Fenster ... »

« Ah, ja, der Peploe. »

« Ein Original ? »

« Aber ich bitte Sie. Wir handeln nicht mit Drucken. »

Sam bewahrte die Ruhe. « Darf ich es mal sehen ? »

« Wenn Sie wollen. »

Er ging zum Schaufenster, langte hinein und hob das Bild von der Staffelei. Dann trug er es in den Laden und hielt es für Sam unter die Deckenbeleuchtung.

Sam setzte seine Last von Plastiktüten auf dem Fußboden

ab. «Darf ich?», fragte er und nahm den schweren Rahmen behutsam in die Hand. Während er das Bild eingehend studierte, herrschte Schweigen, und der junge Mann, der offensichtlich zu erschöpft war, um noch einen Augenblick länger auf den Beinen zu stehen, lehnte sich gegen den Schreibtisch und verschränkte die Arme über der Brust.

Danach geschah eine lange Zeit gar nichts. Lucy begann sich zu langweilen und ließ die beiden stehen, um sich die Bilder an den Wänden (fast alle abstrakt) und die Töpfereien und Skulpturen anzusehen. Eine Plastik trug den Namen «Rationalität zwei» und bestand aus zwei Stücken Treibholz, die mit verrostetem Draht zusammengehalten wurden. Lucy stellte fest, dass sie 500 Pfund kostete, und beschloss, sich die Idee zu merken, falls sie mal dringend ein bisschen Kleingeld brauchen sollte.

Inzwischen hatten die beiden Männer sich in ein Gespräch eingelassen.

«Woher stammt das Bild?»

«Aus einem alten Haus. Hier am Ort. Ein Verkauf. Die alte Dame ist gestorben. Sie war mit Peploe befreundet, als er noch lebte. Ich bin nicht sicher, ob es nicht ein Hochzeitsgeschenk war.»

«Sie haben einen guten Fang damit gemacht.»

«Ich nicht. Ich habe es von einem Händler gekauft. Sind Sie ein Verehrer von Peploe?»

«Meine Mutter besaß einen. Er ist in meinen Besitz übergegangen. Ich habe ihn in London zur Aufbewahrung gegeben.»

«In dem Fall ...»

«Dieser wäre nicht für mich ...»

Lucy platzte dazwischen: «Für wen ist er denn, Sam?»

Sam hatte sie offenbar ganz vergessen und legte das Bild,

als ihm ihre Gegenwart wieder bewusst wurde, auf den Schreibtisch zurück. «Lucy, dies wird noch ein Weilchen dauern. Sicher hast du gar keine Lust herumzustehen.» Er holte sein Portemonnaie aus der rückwärtigen Hosentasche, zählte drei Zehn-Pfund-Noten ab und drückte sie ihr in die Hand. «Wir haben die Lichterketten für das Treppengeländer noch nicht gekauft. Neben dem Lebensmittelhändler ist ein Lampengeschäft. Lauf schnell rüber und kauf so viele, wie du für richtig hältst, und wenn du alles erledigt hast, kommst du wieder hierher zurück. Lass alle Taschen hier, die brauchst du nicht mit dir herumzuschleppen. Und wenn du sonst noch etwas siehst, was wir brauchen könnten, dann kauf es. O.k.?»

«O.k.», sagte Lucy. Sie steckte das Geld ein (dreißig Pfund!), stellte die Tragetaschen unter einen Stuhl und machte sich auf den Weg. Ihr war ziemlich klar, dass Sam sie aus zwei Gründen loswerden wollte. Einmal wollte er nicht, dass sie erfuhr, wie viel das Bild kostete, und außerdem hatte er noch kein Geschenk für sie und konnte es natürlich nicht in ihrem Beisein kaufen.

Sie ging die Straße zurück, die sie gekommen waren. Dass er bloß nicht auf den Gedanken kam, ihr so einen wackeligen Krug zu kaufen, aber das traute sie ihm doch nicht zu. Sie fragte sich, ob der Samuel Peploe wohl für Carrie gedacht war. Und für dreißig Pfund würde sie meterweise Lichterketten bekommen.

Nach weiteren Verhandlungen und einigem Feilschen einigten Sam und der langhaarige junge Mann sich auf einen Preis für den Peploe, worauf Sam beschloss, ihn zu kaufen. Während er eingepackt und die nötigen Formalitäten erledigt wurden, trat Sam vor die Tür, überquerte die Straße und fand, ohne lange zu suchen, den Juwelier, dessen Schaufenster voller silberner Fotorahmen und kleiner eleganter Uhren lag. Im Laden zeigte man ihm eine Auswahl von Ohrringen und er brauchte nicht lange, um ein Paar kleine goldene, mit Gänseblümchen verzierte Ohrclips auszuwählen. Die Verkäuferin, die ihn bedient hatte, legte sie in ein Kästchen und steckte es in ein kleines Säckchen aus Samt, worauf Sam bezahlte, das Säckchen in die Tasche steckte und zur Galerie zurückging, wo alles für ihn bereit lag. Nur akzeptierte der junge Mann keine Kreditkarten, sodass Sam einen Scheck ausschreiben musste.

«Auf welchen Namen soll ich ihn ausstellen?»

«Auf meinen.»

«Haben Sie einen Namen?»

«Ja.» Er holte eine Visitenkarte heraus. «Tristram Nightingale.»

Während Sam den Scheck ausfüllte, tat ihm der junge Mann richtig Leid. Wer mit einem solchen Handicap belastet war, dem musste man einen gewissen Mangel an Charme wohl nachsehen. Als er seinen eigenen Namen zeichnete, erschien Lucy wieder auf der Bildfläche, beladen mit einem weiteren Karton, den sie zum Auto zurückschleppen mussten.

«Hast du alles bekommen?», fragte er sie.

«Ja. Vier Schnüre. Das müsste doch genügen, oder?»

«Dicke. Wir bitten Rory, uns beim Anbringen zu helfen.» Er übergab dem jungen Mann den Scheck und nahm das fest verzurrte Paket in Empfang. «Vielen Dank.»

Tristram Nightingale legte den Scheck auf seinen Schreibtisch, und als sie ihre Tragetaschen eingesammelt hatten, latschte er lässig zur Tür und hielt sie ihnen auf.

«Ich wünsche Ihnen fröhliche Weihnachten», sagte er, als sie hinausgingen.

«Ihnen auch», sagte Sam, aber sobald sie außer Hörweite waren, fügte er hinzu: «Mit Pauken und Trompeten, Mr. Nightingale.»

«Mr. Wer?»

«Der Ärmste heißt Tristram Nightingale. Seine Eltern müssen Sadisten gewesen sein. Kein Wunder, dass er die Welt hasst.»

«Was für ein grauenhafter Name. Aber eigentlich müsste er sich inzwischen daran gewöhnt haben. Sam, für wen ist das Bild?»

«Für Carrie. Aber nichts verraten.»

«Natürlich nicht. War es schrecklich teuer?»

«Ja, aber wenn Dinge so teuer sind, nennt man es nicht teuer, sondern eine gute Kapitalanlage.»

«Ich finde, es ist ein wunderbares Geschenk. Und wenn sie wieder in der Ranfurly Road wohnt, kann sie es im Wohnzimmer aufhängen.»

«So habe ich es mir auch vorgestellt.»

«Und dann erinnert sie sich an Schottland und Creagan und alles.»

«Das habe ich mir auch gedacht.»

«Werdet ihr euch wieder sehen?»

«Ich weiß es nicht.» Sam lächelte auf Lucy herab. «Aber ich hoffe es.»

«Ich hoffe es auch», sagte Lucy und nach einer Pause fügte sie hinzu: «Das war ein schöner Vormittag. Vielen Dank, dass ich mitkommen durfte.»

«Vielen Dank, dass du mitgekommen bist. Du warst eine großartige Hilfe.»

Abends um halb sechs stand das *Estate House* fix und fertig und aufs schönste herausgeputzt für Elfridas Party bereit.

Die Eingangstür war mit einem weihnachtlichen Kranz aus Stechpalmen verziert und das Lampenlicht über der Tür fiel auf ein mit Heftzwecken befestigtes Schild, auf dem BITTE EINTRETEN stand. Damit hoffte Elfrida das lästige Klingeln, Hundebellen und unentwegte Treppauf, Treppab zur Begrüßung der Gäste zu vermeiden. Sobald man ins Haus trat, empfing einen der hell erleuchtete, knietief in Weihnachtspaketen stehende Tannenbaum im Esszimmer in seiner ganzen weihnachtlichen Pracht. Der Eingangstür gegenüber erhob sich die mit Efeu, Stechpalmen und funkelnden Lichterketten umwundene Treppe.

Der Treppenabsatz auf halber Höhe war in eine Bar verwandelt worden. Auf dem großen Tisch aus dem Erker im Wohnzimmer (von Oscar und Sam an seinen neuen Bestimmungsort transportiert) lag ein weißes Tischtuch (eins von Mrs. Sneads besten Leintüchern) und darauf waren säuberlich Flaschen, Eiskübel und Kolonnen von blitzenden Gläsern (beigesteuert von Tabitha Kennedy) aufgereiht.

All das hatte natürliche einige Mühe und Aufwand gekostet, und als Mrs. Snead und Arthur zu guter Letzt eintrafen, um die abschließenden Vorbereitungen zu treffen, kleine, runde Pizzas und Quiches aufzuwärmen und Cocktailwürstchen mit Spießchen zu versehen, hatten sich alle zum Rasieren, Baden und Umkleiden zurückgezogen und waren dabei, sich für den bevorstehenden Abend herauszuputzen. Durch die geschlossenen Türen drang das Geräusch von fließendem Wasser, das Surren von elektrischen Rasierapparaten und der würzige Duft von entspannenden Dampfbädern.

Horaz schlich sich heimlich die Treppe hinauf, um der Gesellschaft der beiden Sneads zu entkommen, aber als er niemanden fand, trottete er schließlich ins Wohnzimmer und machte es sich vor dem lodernden Kaminfeuer bequem.

Oscar erschien als Erster. Er schloss die Schlafzimmertür hinter sich und blieb einen Augenblick am Geländer stehen, um die weihnachtliche Verwandlung seines Hauses, das für den Ansturm der Gäste gerüstet war, in Augenschein zu nehmen. Er ließ den Blick über die blank geputzten Gläser schweifen, die wie Seifenblasen funkelten; das Grün und Gold der Champagnerflaschen, die in einem Eiskübel steckten, das frisch gestärkte weiße Leinen von Servietten und Tischtuch. Die geschlossenen Vorhänge an der Treppe sperrten die Nacht aus und das Treppenhaus war von oben bis unten mit dunkelgrünen Girlanden, roten Ilexbeeren und leuchtenden Lichterketten geschmückt. Von wegen trübseliges Wintersonnenwendfest, dachte er kopfschüttelnd. Denn auf mehr hatte er Elfrida keine Hoffnung gemacht. Und er fand, dass das sonst so nüchterne und spartanisch ausgestattete *Estate House* sich zu diesem feierlichen Anlass geradezu in Schale geworfen hatte und irgendwie einer etwas prüden, betagten, aber über alles geliebten Tante glich, die zur Feier des Tages ihren schönsten Sonntagsstaat und ihre kostbaren Juwelen angelegt hatte und wahrlich keine schlechte Figur machte.

Oscar hatte sich ebenfalls einige Mühe gegeben und trug seine geliebte alte Smokingjacke und sein bestes Seidenhemd. Elfrida hatte den Schlips ausgewählt und darauf bestanden, dass er seine goldbestickten Samtslipper trug. Er konnte sich kaum erinnern, wann er sich zum letzten Mal so herausstaffiert hatte, aber das Seidenhemd schmeichelte ihm auf der Haut, er hatte sich Bay Rum auf die Wangen geklopft und sein dichtes weißes Haar mit Wasser zu bändigen versucht.

Elfrida hatte noch im Negligé vorm Spiegel gestanden

und sich die Ohrringe in die Ohren geschraubt und ihm, als er hinausging, versichert, dass er zum Anbeißen aussähe.

Aus der Küche drangen die Stimmen der Sneads sowie andere Geräusche kulinarischer Betriebsamkeit zu ihm herauf. Mrs. Snead war nicht in ihrem Sportanzug erschienen, sondern in ihrem besten, mit Pailletten besetzten Schwarzen. Sie hatte sich zur Feier des Tages das Haar hoch toupieren lassen und diese neue Haartracht wurde von einer schwarzen Satinschleife gekrönt.

Während er sich angekleidet und mit Elfrida geplaudert hatte, hatte Oscar es bewusst vermieden, an das letzte Weihnachtsfest in der *Grange* zurückzudenken. An den großzügigen, verschwenderischen Rahmen, der jeder Beschreibung gespottet hatte. Üppig gedeckte Tafeln, zu viele Gäste, zu viele Geschenke, ein zu riesiger Tannenbaum. Aber irgendwie war Gloria damit durchgekommen, denn der ganze übertriebene Aufwand wurde durch ihre strahlende Laune und ihre großherzige, uneigennützige Gastfreundschaft wieder wettgemacht.

Er hatte es sich bisher nicht gestattet, daran zurückzudenken, aber jetzt, in einem seltenen Moment des Alleinseins, tat er es doch. Es lag alles so weit zurück ... er konnte kaum glauben, dass es erst zwei Monate her war ... und es kam ihm vor, als riefe er sich eine frühere Existenz ins Gedächtnis zurück. Er dachte an Francesca. Erinnerte sich, wie sie in einem schwarzen Samtkleid, einem Geschenk ihrer Mutter, mit wehenden Haaren die große Treppe in der *Grange* heruntergelaufen kam. Sie schien immer in Bewegung zu sein, als sei ihr die Zeit so kostbar, dass sie keinen Augenblick verschwenden durfte.

Es war noch nicht lange her, da hätte ihn diese Erinnerung in tiefe Trauer gestürzt. Aber jetzt empfand er einfach

Dankbarkeit, weil Francesca immer Teil seines Lebens, Teil seines Wesens sein würde. Und weil er nach allem, was vorgefallen war, irgendwie heil und ganz überlebt hatte. Und vor allen Dingen von liebenden, hilfsbereiten Freunden umgeben war.

Er hörte, wie unten die Küchentür ging und Mrs. Snead ihrem Mann Arthur Befehle erteilte. Dann erschien Arthur auf der Treppe mit einem Tablett voller Cocktailhäppchen, die Mrs. Snead Kanapees nannte. Diverse Nüsse zum Knabbern und kleine Schnittchen mit Pastete und dergleichen. Arthur trug seine besten grauen Flanellhosen und einen Blazer mit dem goldenen Emblem seines Kegelclubs auf der Brusttasche.

Als er die obersten Stufen erreichte, entdeckte er Oscar. «Ach, da sind Sie ja, Mr. Blundell, schnieke sehn Sie aus. Meine Frau hat gesagt, ich soll dies raufbringen und im Zimmer verteilen. Die heißen Sachen kommen später. Allerdings, Horaz ist ausgekniffen. Wette, der sitzt vorm Feuer. Dass er uns bloß nicht die Häppchen stibitzt.»

«Wir stellen sie außer Reichweite, Arthur.»

Er führte Arthur in das große Wohnzimmer, das gemütlich, einladend und ungewöhnlich aufgeräumt aussah. Alle Lampen brannten und das Kaminfeuer loderte hell. Elfrida hatte Krüge mit rotgrünen Stechpalmen und weißen Chrysanthemen gefüllt, aber das Beste war die riesige Vase voller Weihnachtslilien, die Lucy Elfrida zu Weihnachten geschenkt hatte. Arthur hatte sie im Laufe des Vormittags, in Zellophan verpackt und mit einer großen rosa Schleife versehen, bei ihnen abgegeben und Elfrida wäre fast in Tränen ausgebrochen, so überrascht und gerührt war sie gewesen. Die Lilien hatten einen Platz auf einem Tischchen neben dem Sofa gefunden und in der Wärme des Zimmers begannen die exotischen Blüten sich langsam zu öffnen und erfüllten das Zimmer mit ihrem süßen, fast tropischen Duft.

Sie verteilten die Nüsse und die Cocktailhäppchen so, dass Horaz, der vorm Kamin lag und so tat, als wenn er schliefe, nicht drankommen konnte. Oscar fragte sich, ob er den Hund nicht in die Küche zurückscheuchen sollte, beschloss aber, ihn in Ruhe zu lassen, weil er so friedlich dalag. Als sie die kleinen Schüsseln in sicherer Höhe abgestellt hatten, gingen sie an die Bar zurück, wo Sam sich inzwischen im eleganten dunklen Anzug und bildschönen, blauweiß gestreiften Hemd eingefunden hatte.

«Sie kennen Sam Howard, Arthur?»

«Hatte noch nicht das Vergnügen. Freut mich, Ihre Bekanntschaft zu machen.»

«Arthur ist unser Barkeeper, Sam.»

«Sie wissen doch sicher, wie man eine Flasche Champagner öffnet, Arthur?», fragte Sam.

«Na ja, kann ich eigentlich nicht behaupten. Viel Übung hab ich nicht, weil, ich bin Biertrinker. Aber im Fernsehen, beim Grandprix, wird immer ordentlich geschüttelt und dann bespritzen sich alle, wie mit einem Feuerwehrschlauch. Schade um den guten Tropfen, denk ich immer.»

Sam lachte. «Ja, ein Mordsspaß, aber Sie haben Recht. Schade um den schönen Champagner. Dabei ist es gar kein Problem. Wer will schon, dass der Korken mit lautem Knall an die Decke fliegt und der ganze Schaum aus der Flasche quillt.» Er nahm eine Flasche aus dem Eiskübel. «Man braucht nur den Draht abzunehmen und den Korken mit sanftem Druck aus der Flasche zu lösen … so. Und nicht den Korken drehen. Man hält ihn fest und dreht stattdessen die Flasche …» Er demonstrierte den Kunstgriff und mit einem fast unhörbaren Geräusch glitt der Korken anstandslos aus der Flasche und der goldene Sekt schäumte in das hingehaltene Glas, ohne dass ein einziger Tropfen vergossen wurde.

«Saubere Sache, das muss ich sagen», meinte Arthur anerkennend. «Hatte keine Ahnung, dass es auch so leise geht.»

Elfrida hatte das Ankleben ihrer falschen Wimpern schließlich bewältigt und betrachtete sich kritisch in dem langen Spiegel an der Innenseite des Kleiderschranks. Sie hatte eine schwarze Seidenhose und eine schimmernde schwarze kleine Bluse angezogen, über der sie einen lockeren grünen Seidenmantel trug. Die langen Ohrgehänge und diversen Perlenketten leuchteten in dem gleichen Jadegrün wie der Seidenmantel, ihr Lidschatten war blau, ihr Mund scharlachrot geschminkt und das flammende Rotgold ihrer Haare war aufgefrischt.

Hoffentlich fanden all ihre neuen Freunde in Creagan sie nicht zu aufgedonnert.

Sie trat aus der Schlafzimmertür und fand Arthur Snead auf seinem Posten an der provisorischen Bar.

«Arthur! Wie elegant Sie aussehen. Wo ist denn Mrs. Snead?»

«Schiebt grade die letzten Miniquiches in den Ofen, Mrs. Phipps. Momentchen Geduld noch. Und mein Kompliment, Mrs. Phipps, Sie sehn sensationell aus, wenn ich so sagen darf. Hätt Sie auf der Straße gar nicht wieder erkannt.»

«Oh, Arthur, vielen Dank. Sind alle startbereit?»

«Alle drinnen vorm Feuer. Müssten jeden Moment hier sein, die Gäste.»

«Ich hoffe, sie kommen herein, ohne zu klingeln. Aber

wenn nicht, seien Sie ein Herzchen, gehen Sie runter und machen die Tür auf.»

«Wird gemacht, Mrs. Phipps. Wie wärs nun mit einem schönen Glas Schampus? Die andern sind schon munter dabei. Mut antrinken, hat Mr. Blundell gesagt. Dabei hat er es doch gar nicht nötig, sich bei so einer Feier Mut anzutrinken.»

Er schenkte ihr ein Glas voll und sie gesellte sich damit zu den anderen ins Wohnzimmer. Der Raum und seine Insassen waren nicht wieder zu erkennen. Wie aus einer reich illustrierten, eleganten Zeitschrift. Lucy hatte sich das Haar hochgesteckt und sah mit ihren langen, schwarz bestrumpften Beinen, dem schlanken Hals und den Ohrringen plötzlich wie siebzehn aus. Was Carrie betraf, so war sie an diesem Abend von hinreißender Schönheit, mit leuchtendem Teint und einem Strahlen in den Augen, das Elfrida seit Jahren nicht an ihr gesehen hatte. Sie trug ein hauchdünnes, ärmelloses schwarzes Kleid, schlicht wie ein T-Shirt, aber mit einem Rock, der ihr sanft von den schmalen Hüften bis auf die Knöchel hinab fiel. An den Füßen trug sie hochhackige Sandalen, die aus nichts als ein paar glitzernden Riemchen bestanden, und ihr einziger Schmuck war ihr Saphirring und ein Paar diamantenbesetzte Ohrclips.

Bei ihrem Anblick fragte Elfrida sich ernsthaft, wie es einem Mann gelingen konnte, sich nicht auf der Stelle Hals über Kopf in sie zu verlieben, aber Sam ließ sich nicht in die Karten gucken und schien Carries spektakuläre Erscheinung für selbstverständlich zu halten. Was vielleicht als hoffnungsvolles Zeichen zu verstehen war. Elfrida war vor allem daran gelegen, Carrie wieder glücklich zu sehen, aber Oscar hatte Recht. Für Mutmaßungen war es zu früh; sie wollte die Finger lieber aus dem Spiel lassen. Man musste sich einstweilen mit den Gegebenheiten zufrieden geben. Dass Sam nämlich aus heiterem Himmel vor ihrer Tür aufgetaucht war und er und Carrie sich zu guter Letzt doch noch angefreundet hatten.

Alle standen in lebhaftem Gespräch vor dem Feuer. Als Oscar Elfrida durch die Tür treten sah, trafen sich ihre Augen und einen Augenblick war es, als gäbe es in dem strahlend erleuchteten Raum nur sie beide. Er setzte sein Glas ab, ging ihr entgegen und ergriff ihre Hand.

«Du siehst hinreißend aus», sagte er.

«Ich fürchte, ich sehe ein bisschen wie eine abgetakelte alte Schauspielerin aus. Was ich natürlich auch bin. Aber eine glückliche.» Sie küsste ihn vorsichtig auf die Wange, um keinen Lippenstiftabdruck zu hinterlassen. «Und du, Oscar?» Sie verständigten sich ohne große Worte. «Alles in Ordnung?»

Er nickte. Unten drückte jemand versehentlich auf die Klingel, worauf Horaz aufsprang, in ohrenbetäubendes Gebell ausbrach und die Treppe hinunterflitzte.

Elfrida konnte sich das Lachen nicht verkneifen. «Da geht er hin, mein sorgfältig ausgetüftelter Plan», sagte sie seufzend.

«Ich gehe runter», erbot sich Lucy sofort. (Vermutlich in der Hoffnung, dass es die Kennedys wären und Rory über ihr ungewohnt erwachsenes Aussehen staunen würde.) Sie lief hinter Horaz her und im nächsten Augenblick drang Stimmengewirr zu ihnen herauf. «Sind wir die Ersten? Kommen wir zu früh?» Und Lucys beruhigende Antwort: «Natürlich nicht. Wir warten schon alle auf Sie. Ich nehme Ihre Mäntel. Die andern sind oben.»

Elfridas Party hatte endlich begonnen.

Um Viertel nach acht war alles vorbei. Die Rutleys, Sinclairs und Erskine-Earles waren unter lauten Verabschiedungen und Danksagungen ins Dunkel der Nacht verschwunden. Nur die Kennedys zögerten den Aufbruch noch hinaus, denn sie waren erst ziemlich spät eingetroffen, weil sie direkt von der jährlichen Weihnachtsfeier im Altenheim gekommen waren. Peter mit seinem «umgedrehten Kragen» hatte verkündet, dass ihm Tee und Weihnachtsgebäck bis zum Hals stünden, was ihn aber nicht abgehalten hatte, dankbar ein Glas Champagner entgegenzunehmen und sich voller Begeisterung in einen Raum mit etwas weniger greisenhaften Freunden zu stürzen.

Jetzt hatte sich der Gesellschaft eine gewisse Mattigkeit bemächtigt. Sam hatte noch einmal das Kaminfeuer geschürt und alle hatten sich auf Stühle und Sessel fallen lassen, froh, endlich von den Beinen zu kommen. Rory und Lucy waren unten in der Küche, um Mrs. Snead und Arthur beim Abwaschen und Wegräumen zur Hand zu gehen. Munteres Geplauder und lautes Gelächter drangen die Treppe herauf, und es war offensichtlich, dass die Party unten ihren Fortgang nahm.

Elfrida war dankbar in die Kissen gesunken und hatte die Schuhe abgestreift. «Ich kann gar nicht glauben, dass schon alles vorbei ist», sagte sie. «Wir haben uns den ganzen Tag die Finger wund gearbeitet, und kaum sieht man wieder hin, da ist es acht und die Gäste beginnen, auf die Uhr zu sehen und zu sagen, es sei Zeit zum Aufbruch.»

«Das beste Zeichen für eine erfolgreiche Party», versicherte ihr Peter. «Wenn man sich amüsiert, vergeht die Zeit wie im Flug.» Er saß in dem ausladenden Sessel vorm Kamin und seine Frau hatte, bequem gegen sein Knie gelehnt, auf dem Kaminvorleger Platz genommen.

«Lady Erskine-Earle war mir sehr sympathisch», sagte Carrie. «Sie sah aus wie ein liebes, kleines Shetlandpony, ganz in Kaschmirwolle und Perlen.»

Tabitha lachte. «Ist sie nicht unbezahlbar?»

«Sie hat sich stundenlang mit Mrs. Snead unterhalten.»

«Kein Wunder. Die beiden sind im Komitee, das die Kirchenbasare organisiert, und obendrein Mitglied im Frauenkreis. Elfrida, die Sneads einzuladen war eine brillante Idee. Wenn Arthur und Mrs. Snead loslegen, braucht man keine Angst zu haben, dass das Gespräch verstummt.»

«Arthur ist nicht umsonst mit einem Schubkarren hausieren gegangen», meinte Oscar. «Er ist immer auf dem Quivive und hat heute Abend nicht nur den Butler und den Hausgast gespielt, sondern nebenbei auch noch Zeit gefunden, seine kleinen Geschäfte zu betreiben. Bestellungen für Silvester. Chrysanthemen für Emma Erskine-Earle und sechs Avocados für Janet Sinclair. Übrigens, ich finde, Janet Sinclair ist eine reizende Person. Wir kannten sie noch gar nicht. Nur ihn, weil er Carrie behandelt hat.»

«Und außerdem ist sie Architektin», sagte Carrie zu Oscar. «Sie arbeitet drei Tage die Woche in einem Architektenbüro in Kingsferry.»

«Und ist außerordentlich tüchtig», fügte Peter hinzu. «Sie hat den neuen Anbau für das Altenheim entworfen und exzellente Arbeit geleistet. Das einzige Problem ist, dass der Rest des Gebäudes jetzt ein bisschen düster wirkt.» Er stellte sein Glas ab und verlagerte sein Gewicht im Sessel, als schliefe ihm das Bein ein, gegen das seine Frau sich gelehnt hatte. Dann sah er auf die Uhr. «Tabitha, meine Liebe, es wird Zeit.»

«Ach, bleiben Sie doch noch», bettelte Elfrida. «Wenn Sie nichts anderes vorhaben. Dies ist das Beste an einer Party, wenn man mit den letzten Gästen noch einmal alles durchhecheln darf. Bleiben Sie und wir essen in der Küche. Es ist noch genug übrig geblieben, Suppe ist da und Lachs gibt es auch noch genug. Sam hat ihn mitgebracht. Und ein köstlicher Stilton …»

«Sind Sie sicher?» Tabitha fand den Vorschlag verführerisch. «Wenn wir nach Hause gehen, gibt's nur Rührei.»

«Bitte, bleiben Sie …»

«In dem Fall übernehme ich das Ruder», sagte Carrie bestimmt und stand vom Sofa auf. «Ich gehe mal runter und sehe nach, was in der Küche los ist und ob ich für uns alle was zu essen finde. Nein, nein, Sam, Sie bleiben hier und unterhalten sich. Sie haben genug getan.»

Elfrida war ihr dankbar. «Lieb von dir, mein Schatz. Wenn du Hilfe brauchst, pfeif mich raus.»

«Wird gemacht.»

Carrie verließ das Zimmer und machte die Tür hinter sich zu. Auf dem Treppenabsatz war von Elfridas Party nichts mehr zu sehen als der Tisch mit dem weißen Tischtuch. Flaschen und Gläser waren bereits abgeräumt. Die Sneads, Rory und Lucy hatten ganze Arbeit geleistet.

Plötzlich klingelte das Telefon. Carrie sah den Apparat verdutzt an, denn damit hatte sie am allerwenigsten gerechnet. Es hatte erst einmal geläutet, als sie den Hörer abnahm.

«Hallo.»

«Wer ist denn da?» Die weibliche Stimme am anderen Ende war glasklar, kam aber mit einer ganz leichten Verzögerung durch die Leitung.

«Hier spricht Carrie.»

«Carrie. Hier ist Nicola. Aus Florida.»

«Du liebe Güte. Wie geht's dir?»

«Danke, bestens. Was treibt ihr denn so?»

«Wir hatten gerade eine Party. Jetzt sitzen wir alle herum und erholen uns.»

«Ist Lucy da?»

«Ja, sie ist unten und hilft beim Aufräumen. Sie hat sich glänzend amüsiert. Was macht Florida? Scheint die Sonne?»

«Von morgens bis abends. Es ist wunderbar hier.»

«Bleib am Apparat. Ich hole Lucy.»

Carrie legte den Hörer auf den Tisch und ging nach unten. In der Küche sah sie, dass das ganze Geschirr bereits abgewaschen und weggeräumt war und Mrs. Snead gerade dabei war, ihren falschen Persianer überzuziehen. Arthur genehmigte sich das letzte Bier, Rory lehnte am Spülbecken und Lucy saß auf dem Küchentisch.

Mrs. Snead war noch immer in vollem Schwung. «Also, ich muss schon sagen, eine wirklich gelungene Fete ...», sagte sie mit einem leichten Schluckauf und Carrie sah, dass ihre Satinschleife ein bisschen verrutscht war und ihr etwas ausgesprochen Kesses gab. «... und hier kommt Carrie. Ich hab grade gesagt, Carrie, das war wirklich eine gelungene Fete. Und so nette Gesellschaft ...»

«Ich habe mich auch gut amüsiert», versicherte Carrie ihr. «Lucy, komm schnell nach oben, deine Mutter ist am Telefon.»

Erschrocken drehte Lucy sich um und sah Carrie an, in deren Augen ein Ausdruck leichter Besorgnis lag.

«Mami?»

«Ja. Aus Florida. Mach schnell, das kostet eine Stange Geld.»

Lucy ließ sich vom Tisch gleiten und warf erst Rory und dann Carrie einen Blick zu. Sie verließ die Küche und lief die Treppe hinauf.

Diskret machte Carrie die Tür hinter ihr zu.

«Was es nicht alles gibt», sagte Arthur. «Ganz von Florida.»

«Die sind noch fünf Stunden hinter uns her», ließ Mrs. Snead sich mit einer gewissen Wichtigtuerei vernehmen. Als sie die Silberknöpfe ihres Persianers geschlossen hatte, zog sie für den kurzen Heimweg ihre Wildlederpumps aus und ihre dicken Stiefel an. «Lucy war eine große Hilfe, das muss ich sagen. Das ging ruck, zuck, sozusagen wie aus der Pistole geschossen, nicht, Rory? Und Arthur hat die leeren Buddeln in die Waschküche gestellt und die Würstchenreste hab ich für Horaz auf einen Teller getan. Die kann er morgen zum Abendessen kriegen.»

Carrie war ihnen von Herzen dankbar. «Sie waren wunderbar, alle beide. Was hätten wir ohne Ihre Hilfe nur angefangen!»

Arthur leerte sein Bierglas und stellte das Glas auf den Tisch. «Schließe mich meiner Frau an. Wirklich reizende Kundschaft. Und sagen Sie Ihrem Freund, wie dankbar ich bin, dass ich nun weiß, wie man eine Champagnerflasche aufmacht. Man muss den Trick nur raushaben. Bei unserer nächsten Kegelpartie führ ich meine Künste vor.»

«Ach, Arthur, du bist aber auch einer.»

«Wie ich immer sage, ein Tag, an dem man was lernt, ist nicht verschwendet.»

Mrs. Snead sammelte ihre Siebensachen ein, ihre Handtasche und die Plastiktüte, in der sie ihre guten Schuhe verstaut hatte. «Also, wir sagen jetzt gute Nacht, Carrie.»

«Gute Nacht, Mrs. Snead. Und ein schönes Weihnachtsfest.»

«Danke gleichfalls. Und sagen Sie Mrs. Phipps, nächsten Donnerstag wie gewöhnlich.»

Als sie Arm in Arm in die Nacht verschwunden waren und die Hintertür sich hinter ihnen geschlossen hatte, fragte Rory: «Was will Lucys Mutter denn von ihr?»

«Keine Ahnung, Rory.» Carrie nahm Elfridas Schürze vom Haken und band sie sich über ihr schwarzes Kleid. «Ihr vermutlich fröhliche Weihnachten wünschen.»

«Es ist doch noch gar nicht Weihnachten.»

«Vielleicht möchte sie dem weihnachtlichen Ansturm zuvorkommen. Elfrida hat deine Eltern und dich übrigens zum Abendessen eingeladen. Mal sehen, was wir auf den Tisch bringen können.»

«Soll ich helfen?»

«Ich finde, du hast für heute genug geschuftet.»

«Tu ich aber gern. Jedenfalls lieber als Small Talk machen.»

«Ich hatte das Gefühl, du hast dich ganz gut geschlagen.»

«Ist ja auch nicht so schlimm, wenn man die Leute kennt. Was soll ich tun?»

«Also, wenn du darauf bestehst ... vielleicht könntest du den Tisch decken. Für acht Personen. Messer und Gabeln sind hier in der Schublade und Teller da drüben im Schrank. Und im Kühlschrank liegt Räucherlachs. Ich glaube, er ist schon geschnitten. Du könntest ihn auf eine Platte legen und dann müssen wir Brot mit Butter bestreichen.»

Sie ging in die eiskalte Waschküche und kam mit einem riesigen Kochtopf zurück, der mit Elfridas Spezialsuppe gefüllt war. Dann zündete sie den Gasring auf dem Herd an, stellte die Flamme klein und setzte den Topf auf, damit die Suppe sich langsam erhitzte.

Hinter ihr sagte Rory: «Lucy hat mit mir geredet.»

Carrie wandte den Kopf und sah ihn an. «Wie bitte?»

«Lucy.» Er richtete Messer und Gabel neben einem Teller

aus. «Sie hat mit mir geredet. Über London und so. Über die Scheidung ihrer Eltern. Ihre Großmutter. Und dass sie eigentlich gar nicht zurückwill.»

«Ach, *Rory.*» Er sah sie nicht an, sondern fuhr einfach mit seiner Arbeit fort. «Das tut mir *so* Leid.»

«Es ist doch nicht Ihre Schuld.»

«Doch, ich fühle mich in gewisser Weise verantwortlich. Vielleicht sogar schuldig. Ich hätte nicht so lange wegbleiben dürfen. In Österreich. Und den Anschluss zu meiner Familie verlieren. Keiner hat mich vermisst. Außer Lucy. Erst als ich zurückkam, habe ich gemerkt, wie schrecklich das Leben für sie gewesen sein muss. Nicht dass sie schlecht behandelt wird ... eigentlich hat sie ja alles. Aber sie vermisst ihren Vater. Und ihren Großvater ... meinen Vater ... hat man ihr geradezu vorenthalten. Es herrscht so viel Bitterkeit in der Familie. Damit lebt es sich nicht so leicht.»

«Kann sie denn nicht auf eine Internatsschule gehen? Dann wäre sie wenigstens in einer anderen Umgebung.»

Carrie war überrascht über das Einfühlungsvermögen eines erst achtzehnjährigen jungen Mannes.

«Vielleicht hast du Recht, Rory. Aber ich bin nur die unverheiratete Tante und traue mich nicht, allzu viele umstrittene Vorschläge zu machen, sonst werde ich auch noch in die Wüste geschickt.» Sie hing einen Moment ihren Gedanken nach. «Und sie geht auf eine gute Schule. Sie hat eine phantastische Direktorin, an der sie wirklich hängt ...»

«Aber es sind alles nur Mädchen.» Rory war mit dem Tischdecken fertig. «Wo ist denn der Räucherlachs?», fragte er.

«Im Kühlschrank in der Waschküche.»

Er ging hinaus und holte ihn. Carrie nahm einen Laib Roggenbrot aus dem Steintopf und ging dann an den Herd zurück, um die Suppe umzurühren. Als Rory zurückkam, schaffte sie Platz für ihn und nahm eine große ovale Schale aus dem Schrank, auf der er die zarten rosigen Lachsscheiben arrangieren sollte. Rory schlitzte das Zellophanpapier mit einem Messer auf, begann die Räucherlachsscheiben säuberlich voneinander zu trennen und legte sie in überlappenden Schichten auf die Platte. Carrie holte eine Zitrone aus der Obstschale und schnitt sie in Scheiben.

Rory war mit Ausdauer und Geschick an der Arbeit und Carrie beobachtete ihn, sein unnatürlich strohgelbes Haar, den Ring in seinem Ohr, die jugendlichen, aber kräftigen Züge, aus denen bereits eine gewisse männliche Entschlossenheit sprach. Während er den Sneads beim Abwaschen geholfen hatte, hatte er die Ärmel seines dunkelblauen Baumwollhemds hochgekrempelt, seine Unterarme waren gebräunt und die Hände kräftig und Vertrauen erweckend. Carrie konnte Lucy nachempfinden, warum sie ihn attraktiv fand. Sie betete nur im Stillen, dass Lucy mit ihren vierzehn Jahren sich nicht in ihn verliebt hatte. Sie waren beide viel zu jung für die Liebe, Rory sah mit Spannung seinem Aufenthalt in Nepal entgegen und eine Teenagerliebelei zu diesem Zeitpunkt konnte nur mit einem gebrochenen Herzen enden.

«Du bist so nett zu ihr gewesen, Rory», sagte sie. «Die meisten Jungen in deinem Alter hätten sich vermutlich gar nicht die Mühe gemacht.»

«Sie tat mir einfach Leid.»

«Warum das denn?»

«Sie kam mir so einsam vor.»

«Aber lieb. Sie ist so ein liebes Kind.» Carrie konnte nicht widerstehen, ihn ein bisschen aufzuziehen. «Und du hast ihr Ohrringe geschenkt.»

Er sah sie an und grinste. «Ach, hören Sie auf, Carrie. Damit wollte ich doch nur ihre Mutter ärgern. Lucy wollte sich sowieso Löcher in die Ohren machen lassen. Was ist schon dabei? Das gehört zum Erwachsenwerden dazu.» Er trat einen Schritt zurück, um die säuberlich arrangierte Platte mit Lachsscheiben zu begutachten. «Fertig. Ist das genug?»

«Das muss reichen. Die andere Hälfte ist für Weihnachten gedacht.»

«Wo Lucy nur bleibt?»

«Vielleicht sollte ich mal nach ihr sehen ... Komm mit. Du hast jetzt genug gerackert.»

«Nein, ich bleibe hier und spiele den Küchenchef. Ich koche übrigens gern. Früher habe ich zu Weihnachten immer Nikolausmänner mit meiner Mutter gebacken. Gehen Sie ruhig zu den andern nach oben. Ich werde Brote schmieren, und es sind auch noch kleine Pizzas da. Die kann ich im Ofen aufwärmen ... Soll ich eine Flasche Wein öffnen oder so was ...?»

Schließlich band Carrie Elfridas Schürze ab, hängte sie an den Haken und überließ Rory sich selbst. Sie verließ die Küche und ging nach oben. Der Treppenabsatz war leer. Der Hörer lag wieder auf der Gabel. Keine Spur von Lucy. Carrie stand einen Moment unschlüssig da, aber plötzlich überfiel sie ein unerklärliches Gefühl der Panik. In genau dem Augenblick klingelte das Telefon noch einmal.

Carrie hob den Hörer ab. «Hallo?»

«Wer ist dort am Apparat? Ist dort das *Estate House*? Ich möchte mit Carrie sprechen.»

Die Stimme war unverkennbar und Carrie sank das Herz. «Ja», sagte sie. «Ich bin's. Hallo, Ma.»

«Oh, du bist es. Gott sei Dank. Mein Kind, hat Nicola mit dir gesprochen?»

«Ja. Sie hat aus Florida angerufen. Vor ungefähr zwanzig Minuten. Aber sie wollte mit Lucy sprechen.»

«Hat sie's dir erzählt?»

«Was erzählt?»

«Ach, mein Kind, sie hat geheiratet. Sie hat Randall Fisher geheiratet. Heute Morgen. So eine Art Trauung auf die Schnelle, in einer Kirche, die sich *Kapelle zu den kleinen Engeln* oder so nennt, und sie ist tatsächlich verheiratet. Ich wusste nicht einmal, dass sie verlobt war und vorhatte zu heiraten. Ich hatte nicht die leiseste Ahnung. Bis ich den Anruf aus Florida bekam ...»

Carrie musste sich zwingen, ganz ruhig zu bleiben, damit sie nicht vor Wut in die Luft ging. «Sie hat dich angerufen, bevor sie mit Lucy gesprochen hat?»

«Ja. Sie wollte das Weitere mit mir besprechen.»

«Wieso das Weitere?»

«Na, wegen Lucy natürlich. Was denn sonst? Was werden soll, wenn sie aus Schottland zurückkommt und so ...»

O mein Gott, dachte Carrie. Geht das etwa schon wieder los?

«... es war von Flitterwochen die Rede und dass sie vor Ende des nächsten Monats nicht nach London zurückkommt. Sie will ihren Rückflug umbuchen und auf später verschieben. Und sie erwartet ausgerechnet von mir, dass ich in London bin und mich um Lucy kümmere, wenn die Schule wieder anfängt. Aber ich habe vor, bis Ende Januar hier in Bournemouth zu bleiben, und sehe überhaupt nicht ein, warum ich meine Pläne ändern sollte. Es wächst mir wirklich über den Kopf, Carrie. Ich bin dem nicht mehr gewachsen. Das habe ich auch zu ihr gesagt. Nicola, habe ich gesagt, ich bin dem nicht mehr gewachsen. Aber du weißt ja, wie egoistisch und selbstsüchtig sie sein kann, wenn es nicht nach ihrer Nase geht. Und nun hat sie sich in diesen Mann vergafft und denkt nur noch an ihn.»

«Will sie denn den Rest ihres Lebens in Amerika verbringen?»

«Ich denke, ja. Wenn man einen Amerikaner heiratet, bleibt einem ja wohl nicht viel anderes übrig.»

«Und was wird aus Lucy ...?»

«Ach, Lucy wird nun endlich mal tun müssen, was man ihr sagt. Aber im Moment geht's darum, wer kümmert sich um sie, solange ihre Mutter nicht zu Hause ist?»

Carrie gab keine Antwort auf diese Frage. Sie stand einfach da, mit dem Hörer in der Hand, und spürte einen unbändigen Zorn auf ihre Mutter und ihre Schwester in sich aufkommen. Es war nicht das erste Mal und würde wohl auch nicht das letzte Mal sein, aber noch nie in ihrem Leben war sie so außer sich gewesen. Sie dachte an Randall Fisher und verfluchte ihn insgeheim für seine Taktlosigkeit, seinen Mangel an Phantasie und an Feingefühl. Hätte er nicht dafür sorgen können, dass Nicola ihrer Familie eine kleine Vorwarnung gab, ehe er mit ihr vor den Traualtar marschierte und ihr einen Ehering an den Finger steckte? Platzte wie ein Fuchs ins Hühnerhaus und löste eine Panik aus, dass die Federn flogen. Carrie wusste, wenn sie jetzt den Mund aufmachte, würde sie genau das Falsche sagen und ein Wortgefecht auslösen, das zu nichts führen würde.

«Carrie?»

«Ma ... ich glaube, es ist besser, wenn ich dich später wieder anrufe.»

«Hast du denn mit Lucy gesprochen?»

«Nein. Noch nicht. Ich höre ja zum ersten Mal von der frohen Botschaft.»

«Ist das sarkastisch gemeint?»

«Nein.»

«Hast du meine Nummer? Hier in Bournemouth?»

«Ja, die habe ich. Ich rufe dich wieder an.»

«Wann?»

«Irgendwann. Vielleicht morgen.»

«Schieb es nicht zu lange hinaus. Ich bin ganz krank vor Sorgen.»

«Das glaube ich.»

«Oh, und mein Kind ... euch allen ein wunderschönes Weihnachtsfest.»

«Wunderschön. Bestimmt», erwiderte Carrie.

Sie legte den Hörer auf und stand einen Moment regungslos da, um sich zu fassen, um einen kühlen Kopf zu bewahren und den Tatsachen ins Auge blicken zu können. Nicola war nun also Mrs. Randall Fisher. Sie hatte ihn in Florida in der *Kapelle zu den kleinen Engeln* geheiratet. Carrie versuchte, sich die Trauung vorzustellen. Blauer Himmel und Palmen. Randall Fisher im weißen Anzug und Nicola in einer dem Anlass angemessenen kleinen Kombination. Hatten Freunde als Trauzeugen fungiert? Hatte einer von Randalls alten Spezis Nicola zum Traualtar geführt? Und die Frau dieses Spezis die stellvertretende Brautmutter gespielt, im knöchellangen Kleid, mit einem Bouquet Orchideen im Arm? Und waren die vier nach der Zeremonie gemeinsam in den Country Club gefahren und hatten sich dort von den zufällig Anwesenden hochleben lassen ...?

Es überstieg ihre Phantasie. Und es spielte auch gar keine Rolle, wie und wann es stattgefunden hatte, denn es war ein *fait accompli*, das nicht mehr rückgängig gemacht werden konnte und psychologisch so viel Unheil angerichtet hatte, dass Carrie gar nicht wusste, wo sie mit ihren Überlegungen anfangen sollte.

Lucy. Um Lucy musste sie sich zuallererst kümmern. Lucy hatte die frohe Botschaft von ihrer Mutter am Telefon erfahren, den Hörer aufgelegt und war verschwunden. Aber wohin? Lucy konnte Randall Fisher nicht leiden und hatte, ganz gegen ihre sonstige gefügige Art, heftig dagegen protestiert, auch nur die Weihnachtsferien in seiner Gegenwart in Florida verbringen zu müssen.

Und nun dies … Wenn Nicola ihren Willen durchsetzte, dann würde Lucy mit vierzehn endgültig entwurzelt, in ein fremdes Land versetzt und in eine fremde Kultur und ein völlig neues, vermutlich verhasstes Leben verpflanzt werden.

Plötzlich wurde Carrie von heller Panik ergriffen. Wo war Lucy? Hatte sie den Hörer auf die Gabel geknallt, war die Treppe hinuntergelaufen und durch die Haustür verschwunden … zum Strand, ans Meer, in die Dünen, in die bittere Kälte hinaus? Hätte es eine Klippe in der Nähe gegeben, dann hätte Carrie sich ohne weiteres vorstellen können, wie das Kind sich von ihrem Rand ins Meer hinuntergestürzt und auf den Felsen unten den Tod gefunden hätte …

Zitternd vor Angst riss sie sich zusammen, schlug sich die schaurigen Bilder aus dem Kopf und versuchte, Vernunft anzunehmen. Sie holte tief Atem und stieg die Stufen zu Lucys Dachkammer hinauf. Das Licht an der Treppe brannte, aber die Zimmertür war fest verschlossen. Carrie klopfte. Keine Antwort. Leise öffnete sie die Tür. Alles war dunkel. Sie tastete nach dem Lichtschalter und knipste das Licht an. «Lucy?» Ihre Stimme verriet ihre Besorgnis.

Der vorwurfsvolle Umriss unter der blauweißen Daunendecke gab keine Regung und keinen Laut von sich, doch bei ihrem Anblick atmete Carrie erleichtert auf, dass sie wenigstens da war, in Sicherheit und nicht aus dem Haus geflohen, in die Dunkelheit, in die Dünen, an den Strand, ans einsame Meer …

«Lucy.» Sie betrat das Zimmer, schloss die Tür hinter sich, durchquerte auf Zehenspitzen den Raum und setzte sich auf die Bettkante. «Lucy.»

«Geh weg.»

«Ich bin's, mein Schatz, Carrie.»

«Ich will nicht reden.»

«Mein Schatz, ich weiß. Granny hat aus Bournemouth angerufen. Sie hat mir alles erzählt.»

«Es ist mir egal, ob sie dir alles erzählt hat. Es spielt keine Rolle. Jetzt ist alles kaputt. Alles. Wie immer. Sie machen immer alles kaputt.»

«Ach, Lucy …» Carrie legte eine Hand auf die Decke, um sie zu trösten, aber Lucy zuckte heftig mit der Schulter und schüttelte die tröstliche Geste ab.

«Geh weg und lass mich allein.»

Ihre Stimme klang tränenerstickt. Sie hatte geweint und jetzt war sie böse und verbittert, und Carrie hatte vollstes Verständnis dafür, scheute sich aber, sie allein zu lassen.

«Du hast ja ganz Recht. Das hätte deine Mutter nicht tun dürfen. Vor allem, dich am Telefon vor vollendete Tatsachen stellen und obendrein noch erwarten, dass du dich freust. Aber wir müssen versuchen, die Sache von ihrem Standpunkt aus zu betrachten …»

Mit einem Ruck warf Lucy die Daunendecke beiseite und drehte Carrie das Gesicht zu. Es war verquollen und tränenüberströmt und ihr Haar, das sie so sorgfältig hochgesteckt hatte, hing ihr zerzaust und strähnig über die Wangen. Sie war von Kummer und Zorn ganz entstellt und Carrie wusste, dass der Zorn sich nicht nur gegen ihre Mutter, sondern auch gegen sie, Carrie, richtete … denn sie waren alle

Erwachsene und es gab nicht einen einzigen Erwachsenen, dem man trauen konnte.

«Natürlich bist du auf ihrer Seite», schrie Lucy sie an. «Sie ist ja auch deine Schwester. Aber ich hasse sie. Ich hasse sie, weil sie mir das angetan hat und weil ich ihr nie etwas bedeutet habe. Jetzt bedeute ich ihr noch weniger. Und ich gehe auch nicht nach Amerika oder nach Florida oder Cleveland oder sonst wohin. Und ich hasse Randall Fisher und will auch gar nicht darüber reden, sondern nur in Ruhe gelassen werden. Also hau ab!»

Und sie warf sich herum, zog sich die Decke über den Kopf und vergrub das Gesicht in dem völlig durchnässten Kissen. Laut schluchzend weinte sie bitterlich vor sich hin und war untröstlich.

Carrie versuchte es trotzdem noch einmal. «Die Kennedys bleiben alle zum Essen ...»

«Ist mir doch egal», kam es dumpf unter den Falten der Daunendecke hervor.

«Ich könnte dir etwas zu essen raufbringen.»

«Ich will aber nichts essen, ich will, dass du weggehst ...»

Es war nichts zu machen. Carrie blieb einen Augenblick ratlos sitzen, aber sie war sich der Aussichtslosigkeit der Situation bewusst und stand auf, verließ das Zimmer und zog die Tür ganz leise hinter sich zu.

Sie war völlig verzweifelt und hatte keine Ahnung, was sie als Nächstes tun sollte. Unschlüssig stand sie oben an der Treppe und hörte die Stimmen der anderen, die im Wohnzimmer noch immer vor dem Kamin saßen. Heiteres Gelächter drang zu ihr herauf. Langsam ging sie die Stufen hinunter, und zum dritten Mal an diesem Abend klingelte in dem Augenblick, als sie den Treppenabsatz erreicht hatte, das Telefon.

Schlimmer konnte es nicht mehr kommen. Sie nahm den Hörer ab.

«Hallo?»

«Carrie. Bist du's, Carrie?»

«Nicola.»

«Ja, ich bin's nochmal.» Ihre Stimme war schrill und ihre Verstimmung nicht zu überhören. «Ich versuche nun schon seit zehn Minuten, euch anzurufen. Aber ich konnte nicht durchkommen. Lucy hat den Hörer aufgeknallt. Ich habe ihr erzählt ...»

«Ich weiß, was du ihr erzählt hast.»

«Und sie hat den Hörer auf die Gabel geknallt. Sie hat mich nicht mal ausreden lassen. Ich will noch einmal mit ihr sprechen. Hol sie ans Telefon. Wie kommt sie dazu, einfach so aufzulegen ...»

«Das hätte ich auch getan. Sie dachte, du wolltest ihr fröhliche Weihnachten wünschen, stattdessen knallst du ihr die Tatsache an den Kopf, dass du Randall Fisher geheiratet hast, und erwartest auch noch, dass sie sich darüber freut.»

«Dazu hat sie auch allen Grund. Ein neuer, liebevoller Vater, ein himmlisches Haus, überhaupt eine himmlische Gegend. Wenn sie mitgekommen wäre, hätte sie das alles mit eigenen Augen gesehen. Warum muss sie sich immer gegen alles sperren, was ich tue? Ich habe alles für sie getan, kann sie nicht langsam auch mal an das Glück anderer Menschen denken? Bedeutet es ihr gar nichts, dass ich so glücklich bin? Endlich ...»

«Nicola ...»

«... Mutter ist genauso. Sie verübelt mir sogar, dass ich etwas länger bleiben will, damit wir auf Flitterwochen gehen können ...»

«Nicola. Ich verüble dir gar nichts. Ich freue mich für

dich. Ehrlich. Aber du musst auch auf das Kind Rücksicht nehmen, sie ist schließlich kein Baby mehr. Du kannst kaum erwarten, dass sie vor Freude aus dem Häuschen ist, wenn ihr ganzes Leben auf den Kopf gestellt wird ...»

«Ich will nichts mehr davon hören. Ich verstehe gar nicht, was das ganze Theater soll. Geh und hol sie.»

«Das werde ich nicht tun. Ich kann es nicht. Sie ist oben in ihrem Zimmer, hat sich die Decke über den Kopf gezogen und ist in Tränen aufgelöst. Ich habe versucht, mit ihr zu reden, aber sie ist so verstört, dass sie nicht mal mit mir reden will. Und wie stellst du dir das eigentlich vor? Wir fliegen nach Neujahr nach London zurück und Lucy muss wieder zur Schule. Wer soll sich um sie kümmern? Mutter sagt, sie will in Bournemouth bleiben.»

«Kannst du mir nicht einmal *den* Gefallen tun?»

«Ich habe nicht mal ein Dach über dem Kopf.»

«Ihr könnt doch beide in Mutters Wohnung bleiben. Und du sorgst dafür, dass Lucy zur Schule geht ...»

«Nicola, mich erwartet ein völlig neuer Job ...»

«Ach, schon wieder deine Karriere. Du und deine berühmte Karriere. Die war dir immer wichtiger als irgendeiner von uns. Ich hätte erwartet, dass du wenigstens ein einziges Mal ...»

«Ich hätte erwartet, dass du wenigstens ein einziges Mal an andere Menschen und nicht nur an dich selbst denkst.»

«Ich und nur an mich selbst denken? Wie kannst du nur so gehässig sein. Dies ist seit Jahren, seit Mike mich hat sitzen lassen, das erste Mal, dass ich überhaupt an mich denke. Aber wenigstens weiß Randall mich zu schätzen. Er ist der Einzige in meinem Leben, der mich zu schätzen weiß ...»

Nun platzte Carrie endgültig der Kragen. «Ach, Nicola, red doch nicht solchen Stuss.»

«Das lasse ich mir nicht bieten ...» Nicolas Stimme überschlug sich vor Empörung, sodass Carrie sofort einlenkte.

«Nicola. Entschuldige. So kommen wir doch nicht weiter. Ich habe deine Nummer in Florida. Ich werde mir etwas einfallen lassen und rufe dich wieder an.»

«Sag Lucy, sie soll mich anrufen.»

«Ich glaube nicht, dass daraus etwas wird. Jedenfalls nicht in absehbarer Zukunft. Aber reg dich nicht auf. Ich versuche, mir etwas einfallen zu lassen.»

«Na, gut», sagte Nicola schließlich widerwillig.

«Und schöne Weihnachten.»

Aber wie immer entging Nicola der ironische Unterton. «Danke, gleichfalls», sagte sie und legte auf.

Carrie wünschte sich nichts so sehr, wie einfach die Zeit zurückdrehen und dafür sorgen zu können, dass nichts von alledem sich ereignet hätte. Sie wünschte, es wäre gestern und sie wanderte allein mit Sam Howard durch die leere, verlassene Wollspinnerei und folgte seiner hoch gewachsenen Gestalt durch die hallenden, frostigen Schuppen, über Wendeltreppen und schmale, halsbrecherische Balken. Sie wünschte, in *The Duke's Arms* vor dem warmen Feuer zu sitzen, mit dem herzerwärmenden Drink und den beiden alten Männern und dem Wispern des Fernsehers hinter der Theke. Und an niemanden zu denken als an sich selbst und an den Mann, der ihr am Tisch gegenübersaß, und mit ihm über ihre prekäre, ungewisse Zukunft zu sprechen.

Aber es war nicht mehr gestern und alles war anders. Sie fuhr sich mit der Hand durchs Haar, nahm die Schultern zurück, wandte sich um und öffnete die Wohnzimmertür. Sie waren noch alle da, saßen noch in denselben Sesseln, in derselben Haltung, als wäre es unvorstellbar, dass irgendetwas

Missliches hätte vorfallen können. Sie sah, dass Rory sich nach Beendigung seiner Küchenpflichten ebenfalls zu ihnen gesellt hatte, um zu sehen, was los war und warum niemand in der Küche erschien, um an der improvisierten, zwanglosen Mahlzeit teilzunehmen. Jetzt saß er mit einem Glas Bier in der Hand seiner Mutter gegenüber auf dem Kaminvorleger.

Sie waren alle ins Gespräch vertieft, doch als Carrie erschien, unterbrachen sie es und alle wandten ihr den Kopf zu, als hätte man schon auf sie gewartet oder gar nicht mehr mit ihr gerechnet.

«Da bin ich», sagte sie, weil ihr nichts Intelligenteres einfiel. «Tut mir Leid, dass ich euch habe warten lassen.»

«Was ist denn nur los, mein Schatz?», wollte Elfrida wissen. «So viele Telefonanrufe. Rory sagt, Lucys Mutter hätte aus Florida angerufen. Doch nichts Ernstes, hoffe ich?»

«Nein. Nichts Ernstes.» Was der Wahrheit und auch wieder nicht der Wahrheit entsprach. «Das Übliche. Eine kleine Familienkrise, aber es handelt sich um meine Familie, also macht euch bitte keine Sorgen.»

«Carrie. Das klingt Besorgnis erregend. Was ist denn passiert?»

«Ich weiß gar nicht, wo ich anfangen soll», sagte Carrie, und Sam, der am anderen Ende des Zimmers gesessen hatte, stand von seinem Stuhl auf und kam zu ihr herüber. «Möchten Sie einen Drink?», fragte er.

Sie schüttelte den Kopf und war sich nicht sicher, ob ihr Gesicht leichenblass oder vor Erschöpfung hochrot war. Sam zog ihr einen Stuhl heran und stellte ihn neben Elfridas. Erleichtert ließ Carrie sich darauf nieder und Elfrida ergriff ihre Hand.

«Carrie, mein Schatz, erzähl.»

Also erzählte Carrie ihnen die ganze Bescherung. «Nicola war am Apparat. Lucys Mutter», erklärte sie mit Rücksicht auf die Kennedys, die schließlich nicht wissen konnten, um wen es sich handelte. «Meine Schwester. Sie ist nach Florida in Urlaub geflogen, mit diesem Mann namens Randall Fisher. Und heute Morgen haben sie geheiratet. Wir hatten nicht die geringste Ahnung. Sie wollte mit Lucy sprechen, und als sie Lucy erzählt hat, was los war, hat Lucy sie gar nicht ausreden lassen, sondern mitten im Satz den Hörer aufgelegt, und nun liegt sie oben in ihrem Bett, völlig in Tränen aufgelöst, und schwört Stein und Bein, dass sie Randall Fisher noch nie ausstehen konnte und auf keinen Fall nach Amerika geht. Dann rief meine Mutter an, um mir die Neuigkeit mitzuteilen. Offenbar hat Nicola ihren Heimflug verschoben und besteht nun darauf, mit Randall in die Flitterwochen zu gehen, ehe sie nach London zurückkommt. Meine Mutter hat Zustände deswegen, weil sie bis Ende Januar in Bournemouth bleiben will, und weigert sich, nur Lucys wegen darauf zu verzichten. Dann rief Nicola nochmal an, um mir zu erzählen, dass Lucy mitten im Satz aufgelegt hat, und das Resultat war, dass wir die übliche geschwisterliche Meinungsverschiedenheit hatten und es um ein Haar zu einem handfesten Familienkrach gekommen wäre.»

«Das ist ja nicht anzuhören», stöhnte Elfrida und Carrie fand, das sei nun wirklich die Untertreibung des Jahres.

«Es gibt also eine unmittelbare und eine langfristige Krise», fuhr Carrie fort. «Unmittelbar, weil niemand in London ist, der sich um Lucy kümmert, wenn die Schule wieder anfängt. Es sei denn, ich spiele mal wieder den Prügelknaben. Und wenn alle Stricke reißen, werde ich das natürlich tun und in die Wohnung meiner Mutter ziehen, bis entweder Nicola oder sie nach London zurückkommt. Aber das langfristige Problem ist sehr viel schwerwiegender. Es geht um Lucys Zukunft. Nicola hat einen Amerikaner geheiratet und möchte verständlicherweise ihre Zelte in Amerika aufschlagen. Offenbar lieber heute als morgen. Lucy dagegen hat sich geweigert, auch nur die Ferien in Amerika zu verbringen. Sie mag Randall Fisher nicht und scheint, ehrlich gesagt, auch nicht sonderlich an ihrer Mutter zu hängen.»

Alle hatten aufmerksam und mit wachsender Besorgnis zugehört, aber als Carrie verstummte, sagte keiner ein Wort.

«Du liebe Güte», stieß Tabitha schließlich hervor, was das Problem zwar nicht löste, aber zumindest Verständnis bewies.

«Aber sie braucht doch nicht nach Amerika zu gehen.» Elfrida war sicher, des Rätsels Lösung gefunden zu haben. «Sie kann doch als Internatsschülerin in London bleiben.»

«Es ist eine Tagesschule, Elfrida. Außerdem sind noch Ferien.»

«Deine Mutter ...?»

«Du weißt so gut wie ich, dass Ma allein nicht mit ihr fertig wird. Und gar nicht erst den Versuch machen würde.»

«Und Lucys Vater ...?»

«Ausgeschlossen. Ehefrau Nummer zwei würde sich energisch dagegen wehren.»

«Aber ...»

«Das ist doch alles absurd.» Plötzlich mischte sich eine neue Stimme in die Debatte oder die Diskussion oder wie immer man es nennen wollte. Es war Rory Kennedy. Verblüfft drehte Carrie den Kopf nach ihm um und sah, dass er nicht mehr auf dem Fußboden saß, sondern aufgesprungen war, mit dem Rücken zum Kamin vor ihnen stand und seine blauen Augen vor Entrüstung Feuer sprühten. Alle waren so verdutzt, dass ihn niemand zu unterbrechen oder am Sprechen zu hindern wagte.

«… das ist doch absurd. Ihr dreht euch alle im Kreis und haltet es für selbstverständlich, dass Lucy nach London zurückwill, als sei gar nichts geschehen. Sie kann aber nicht zurück. Wie sie mir erzählt hat, war sie dort vorher schon unglücklich genug, und nach dem, was jetzt vorgefallen ist, ist es ganz ausgeschlossen. Sie hat keine Freunde, sie hat kein richtiges Zuhause und sie fühlt sich ungeliebt dort. Zum ersten Mal ist sie richtig glücklich, seit sie hier ist, in Creagan, bei Elfrida und Oscar. Sie hat mir erzählt, dass sie sich in ihrem ganzen Leben noch nie so wohl gefühlt hat wie hier. Sie will überhaupt nicht nach London zurück. Warum also soll sie nicht hier bleiben? Sie kann doch bei Elfrida und Oscar wohnen, Mum und Dad können sich um sie kümmern und Clodagh auch. Sie ist mit all unseren Freunden auf Du und Du und kann in Creagan zur Schule gehen. Dad kann das mit Mr. Mackintosh regeln. Der bringt sie schon irgendwo unter und findet einen Platz für sie. Das wäre jedenfalls mein Vorschlag. Wenn ihr sie nach London zurückschickt, ohne einen Gedanken an ihre Zukunft zu verschwenden, das fände ich kriminell. Unglückliche Teenager sind schließlich zu allem fähig. Das wissen wir doch. Lucy steht euch allen viel näher als ihrer Mutter. Deshalb gehört sie hierher. Ich finde, ihr habt die moralische Verpflichtung, euch um sie zu kümmern. Und das bedeutet, dass sie hier bleiben muss, in Creagan.»

Er verstummte und war von der Wärme des Kaminfeuers und seinem leidenschaftlichen Plädoyer ganz rot im Gesicht. Die Erwachsenen starrten Rory in sprachlosem, aber respektvollem Staunen an und einen Augenblick lang herrschte verblüfftes Schweigen in der Runde. Vielleicht hatte Rory das Gefühl, ein bisschen zu weit gegangen zu sein, jedenfalls machte er plötzlich ein ganz betretenes Gesicht, gab dem Vorleger einen Schubs mit dem Fuß und entschuldigte sich.

«Tut mir Leid», sagte er. «Ich wollte nicht vorlaut sein.»

Erneutes Schweigen. Dann schob Peter Kennedy sanft seine Frau beiseite, stand auf und stellte sich neben seinen Sohn. «Das war gar nicht vorlaut», sagte er zu ihm und legte ihm die Hand auf die Schulter. «Du hast völlig Recht, Rory. Gut gemacht, mein Sohn.»

Vom Weinen völlig erschöpft, lag Lucy im Bett, starrte an die schräge Decke über sich und hatte ein schlechtes Gewissen, dass sie sich Carrie gegenüber so benommen hatte. Sie neigte eigentlich nicht zu Wutanfällen und war sich nicht sicher, wie sie ihr Benehmen wieder gutmachen sollte. Sie konnte niemandem mehr ins Gesicht sehen, ehe sie sich nicht bei Carrie entschuldigt und Carrie sie in den Arm genommen und ihr verziehen hatte; aber sie brachte es nicht über sich, aufzustehen, sich zu kämmen, das Gesicht zu waschen und den andern unten im Wohnzimmer unter die Augen zu treten. Die Kennedys waren alle noch da und wollten zum Abendessen bleiben, aber das machte die Sache nur schlimmer.

Sie hatte leichte Kopfschmerzen, fühlte sich ausgelaugt und gleichzeitig entsetzlich hungrig. Sie dachte an die Genugtuung, mit der sie den Hörer auf die Gabel geknallt hatte, als ihre Mutter ihr aus dem fernen Florida mitgeteilt hatte, dass sie jetzt mir Randall Fisher verheiratet war, dass Lucy einen neuen Vater hatte und dass sie bis an ihr Lebensende glücklich und zufrieden leben würden, in gesicherten Verhältnissen und immer mit der schönen Aussicht auf den goldenen Sonnenschein Floridas. Die Stimme ihrer Mutter, die aufgeregt drauflosgeplappert und sich zu lyrischen Ergüssen verstiegen hatte, ohne dabei auf die Gefühle anderer die geringste Rücksicht zu nehmen, war Lucy mit einem Mal so auf die Nerven gegangen, dass sie unfähig gewesen war, noch eine Sekunde länger zuzuhören, und den Hörer einfach aufgelegt hatte.

Jetzt lag sie einsam und verzweifelt in ihrem Bett und warf sich ihre eigene Feigheit vor. Sie hätte ihrer Mutter noch während des Gesprächs ihre ganze Entrüstung und Schockiertheit ins Gesicht schreien müssen. Ihr noch am Telefon klipp und klar machen sollen, dass ihr davor graute, einfach so verpflanzt und gezwungen zu werden, in einem fremden Land zu leben und die Tatsache akzeptieren zu müssen, dass ihre gesamte Existenz auf den Kopf gestellt wurde.

Aber dazu war es nun zu spät.

Wenn sie doch nur älter wäre. Achtzehn und volljährig und mit dem ganzen Gewicht der britischen Gesetzgebung im Rücken. Mit achtzehn konnte man sich zur Wehr setzen; konnte bleiben, wo man sich sicher und zu Hause fühlte; sein Leben und seine Zukunft selbst in die Hand nehmen. Aber vierzehn war ein hoffnungsloses Alter. Man war zu alt, um sich widerstandslos herumschubsen zu lassen, wie eine leere Papiertüte. Und zu jung, um unabhängig zu sein. Es war vorher schon schlimm genug gewesen. Aber jetzt war die Lage hoffnungslos.

Direkt über ihrem Kopf war die Dachluke. Wegen der Straßenlaternen, deren Licht vom Himmel reflektiert wurde, war es draußen nicht ganz dunkel. Aber Lucy konnte einen Stern erkennen und stellte sich vor, wie die Luke plötzlich von einem eisigen, nach Meer riechenden Windstoß aufgestoßen und sie durch eine unwiderstehliche Kraft aus ihrem

Bett gerissen wurde, durch die offene Luke flog, hoch und höher, bis sie den Planeten unter sich verschwinden sah. Die Sterne wurden immer größer ... wie in einer Rakete würde sie auf den Mond zusteuern und nicht im Traum daran denken, jemals zurückkommen.

Ein Geräusch. Schritte auf der Treppe. Carrie. Vielleicht war es Carrie. Wenn es Carrie war, hatte sie Angst, gegen ihren Willen gleich wieder losheulen zu müssen, und sie hasste das Gefühl, ihre eigenen Emotionen nicht mehr unter Kontrolle zu haben.

Ein leises Klopfen an der Tür. Sie lag mit der Wange auf dem nassen, durchweinten Kissen und antwortete nicht. Die Tür öffnete sich.

«Lucy?»

Es war gar nicht Carrie. Es war Oscar. Lucy war es entsetzlich peinlich, dass er sie so finden würde, ganz verknautscht und verschwiemelt und ungewaschen und verheult. Warum musste ausgerechnet Oscar raufkommen, um sie zu holen? Das hätten doch Carrie oder Elfrida tun können.

Sie antwortete nicht.

«Hast du was dagegen, wenn ich reinkomme?», fragte er. Und als sie immer noch nichts sagte, durchquerte er den Raum, ließ die Tür einen Spalt offen stehen und setzte sich auf ihr Bett. Sein Gewicht fühlte sich irgendwie tröstlich an, die Daunendecke spannte sich über ihrem Körper und sie rückte ein bisschen zur Seite, um ihm Platz zu machen, und dann holte sie mit einem langen, bebenden Seufzer tief Luft und sagte: «Nein, ich hab nichts dagegen.»

«Wie fühlst du dich?», fragte er. Als wäre er ein gütiger Doktor und sie längere Zeit krank gewesen.

«Schrecklich», sagte sie.

«Carrie hat uns erzählt, was passiert ist.»

«Ich war so hässlich zu ihr.»

«Davon hat sie uns nichts erzählt. Nur, dass du sehr unglücklich bist. Und das ist ja auch kein Wunder, wenn man solche Überraschungen am Telefon erfährt. Ich habe es gar nicht gern, wenn man mir am Telefon Überraschungen mitteilt. Irgendwie kommt man sich so hilflos und isoliert dabei vor, schon allein deswegen, weil man der anderen Person nicht ins Gesicht sehen kann.»

«Es wäre nicht so schlimm, wenn ich ihn wenigstens gut leiden könnte. Randall, meine ich.»

«Vielleicht wird er dir mit der Zeit sympathischer.»

«Nein. Das glaube ich nicht.» Sie sah Oscar an, seine verhangenen Augen, die ihn immer ein bisschen traurig aussehen ließen, und den gütigen Ausdruck auf seinem Gesicht, und dachte bei sich, dass man Leute auf Anhieb mochte oder nicht, so wie sie Oscar auf Anhieb gemocht hatte. Und ein ganzes Leben würde nicht ausreichen, um ihr Randall Fisher so nahe zu bringen, wie sie sich Oscar auf Anhieb nahe gefühlt hatte.

«Ich hab mich Carrie gegenüber so schrecklich benommen», sagte sie. Ihre Augen füllten sich wieder mit Tränen, aber das spielte jetzt keine Rolle. «Ich habe sie angeschrien und gesagt, sie soll weggehen, und dabei war sie so lieb zu mir. Ich komme mir ganz schäbig vor.»

Sie musste durch die Nase hochziehen und merkte, wie ihr der Mund wieder bebte, wie bei einem Kind, aber Oscar griff nur in die Brusttasche seines hübschen Samtjacketts und zog ein blütenweißes, frisch gewaschenes Leinentaschentuch heraus, das nach Bay Rum roch. Er reichte es ihr und sie nahm es dankbar entgegen und schnäuzte sich kräftig die Nase.

Danach fühlte sie sich schon gleich besser. «Ich schreie Leute eigentlich nie an», sagte sie.

«Das weiß ich. Und das Gemeinste ist, wenn wir richtig unglücklich sind, dass wir es immer an den Leuten auslassen, die uns am nächsten stehen und die wir am meisten lieben.»

«Wirklich?» Sie war erstaunt, so etwas von ihm zu hören.

«Immer.»

«Ich kann mir gar nicht vorstellen, dass du jemanden anschreien könntest.»

Er lächelte sein seltenes, warmes Lächeln, das ihn jedes Mal völlig zu verändern schien. «Du würdest dich wundern», sagte er.

«Es war nur ... Ich fühl mich so schrecklich, weil ich mich wahrscheinlich hätte freuen sollen. Aber es war ...»

«Ich weiß. Ein Schock.»

«... wenn es jemand wäre, den ich besser kennen würde, jemand, der in England lebt, dann wäre es wahrscheinlich nicht so schlimm. Aber ich will nicht nach Amerika ziehen und dort zur Schule gehen und alles. London ist auch nicht alle Welt, aber wenigstens weiß ich, wo ich bin. Und bei Granny kann ich nicht bleiben, weil sie immer gleich Theater um alles macht und ihr eigenes Leben hat und ausgehen, ihre Freunde einladen und Bridgepartys geben will. Wenn sie eine Bridgeparty gibt, darf ich nicht mal ins Zimmer kommen und guten Tag sagen. Und sie kann es nicht ausstehen, wenn Emma kommt, weil sie findet, wir machen zu viel Krach. Ich kann nicht bei ihr bleiben, Oscar.»

«Nein.»

Er hatte eine Hand auf die Daunendecke gelegt. Sie gab ihm sein Taschentuch zurück und er nahm es entgegen und dann nahm er Lucys Hand in seine. Sie fühlte sich warm und geborgen darin und die körperliche Nähe war ein bisschen wie ein Rettungsanker, der ihr das Reden erleichterte. «Ich weiß nicht, was werden soll. Das ist das Schlimmste. Ich weiß nicht, was ich tun soll. Und ich bin noch nicht alt genug, um irgendetwas zu tun.»

«Ich glaube nicht, dass du irgendetwas tun musst. Ich glaube, das müssen andere für dich tun.»

«Wer denn?»

«Ich zum Beispiel.»

«Du?»

«Nun hör mir mal zu. Ich mache dir einen Vorschlag. Wir haben uns unten in aller Ruhe unterhalten und dabei ist uns eine Idee gekommen. Was, wenn du im neuen Jahr gar nicht mit Carrie nach London zurückfliegen würdest? Sondern bliebst hier bei Elfrida? Und ich flöge stattdessen mit Carrie nach London und besuchte deine Großmutter in Bournemouth?»

In Lucys Stimme schwang leichte Besorgnis. «Was willst du denn zu ihr sagen?»

«Ich werde ihr vorschlagen, dass du in Creagan bleibst, bei Elfrida und mir, vorläufig jedenfalls, bis deine Mutter ihr neues Leben ein bisschen sortiert hat.»

«Aber was wird mit der Schule? Ich muss doch zur Schule zurück?»

«Ja, natürlich, aber könntest du dich von deiner Schule in London nicht eine Zeit lang beurlauben lassen und in Creagan zur Schule gehen? Peter Kennedy ist ein guter Freund des Direktors und wird ein gutes Wort für dich einlegen und zusehen, dass du einen Platz in einer geeigneten Klasse bekommst. Es ist eine sehr gute Schule und ich bin sicher, deine augenblickliche Direktorin hätte nichts dagegen einzuwenden.»

«Miss Maxwell-Brown?»

«Heißt sie so?»

«Ich kann doch nicht einfach die Schule schwänzen.»

«Das sollst du ja auch nicht. Nur eine Zeit lang aussetzen. Das machen viele Kinder, wenn ihre Eltern ins Ausland gehen oder andere Umstände es erfordern. Ich bin überzeugt, Miss Maxwell-Brown hätte nichts dagegen, dich eine Zeit lang zu beurlauben, und würde dir die Möglichkeit offen halten, zurückzukehren, sobald diese kleine Krise behoben ist und wir alle wissen, was von uns erwartet wird.»

«Du meinst ...» Lucy hatte das Bedürfnis, sich genauer zu vergewissern, denn was Oscar ihr da erzählte, war fast zu schön, um wahr zu sein. «Du meinst, ich sollte nach Neujahr gar nicht nach London zurückgehen? Einfach bei dir und Elfrida bleiben?»

«Wenn du Lust dazu hast. Die Entscheidung liegt natürlich bei dir.»

Sie schwieg eine Weile und dachte darüber nach. Es kam ihr vor, als sei der Weg mit schrecklichen Hindernissen gepflastert. Eins davon war Elfrida.

«Granny lehnt Elfrida ab», sagte sie ganz unverblümt.

Oscar lachte. «Das habe ich schon gehört. Aber mich wird sie doch wohl nicht ablehnen. Ich werde mich ihr als Schulmeister und Kirchenorganist vorstellen, mit einwandfreiem Lebenslauf und unbeflecktem Leumund. Glaubst du, sie kann dem widerstehen?»

«Nicht, wenn sie mich dabei loswird», sagte Lucy mit einem Anflug von Verschmitztheit.

«Und deine Mutter?»

«Der ist es gleichgültig. Der war ich immer gleichgültig. Und jetzt, wo sie Randall hat, erst recht.»

«Also von ihrer Seite keine Einwände?»

«Ich glaube nicht.»

«Carrie will morgen mit beiden telefonieren. Und ihnen unsere Pläne unterbreiten. Schließlich ist es ja nur bis Ostern. Danach müssen wir nochmal über alles nachdenken.»

«Ich werde meine Meinung nicht ändern, Oscar. Ich werde nicht nach Amerika gehen, um dort zu leben.»

«Warum solltest du auch? Ein gelegentlicher Besuch genügte und wäre lehrreich und interessant für dich. Es kann nie schaden, ein fremdes Land kennen zu lernen und zu sehen, wie andere Leute leben. Aber grundsätzlich bin ich der Meinung, du solltest dort wohnen, wo du dich am wohlsten fühlst.»

«Ich habe mich noch nie so wohl und zu Hause gefühlt wie hier.»

«Warum belassen wir es dann nicht dabei? Du bleibst hier, solange du willst, in Creagan, bei Elfrida und mir. Gehst auf die hiesige Schule. Machst deine mittlere Reife. Und danach lässt du dir ein bisschen den Wind um die Nase wehen und besuchst vielleicht eine gemischte Internatsschule, wo du die Oberstufe absolvierst. Ich kenne verschiedene ausgezeichnete Institutionen, wo du dich pudelwohl fühlen würdest. Bei meinen schulmeisterlichen Beziehungen könnte ich mich näher erkundigen und dir Prospekte besorgen und wir könnten es in aller Ruhe besprechen. Und hinfahren und uns die Schulen ansehen. Damit du deine eigene Wahl treffen kannst.»

«Genau das hat Rory auch gesagt, als wir darüber geredet haben. Ein gemischtes Internat.»

«Der Junge ist nicht auf den Kopf gefallen. Er hat sich für dich eingesetzt. Und uns alle auf Trab gebracht, als Carrie uns mitteilte, dass deine Mutter wieder geheiratet hätte. Ihr müsst was unternehmen, hat er gesagt. Und natürlich hatte er völlig Recht.»

«Aber Oscar ...»

«Was ist?»

«Elfrida und du, wollt ihr denn, dass ich zwei Jahre bei euch wohne?»

«Warum nicht?»

«Weil ihr alt seid. Wie Granny. Sie sagt immer, es wächst ihr über den Kopf. Das Großmuttersein.»

Oscar lachte herzlich. «Ach, Lucy, Großeltern sind eine wunderbare Erfindung. Auf der ganzen Welt ziehen Großeltern ihre Enkelkinder auf, genießen es von Herzen und machen ihre Sache nicht schlecht. Ich glaube, es wird Spaß machen.»

«Aber ich bin nicht euer Enkelkind, wollt ihr mich denn haben? Wollt ihr mich wirklich haben?»

«Mehr als alles in der Welt.»

«Und ich bin euch nicht im Weg?»

«Kein Gedanke.»

«Wenn ihr nun in das Häuschen auf Corrydale zieht und dies Haus an Sam verkauft ...»

«Ja?»

«... dann habt ihr doch gar keinen Platz für mich.»

«Wir haben das Haus ja noch gar nicht gesehen. Wenn nötig, bauen wir um. Und kleben einen Raum dran, den wir Lucys Zimmer nennen.»

«Oscar, ich weiß gar nicht, warum ihr so nett zu mir seid.»

«Weil wir dich lieben. Vielleicht brauchen wir dich. Vielleicht bin ich egoistisch, aber ich will dich nicht wieder hergeben. Ich brauche einen jungen Menschen im Haus. Ich habe mich an den Klang deiner Stimme gewöhnt, deine

Schritte auf der Treppe und wie du ins Zimmer platzt. Und an das Lachen. Ich mag gar nicht dran denken, dass du uns verlassen könntest. Sicher würde ich auf der Stelle senil.»

«Bevor wir gekommen sind ... als Carrie und ich von London raufgeflogen und nach Creagan gekommen sind, war ich schrecklich nervös, weil sie mir von deiner Tochter erzählt hatte ...»

«Francesca.»

«Sie hatte mir von Francesca erzählt und ich hatte Angst, dass meine Gegenwart dich belasten würde ... dich an sie erinnern ... und dich schrecklich traurig machen würde.»

«Du erinnerst mich auch an sie, aber es hat mich nicht traurig gemacht.»

«Wie sah sie aus?»

«Lange kupferfarbene Haare und Sommersprossen auf der Nase. Sie trug eine Zahnspange. Und sie war zwei Jahre jünger als du. Und immer im Gange, sie konnte nicht stillsitzen, außer wenn sie sich neben mich in meinen großen Sessel gekuschelt hat und wir uns gegenseitig etwas vorgelesen haben.»

«Das haben mein Dad und ich auch immer gemacht. Als ich klein war und wir noch alle zusammen waren. Wir haben *Die Geldleiher* gelesen. Und wenn er mich ärgern wollte, dann hat er mich Arietty genannt. Und er hat immer Badedas ins Badewasser gekippt, sodass das ganze Haus nach Rosskastanienöl duftete. Was hat Francesca sonst noch gern gemacht?»

«Alles Mögliche. Sie hatte ein kleines Pony und ein altes Fahrrad und ein Meerschweinchen in einem Käfig und ein eigenes Zimmer voller Bücher. An regnerischen Tagen ist sie in die Küche gegangen und hat Kekse gebacken und die waren entweder verbrannt oder nicht ganz gar, aber ich habe sie trotzdem gegessen und Stein und Bein geschworen, dass sie mir köstlich schmeckten. Und wir haben gemeinsam Musik angehört und vierhändig auf dem Klavier gespielt.»

«Konnte sie gut Klavier spielen?»

«Nicht besonders.»

«War sie gut in der Schule?»

«Nicht besonders.»

«Was konnte sie denn gut?»

«Leben.»

«Das ist wichtig, nicht?»

«Wichtiger als alles andere. Erinnerst du dich, wie wir beide zusammen in der Kirche gesessen und über Weihnachten geredet haben? Und über die Wintersonnenwende? In dem Moment habe ich mich ... zum ersten Mal seit ihrem Tod ... an Francesca erinnert, ohne dass ich völlig verzweifelt war. Mir fiel ein, dass ich vor ein oder zwei Jahren das gleiche Gespräch mit ihr geführt hatte. Und versucht habe, ihr den Weihnachtsstern und die Theorie der Wissenschaftler über die Zeit zu erklären. Und sie hat zugehört, aber sie war nicht überzeugt. Sie wollte sich nicht überzeugen lassen. Ihr gefiel die Geschichte besser, so wie sie war.

Mitten im dunklen Winter
vor langer, langer Zeit,
da ging die Luft gelinder,
als leise es geschneit.

So sollte Weihnachten für Francesca sein, sonst hätte es seinen ganzen Zauber verloren. Denn die Weihnachtslieder und die Dunkelheit und die Geschenke gehörten für sie alle zu der Jahreszeit, die die Menschen beflügelte und in der sie sich zu den Sternen aufschwangen.»

«So stelle ich mir Weihnachten dieses Jahr auch vor», sagte Lucy.

«Bleib bei uns.»

«Ich liebe dich, Oscar.»

«Es gibt Liebe in Hülle und Fülle auf der Welt, vergiss das nie.»

«Das vergesse ich auch nicht.»

«Und möchtest du nun nicht nach unten kommen und mit den anderen zu Abend essen ... falls sie uns was übrig gelassen haben?»

«Aber erst muss ich mich kämmen und mir das Gesicht waschen.»

«In dem Fall ...» Er gab ihr einen kleinen Klaps auf die Hand, stand vom Bett auf und ging zur Tür. Sie sah ihm nach. Im Hinausgehen drehte er sich noch einmal um und nickte ihr mit einem zuversichtlichen Lächeln zu.

«Und beeil dich, mein Spatz.»

HEILIGABEND

IN DIESEM unbeständigen nördlichen Klima wachte man jeden Morgen ohne die geringste Vorstellung auf, was die Elemente heute über einen verhängen würden; aber der heutige Tag schien so erstaunlich rein und milde, als wollte er den Frühling vorwegnehmen. Das Tauwetter hatte den Schnee auf den Straßen und Feldern geschmolzen. Nur die Berge, deren Gipfel im Licht der tief stehenden Sonne glitzerten, die vom wolkenlosen Himmel niederströmte, trugen noch ihren Wintermantel. Eine Sonne, der es bei der völligen Windstille sogar gelang, eine wohlige Wärme auszustrahlen. Vögel sangen in den entlaubten Bäumen und im Garten des *Estate House* blinzelten unter dem Fliederbusch sogar ein paar frühe Schneeglöckchen aus dem rauen, ungemähten Gras.

In Rose Millers Garten auf Corrydale stand ein bis zum Rand mit Vogelfutter, Brotkrümeln und -kanten gefülltes Vogelhäuschen, an dem ein Beutel mit Nüssen hing. Tauben und Stare zankten sich scharenweise um das Futter, während Meisen und Rotkehlchen nach den Nüssen und den Fettstückchen pickten, die Rose an einem Faden aufgehängt hatte. Sie flatterten unruhig auf und nieder und suchten dann in einem nahen Rotdornbusch Zuflucht, dessen dünne Zweige vom Hüpfen und Flügelschlagen des gefiederten Völkchens erzitterten.

Da der Tag schön und die Straßen wieder frei waren, hatten Elfrida und Oscar sich auf eigene Faust in Oscars Auto nach Corrydale aufgemacht. Die anderen, Carrie, Sam, Lucy und Rory Kennedy, wollten später nachkommen, weil Carrie damit rechnete, ihre Schwester in Florida nicht vor Mittag telefonisch erreichen zu können. Mit Dodie Sutton, die in ihrem Hotelzimmer in Bournemouth saß, hatte sie bereits gesprochen und das Gespräch war reibungsloser verlaufen, als sie alle zu hoffen gewagt hatten. Man hatte Dodie anscheinend die Erleichterung angehört, dass sie die ausschließliche Verantwortung für Lucy abgeben konnte, und sie hatte sogar ein paar anerkennende Worte über Elfridas Freundlichkeit und Gastfreundschaft verloren, wobei sie bequemerweise vergaß, dass es eine Zeit gab, wo sie an der ordinären, theatralischen Cousine ihres Exmannes kein gutes Haar gelassen hatte.

«Oscar hat die Absicht, dich in Bournemouth zu besuchen», hatte Carrie versprochen. «Er würde dich gern treffen und die ganze Sache mit dir besprechen, wenn es dir recht ist.» Und Dodie hatte auch gegen diesen Vorschlag keine Einwände erhoben und sogar gesagt, sie würde ihn mit Vergnügen zum Nachmittagskaffee im Foyer des *Palace Hotel* einladen.

Nun musste man sich nur noch mit Nicola auseinander setzen, sie über die vorläufigen Pläne für ihre Tochter informieren, ihr gut zureden und ihr so unaufdringlich wie möglich ihre Zustimmung abringen. Elfrida hörte zu, wie Carrie mit Engelszungen auf Dodie einredete, und traute ihr nach diesem Gespräch ohne weiteres zu, auch Nicola um den Finger zu wickeln. Einwände würde Nicola höchstens zum Schein vorbringen, denn das Wohlergehen anderer war ihr völlig gleichgültig, solange ihr eigenes Leben angstfrei und reibungslos verlief.

Carrie hatte sich auch bereit erklärt, das Picknick zusammenzustellen und mitzubringen. Als Elfrida anfing, von heißer Suppe und Schinkenbrötchen zu reden, hatten Carrie und Sam sie aus der Küche gescheucht und mit Oscar zusammen auf den Weg geschickt, sodass die beiden sich nun unbeschwert und aller Verantwortung enthoben fühlten.

Jetzt saß Elfrida an Rose Millers Wohnzimmerfenster und beobachtete die Vögel draußen. In Roses Garten waren außer ein paar welken Rosenkohlstauden keine Blumen und kein Gemüse zu sehen, aber die Beete waren bereits frisch umgegraben und geharkt – fertig zur Frühjahrsbepflanzung. Der Garten bestand aus einem langen, schmalen Stück Land, das sich am Abhang des Hügels entlangzog. An seinem Fuß standen ein Holzzaun und ein paar knorrige Buchen und dahinter lagen die bis zum blauen Meeresarm reichenden Wiesen von Corrydale und die Berge am jenseitigen Ufer. Elfrida nahm diese Aussicht mit besonderem Interesse zur Kenntnis, denn sie wusste, dass der Blick von Major Billicliffes Haus ganz ähnlich sein musste. Bei der heutigen klaren Winterluft, den scharfen, prächtigen Farben und dem Filigran aus schwarzem Gezweig konnte sie sich keinen schöneren Ausblick vorstellen.

Hinter ihr saßen Oscar und Rose zu beiden Seiten des Kamins, in dem ein kunstvoll errichtetes Torffeuer brannte, und tranken frisch gebrühten Kaffee. Rose führte das Gespräch. Seit Oscars und Elfridas pünktlichem Eintreffen um halb zwölf hatte ihr Mundwerk nicht still gestanden.

«... natürlich hat der arme Mann das Haus furchtbar verkommen lassen. Betty Cowper ... sie ist die Frau vom Traktorfahrer ... hat sich nach dem Tod seiner Frau ja, so gut es ging, um ihn gekümmert, aber sie hat schließlich auch drei Kinder und einen Mann, für die sie sorgen muss, und fand, es war die reinste Sisyphusarbeit. Als wir hörten, dass er verschieden war, sind wir beide rübergegangen und haben im Haus recht und schlecht Ordnung geschaffen. Seine ganze

Kleidung war in furchtbarem Zustand und das meiste war reif fürs Feuer, aber ein paar Sachen waren dabei, die man in die Altkleidersammlung geben kann, und die haben wir in Koffer gepackt. Viel Wertvolles hat er ja nicht besessen, aber Vasen, Nippes und Sachen wie Bücher und so was haben wir gar nicht angerührt, du kannst selber sehen, was du damit anfangen willst.»

«Das ist sehr nett von dir, Rose.»

«Betty hat das Haus einmal anständig sauber gemacht, den Küchenfußboden geschrubbt und auch das Badezimmer, das entsetzlich aussah. Die reinste Katastrophe. Der arme, einsame Mann. Traurig, wenn man denkt, dass er ganz allein gestorben ist, ohne Familie. Hast du gesagt, die Beerdigung ist voraussichtlich Ende der Woche? Sag mir Bescheid. Ich möchte gerne dabei sein.»

«Natürlich ... und es wird eine Feuerbestattung. Wir nehmen dich im Auto nach Inverness mit.»

«Es war nicht seine Schuld, dass das kleine Häuschen so heruntergekommen ist. Du wirst sicher ein paar Änderungen vornehmen wollen, aber pass auf, wenn du die Maurer ins Haus holst, die reißen dir die Bude ein und machen schrecklich viel Dreck.»

«Wir haben noch nicht endgültig entschieden, ob wir überhaupt hier wohnen wollen», sagte Oscar.

«Was spricht denn dagegen?» Rose klang geradezu verstimmt. «Wenn Major Billicliffe nicht gedacht hätte, dass du hier wohnen willst, hätte er dir das Haus gar nicht erst hinterlassen. Denk doch nur, die einmalige Chance, nach all den Jahren hierher zurückzukommen und auf Corrydale zu wohnen.»

«Vielleicht ist es nicht groß genug, Rose. Denn vielleicht zieht noch jemand Junges bei uns ein.»

Rose brach in ein unerwartet herzhaftes Gelächter aus. «Erzähl mir bloß nicht, dass ihr was Kleines erwartet.»

Oscar ließ sich durch diese abenteuerliche Vermutung nicht aus der Fassung bringen. «Nein, Rose, das nicht. Aber du erinnerst dich, wie ich dir erzählt habe, dass wir zu Weihnachten Besuch erwarten. Lucy ist vierzehn, ihre Mutter hat in Amerika gerade wieder geheiratet, und statt sie nach London zurückzuschicken, wollen Elfrida und ich sie eine Weile bei uns behalten und in Creagan zur Schule schicken.»

«Aber das ist ja wunderbar! Wird auch höchste Zeit, dass bei uns junges Volk dazukommt. Sie kann sich mit Betty Cowpers Kindern anfreunden. Die sind zwar ein bisschen jünger, aber eine sehr muntere Bande. Und für Kinder ist Corrydale das reinste Paradies. Sie haben das ganze Gelände für sich und können mit dem Fahrrad fahren, ohne Angst haben zu müssen, von einem riesigen Lastwagen ins Jenseits befördert zu werden.»

Elfrida wandte sich von dem Vogelhäuschen ab und gesellte sich zu Oscar und Rose. Sie nahm in einem antiken Sessel mit verstellbarer Rückenlehne Platz und schenkte sich eine Tasse Kaffee ein.

«Vielleicht könnten wir Major Billicliffes Haus etwas vergrößern. Ein Zimmer anbauen oder so etwas. Wir müssen mal sehen.»

«Dazu braucht ihr aber eine Baugenehmigung», warnte Rose mit Kennermiene. Denn dank jahrelanger Erfahrung kannte sie sich mit den örtlichen Behörden aus. «Tom Cowper hat ohne Genehmigung ein Treibhaus errichtet, und um ein Haar hätte er es wieder abreißen müssen. Wo ist das kleine Mädchen denn jetzt?»

Elfrida erklärte es ihr. «Sie kommen nach. Lucy und ihre

Tante Carrie, eine Cousine von mir. Und Rory Kennedy. Außerdem noch Sam Howard, ein überraschender Hausgast. Er tauchte eines Abends im *Estate House* auf und der Schnee hat ihn festgehalten bei uns. Konnte nicht nach Inverness zurück.»

«Und wer ist er?»

«Der zukünftige Direktor von McTaggarts in Buckly.»

«Du meine Güte! Das wird ja eine vornehme Gesellschaft bei euch. Als Oscar anrief, um mir zu sagen, dass ihr heute kommt und ein Picknick machen wollt, hab ich den Schlüssel von Betty geholt und bin rübergegangen und habe ein klitzekleines Feuer im Kamin gelegt, falls euch kalt werden sollte. Aber an einem Tag wie heute könnt ihr ein Picknick im Garten veranstalten. Als ob der liebe Gott ihn euch von seiner besten Seite zeigen wollte.»

«Ja», sagte Elfrida. «So sieht es fast aus.»

Rose war alt und ein bisschen verhutzelt, aber munter wie ein Fisch im Wasser. Sie trug einen Tweedrock, eine Bluse mit einer Brosche am Kragen und eine blaue wollene Strickjacke darüber, und ihre strahlenden, dunklen Augen konnten anscheinend noch ganz ohne Brille fertig werden. Ihr dünnes weißes Haar war glatt aus der Stirn gekämmt und in einem Dutt zusammengenommen; das einzige sichtbare Zeichen des Alters waren ihre Hände, die abgearbeitet waren und arthritische Knoten hatten. Ihr Haus sah genauso sauber, farbenfroh und zuversichtlich aus wie sie selbst: Auf blank polierten Tischen standen Nippesfiguren, Erinnerungsstücke und Fotos und über dem Kamin hing eine vergrößerte Fotografie von Roses Neffen in Matrosenuniform, der im Zweiten Weltkrieg beim Untergang der *Ark Royal* ertrunken war. Rose hatte nie geheiratet. Sie hatte ihr ganzes Leben Mrs. McLennan und dem Gutshaus auf Corrydale gewidmet. Aber sie weinte dem keine Träne nach und hatte auch die Tatsache, dass aus dem Haus ein Hotel geworden war und es nicht mehr der Familie gehörte, ziemlich ungerührt hingenommen.

«Und was habt ihr morgen vor?», wollte sie wissen.

Elfrida lachte: «Ich bin nicht sicher. Geschenke aufmachen, nehme ich an. Der Weihnachtsbaum steht im Esszimmer. Und abends veranstalten wir ein großes Weihnachtsdinner.»

«Ach, ein Weihnachtsdinner! Ich erinnere mich an die Weihnachtsdinner damals auf Corrydale, mit der ausgezogenen langen Tafel und all den Spitzendecken und Kerzenleuchtern. Es war immer ein richtiges Familienfest, mit Freunden, Vettern und Cousinen und allen Verwandten, und alle hatten sich in Schale geworfen, in Smoking und Abendkleid. Und Heiligabend war ganz ähnlich. Alles sehr förmlich. Und nach der Party stieg die ganze Gesellschaft in die Autos und fuhr nach Creagan zum Mitternachtsgottesdienst – und für das Personal und alle, die mitwollten, stand auch ein Auto bereit. Und was für Aufsehen sie erregt haben, wenn sie die Kirche betraten und durchs Mittelschiff schritten, alle in großer Toilette und vorneweg Mrs. McLennan im langen, schwarzen Taftkleid und einem Nerzmantel, der wie eine Schleppe bis auf den Boden reichte. Das gefiel den Leuten. So elegant und festlich. Und die Herren in vornehmer Abendkleidung und schwarzen Fliegen. Du wirst dich daran nicht erinnern, Oscar.»

«Nein, ich war über Weihnachten nie auf Corrydale.»

«Als Hughie kam, war es mit den alten Traditionen aus und vorbei. Ich glaube nicht, dass er jemals zur Kirche gegangen ist, nicht mal am Heiligabend. Wirklich traurig, wenn man bedenkt, dass ausgerechnet ein so ungehobelter

Klotz das Haus übernehmen musste, dem alles wie Sand durch die Finger rann.» Sie schüttelte den Kopf und seufzte über die Sünden des armen Hughie. «Aber das ist nun alles lange her. Und du, Oscar? Gehst du zum Mitternachtsgottesdienst? Ein Auto brauchst du ja nicht. Du brauchst nur über die Straße zu gehen.»

Elfrida vermied Oscars Blick. Sie hatte ihren Kaffee ausgetrunken und stellte Tasse und Untertasse auf das Tischchen neben ihrem Sessel.

«Nein, Rose. Ich gehe nicht. Aber vielleicht gehen die andern ...»

Ach, Oscar, dachte Elfrida traurig.

Aber sie sagte nichts. Seine Eigenbrötelei, seine Zurückgezogenheit waren sein Problem und er musste allein damit fertig werden.

Es kam ihr ein bisschen so vor, als ob er mit einem alten Freund einen Streit, ein Zerwürfnis gehabt hätte. Als seien Worte gefallen, die man nicht ungesagt machen konnte, und bis einer von beiden die Hand zur Freundschaft ausstreckte, würde die Feindschaft weiter bestehen. Vielleicht nächstes Jahr, tröstete sie sich. Weitere zwölf Monate und er würde sich stark genug fühlen, um auch diese letzte Hürde zu nehmen.

«*Ich* gehe auf jeden Fall», sagte sie. «Die Kirche ist abends so hübsch und für uns ist es, wie gesagt, nur ein Katzensprung. Die andern können machen, was sie wollen, aber ich glaube, Lucy wird mitkommen wollen, und vielleicht auch Carrie. Und Sie, Rose? Kommen Sie auch?»

«Um nichts in der Welt würde ich darauf verzichten. Mein Neffe Charles hat mir versprochen, mich abzuholen und nach Creagan zu fahren.»

«Dann treffen wir uns dort.»

Oscar fiel etwas ein. Vielleicht wollte er auch nur das Thema wechseln. «Rose, Major Billicliffe hat mir noch etwas hinterlassen, und zwar etwas, worauf ich nicht unbedingt versessen bin. Den Hund.»

«Er hat dir den Hund hinterlassen? Brandy?»

«Ich fürchte, ja.»

«Und du willst ihn nicht behalten.»

«Nein. Eigentlich nicht.»

«Dann wird Charlie ihn behalten. Er hat den alten Köter gern. Er leistet ihm Gesellschaft, wenn er im Schuppen arbeitet. Und seine Kinder wären todtraurig, wenn er sie verließe.»

«Bist du sicher? Sollten wir Charlie nicht lieber erst fragen?»

«*Ich* spreche mit Charlie», erklärte Rose auf eine Art, die nichts Gutes für Charlie versprach, falls er mit ihrem Plan nicht einverstanden sein sollte. «Er wird den Hund schon behalten. Wie wär's mit einer zweiten Tasse Kaffee?»

Doch es wurde Zeit, sich zu verabschieden. Und so standen sie alle auf und Rose nahm den Schlüssel aus der alten, geblümten Teekanne, die auf dem Kaminsims stand, und gab ihn Oscar. Dann begleitete sie die beiden zur Haustür. «Warum lässt du dein Auto nicht hier und gehst zu Fuß zu Major Billicliffes Haus? Es sind nur ein paar Schritte von hier und viel Platz zum Parken gibt es da nicht.»

«Ist es dir nicht im Weg?»

«Warum sollte es mir wohl im Weg sein?»

Sie folgten also ihrem Vorschlag und öffneten nur die Autotür, um Horaz herauszulassen, den sie eingesperrt hatten, damit er nicht Kaninchen jagte, einen Fasan aufscheuchte oder sich sonst irgendwie danebenbenahm. Er sprang leichtfüßig heraus und musste sofort alles begeistert beschnuppern.

«Für einen Hund», bemerkte Elfrida, «ist dies sicher genauso, als wenn unsereiner auf die Parfümabteilung bei Harrods losgelassen wird.»

Hoch oben krächzten die Saatkrähen in den nackten Zweigen, und als Elfrida hinaufblickte, sah sie, wie eine viermotorige Passagiermaschine einen weißen, wie mit dem Lineal gezogenen Kondensstreifen am blauen Himmel hinter sich herzog. Er war so weit entfernt, dass sie das Flugzeug kaum sehen konnte, nur den weißen Streifen. Es flog nach Nordwesten und kam anscheinend von Amsterdam.

«Hast du je darüber nachgedacht, Oscar, dass in dem winzigen Punkt da oben Leute sitzen, Erdnüsse essen, Zeitschriften lesen und Gin Tonic bestellen?»

«Nein, daran habe ich nie gedacht.»

«Wohin sie wohl fliegen?»

«Nach Kalifornien? Über den Nordpol?»

«Weihnachten über dem Nordpol. Ich bin froh, dass wir nicht zu Weihnachten nach Kalifornien geflogen sind.»

«Wirklich?»

«Ich gehe lieber zu einem Picknick in Major Billicliffes Haus. Wir müssen einen neuen Namen dafür finden. Nun, wo der Major tot ist, können wir es nicht einfach immer weiter Major Billicliffes Haus nennen.»

«Früher war es das Försterhaus. Aber nach und nach wird es sicher einfach Oscar Blundells Haus heißen. Und das ist auch nur recht und billig.»

«Alles, was du sagst, ist recht und billig, Oscar.»

Ein paar Augenblicke später hatten sie die hundert Meter zwischen den beiden Häusern zurückgelegt und standen am offenen Tor, das zu Oscars neuem Besitz führte. Er war ein Zwilling von Roses Haus, wenn auch bei weitem nicht so ansprechend, und das vor der Haustür stehende verrostete Auto machte den ersten Eindruck auch nicht erfreulicher. Mit Oscar an ihrer Seite konnte Elfrida nicht umhin, sich noch einmal an den finsteren ersten Abend zu erinnern, als sie, erschöpft von ihrer langen Reise, endlich Major Billicliffes Haus ausfindig gemacht hatten, um den Schlüssel für das *Estate House* abzuholen. In der Zwischenzeit hatte sich so viel ereignet, dass es ihr vorkam, als seien Jahre seitdem vergangen.

Sie gingen die kiesbestreute Auffahrt entlang, die unter ihren Schuhsohlen knirschte, und dann steckte Oscar den Schlüssel ins Schloss, drehte ihn herum und bewegte gleichzeitig den Messingtürknopf. Die Tür öffnete sich nach innen, und mit angehaltenem Atem folgte Elfrida ihm durch den Flur in das kleine Wohnzimmer.

Das Haus fühlte sich eiskalt und ein bisschen feucht an, aber längst nicht so schlimm, wie Elfrida befürchtet hatte. Vom rückwärtigen Fenster her flutete Sonnenschein ins Zimmer. Und Betty Cowper und Rose hatten gemeinsam so gründlich geschrubbt, gereinigt, Aschenbecher ausgeleert, Teppiche geklopft und Fußböden gescheuert, dass der Geruch von Kernseife und Reinigungsmitteln noch in der Luft lag. Der Rolldeckel des Sekretärs war geschlossen und der kleine Wagen, den Major Billicliffe seine Bar genannt hatte, war von alten Flaschen und benutzten Gläsern befreit. Sogar die schäbigen Baumwollgardinen waren gewaschen und gebügelt, im Kamin lagen Papier und Kleinholz, das nur darauf wartete, angezündet zu werden, und auf dem Läufer davor standen ein mit Kohle gefüllter Messingeimer und ein Berg trockener Holzscheite.

«Alles der Reihe nach», meinte Oscar, zog seine Jacke aus und kniete sich vor dem Kamin nieder, um das Streichholz ans Papier zu halten und die Zweige zum Knistern zu bringen. Die Tür an der Rückseite, gegen die sich damals der arme, frustrierte Brandy heulend geworfen hatte, was Elfrida zu Tode geängstigt hatte, stand offen. Mit vorsichtigen Schritten ging Elfrida jetzt hindurch und fand sich in einer eiskalten, kümmerlichen kleinen Küche, die aus porösem Betonstein gebaut war und primitive Metallfensterrahmen hatte. Ein steinerner Ausguss, ein hölzernes Geschirrbrett, ein winziger Kühlschrank und ein Gasherd befanden sich darin. Auf dem schmalen Küchentisch lag eine Wachstuchdecke und den Fußboden bedeckte abgetretenes Linoleum. Viel mehr gab es nicht. Eine zur Hälfte verglaste Tür zur Linken führte auf einen kleinen gepflasterten Platz hinaus, wo ein kaputter Schubkarren, eine Forke und ein ausgetrockneter Blumentopf mit toten Geranien standen. Nirgendwo Spuren eines Boilers oder irgendeines Heizgeräts und alles strahlte Grabeskälte aus.

Sie ging zu Oscar zurück und sah zu, wie er Kohlen aufs Feuer tat und behutsam ein oder zwei Holzscheite darüber legte. «Wie hat sich Major Billicliffe in diesem Eisschrank bloß warm gehalten?»

«Wahrscheinlich gar nicht. Keine Ahnung. Wir werden es schon noch herauskriegen.» Er richtete sich auf und wischte sich die Hände am Hosenboden seiner Kordhose ab. «Komm. Sehen wir uns mal um.»

Aber dazu brauchten sie nicht lange. Sie gingen durch den schmalen Flur in den zweiten Raum, Major Billicliffes Esszimmer, wo die synthetischen Oberhemden des alten Mannes damals zum Trocknen über den Stuhllehnen gehangen hatten. Aber auch hier hatten Betty und Rose Ordnung geschaffen und alles war sauber und aufgeräumt. Die Kartons und die Stapel von alten Zeitungen waren verschwunden und vier Stühle standen ordentlich um den frisch polierten Tisch.

Von diesem Zimmer führte eine sehr steile, schmale Treppe ins obere Stockwerk und sie stiegen hinauf, um die beiden Schlafzimmer zu besichtigen. In Major Billicliffes Zimmer erinnerten nur noch ein paar uralte, fest verschlossene Lederkoffer an den früheren Besitzer. Sie waren, wie Elfrida vermutete, mit Major Billicliffes noch brauchbaren Kleidungsstücken voll gepackt. Das Bett war mit einem sauberen baumwollenen Überwurf bedeckt und die ausgefransten Bettvorleger aus Weblumpen waren frisch gewaschen.

«Wir könnten morgen einziehen», meinte Elfrida. Fügte allerdings, falls Oscar sie beim Wort nehmen sollte, schnellstens hinzu: «Wenn wir wollten.»

«Mein liebes Kind, ich glaube, das wollen wir nicht.»

Das zweite Schlafzimmer war kleiner und das Badezimmer, obwohl etwas weniger katastrophal, als Rose vorhergesagt hatte, äußerst spartanisch und nicht gerade dazu angetan, einem ausgiebige Bäder in duftgeschwängertem Wasser nahe zu legen. Die auf Füßen stehende Badewanne wies Wasser- und Rostflecken auf, das Waschbecken hatte einen Sprung und das Linoleum begann sich in den Ecken hochzubiegen. Über einer hölzernen Stange hing ein sauberes, fadenscheiniges Handtuch und auf dem Waschbeckenrand lag ein Stück Kernseife.

Wie bei der Küche war das Schönste am Badezimmer der Blick. Mit einiger Anstrengung gelang es Elfrida, das Fenster zu öffnen, sodass sie sich hinauslehnen konnte. Es war ganz still und friedlich, nur die leichte Bewegung der Bäume war zu hören, wie ein Flüstern in einer geheimnisvollen, kaum spürbaren Brise. Und dann flogen zwei Brachvögel in

Richtung Wasser vorbei und stießen ihre traurigen, einsamen Schreie aus. Der Garten unter ihr sah vernachlässigt und ziemlich verwildert aus. Ungepflegter Rasen, Büschel von Unkraut, zwei verrostete Wäschestangen, zwischen denen traurig eine Wäscheleine hing. Anscheinend war jahrelang nichts daran getan worden. Trotzdem fühlte Elfrida sich dadurch weder niedergeschlagen noch entmutigt. Den Blick, den sie schon von Roses Fenster bewundert hatte, gab es auch hier: die sanft abfallenden Felder, das strahlende Blau des Wassers und in der Ferne die Berge. Und es kam ihr vor, als ob das Haus, das nicht gerade von glücklichen Erinnerungen erfüllt war, doch irgendwie anheimelnd wirkte. Es war zwar vernachlässigt, aber Hopfen und Malz waren nicht verloren. Genau wie ein Mensch brauchte es einfach ein bisschen Heiterkeit und liebende Zuwendung, dann würde es bald wieder zu neuem Leben erwachen. Nur eins war unumgänglich: Sie mussten etwas gegen die Kälte tun.

Hinter ihr sagte Oscar: «Ich gehe mal nach draußen, um mein Herrschaftsgebiet zu besichtigen.»

«Tu das. Du wirst platzen vor Stolz, wenn du das Unkraut siehst.»

Elfrida hörte ihn die Treppe hinuntergehen und nach Horaz pfeifen. Sie wartete, bis er mit dem Hund aus der Küchentür trat und unter ihr erschien. Dann sah sie ihm zu, wie er, aus ihrer Perspektive verkürzt, in der Sonne stand, sich ausgiebig umsah und sich schließlich mit Horaz im Schlepptau auf den Weg machte, um sein ganzes Grundstück abzuschreiten. Als er zu dem verfallenen Zaun kam, der das Ende markierte, stützte er einen Ellbogen auf einen der Pfosten und beobachtete die Wasservögel am Ufer des Meeresarms.

Ich muss ihm ein Fernglas kaufen, dachte Elfrida. Und sie

dachte auch, dass er glücklich und zufrieden mit sich aussah. Wie ein Landbewohner, der endlich in seine Heimat zurückgekehrt war.

Lächelnd schloss sie das Fenster, verließ das Badezimmer und ging über den schmalen Flur zu einer kurzen Inspektion in das kleinere Schlafzimmer zurück, in dem Lucy wohnen würde. Musternd blickte sie sich um und überlegte, ob wohl genug Platz für einen Schreibtisch für Lucys Hausaufgaben darin war. Wenn man das riesige Doppelbett aus dunkel gebeizter Eiche gegen eine schmale Liege austauschte, mochte es gehen. Nur ging das Zimmer nach Norden und war daher ein bisschen düster. Vielleicht ließ sich nach Westen hin etwas machen …

Sie hörte die Geräusche eines näher kommenden Autos, und als sie ans Fenster trat, sah sie Sams Landrover von der Straße her die Auffahrt entlanghoppeln und mit Schwung vor dem offenen Tor halten. Die hintere Wagentür öffnete sich und Lucy sprang heraus.

«Elfrida!» Sie klang vergnügt. Als sei zum ersten Mal in ihrem Leben alles im Lot. Elfrida überkam ein so irrsinniges Gefühl von Glück und Zukunftsfreude, dass sie aus dem Zimmer lief, die schmale Treppe hinunterrannte, die Haustür aufriss und weit die Arme ausbreitete. Und Lucy warf sich ihr entgegen, sodass Elfrida sie kräftig ans Herz drücken konnte. Bevor sie ein Wort herausbrachte, rief Lucy: «O Elfrida, es ist alles in Ordnung. Carrie hat Mami erwischt, und sie war total überrascht und musste sich alles zweimal erklären lassen, bis sie endlich kapierte, was wir vorhaben. Und Carrie hat sich den Mund fusselig geredet und Nicola erzählt, dass sie jetzt nur an sich selbst und Randall denken darf, und sie soll ihre Flitterwochen genießen und sich mit der Rückkehr nach England Zeit lassen. Und Mami hat gesagt, sie wollen die Flitterwochen in Hawaii verbringen und dann nach Cleveland fliegen, wo Randall noch ein Haus hat, und sie braucht sowieso massenhaft Zeit. Und sie hat auch gesagt, wie unheimlich nett es von dir ist, dass du mich hier behalten willst, und ich kann bei dir bleiben.»

Bei aller Erleichterung und Begeisterung konnte Elfrida doch nicht umhin, an die praktische Seite zu denken. «Und was wird mit der Schule?»

«Ach, darum kümmert Mami sich auch. Sie will Miss Maxwell-Brown anrufen und ihr alles erklären und sie bitten, mir für nächsten Sommer einen Platz freizuhalten, falls ich zurückgehen will. Und sie wollte auch mit dir sprechen, aber Carrie hat gesagt, du bist hier oben, und da hat Mami gesagt, sie ruft dich später an. Elfrida, ist dies nicht ein märchenhaftes Haus? Was macht das alte Auto denn da?»

«Es rostet.»

«Und wo ist dein Auto?»

«Bei Rose.»

«Wir dachten, du hättest es vielleicht bei einem Händler verhökert und dir dies dafür gekauft.»

«Du willst mich wohl auf den Arm nehmen.»

«Fährt es noch?»

«Weiß ich nicht.»

«Rory kriegt es bestimmt wieder in Gang. Oh, und Elfrida, er hat einen Brief gekriegt. Er fliegt Mitte des Monats nach Nepal. Ist das nicht toll? Leider ist er dann nicht hier, wenn ich hier bin, aber im August kommt er zum Wintersemester wieder zurück. Elfrida, ist dies das Wohnzimmer? Und guck mal, ihr habt sogar ein Feuer angemacht! Schon richtig gemütlich. Wo ist denn Oscar?»

«Draußen im Garten.»

«Und wie kommt man da hin?»

«Durch die Küche und dann durch die Hintertür raus.»

Im Nu war Lucy draußen, lief durch den Garten und rief Oscars Namen. Dann tauchte auch Carrie auf und kam mit einem riesigen Einkaufskorb, aus dem Thermosbehälter und Flaschen ragten, ins Haus gewankt.

«Da sind wir endlich. Ich hoffe, wir haben euch nicht zu lange warten lassen.» Sie stellte den Korb auf den Boden, richtete sich auf und reckte als Siegeszeichen die geballte Faust in die Luft. «Geschafft», sagte sie zu Elfrida. «Ich habe Nicola erreicht, ihr ordentlich Honig um den Bart geschmiert und nun ist alles o. k. Die elterliche Zustimmung ist gewährt. Lucy kann bleiben und in Creagan zur Schule gehen, und Nicola sagt, sie meldet sich wieder, denn sie ist bereit, zu Lucys Kost und Logis beizutragen.»

«Damit hatte ich gar nicht gerechnet.»

«Das kann ich mir denken. Außerdem will sie dich mit ihrer Anwesenheit beehren, wenn sie das nächste Mal nach England kommt. Ich nehme an, das bedeutet, sie wird in einem sagenhaften Schlitten mit Randall Fisher am Steuer bei euch vorfahren, um mit ihrem neu erworbenen Reichtum zu protzen und ein kritisches Auge auf dich und Oscar zu werfen.»

«Carrie, sei nicht so gemein.»

«Und wahrscheinlich wird sie alles besser wissen.»

«Das macht nichts. Wir werden uns schon zu behaupten wissen. Ach, das hast du gut gemacht, Carrie.» Sie feierten ihren Triumph mit einer herzlichen Umarmung. Dann trat Carrie einen Schritt zurück und machte ein ernstes Gesicht. «Elfrida, versprich mir, dass du dich nicht übernimmst.»

Elfrida schüttelte den Kopf. «Wieso sollte ich mich übernehmen?»

«Du bürdest dir allerlei auf.»

«Das will ich gar nicht gehört haben.»

«Wie ist das Haus?»

«Kalt. Deshalb haben wir den Kamin angemacht.»

«Kann ich mich mal umsehen?»

«Natürlich.»

«Dies ist also die Küche.»

«Ist die nicht abscheulich?»

«Aber sonnig, Elfrida. Sieh mal an, da ist ja Oscar.» Auch sie verschwand durch die Hintertür in den Garten. «Oscar!»

Elfrida hob den Korb auf, schleppte ihn in die Küche und hievte ihn mit Schwung auf den Tisch. Während sie noch mit dem Auspacken beschäftigt war, gesellte sich Sam zu ihr, der einen Karton mit Lebensmitteln vor sich hertrug.

«Ist das alles für das Picknick?», fragte Elfrida einigermaßen ungläubig.

«Eine Schlemmerei. Wo soll ich den Karton hinstellen?»

«Hier, neben den Korb. Wo ist Rory?»

«Der macht sich schon an Major Billicliffes Auto zu schaffen. Die Karre ist der reinste Schandfleck da draußen. Haben Sie den Zündschlüssel?»

«Keine Ahnung.»

«Wir könnten die Bremse lösen und den Wagen aus dem Weg schieben. Sein Anblick tut Ihrem neu erworbenen Grundstück entschieden Abbruch.» Er ging ans Fenster und sah in den Garten hinaus, wo Oscar, Carrie und Lucy im Begriff waren, ins Haus zurückzukehren. «Was für ein fabelhafter Blick», sagte er. «Dies ist ein schönes Haus, Elfrida. Es macht einen soliden Eindruck.»

Elfrida überkam ein Gefühl des Stolzes, wie eine Mutter, deren Kind ein Kompliment für seine Schönheit erntet. «Das finde ich auch.»

Ihr erstes Picknick auf Corrydale am Heiligabend wurde so etwas wie ein «Picknick auf Achse». Es begann mit einem Glas Wein am Kamin, in der Wärme eines lodernden Kaminfeuers, verlagerte sich aber allmählich nach draußen, denn der Tag war so heiter, dass es fast ein Sakrileg gewesen wäre, drinnen zu bleiben. Rory und Lucy waren die Ersten, die sich in den Garten verzogen, und dann folgte ihnen, einer nach dem anderen, auch die restliche Gesellschaft und machte es sich auf Küchenstühlen, Sofakissen oder dem dicken Plaid, das Rory aus Sams Auto geholt hatte, bequem. Die Luft war zwar kühl, aber die Sonne strahlte auf sie herab, und im Windschatten des Hauses war es angenehm warm.

Carrie und Sam hatten wirklich an alles gedacht: heiße, mit einem Schuss Sherry abgeschmeckte Suppe, die aus Bechern getrunken wurde; frische, dick mit Schinken und Senf belegte Brötchen, eine Quiche Loraine, gebratene Hühnerbeine, Tomatensalat, knackige grüne Äpfel und dicke Happen Cheddarkäse. Schließlich eine Thermosflasche mit frischem, heißem Kaffee, an dem man sich den Mund verbrennen konnte.

Elfrida saß mit dem Rücken gegen die Hauswand gelehnt auf einem Kissen, hatte die Augen geschlossen und streckte ihr Gesicht der Sonne entgegen. «Dies ist das beste Picknick, bei dem ich je war. Vielen Dank, Carrie. Ich bin übrigens von dem Wein ganz beschwipst. Richtig angesäuselt. Ich komme mir vor wie auf Mallorca.»

Oscar lachte. «Dann musst du aber darüber hinwegsehen, dass du in deinen dicken Wintermantel gehüllt bist.»

Als Rory und Lucy ihr Picknick beendet und zusammen noch eine Tüte Kartoffelchips und einen Schokoladenriegel verputzt hatten, waren sie verschwunden, um sich das Haus genauer anzusehen. Nun tauchten sie wieder auf.

«Es ist einfach toll, Oscar», sagte Lucy.

«Nur wegen der Heizung müssen Sie was unternehmen», sagte Rory unverblümt. «Da drinnen herrschen ja arktische Temperaturen.»

Carrie protestierte. «Rory, das Haus hat leer gestanden und außerdem hat es in der letzten Zeit Stein und Bein gefroren. Wir haben schließlich Dezember. Der ist nicht gerade für seine Wärme bekannt.»

«Nein, nein», sagte Oscar bestimmt. «Rory hat ganz Recht. Die Heizung hat Vorrang vor allem anderen. Wohin wollt ihr beiden denn jetzt?»

«Wir wollten mit Horaz einen Spaziergang zum Wasser und zum Strand runter machen.»

Oscar kippte schnell den letzten Schluck seines Kaffees hinunter. «Ich komme mit.» Er hatte während des Picknicks auf der Stufe vor der Küchentür gesessen. Nun stellte er seinen Becher ab und hielt Rory die Hand hin, damit er ihm auf die Füße half. «Nach der Schlemmerei brauche ich Bewegung. Kommt noch jemand mit?»

«Ich», sagte Carrie.

«Ich nicht», sagte Elfrida bestimmt. «Warum können wir nicht alle noch einen Augenblick sitzen bleiben? Es ist so friedlich hier.»

«Weil es dann im Handumdrehen dunkel und für einen Spaziergang viel zu spät wird. Kommen Sie mit, Sam?»

«Nein, ich bleibe bei Elfrida. Wir wollen das Haus auf Herz und Nieren prüfen.»

Mit Sam Howard einen Rundgang durch Major Billicliffes Haus zu machen war ein ganz anderer Schnack. Mit Oscar war Elfrida einfach von Zimmer zu Zimmer gegangen und zum Schluss dankbar gewesen, dass es weder so beengt noch so heruntergekommen war, wie sie befürchtet hatten. Sam dagegen nahm die Sache, wie zu erwarten, mit der Gründlichkeit und dem Sachverstand eines Fachmanns in Angriff. Er klopfte die Wände ab, drehte die Wasserhähne auf und zu, inspizierte die Fensterrahmen und Steckdosen und sagte nichts, als sie ihm die schrecklichen Betonsteine im Badezimmer zeigte. Als sie ihre Tour schließlich beendet hatten und wieder im Wohnzimmer landeten, war das Feuer inzwischen heruntergebrannt, sodass Elfrida noch ein paar Holzscheite nachlegte und mit dem Feuerhaken in der Glut herumstocherte. Sam hatte sich bisher jeder Stellungnahme enthalten und war die ganze Zeit so einsilbig gewesen, dass sie insgeheim fürchtete, er würde Oscars Erbe in Grund und Boden kritisieren und ihr nun verkünden, dass es seiner Meinung nach unbewohnbar war.

«Also, was meinen Sie, Sam?», fragte sie nervös.

«Ich finde, es lässt sich durchaus was draus machen. Und die Lage ist einmalig ... einen Augenblick, ich muss nur mal was aus dem Wagen holen. Gibt es elektrischen Strom? Können wir Licht anmachen? Es fängt an, ein bisschen dunkel zu werden ...»

Als er draußen war, knipste sie den Lichtschalter an. Die Deckenlampe verbreitete trübes Licht im Zimmer. War die Glühbirne kurz davor, ihren Geist aufzugeben, oder handelte es sich nur um ein weiteres Beispiel von Major Billicliffes anspruchslosem Lebensstil? Eine Lampe am Kamin, eine weitere auf dem Schreibtisch. Danach sah es schon etwas freundlicher aus. Als Sam zurückkam, sah sie, dass er einen gelben Schreibblock und einen Kugelschreiber mitgebracht hatte.

Sie ließen sich gemeinsam auf dem Sofa nieder. «Also», sagte Sam, holte seine Brille heraus und setzte sie auf. «Da wollen wir mal Nägel mit Köpfen machen. Haben Sie vor, in dem Haus so, wie es ist, zu wohnen, oder wollen Sie irgendwelche Änderungen vornehmen?»

«Das kommt darauf an», sagte Elfrida vorsichtig.

«Worauf?»

«Wie viel es kostet.»

«Angenommen ...» Er fing an, einen Grundriss auf den Block zu zeichnen. «Angenommen, Sie würden zunächst mal die vorhandene Küche und das Badezimmer abreißen. Die sind hässlich und unpraktisch und lassen von der Südseite her kein Licht herein. Und dann, finde ich, sollten Sie die Mauer herausreißen, die die beiden unteren Zimmer teilt ... Sie ist nur aus Presspappe und hat keinerlei Stützfunktion. Dann haben Sie ein großes, offenes Wohnzimmer. Und dann wäre mein Vorschlag, dass Sie das Esszimmer zur Küche machen und vielleicht zur Südseite hin eine kleine Essecke anbauen. Die Süd- und Westwand könnte verglast werden ... dann hätten Sie Ausblick und könnten jeden Sonnenstrahl ausnutzen. Und es würde eine geschützte Ecke entstehen, sodass Sie draußen sitzen können. Eine kleine Terrasse. An warmen Sommerabenden sehr angenehm.»

«Was machen wir mit der Treppe?»

«Die wird an die hintere Wand verlegt.»

«Und Kühlschrank, Waschmaschine und so weiter. Was machen wir damit?»

«Die könnten in die neue Küche mit eingebaut werden. Ein Schornstein ist ja vorhanden, Sie könnten sich also einen Aga- oder einen Raeburnherd zulegen. Gleichmäßige Wärme, im Winter wie im Sommer, und wenn Sie eine Hitzewelle heimsuchen sollte, was in diesen Breiten allerdings nicht sehr wahrscheinlich ist, dann sperren Sie einfach alle Türen und Fenster auf.»

«Würde das eine Zentralheizung erübrigen?»

«Ich denke ja. Dies Haus ist so solide aus Stein gebaut, dass es die Wärme hält, wenn es erst einmal warm ist. Außerdem haben Sie den Kamin im Wohnzimmer. Und in die Schlafzimmer könnte man ein paar elektrische Heizkörper stellen und auch einen elektrischen Boiler installieren. Die sind enorm preiswert, und wenn mal der Strom ausfällt, haben Sie immer noch den Aga.»

«Badezimmer?»

«Neu machen.» Er skizzierte einen ungefähren Plan. «Über dem Esszimmer.»

«Lucy müsste es auch benutzen.»

«Kein Problem.»

«Das kleine Schlafzimmer, wo sie untergebracht wird, ist schrecklich düster.»

«Sobald Sie das alte Badezimmer und den Flur los sind, hat sie eine Südwand mit der Möglichkeit für ein weiteres Fenster.»

Elfrida blickte auf all diese simplen, für sie auf dem gelben Block skizzierten Vorschläge und staunte, wie schnell er alle Probleme gelöst hatte. Und besonders gefiel ihr ein einziges großes, offenes Wohnzimmer. Sie stellte sich vor, wie Oscar und sie – genau wie Sam und sie in diesem Augenblick – auf dem Sofa sitzen würden und die Bequemlichkeiten einer modernen Küche in Reichweite hätten.

«Und der Flur?», fragte sie zögernd.

«Weg damit. Er ist nur ein Windfang. Aber Doppelverglasung und eine gut abgedichtete Tür werden die Kälte abhalten.»

Elfrida kaute an ihrem Daumennagel. «Und was wird das alles kosten?»

«Damit bin ich überfragt.»

«Kostet es … kostet es womöglich mehr als achtzigtausend Pfund?»

Er lachte und verzog amüsiert das Gesicht. «Nein, Elfrida. So viel wird es auf keinen Fall kosten. Sie wollen ja schließlich keinen Neubau hochziehen, sondern nur ausbauen. Das Dach macht einen soliden Eindruck, das ist das Wichtigste. Keine Spur von Feuchtigkeit in den Wänden. Aber ich glaube, Sie sollten einen Bauinspektor hinzuziehen. Und auf jeden Fall die elektrischen Leitungen neu legen lassen. Aber trotzdem, achtzigtausend wäre mehr als genug.» Er nahm die Brille ab und sah sie an. «Haben Sie achtzigtausend?»

«Nein. Aber bald. Jamie Erskine-Earle will meine kleine Uhr für mich verkaufen. Wir haben es Ihnen wohl nie erzählt, aber es ist anscheinend ein sehr seltenes Stück. Mit Sammlerwert. Steckt eine Menge Geld drin. Ich habe ihn gebeten, sie zu verkaufen.»

«Achtzigtausend?»

«Das hat er jedenfalls behauptet. Höchstpreis fünfundachtzigtausend.»

«In dem Fall gibt es überhaupt keine Probleme. Das freut mich aber. Also, ran an den Speck.»

«Wir müssen uns einen Architekten nehmen. Und dann die Bauerlaubnis einholen. Es hängt noch einiges daran.»

«Wie wäre es mit der Frau des Doktors, Jane Sinclair? Sie ist Architektin. Warum übergeben Sie ihr nicht den Job? Der Vorteil wäre, dass sie von hier ist und die besten Baufirmen und Handwerker kennt.»

«Wie lange würde es dauern, bis das Haus bezugsfertig ist?»

«Sechs Monate, nehme ich an. Ich weiß es nicht.»

«Wir müssten so lange im *Estate House* wohnen, bis wir hier einziehen können.»

«Natürlich.»

«Aber, Sam, Sie wollen doch selbst dort einziehen.»

«Ich kann warten. Ich werfe Sie schon nicht auf die Straße.»

«Aber Sie arbeiten in Buckly. Wo wollen Sie denn wohnen?»

«Das kriege ich schon hin.»

Elfrida hatte eine glänzende Idee und brachte sie auf ihre impulsive Art sofort an den Mann. «Sie können bei uns wohnen. Im *Estate House*. Sie und Lucy und Oscar und ich. Sie haben doch schon ein Zimmer dort. Dann können Sie dort auch gleich wohnen bleiben.»

Sam lachte noch einmal. «Elfrida, über solche Vorschläge sollten Sie erst einmal sorgfältig nachdenken.»

«Warum? Warum sollte ich darüber nachdenken?»

«Weil Sie sich vielleicht anders besinnen. Außerdem müssen Sie die Sache erst mit Oscar besprechen. Vielleicht ist ihm der Gedanke gar nicht lieb.»

«Ach, Oscar sind Sie ein willkommener Hausbewohner. Und mir auch. Eine ganz neue Aufgabe für mich. Zimmer vermieten. Was ich in meinem Leben schon alles gemacht habe … Schauspielerin, wenn auch keine gute. Kellnerin, wenn ich keine Arbeit hatte. Dame mit nicht ganz einwandfreiem Ruf. Kissenstickerin. Und nun werde ich Zimmervermieterin. Bitte, sagen Sie ja. Ich habe das Gefühl, als ob Ihnen das *Estate House* in gewisser Weise schon gehört, obwohl Sie noch gar nicht der Besitzer sind. Als wäre es Ihnen vorherbestimmt. Als gehörten Sie dorthin.»

«Danke», sagte Sam. «Wenn das so ist, nehme ich an – vorausgesetzt, Oscar stimmt zu.»

Die Sonne stand schon bedenklich tief, als die Spaziergänger schließlich zurückkehrten. Oscar und Carrie erschienen mit Horaz, der nach einem kühlenden Trunk lechzte, als Erste.

«Wie war's?», fragte Elfrida und suchte im Küchenschrank nach einem geeigneten Gefäß für den Hund.

«Unbeschreiblich», sagte Carrie, während sie ihren Schal lockerte. «Ein begnadetes Fleckchen Erde. Und all die Vögel unten am Ufer! Enten und Kormorane und Möwen ... und wie seid ihr beide zurechtgekommen?»

«Sam ist Gold wert. Er hat die Pläne fürs Haus praktisch schon fertig. Du musst sie dir ansehen, Oscar. Wir brauchen kaum etwas zu tun. Nur hier etwas wegnehmen und da etwas hinzufügen, die eine oder andere Mauer abreißen und einen Aga auftreiben. Mach den Mund zu, Oscar, es ist alles ein Klacks. Und wir bitten Jane Sinclair, unsere Architektin zu sein. Sam sagt, wir müssten alles gründlich inspizieren und neue elektrische Leitungen legen lassen. Aber er findet, dass das Haus gut in Schuss ist. Komm, sieh dir das an.»

Eine halbe Stunde später gesellten sich auch Rory und Lucy wieder zu ihnen. Inzwischen hatte Oscar sich Sams Vorschläge angesehen, sich überzeugen lassen und seine Zustimmung gegeben. Auch Carrie war einverstanden. «Wisst ihr, ich habe immer etwas für offene Wohnzimmer im Erdgeschoss übrig gehabt, vor allem in kleinen Häusern. Und durch den Umbau käme sehr viel mehr Licht ins Haus. Sam, Sie sind wirklich ein geschickter Bursche. Ein *sehr* geschickter Bursche sogar. Mauern abreißen und Grundrisse zeichnen – wo haben Sie das alles gelernt?»

«In den letzten beiden Monaten waren Grundrisse und Seitenrisse und Anbauten und Architektenpläne gewissermaßen mein täglich Brot. Es wäre ziemlich trostlos, wenn das nicht irgendwie abgefärbt hätte ...»

Das Licht war rapide am Schwinden. Carrie sah auf die

Uhr und meinte, es sei Zeit, nach Creagan zurückzukehren. Lucy musste den Tisch für das Weihnachtsdinner noch zu Ende decken und Carrie wollte ihnen nach dem Ausflug ein herzhaftes Abendessen auftischen. «Gehen wir zum Mitternachtsgottesdienst, Elfrida?»

«Ich finde, ja. Oscar will zwar nicht mitkommen, aber ich gehe hin.»

«Ich auch. Und Lucy und Sam wollen auch mitkommen. Dann essen wir später, damit uns der Abend nicht so lang wird.»

«Wir könnten Karten spielen», sagte Oscar. «Ich habe im untersten Fach des Bücherregals ein Kartenspiel gefunden. Kann jemand Canasta?»

«Samba, meinen Sie?», fragte Sam. «Ich. Das war die große Mode, als ich in New York war.»

«Ich verstehe aber nichts davon», entschuldigte sich Lucy.

«Macht nichts», erklärte er, «wir beide spielen zusammen.»

Als sie schließlich die Überreste des Picknicks eingesammelt, ihre Mützen und Handschuhe gefunden und die Ordnung wiederhergestellt hatten, machte sich die erste Gruppe in Sams Wagen auf den Weg. Elfrida, Oscar und Horaz blieben zurück, um das Haus abzuschließen. Sie wollten später nachkommen, gingen aber mit hinaus, um den anderen nachzuwinken.

Obwohl es erst vier Uhr nachmittags war, hatte die bläuliche Dämmerung eingesetzt und über ihnen am saphirfarbenen Himmel hing zart wie eine Wimper ein schmaler, zunehmender Mond. Die schneebedeckten Berge schimmerten im dämmrigen Licht. Die Ebbe leerte den Meeresarm und legte weite Strecken von Strand und Sandbänken frei. Dicht über der Wasserfläche zogen Brachvögel hin.

Der große Landrover verschwand mit leuchtenden Rücklichtern aus der Auffahrt. Oscar und Elfrida warteten am Tor, bis das Motorengeräusch nicht mehr zu hören war, und gingen dann ins Haus zurück.

«Ich möchte gar nicht wieder wegfahren», sagte Elfrida. «Ich möchte hier bleiben. Ich möchte, dass der heutige Tag niemals endet.»

«Dann bleiben wir noch ein Weilchen.»

«Wenn ich Tee hätte, würde ich uns eine Tasse Tee machen.»

«Wir bekommen eine, wenn wir zurück sind.»

Er sank ermüdet aufs Sofa, wo vorhin Sam Howard gesessen hatte, denn er war mit den jungen Leuten weiter gewandert, als er beabsichtigt hatte, und nun ganz erschöpft. Elfrida legte das letzte Stück Holz auf die Glut, setzte sich dann ihm gegenüber und streckte ihre frierenden Finger dem Feuer entgegen.

«Hier werden wir wohnen, nicht wahr, Oscar?»

«Wenn du Lust dazu hast.»

«Ich habe Lust dazu. Du auch?»

«Ja. Ich gebe zu, dass ich Vorbehalte hatte, aber jetzt, wo ich das Haus wieder gesehen habe und Sam uns all seine Ideen und Vorschläge entwickelt hat, finde ich, es ist genau das, was wir brauchen.»

«Wie aufregend das alles ist! Ein neuer Anfang. Architekten und Handwerker, und alles wird neu. Frischer Mörtel ist einer meiner Lieblingsgerüche. Und gleich danach kommt frische Farbe.»

«Möbel?»

«Wir behelfen uns vorläufig mit dem, was hier steht, sehen uns ein bisschen um und versuchen, ein paar hübsche Stücke auf Auktionen zu erwerben. Zuallererst kommt es darauf an, das Haus in einen bewohnbaren Zustand zu bringen. Warm und hell und luftig. Mit einem Aga und einer einladenden, gut funktionierenden Küche. Wärme ist das Wichtigste. Ich kann mir gar nicht vorstellen, wie Major Billicliffe hier so lange gelebt hat, ohne an Unterkühlung zu sterben.»

«Er war noch von der alten Schule. Eine dicke Tweedjacke und lange wollene Unterhosen und nur kein Tamtam wegen der Kälte.»

«So wirst du hoffentlich nie, Oscar. Ich bekäme Zustände, wenn du anfängst, lange wollene Unterhosen zu tragen.»

«Nein, nein, mit ein bisschen Glück wird es so weit nicht kommen.»

Die Schatten wurden immer länger. Die kahlen Bäume draußen vor dem Fenster tauchten in der Dunkelheit unter. Elfrida seufzte. «Ich glaube, wir müssen gehen. Ich darf Carrie nicht alles allein machen lassen ...»

Aber Oscar sagte: «Warte noch einen Moment. Ich möchte mit dir reden.»

«Worüber?»

«Über uns.»

«Aber ...» Sie war im Begriff zu sagen, wir haben doch den ganzen Tag über uns geredet, doch Oscar unterbrach sie.

«Hör mir zu. Hör mir einfach zu.» Und seine Stimme klang so ernst und entschlossen, dass sie aus dem Sessel aufstand und sich zu ihm auf das alte Sofa setzte, und er streckte die Hand aus und legte sie auf ihre. Sie erinnerte sich, dass er das schon einmal getan hatte, vor langer Zeit, als sie nach Glorias und Francescas Tod am Küchentisch in der *Grange* gesessen hatten.

«Ich höre», sagte sie.

«Dies wird ein neuer Anfang für uns. Ein gemeinsamer Anfang. Eine wirkliche Verpflichtung. Dies Haus zu renovieren, eine Menge Geld hineinzustecken und hier zu wohnen. Und außerdem wird Lucy auf absehbare Zeit bei uns bleiben. Meinst du nicht, dass wir ernsthaft an eine Heirat denken sollten? Mann und Frau werden? Ich weiß, es ist eine bloße Formalität, denn verheirateter als jetzt können wir ja eigentlich kaum sein. Aber es würde unserer Verbindung das offizielle Siegel geben ... nicht im moralischen Sinn, aber als Zeichen unseres Vertrauens in die Zukunft.»

Elfrida merkte, wie sich ihre Augen mit albernen Tränen füllten. «Ach, Oscar ...» Sie zog ihre Hand aus seiner und begann nach ihrem Taschentuch zu suchen. *Alte Leute*, hatte sie einmal zu ihm gesagt, *sehen abscheulich aus, wenn sie weinen.* «... das ist doch nicht nötig. Die beiden sind doch erst ein paar Monate tot. Wir haben erst so wenig Zeit zum Trauern und Nachdenken gehabt. Und du brauchst nicht auf mich Rücksicht zu nehmen ... denn ich bin nicht darauf angewiesen. Ich will gerne für den Rest meines Lebens bei dir bleiben, aber ich möchte nicht, dass du dich verpflichtest fühlst, mich zu heiraten ...»

«Das tue ich auch nicht. Ich liebe dich und schätze dich auch so, und es kümmert mich überhaupt nicht, was andere Leute über uns denken. Ich weiß schließlich, dass du mir geholfen hast, ein neues Leben zu beginnen, denn ich habe es dir zu verdanken, dass ich diese düstere, schmerzliche Zeit nicht nur ertragen und überstanden habe, sondern dass sie sogar Lichtblicke hatte. Ich glaube, du verbreitest überall Freude, Elfrida. Wir können das Leben nicht zurückdrehen. Für uns beide kann es nie wieder so sein, wie es einmal war, aber es kann anders werden, und du hast mir bewiesen, dass das neue Leben gut sein kann. Ich habe dir schon vor langer Zeit gesagt, dass du mich immer zum Lachen bringst. Aber du hast mich auch dazu gebracht, dich zu lieben. Jetzt kann ich mir ein Dasein ohne dich gar nicht mehr vorstellen. Bitte, heirate mich. Wenn meine Gelenke nicht so grässlich steif wären, würde ich einen Kniefall machen.»

«Das hätte gerade noch gefehlt.» Elfrida hatte endlich ihr Taschentuch gefunden und konnte sich die Nase putzen. «Ja, ich möchte dich von Herzen gern heiraten. Vielen Dank für den Antrag.» Sie steckte ihr Taschentuch weg und er ergriff noch einmal ihre Hand.

«Also sind wir verlobt. Wollen wir die Neuigkeit bekannt machen oder sie für uns behalten?»

«Wir wollen sie für uns behalten. Und unser Geheimnis genießen. Vorläufig jedenfalls.»

«Einverstanden. Es gibt noch so viel anderes zu bedenken. Aber wenn Weihnachten vorbei ist, fahre ich mit dir nach Kingsferry und kaufe dir einen Diamantring, und dann verkünden wir der Welt unser Glück.»

«Ehrlich gesagt», gestand ihm Elfrida ein bisschen betreten, «liegt mir an Diamanten nicht viel.»

«Was soll ich dir dann kaufen?»

«Einen Aquamarin?»

Und Oscar lachte und küsste sie, und so hätten sie im Schein des verglimmenden Feuers den ganzen Abend dort verbringen können. Doch bald war auch das letzte Holzscheit heruntergebrannt und mit dem Sonnenuntergang wurde es im Haus wieder kalt. Es war Zeit zu gehen. Die Luft draußen hatte sich schnell abgekühlt, es war wieder Winter. Von Norden her wehte ein Wind, der die unbelaubten Zweige der großen Buchen gegenüber dem Eingangstor erzittern ließ.

Mit den Händen tief in den Taschen sah Elfrida sich um. Der Mond kam herauf, der erste Stern schimmerte.

«Wir kommen wieder», sagte sie ins Blaue hinein.

«Natürlich.» Oscar schloss die Haustür ab, hakte sich bei ihr ein, und während Horaz ihnen vorauslief, gingen sie im tiefblauen Dämmerlicht den Kiesweg entlang.

Es ist beinahe acht Uhr abends und ich habe noch so viel zu tun, aber erst muss ich alles aufschreiben, denn sonst vergesse ich es. Was ist nicht alles passiert! Das Schlimmste war, dass Mama gestern während Elfridas Party anrief, um zu sagen, sie hat Randall Fisher geheiratet. Ich glaube, das war das Schlimmste, was in meinem Leben je passiert ist, denn ich dachte immer nur, nun muss ich nach Amerika fliegen und dort leben und alle meine Freunde verlieren, weil ich sonst ganz allein bei Granny in London bleiben müsste. Ohne irgendwo dazuzugehören. Ich war todunglücklich und außer mir und fühlte mich richtig krank. Außerdem war ich richtig gemein zu Carrie, aber das ist nun alles ausgestanden.

Jedenfalls ist jetzt alles geklärt, und ich bleibe hier in Creagan, bei Elfrida und Oscar, vorläufig jedenfalls, und gehe in Creagan zur Schule. Rory hat allen erzählt, dass es das Beste wäre, und ich bin froh, dass wir Zeit hatten, miteinander zu reden, als er den Fernseher angeschlossen hat. Damit wusste er wenigstens genau, wie mir zumute war. Ich glaube, er ist wirklich mein bester Freund. Mitte Januar fliegt er nach Nepal und ist ungeheuer aufgeregt deswegen. Ich werde ihn vermissen, aber ich bin ja noch da, wenn er im August zurückkommt. Egal, was inzwischen passiert, ihn will ich auf jeden Fall wieder sehen, und dann bin ich auch schon fünfzehn. Fünfzehn klingt viel älter als vierzehn.

Also, als ich heute Morgen aufwachte, wusste ich gleich,

dass alles gut werden würde, und mir ist ein Stein vom Herzen gefallen. Carrie hat Granny angerufen und ihr von unseren Plänen erzählt, und sie war einverstanden. Und später hat sie dann auch mit Mami in Florida telefoniert und ist ihr ein bisschen um den Bart gegangen und hat sie auch überredet. Eigentlich ging es erstaunlich schnell. Und dann habe ich mit Mami geredet und mir Mühe gegeben, nicht zu erleichtert zu klingen, damit sie nicht beleidigt war und womöglich ihre Meinung änderte.

Später kam Rory und wir haben zusammen das Picknick eingepackt und Sam hat uns nach Corrydale gefahren. Ich wollte schon lange hin und mir das Gut ansehen. Es war ein so schöner Tag, ohne Wolken oder Wind, und schon richtig warm. Oscars kleines, auf dem Gutsgelände verstecktes Haus ist süß, nicht weit von ein paar anderen Häusern entfernt und mit riesigen Bäumen und einem freien Blick aufs Wasser und die Berge gegenüber. Es war so still, nur Vogelgezwitscher und keine Verkehrsgeräusche oder anderer Lärm. Das Haus ist nicht sehr groß und ziemlich schäbig und entsetzlich kalt, aber Oscar hat das Kaminfeuer angemacht, das alles durchgewärmt hat. Es gibt nur zwei Schlafzimmer und meins sieht noch ein bisschen düster aus, aber Elfrida sagt, es wird heller, wenn erst ein bisschen umgebaut worden ist. Sam hatte lauter tolle Ideen, und wenn alles fertig ist, sieht es bestimmt ganz toll aus. Das Haus hat einen Garten, ganz voll von Unkraut, und eine kleine Terrasse, auf der wir alle Picknick gemacht haben. Elfrida sagt, auf dem Bauernhof in der Nähe wohnen noch andere Kinder, die auch in Creagan zur Schule gehen. Vielleicht können sie mich, wenn die Schule anfängt, morgens im Auto mitnehmen.

Wir sind alle in Sams Wagen zurückgekommen und haben Rory am Pfarrhaus abgesetzt. Carrie hat eine riesige Tortilla zum Abendessen für uns gemacht, mit Kartoffeln und Lauch und Eiern und Schinken und allen möglichen Zutaten. Während sie dabei war, habe ich den Tisch für das Weihnachtsdinner fertig gedeckt, Kerzen in die Kerzenhalter gesteckt, Knallbonbons in die Nachtischschalen gelegt und Servietten gefaltet. Mitten auf dem Tisch steht eine Schale mit Stechpalmen und es sieht alles sehr festlich aus, und wenn wir erst den Kamin anzünden, sieht es bestimmt aus wie auf einer Weihnachtskarte.

Heute Abend wollen wir Karten spielen, um uns die Zeit zu vertreiben, bis wir zum Mitternachtsgottesdienst gehen, außer Oscar, der will nicht mit.

Ich weiß nicht, wie lange es dauert, bis sie nach Corrydale ziehen können, weil dort noch so viele Bauarbeiten ausgeführt werden müssen. Ich würde gerne den Sommer dort verbringen, aber Carrie sagt, das müssen wir abwarten. Aber hier ist es auch schön. Und Sam wird als Untermieter bei uns wohnen, bis alles entschieden ist.

Ich kann gar nicht glauben, dass ich an einem Tag so traurig und verzweifelt und am nächsten so unbeschreiblich glücklich bin.

Wenn ich das nächste Mal etwas in mein Tagebuch schreibe, ist Weihnachten schon vorbei.

Elfrida versuchte ihr Blatt auseinander zu fächern und dabei zu entscheiden, welche Karte sie ausspielen sollte. Sie hatte keine Zweien und Dreien mehr und befand sich nun in der verzwickten Lage, kombinieren zu müssen, ob Carrie zwei gleiche Karten in der Hand hielt, und wenn ja, welche. Der Haufen mit den abgelegten Karten war unangenehm groß, das Spiel fast zu Ende, und wenn Carrie noch eine Karte aufnahm, dann wären Elfrida und Sam geschlagen.

«Nun mach schon, Elfrida», sagte Oscar, der langsam die Geduld verlor, «sei mutig und spiel aus, was du loswerden willst.»

Also nahm sie allen Mut zusammen, spielte die Herzacht aus und wartete gespannt, dass Carrie triumphierend lachen und ihre Karte aufdecken würde. Aber Carrie schüttelte nur bedauernd den Kopf und Elfrida lehnte sich mit einem Seufzer der Erleichterung zurück.

«Meine Nerven sind dem nicht gewachsen. Wenn ich nicht in die Kirche ginge, würde ich mir jetzt einen anständigen Drink genehmigen.»

Inzwischen war es zehn nach elf und sie waren beim letzten Spiel. Bisher hatten Sam und Elfrida gewonnen, aber die Spannung würde nicht nachlassen, bevor die letzten Karte umgedreht war. Elfrida hatte früher öfter Samba gespielt, als Jimbo noch lebte, und gelegentlich hatten sie sich mit ein paar Freunden abends die Zeit damit vertrieben. Aber sie hatte die Regeln vergessen und sich erst im Laufe des Spiels nach und nach an die alten Tricks und das geschickte Zusammenspiel mit ihrem Partner erinnert. Oscar und Sam waren alte Hasen beim Kartenspiel, aber Carrie und Lucy waren Anfänger. Carrie begriff schnell und Lucy spielte mit Sam zusammen, der ihr freundlich und geduldig alles erklärte und ihr am Ende der ersten Runde erlaubte zu entscheiden, welche Karten sie ablegen wollten, ohne ärgerlich zu werden, als es die falschen waren.

Carrie nahm zwei Karten auf, ordnete sie in ihr Blatt ein und hatte einen Samba zusammen. Oscar grunzte befriedigt. Sie warf die Pikvier auf den Tisch. «Wenn Sie die aufnehmen, erwürge ich Sie mit bloßen Händen.»

«Kann ich leider nicht gebrauchen.»

«Es sind nur noch vier Karten übrig», sagte Lucy.

«Wenn die auch aufgenommen sind, ist das Spiel zu Ende», erklärte Sam ihr. «Nimm zwei auf, Lucy, und lass uns sehen, was wir in der Hand haben ...»

Vom Treppenaufgang läutete das Telefon.

«Das verdammte Telefon», knurrte Oscar. «Wer ruft uns denn um diese Zeit an!»

Elfrida erbot sich dranzugehen.

Aber Oscar hatte seine Karten schon auf den Tisch gelegt und stand auf. Er ging durchs Zimmer und schloss die Tür hinter sich. Elfrida hörte ihn sagen: *«Estate House.»*

Und dann herrschte Schweigen, während der Anrufer am anderen Ende der Leitung sprach, und anschließend hörte man nur eine kurze, gemurmelte Antwort. Einen Augenblick später war er wieder da, setzte sich an seinen Platz auf die Erkerbank und nahm seine Karten in die Hand.

Elfrida war neugierig. «Wer war das denn?»

«Niemand. Ein Versehen.»

«Du meinst, falsch verbunden?»

Oscar blickte stur auf seine Karten.

«Warum haben Sie denn abgenommen, wenn es falsch verbunden war?», fragte Sam und Lucy lachte über den lahmen Witz, wobei sie den Kopf schief legte und nachdachte, was sie ausspielen sollte.

Schließlich gab es keine Karten zum Aufnehmen mehr und keiner hatte gewonnen. Aber Sam zog den Block mit den Punkten zu sich heran, addierte die Zahlen und verkündete, er und Elfrida seien die Sieger und er hoffe, Oscar könne mit einem schönen Preis aufwarten.

«Ich werde nichts dergleichen tun», sagte Oscar würdig. «Ihr habt einfach Glück gehabt, mit Können hat das gar nichts zu tun.» Und damit legte er die Karten auf den Tisch, stand auf und sagte: «Ich gehe jetzt mit Horaz spazieren.»

Elfrida sah ihn einigermaßen verwundert an. Er ging oft vor dem Schlafengehen mit Horaz in den Garten, aber einen so späten Spaziergang hatte er noch nie gemacht.

«Spazieren? Wohin wollt ihr denn? Etwa an den Strand runter?»

«Ich weiß es nicht. Ich brauche einfach ein bisschen frische Luft und muss mir die Beine vertreten. Dann kann Horaz genauso gut mitkommen. Vielleicht bin ich noch nicht zurück, wenn ihr zur Kirche geht, lasst die Tür offen, ich bleibe auf, bis ihr wiederkommt. Viel Spaß. Und sing schön, Lucy.»

«Das werde ich tun», versprach sie ihm.

Er verließ sie und schloss die Tür hinter sich.

Elfrida saß mit verblüfftem Gesicht da. «Komisch. Man sollte glauben, er hätte heute genug Bewegung für eine ganze Woche gehabt.»

«Ach, lass ihn, Elfrida», sagte Carrie, sammelte die Karten ein und begann sie auf drei Packen zu stapeln, einen blauen, einen roten und einen geblümten. «Hilf mir, Lucy. Du kannst die geblümten sortieren. Ich finde, Kartenspielen macht richtig Spaß, und es kommt der Moment, wo man aufhört, Samba zu spielen und mit Canasta anfängt. Die Abrechnung ist ein bisschen komplizierter. Das müssen Sie mir mal aufschreiben, Sam, sonst vergesse ich es wieder.»

«Mach ich.»

Die Karten waren nun sortiert, gestapelt und weggelegt. Elfrida ging im Zimmer herum, schüttelte die Kissen auf und sammelte die Zeitungen vom Fußboden. Das Feuer war heruntergebrannt, aber sie rührte nicht daran, sondern stand nur davor und starrte in die glimmende Asche.

«Wir sollten nicht zu lange warten, finde ich. Heute findet sich die gesamte Gemeinde ein und ich würde ganz gern einen Sitzplatz haben.»

«Es kommt mir vor, als gingen wir ins Theater», sagte Lucy. «Ob es kalt ist in der Kirche? Soll ich meine rote Jacke anziehen?»

«Auf jeden Fall, und deine warmen Stiefel.»

Allein in ihrem Schlafzimmer, ging Elfrida mit dem Kamm durch ihr Haar, zog sich die Lippen nach und legte Duftwasser an. Dann nahm sie ihren Wintermantel vom Haken, zog ihn über und setzte ihre Mütze auf. Anschließend ließ sie sich auf dem Bett nieder, um ihre pelzgefütterten Stiefel anzuziehen. Geld für die Kollekte, ein Taschentuch, falls die Weihnachtslieder sie zu Tränen rührten, und ein Paar Handschuhe vervollständigten ihre Ausrüstung.

Alles fertig. Nach einem ausführlichen Blick in den Spiegel war sie ausgehbereit. Elfrida Phipps, baldige Mrs. Oscar Blundell. Sie fand sich todschick. *Lieber Gott, ich bin auf dem Weg, und vielen Dank.*

Sie verließ das Zimmer und ging in die Küche hinunter, um nachzusehen, ob alles für den nächsten Morgen vorbereitet war und sie nicht womöglich das Gas angelassen oder das Wasser im Kessel hatte verkochen lassen, was ihr leicht passierte. In der Küche fand sie Horaz in seinem Korb.

«Horaz, ich dachte, du wärst mit Oscar spazieren gegangen?»

Horaz blinzelte sie an und wedelte mit dem Schwanz.

«Hat er dich nicht mitgenommen?»

Horaz schloss die Augen.

«Wo ist er hin?»

Horaz hüllte sich in Schweigen.

Sie ging noch einmal nach oben ins Wohnzimmer. «Oscar?» Aber das Wohnzimmer war dunkel und leer und alle Lampen waren ausgeknipst. Kein Oscar weit und breit.

Auf dem Treppenabsatz fand sie Sam, der gerade seinen

eleganten marineblauen Mantel überzog. «Oscar ist verschwunden.»

«Er geht mit Horaz spazieren», erinnerte Sam sie.

«Nein, Horaz liegt in der Küche. In seinem Korb. Da ist etwas im Busch.»

Sam grinste. «Oscar hat sich vermutlich in den Pub verdrückt.»

«Da kennen Sie Oscar schlecht!»

«Machen Sie sich keine Sorgen. Er ist ja kein Kind mehr.»

«Ich mache mir auch keine Sorgen.» Was der Wahrheit entsprach. Sie fragte sich nur, wohin um alles in der Welt er gegangen sein mochte.

Lucy kam aus ihrer Dachkammer die Treppe heruntergelaufen. «Ich bin so weit, Elfrida. Brauchen wir Geld für die Kollekte?»

«Ja. Hast du Kleingeld?»

«Fünfzig Pence. Genügt das?»

«Dicke. Wo ist Carrie?»

«Die ist noch nicht fertig.»

«Also, Lucy, wir gehen schon mal vor und halten Plätze warm. Eine Bank für vier … Sam, warten Sie auf Carrie und kommen mit ihr nach?»

Elfrida und Lucy liefen die Treppe hinunter und Sam hörte vom Treppenabsatz, wie die große Haustür hinter ihnen ins Schloss fiel.

Er stand in dem fast verlassenen Haus auf der Treppe und wartete auf Carrie. Hinter ihrer geschlossenen Schlafzimmertür waren leise Geräusche zu hören, Schubladen wurden geöffnet, eine Schranktür geschlossen. Doch er verspürte keinerlei Ungeduld. Er hatte im Laufe seines Lebens auf unzählige Frauen gewartet, an der Bar, in Theaterfoyers, an den Tischen kleiner italienischer Restaurants. Auf Deborah, die nie pünktlich sein konnte, hatte er öfter gewartet, als er sich erinnern konnte. Und so wartete er in dem Haus, das ihm eines Tages gehören würde, auch in aller Geduld auf Carrie.

Sie bemerkte ihn erst, als sie aus dem Zimmer getreten war und die Tür hinter sich zuschlug. Ein bisschen beschämt sah sie ihn an. «O Sam. Warten Sie auf mich? Das tut mir Leid. Ich konnte meinen Seidenschal nicht finden.» Sie trug ihren Lodenmantel, ihre Pelzkappe, ihre knielangen, glänzenden Stiefel. Den verloren gegangenen Schal in changierendem Rosa und Blau hatte sie locker um ihren schlanken Hals geschlungen, und obwohl ihm all diese Accessoires inzwischen lieb und vertraut waren, war sie ihm noch nie so schön vorgekommen. «Wo sind denn die andern? Sind die schon vorgegangen ...?»

Er sagte: «Ja», legte ihr beide Hände auf die Schultern, zog sie zu sich heran und küsste sie. Schon seit dem ersten Abend, als sie ihm die Tür geöffnet hatte und er im fallenden Schnee vor ihr stand, hatte er sich danach gesehnt, sie zu küssen. Nun holten sie das Versäumte nach. Als sie sich schließlich trennten, sah er, dass sie lächelte. Ihre dunklen Augen hatten noch nie so geleuchtet.

«Fröhliche Weihnachten», sagte er.

«Fröhliche Weihnachten, Sam. Es wird Zeit.»

Elfrida und Lucy überquerten die Straße. Der erleuchtete Marktplatz war schon von ankommenden Autos und Fußgängern belebt, die auf die Kirche zuströmten. Es würde zweifellos eine riesige Gemeinde werden. Überall hörte man Stimmen, die Leute waren aus dem ganzen Umland gekommen, begrüßten sich und gingen einträchtig miteinander weiter.

«Elfrida!»

Sie blieben stehen und sahen Tabitha, Rory und Clodagh

hinter sich, die den steilen Fußweg am Hang entlang genommen hatten. «Hallo! Ich dachte, wir wären früh dran, aber das scheint nicht der Fall. Ich habe noch nie so viele Menschen gesehen ...»

«Ja, ist das nicht schön?» Tabitha trug einen Mantel aus kariertem Schottenstoff und einen roten Schal um den Hals. «Es ist jedes Jahr dasselbe. Die Leute kommen von weit her ... Nur ist dieses Jahr eine kleine Panne passiert. Alistair Heggie, der Organist, hat plötzlich die Grippe bekommen, deshalb müssen wir auf die Orgelmusik wohl verzichten.»

Elfrida war entsetzt. «Wollen Sie damit sagen, dass wir die Weihnachtslieder ohne Begleitung singen müssen? Das kann ich nicht ausstehen ...»

«Nicht ganz. Peter hat Bill Croft, den Fernsehfritzen, angerufen. Und der hat sich als Retter in der Not erwiesen und ein Kofferradio aufgestellt, und jetzt haben wir Musik vom Band. Es ist ein bisschen enttäuschend, aber besser als gar nichts.»

«Ach, was für eine arge Enttäuschung ... der arme Peter.»

«Da kann man nichts machen. Kommen Sie, wenn wir Glück haben, bekommen wir eine Kirchenbank ganz für uns.»

Sie traten durch das weit geöffnete Tor und gingen den Pfad entlang, der über eine breite Steintreppe zu dem großen Doppelportal führte. Beide Flügel standen heute Abend weit offen. Aus dem Inneren der Kirche strömte Licht auf das Kopfsteinpflaster, und Elfrida konnte die aufgenommene Musik durch den Kirchenraum schallen hören. Ein Chor, der Weihnachtslieder sang.

O du fröhliche, o du selige
gnadenbringende Weihnachtszeit.

Es klang ein bisschen mechanisch und blechern, wie ein tragbarer Plattenspieler bei einem Picknick im Freien. Irgendwie kümmerlich und dem feierlichen Anlass eigentlich nicht angemessen.

Christ ist geboren …

Schweigen. Entweder das Kofferradio war kaputtgegangen oder irgendjemand hatte aus Versehen den Strom abgestellt.

«Ach, du lieber Gott», sagte Rory. «Nun gibt das Kofferradio auch noch den Geist auf.»

Und dann erklang die Musik. Gewaltiger Orgelklang erhob sich. Er erfüllte die Kirche mit mächtigen Akkorden, die durch die offenen Türen nach draußen drangen und in die Nacht hinaus schallten.

Elfrida erstarrte. Sie sah Tabitha an, aber Tabitha erwiderte ihren Blick mit großen, unschuldigen Augen. Einen Augenblick lang lauschten beide stumm. Dann sagte Elfrida: «Hat Peter Oscar angerufen? Ungefähr um Viertel nach elf?»

Tabitha zuckte die Achseln. «Keine Ahnung. Also los, Kinder, kommt, damit wir noch einen Sitzplatz ergattern.»

Mit diesen Worten wandte sie sich ab, eilte mit Lucy und ihren beiden Kindern voraus und verschwand im Innern der Kirche.

Einen Augenblick später folgte auch Elfrida. Am Eingang erwartete sie ein freundlicher Herr mit Bart. «Guten Abend, Mrs. Phipps», sagte er und reichte ihr ein Gesangbuch. Mechanisch nahm sie es entgegen, aber ohne ihn dabei anzusehen oder ihm ein Wort des Dankes zu gönnen. Sie betrat die Kirche und sah, dass sie schon fast bis auf den letzten Platz gefüllt war. Es herrschte noch Unruhe in der Gemeinde, man redete mit den Nachbarn oder mit Bekannten, die in der

Bank hinter einem saßen. Die Musik erscholl durch den ganzen Raum, füllte ihn bis hoch hinauf zur aufwärts strebenden Decke und hallte durch das lange Kirchenschiff. Langsam ging Elfrida den mit rotblauen Fliesen ausgelegten Mittelgang hinunter direkt auf die Musik zu, die sie wie das Rauschen einer mächtigen Brandung umfing.

Eine Hand berührte ihren Arm. Sie blieb stehen. «Elfrida. Hier.» Es war Lucy. «Wir haben Plätze für Carrie, Sam und dich freigehalten.»

Doch sie achtete nicht darauf, sondern blieb ganz still stehen.

In der Vierung, zwischen Kanzel und Pult, stand der über und über geschmückte, von Lichtern blinkende Weihnachtsbaum. Dahinter strebten an der Nordwand der Kirche die Orgelpfeifen in die Höhe. Der Organistensitz war von einer Balustrade aus Eichenholz umgeben, sodass der Organist für die im Kirchenschiff sitzende Gemeinde unsichtbar war. Aber Elfrida stand. Und sie war groß. Ein Scheinwerfer beleuchtete ihn von oben und sie konnte seinen Kopf und sein Profil und das dichte weiße Haar, das sein selbstvergessenes, überschwängliches Spiel durcheinander gebracht hatte, deutlich erkennen.

Beethoven. An die Freude.

Und Oscar Blundell spielte mit Leidenschaft. Versöhnt. Heimgekehrt. Wohin er gehörte.